*Un été d'ombre et de lumière*

*Le Retour aux Alizés*

*Le Carnet noir*

*Nouvelle inédite*

Martine Delomme

*Un été d'ombre et de lumière*

---

*Le Retour aux Alizés*

---

*Le Carnet noir*

*Nouvelle inédite*

Éditions de Noyelles,
avec l'autorisation des Presses de la Cité

31, rue du Val de Marne, Paris



*Un été d'ombre et de lumière*
Une première édition de ce roman a paru en 2009 aux éditions De Borée.


*Le Retour aux Alizés*
Une première édition de ce roman a paru en 2011 aux éditions Belfond.


*Le Carnet noir*
Nouvelle inédite


ISBN : 978-2-298-16533-3

*Un été d'ombre et de lumière*

# Préface

C'était en 2009. La parution d'*Un été d'ombre et de lumière.* Je n'ai jamais oublié la confusion de mes sentiments. Mon premier roman, la fierté d'être éditée, l'anxiété de connaître l'accueil qui lui serait réservé. *Le Retour aux Alizés* suivit. Mêmes personnages, autre époque. Certains auteurs m'avaient affirmé qu'il était bien plus difficile d'écrire un second roman. Le cap était franchi. Puis vinrent le troisième, le quatrième. Lorsque paraîtra la compilation de ces deux premiers titres, j'achèverai le onzième récit.

Au fil des livres, j'ai pris plaisir à promener les lectrices et les lecteurs de région en région, du Vaucluse à la Bretagne en passant par le Limousin, le Pays basque, les Charentes, à trouver une activité économique, la mettre en scène à travers la vie des personnages. J'ai toujours eu à cœur de défendre les petites entreprises.

D'un récit à l'autre, l'écriture est devenue témoignage à travers les portraits de femmes de caractère, blessées mais courageuses, des femmes abattues qui se relèvent. Scott Fitzgerald a dit : « Montrez-moi un héros et je vous écrirai une tragédie. » Je les observe et je les admire, ces héroïnes de chaque instant.

Ces personnages psychologiquement forts m'ont permis de faire en sorte qu'il n'y ait pas deux textes qui se ressemblent. C'est ainsi qu'est né ce qu'il serait peut-être présomptueux de nommer un style, mais un *signe de reconnaissance,* mes romans devenaient un mélange des genres, féminins, psychologiques, avec une touche de régional et un soupçon de policier. Cette intrigue qui donne envie de tourner les pages…

Et ce fut surprenant mais ô combien gratifiant de constater qu'un lectorat, toujours plus nombreux, toujours fidèle, composé de femmes et d'hommes, attendait avec impatience le nouveau roman !

Aujourd'hui, en revenant sur ces premiers textes, en rédigeant cette préface, je mesure le chemin parcouru. Ce chemin qu'il m'aurait été impossible de suivre sans vous, amies lectrices et amis lecteurs, sans les éditeurs qui m'ont accordé leur confiance.

À tous, j'ai envie de dire très simplement : merci !

*À ma fille*

*Ce récit est une fiction. Toute ressemblance avec des personnages existant ou ayant existé serait fortuite.*

# Prologue

Juliette Leroux mordillait la branche de ses lunettes, tandis qu'elle observait la jeune femme assise en face d'elle. Aucun hématome sur son visage, mais ses poignets, ses mains qui trituraient un mouchoir portaient des meurtrissures. Ghislaine Hebrart, trente-cinq ans, trois enfants, un mari tortionnaire.

« Je voudrais tellement savoir quoi faire, murmura-t-elle en baissant les yeux, lui redonner encore une chance de redevenir l'homme attentionné et respectueux qu'il était… »

Juliette pensait à tous ces hommes qui prenaient plaisir à torturer leurs proches, et aux femmes qui n'osaient pas les quitter parce qu'elles attendaient que tout redevienne comme avant. Elle regarda la pendule posée sur le coin de son bureau, près du portrait de sa fille. Dans quelques minutes le téléphone sonnerait, signal convenu avec Claire, sa secrétaire, pour signifier que le temps imparti au visiteur était écoulé.

Juliette Leroux était maire de Saint-Louis, commune viticole de huit mille habitants, nichée au cœur du vignoble girondin. Chaque jeudi et samedi matin elle recevait ses administrés. Vingt minutes par personne… pas plus. Ses yeux s'arrêtèrent alors sur *L'Aquitaine* posé à côté du trieur contenant différents courriers à vérifier et signer. Chaque matin, Claire lui apportait un exemplaire du quotidien régional, et elle s'efforçait de parcourir les principaux articles dans le courant de la journée. Mais ce matin-là, son regard s'arrêta sur le titre en première page. *Le sénateur Raymond Bédenac, âgé de soixante-neuf ans, a trouvé la mort hier soir dans un accident de la circulation. La voiture, conduite par son chauffeur, a quitté la route et percuté de plein fouet un pylône. Les deux hommes ont été tués sur le coup, il a fallu plus de trois heures aux secouristes pour extraire les corps du véhicule.*

Juliette frémit en imaginant les corps déchiquetés. Ainsi il était mort... Cela pouvait-il encore changer quelque chose ? Elle songea aux heures qu'elle avait vouées aux autres, sa famille, sa commune, en acceptant l'inconcevable comme un élément de son quotidien, en abritant ses failles derrière l'impression de subir le présent chaque fois que le passé la tourmentait. « Le poids d'un crime que je porte encore sur mes seules épaules... » pensa-t-elle. Elle qui n'avait rien décidé. Ainsi il était mort...

Elle s'était laissé distraire quelques secondes, et une odeur de tabac la ramena à sa visiteuse qui venait d'allumer une cigarette.

— Qu'est-ce que vous attendez de moi, madame Hebrart ? Je suis le maire de la commune, je peux vous aider dans vos relations avec les gendarmes, mais je ne peux rien décider à votre place.

— Si je préviens les gendarmes il me tuera... Il est capable de tout.

— Vous connaissez sa capacité de réaction, ce que vous ne savez pas, c'est comment y faire face. Mais il y a des lois, et elles lui interdisent de vous frapper. Pensez à vos enfants... Vous ne croyez pas qu'il faut les protéger ? Acceptez au moins d'en parler avec une assistante sociale.

La lumière verte du téléphone clignota deux secondes avant la première sonnerie. Juliette décrocha avec l'intention de repousser le rendez-vous suivant.

— Juliette ? C'est Claire, prenez vite l'appel sur la ligne 3, il y a eu un accident pendant la sortie scolaire dans la grotte des Aubiers. Un gamin a fait une chute.

Un quart d'heure plus tard elle était sur place.

La grotte des Aubiers était située au sud de Saint-Louis, en direction de Bordeaux. Découverte au début du XX$^{e}$ siècle par un vigneron qui voulait creuser un puits, la grotte renfermait à plus de quinze mètres de profondeur un enchevêtrement de galeries et de cavités reliant plusieurs communes entre elles et regorgeant de trésors archéologiques.

En 1965, elle fut ouverte au public et agréée par l'Éducation nationale. Pour sa protection et pour l'organisation de visites guidées, une association fut créée, toujours présidée par le maire de Saint-Louis et dans ce cas comme dans bien d'autres, Juliette Leroux avait succédé à sa mère.

La route qui menait à la grotte longeait la forêt des Aubiers et s'ouvrait sur un vaste terre-plein aménagé en parking. À l'entrée, les gendarmes avaient délimité un périmètre de sécurité. Juliette s'entretint aussitôt avec le capitaine des pompiers. Le gamin était localisé, il serait remonté dans moins d'une heure.

— Est-ce qu'il est blessé ? demanda-t-elle.

— C'est difficile à dire pour l'instant... En tout cas nous communiquons avec lui.

— Les parents sont prévenus ?

— Oui, on a pu joindre la mère, elle arrive.

Juliette retrouva l'instituteur qui rassemblait les enfants dans l'autocar. Elle trébucha sur les cailloux et elle eut conscience de l'incongruité de son tailleur à la jupe étroite et de ses chaussures à talons hauts.

— Vous pouvez m'expliquer ? demanda-t-elle à l'instituteur. J'ai autorisé une visite des grottes dans leur parcours sécurisé, pas une expédition de spéléologie !

— Je ne sais pas ce qui s'est passé. Il nous a échappé quelques minutes et nous l'avons entendu crier.

— J'espère pour tout le monde qu'il n'a rien. Pour lui et pour sa famille, c'est l'essentiel. Et pour nous tous. Vous le savez comme moi, monsieur Dubois, dans un tel cas les boucs émissaires, ce sont les enseignants et le maire.

Juliette lut la panique sur son visage. Elle eut presque

pitié de lui, et pourtant ils ne s'appréciaient pas beaucoup. Ils s'affrontaient dans chaque réunion du conseil municipal liée à l'école, comme la garderie ou la cantine scolaire. L'opposition classique maire-instituteur. Elle disait souvent en souriant : « Il ne manque plus que le curé », mais quand le maire était aussi propriétaire des Alizés, le plus important vignoble de la commune, l'opposition devenait public-privé ou encore patron-syndicat. Comme si tous ces critères ne pouvaient pas être dépassés aujourd'hui, pensait-elle.

— Qu'est-ce que je fais, madame le maire ? Je reste avec vous ou je rentre avec les enfants pour rassurer les autres parents ?

— Partez avec les enfants, mieux vaut ne pas provoquer l'affolement général. Je vous tiendrai au courant.

Après le départ de l'autocar, Juliette rejoignit le brigadier de gendarmerie et les pompiers leur expliquèrent qu'en ce moment deux hommes descendaient dans la cavité ; ensuite ils devraient harnacher le gamin, et l'opération de remontage commencerait.

Juliette appela son domicile et laissa un message à son frère, ce serait à Stéphane de recevoir le car de touristes irlandais à la propriété. Puis Juliette téléphona à sa fille pour lui demander de seconder son oncle lorsque les visiteurs arriveraient, mais elle constata avec plaisir qu'Isabelle était déjà dans le chai, elle avait préparé les bouteilles, vérifié que les vins blancs et rosés étaient au frais, et sorti les fiches qui mentionnaient les tarifs et les offres spéciales. Au moment où sa mère l'appelait, elle allumait l'ordinateur et le vidéoprojecteur pour présenter le diaporama reconstituant l'histoire du vignoble et de la famille.

Mi-avril, Isabelle avait achevé son année universitaire et tout en révisant en prévision de ses examens, elle travaillait à la propriété avec sa mère et son oncle. Elle parlait très bien l'anglais et Juliette lui déléguait volontiers l'accueil des visiteurs étrangers.

Enfin, le dernier appel de Juliette fut pour le cabinet médical de Jean-Pierre Deltec, elle l'informa de l'accident en lui demandant de la rejoindre sur place aussi vite que son emploi du temps le lui permettrait.

Au moment où elle rangeait son téléphone dans son sac, l'agitation s'accrut autour d'elle, le capitaine des pompiers criait dans son talkie-walkie…

Éric Dufour, le brigadier de gendarmerie, s'avança vers elle.

— La maman du gosse vient d'arriver. Il vaut peut-être mieux que ce soit vous qui lui parliez…

Le capitaine des pompiers essayait toujours de rétablir une liaison avec ses hommes.

— Mon capitaine, qu'est-ce que je dis à la mère ? demanda Juliette.

— Que nous faisons tout notre possible…

— Je ne suis pas sûre que cela suffise !

— Je vous accompagne, dit le brigadier de gendarmerie.

Elle essaya d'adapter son pas sur le sien, mais elle trébuchait sur les cailloux, à plusieurs reprises il lui prit le bras.

Ils arrivèrent près des véhicules de secours. Le docteur Deltec était déjà là, il tentait de réconforter une jeune femme au bord de l'hystérie.

— Vous voulez dire que mon gamin est resté au fond d'un trou quelque part là-dedans, et vous n'êtes même pas capable de me dire comment il va, ni quand vous allez le tirer de là…

Juliette la prit par les épaules et la guida vers l'entrée de la grotte.

— Les pompiers l'ont localisé, ils ont pu lui parler, apparemment il va bien. Ils descendent vers lui en ce moment. Venez, on va se rapprocher.

— Mais qu'est-ce qui s'est passé ? Je veux savoir !

— D'après nos premières informations, expliqua le brigadier, il a échappé à la surveillance de son maître et il a franchi les limites de sécurité.

— Vous êtes en train de me dire que Mathieu est un

voyou qui n'obéit pas à son maître ? Bien sûr, vous ne me direz pas que c'est la faute de son instituteur, la solidarité joue à fond dans la commune, n'est-ce pas ?

Juliette se rappelait la jeune femme timide qui était entrée dans son bureau quelques mois auparavant. Elle était secrétaire à la cave coopérative de Bourg-sur-Gironde, son mari travaillait à Bordeaux ; elle cherchait un logement le plus près possible du centre-ville pour que ses enfants puissent se rendre seuls à l'école. Après bien des difficultés, Juliette lui avait trouvé un appartement à quelques centaines de mètres du groupe scolaire. Pourtant elle savait que ce que la jeune femme avait qualifié à l'époque d'« immense service » ne pèserait pas lourd dans la balance aujourd'hui.

— Madame Maurin, personne ne cherche à fuir ses responsabilités. M. Dubois assumera les siennes et moi aussi. Je suis responsable d'avoir autorisé cette sortie dans les grottes qui sont du domaine communal.

Elles passèrent l'entrée de la grotte aménagée en salle d'exposition et prirent le circuit de visite. Il régnait une odeur d'humus et l'obscurité était à peine atténuée par la lumière des lanternes scellées dans la pierre des murs. Elles furent dépassées par deux pompiers tenant une civière.

— Ils remontent !

Elles coururent, se soutenant l'une l'autre, le médecin et le brigadier dans leurs pas. Le premier secouriste émergea de la cavité rocheuse, tirant le corps de Mathieu harnaché à un brancard. Il fallut presque une demi-heure pour l'extraire entièrement, mais il était conscient. Avant qu'on l'installe dans le véhicule d'urgence pour le conduire à l'hôpital, le docteur Deltec l'examina et il rassura la maman.

— Rien de grave, un bras cassé, quelques ecchymoses, et une sacrée frousse en prime !

Il aida Mme Maurin à s'installer dans l'ambulance à côté de son fils et revint vers Juliette.

— Je ne crois pas qu'il recommencera de sitôt à nous jouer le retour d'Indiana Jones… Ça va toi ?

Il posa un bras autour de son cou, elle lui sourit en appuyant sa tête sur son épaule. Ils se connaissaient depuis l'enfance et des relations complexes les unissaient dans un univers empreint d'amitié et de connivence.

Il y avait plus de cinquante ans de cela, les parents de Jean-Pierre arrivèrent de la Creuze et s'installèrent comme métayers au château Les Alizés. En ce temps où les femmes accouchaient à domicile, Jean-Pierre était né sur la propriété des Leroux. Il avait grandi avec Juliette, fréquenté les mêmes écoles, entrepris les mêmes courses folles dans les vignes, partagé les mêmes jeux. L'adolescence, l'âge adulte, rien ne les avait vraiment séparés. Même si ses études de médecine l'avaient éloigné quelques années, Jean-Pierre était revenu à Saint-Louis et il y avait ouvert son cabinet.

Lorsque Juliette se maria, il fut son témoin, et plus tard le parrain d'Isabelle, sa fille. Quand Juliette s'était présentée à la mairie de Saint-Louis, alors que sa mère, malade, ne pouvait plus assumer ses charges, Jean-Pierre l'avait suivie. Aujourd'hui il était le premier adjoint de la commune.

Malgré le temps écoulé, l'émotion qui l'avait animé alors précipitait encore les battements de son cœur. Avec Juliette et quelques autres colistiers, ils faisaient le tour des magasins, le marché du samedi matin sur la place de la Citadelle, discutaient avec les commerçants, les passants.

Dans l'excitation du combat, Jean-Pierre avait découvert qu'il aimait ce jeu de la séduction. Et puis il y avait les réunions de quartier où il arrivait toujours en retard, directement du cabinet médical. Jamais il n'avait le temps de se changer, ni de dîner. Il entrait dans la salle déjà pleine, se penchait dans les allées, serrait des mains, embrassait les dames avant de rejoindre Juliette sur l'estrade et là, il la regardait : la grâce fugitive de ses gestes, de son sourire, sa voix chaude et grave, et l'énigme de ses yeux où se perdaient toutes les nuances de vert. Elle ne prononçait pas de grands discours que les politiciens croient fédérateurs, la plupart du temps elle s'adressait aux gens sur le ton chaleureux de la conversation, mais elle allait toujours droit au but avec cette façon bien à elle de rendre authentique la moindre banalité que sa mission l'obligeait à proférer.

Jean-Pierre se rappelait qu'à la fin de chaque réunion le vin mousseux lui brûlait l'estomac, douleur à peine estompée par les biscuits secs qu'il grignotait à la hâte. Et ils avaient été élus. Ce fut le début d'une nouvelle aventure. Bien sûr il y en eut une autre…

Les pompiers rassemblaient déjà leur matériel, la radio de leur véhicule crépitait. Juliette remarqua alors que les deux secouristes qui étaient descendus dans la cavité s'entretenaient en aparté avec leur capitaine et le brigadier. Celui-ci revint vers elle et reprit un ton officiel.

— Madame le maire, voulez-vous m'accompagner ?

— Qu'est-ce qui se passe ? Il y a autre chose au sujet du gamin ?

Le capitaine des pompiers lui montra un sac à main à moitié rongé par l'humidité qui portait encore l'écusson *Chanel* et, presque intacte, une gourmette en or avec un prénom gravé : *Fabienne.*

— Les secouristes ont découvert les restes d'un corps humain au fond de la caverne, ils ont remonté ce sac et ce bijou.

Juliette ferma les yeux, elle se sentit chavirer, et pendant un instant il lui sembla qu'une force maléfique l'attirait à son tour dans le trou. Elle connaissait ce bracelet. C'est elle qui l'avait offert à sa sœur pour ses dix-huit ans. Fabienne, sa cadette, qui avait disparu depuis six ans.

# 1

Aux portes de Bordeaux, séparée du Médoc par l'estuaire de la Gironde, Saint-Louis développait un charme particulier lié aux eaux calmes qui la berçaient. Campée au cœur de la double appellation viticole « Blayais-Bourgeais », la ville ouvrait son port sur la mer et toutes ses autres voies sur des collines plantées de vignes. Et au centre, dressée sur son promontoire, majestueuse, la citadelle de Vauban s'imposait bien avant dans l'estuaire.

Par cette douce matinée d'avril, Saint-Louis apparaissait comme un port baigné de soleil, frémissant dans le vent du large, avec son embarcadère de pierre grise qui accueillait le bac effectuant chaque jour la traversée vers le Médoc, mais aussi les bateaux de pêche ou de plaisance ballottés par l'incessant clapotis des eaux. La ville invitait à l'aventure, comme une aire incertaine entre douceur et gravité où venaient mourir l'écume des vagues et le chant des mouettes.

Comme chaque matin, le personnel d'entretien rangeait le matériel de nettoyage lorsque le commissaire Lenoir arriva à son bureau. Il était à peine six heures et demie, et il savait qu'il profiterait de deux heures de calme qui seraient les plus productives de sa journée.

Louis Lenoir était un homme simple affichant une cinquantaine sereine. Des cheveux châtain clair coupés court et une légère calvitie lui donnaient un air sérieux sans pour autant altérer l'éclat de ses yeux d'une couleur indéfinissable muant du gris au noir.

Il salua les deux femmes de ménage qu'il n'avait jamais pu se résoudre à appeler des techniciennes de surface. « Au bout du compte, disait-il, elles utilisent toujours le balai et la serpillière, et tous les néologismes du monde n'y changeront rien... »

Il se prépara un café puis il s'assit à son bureau et ouvrit le dossier « Leroux » qu'il ne connaissait pas encore. Six ans auparavant, Fabienne Leroux, alors âgée de vingt-huit ans, avait disparu. On avait retrouvé sa petite Fiat décapotable dans le parking souterrain de la gare de Saint-André, comme si elle avait pris le train. Mais elle n'était jamais arrivée nulle part, ni à son appartement à Bordeaux, ni au domicile familial, le château des Alizés.

Fabienne était journaliste, elle travaillait pour le quotidien régional *L'Aquitaine*, où elle rédigeait une chronique régulière. À l'époque, le commissaire Fournier, à un an de la retraite, avait mené son enquête parmi la famille, les amis et les collègues de la jeune femme. Il avait vérifié les débits de ses cartes de crédit en pensant à un départ spontané, comme ces personnes rentrant chez elles un soir et qui font brusquement demi-tour pour ne jamais revenir.

Toutefois, en quelques jours, l'affaire avait pris une tournure surprenante. La jeune fille sortait avec Geoffrey Morris, le fils d'un ingénieur canadien en poste à la centrale électrique de Martigné. Et le rapport disait que c'était une jeune femme libre, moderne, un témoin avait même employé le terme « allumeuse ». Une semaine après la disparition de Fabienne, le jeune homme avait mis fin à ses jours en se jetant du haut de la citadelle de Vauban, par un froid matin d'octobre. On avait retrouvé son corps déchiqueté sur les rochers et il avait laissé un message sur son ordinateur, quelques mots confus sous-entendant sa culpabilité. Sans vraiment clore le dossier puisqu'on n'avait jamais retrouvé le corps de la jeune femme, le commissaire Fournier en avait déduit qu'au cours d'une dispute Geoffrey Morris avait tué la jeune fille, fait disparaître le corps et, pris de remords, il s'était suicidé. Faute d'élément nouveau, l'affaire en était restée là.

« Et l'élément nouveau vient de me tomber dessus »,

pensa le commissaire Lenoir en buvant son café. Il n'était pas encore prouvé que les restes humains retrouvés dans la grotte étaient ceux de Fabienne Leroux, mais de fortes présomptions le laissaient à penser : la gourmette que sa sœur avait reconnue, le sac dans lequel on avait trouvé des papiers en décomposition. Un morceau du permis de conduire portait un numéro encore lisible et, après vérification à la préfecture, c'était bien celui de la jeune femme. Le dentiste qui la soignait avait gardé son dossier et l'avait transmis à l'institut médico-légal. L'autopsie confirmerait peut-être les doutes, sinon, il y avait encore l'analyse ADN à comparer avec un membre de la famille.

En parcourant le contenu du dossier le commissaire eut l'impression que l'enquête de son collègue avait été bien vite bouclée. Bien sûr ce n'était pas facile de prouver un assassinat sans le corps de la victime.

Sa première démarche ce matin-là fut de trouver la retraite du commissaire Fournier. Il apprit qu'il s'était retiré en Dordogne dans la région de Bergerac. La chance s'arrêta là. L'ex-commissaire s'était tué dans un accident de voiture quelques mois plus tôt.

C'était donc par la famille de la jeune femme qu'il devait reprendre l'enquête, et il avait demandé à sa sœur, le maire de Saint-Louis, de passer au commissariat ce matin. Elle l'avait prévenu qu'elle viendrait tôt, mais il fut tout de même surpris lorsqu'elle se fit annoncer à huit heures moins le quart.

— Asseyez-vous, je vous en prie… Voulez-vous une tasse de café ?

— Bien volontiers, merci.

Il lui servit une tasse de café, avança vers elle le sucrier, une cuillère, mais elle les repoussa d'un geste qu'il jugea gracieux. Puis il prit sa posture favorite, les bras sur les accoudoirs de son fauteuil, les mains jointes, les yeux plantés dans ceux de Juliette. Elle désigna le dossier sur son bureau.

— Avez-vous du nouveau, monsieur le commissaire ?

Sa voix était harmonieuse quoique un peu rauque. C'était une jolie femme. Quel âge avait-elle, quarante-sept, quarante-huit ans ? Il admira sa distinction naturelle, ses cheveux châtain foncé mi-longs qui frôlaient ses épaules avec une simplicité élégante. Elle portait un ensemble pantalon grège et un chemisier marron, un peu légers pour la fraîcheur de ce petit matin d'avril. Mais Louis Lenoir était fasciné par ses yeux vert émeraude, immenses, qui reflétaient une certaine forme de sérénité ou de la tristesse.

— Madame Leroux, concernant la disparition de votre sœur, la gendarmerie m'a transmis le dossier et je le découvre. J'ai besoin que vous m'éclairiez. En six ans vous n'avez eu aucun élément nouveau ? Pas d'appel, même anonyme, pas de bruit quant à sa présence quelque part.

— Votre prédécesseur a conclu à son décès, vous ne l'ignorez sans doute pas ? Ma famille et moi avons accepté l'idée qu'elle était morte.

— Que sont devenus son appartement, ses effets ?

— Trois mois après sa disparition, nous avons libéré le studio qu'elle occupait à Bordeaux, j'ai donné ses vêtements au Secours catholique. Votre collègue m'a rendu ses dossiers et ses documents. Je les ai emballés et conservés avec le reste de ses effets, ordinateur, disques, livres. Ils sont toujours chez moi. Commissaire, est-on sûr que c'est elle ?

— Il y a des commencements de preuves assez significatifs. Si cela ne suffit pas, nous aurons encore les tests ADN. Comment aviez-vous accueilli les conclusions du commissaire Fournier à l'époque ?

Juliette n'oublierait jamais les heures qui avaient suivi la disparition de sa sœur, l'inquiétude qui avait fait place à l'angoisse au fur et à mesure que s'écoulait le temps. Les dizaines d'appels téléphoniques que son frère et elle avaient donnés chez tous leurs amis et ceux de Fabienne, puis le silence...

— Au début, l'hypothèse la plus vraisemblable fut

celle de l'accident, la fugue suggérée par votre collègue n'était guère plausible. Nous n'avons jamais cru à un départ volontaire. Pour nous qui la connaissions c'était impensable.

— Alors qu'avez-vous pensé après que sa voiture a été retrouvée ?

— Une vengeance peut-être. Elle était intransigeante dans son travail, aucun thème ne l'effrayait et elle ne lâchait jamais prise. Elle avait réalisé à quelques mois d'intervalle deux dossiers épineux. L'un traitait du trafic de drogue dans les lycées et l'autre du harcèlement sexuel dans les entreprises. Elle m'avait alors confié que des lettres d'injures étaient parvenues au journal où elle travaillait.

Juliette avait fini son café, elle tendit la main vers la cafetière, mais le commissaire la devança en lui adressant un large sourire qui anima son visage émacié. C'était parfois déconcertant pour ses interlocuteurs, il le savait et il utilisait cette arme avec précision et finesse, comme on joue d'un fleuret.

— Je n'ai rien trouvé qui relate les enquêtes de votre sœur dans le dossier.

— Je ne suis même pas sûre qu'elles aient été évoquées à l'époque. Le suicide du jeune homme avec qui elle sortait est survenu à point nommé.

Le commissaire reprit les conclusions de l'enquête de son prédécesseur.

— En effet, Geoffrey Morris a bien été le dernier à l'avoir vue avant sa disparition. Ils sortaient ensemble, mais on la décrivait, comment dire ? un peu légère.

— Elle avait vingt-huit ans, dit Juliette en souriant.

Il trouva que ce sourire lui allait à ravir.

— Donc vous avez pensé qu'il l'avait tuée et qu'il s'était débarrassé du corps avant de se donner la mort ?

— C'est ce qu'a affirmé votre collègue, mais...

Le téléphone retentit sur le coin du bureau.

— Lenoir, j'écoute. Oui... Quand ? Bon, j'arrive.

Voulez-vous m'excuser, madame le maire, j'en ai pour deux minutes.

Après son départ, Juliette prit la liberté de se servir une troisième tasse de café, et elle regarda le dossier sur le bureau du commissaire.

« Mais ce n'était peut-être pas aussi simple... » s'apprêtait-elle à lui dire.

Elle se souvenait du tapage médiatique... les caméras devant la grille de la propriété, les appels des journalistes. Un jour, elle avait même été contactée par une voyante qui lui proposait ses services. À cela s'ajoutaient les récriminations de son père qui réclamait la paix et la petite mine triste d'Isabelle, âgée de seize ans à l'époque, qui adorait sa tante et qui attendait, anxieuse, se précipitant sur le téléphone dès qu'il sonnait. Comme toujours, Juliette s'était chargée de tous et de tout, en mettant de côté ses propres émotions et ses craintes.

Fabienne était sa cadette de treize ans, elle lui avait appris à marcher, à lire, elle lui avait expliqué les verbes irréguliers et Pythagore. C'était une enfant attachante, qui pouvait grimper aux arbres et revenir avec ses vêtements en lambeaux ou rester de longues heures, assise, un livre ouvert sur les genoux. Avec toujours au fond des yeux un éclat d'avidité, comme une vibration. Elle dévorait les livres qu'on lui offrait, elle remportait les prix d'excellence et rougissait devant les éloges des professeurs. Mais c'est à sa sœur aînée qu'elle posait le plus de questions, et Juliette ne les avait jamais laissées sans réponses. Puis elle était devenue une jeune fille époustouflante de charme, avec sa crinière blond-roux, ses yeux très noirs qu'elle posait sur les autres comme si elle pouvait déchiffrer tout ce qu'il y avait de plus secret en eux.

C'est à sa majorité que tout avait changé. Elle avait quitté le domaine familial, s'était installée à Bordeaux... Il y avait eu les examens réussis qu'elle ne fêtait jamais en famille, de rares visites aux Alizés, ses aventures amoureuses, nombreuses, trop nombreuses...

Puis Fabienne avait rencontré Geoffrey, elle avait disparu et il s'était suicidé. Les funérailles du jeune homme furent un vrai calvaire pour son père assis au premier rang, seul. Un peu en retrait, quelques amis de Geoffrey, Philippe Marot propriétaire d'une agence immobilière à Bordeaux où il travaillait. Juliette était là avec son mari et Jean-Pierre Deltec à ses côtés. L'homélie du prêtre avait été très courte, et à la sortie de l'église, on avait hissé le cercueil du jeune homme en hâte dans le véhicule des pompes funèbres et l'accès au cimetière fut interdit au public. Juste avant de monter dans sa voiture, le père de Geoffrey était venu vers Juliette, il l'avait regardée en face avant de lui dire d'une voix calme, mais ferme, marquée d'un fort accent canadien : « Je suis désolé pour votre sœur, mais ce n'est pas Geoffrey qui l'a tuée, mon fils n'était pas un assassin ! »

Juliette finit sa tasse de café. Non, les conclusions de l'enquête ne l'avaient pas satisfaite. Comment accepter un deuil, quand on n'a même pas une tombe où se recueillir ? Et si la présence du corps de Fabienne dans cette grotte était confirmée…

Le commissaire revint avec une enveloppe de papier kraft sous le coude.

— Madame Leroux, je viens de recevoir les résultats de l'autopsie, le test ADN ne sera pas nécessaire, il s'agit bien de votre sœur, je suis désolé.

Lorsqu'elle releva la mèche de cheveux qui tombait sur son front, il remarqua le tremblement de ses doigts. Il respecta son silence jusqu'au moment où leurs regards se croisèrent de nouveau.

— Est-ce que l'examen médical révèle les causes de la mort ?

— Oui, le légiste a décelé des brisures très nettes au niveau des cervicales. Elle a été étranglée avant d'être jetée dans ce trou.

Il la vit pâlir, serrer les poings autour des accoudoirs de son fauteuil.

— Je suis désolé, répéta-t-il. Votre sœur pratiquait-elle la spéléologie ? Est-ce qu'elle aurait pu montrer cet endroit à son petit ami de l'époque ?

— Sûrement pas... Elle avait une frayeur pathologique du noir et des réduits. Elle n'était jamais allée au-delà de la salle d'exposition à l'entrée des grottes.

— Je vais rouvrir l'enquête. Le bon sens voudrait que l'on revoie la culpabilité de Geoffrey Morris.

Soudain Juliette comprit. Elle était née ici, elle avait visité ces grottes des dizaines de fois, cependant elle ne connaissait pas l'existence de cette caverne.

— Je crois qu'il reste bien des zones d'ombre dans cette affaire, reprit le commissaire. Je vais vous demander de réfléchir à ce qui s'est passé au cours des jours qui ont précédé la disparition de votre sœur. Notez tout ce que vous vous rappellerez, le plus petit détail peut avoir de l'importance.

— Je ferai mon possible, mais six ans se sont écoulés... Quand pourrons-nous récupérer son corps pour les funérailles ? demanda-t-elle en se levant.

— Le plus tôt possible, je vous appellerai.

Il la raccompagna jusqu'à l'entrée principale du commissariat et lui souhaita bon courage.

Le lendemain, le jour se levait à peine sur les coteaux entourant Saint-Louis lorsque Juliette quitta le domaine. Elle prit la route de Prignac qui coupait une partie du vignoble familial, et arrêta sa voiture en bas de la colline de Moulinblanc, puis elle monta à pied jusqu'au sommet.

Depuis des années elle parcourait ainsi ses vignes au point du jour en goûtant la sérénité de cet instant où on ne voit plus les étoiles et pas encore le soleil. L'air était frais et le vent de l'océan portait des embruns au parfum d'iode. Elle remonta le col de son blouson et s'avança dans les règes qui montaient à flanc de coteau avec une régularité quasi géométrique.

Le printemps jaillissait partout, embrasant les vignes de mille couleurs. Après la taille hivernale qui élimine les branches mortes et privilégie les sarments porteurs de la future récolte, le débourrement, cette lente éclosion des bourgeons, était commencé. Le printemps est en retard, se dit Juliette, mais c'est mieux ainsi, des pousses précoces s'exposeraient aux gelées qui peuvent encore sévir fin avril et même début mai, jusqu'aux saints de glace. En cette mi-avril, les bourgeons s'ouvraient doucement comme des châtaignes dorées. La terre exhalait encore la fraîcheur de la nuit avec des odeurs d'humus où se fondaient les fragrances des premières floraisons sur les arbres fruitiers.

Le vignoble s'étendait jusqu'au sommet de la colline où les vestiges d'un moulin s'égaraient parmi les figuiers et les buissons d'aubépine. À l'horizon, dessinant une ligne floue, le ciel se confondait avec la terre d'où émergeait dans une succession d'images auréolées de brume la citadelle de Vauban.

Juliette contemplait ce paysage de pentes douces, chargées de ceps et de branches entrelacés, de décrochements subtils plantés d'arbustes où les premières lueurs du jour réfléchissaient les verts, les bruns teintés d'ocre dans la lumière rose.

De tout le vignoble, la colline de Moulinblanc était sa parcelle préférée. Les ceps couraient à perte de vue, chaque pied avait pris une forme différente avec le temps et leur écorce n'avait pas la même patine ; il lui semblait qu'elle pouvait tous les reconnaître. Entre les ceps, la terre était creusée de sillons profonds, parsemés de cailloux, une terre dense, palpitante comme un corps qui respire. Les vignes avaient été plantées par Lise Leroux, sa mère, quelque trente-cinq ans auparavant. La spécificité des cépages et leur exposition plein sud produisaient des raisins d'une qualité remarquable. De ces fruits, Lise Leroux avait élaboré une vinification séparée avec un élevage dans des barriques de chêne déjà usagées afin que l'agressivité du bois n'altère pas le fruité des baies, et elle avait fait de ce vin exceptionnel sa cuvée « Adélaïde », du nom de la première dame du domaine.

Au loin, face à l'estuaire, le château des Alizés s'élevait sur son promontoire. Exposé à tous les vents, c'était une belle propriété qui mariait la rigueur classique des bâtiments au charme des jardins fleuris, entourés d'allées bordées de tilleuls et de marronniers.

Chaque génération qui s'y était succédé avait apporté sa touche à l'édifice. Le château des Alizés était entré dans la famille de Juliette au milieu du XIXe siècle, et la propriété avait toujours été transmise de mère en fille.

Son arrière-grand-mère Adélaïde était restée une énigme pour les générations futures. Alliance complexe d'une nature sensible et d'un esprit mercantile, c'était elle qui avait donné au domaine familial ce nom romantique d'« Alizés », et sous sa houlette on embouteilla pour la première fois du vin sur la propriété. En ce sens, elle avait soixante ans d'avance. Elle acquit avantageusement des terres ravagées par le phylloxéra quelques décennies plus tôt, et ordonna de replanter la vigne en utilisant les porte-greffes américains qui allaient, de par leur résistance au puceron maudit, sauver le vignoble français.

Lorsque sa fille Blandine hérita du domaine, elle s'attacha au château bien plus qu'au vignoble. Elle aimait les bals, les réceptions, les voyages, et entreprit la démarche inverse de celle de sa mère en vendant des parcelles de vignes pour aménager le château, les jardins, le parc et les communs jusqu'à en faire un village dans la ville, ouvert sur l'estuaire.

La bâtisse principale, belle chartreuse du XVIIIe, fut surhaussée de larges pavillons d'angle, chapeautés de tuiles ocre et entourés de balcons sculptés dans la pierre blonde de la région. Un escalier à double révolution ornait la totalité de la façade au toit avancé soutenu par des colonnes. La vigne, toujours elle, la vigne vierge couvrait une partie de l'édifice. Les jardins égayés de massifs de fleurs enserraient le château jusqu'à son mur d'enceinte qui dominait l'estuaire et, à l'opposé, ils ouvraient sur les allées qui menaient aux communs, dans le parc et à l'arrière de la bâtisse près des terrasses et des bassins jalonnés de statues.

Blandine avait le goût du luxe et de la démesure. Elle collectionnait les tableaux, les meubles précieux, et comme elle avait fait un mariage d'amour plus que de fortune, elle fut contrainte de vendre plusieurs hectares du vignoble pour payer ses dettes.

Les transactions avec les notaires, parfois les huissiers, avaient marqué sa fille Lise. Lorsqu'elle hérita à son tour du domaine, elle s'empressa de vendre les tableaux de maître pour racheter des vignes. Altière, brillante, femme d'affaires avertie, rouée – elle était la première à l'admettre – mais terriblement séduisante, elle menait tout son monde avec une autorité qu'il était impossible de contester.

Elle décida que la totalité des vins produits sur le domaine serait mise en bouteilles et vendue à partir de ses chais. Tout au long de sa vie, elle ne cessa d'investir dans du matériel technologique de pointe, la réfection des chais de vinification et de vieillissement. En 1980, elle acheta le château Saint-Benoît à Cussac en Médoc, à quelques encablures à peine de Saint-Louis mais sur l'autre rive de l'estuaire ! Heureusement, le bac reliait les deux rives plusieurs fois par jour.

Elle se bâtit une réputation de travailleuse acharnée, rivée depuis sa jeunesse à son vignoble qu'elle fit prospérer pour produire le meilleur vin parmi les meilleurs. Comme sa mère avant elle, Lise fit un mariage d'amour, du moins le crut-elle, avec un professeur de littérature qui ne s'intéressa jamais à la vigne ni même au vin. Elle n'en fut que plus active en prenant la tête du syndicat viticole et partit défendre la double appellation « Blayais-Bourgeais » partout dans le monde. Lorsqu'elle céda la présidence du syndicat à un autre vigneron, ce fut pour emporter la mairie de Saint-Louis presque d'assaut. Elle eut la sagesse de ne pas se laisser embrigader dans aucun parti politique, ce qui lui valut une certaine liberté de parole et d'action dont elle ne se priva pas. D'ailleurs, elle n'était pas loin de penser qu'ils se valaient tous, mais cela, elle ne le disait jamais en public. Pendant des années, elle dirigea la commune et sa famille avec la même fermeté, et ce fut sans doute le secret de son succès puisqu'elle garda son mandat de maire jusqu'à ce que la maladie la contraigne à démissionner.

C'était ce double héritage familial et public qu'elle avait laissé à sa fille aînée Juliette. Ce domaine, Juliette y avait passé toute sa vie, et l'histoire de sa famille s'inscrivait dans ces sillons creusés à même le sol où la roche affleurait. Avait-elle envisagé de vivre ailleurs ? Oui, peut-être lorsque, adolescente, elle rêvait de devenir violoniste… Mais son destin ne pouvait s'accomplir qu'aux Alizés, et elle s'était conformée à l'usage en épousant un industriel qui n'aimait ni la vigne ni le vin, et ils avaient une fille, Isabelle.

Après le décès de sa mère, son père quitta le domaine familial et s'installa dans une maison en brique rouge, style cottage irlandais, qu'il avait achetée à une dizaine de kilomètres de Saint-Louis. Puis Fabienne avait disparu. Juliette et son jeune frère Stéphane, unis dans les épreuves, s'étaient fait la promesse que rien ne viendrait jamais perturber leur entente et la sérénité de leur famille. Pourtant, quatre ans auparavant tout avait failli basculer… Lorsque Gérard, le mari de Juliette, avait annoncé un matin qu'il en avait assez des vignes, et qu'il partait avec Marie, la petite amie de Stéphane, une ravissante blonde de vingt ans plus jeune que lui. Isabelle s'était révoltée contre son père, elle avait contesté, pleuré, et même insulté Marie. Durant ces longues semaines de conflit familial, Juliette continua de lutter contre le temps au cours de folles journées entre les vignobles et la mairie, en essayant de modérer les ardeurs d'Isabelle et de consoler Stéphane. Pendant des mois, il vint aux Alizés pour assumer sa part de travail à la vigne et au chai puis il retournait dans la propriété du Médoc. Il ne prenait plus ses repas en famille, ne parlait presque plus à Juliette comme s'il la jugeait responsable des turpitudes de son mari sans imaginer qu'elle souffrait aussi de cette trahison. Mais au fil du temps la tension s'était apaisée, et tout était rentré dans l'ordre. Une tempête de plus avait déferlé sur Les Alizés.

Juliette poursuivait sa promenade au milieu des vignes. Elle avait promis au commissaire Lenoir de noter ses souvenirs des jours qui avaient précédé la disparition de Fabienne, mais la première page du carnet qui la suivait partout depuis deux jours était restée vierge. Elle avait du mal non pas à se souvenir, mais à trouver des mots, à renouer le fil des événements jusqu'aux conclusions du commissaire Fournier…

À l'époque, pendant plus d'un mois la police avait tout tenté pour retrouver le corps de la jeune femme, des hommes-grenouilles avaient dragué l'étang et le cours d'eau, les policiers avaient multiplié les perquisitions dans l'entourage de Geoffrey, la fouille du jardin de son père. En vain.

Juliette avait répondu aux questions de la police, affronté les journalistes. Très vite, son père était retourné à ses livres, et son mari à ses chantiers. Elle avait consolé Stéphane et Isabelle, et ensemble, ils avaient appris à vivre sans Fabienne, comme ils s'étaient habitués à vivre sans leur mère.

En ce qui la concernait, c'était toujours auprès de Jean-Pierre Deltec qu'elle trouvait un peu de réconfort. Il venait souvent l'attendre à la sortie de la mairie et ils allaient déjeuner ensemble, en parlant de leur travail, des problèmes de la commune, de leurs projets. Elle lui parlait d'Isabelle dont le caractère s'affirmait ; c'est de cette période que dataient les premières révoltes de la jeune fille qu'elle exprimait comme un exutoire au départ de son père. Juliette confiait ses inquiétudes à Jean-Pierre, mais elle ne parlait jamais d'elle. Que ce soit dans sa famille, parmi ses proches, ou à la mairie, elle écoutait, mais elle avait remarqué que personne ne s'inquiétait de ses joies ou de ses peines. Il lui avait fallu du temps, mais elle avait fini par s'y résigner. « Tu peux m'en parler à moi », disait Jean-Pierre.

Ce n'était pas si facile...

En fait, depuis six ans la vie aux Alizés s'était organisée en dépit de l'absence de Fabienne. Il est vrai qu'après son départ au lendemain de ses dix-huit ans, la jeune fille avait été bien peu présente.

Contrairement à Juliette et Stéphane, la terre, la vigne et toutes les traditions familiales ne l'intéressaient pas. Adolescente, elle montrait déjà pour le rituel qui entoure le monde du vin la même indifférence que son père.

Elle avait choisi sa vie. Elle aimait son métier avec l'obsession de la vérité, elle travaillait beaucoup, et savourait ses succès sans excès de vanité. Elle venait au domaine en de rares occasions, l'anniversaire d'Isabelle, les fêtes de Noël, ou de Pâques où elle cherchait les œufs dans les jardins avec sa nièce, mais sans demander qui prenait le temps de les dissimuler dans les feuillages...

Elle n'avait pas modifié son comportement en apprenant que leur mère souffrait d'un cancer. Pendant les six mois que dura la maladie de Lise, Fabienne effectua quelques visites brèves, silencieuses, en repoussant les appels à l'aide de sa sœur. Juliette, qui supportait seule les responsabilités des deux domaines, lui en voulait un peu. Elles s'étaient souvent chamaillées durant cette période, et chaque fois Fabienne partait en claquant la porte... Ce n'est qu'après le décès de leur mère et le départ de leur père qu'elle était revenue dîner au domaine de temps en temps, puis sur un rythme plus régulier.

Elle s'asseyait toujours en bout de table dans la grande salle à manger, juste à côté d'Isabelle, et elle racontait des anecdotes rocambolesques sur son travail, ses escapades, ses voyages. Chaque année, elle s'octroyait deux semaines d'aventures dont elle revenait transcendée. Partager la vie des trappeurs en Alaska ou crapahuter au Tibet sur les traces du dalaï-lama...

Alors elle racontait et parlait, parlait... devant Isabelle qui la dévorait des yeux, éblouie... Soudain, Fabienne s'arrêtait au milieu d'une phrase et elle demandait à brûle-pourpoint : « Au fait, tout va bien à la propriété ? — Tout va bien... répondait Juliette. — Alors la vie est belle ! » s'exclamait-elle... et son rire cristallin retentissait en écho à tous les autres. Elle avait une tendresse particulière pour Isabelle depuis le jour de sa naissance, où elle était restée plus d'une heure debout au pied du lit de sa sœur aînée, le bébé serré contre son cœur, sans prononcer un mot. Elle la couvrait de cadeaux, de livres, de bijoux. Lorsque Isabelle entra au lycée à Bordeaux, deux fois par semaine Fabienne venait la chercher et elle l'invitait à déjeuner. Le soir, Isabelle racontait à sa mère la pause déjeuner et le lèche-vitrines, les garçons qui se retournaient, et Fabienne qui disait : « Laisse-les faire, ne leur montre surtout pas que ça te flatte », et leurs fous rires. Juliette écoutait sa fille et elle se concentrait bien vite sur la préparation du dîner pour chasser la nostalgie de son adolescence perdue...

De nouveau, elle pensa au petit carnet dont les pages resteraient blanches ; tous les détails des heures précédant ce 21 octobre 1999 avaient été annihilés par l'angoisse insoutenable qui avait suivi... Les souvenirs que Juliette gardait de Fabienne n'étaient pas liés au jour de sa disparition. À travers ces images qu'elle réveillait de force, elle mesurait combien elle avait aimé sa petite sœur, combien elle l'aimait encore. Pas un jour n'avait passé depuis six ans sans qu'elle ne pense à elle, au détour d'une chanson, d'un parfum, d'un bruit singulier comme le cliquetis de talons fins sur le carrelage ou le choc d'un briquet posé un peu trop fort sur une table. Et depuis six ans, elle n'avait jamais pu se départir de l'impression qu'elle avait failli…

Soudain, elle se sentit gagnée par une grande tristesse en réalisant qu'elle ne pouvait évoquer le visage de sa sœur sans frémir. Fabienne n'était plus là… et elle avait continué d'organiser la vie de famille, régir les domaines avec parfois l'impression qu'elle était si seule. En tout cas, seule à se souvenir. Elle eut envie de pleurer, car en cet instant, la mort lui paraissait facile, plus facile que la vie.

Tandis que le soleil montait entre les collines, elle regagna sa voiture et reprit le chemin des Alizés. En conduisant, elle ouvrit la vitre et l'air frais où perçaient des effluves marins baigna son visage et dissipa sa nostalgie. Elle se sentit rassurée par la magie des lieux, son passé et son présent s'inscrivaient dans cette terre qui avait bercé son enfance.

En rentrant au domaine, elle fit un détour par le chai.

Il était à peine sept heures, Jean Soriac, son maître de chai, n'était pas encore arrivé. Elle se rendit d'abord dans le laboratoire où des dossiers étiquetés s'alignaient sur une longue paillasse carrelée, avec des rouleaux d'étiquettes, des flacons, des éprouvettes. Accrochée au mur, une rangée de tableaux noirs affichait l'évolution de la vigne selon les parcelles depuis l'émergence des premiers bourgeons. Jean avait noté les priorités des traitements sur un tableau, un autre était destiné à enregistrer les résultats des prélèvements au fur et à mesure de la maturation des raisins en août et septembre prochains. Ce suivi au jour le jour permettrait de déterminer la date des vendanges. Enfin un dernier tableau, vert celui-là, faisait état de la présence ou de l'absence de chaque membre du personnel. Juliette y jeta un coup d'œil. D'emblée elle comprit qu'il y aurait un manque d'effectif la semaine prochaine mais ils avaient quelques jours pour pallier la complication.

Puis elle fit une halte rapide au bureau où Sylvie, son assistante, avait laissé plusieurs autocollants à son intention. *Rappeler Henri, le responsable des ventes aux cavistes et restaurants à Paris, ne pas oublier le comptable cet après-midi, récupérer les documents d'accompagnement au bureau des douanes pour l'expédition des vins au Danemark... Recevoir deux étudiants qui postulaient pour un travail d'été à la propriété.* Elle devrait intégrer tout cela dans son agenda, en tenant compte de ses obligations municipales qui étaient importantes ce jour-là, une réunion d'élus, une réunion du Sivom entre autres...

Elle emporta tous les messages et griffonna une note qu'elle posa sur le coin du bureau : *Bonjour Sylvie, j'arriverai vers 11 heures.*

À présent, elle avait hâte de rentrer au château. Une marée de jonquilles et de narcisses envahissait les massifs de clochettes jaunes et blanches qui dansaient dans le vent frais du petit matin.

Elle remonta l'allée et gagna la cuisine pour prendre son petit déjeuner, avec son frère et sa fille. Stéphane avait préparé du café et du pain grillé.

— Salut Bonhomme ! Bien dormi ?

Même aux heures les plus tendues du passé, elle avait toujours baptisé son frère de diminutifs affectueux. Quand il était enfant, c'était Petit Bonhomme et plus tard Bonhomme tout court. À sa fille elle attribuait les surnoms les plus tendres qu'elle pouvait inventer...

— Qu'est-ce que tu fais aujourd'hui ? demanda-t-elle.

— Je dois aller dans le Médoc. Georges est malade... Il faut labourer les parcelles sur la route de Saint-Laurent...

Ensemble, ils avaient choisi un mode de culture le plus naturel, respectueux du terroir. Aérer le sol, maîtriser l'enherbement sans utiliser de pesticides, et pour cela il fallait labourer plus souvent. Les rares produits chimiques utilisés étaient réservés aux seuls traitements contre les maladies de la vigne.

— Et nous avons des problèmes avec la machine d'embouteillage, reprit Stéphane, le réparateur vient ce matin. Cette fois, je crois que je vais perdre patience, c'est la deuxième fois qu'elle nous lâche en un mois, et nous avons une commande en souffrance pour un gros client.

Juliette se servit une grande tasse de café noir, avec un toast et un jus d'orange, puis elle ouvrit la porte de la terrasse à Pic et Puce, les deux boxers d'Isabelle.

Stéphane rapprocha sa chaise de celle de sa sœur.

— Sais-tu quand aura lieu l'enterrement de Fabienne ?

C'est elle qui avait appris à sa fille et à son frère que le corps retrouvé dans la grotte était bien celui de Fabienne. Ensemble, ils étaient allés voir leur père qui n'avait rien dit. Mais il n'avait jamais été prolixe, sauf dans l'exercice de sa profession. Alors d'un commun accord, ils avaient parlé d'autre chose.

— Il faut attendre que le commissaire nous rappelle et puis nous organiserons les funérailles. J'aimerais que cela se déroule dans l'intimité, mais j'en doute. La nouvelle de la réouverture de l'enquête sera rendue publique aujourd'hui ou demain.

— Il faut s'attendre à voir encore défiler les journalistes devant la porte ?

— Ici peut-être pas, mais à la mairie je n'y échapperai pas.

— Et le père de Geoffrey ? Il va apprendre cela par la presse ?

Juliette revit les yeux d'un bleu presque violet plantés dans les siens. « Mon fils n'était pas un assassin ! »

— Cette idée m'obsède depuis deux jours, Stéphane. Le commissaire Lenoir va reprendre l'enquête en partant du postulat que Geoffrey était certainement innocent... Comment aurait-il su où était cette caverne, tous les habitants de Saint-Louis l'ignoraient !

— Sauf un... répondit Stéphane.

L'entrée d'Isabelle interrompit leur conversation. Elle embrassa sa mère et son oncle.

— Tonia n'est pas là ce matin ?

— Pas le mercredi, elle garde ses petits-enfants.

— Super ! Je vais pouvoir me faire un mégabreakfast sans qu'elle me regarde de travers...

Elle se prépara un petit déjeuner à l'anglaise avec du jambon, un œuf coque, des fruits et des céréales, un plaisir qu'elle avait gardé de ses séjours linguistiques en Écosse. Elle s'aperçut alors que sa mère et son oncle suivaient chacun de ses gestes avec une attention teintée d'amusement.

— Tonia appelle ça de la nourriture pour les Américains.

— On se demande bien pourquoi, répondit Juliette en riant.

Elle se servit une deuxième tasse de café et, en buvant son café à petites gorgées, elle regardait sa fille qui avalait son œuf coque à la petite cuillère.

Elles ne se ressemblaient pas beaucoup. Isabelle avait le teint mat de son père, ses cheveux bruns et souples, un visage aux lignes douces et de grands yeux couleur d'ambre pur. Mais elle avait hérité de sa mère ses pommettes hautes et une bouche joliment dessinée.

Juliette reposa sa tasse vide. « Je n'ai pas fait grand-chose de ma vie, pensa-t-elle, sinon poursuivre ce qui avait été entrepris par d'autres avant moi, je n'ai rien créé… sauf ce petit bout de femme. Mais c'est plutôt réussi. Comme j'aime cette manière qu'elle a de pencher la tête de côté quand elle se concentre… Je t'aime, ma fille, j'aime cette certitude de t'avoir faite. »

— Maman, en principe je ne dîne pas là ce soir, les parents de William m'ont invitée.

— Et moi aussi, au fait ! dit Stéphane.

— Les parents de William t'ont invité ? répliqua Isabelle avec ce sens de l'à-propos qui la caractérisait.

— Non, je voulais dire que moi aussi j'étais absent ce soir.

Isabelle plaçait la vaisselle du petit déjeuner dans le lave-vaisselle.

— Mais alors, maman, tu vas dîner toute seule ?

— Ça ne m'ennuie pas… Je ramènerai quelques dossiers en retard de la mairie.

— Et si tu en profitais pour inviter un de tes nombreux soupirants ? demanda Stéphane.

— Génial ! s'écria Isabelle. Mais lequel ?

Et pendant dix bonnes minutes, l'oncle et la nièce énumérèrent tous les célibataires évoluant dans leur entourage… trop jeune, trop vieux, trop laid… trop rabat-joie. Amusée, Juliette les écouta un moment, puis elle soupira :

— Oh ! famille ! Je vous hais !

Ils éclatèrent tous les trois d'un même rire et Pic jeta ses deux pattes avant sur les genoux d'Isabelle qui se pétrifia.

— Maman ! en m'invitant, William m'a dit qu'il comprendrait si je ne voulais pas venir ce soir. Quand il a perdu son grand-père l'année dernière, il n'aurait pas accepté une invitation le lendemain. Cela pourrait paraître indécent… Je veux dire à cause de tante Fabienne, je ne voudrais pas que les gens nous jugent…

— Il y a six ans que ta tante est décédée, ma puce. Le fait qu'on ait retrouvé son corps la semaine dernière ne change pas la date de sa mort. Fais ce dont tu as envie et ne t'inquiète pas, je ne laisserai personne te juger !

Certes, ils n'avaient pas changé leur emploi du temps ces deux derniers jours. Peut-être avaient-ils trop attendu, trop pleuré, six ans auparavant.

— Maman, est-ce qu'il y a des visites prévues samedi au chai ?

— Je l'ignore, répondit-elle, Sylvie inscrit toujours les visites sur le tableau dans le bureau, tu regarderas tout à l'heure… Pourquoi cette question ?

— J'aimerais bien disposer de quelques heures. Il y a une démonstration de karting à la patinoire de Mériadeck. Mark Nystrom, le champion du monde de Formule 1, va nous raconter ses débuts, il a commencé sa carrière par des courses de kart en Finlande.

— Je serai là samedi, Isabelle, dit Juliette en prenant sa veste et son sac. S'il y a des visiteurs, je m'en occuperai. Maintenant je me sauve, mes chéris, je suis déjà en retard…

# 2

Le commissaire Lenoir se concentrait sur l'affaire Leroux. Il envoya un communiqué aux journaux et ordonna la restitution du corps à la famille. Il savait que dès que la nouvelle serait rendue publique, la presse se mobiliserait. Après tout, se dit-il, pourquoi ne pas profiter du tapage médiatique pour lancer un appel à témoins ? Il avait lu, puis relu le dossier, pris des notes, griffonné des points d'interrogation dans les marges. La certitude que cette enquête avait été bouclée dans l'urgence le contrariait, il était de ces policiers d'ancienne garde, soucieux du respect de la loi et des procédures.

Dans le désordre de son bureau, il saisit une tasse en forme de ballon de football, décapitée en son sommet comme un œuf à la coque. La peinture tombait en écailles et le café avait terni la faïence. Dans l'un des dessins hexagonaux du ballon une écriture enfantine avait peint les mots : *Bonne fête papa.* Quel âge avait David lorsqu'il lui avait offert sa tasse porte-bonheur, six, sept ans ? Et depuis plus de dix ans elle l'accompagnait de commissariat en commissariat avec ses bords ébréchés et sa peinture défraîchie. Il la remplit de café noir et fort comme il l'appréciait, puis dans son agenda, il nota d'appeler son fils. Leur dernier week-end passé ensemble datait de trois semaines et il avait hâte de le revoir. En repoussant son agenda, son regard se posa sur le rapport d'autopsie de Fabienne Leroux, et il en vint à penser aux grottes des Aubiers. Qui les connaissait assez bien pour y avoir abandonné le corps de la jeune femme ? Il devait reprendre chaque pièce, chaque témoignage du dossier, et tout recommencer du point de départ, en ne laissant aucune question sans réponse.

Il appela l'inspecteur Yves Amos, son plus proche collaborateur, et le mit au courant de ses réflexions.

— Mais les faits datent de six ans, commissaire !

— La plupart des protagonistes de l'époque sont encore là, on ne remonte pas d'une génération, six ans ce n'est rien…

— Peut-être, mais je me vois mal débouler chez les gens en demandant : « Rappelez-vous ce que vous faisiez tel jour, à telle heure, il y a juste six ans. »

— C'est pourtant ce que tu vas faire ! À partir de cet instant, tu oublies toutes les autres affaires en cours. Ah ! autre chose : essaie de savoir si dans le commissariat quelqu'un était présent au moment de l'enquête.

Yves Amos regarda son chef tandis qu'il buvait son café dans sa vieille tasse pourrie. Combien de fois l'avait-il entendu tancer les inspecteurs qui formaient son équipe ? « Il n'y a pas que les ordinateurs, les gars… » Il aimait à répéter qu'il avait commencé sa carrière sans Internet, sans ADN, sans fichiers informatiques. Il croyait à l'instinct du policier qui utilise ses sens comme un catalyseur. « Les enquêtes trouvent leur solution sur le terrain… » Et il leur montrait l'exemple en passant plus de temps dans la rue que dans son bureau. Parfois, il fixait ses rendez-vous à la brasserie du coin et il préférait interroger les gens chez eux que les convoquer au commissariat. « J'aime les déloger dans leur tanière, on y découvre des signes insoupçonnés de leur personnalité… »

L'inspecteur sortit son paquet de cigarettes, en alluma une avec le briquet de son patron qu'il reposa sur le coin du bureau. Il aimait sincèrement ce type, il avait décidé que c'était son modèle même s'il commençait à faire figure de brontosaure. Ils échangèrent un sourire, et après le départ d'Amos, le commissaire décrocha le téléphone et composa le numéro de la mairie.

Juliette vivait ce qu'elle appelait une de ses périodes « marathon ». Une importante mise en bouteilles, des rédactions de documents pour l'exportation, et avec Sylvie, elle répertoria et contrôla les éléments comptables ; à tout cela s'ajoutèrent plusieurs réunions communales.

Cet après-midi-là, à deux heures, elle fit une apparition aux Alizés, le temps d'avaler un yaourt et deux pommes. Elle changea son jean et sa chemise contre une jupe bleu marine et un corsage blanc et elle repartit pour la mairie où plusieurs rendez-vous l'attendaient. Dans l'après-midi, le commissaire l'appela et lui donna l'autorisation de récupérer le corps de sa sœur.

Juliette téléphona à Stéphane et à son père qui lui laissèrent carte blanche pour organiser les funérailles. Après ses rendez-vous, elle se rendit aux pompes funèbres et donna les instructions pour prendre le corps à l'institut médico-légal, puis elle alla à l'église.

Avec le prêtre, elle arrêta les modalités de la cérémonie qu'elle souhaitait la plus simple et la plus brève possible. Ils fixèrent les obsèques au surlendemain onze heures. Sa famille possédait un caveau au cimetière de Saint-Louis, Fabienne y reposerait aux côtés de leur mère.

Le prêtre prit un ton grave pour dire qu'il fallait louer la miséricorde de Dieu qui avait permis de retrouver les restes de la « petite », qu'elle allait enfin reposer en paix. Juliette l'écouta comme elle le faisait toujours, silencieuse, les yeux dans ceux de son interlocuteur, le visage appuyé dans le creux de sa main. Elle se souvenait des messes de son enfance, du catéchisme chaque jeudi, sa mère n'avait jamais évoqué un Dieu miséricordieux, elle parlait de justice, de vengeance et de punition divine.

— Qu'en pensez-vous, Juliette ?

Le prêtre avait posé sa main sur la sienne. Il avait des doigts maigres et glacés, elle frissonna et acquiesça à sa requête sans l'avoir comprise. Sans doute le devina-t-il car il réitéra sa proposition de faire une deuxième quête à la fin de la cérémonie au bénéfice d'une association de la ville. Elle le remercia et prit congé.

Elle accomplit toutes les démarches en repoussant son émotion, elle s'aidait d'un argument fort qu'elle martelait dans sa tête depuis le début de l'après-midi : « J'aurais dû faire tout cela il y a six ans... Aujourd'hui ce n'est plus qu'une formalité... Le plus difficile c'était il y a six ans. » Cependant, la visite aux pompes funèbres, l'exposition de cercueils et les commentaires du vendeur – Est-ce bien un vendeur, se demandait-elle, ou la gravité de sa profession méritait-elle un titre à part ? –, tout cela lui avait laissé une impression d'infinie tristesse qu'elle n'arrivait pas à dissiper.

En rentrant à la mairie, Juliette apprit par sa secrétaire que les parents de Mathieu Maurin avaient décidé de porter plainte contre la mairie. Elle appela le docteur Deltec, son premier adjoint, et demanda à Claire de convoquer une réunion du conseil municipal. Après deux autres réunions, elle regagna sa voiture en se disant que le moment le plus délicat de la journée était encore à venir.

Erwan Morris ouvrit la boîte aux lettres et prit son courrier : des prospectus publicitaires, une facture de téléphone, les honoraires de son dentiste. En entrant, il posa les lettres sur son bureau, et son regard s'arrêta sur le portrait de son fils au-dessus du secrétaire. Il le prit et caressa du bout des doigts le contour du visage.

Combien de temps avait-il passé ainsi à regarder ce portrait, à lui parler ? Aujourd'hui, il ne parlait plus au visage de son fils sur papier glacé. Mais en contemplant les yeux clairs, le sourire espiègle et les fossettes au creux des joues à jamais figés dans leur cadre d'argent, il lui arrivait encore de pleurer.

En suivant l'allée tout à l'heure, il avait remarqué que les jonquilles étaient en fleurs. Samedi matin, il cueillerait un bouquet et le porterait sur la tombe de Geoffrey. Il y allait chaque samedi matin, quels que soient le temps qu'il faisait et celui dont il disposait, et tout au long de ces six dernières années il n'avait jamais dérogé à ce rendez-vous.

Erwan était ingénieur en physique nucléaire et depuis dix ans il travaillait à la centrale électrique de Martignié. « Les hasards de l'existence sont parfois bien surprenants », aimait-il à se répéter. Au cours d'un congrès international sur l'énergie nucléaire, il avait sympathisé avec le directeur de la centrale girondine, il était venu la visiter et il s'était laissé séduire par l'estuaire avec ses îles, paysage romantique, qui livraient peu à peu leurs secrets comme une promesse de rêve. La plus jolie, l'île Verte, lui rappelait les berges du Saint-Laurent. Dans ce cadre onirique, il avait découvert la citadelle de Vauban et ses murs chargés d'histoire, et, beaucoup plus au nord, le mystère des marais, leur flore et leurs oiseaux sauvages. Et présentes partout, mouvantes, magiques, les vignes qui se perdaient à l'infini dans un ciel rose et bleu.

Le directeur de la centrale lui avait offert le poste d'ingénieur qui allait se libérer. À ce moment-là, Erwan abordait une période d'instabilité. Sans envisager le divorce, il avait envie de s'éloigner de Karen, de modifier le rythme du présent pour peut-être mieux envisager l'avenir... Il avait accepté.

Son seul regret était d'avoir cédé à la demande de son fils qui voulait faire un stage en France. S'il lui avait tenu tête à l'époque, rien ne serait arrivé. Geoffrey vivrait à Valcartier dans son Québec natal, il aurait une femme et des enfants. Chaque jour, Erwan portait comme une croix la certitude d'être indirectement responsable de la mort de son fils, à l'instar de ces gens qui perdent un proche dans l'accident d'une voiture qu'ils conduisent. Rien n'aurait dû se passer ainsi. Geoffrey avait fait ses études au Québec, puis à Toronto où il était devenu le plus jeune titulaire d'un doctorat d'État. L'aéronautique le passionnait, mais en rentrant à Valcartier il avait changé de voie en se découvrant une passion, la photographie et une propension pour le commerce. Avait-il présumé de reprendre un jour les affaires de sa mère ? Il n'en avait rien dit à son père. Il émigra quelques années aux États-Unis et pendant ce temps, Erwan était parti en France...

Erwan n'en pouvait plus de supporter ses regrets qui le submergeaient comme une vague et le laissaient impitoyablement reprendre vie... le sourire de Geoffrey, ses yeux écarquillés devant l'arbre de Noël, son impatience à ouvrir les paquets, ses petits doigts prisonniers des rubans. Et toutes les années qui avaient suivi...

Il alluma la télévision, il aimait regarder le journal en dînant. Tout à l'heure, il se préparerait une omelette comme c'était le cas au moins deux ou trois fois par semaine, quelques champignons surgelés, des lardons... Le carillon de la porte d'entrée l'interrompit alors qu'il s'apprêtait à se servir un verre de vin blanc frais.

Depuis le perron, Juliette regardait le jardin ; des massifs de jonquilles jusqu'aux bourgeons naissant sur les rosiers, tout l'émerveillait. Juste à côté de la porte d'entrée se dressait un lilas blanc. Son parfum délicat, un brin sucré, l'attira et elle avait le visage enfoui dans les grappes de fleurs lorsque Erwan ouvrit la porte. À nouveau elle fut frappée par la nuance indigo de son regard.

— Bonsoir, monsieur Morris. Pardonnez-moi de vous importuner si tard, est-ce que je peux vous parler un moment ? Je ne vais pas vous déranger longtemps à l'heure du dîner.

— Je vous en prie, vous ne me dérangez pas, entrez.

Il avait gardé son accent canadien mais un peu moins prononcé peut-être. Il la guida jusqu'au salon, la pria de s'asseoir.

— Voulez-vous boire quelque chose ?

Elle refusa d'un mouvement de tête, il s'installa dans le fauteuil en face d'elle les bras pliés sur ses genoux. Il était vêtu d'un pantalon de velours noir, une chemise à fines rayures bleues et grises et il portait un foulard bleu marine noué autour du cou. Ses cheveux étaient gris, raides, séparés par une raie, et des rides profondes encadraient sa bouche un peu trop grande peut-être.

Elle lui donnait une bonne cinquantaine d'années, et elle se surprit à lui trouver un air protecteur avec ses épaules qui semblaient à l'étroit dans ses vêtements. Il l'observait, en attente de ce qu'elle avait à dire.

— Vous avez dû entendre parler de cet accident dans la grotte des Aubiers pendant la sortie scolaire ?

— Oui, j'ai lu l'article dans le journal. Il paraît que ce n'est pas trop grave.

— J'espère, mais ce n'est pas pour cela que je suis venue. Lorsque les pompiers sont descendus secourir le gamin, ils ont découvert des restes humains dans le fond de la cavité. Il s'agit de ma sœur Fabienne.

Erwan se pencha vers elle.

— Vous en êtes sûre ?

— Parmi les ossements, on a retrouvé le bracelet que je lui avais offert et les résultats des examens médicaux ne permettent pas le moindre doute.

Juliette fut surprise par sa réaction. Il lui prit une main qu'il serra dans les siennes.

— Vous êtes sûre que vous ne voulez pas boire quelque chose ?

— Finalement, je prendrai un verre de vin si vous en avez.

Elle l'entendit remuer des verres dans la cuisine et le bruit spécifique d'une bouteille qu'on débouche. En l'attendant, elle regarda autour d'elle. Le décor sobre, masculin, avec des murs recouverts de lambris et un mobilier hétéroclite, mais de goût. Une bibliothèque remplissait un pan de mur, des fauteuils confortables, des tapis bordeaux et ocre aux motifs géométriques. Il émanait de cet ensemble un parfum rassurant de vieux cuir et de tabac aux senteurs de miel. Aux murs des aquarelles représentaient des paysages de montagnes enneigées, des lacs enserrés dans des plaines verdoyantes, couronnés d'un ciel éclatant. Juliette devina des paysages québécois. Il y avait aussi un tableau très ancien reproduisant des moissons d'un autre temps, elle n'aurait su différencier une copie d'un original, mais cette scène campagnarde en teintes fondues était superbe et chaleureuse. La seule note insolite dans ce décor était la table basse, une plaque de verre posée sur deux bouddhas.

Entre les baies ouvertes sur le jardin, un secrétaire en acajou avait trouvé sa place, avec au-dessus le portrait d'un jeune homme. Le plus difficile reste à faire, songea-t-elle.

Erwan revint avec un plateau, deux verres et des coupelles garnies de crackers et de tranches de fromage. Il avait débouché une bouteille de château-saint-benoît 1999.

— Excellent choix, dit-elle en souriant.

Il se dit qu'elle avait un bien joli sourire qui accentuait les rides autour de ses yeux, mais cela lui allait bien.

— Je suis un fidèle client. Je vais à la fête du vin à Bordeaux tous les ans.

— Je ne vous ai jamais vu…

— Je n'ai pas eu cette chance. Je suis toujours venu au moment où vous n'étiez pas sur votre stand…

Elle huma le vin, le fit miroiter dans la lumière. Puis elle en prit une gorgée et laissa inonder ses papilles de saveurs fruitées et vanillées.

— 99, c'était une excellente année !

Elle suivit son regard qui se posa sur le portrait du jeune homme et se rendit compte de sa bévue. C'était l'année des événements qui avaient marqué leur destin à jamais.

— Je suis désolée, ce n'est pas ce que je voulais dire…

— Vous parliez du vin !

Il lui tendit une coupe avec des crackers.

— Monsieur Morris.

— Erwan ! C'est ainsi que mes amis m'appellent.

— Erwan, je dois vous dire autre chose. Le commissaire Lenoir qui a la charge de l'unité de police aujourd'hui va reprendre l'enquête. La nouvelle sera communiquée à la presse demain, mais je tenais à vous en informer d'abord…

Il se leva, fit quelques pas jusqu'à la bibliothèque, elle perçut son soupir, le craquement de ses doigts tandis qu'il serrait les poings. Puis il revint s'asseoir en face d'elle et Juliette découvrit les larmes dans ses yeux violets, sa voix tremblait et l'accent de son pays natal revint, plus net.

— Ne me dites pas que ça va recommencer ! Les interrogatoires, les journalistes devant la porte, ce harcèlement. Madame le maire…

Elle aurait voulu lui dire qu'elle s'appelait Juliette, qu'elle n'aimait pas le prénom de cette héroïne tragique vouée au malheur ; elle avait tant de fois éprouvé le sentiment d'être morte à quinze ans, comme elle. Mais comme bien d'autres choses de sa vie elle n'avait pas choisi son prénom. « Je rêve que mes amis m'appellent Julie, mais au fond de moi, je ne suis pas sûre d'avoir beaucoup d'amis », pensa-t-elle. Toutefois elle ne dit rien.

— Je vous donne ma parole que Geoffrey n'a pas tué votre sœur. Si vous l'aviez connu, vous comprendriez… Il était incapable de la moindre violence.

Les larmes coulaient sur son visage, il ne cherchait pas à les repousser ni à les essuyer. Il pleurait, simplement. Juliette était bouleversée. Elle sentit ses yeux se mouiller à leur tour. Gênée de le voir pleurer, elle avait du mal à soutenir l'éclat de ses yeux, elle détourna la tête et regarda par la baie qui donnait sur le jardin. Le jour déclinait, les vignes à perte de vue et les murs de la citadelle se fondaient dans les rougeoiements du crépuscule. C'était magnifique. Et Juliette pensa à sa fille… « Que serait ma vie si je perdais Isabelle ? » Elle frissonna.

— J'imagine à quel point tout cela a dû être horrible pour vous, dit-elle enfin.

— Aucun mot ne pourra jamais exprimer ce que j'ai vécu. Geoffrey a évoqué la disparition de Fabienne, il a dit « tout est ma faute ». Et il est resté muet malgré mon insistance pour en savoir davantage. Le jour suivant, nous nous sommes parlé au téléphone, et le soir il n'est pas rentré.

Le lendemain matin les gendarmes étaient venus chercher Erwan à la centrale. À mots pesés, ils expliquèrent qu'ils avaient retrouvé Geoffrey puis ils l'avaient conduit jusqu'à la citadelle. Lorsqu'il s'était approché de la tour Dauphine, il avait senti ses entrailles se liquéfier. Son fils… Ce qu'il en restait : un corps éclaté, brisé, qu'il avait dû reconnaître… Comment aurait-il pu ne pas le reconnaître ? Son enfant… Il l'avait veillé, seul, il l'avait embrassé une dernière fois et mené jusqu'à sa tombe…

— Je l'aime tellement, murmura-t-il.

Juliette remarqua qu'il parlait de Geoffrey au présent comme s'il s'attendait à le voir franchir la porte d'une minute à l'autre. Il sembla deviner sa pensée.

— Mettre le verbe au passé, ce serait admettre sa mort, je n'ai jamais pu, dit-il. Six ans, c'est trop peu pour m'y résigner, le reste de ma vie n'y suffira pas…

Elle savait, il ne comprenait pas pourquoi, mais il voyait dans l'éclat de ses yeux de jade où filtraient tant d'émotions qu'elle savait ce qu'il avait souffert, ce qu'il souffrait encore. Depuis six ans, il avait vécu avec une seule détermination : prouver l'innocence de son fils. Cela aussi, elle le savait…

— Aujourd'hui, le commissaire Lenoir porte un regard neuf sur toute cette affaire. Je crois qu'il est à peu près sûr de l'innocence de votre fils.

Juliette n'avait jamais vu un visage se transformer aussi vite. Ses traits se détendirent, elle eut l'impression que son regard couleur de crépuscule reflétait toute la lumière de cette soirée de printemps.

— Il croit vraiment à l'innocence de Geoffrey ?

— J'ai passé toute ma vie ici… J'ai visité ces grottes des dizaines, peut-être des centaines de fois. Je n'ai jamais entendu parler de cette caverne. Votre fils ne peut pas s'être débarrassé du corps de Fabienne à cet endroit.

C'est forcément quelqu'un d'autre, et qui connaissait les lieux mieux que la majorité des habitants de Saint-Louis.

Il lui tendit les biscuits, le fromage.

— Si vous saviez comme j'ai attendu ce moment, entendre ces mots : votre fils était innocent... Il n'aurait pas pu tuer Fabienne, il l'aimait et elle aussi. Ils venaient souvent dîner, je crois que votre sœur se plaisait bien ici...

En arrivant en France, Geoffrey vivait chez son père, mais il avait trouvé du travail dans une agence immobilière à Bordeaux, et pour s'éviter le trajet quotidien et les embouteillages, il avait loué un pied-à-terre sur les quais. C'était ce qu'il avait dit à son père, mais Erwan pensait qu'il partageait l'appartement de la jeune femme.

— J'étais convaincu qu'ils allaient construire leur vie ensemble, j'attendais qu'ils annoncent leur mariage.

Juliette avala quelques gorgées de vin. De nouveau son regard se promena tout autour de la pièce. Sa sœur ne lui avait rien dit. Elle n'avait jamais su que son aventure avec Geoffrey avait pris une telle importance.

Erwan prit la bouteille pour emplir leurs verres de nouveau, il la regarda et se ravisa.

— Je suis désolé, vous devez avoir autre chose à faire, votre fille vous attend pour dîner.

— Isabelle n'est pas là ce soir... Personne ne m'attend.

— Dans ce cas, restez avec moi, nous pourrons continuer à bavarder, mais je n'ai pas grand-chose... Une omelette, du fromage et je vais préparer de la salade.

L'invitation ne lui parut pas déplacée tant elle était spontanée.

— Je me charge de la salade, dit-elle.

La cuisine était équipée de placards métalliques, d'étagères de verre et de céramique avec, en son centre, une table haute et des tabourets de bar. En dînant, ils parlèrent de Fabienne et de Geoffrey. Puis la conversation tourna autour de leur profession, et ce qu'ils aimaient, la littérature, la musique, le vin. Par moments, ils se taisaient. De longues pauses pendant lesquelles ils se regardaient avec une attention grave comme celle qu'ont souvent les enfants, et le même sourire timide, un peu gêné, effleurait leurs visages... Juliette découvrit avec ravissement qu'il ne faisait pas partie de ces gens prêts à proférer n'importe quelle banalité pour combler le vide, à assembler des mots jusqu'à en annihiler le sens. Comme elle, il ne redoutait pas le silence. Ils finirent l'omelette, le fromage et la bouteille de médoc, et il était presque deux heures du matin lorsqu'elle le quitta. Il la raccompagna jusqu'à sa voiture et, en sortant, il surprit son regard en direction du lilas. Il en coupa trois branches et les lui tendit. Des gouttelettes perlaient sur les pétales et exhalaient leur parfum. Elle se troubla.

— Oh ! merci, il y a si longtemps qu'on ne m'a offert des fleurs du jardin.

Son plus beau souvenir provenait du jour où Isabelle, âgée de trois ou quatre ans, avait décapité tous les boutons de roses de l'allée et les lui avait apportés dans un sac en plastique du supermarché.

Juliette posa le bouquet sur le siège à côté d'elle, elle remercia Erwan, de nouveau ils se regardèrent en souriant et comme elle lui tendait la main, il se pencha et la porta à ses lèvres.

Dès le lendemain, le titre fit la une du quotidien régional. *Le mystère de la disparition de Fabienne Leroux enfin élucidé.* Au cours de l'interview, le commissaire Lenoir se déclarait surpris par la façon dont l'enquête avait été conduite six ans auparavant. Il émettait un sérieux doute quant à la culpabilité de Geoffrey Morris. Et il lançait un appel à témoins. L'article s'achevait sur une question : *Qui a tué Fabienne Leroux le 21 octobre 1999 ?*

À dix heures, Juliette gara sa voiture derrière la mairie, dans la cour qui servait de parc de stationnement aux élus et au personnel de la commune.

Elle devait présider une réunion du conseil municipal

dont l'ordre du jour serait consacré à l'accident de Mathieu Maurin et à la plainte que les parents avaient déposée. Elle avait une heure devant elle pour préparer les réponses aux questions et aux accusations qui ne manqueraient pas. Juliette avait demandé à Claire de sortir le dossier de la grotte des Aubiers. Il contenait toutes les informations, depuis l'ouverture au public en 1965 et les statuts de l'association qui gérait leur exploitation. Elle consultait tout cela lorsque le téléphone intérieur clignota.

— Juliette ? C'est Claire, désolée de vous déranger, mais votre ex-mari souhaiterait vous rencontrer. Il prétend que c'est urgent, et qu'il ne sera pas long.

Claire perçut le soupir résigné de Juliette. Elle n'avait pas vu Gérard depuis des mois, et lorsqu'il prit place en face d'elle, elle le trouva vieilli. Il multipliait pourtant les efforts pour garder son look de quinquagénaire juvénile, pantalon de toile, chemise ouverte, blouson en daim. Elle eut la certitude qu'il se colorait les cheveux.

— Gérard, je n'ai pas beaucoup de temps, j'ai une réunion du conseil dans moins d'une demi-heure.

— Je serai bref. D'abord je voulais te dire que j'ai appris pour Fabienne. Je suis désolé, mais te voilà enfin fixée.

— Je n'ai jamais douté qu'elle soit décédée. C'était inconcevable qu'elle nous laisse Stéphane et moi sans nouvelles pendant six ans. Nous nous sommes toujours bien entendus tous les trois.

Elle ne parvint pas à déchiffrer le soupçon d'inquiétude dans son regard ni le mouvement brusque de ses poings refermés. Il baissa les yeux et sortit ses cigarettes et son briquet, elle avança un cendrier vers lui.

En l'observant, elle se demanda s'il avait déjà trompé Marie, le fait qu'elle soit beaucoup plus jeune que lui n'avait sans doute rien changé. Le jour où elle avait découvert sa liaison... Non, chasser ces images, oublier, c'était si loin déjà. Cependant, en y réfléchissant, ce qui lui répugnait le plus, c'était sa duplicité, sa façon de se comporter avec elle comme si de rien n'était. Rentrer, l'embrasser, leur servir un verre, l'appeler « ma chérie », lui faire l'amour. Elle n'avait pas le courage de le repousser, elle gardait les yeux fermés dans le noir, sans autre sensation qu'un détachement glacial, comme si elle était devenue spectatrice de son propre corps qui simulait le plaisir. Il s'endormait à côté d'elle, elle prenait un livre en sachant qu'il lui faudrait attendre longtemps les premiers signes du sommeil. Et lorsque la fatigue la terrassait enfin, il lui arrivait souvent de s'endormir en pleurant.

Le téléphone intérieur sonna. Après un imperceptible sursaut elle décrocha, et échangea quelques mots avec Claire avant de reposer l'appareil et de se retourner vers Gérard qui commençait à s'impatienter.

— Tu avais quelque chose à me dire ? demanda-t-elle.

— C'est un peu délicat, il s'agit de la maison d'Arcachon, je préférerais récupérer ma part.

Lorsqu'ils s'étaient mariés, Juliette secondait sa mère dans la gestion du domaine familial, Gérard possédait son entreprise de travaux publics et ensemble ils avaient acquis une villa au bord de l'océan. Lors de leur séparation, ils avaient décidé de la laisser en l'état, elle ferait partie de l'héritage d'Isabelle. En attendant, pendant la saison estivale, ils l'occupaient à tour de rôle en se concertant ; jusqu'à maintenant cet accord avait tenu et fonctionnait plutôt bien.

— Nous avions convenu autre chose…

— Je sais, mais aujourd'hui le contexte est différent. Marie attend un enfant, je voudrais acheter une maison plus spacieuse.

En le regardant avec ses cheveux teints où naissaient quelques pointes grisonnantes, les plis qui se creusaient de plus en plus de chaque côté de sa bouche, elle songeait à leurs disputes quinze ans auparavant, lorsqu'elle avait voulu un deuxième enfant. Il refusait de vivre les nuits blanches à cause des dents, des oreillons, des coliques, il ne voulait plus de siège d'enfant dans sa voiture, ni marcher sur la pointe des pieds à cause du bébé endormi…

Ils avaient fait chambre à part pendant deux mois, mais Gérard avait tenu bon. Et comme toujours elle avait cédé devant l'entêtement des autres... Et aujourd'hui, il a fait un enfant à sa gamine...

Soudain elle imagina la réaction de Stéphane quand il apprendrait la grossesse de Marie. C'est lui qui aurait dû être le père de ses enfants.

— Je sais ce que tu penses : que cet enfant je te l'ai refusé il y a quelques années...

— Mais je ne pense rien, mentit-elle, et je ne t'autorise pas à penser pour moi ! Revenons à la maison. Tu dois bien comprendre que je vais avoir du mal à trouver cet argent. Je ne sais même pas combien représente ma part.

— Cent cinquante mile euros. La maison en vaut le double, je l'ai fait expertiser.

— Sans m'en parler ? Décidément tu ne changeras jamais ! Je n'ai pas cette somme...

— Tu n'as qu'à l'emprunter.

Aussitôt, Juliette détesta cette idée. Comme sa mère avant elle, elle refusait le recours aux crédits pour ne jamais se placer en position de dépendance vis-à-vis des banquiers.

— Il n'est pas question que j'emprunte... Je ne vais pas t'apprendre que la conjoncture est difficile en ce moment, il y a une véritable crise viticole.

Il éclata de rire et lâcha une bouffée de fumée qui s'évapora en volutes au-dessus d'eux.

— Oh ! je t'en prie Juliette, épargne-moi la complainte du pauvre vigneron.

— Je trouve tes sarcasmes déplacés. Actuellement de nombreuses propriétés se vendent par saisie...

— Dans ce cas, il y a une autre solution : trouvons un acheteur et nous partagerons le prix de vente de la maison.

— Sûrement pas, si je peux l'éviter. Tu me donnes combien de temps ?

— Je ne te mets pas le couteau sous la gorge, mais ce serait bien si on réglait cela à la rentrée.

Il écrasa sa cigarette dans le cendrier et se leva.
— Tu as fixé la date des obsèques de Fabienne ?
— Demain, onze heures. Mais ne te crois pas obligé…
— Je viendrai, j'aimais bien cette gamine.
Après son départ, Juliette pensa qu'il lui appartiendrait de mettre Stéphane au courant pour l'enfant et Isabelle pour la maison d'Arcachon. Belle soirée en perspective.
Quelle solution avait-elle pour la maison ? Vendre… emprunter ? Aucune des deux ne la satisfaisait vraiment. Elle n'eut guère le temps d'y réfléchir davantage, Claire l'informa que les conseillers municipaux l'attendaient.
Le conseil était au complet quand elle entra. Autour de la table ovale, les vingt et un fauteuils recouverts de velours bordeaux étaient tous occupés.
Juliette prit sa place en bout de table et croisa les mains sur la pile de dossiers posée devant elle. Quatorze hommes, six femmes. Elle passait beaucoup de temps avec eux à les rallier, les écouter. Jean-Pierre Deltec, le premier adjoint ; Philippe Marot, qui possédait une agence immobilière sur les allées de Tourny à Bordeaux, celle-là même où travaillait Geoffrey Morris, et Nicolas Frémont, le directeur commercial de l'entreprise de son ex-mari, étaient les deux autres adjoints. Parmi les conseillers municipaux il y avait Élise Renan, dont la famille détenait l'étude notariale de Saint-Louis depuis trois générations, et Charles Laveau, chirurgien-dentiste ; son fils William était le petit ami d'Isabelle. Et quatre conseillers d'opposition menés par Robert Caroit. Qu'importaient ses actes et ses paroles, ils étaient toujours d'avis contraire…
Parmi tous ses colistiers, Juliette avait toujours pu compter sur le soutien de son premier adjoint. « Mon meilleur ami, pensait-elle, et peut-être n'avons-nous qu'un seul ami pour toute la vie. » Jean-Pierre avait l'art de prendre la parole au moment où personne ne l'attendait et d'asséner une vérité qui figeait l'assemblée. Elle tourna la tête vers lui, et il lui sourit.
Pendant deux heures, elle se débattit contre toutes les

questions plus ou moins agressives relatives à l'accident du petit Maurin, la plus importante étant de décider si la commune devait fermer les grottes. Robert Caroit s'ingénia à dramatiser la situation en faisant de Mathieu et ses parents les victimes de l'incompétence du maire et de son équipe.

Jean-Pierre Deltec jouait avec sa montre qu'il tournait autour de son poignet et il observait Juliette assise dans le fauteuil que sa mère avait occupé pendant plus de vingt-cinq ans. Il lui arrivait souvent de penser que ce siège était trop vaste pour elle. Juliette était l'exacte antithèse de sa mère. Pourtant elles se ressemblaient physiquement. Les mêmes yeux couleur d'amande mûre, mais ceux ombrés d'épais cils noirs de Lise Leroux lui conféraient une certaine beauté empreinte de froideur. Un seul de ses regards forçait le silence. Elle avait l'habitude de travailler en comité restreint et les réunions plénières du conseil municipal n'existaient que pour entériner ses décisions. Ce n'était pas elle qu'on aurait emmerdée pendant deux heures comme vient de le faire Caroit, pensa Jean-Pierre. Pourtant, elles avaient toutes les deux la même façon directe de parler et un sens inné de l'organisation. Mais autant Lise était extravertie avec une facilité d'adaptation déconcertante – elle pouvait tout aussi bien minauder avec la femme du préfet que donner une grande claque sur l'épaule du cantonnier –, autant sa fille avait un penchant pour l'introspection, une certaine aptitude à la solitude, et son regard dévoilait une immense tendresse, et les marques d'une vulnérabilité refoulée. Il y avait quelque chose de maternel dans sa façon de présider aux destinées de la commune. Elle n'imposait jamais rien, elle discutait, argumentait ses idées avant de se rallier à l'avis général avec une sorte de résignation soulagée.

Profitant d'une seconde d'accalmie, Jean-Pierre prit la parole en martelant son stylo sur la table.

— Il y a quelque temps encore, une fois guéri, le gamin aurait pris une bonne paire de gifles par son père pour avoir désobéi à son instituteur et l'affaire en serait restée là…

— Les temps changent, répondit Juliette en souriant.

— Il m'arrive de plus en plus souvent de le déplorer ! Quoi qu'il en soit, je tiens à dire que je suis de tout cœur avec toi, Juliette, et j'invite toutes les personnes de bon sens autour de cette table à en faire autant !

Il y eut un instant de silence pendant lequel les regards s'entrecroisèrent. Puis Philippe Marot et Nicolas Frémont, les deux adjoints, approuvèrent la décision de Jean-Pierre et un à un les conseillers se rangèrent derrière eux.

La décision fut prise de fermer les grottes au public pendant la prochaine saison touristique et confier le dossier juridique à maître Garraud, avocat de la commune.

En quittant la salle du conseil, Juliette remit son téléphone portable en marche, il contenait un message du commissaire qui lui demandait le dossier des Aubiers, avec les cartes et surtout l'historique des grottes.

Sur son bureau, un bouquet de roses jaunes et de lis orangés l'attendait. Elle lut la carte qui l'accompagnait. *Merci d'avoir accepté de dîner avec moi, il y a bien longtemps que je n'avais pas éprouvé ce commencement de sérénité. Reviendrez-vous ?*

Le visage plongé dans le bouquet, elle respira le parfum suave des roses mêlé à celui plus lourd des lis, elle ferma les yeux et il lui sembla sentir encore les mains d'Erwan nouant les siennes et la tiédeur de ses lèvres sur ses doigts. Elle regarda sa montre, c'était hier…

Elle avait apprécié l'intimité de leur conversation, la complicité contenue dans leurs silences pleins de nostalgie. Elle s'était sentie tellement proche de lui. Et elle savait maintenant que c'était réciproque.

Elle se surprit à sourire en faisant démarrer sa voiture.

# 3

Le commissaire Lenoir consacra ses deux heures de solitude matinale à étudier le dossier des Aubiers que Claire Nérac, la secrétaire de mairie, avait déposé à l'accueil du commissariat.

Il dressa une liste de toutes les personnes parties prenantes dans l'exploitation des grottes, depuis les responsables de l'association, les élus successifs chargés des sports et de la culture, les clubs de spéléologie, jusqu'aux étudiants employés l'été pour assurer les visites. La liste était beaucoup plus importante qu'il ne l'imaginait, et la carte ne lui apprit pas grand-chose sur la topographie des lieux ; il est vrai qu'il n'y connaissait rien. Il rédigea une note à l'intention de l'inspecteur Amos : *Joindre le juge d'instruction au plus vite pour obtenir la nomination d'un expert.* Il ajouta en rouge le mot *Urgent* qu'il souligna. Il déposa la note sur le bureau de son collègue et prépara du café. Il se servait une tasse lorsque l'inspecteur entra avec un sachet de croissants chauds.

— Je savais que je vous trouverais là, chef...

Il prit place en face du commissaire, et il installa la cafetière et les croissants entre eux.

— Votre idée de rechercher des collègues présents au moment des faits, au final ça a payé. J'ai pu joindre un inspecteur qui est en poste à Mont-de-Marsan aujourd'hui, Patrick Alban, il se souvenait très bien de l'affaire, surtout du décès de Geoffrey Morris.

Le commissaire posa sa tasse et prit un croissant dont il engloutit un tiers en une seule bouchée. Yves Amos interrompit son petit déjeuner et il imita la pose de son supérieur, les avant-bras sur l'accoudoir du fauteuil, les mains jointes.

— Le soir où Geoffrey Morris s'est suicidé, pas très loin de l'endroit où ça s'est passé, il y avait un couple dans une voiture garée… enfin, les jeunes s'occupaient dans un endroit discret. Vous voyez ce que je veux dire ?

— J'imagine assez bien, oui. Et alors ?

— À peu près à l'heure présumée du suicide, la voiture des jeunes a failli être percutée par une grosse cylindrée tous feux éteints elle aussi, mais roulant à une vitesse dingue ! Une BMW. On ne trouve pas trace de ce témoignage dans le dossier… Au moment des faits, Geoffrey Morris en possédait une. C'est peut-être lui que les témoins ont vu.

— Vous croyez que quand on va se suicider on conduit sa voiture à toute vitesse et sans lumière ?

— Pourquoi pas ? En tout cas ce témoignage permettrait de vérifier l'heure, d'avoir un peu plus de détails sur la voiture. Je ne comprends pas pourquoi il n'est pas porté au dossier.

— Moi non plus, chef, notre collègue m'a dit que le commissaire Fournier n'en avait pas tenu compte à l'époque… Le suicide du fils Morris lui parut la solution idoine qui arrangeait tout le monde, il a arrêté l'enquête, point final. Je reconnais que c'était une erreur.

— Une erreur ? J'appelle ça une faute. Il y a deux sortes de flics auxquels on ne devrait jamais confier d'enquêtes majeures, ceux qui débutent leur carrière et ceux qui l'achèvent. Yves, il faut retrouver ces témoins…

— Je m'y suis attelé aussitôt. Le collègue se souvenait du nom de la jeune fille : Lucie Cornut, elle était vendeuse dans le magasin de chaussures sur l'avenue de la République. Elle a bien épousé son copain de l'époque mais ils ont déménagé et on a perdu leurs traces… Je fais des recherches pour savoir s'ils ont encore de la famille dans le coin.

— Prends contact avec l'URSSAF, les ASSEDIC… S'ils

travaillent ou s'ils ont travaillé, ils ont obligatoirement un numéro d'immatriculation, une adresse, aujourd'hui tout le monde est fiché quelque part. Quoi d'autre ?

— Pas de faits marquants, mais des points de vue qui peuvent avoir de l'importance. Par exemple, notre collègue Alban a paru tomber des nues quand je lui ai dit où le corps de Fabienne Leroux avait été retrouvé. Comme tout le monde, il avait cru à un crime passionnel, il a même ajouté que Geoffrey Morris n'était pas le seul à avoir pu la tuer. Au moment des faits, le commissaire Fournier l'avait chargé d'enquêter sur la fille, ses amis, son travail, et entre la disparition de Fabienne et le suicide de Geoffrey Morris, notre collègue avait rassemblé pas mal d'infos...

L'inspecteur sortit un carnet de la poche de son blouson et feuilleta quelques pages...

— Voilà ! Elle multipliait les conquêtes comme si c'était un jeu, et elle s'était donné pour règle de toujours rompre la première... Et d'après Alban, les mecs ne devaient pas la lâcher facilement, il paraît qu'elle était belle, intelligente et riche...

Le commissaire se servit une autre tasse de café qu'il but d'un trait.

— On sait déjà tout cela, mais c'est intéressant, dit-il.

— Je trouve aussi, chef. Et Patrick Alban m'a appris qu'il avait interrogé les collègues de Fabienne à *L'Aquitaine.* Dans son boulot, il semble que c'était une sacrée bonne femme. Quand elle avait une idée ou qu'elle tenait un sujet, elle ne lâchait jamais prise jusqu'au point final de son article. Quelqu'un lui avait dit qu'elle avait « ce boulot dans la peau ».

— Sa sœur m'a parlé de dossiers qui lui avaient valu des menaces, elle a peut-être mis son nez dans des affaires à risque. Nous allons travailler ces pistes. Allez, finis ton petit déjeuner, tu l'as bien mérité !

« D'autant plus que c'est moi qui ai payé les croissants », pensa Amos. Mais il ne dit rien.

Après son départ, le commissaire referma le dossier Leroux. Il fronça les sourcils qu'il avait épais, et des rides creusèrent son front, signe chez lui de réflexion, parfois d'agacement. Il réfléchissait, en regardant par la fenêtre qui donnait sur le port. Son instinct de policier lui disait que cette affaire pourtant vieille de six ans ne faisait que commencer... Il enfila son veston, ajusta sa cravate, et regarda l'heure. Les obsèques de Fabienne Leroux étaient fixées à onze heures.

Lorsqu'il gagna sa voiture, les premières gouttes de pluie s'écrasèrent sur les vitres et peu à peu la citadelle disparut dans les brumes de mer.

Aux Alizés, Juliette finissait sa deuxième tasse de café. Elle grignotait sans réel appétit la tartine beurrée recouverte de confiture de figues, sa préférée, que Tonia lui avait mise d'autorité dans les mains, et elle la regardait s'activer, surveillant la cuisson du riz, coupant des tomates. La veille, elles avaient convenu d'un repas léger, salades composées, fromages et pain frais pour les quelques relations qui voudraient se restaurer après les obsèques de Fabienne. Mais Juliette espérait qu'ils seraient peu nombreux.

— Tu veux une autre tartine ?

— Non merci, Tonia, mais tu peux en préparer pour Isabelle, je vais la réveiller.

— Tu sais bien qu'elle préfère les corn flakes et le bacon !

Le dédain contenu dans la voix de Tonia fit sourire Juliette qui avança la main vers la cafetière.

— Tu devrais ralentir le café, ma grande...

— Je sais, je me suis promis d'arrêter le café et les cigarettes avant mes cinquante ans.

— Il ne te reste plus beaucoup de temps.

— Merci Tonia, c'est gentil de me le rappeler. Le tabac,

je suis en bonne voie, à peine deux ou trois cigarettes par jour, mais le café… ce sera plus difficile.

— Je vais supprimer toutes les cafetières de cette maison, et Dieu sait s'il y en a !

Juliette sourit et Tonia était heureuse de lui avoir arraché ce sourire.

Antonia Moralès était une petite femme rondelette aux cheveux gris, toujours coiffés en chignon. Avec ses jupes fleuries, son tablier lui enserrant les hanches et ses pieds chaussés de sandales, elle trottait du matin au soir dans la maison. Elle était entrée au service des Leroux alors que Juliette était adolescente et Lise enceinte de son deuxième enfant. Antonia avait vingt-cinq ans à cette époque, elle était déjà mariée à Roberto et leur petite Danièle était née. Durant toutes ces années, Antonia avait passé plus de temps aux Alizés à prendre soin des enfants Leroux qu'à s'occuper de sa propre fille. On ne résistait pas aux exigences de Lise Leroux, elle savait jouer de toute la palette des sentiments pour obtenir ce qu'elle voulait jusqu'à exercer une forme de chantage à demi voilé… Elle avait fait engager Roberto dans les services techniques de la commune, ainsi il avait du temps libre et c'était lui qui avait élevé Danièle, tandis qu'Antonia passait ses journées et parfois ses nuits au château. Roberto était décédé d'un infarctus quelques semaines avant les fiançailles de leur fille, il n'avait jamais connu ses petits-enfants et c'était le plus grand regret de Tonia. Il lui arrivait souvent de l'imaginer en grand-père gâteau, devant ses deux bambins.

Une fois sa fille mariée et installée, Antonia s'était retrouvée plus disponible que jamais. Elle avait partagé tous les événements heureux ou malheureux de la famille Leroux jusqu'au décès de Lise et la disparition de Fabienne. Juliette se demandait souvent ce qu'elle ferait lorsque Tonia prendrait sa retraite dans quelques années. Elle était toujours là, avec son franc-parler, volubile, entêtée, mais si efficace.

— Je vais cueillir des salades, ça va aller ma grande ? demanda Tonia.

Juliette acquiesça. En fait, elle avait peu dormi. L'ambiance était tendue depuis la veille, Stéphane avait mal réagi en apprenant la grossesse de Marie, un peu comme le déclic final de leur aventure, et Isabelle avait dit : « C'est franchement dégueulasse... »

Puis son sentiment d'injustice s'était changé en fureur lorsqu'elle avait appris que son père comptait vendre la maison d'Arcachon. Juliette avait essayé d'expliquer qu'il avait ses raisons et Stéphane lui avait reproché de toujours soutenir son ex-mari quoi qu'il fît. C'est Isabelle qui avait finalement calmé le jeu. « C'est une salope, Stéphane, avait-elle dit en parlant de Marie, autant que ce soit mon père qui en profite. » Ils avaient non pas ri, mais souri, et la discussion en était restée là ; cependant Juliette avait pu mesurer le ressentiment d'Isabelle à l'égard de son père et elle en était contrariée. Depuis leur divorce, elle avait tout fait pour que cela n'arrive pas, et il lui semblait que sur ce sujet-là, au moins, Gérard avait toujours été d'accord avec elle. Mais aujourd'hui il était question d'argent...

Elle but une autre tasse de café en espérant y puiser l'énergie nécessaire pour affronter cette journée. Le commissaire Lenoir l'avait convoquée en fin d'après-midi, elle devait aussi rencontrer l'avocat qui défendrait la municipalité dans l'accident du petit Maurin, et avant cela, les obsèques de Fabienne... Et pour Juliette, ce que le prêtre avait décliné comme un commencement n'était qu'une fin. Fin de l'attente, fin des interrogations, et peut-être fin d'un petit espoir qui malgré tout subsistait... Fabienne était morte. Assassinée.

*Tu es poussière, et tu retourneras poussière...* Juliette était assise au premier rang, entre son père et sa fille, l'odeur de l'encens lui soulevait l'estomac. Son regard ne pouvait se détacher du cercueil sur son catafalque, elle imaginait les ossements qu'il contenait et elle leur opposait la jeune femme superbe qu'était Fabienne avec son corps sculptural, ses cheveux roux, ses yeux variant du bleu au gris « selon le temps », disait leur mère. Juliette avait assisté à la mise en bière, et Jean-Pierre Deltec l'avait accompagnée à la morgue. Elle n'avait pu réprimer un haut-le-corps à la vue des quelques os dépouillés. Il lui avait pris la main, et sa présence amicale, rassurante parce que scientifique, l'avait apaisée. « Ce n'est qu'une infime partie d'elle, avait-il murmuré, le plus important est ailleurs, lové quelque part dans ton cœur pour toujours. » Elle s'était jetée dans ses bras et elle avait pleuré. En regardant autour d'elle, elle n'avait pu s'empêcher de penser aux corps alignés dans les tiroirs. Elle avait frissonné et entendu son cœur battre à grands coups, et celui de Jean-Pierre en écho. Elle avait trouvé cela étrange, presque indécent, tous ces corps sans vie et parmi eux leurs deux cœurs qui battaient…

*Tu es poussière…* Pour la première fois ces mots rebattus sans fin prenaient tout leur sens. *Tu retourneras poussière…*

À la fin de la messe, le prêtre annonça que les condoléances seraient reçues sur le parvis de l'église, la cérémonie au cimetière aurait lieu dans l'intimité.

Juliette répondit aux marques de sympathie, le bras de sa fille noué autour du sien, et ce défilé lui rappela celui qui avait suivi la cérémonie des funérailles de sa mère. Fabienne s'était enfuie à la fin de la messe, cette vision pénétra son esprit et s'y fixa. Le cortège avait à peine quitté l'église qu'elle avait aperçu sa sœur qui courait droit devant elle jusqu'à sa voiture. Pourquoi avait-elle fui ainsi ?

À présent, la pluie tombait en cascade, rebondissant sur les parapluies aux couleurs vives et cette farandole de dômes bigarrés rappelait à Juliette que la vie était là comme un mouvement perpétuel. Elle avait toujours cru en la puissance manifeste de la vie. Comme l'eau qui se faufile dans les fossés, la vie trouve toujours sa route…

À cet instant, elle aperçut Erwan Morris qui venait vers elle. Il portait un complet bleu marine, une chemise blanche. Il lui prit la main, et elle retrouva ce contact tiède enroulant ses doigts. « Courage, July, je vous appellerai », murmura-t-il.

Avait-il deviné son désir de diminutif ? Toutefois elle savait que les surnoms tendres ou drôles étaient une coutume naturelle dans les pays anglo-saxons.

Un peu en retrait, le commissaire Lenoir remarqua l'échange de sourires, les mains jointes, tout comme il avait noté le comportement des uns et des autres, le détachement du père tout au long de la cérémonie, la tension entre l'ex-mari et le reste de la famille. En fait, il avait tout observé et il avait fait en sorte que chacun remarquât sa présence.

En regagnant sa voiture, il trouva un message sur son téléphone portable lui demandant de repasser au commissariat de toute urgence : un témoin s'était manifesté suite à son appel. Ajouté à la découverte de son adjoint, il lui semblait que des perspectives s'ouvraient enfin.

La cérémonie au cimetière fut très courte. Le cercueil de Fabienne fut descendu dans le caveau familial, à côté de celui de sa mère. Lise Leroux aimait ses trois enfants, mais elle avait toujours marqué une préférence pour sa fille cadette. Juliette n'en avait jamais pris ombrage. Fabienne était ravissante, vive, pétillante, elle avait souvent entendu son père la traiter d'écervelée. Mais pour lui, toujours plongé dans ses livres, tout ce qui venait perturber sa quiétude était voué aux gémonies. Ainsi devait-il juger Isabelle aujourd'hui.

Juliette installa son père près d'elle en voiture et ils reprirent le chemin des Alizés.

— Papa, j'ai pensé que tu pourrais rester quelques jours avec nous. Cela te changerait un peu, tu es toujours seul.

— Ne t'inquiète pas pour moi, Juliette, tu as assez à faire comme ça. Et je ne suis pas vraiment seul...

— Je sais, ton chien, tes livres...

— Et l'infirmière qui vient deux fois par semaine, la

femme de ménage tous les matins, on ne peut pas appeler cela être seul, il doit y avoir bien pire.

Elle n'insista pas davantage. Elle avait craint que les obsèques de sa fille cadette le bouleversent, mais il ne dit rien, et ne lui posa aucune question sur l'enquête qui redémarrait. Elle l'avait senti comme d'habitude, distrait, presque indifférent. Avait-elle vu son père inquiet une seule fois ? Le silence s'installa entre eux.

Mark Nystrom avait vingt-huit ans. De ses origines finlandaises il avait les yeux bleus, transparents comme les lacs glacés de son pays et les cheveux blonds de ses ancêtres vikings. Sa grande taille et sa minceur, son nez légèrement retroussé et surtout cette terrible mèche qui persistait à se dresser sur son front, et qu'il aplatissait sans arrêt du même geste de la main, lui donnaient l'air d'un adolescent.

La Finlande, pays des rallyes, suscitait de nombreuses vocations, mais le passage obligé, c'était le karting, véritable institution nationale. Les parents de Mark habitaient un petit village dans la banlieue de Jyvaskyla. Son père travaillait dans un garage et il avait fait des heures supplémentaires pour offrir le premier karting à son fils. Mark avait six ans. À seize ans, il participait à son premier championnat du monde. C'était à Nîmes et il ne devait plus jamais quitter la France.

Solitaire, un peu timide, il se consacra à la course et vécut des années d'entraînement acharné avant d'être admis dans ce monde élitiste des écuries de monoplace. Son ascension fut lente mais régulière et, à dix-neuf ans, il fut remarqué par Peter Wilson, l'entraîneur de l'écurie française Benton-Racing. Il l'engagea comme pilote d'essai et dira plus tard qu'il avait tout de suite décelé « de la graine de champion chez ce gamin-là ». La rigueur de Mark, sa profonde détermination et son endurance exceptionnelle l'amenèrent à devenir pilote officiel de l'écurie, et moins d'un an après, il portait les couleurs bleu marine et or de l'écurie jusqu'à la consécration internationale. Pour la deuxième année consécutive Mark emporta le championnat du monde, et il débutait une saison prometteuse, en voie pour un troisième titre mondial.

C'était la première fois que Mark venait à Bordeaux. La ville était luxueuse, cossue. Dans la voiture officielle venue l'attendre à l'aéroport, il avait longé les quais, admiré la splendeur des monuments, les façades XVIIIe de la place de la Bourse, ouvertes en demi-lune sur le fleuve comme la scène d'un immense théâtre. Pourtant, derrière cette opulence, il avait perçu un aspect troublant, attachant.

Cet après-midi, il découvrit peu de monde sur la piste de karting, une trentaine de personnes à peine, de jeunes adultes en majorité. Il était déçu, il espérait voir des vocations s'éveiller dans les yeux des enfants. Le sport automobile ne passionnait pas les Français. Même pas depuis ces deux dernières années où, grâce à lui, une écurie française était devenue la première au monde. La foule était plus nombreuse la veille, pendant la réception donnée en son honneur à l'hôtel de ville de Bordeaux.

Sur l'estrade aménagée près de la piste, Mark parlait depuis une demi-heure, sans être sûr d'intéresser son public. Au premier rang, il remarqua une jeune fille assise qui consultait régulièrement sa montre.

À vrai dire, Isabelle s'ennuyait un peu. Elle regrettait d'avoir accepté l'invitation de son petit ami William, d'ailleurs elle aurait sûrement refusé si, à la dernière minute, son oncle Stéphane n'avait souhaité les accompagner.

Au cours des obsèques de sa tante, Isabelle avait perçu la tristesse de sa mère. Elle qui chantait si bien, elle n'avait pas ouvert la bouche, pas même pour le *Plus près de toi, mon Dieu* qui était le cantique préféré de Fabienne. Plus tard Isabelle avait surpris les échanges entre sa mère et Erwan Morris, le père de Geoffrey, le regard complice, la poignée de main qui s'éternisait. La jeune fille se posait beaucoup de questions, et pour l'instant, elle y apportait une seule réponse : sa hâte de rentrer aux Alizés.

Mark accomplit un tour de piste magistral et descendit de son karting sous les applaudissements. Il multiplia les recommandations et les consignes de sécurité avant le premier tour d'initiation. Stéphane et William furent parmi les premiers à s'élancer.

Alors que Mark surveillait l'évolution des débutants sur la piste, il croisa le regard d'Isabelle. Sous de longs cils couleur de châtaigne mûre elle avait les plus beaux yeux qu'il n'avait jamais vus. Leur nuance ambrée aux reflets vieil or lui rappelait les forêts de sa Finlande natale en automne, cette forêt où il se promenait en rêvant qu'il serait un grand pilote de courses automobiles. Le plus grand.

Il s'approcha de la jeune fille. Elle portait un corsage blanc au col brodé et un pantacourt noir qui dévoilait de jolies chevilles, ses pieds étaient chaussés de ballerines vernies assorties à son sac. Elle incarnait la sagesse, la distinction d'une jeune fille de bonne famille.

— Vous ne voulez pas essayer ? demanda-t-il en désignant la piste.

Isabelle refusa d'un mouvement de tête, et ses cheveux bruns flottèrent sur ses épaules en boucles souples.

— À part l'équitation, le sport en général ne me passionne pas vraiment. J'accompagne mon oncle et un ami.

Il regarda avec insistance chaque détail de son visage, elle rougit et il trouva cela adorable. Il y avait bien longtemps que les filles ne rougissaient plus en sa présence. Le premier tour d'initiation s'achevait, déjà un autre groupe se préparait à entrer en piste.

— Je ferai le prochain tour de piste dans un quart d'heure, voulez-vous boire un jus de fruits en attendant ?

— Non, merci, je n'ai pas soif, répondit-elle en souriant.

Elle avait les incisives supérieures séparées l'une de l'autre, et Mark se rappela que sa grand-mère nommait cela « les dents du bonheur ». Isabelle s'éloigna, et il resta interdit sur le bord de la piste, c'était la première fois qu'il offrait un verre à une jeune fille qui le refusait.

Il était quinze heures ce samedi lorsque Juliette s'arrêta devant l'édifice de glace et de béton qui abritait le commissariat de police. Après l'orage et la pluie de la veille, le temps s'était éclairci et le soleil se reflétait sur la façade du bâtiment. On y accédait par une volée de marches recouvertes de dalles grises qui gardaient encore des petites flaques d'eau dans leurs jointures.

Sans se faire annoncer, Juliette se rendit dans le bureau du commissaire. Mais elle eut l'impression qu'il l'attendait. Il lui tendit la main et lui désigna le siège en face de lui.

— Madame Leroux, j'ai tenu à vous rencontrer rapidement parce qu'il y a un fait nouveau qui me cause bien des interrogations. Votre sœur avait-elle une fortune personnelle ?

Juliette marqua une pause.

— Non, pas que je sache, elle gagnait bien sa vie en tant que journaliste... Mais je ne vois pas autre chose.

— Pouvait-elle avoir des biens particuliers venant de votre mère ?

— Non, lorsque ma mère est décédée, les vignobles qui lui appartenaient revenaient à ses trois enfants et nous avons décidé de créer une société anonyme et de la gérer ensemble.

Suite à l'appel à témoins que le commissaire avait lancé, le directeur de la banque Sanpaolo de Barcelone avait pris contact avec lui. Fabienne Leroux avait un compte dans son établissement. Il avait été ouvert vingt-cinq ans auparavant, au nom de Lise Leroux qui l'avait ensuite transféré à sa fille cadette en 1990. Depuis son ouverture et jusqu'à ce qu'il change de nom il avait été approvisionné par des virements effectués régulièrement depuis un compte en Suisse.

— Pour vous donner une idée, expliqua-t-il, aujourd'hui

ce compte au nom de votre sœur se monte à plus de six millions de francs, ce qui, en euros, soyons modernes…

— Merci commissaire, j'ai déjà fait la conversion… Je ne sais que vous dire, j'ignore d'où provient cet argent.

— Et votre père ?

Si son père connaissait l'existence de ce compte, pourquoi n'en avait-il rien dit après le décès de sa femme et la disparition de sa fille… Le commissaire l'observait tandis qu'elle restait silencieuse.

— Je ne sais pas, commissaire, dit-elle enfin, je lui poserai la question.

— Je vais être obligé de récupérer tous les papiers et les objets personnels de votre sœur.

— Voulez-vous que je vous les fasse porter ?

— Oui, le plus tôt possible, et je compte sur vous pour faire cette première approche auprès de votre père. Tenez-moi au courant.

Il la raccompagna jusqu'à l'entrée du commissariat où ils se serrèrent la main et il la suivit des yeux tandis qu'elle descendait les marches. À mi-chemin, elle trébucha et se rattrapa à la rampe métallique, il se demanda si ce faux pas était dû aux dalles encore humides ou au trouble qu'il avait décelé chez elle tout au long de leur entretien.

L'accident sur la piste de karting fut le résultat d'un curieux enchaînement de circonstances. Stéphane amorçait la dernière courbe de la piste lorsqu'un rayon de soleil se refléta dans le bâtiment de verre sur la droite. Ébloui par les reflets incandescents, il prit peur et freina brutalement. Lancé à toute allure, Mark ne put rien faire, il percuta l'arrière du karting et le propulsa dans la barrière de sécurité. Stéphane fut conduit au CHU de Bordeaux. Isabelle et William suivirent l'ambulance, et Mark Nystrom décida de les accompagner. Malgré le coup de frein brutal de Stéphane, il se sentait responsable.

Isabelle eut du mal à joindre sa mère, mais lorsque

Juliette arriva à l'hôpital, Stéphane était encore au bloc opératoire. Mark s'avança vers elle et formula quelques mots d'excuse.

— Je suis désolé, madame, c'est ma faute.

— Et vous êtes champion du monde de conduite ! C'est une chance pour mon frère, sinon j'imagine dans quel état il serait...

Isabelle perçut une certaine tension dans la voix de sa mère, et elle resta interdite, c'était si peu dans ses habitudes. Mark piqua un fard, et elle se sentit gênée pour lui.

— Maman, s'il te plaît... C'était un accident.

Une demi-heure plus tard, les infirmières ramenèrent Stéphane qui avait la jambe plâtrée jusqu'à la hanche.

— Nous allons le garder quelques jours, dit le chirurgien, mais entre le plâtre et la rééducation il peut compter sur plusieurs mois de mobilité réduite.

Juliette se pencha sur son frère et lui ébouriffa les cheveux en l'embrassant. Il esquissa un geste pour se soulever.

— C'est trop bête, avec tout le travail à la propriété, les vacances qui approchent.

— Ne t'inquiète pas mon bonhomme... Pour l'instant, repose-toi. Nous trouverons des solutions.

Mark ne quittait pas Isabelle des yeux, il ne savait plus quelle attitude adopter, elle le regarda à son tour et lui sourit avec un clignement de paupières qu'il fut tenté d'interpréter comme un message rassurant.

Mais face à l'agacement manifesté par la mère de la jeune fille, il se sentait mal à l'aise. Il murmura encore quelques paroles d'excuses, et s'approchant du lit, il tendit la main à Stéphane.

— Il vaut mieux que je m'en aille. Pardonnez-moi, Stéphane, bon courage.

Isabelle le raccompagna jusqu'à l'entrée de l'hôpital.

— Vous plaiderez ma cause auprès de votre mère quand elle sera plus calme ? Je dois être à Barcelone demain pour la préparation du prochain Grand Prix.

Voulez-vous me donner votre numéro de téléphone portable ? Je vous appellerai pour prendre des nouvelles de votre oncle.

Isabelle nota son numéro sur une feuille et la lui tendit. Il la remercia, dit « À bientôt, Isabelle », un grand sourire creusa ses fossettes, et il monta dans le taxi qui l'attendait.

Jean Soriac était entré au service de Lise Leroux juste après le départ à la retraite de Roger et Colette Deltec, les parents de Jean-Pierre. Œnologue de formation, engagé dans un premier temps comme maître de chai, il était devenu le bras droit de Juliette. Elle estimait son travail et, au fil des années, elle instaura entre eux des relations amicales. Jean et son épouse dînaient au château de temps en temps, et elle acceptait aussi leur invitation, sans cérémonie. Elle avait organisé une petite fête aux Alizés lorsque leur fils avait obtenu son baccalauréat. Ainsi des liens s'étaient tissés qui allaient bien au-delà des seuls rapports employeur-employé et que sa mère n'aurait jamais tolérés avec ses métayers.

Après l'accident de Stéphane, Juliette et Jean Soriac organisèrent le travail sur les deux propriétés. Avec le retour du soleil, le moment était venu de déchausser la vigne. Dans tout le vignoble, une charrue spéciale retournait la terre autour des ceps, les préparant ainsi à recevoir les engrais fertilisants. Ce travail précis et fastidieux requérait du temps et de la main-d'œuvre. Par chance, un des employés accepta de différer ses congés de quelques semaines.

— J'ai dû lui promettre qu'il pourrait prendre une semaine supplémentaire en fin d'année, dit Juliette.

— D'ici là, nous verrons, en attendant nous pouvons l'envoyer à Saint-Benoît, quand Stéphane sortira de l'hôpital, il pourra lui déléguer l'essentiel du travail de Georges qui est en arrêt maladie…

— C'est une bonne idée Jean… La commande pour la maison Sommerfeld à Copenhague ?

— Le transporteur est passé ce matin, les documents d'accompagnement paraissaient en règle.

— J'y ai consacré assez de temps ! Et les assemblages ?

— Nous devrons prévoir une dégustation la semaine prochaine, je la prépare et je vous tiens au courant.

Après le départ de Jean, Juliette réalisa qu'elle n'avait pas encore parlé à son père de ce compte bancaire en Espagne. Elle regarda l'heure et décida de lui rendre visite.

François Leroux habitait un petit cottage de plain-pied, entouré de gazon avec des massifs de bégonias, un puits et une tonnelle.

Lorsque Juliette arriva, il était assis dans le salon face à la baie vitrée qui donnait sur le jardin et il lisait en prenant des notes. Il accueillit sa fille en lui demandant des nouvelles de Stéphane sur un ton un peu moins détaché qu'à son habitude.

— Il va bien, papa. Si tu veux, Isabelle passera te prendre pour aller le voir. Tu as déjeuné ?

— Non, pas encore…

— Mais il est près de deux heures, Mme Meunier ne t'a rien préparé ?

— Si, mais je n'ai pas vu le temps passer…

Elle ouvrit le réfrigérateur qui contenait des boîtes de plastique alimentaire, alignées et étiquetées : *Déjeuner : poulet au curry-riz. Dîner : poisson-haricots verts.*

Tous les jours ses repas étaient prêts à réchauffer dans le four à micro-ondes et, pendant le week-end, s'il ne venait pas déjeuner aux Alizés, et il y venait rarement, Juliette ou Isabelle lui apportait ses repas.

— Je n'ai pas eu le temps de manger moi non plus, je vais grignoter avec toi si tu veux… J'ai à te parler.

— Avec plaisir, ma grande.

Juliette réchauffa les plats, prépara quelques crudités et ouvrit une bouteille de premières côtes-de-blaye. Un château-les-alizés 2000.

En mangeant, ils parlèrent surtout de l'accident de

Stéphane, et Juliette attendit pour aborder l'objet de sa visite.

— Je vais faire du café, papa, tu en prendras ?

— Oui, si c'est du décaféiné... Tu en trouveras dans la boîte bleue, à droite dans le placard.

Elle revint un moment après avec le plateau et les tasses et s'assit face à son père en attendant que le café fût prêt.

— Dis-moi, papa, tu savais que Fabienne avait un compte dans une banque espagnole avec plusieurs millions de francs ?

Il leva vers elle un regard affolé, mais il se reprit très vite et recomposa son masque impassible.

— Non, je l'ignorais, dit-il enfin.

C'était trop tard, elle avait surpris le bouleversement sur son visage et deviné qu'il lui mentait. Elle raconta alors ce que le commissaire Lenoir lui avait appris.

— Réfléchis, papa, c'est important. Si les versements remontent à une vingtaine d'années, maman devait avoir une bonne raison pour placer cet argent en Espagne, elle a dû t'en parler.

— Ta mère ne me tenait pas au courant de tout ! Nous avions deux vies professionnelles indépendantes, elle ses vignes, moi mon poste de professeur...

Le téléphone sonna et François Leroux se leva pour répondre.

Juliette débarrassa la table, elle se dirigeait vers la cuisine son plateau dans les mains lorsqu'elle s'arrêta pour contempler le portrait de sa mère au-dessus de la cheminée. C'était une jolie peinture à l'huile, Lise Leroux avait à peine quarante ans lorsqu'elle avait posé pour l'artiste. Il avait su rendre la finesse du visage, les marques légères au coin des lèvres, le menton volontaire... Enfant, Juliette savait que ses parents vivaient à contre-courant des normes établies. Son père accomplissait un tiers de son travail à la maison, il rentrait tôt le soir. C'était sa mère qui s'absentait souvent pour des salons, des expositions auxquelles s'ajoutaient les réunions syndicales et communales. C'était elle qu'on dérangeait à n'importe quelle heure le soir, le dimanche, elle qui abandonnait toute sa famille au milieu d'un repas pour courir dans les vignes à cause d'un orage ou pour une urgence à la mairie. Et depuis des années, Juliette avait fait sien ce mode de vie.

Elle installa les assiettes et les couverts dans le lave-vaisselle et revint s'asseoir dans le salon en apportant la cafetière. Son père était toujours au téléphone, il lui fit signe de ne pas l'attendre. En sirotant son café, elle suivit du regard les centaines de livres sur les étagères, le bureau Directoire où s'entassaient des panières emplies de chemises cartonnées, de feuilles reliées par des agrafes. Sur les tables basses et les guéridons il y avait toute une galerie de portraits de ses enfants, et d'Isabelle. Le plus grand nombre représentait Stéphane à des âges divers.

Si Fabienne était la préférée de Lise Leroux, François adorait son fils. C'était de ses enfants celui qui lui ressemblait le plus, la nuque carrée, la même implantation capillaire dégarnie sur les tempes, les yeux sombres et le nez un peu trop large. Juliette s'était souvent demandé de qui elle avait été la préférée, elle n'avait pas trouvé de réponse. Combien de fois avait-elle entendu sa mère dire d'elle : « C'est une enfant sans problème qui s'élève toute seule. » Jusqu'à son quinzième anniversaire. Elle soupira et refoula ses souvenirs.

— C'est une ancienne collègue, expliqua François Leroux en raccrochant le téléphone.

— Je vais te quitter, papa, j'ai du travail... Tu sais, j'insiste pour ce compte en banque, tu ne te rappelles rien ?

— Non, ma grande, je suis désolé.

Leurs regards se croisèrent et elle eut à nouveau la certitude qu'il mentait.

Depuis leur rencontre, Erwan Morris ne cessait de penser à Juliette. Il avait appris l'accident de son frère, il lui avait téléphoné pour prendre de ses nouvelles et il avait deviné combien cette attention l'avait touchée.

Chaque repas qu'il avait pris depuis lui rappelait leur tête-à-tête. Il revoyait ce sourire fascinant auquel il avait succombé dès le premier regard, ses yeux d'un vert si pur, comme l'océan par temps calme, et la grâce de sa démarche.

Il alluma le four électrique, glissa à l'intérieur une barquette de moussaka surgelée et se prépara une salade verte. Il déboucha une bouteille de côtes-de-bourg et se servit un verre qu'il emporta avec lui au premier étage.

Lorsqu'il avait acheté la maison dix ans auparavant, il s'était laissé séduire par la vue sur l'estuaire et la citadelle de Vauban.

Quand Geoffrey était venu s'installer avec lui il avait aménagé une des trois chambres du premier étage. Après son décès, le commissaire Fournier avait perquisitionné et n'avait rien trouvé. Erwan avait remis chaque chose à sa place, effacé les traces du passage de la police, nettoyé le parquet et le tapis. Puis il avait fermé la porte et déposé la clé dans un vase à côté du portrait de son fils sur le secrétaire du salon. Depuis, il ouvrait la chambre une fois par mois, faisait un peu de nettoyage en aérant et il refermait aussitôt portes et fenêtres. Rien n'avait changé depuis six ans.

Erwan entra dans la chambre de son fils, alluma la lumière et sentit ses yeux s'embuer. Ce n'était pas le moment de craquer… Il entrouvrit la fenêtre et regarda autour de lui. Il y avait une bonne douzaine d'albums alignés dans la bibliothèque. Geoffrey s'était initié à la photographie durant son séjour aux États-Unis et, en s'installant chez son père, il avait agencé une pièce dans les combles pour en faire une chambre noire où il développait ses tirages.

Erwan prit quelques albums et redescendit. Il apporta son dîner sur un plateau, s'installa dans le salon et ouvrit le premier album, avec l'impression d'une incursion encore plus déchirante dans ses souvenirs. Des paysages, les plages du littoral, des oiseaux sauvages dans les marais, la citadelle. Geoffrey prenait des photos des maisons pour l'agence qui l'employait. Erwan le revoyait encore ajuster son appareil, l'appuyer contre son œil, chercher l'angle le plus avantageux, attendre l'instant où la lumière se plierait à sa volonté. Le quatrième album contenait des photos de Fabienne... Elle posait partout. Marchant au milieu des fleurs, sur la place de la Citadelle, à cheval ou au cours d'un dîner, ses doigts fins et longs enroulés autour d'un verre, Fabienne assise dans le jardin, plongée dans un livre étendue sur la balancelle... Ou dansant au milieu des fleurs, tourbillonnante, les bras déployés comme les ailes d'un cygne... Elle, toujours elle, vêtue d'une longue robe noire qui moulait son corps sublime, beaucoup moins habillée aussi... Erwan sourit. Il avait gardé un merveilleux souvenir de cette jeune femme superbe, impétueuse, aux réactions enflammées, toujours prête pour une croisade. Les souffrances des chrétiens dans le monde et que la plupart des médias s'ingéniaient à passer sous silence, les mauvais traitements infligés aux animaux, la détresse des vieillards dans les maisons de retraite mouroirs... Son enthousiasme, sa fougue ravissaient Geoffrey. Erwan devinait l'admiration dans les yeux de son fils, un sentiment intense, profond, comme une adoration dédiée à quelque antique divinité.

C'est à la fin du sixième album qu'il marqua un temps d'arrêt.

C'était aussi un portrait de Fabienne, mais elle n'avait pas posé. Geoffrey avait dû la surprendre. Son visage tenait tout l'espace de la photographie, et la détresse au fond de ses yeux était terrifiante ! Comme une biche blessée dans l'attente du coup de grâce. Erwan observa longtemps ce visage où toute joie de vivre avait disparu.

Il fallait qu'il montre cette photo à Juliette. Il tendit la main vers le téléphone mais se ravisa... Il était plus de minuit, il l'appellerait demain.

# 4

Juliette renonça à sa promenade matinale, elle prit son petit déjeuner et monta dans le grenier. Elle ouvrit les fenêtres et la lumière du jour naissant éclaira la poussière et l'humidité qu'exsudaient les pierres et les toiles d'araignées tremblantes. Parmi les vieux fauteuils et les meubles démodés, elle trouva les cartons marqués au feutre noir. *Fabienne : dossiers – papiers personnels – ordinateur et disquettes.* Elle s'appliqua à épousseter chacun d'eux avant de les entasser sur le palier.

Soudain, au cours de ses allées et venues, elle heurta une étagère brinquebalante qui chavira. Au milieu des boîtes à chaussures emplies de vieilles photographies et de collections de revues d'une autre époque, elle découvrit son étui à violon. Elle marqua une pause avant d'abandonner le carton qu'elle portait. L'étui disparaissait sous une couche de poussière qu'elle frotta de la paume avant de l'ouvrir.

Il était là. Intact. Comme au matin de la première leçon… Comme au soir du premier concert… Dans son monde, apprendre à jouer d'un instrument de musique faisait partie de l'éducation des petites filles, comme le maintien, la conduite à suivre en société, maîtriser ses gestes, son rire, sa voix. À six ans, Juliette choisit le violon. Son premier professeur, une vieille fille toujours vêtue de noir, Mlle Tellier, lui donna deux heures de cours chaque semaine. Mais très vite, elle décela un don réel chez son élève. Juliette se souvenait encore de sa voix gutturale, sèche : « Tiens-toi correctement petite… non pas comme cela… recommence… » Les ajustements incessants pour positionner l'instrument entre le menton et la clavicule, les douleurs dans le dos tenu raide coûte que coûte, et l'épaule tirée en arrière pour faciliter les voltiges de l'archet… Les doigts mille fois placés, déplacés et replacés sur les cordes, « des coups francs, détachés… l'archet doit être propulsé avec tout le bras… ». Juliette apprit à mouvoir ses doigts jusqu'à ce qu'ils travaillent indépendamment les uns des autres, à trouver un point d'équilibre sur les touches ; elle découvrit le poussé, le tiré, le staccato, le legato. Mademoiselle Tellier lui enseigna une méthode, une théorie, mais aussi l'art d'écouter. « Écoute et inspire-toi de ce que tu entends, car c'est cela le génie… » Tous les concertos de Paganini, de Mendelssohn.

Elle avait neuf ans lorsque Mlle Tellier décréta en acceptant le chèque hebdomadaire de Lise Leroux qu'elle ne pouvait plus rien pour son élève, il fallait remettre cette argile souple entre les mains d'un maître qui la conduirait bien au-delà de simples leçons ou des petites pièces lyriques offertes le soir de Noël à ses parents.

Lise Leroux en fut émue et fière, il n'y avait jamais eu de virtuose dans la famille. Elle confia sa fille à Henri Meillan, ancien maître du conservatoire de Paris et professeur de la plus prestigieuse école de musique de Bordeaux.

Entre ses heures de solitude dans le chai et la musique, Juliette vécut les plus belles émotions de son adolescence. Henri Meillan n'était pas seulement son professeur, il fut son guide, plus que la musique, il enseignait la magie. La vie. Entre les leçons, les exercices, les heures passées à écouter les œuvres de Paganini qu'elle préférait – oh ! ces caprices, ces sonatines ! –, elle comprit que la musique avait tous les pouvoirs, elle faisait rire, pleurer, vivre ou mourir.

Puis il y avait des trous dans ses souvenirs, comme une peinture inachevée où seul l'apprêt reste sur la toile. Les concerts en groupe avec la classe, et un premier récital en solo, elle avait douze ans. Avant… après le concert, elle ne se rappelait rien, juste la salle obscure devant elle, un instant de peur vite surmontée, comme seuls les enfants en détiennent la capacité. Et le menuet en *fa* majeur de Paganini. Et M. Meillan qui avait dit à la fin du concert : « Elle doit préparer le concours du conservatoire de Paris... »

Tous les espoirs concentrés dans ce don surgi de nulle part et qui devenait passion, vie et destinée. Elle avait douze ans, elle avait tout imaginé, tout rêvé... Jusqu'à ce soir de juin où elle avait surpris une violente dispute entre ses parents. Sa mère lui avait ordonné d'aller dans sa chambre, puis un peu plus tard, elle était venue la voir. « Ne t'inquiète pas, ce n'est rien... Je vais avoir un bébé, et papa est très contrarié. Il ne voulait pas d'autre enfant, il trouve qu'il y a trop de temps écoulé depuis ta naissance, et je m'absente tellement souvent... – elle l'avait prise dans ses bras – je vais avoir besoin de toi pour le bébé, tu m'aideras, n'est-ce pas ? Promets-moi que tu m'aideras... »

Elle avait promis. Pour le conservatoire, sa mère avait dit : « Plus tard peut-être... » Juliette savait, et elle comprit que sa mère savait aussi, que plus tard ce serait trop tard. Le rêve qui s'achevait ne renaîtrait plus. Elle avait longtemps gardé le violon dans sa chambre, symbole des promesses qui avaient tourné court. Un matin elle l'avait rangé dans son étui et il avait échoué dans le grenier comme une épave dans la poussière des regrets.

Juliette ouvrit l'écrin en retenant sa respiration, puis elle prit le violon d'une main, l'archet de l'autre... Elle se sentit incapable de les relier. Sa musique s'était envolée à jamais. Une larme tomba sur le dos de sa main. Soudain, elle perçut des pas dans l'escalier, elle rangea l'instrument dans son étui parmi les reliques d'un autre temps et elle avait recomposé son visage de sérénité lorsque Isabelle lui proposa de l'aider à descendre les cartons dans le hall.

Trois jours après qu'il eut quitté Bordeaux pour Barcelone, Mark Nystrom téléphona à Isabelle. La jeune fille avait espéré son appel, sans vraiment y croire, persuadée qu'il lui avait fait cette promesse par simple politesse. Mais il l'avait appelée... Il avait demandé des nouvelles de Stéphane, et il lui promit de la rappeler après la course en Espagne.

Un peu plus tard, en rendant visite à son oncle en compagnie de son grand-père, Isabelle avait acheté toutes les revues de Formule 1 qu'elle avait trouvées en kiosque. Elle avait détaché le poster au centre d'un beau magazine sur papier glacé et l'avait épinglé au-dessus de son bureau.

C'était bien la première fois que cela lui arrivait. Bien sûr, elle avait ses chanteurs, ses acteurs préférés mais elle n'avait jamais rêvé sa vie devant des portraits de stars vêtues de paillettes et d'illusions. Elle avait hérité de sa grand-mère maternelle un tempérament cartésien et de sa mère le goût de la simplicité. De cinq à treize ans elle avait suivi des cours de danse classique, et des reproductions de Degas ornaient les murs de sa chambre avec de magnifiques photographies de chevaux au galop. Sur une aquarelle, une jument et son poulain se tenaient côte à côte, leurs cous tendrement noués dans la brume de l'aube.

C'était sa tante Fabienne qui l'avait initiée à l'équitation. Chaque fois qu'elle venait au domaine, elles passaient de longues heures au manège ou elles partaient pour des promenades champêtres. Peu de temps avant la disparition de sa tante, elles avaient décidé de se lancer dans la pratique du saut d'obstacles. Isabelle avait renoncé au saut mais elle avait obtenu de ses parents la rénovation d'une ancienne écurie, et ils lui avaient offert deux chevaux. Pas des pur-sang, mais des animaux blessés, sauvés in extremis sur la route de l'abattoir. Cette passion des chevaux l'avait rapprochée de William Laveau, le fils du chirurgien-dentiste de Saint-Louis. Ils avaient fréquenté le même lycée et le même manège d'équitation, et ils avaient fait de cette relation d'adolescents une histoire d'amour qu'Isabelle vivait sans passion débordante, avec sagesse et raison, comme tout ce qu'elle faisait. Elle avait conduit ses études de la même façon, une licence de droit, un diplôme supérieur de gestion et de commerce international. Elle attendait les derniers examens dans quelques jours, et elle aurait tout l'été pour décider de sa voie. Entreprendre d'autres études ou au contraire s'initier à l'œnologie, au marketing du vin et ancrer sa vie aux Alizés, comme l'avaient fait avant elle sa mère et sa grand-mère.

Cependant, Mark Nystrom, double champion du monde des pilotes, venait de faire une incursion fulgurante dans cet ordre établi… Et ce dimanche après-midi, pour la première fois, Isabelle suivait à la télévision l'effervescence qui précède le départ d'un grand prix de Formule 1. Un monde inconnu s'ouvrait devant ses yeux : le paddock avec les différentes écuries de courses, le défilé des journalistes et des caméras, les interviews aux traductions simultanées, et les filles superbes qui entouraient les pilotes. Mark apparut dans sa tenue bleu marine et or aux couleurs de l'écurie française. Elle le vit enfiler ses gants, son casque, se glisser dans la coque et elle se demanda comment il pouvait entrer dans cet espace aussi réduit…

Isabelle avait du mal à imaginer qu'il était près d'elle quelques jours plus tôt, qu'il l'avait accompagnée à l'hôpital après l'accident, et qu'il lui avait pris la main lorsqu'elle était descendue de voiture… Une petite voix perfide susurrait : « Arrête de rêver… Regarde les filles qui l'entourent… Ne sois pas stupide. »

Les techniciens s'affairaient autour des voitures, et puis, en quelques secondes, les pilotes se retrouvèrent seuls sur la piste. Elle apprit comment était donné le départ d'un grand prix, les cinq feux rouges qui s'allument l'un après l'autre et la ruée des bolides lorsqu'ils s'éteignent. Dès le départ, Mark gagna une place et, après une course qu'il domina méthodiquement, il franchit la ligne d'arrivée en vainqueur. Prodige, génie, les commentateurs sportifs ne trouvaient pas de qualificatifs assez élogieux pour souligner le talent du jeune homme.

Isabelle vit les femmes qui l'entouraient, les milliers d'admirateurs qui scandaient son nom en agitant des drapeaux finlandais, ces larges croix bleu pâle sur fond blanc. Puis ce fut la remise des coupes et la douche au champagne... Lorsqu'elle éteignit la télévision, elle était à la fois éblouie et triste par ce monde magique dont elle ne soupçonnait même pas l'existence quelques jours auparavant et qui lui paraissait étrange et inaccessible.

Elle remonta dans sa chambre, s'apprêta pour se rendre au chai où un groupe de touristes anglais devait s'arrêter pour une dégustation. Elle montait dans sa voiture lorsque retentit la sonnerie de son téléphone mobile. Elle sursauta en reconnaissant le léger accent anglo-saxon.

— Isabelle ? C'est Mark, comment allez-vous ?

Sa surprise fut si grande que les mots s'arrêtèrent au bord de ses lèvres :

— Bravo pour la course, dit-elle enfin, c'était fantastique.

— Merci... – il hésitait – j'ai une journée libre mardi avant de reprendre les essais du prochain Grand Prix, est-ce que je peux venir ?

De nouveau, elle resta sans voix tant elle avait du mal à soutenir le rythme de son cœur qui s'accélérait.

— Isabelle, vous m'entendez ?

— Oui, Mark, vous voulez venir à Bordeaux ?

— Si vous voulez, bien sûr. J'ai beaucoup pensé à vous tous ces jours... j'ai envie de vous voir et de voir votre oncle. Il va bien ?

— Il sortira de l'hôpital dans quelques jours, mais il va avoir besoin de béquilles pendant un certain temps...

— Votre mère doit me maudire.

— Non, je vous assure. Quand serez-vous là ?

— Demain soir, je vous appellerai pour vous donner mon heure d'arrivée à l'aéroport de Bordeaux, est-ce que vous viendrez me chercher ?

— Bien sûr.

— Alors, à demain, Isabelle.

Assise au volant de sa voiture, il lui fallut un long moment avant de se convaincre qu'elle n'avait pas rêvé. Mais les battements de son cœur et la moiteur au creux de ses mains étaient bien réels. Elle démarra enfin et s'arrêta devant le chai en même temps que le car de touristes. Juliette les attendait à l'entrée. Isabelle remarqua ses traits tirés, les cernes sous ses yeux. L'accident de Stéphane représentait une difficulté tangible avec le travail sur les deux propriétés que l'estuaire de la Gironde séparait, ce qui sous-entendait de se conformer aux horaires du bac ou faire par la route un crochet de cent quatre-vingts kilomètres. Et depuis la découverte du corps de Fabienne, sa mère paraissait troublée, inquiète. Isabelle avait surpris des larmes dans ses yeux lorsqu'elle avait descendu les cartons contenant ses effets. Elle avait dit : « J'ai la certitude qu'aujourd'hui encore on ignore presque tout des événements qui entourent la mort de ta tante. »

Elle aussi pensait souvent à sa tante. Des bribes de souvenirs jaillissaient de toutes ces années passées dans son sillage, un tourbillon fait d'éclats de rire, mais aussi de gravité et de défis. Une vie annihilée, des années volées, sans qu'aujourd'hui on sache par qui et pourquoi. Depuis quelques jours, Isabelle avait l'impression que sur ces événements vieux de six ans, quelque chose lui échappait. Elle cherchait à reconstituer le puzzle de ses souvenirs, déceler un fil conducteur quelque part, retrouver une image qui la fuyait. Mais elle pensait trop à Mark ; le cœur au bord de l'implosion, elle ne pouvait rien faire d'autre que chasser bien vite de son esprit tout ce qui n'était pas le sourire radieux du jeune homme.

Chaque matin, Philippe Marot effectuait une heure de trajet depuis Saint-Louis où il habitait et Bordeaux où son agence immobilière était installée. Il calculait son temps de telle façon à franchir le pont de pierre avant les premiers embouteillages, puis il longeait les quais et remontait jusqu'au cours Tourny qu'il traversait à pied jusqu'à la seule brasserie déjà ouverte. Il aimait ce quartier cossu, les immeubles du XVIIIe siècle, superbes, imposants et au bout du cours, la place de la Comédie, avec le Grand Théâtre, ce joyau d'architecture signé Victor Louis.

Philippe prenait un café, parfois deux, serrait la main du garçon et, en sortant, il achetait les journaux locaux. Et seul dans son bureau, il parcourait chaque page, attentif au moindre renseignement qui constituerait le signe avant-coureur d'une bonne affaire. Dès qu'une information l'intéressait, il trouvait toujours un contact à appeler pour en savoir davantage, grâce au réseau de relations qu'il s'était constitué et qu'il entretenait au prix de dîners gastronomiques et de longues heures de sommeil perdu. À cinquante-deux ans, il commençait à en ressentir les effets et il surveillait sa tendance à prendre un peu d'embonpoint. Il se savait séduisant malgré son visage tout en angle, cette expression dure, alourdie par le coin de la bouche tombant en un rictus de mépris dont il ne se départait jamais. Même pas sous l'effet du plaisir qu'il éprouvait à arracher à quelque relation obscure l'information confidentielle dont il avait besoin. Il imaginait les mimiques de vierge énamourée de son interlocuteur pourtant prêt à brader sa mère au plus offrant si cela lui permettait de renforcer sa position sociale. Il le poussait jusque dans ses derniers retranchements, et connaissait par avance la phrase qui clôturerait leur conversation : « Surtout, cher ami, ne citez pas vos sources… Je compte sur vous n'est-ce pas ? Au nom de notre amitié. »

Philippe se retenait d'éclater de rire : « Pauvre con, pensait-il en raccrochant, moi, ton ami… et puis quoi encore ? » Il avait créé sa première agence immobilière à Libourne en 1978, il avait alors vingt-cinq ans. Il s'était spécialisé dans les transactions de propriétés viticoles et cinq ans plus tard il ouvrait une seconde agence cours Tourny, l'une des plus prestigieuses avenues de Bordeaux. Il n'avait pas son pareil pour flairer la bonne affaire, amenant toujours le vendeur et l'acheteur à traiter aux conditions et aux prix qu'il avait lui-même fixés.

Élise Renan, la notaire de Saint-Louis, lui répétait : « Tu es terrible… Personne ne te résiste, surtout pas moi ! » En l'écoutant, il affichait parfois une grimace. En vieillissant, les femmes l'ennuyaient. Il y avait Laurence, sa femme, ex-mannequin, qu'il avait épousée au temps de sa gloire parce qu'elle le flattait et servait sa réussite. Un jour, dans un accès de rage, il l'avait traitée de poupée Barbie ménopausée, sans éprouver l'once d'un remords. Les femmes qu'il possédait et qu'il oubliait aussitôt ne comptaient pas, et avec Élise, il se sentait beaucoup plus lié par les affaires que par leur brève rencontre hebdomadaire dont il ne tirait plus guère de plaisir. Et puis il y avait dans sa vie quelques femmes qu'il jugeait exceptionnelles parce qu'il savait qu'elles ne coucheraient jamais avec lui.

Comme Juliette Leroux. Inaccessible, fascinante, la seule femme pour laquelle il éprouvait une admiration exaltée par un sentiment de convoitise inassouvie. Sans être des amis intimes, ils se rencontraient régulièrement au sein du conseil municipal. Philippe ne montrait guère de dévouement dans l'exercice de son mandat d'adjoint, il ne cherchait même pas à dissimuler son aversion pour les politiciens qu'il qualifiait de « pions d'argile », propulsés sur un échiquier virtuel dont il savait bien que les véritables maîtres étaient des hommes comme lui. Toutefois, sa place à la mairie de Saint-Louis était l'occasion de côtoyer Juliette. Comme faire partie du comité d'organisation du festival Romance en Citadelle, dont elle était l'instigatrice. Tout au long de l'été, les concerts, les représentations théâtrales et les expositions se succédaient au cœur de la citadelle de Vauban aménagée en scène de plein air. Philippe n'était pas féru d'art non plus, mais il était émerveillé par la culture artistique de Juliette, il avait ainsi le plaisir de l'approcher, fasciné par la passion qui l'animait et embrasait son regard lorsque, au début de chaque année, le comité préparait le programme de l'été. Un élan violent le précipitait vers elle, toutefois il n'avait jamais tenté la moindre avance…

Ce matin-là, à la lecture des journaux, il prit quelques notes de son écriture serrée dans un cahier où il rédigeait l'historique de ses affaires les plus fructueuses. Et aujourd'hui, il était assez content.

Il était encore tôt lorsque Erwan Morris franchit le portail des Alizés. Il longea l'allée bordée de rosiers rouges et blancs qui coupait d'immenses étendues de gazon, parsemées de massifs aux multiples couleurs. Au milieu d'une pelouse en forme de losange s'élevait un bassin de marbre entouré de cupidons où l'eau ruisselait sur des galets argentés.

Il emprunta le côté est du château menant aux chais et arrêta sa voiture à côté de celle de Juliette. Il poussa doucement la porte et s'arrêta, l'ambiance presque monastique le déconcerta. Des colonnes de pierre supportaient les poutres de la voûte et une allée centrale de dalles marbrées séparait les rangées de barriques. Les appliques murales reflétaient une lumière ambrée sur les douelles de bois aux nuances tendres, allant du blond au roux et au fond, couvrant tout un mur, une fresque représentait une scène de vendanges au Moyen Âge.

Juliette tirait du vin d'une barrique dans une pipette et, en apercevant Erwan, elle emplit deux verres.

— Nous effectuons régulièrement des prélèvements, expliqua-t-elle pour déterminer combien de temps encore les merlots et les cabernets resteront en fûts avant l'assemblage final.

Elle imprima à son verre un mouvement circulaire,

offrant à la lumière la robe carminée avant de humer le bouquet de fruits, de beurre frais, au boisé un peu abrupt.

— Il faut attendre encore un peu, jugea-t-elle après avoir goûté, au moins deux ou trois semaines pour que les tanins dévoilent tout leur velouté.

Ses cheveux étaient retenus par une pince en écaille, et elle n'était pas maquillée. Erwan la trouva émouvante avec son visage sans apprêt, ses rides au coin des yeux et des lèvres. Pour cacher son émotion, il but le vin à petites gorgées en imitant ses gestes d'initiés.

Puis elle lui prit le bras et ils remontèrent l'allée. Au passage, elle caressa la courbe douce des barriques et elle respira profondément, les yeux mi-clos, les narines palpitantes...

— J'aime cette odeur de bois brûlé et de vendange mûre, c'est comme une drogue, je crois que je ne pourrai jamais m'en sevrer.

Elle lui montra une rotonde aménagée dans la pierre du chai contenant des alvéoles garnies de très vieilles bouteilles aux étiquettes rongées.

— Nous avons des millésimes vieux de quarante ans, ils ont été embouteillés pour célébrer certains événements. Chaque bouteille est une étape qui raconte l'histoire de ma famille. Toute ma vie est là...

Enfant, elle passait de longues heures dans le chai, refuge de paix imprégné de cette senteur unique, fragrances de vin et de bois mêlées. L'épaisseur des voûtes étouffait les bruits de l'extérieur, et dans ce lieu mystique, son imagination l'emportait sur les chemins qui rejoignaient ses rêves. Aujourd'hui encore, le mystère continuait de la fasciner.

Ils marchaient toujours côte à côte et elle avait laissé son bras glisser le long de celui d'Erwan, leurs mains se touchaient presque. Elle s'enhardit et emprisonna le bout de ses doigts.

— Erwan, vous paraissez soucieux, je me trompe ?

Il devait lui montrer la photo de Fabienne, mais il se sentit incapable de briser la sérénité de cet instant.

— J'avais quelque chose à vous montrer et je l'ai oublié chez moi. Est-ce que vous êtes libre pour dîner ?

— Oh oui ! avec plaisir, ma fille n'est pas là.

Lorsque un peu plus tard elle lui adressa un signe de la main, alors qu'ils se séparaient, il eut un sentiment d'allégresse comme il n'en avait plus connu depuis tant d'années.

À vingt heures, Erwan gagna l'Hostellerie des Quatre Vents, le prestigieux restaurant de Saint-Émilion. Bâti face au mur de la Jurade, ses baies s'ouvraient sur les vieilles pierres de la ville classée au patrimoine mondial de l'Unesco.

Juliette arriva quelques minutes en retard, elle trouva une place de stationnement assez éloignée et c'est en rejoignant l'entrée du restaurant qu'elle remarqua la voiture d'Isabelle. Erwan l'attendait au bar où il y avait peu d'affluence encore. L'ambiance du restaurant était feutrée, avec des murs tendus de velours rouge, un décor romantique à souhait dans le style vénitien, fait de colonnes et d'arcades. Les tables nappées de satin rose étaient enclavées dans des stalles discrètes.

Juliette jeta un regard circulaire dans la salle et aperçut sa fille dans un coin retiré. Elle buvait du champagne, les yeux levés vers Mark Nystrom qui lui souriait. Le maître d'hôtel guida Juliette et Erwan vers leur table et leur présenta les cartes. Erwan tendit celle des vins à Juliette.

— Vous êtes plus qualifiée que moi...

Il suivit son regard et reconnut Isabelle.

— Vous ne saviez pas qu'elle était là ?

— Non, et je préférerais qu'elle ne nous voie pas.

Le maître d'hôtel nota leur commande et ils tombèrent d'accord pour choisir une salade de foies de volaille confits au miel et au porto et un filet de magret aux trois poivres. Le sommelier leur apporta une bouteille de château-corbin-michotte, un saint-émilion grand cru classé 1995, et la déboucha avec des gestes mesurés. Ils le goûtèrent ensemble, mais Erwan observa Juliette qui se laissait séduire par le vin aux arômes de cuir, de vanille, par son opulence et cette profusion de saveurs à nulle autre pareille.

Tandis qu'elle livrait ses impressions à Erwan, elle ne put s'empêcher de regarder en direction de sa fille. Les deux jeunes gens se parlaient en riant, ils levèrent leur coupe de champagne et leurs visages étaient si proches que Juliette attendit leur baiser... Elle croisa enfin le regard d'Erwan, attentif, presque inquiet.

— Au fait, vous aviez quelque chose à me montrer ?

Il se demanda si le moment était opportun, mais il ne pouvait atermoyer davantage. Il sortit la photographie de la poche intérieure de sa veste et la lui tendit.

— Je suis intrigué par cette photo...

Juliette regarda longtemps le portrait de sa sœur. Une telle détresse ne lui ressemblait pas. Quel secret cachait ce regard désespéré...

— Où avez-vous trouvé cette photo ?

— Dans un des albums de Geoffrey.

Parce qu'ils n'avaient pas touché à leur assiette, le maître d'hôtel s'assura que tout allait bien. Ils commencèrent à manger en silence, et Juliette sentait peser sur elle le regard d'Erwan. Soudain, elle ressentit l'envie de lui parler de sa vie aux Alizés, son rôle d'aînée, d'enfant-facile-qui-grandit-toute-seule. Au fur et à mesure qu'elle se confiait, il comprit que toute sa vie, elle avait donné plus qu'elle n'avait reçu.

Pendant que le maître d'hôtel changeait les assiettes, Juliette observait sa fille. Un jeune homme passait entre les tables avec une brassée de roses rouges, emballées séparément. Mark fit un signe... Lorsque le jeune homme s'approcha de la table il prit la gerbe entière, l'échangea contre une poignée de billets et il offrit les fleurs à Isabelle. Gênée de sentir tous les regards tournés vers elle, elle baissa la tête et rougit en riant. Juliette l'avait toujours trouvée si jolie quand elle riait ainsi. Elle devinait sa fascination dans chacun de ses mouvements, l'inclinaison de sa tête qui bousculait sa chevelure autour de son visage, ses yeux étincelants, comme ceux d'un enfant ébloui devant les étoiles. Juliette lui superposa alors le visage torturé de Fabienne. Et elle imaginait sa fille crucifiée, vampirisée par ce Viking au sourire d'ange.

Erwan avait espéré savourer chaque instant de ce tête-à-tête, mais elle était ailleurs, entre ses souvenirs et une autre table où elle n'était pas conviée. Elle s'excusa.

— Parlez-moi encore de votre fils...

Parler de Geoffrey lui était toujours douloureux, mais si facile. De son enfance surtout, de ce petit garçon qui avait appris à parler très tôt...

— Un soir, il avait à peine trois ans, je l'ai trouvé assis dans mon fauteuil, ma pipe éteinte entre les lèvres, il regardait les informations sur CNN, son petit visage tendu et ses sourcils froncés, comme s'il en comprenait toute la gravité.

Erwan souriait en racontant et Juliette aimait son sourire... Seule la partie droite des lèvres se soulevait doucement et dessinait des fossettes au creux de ses joues. Ils restèrent plus d'une heure ainsi, à exprimer leurs souvenirs, entrecoupés de pauses pendant lesquelles ils se regardaient, conscients de se découvrir plus encore à travers leurs silences. Il lui prit la main par-dessus la table, elle ne la retira pas.

Au moment du café, il lui demanda s'il y avait un homme dans sa vie. Elle le regarda et son visage s'ombra de tristesse...

— Il y en a eu, oui, quelquefois.

« Rarement... dans une autre vie », pensa-t-elle, cela fait si longtemps. Lorsqu'elle croisa son regard de nouveau, elle y devina bienveillance, affection, désir aussi, tous les sentiments qu'elle avait pensé ne jamais retrouver dans le regard d'un homme. Elle détourna les yeux.

À cet instant, Isabelle et le jeune pilote quittèrent leur table et, la main dans la main, ils gagnèrent l'escalier qui menait aux chambres. Peu après Juliette et Erwan sortirent du restaurant à leur tour, et il la raccompagna jusqu'à sa voiture. Le crépuscule descendait sur les faîtes des arbres, enveloppant les collines et les vignes qui entouraient la ville. Elle déclencha à distance l'ouverture de sa voiture et il se pencha pour ouvrir sa portière.

— Merci pour ce dîner, Erwan…

Elle leva son visage vers lui et lorsqu'il s'inclina, elle respira son parfum, un mélange de tabac blond et de bergamote. Les lèvres d'Erwan rencontrèrent une mèche de cheveux, il la serra un peu plus fort contre lui et effleura à peine sa bouche de ses lèvres. Ce fut elle qui s'éloigna et, en montant dans sa voiture, elle murmura :

— À bientôt Erwan, je vous appellerai.

Plus tard, lorsqu'elle se retrouva seule dans sa chambre, elle fut incapable de trouver le sommeil. Elle revoyait le visage de Fabienne sur la photographie et elle réalisait qu'elle ignorait beaucoup de choses de la vie de sa sœur… Juliette avait fait sienne l'ambition de sa mère et elle avait vécu avec pour seul dessein de préserver l'héritage familial, et pour unique moment de détente, la solitude au point du jour dans ses vignes, ses bottes foulant la terre brune. Elle avait tout fait pour ressembler à sa mère, tout appris de la vigne pour être digne d'elle, de la culture jusqu'aux secrets de l'élevage des vins, mais aussi les relations commerciales, et la comptabilité. La seule chose qu'on ne lui avait pas apprise c'était comment oublier son violon dans le grenier, comment ne pas pleurer.

Elle n'avait rien négligé des leçons maternelles : « Tu dois tout connaître pour ne faire confiance à personne. » Mais Juliette n'avait pas su interpréter le message… Tout connaître pour Lise Leroux, c'était ordonner et être obéie sans aucune discussion, aussi infime soit-elle. Juliette était trop faible, trop fragile, ne faire confiance à personne se traduisit chez elle par une incapacité viscérale à déléguer.

Se taire, écouter les autres, ne rien exprimer, elle était l'oreille attentive, réceptive à tous les fardeaux d'autrui. Pourtant, elle n'avait rien su des souffrances qui avaient peut-être bouleversé la vie de sa sœur, elle n'avait pas vu naître l'idylle entre son mari et la petite amie de son frère. Jusqu'à Isabelle qui avait préféré lui taire son rendez-vous avec le jeune pilote. Isabelle si vivante, si pleine de certitudes comme sa grand-mère, mais qui avait hérité de sa tante le goût de vivre et sans doute celui d'aimer. Et si tout n'était qu'apparence ?

Non… Isabelle était la sincérité même. Ma fille, ma raison d'être, mon amour. Elle la revoyait montant l'escalier, son corps d'adolescente serré contre un autre corps, un bouquet désordonné au creux de ses bras… Une violente émotion la submergea. Isabelle, son bébé il y avait si peu de temps encore, lorsqu'elle la conduisait à l'école maternelle avec ses deux couettes nouées de rubans, sa jupe plissée et son sac à dos en forme de lapin dont les oreilles dansaient sur ses épaules quand elle courait. Son enfant que ce grand garçon trop beau, trop rayonnant, prétendait lui enlever. Les heures passèrent encore. Juliette se coucha, puis se releva. Tout n'était que silence autour d'elle… Comme le symbole des eaux troubles dans lesquelles elle se débattait depuis l'adolescence. Elle ne savait plus où elle en était. Elle en cherchait les raisons mais la réponse se trouvait dans le vide immense qu'elle ressentait, dans l'éclosion permanente de la peur enfouie en elle depuis si longtemps, sans refuge possible.

Par la fenêtre de l'Hostellerie des Quatre Vents, Mark Nystrom regardait Saint-Émilion s'éveiller avec la langueur d'un matin de mai lumineux. La température était fraîche encore, malgré le soleil déjà haut. La muraille de la Jurade se dressait dans un ciel uniformément bleu et, au-delà des bâtisses, la brise berçait les jeunes feuilles de vigne en un ondoiement vert tendre qui coulait jusqu'à l'horizon.

Il ouvrit le bar, se servit un jus d'orange et revint s'asseoir au pied du lit où Isabelle reposait, endormie. Il contempla dans sa nudité troublante la jeune fille qui venait d'apparaître dans sa vie comme par enchantement. Avec ses boucles brunes couvrant ses épaules, la courbe soyeuse de ses cils, elle lui semblait la pureté même, un peu comme on imagine celle des anges.

Depuis la veille, il avait vécu chaque heure avec une intensité qu'il n'imaginait pas possible en dehors des circuits... Isabelle était venue l'attendre à l'aéroport ; elle portait une jupe blanc cassé et un pull léger brun orangé, et il la découvrit plus jolie encore que dans son souvenir. Le modelé délicat de son visage, ses cheveux noués en queue de cheval et ses yeux splendides qui avaient la nuance des feuillages d'automne.

Ils avaient visité Bordeaux avant de prendre la route des vignobles. Dans les embouteillages du pont d'Aquitaine, elle s'était faufilée avec adresse, et elle avait grignoté quelques places...

« Vous conduisez bien », avait-il dit.

Elle avait éclaté de rire.

« C'est un compliment venant de vous ! »

Comme la voiture d'Isabelle était immobilisée entre un camion et un autocar, ils s'étaient regardés. Gênés, ils avaient détourné la tête et s'étaient regardés de nouveau, sans parvenir à se rassasier, jusqu'à ce que devant eux le camion s'éloigne.

À Saint-Louis elle lui avait montré de loin l'étendue du domaine familial. À perte de vue, un océan de vignes bercées par le vent et des chevaux dans un enclos fermé de barrières blanches. Tout l'émerveilla, le chant des oiseaux dans les arbres en fleurs et le vaste horizon festonné par l'estuaire. Elle ne l'avait pas invité à entrer et il en avait déduit que sa mère lui tenait toujours rigueur de l'accident. Ils avaient visité Pomerol et Saint-Émilion. Mark avait admiré la ville aux remparts centenaires, son église monolithe, ses grottes. Isabelle lui avait raconté l'histoire d'Émilian, cet ermite breton installé dans les grottes où il resta sa vie entière, bientôt rejoint par d'autres moines bénédictins. Il avait donné son nom à la ville. Elle lui conta aussi le destin tragique des révolutionnaires qui y avaient trouvé refuge.

Il était fasciné par son intelligence, ses allures de jeune femme bien élevée, par sa sensibilité autant que par sa sensualité et ce quelque chose en elle d'indéfinissable, de paisible. Elle lui faisait penser à un ciel de nuit d'été où toutes les étoiles se rejoignaient. Puis ils avaient dîné avant de rejoindre la chambre que la jeune fille avait réservée. Ses mains s'étaient égarées dans sa chevelure, il avait caressé sa peau transparente et douce, il avait reçu les caresses de ses doigts tièdes qui l'avaient fait trembler.

Mark promenait ses doigts le long de la jambe d'Isabelle, sa peau était veloutée, lumineuse, comme si son corps nu absorbait la clarté de la chambre. Elle frissonna et ouvrit les yeux. Il trouva que le sommeil l'avait encore embellie.

— Tu as bien dormi ? demanda-t-il.

— Oui, je crois… Quelle heure est-il ?

— Onze heures.

Elle s'assit et remonta le drap sur son corps.

— Mon Dieu… je devrais être aux Alizés.

— Tu ne veux plus de moi… déjà ?

Elle jeta ses bras autour de son cou, le drap glissa et Mark sentit sa peau nue…

— Ne dis pas de bêtise, Mark, mais il y a tant de travail en retard à la propriété…

— … Et c'est ma faute.

Il lui caressait le visage, les cheveux, il l'embrassa dans le cou, jusqu'à effleurer la naissance des seins. Elle s'éloigna de lui :

— Je dois partir, Mark.

— Dans deux semaines, je serai à Silverstone en Angleterre, veux-tu me rejoindre pour le week-end ?

— Tu veux dire pour voir la course ?

— Oui, et d'ici là, je ferai mon possible pour organiser une autre escapade à Bordeaux.

Elle se blottit dans ses bras et il se fit si tendre qu'elle ne résista pas à ses caresses.

Depuis longtemps Mark ne vivait que sur les circuits automobiles... les courses, les poussées d'adrénaline, la lutte acharnée contre la chaleur, la déshydratation, l'épuisement. Il connaissait les victoires, les défaites, les réunions d'équipe malgré la fatigue et de nouveau les entraînements. Il avait toujours eu l'impression de vivre l'essentiel. Quand enfin il rentrait au terme d'une journée harassante, il ne pensait qu'à dormir, étendu en travers du lit.

Parfois le désir ou la curiosité le poussait dans les bras d'une groupie à la fois provocante et soumise qui rêvait d'une nuit torride qu'elle raconterait à l'envi, enjolivée de détails puisés dans son imagination. Une nuit que Mark ne finissait jamais... Très vite, il s'échappait, soucieux de trouver un peu de repos avant de rejoindre le prochain circuit.

Mais en s'éveillant ce matin aux côtés de cette jeune femme, presque une adolescente encore, au regard pur comme l'horizon, il pensait qu'il venait d'apprendre en quelques heures la tendresse, l'amour et la vie.

# 5

Le docteur Jean-Pierre Deltec avait terminé ses consultations de l'après-midi et, avant de partir pour ses visites à domicile, il consacrait une demi-heure à compléter des documents administratifs, lorsque Denise, sa secrétaire, fit entrer Hélène Jouvain. Elle avait insisté, presque supplié pour avoir un rendez-vous. Hélène et Olivier Jouvain possédaient un vignoble à Saint-Louis et Jean-Pierre savait qu'ils connaissaient des difficultés. À bout de forces, Hélène venait le consulter de temps à autre, et tout ce qu'il pouvait faire, c'était l'écouter, l'aider de son mieux à gérer ses angoisses et ses insomnies en lui prescrivant des somnifères.

— Qu'est-ce qui se passe, Hélène ?

— J'ai très peur pour Olivier, docteur. Je le vois s'effondrer un peu plus chaque jour. Je voudrais tellement qu'il tienne jusqu'à la vente de la propriété.

Il la regarda, abasourdi.

— C'est à ce point-là ?

— C'est pire encore. Depuis quelques mois les négociants n'achètent plus de vin. Olivier a beau baisser les prix, nous ne pouvons plus payer les charges. Jusqu'à maintenant le banquier nous suivait plus ou moins... Mais il y a trois semaines, il a refusé d'aller plus loin. Nous avons licencié nos deux employés permanents et l'un d'eux a entamé une procédure aux prud'hommes pour licenciement abusif. Nous assumons le travail de la propriété nous-mêmes, mais ça ne suffit plus. C'est devenu insupportable... Nous en arrivons à nous disputer devant les enfants, et c'est la première fois.

Hélène marqua un long silence et elle se mit à pleurer. Jean-Pierre lui tendit un mouchoir en papier.

— La semaine dernière, le directeur de la banque a convoqué Olivier et il lui a présenté un acheteur hollandais. Il a dit que c'était notre dernière chance, si nous refusons de vendre, tout serait saisi...

Tandis qu'elle parlait, Jean-Pierre emprisonna son front entre le pouce et l'index en proie à une migraine qui ne l'avait pas quitté de la journée.

— Et en vendant la propriété, demanda-t-il, vous allez vous en sortir ?

— Le nouveau propriétaire a promis d'engager Olivier comme régisseur et de nous laisser le logement annexe. Ça ne me paraît pas une mauvaise solution ; après tout un salaire fixe...

Jean-Pierre connaissait Olivier depuis l'école communale.

— Je suppose qu'il n'accepte pas cette situation de gaieté de cœur.

— Il la vit comme un échec personnel et il est très malheureux.

La jeune femme jeta un coup d'œil à sa montre et s'excusa :

— Je dois aller chercher mes enfants à l'école.

Toutefois, Jean-Pierre prit le temps de l'ausculter, son pouls était rapide et sa tension élevée. Tandis qu'elle se rhabillait, il la regarda avec compassion. Il rédigea son ordonnance et augmenta la dose de tranquillisants.

— J'appellerai Olivier ce soir, dit-il en la raccompagnant.

Lorsqu'il fut de nouveau seul dans son cabinet, il se servit un verre d'eau, prit deux comprimés et se rassit à son bureau. Que pouvait-il faire pour Olivier et Hélène ? Tout dans cette région était lié au vin, cela faisait bien longtemps qu'il ne s'en offusquait plus... Mais l'avait-il haï, ce milieu qu'adolescent il jugeait privilégié, comme un monde parallèle au sien, dont il n'aurait jamais la clé. Son père était maître de culture aux Alizés, il avait fait vivre sa famille au rythme du domaine. Jean-Pierre se souvenait de ses sourdes révoltes lorsqu'il l'entendait dire « nous » en parlant du château... « Nous avons reçu un groupe de visiteurs allemands... Nous avons obtenu une médaille d'or au concours de Bruxelles... » Dans ces moments-là il détestait l'obséquiosité de ses parents, la fierté avec laquelle ils s'appropriaient « leur » renommée, « leurs » succès, il avait honte de leur tranquille acceptation de servitude. Roger Deltec avait poussé son fils à « faire œnologie » et sans doute rêvait-il qu'il épouserait une demoiselle du château. Jean-Pierre s'était vengé de toutes ses frustrations en devenant médecin, et il comprit alors que ce que l'on déteste attire plus sûrement que ce que l'on vénère. À la fin de ses études, rien n'aurait pu l'empêcher de revenir s'installer à Saint-Louis, la famille Leroux fut parmi ses premiers patients, les autres avaient suivi.

Il s'était peu à peu constitué une clientèle « chic » tout en redoutant que sa vie ne s'écoule ainsi, à écouter ses clientes décrire de vagues symptômes, à prescrire sur papier glacé des médicaments dont il savait bien qu'ils ne pouvaient alléger leurs délires hypocondriaques. Il s'était alors porté volontaire pour assurer des gardes à l'hôpital, à la maison de retraite et vivre ce pour quoi il avait tant travaillé : la mission d'un médecin de campagne.

Le rêve de son père ne s'était jamais réalisé. Pendant ses études, il revenait au domaine de temps en temps, au cours d'un séjour estival il avait eu une courte aventure avec Juliette... Amourette de vacances dont ni l'un ni l'autre n'avaient jugé bon de reparler pendant un certain temps. Un jour pourtant, il avait osé... Son cabinet était ouvert depuis deux ans, et il pouvait se targuer d'une certaine réussite professionnelle. Bien sûr il savait qu'il ne partirait jamais pour les missions humanitaires dont il avait rêvé, éternel déchirement de l'homme intelligent entre ses rêves et ses choix...

Un soir, c'était juste après le feu d'artifice du 14 juillet que l'on tire chaque année sur fond de citadelle embrasée, il avait demandé Juliette en mariage. Elle aurait pu éclater de rire, l'éconduire avec humour ou dérision, elle n'en avait rien fait, elle s'était contentée de tourner vers lui un visage triste en disant : « Je suis déjà fiancée. » Elle n'avait rien exprimé d'autre, et il n'avait jamais su ce qu'elle éprouvait pour lui. L'aurait-elle épousé si elle ne s'était pas engagée ailleurs ? Ils n'en avaient plus jamais parlé. Mais, en ce qui le concernait, à force d'éviter le sujet, il était devenu obsessionnel. Ils pouvaient se dire amis, un constat s'imposait : ni l'un ni l'autre n'avaient trouvé le bonheur, pas plus elle dans le mariage que lui dans le célibat. Et il ne pouvait se départir de l'idée que leur vie eût pu être différente.

On ne lui connaissait pas de liaison et, pour bon nombre de ses patientes, il représentait un parti convoité. Il s'ingéniait à ne pas voir l'insistance de leurs regards, les appels contenus dans leurs poignées de main trop longues, trop pressantes. Il s'amusait des remarques de sa secrétaire lorsqu'elle évoquait certaine patiente trop assidue : « Elle a le béguin pour vous celle-là, moi, je vous le dis. »

Jean-Pierre constata avec soulagement que les comprimés atténuaient sa migraine. Il jeta un coup d'œil sur son carnet de rendez-vous et ferma sa sacoche. Il s'apprêtait à partir lorsqu'un coup léger sur la porte l'arrêta. Il ouvrit et se trouva face à Juliette.

— Je te dérange ? demanda-t-elle.

— Pas du tout, j'ai encore un moment avant mes consultations, entre.

Il lui trouva une petite mine triste, du désarroi dans les yeux, comme l'expression pathétique d'un combat perdu. Elle dénoua son foulard et le laissa glisser sur ses genoux, il suivit des yeux les arabesques bleues sur fond gris perle, puis le galbe de ses jambes… Elle n'avait pas la beauté provocante de sa sœur, ses attraits étaient ailleurs, le port de tête, le sourire timide et surtout ses yeux couleur d'amande mûre, marqués de rides, comme les coups de griffe de la vie.

Il lui proposa de prendre sa tension, mais elle refusa d'un revers de la main. Ce n'était pas un traitement ni des consignes médicales qu'elle était venue chercher. Elle souhaitait juste une oreille attentive, un sourire amical. Et elle pouvait compter sur Jean-Pierre pour cela. Isabelle était partie en catimini au Grand Prix de Grande-Bretagne. C'était Tonia qu'elle avait tenue informée. Sa fille ne lui avait plus adressé la parole depuis son escapade à Saint-Émilion. Ne pouvant la joindre, son petit ami William avait appelé Juliette pas moins de six fois, dont une au milieu d'une réunion du conseil municipal.

— Je ne voulais pas lui donner de leçon, expliqua Juliette à Jean-Pierre, juste la mettre en garde face aux désillusions qui la guettent. Sortir avec cette… idole des courses, ce n'est pas sérieux !

— J'imagine qu'elle ne t'a pas écoutée.

— Tu connais ta filleule, elle écoute les conseils mais elle y apporte toujours une contradiction, ces petites phrases lapidaires dont elle a le secret et qui commencent par « oui, mais ». Jusqu'à présent, je trouvais toutes ses réflexions, ses décisions pleines de bon sens… Mais cette fois !

Mais cette fois, au lieu de discuter, Isabelle s'était emportée et elles s'étaient affrontées autour du petit déjeuner. « Assume les conséquences de tes choix et redescends sur terre, Isa. — J'assume mes choix, maman ! — Alors aie le courage de dire à William que tu cours après des chimères. — Mark n'est pas une chimère ! » Le ton était monté, Tonia essayait de calmer le jeu, sans trop s'interposer entre elles cependant.

Juliette revoyait sa fille dressée, les yeux pleins de rage, la voix changée, dure, lui reprochant de juger Mark sans le connaître, de ne pas tenir compte qu'elle était amoureuse de lui… C'était la petite phrase de trop que Juliette avait relevée avec exaspération : « Tu n'es qu'une conquête parmi d'autres, il doit collectionner les filles comme on emporte un cendrier dans un hôtel de luxe. De là à parler d'amour ! »

Isabelle avait bousculé sa tasse et le café s'était répandu sur la table. « Parce que toi, tu sais ce que c'est l'amour ? Tu es la dernière personne qui peut donner des conseils en la matière, c'est un désert ta vie amoureuse ! »

Jean-Pierre ne l'avait pas interrompue, mais il imaginait à quel point Isabelle avait fait mouche.

— Elle m'a dit que j'étais tellement sérieuse, tellement parfaite, que j'en devenais une emmerdeuse en vieillissant… la mère idéale quand elle a besoin d'aide, mais incapable de comprendre et de partager son bonheur. Au fond je crois qu'elle me déteste…

— Isabelle ne te détestera jamais, ma grande. Mais elle est amoureuse de ce garçon !

— Il l'éblouit, ce n'est pas pareil ! Elle le voit auréolé avec sa cour de mannequins et de… pom-pom girls. C'est une aventure pour lui, rien de plus.

— Peut-être qu'Isabelle est consciente de cela, et que pour elle aussi c'est une aventure, rien de plus.

— Elle m'a dit qu'elle l'aimait. Je redoute qu'il la fasse souffrir.

— Mais qu'est-ce que tu en sais ?

— Je le sais, Jean-Pierre, c'est tout. Il y a quelque chose au plus profond de moi qui me dit qu'Isabelle sera malheureuse et qu'il en sera la cause. C'est l'instinct maternel, comment expliques-tu cela ?

— L'instinct maternel ? Je me garderai bien d'essayer. Personne n'a jamais expliqué l'instinct d'une femme, a fortiori celui d'une mère…

— Je veux dire, comment expliquer l'attirance d'Isabelle pour ce type ? Je la croyais beaucoup plus raisonnable.

— Et si tu lui faisais confiance ? L'affronter n'est pas la meilleure solution, n'oublie pas que si elle ressemble à son père, elle a le caractère de sa grand-mère. Le meilleur moyen pour qu'elle fasse une bêtise c'est que tu essaies de l'en empêcher... Laisse-la vivre cette expérience comme elle l'entend. Ce dont elle a le plus besoin c'est de ton soutien et de ta confiance. Le temps est ton meilleur allié...

Juliette pensa qu'il avait raison, Isabelle possédait les certitudes et l'autorité de sa grand-mère, c'était indéniable. Le caractère bien trempé de la lignée avait sauté une génération. Elle avait toujours accepté les accès de colère de sa fille, l'irrévocabilité de ses décisions, et elle avait tendance à les excuser à cause de ses propres faiblesses, en se disant : « Elle a toutes les qualités que je n'ai pas. » Juliette ne possédait pas l'envergure nécessaire pour tenir tête à sa fille, pas plus qu'elle ne l'avait eue pour affronter sa mère.

Elle se leva, enroula le foulard autour de son cou. Jean-Pierre s'approcha d'elle et enlaça ses épaules...

— Les enfants grandissent, Juliette, c'est une nécessité biologique, même si on la réfute... Mettre un enfant au monde, c'est accepter le moment où il s'éloignera...

Il lui ouvrit la porte du cabinet qui donnait sur le parking.

— Comment va Stéphane ?

— Il a du mal à tenir sur ses guiboles... J'ai surpris quelques bribes de conversation au téléphone, je crois qu'il a une petite amie. Mais depuis que Marie est partie avec Gérard, il est discret quant à sa vie sentimentale.

— Et pour cause, dit-il en tirant sur ses boucles de cheveux comme il le faisait lorsqu'ils étaient enfants.

Puis il redevint sérieux :

— Juliette, as-tu des nouvelles d'Olivier Jouvain ? Tu sais que sa propriété est vendue ?

— Je sais, Jean-Pierre, c'est affreux d'en arriver là, j'ai essayé de le joindre pour lui demander s'il avait besoin d'aide, c'était son répondeur, il ne m'a pas rappelée. Tu as pu lui parler, toi ?

— Non, j'ai vu sa femme un peu avant ton arrivée, elle est très inquiète.

— S'il ne me rappelle pas, je passerai le voir. Tu viendras dîner aux Alizés la semaine prochaine ? Un soir où Isabelle sera là, ça détendra l'atmosphère. Mardi ?

— OK pour mardi... pas avant vingt heures, je t'appelle si je suis en retard, et ne t'inquiète pas pour ta fille, si j'osais, je te dirais qu'elle est... entre de bonnes mains.

— C'est très drôle !

Il admit que ce n'était pas du meilleur goût, mais il avait su la faire rire.

En arrivant aux Alizés, Juliette prit une douche, revêtit un jean et un tee-shirt. Elle prit au passage une pomme dans la cuisine et glissa un CD dans la chaîne hi-fi. *Tosca. E lucevan le stelle.* Elle sortit de son attaché-case quelques dossiers, les posa sur la table basse du salon. Sans trouver le courage de les ouvrir. La musique l'entraînait vers Isabelle. Isabelle complice de son père quand il tournait en dérision la passion de Juliette pour l'opéra. « Je ne comprendrai jamais rien à ces personnages qui clament sur tous les tons qu'ils s'aiment, qu'ils s'adorent et qui se trucident à grands coups de poignard... – Et en chantant ! » ajoutait Isabelle en riant.

Ils remplaçaient l'opéra par du jazz, Billie Holiday chassait la Callas, et Juliette ne leur en voulait pas. S'était-elle une seule fois insurgée contre la volonté d'autrui...

Isabelle était partie en Angleterre sans lui adresser la parole. Que faisait-elle en cet instant ? Était-elle heureuse ? Juliette ne se pardonnait pas d'avoir provoqué leur dispute. Imaginant le pire, elle en était réduite à s'affoler dans le noir, tandis qu'Isabelle rêvait, éblouie par l'immensité du possible.

Jean-Pierre avait raison, c'était normal qu'un enfant rompît tôt ou tard les liens qui le rattachent à ses parents. Mais quels sont ces liens et comment sait-on que le moment est venu de les redéfinir ?

La voix de Placido Domingo vibrait, Juliette mordit

dans la pomme. Tout autre qu'elle déborderait de projets en cet instant : changer de coiffure, débuter un programme de remise en forme ou reprendre le violon. Mais qu'est-ce que cela changerait en profondeur ? Elle serait toujours seule avec ses souvenirs, ses regrets, ses blessures. Une grande lassitude lui écrasa les épaules, puis ce fut la peur. Elle résista à l'envie de crier « Il y a quelqu'un ? ». « Je suis là, pensa-t-elle, et je ne suis pas sûre d'y être... »

Soudain, la maison lui apparut trop grande, Domingo trop déchirant et la pomme, acide. « Cette peur ne me quittera jamais. J'aurai bientôt cinquante ans et j'ai passé ma vie tourmentée par mon sentiment de culpabilité... Pourquoi ? Tout cela est si loin... »

Juliette jeta la pomme, éteignit la chaîne et sortit sur la terrasse, Pic et Puce sur ses talons. Mais lorsqu'elle eut nourri les chiens, coupé les roses fanées, elle éprouva de nouveau cette sensation d'incomplétude. Elle prit sa voiture et roula en direction de la colline de Moulinblanc. Elle s'arrêta sur le côté du chemin et gagna le sommet à pied. Comme toujours elle revenait sur ce coteau où enfant elle jouait à regarder la lumière pourpre du soleil couchant sans cligner des yeux.

À ses pieds, tout autour d'elle, les vignes... Lignes fuyantes des règes sombres, les feuillages vert tendre, comme une mer agitée par une houle profonde qui se perdait au-delà des arbres dans un ciel rose et gris. Fabienne disait « un ciel de praline ». Elle repensa au portrait qu'Erwan avait trouvé. Il lui semblait que les yeux mélancoliques sur la photo lui reprochaient quelque chose, l'appelaient à l'aide. Pourtant elle imaginait Fabienne comme une femme accomplie, elle avait vécu tant d'expériences, vu tant de paysages aux quatre coins du monde... « Tous ces voyages que je n'ai jamais faits, pensa-t-elle. Pendant ce temps, je surveillais les récoltes, je tenais pour une victoire d'achever les vendanges avant les pluies d'octobre, pour une aventure d'expédier du vin en Floride et un défi de recevoir José Carreras au festival en Citadelle. »

Son travail, ses obligations municipales et associatives lui semblaient si importants qu'elle n'avait pas pris de vacances pendant toutes ces années où Fabienne forçait son destin. « J'ai seulement fait en sorte que le vin se vende et que chacun perçoive ses dividendes. Tu étais cigale, petite sœur, j'étais la fourmi… celle qui travaille inlassablement pour que jamais la cigale ne s'arrête de rire et de danser. »

Il était tard. La ville pareille à une île s'étirait à l'horizon, brillant de toute la blondeur patinée de ses pierres, comme si elle se refusait à entrer dans le crépuscule. Juliette n'aurait su dire combien de temps elle resta ainsi à admirer le paysage. Avant de prendre sa décision.

Lorsque Erwan lui ouvrit la porte, elle reçut l'éclat de ses yeux en plein cœur, limpide comme l'eau des lacs de son pays de Québec. Et elle les trouva superbes parce qu'elle y lisait toutes les promesses qu'il n'avait pas encore formulées. Ils n'eurent pas leur voix habituelle pour se dire bonsoir. Celle d'Erwan était plus grave, celle de Juliette plus basse tant elle avait la gorge serrée. Ils se regardèrent en silence, comme s'ils ne parvenaient pas à se rassasier de la vue l'un de l'autre, en prenant tout leur temps, parce qu'ils avaient tout à découvrir, un premier baiser, une première caresse, un premier cri d'amour, comme s'ils avaient tous les deux seize ans et qu'il leur était offert la chance d'inventer leur vie.

Le commissaire Lenoir avait récupéré les effets de Fabienne Leroux, des classeurs bourrés de documents, des agendas remontant à plusieurs années. Il chercha aussitôt celui de 1999. Quelques semaines avant sa disparition elle avait noté à plusieurs reprises : *Appeler Professeur Garat.* Apparemment un rendez-vous qu'elle avait eu du mal à obtenir… Trois semaines après, elle écrivait : *28 juillet – 11 heures : professeur Garat.* Qui était ce professeur, avait-elle un problème de santé ? À côté de certains noms, un astérisque reportait à la marge où Fabienne notait : *voir Licorne.* Le commissaire se demanda ce que signifiait ce mot : un restaurant à la mode ? Une boîte de nuit ? Il chargerait son adjoint d'enquêter. Puis il ouvrit le dossier des chroniques écrites par la jeune femme et il comprit les éloges qui lui avaient été rapportés, Fabienne Leroux était une enquêtrice méticuleuse. Un dossier intitulé *Bordeaux, l'histoire d'une arnaque* attira son attention. La fameuse affaire des vins de Bordeaux remontait à quelque trente ans, il ne s'en souvenait même pas, il s'en remit donc aux écrits de Fabienne.

*Dans les années soixante-dix, la caste des propriétaires des « Chartrons » défraya la chronique. Tout avait commencé avec l'ouverture du gigantesque marché américain au début de la décennie. En 1971 et 1972, les récoltes s'étaient avérées médiocres et les cours s'envolèrent. Dans ce contexte, des opportunistes donnèrent au mot « assemblage » un sens nouveau. Jusqu'à cette période noire pour la notoriété des vins, l'assemblage était l'art de réunir des vins issus de cépages différents mais rigoureusement produits dans une même aire d'appellation : la région « d'appellation d'origine contrôlée ».*

*En 1973, une poignée de spéculateurs achetèrent des millions d'hectolitres de vins de consommation courante dans le midi de la France. Et par un subtil jeu d'écritures, cette manne vint renflouer la faiblesse des récoltes et fut vendue à certains négociants de la place qui, trompés ou complices, la commercialisèrent sous les diverses appellations des vins de Bordeaux, dégageant ainsi d'énormes plus-values.*

*Le scandale atteignit les plus grands noms du quartier des Chartrons. Parmi eux, Robert Debras-Monbourg. À Bordeaux, tout le monde respectait cette famille venue d'Irlande au XVIII^e^ siècle. Toutefois, Robert Debras-Monbourg fut accusé de tenue irrégulière de comptes, de falsification de boissons destinées à la consommation et usurpation de nom d'appellation d'origine.*

*Reconnu coupable et condamné à dix-huit mois de prison et plusieurs millions de francs d'amende, il abandonna les rênes de l'entreprise familiale au bord de la faillite à son frère Armand.*

Puis Fabienne Leroux analysait les mesures arrêtées par les organismes professionnels pour éviter qu'un tel scandale ne se reproduise. « Quelles leçons ont été tirées ? Toutes ces pratiques ont-elles disparu aujourd'hui ? » Elle rappela alors les terribles gelées d'avril 1991, où dans certaines appellations le vignoble bordelais avait été détruit à plus de 80 %. Dans une enquête fouillée, la jeune femme comparait les zones les plus touchées par le gel avec les transactions et les stocks, domaine par domaine pour ce millésime 91, prouvant ainsi que certains propriétaires et négociants n'avaient pas hésité à étoffer la récolte en achetant une fois encore des vins hors région légale de production. Fabienne trouva des producteurs du Languedoc qui avaient livré des quantités substantielles de vin de cépage à certains négociants bordelais... Dans sa toute dernière ébauche, le nom de Debras-Monbourg revenait une fois encore.

Le commissaire demanda à un jeune policier, un de ceux qu'il appelait la « génération Internet », de lui trouver des renseignements sur cette maison de négoce. Moins d'une demi-heure plus tard, et il fut bien contraint de reconnaître que l'informatique avait du bon, il avait sur son bureau tous les éléments économiques, financiers et humains de la société gérée pendant trente ans par Armand Debras-Monbourg, auquel son fils Arnaud avait succédé. Trente-cinq ans, HEC, Harvard, c'était le portrait type du brillant financier... Il avait gagné plusieurs trophées en aviron et il pratiquait la spéléologie.

Louis Lenoir bondit de son fauteuil. Cette impression fugace qui l'obsédait depuis un moment se précisait. Arnaud Debras-Monbourg... Il avait déjà lu ce nom quelque part. Il reprit le dossier des grottes des Aubiers et trouva ce qu'il cherchait. Le jeune P-DG avait fait partie de l'association qui administra les grottes de 95 à 98. Il avait animé plusieurs conférences, participé à des expéditions, et dans les journaux de l'époque, il posait aux côtés de Juliette Leroux pour des remises de trophées. Pour la première fois depuis la reprise de l'enquête, le commissaire avait l'impression de tenir enfin quelque chose de sérieux. Lundi à la première heure, il serait au siège de la société Debras-Monbourg.

Durant la transition subtile entre le printemps et l'été, la vigne se transformait ; le feuillage et les rameaux se développaient à vue d'œil et, à l'abri des jeunes feuilles, de minuscules inflorescences naissaient. Bientôt elles deviendraient grains, puis grappes. La vigne, plante du soleil, avait besoin de sa lumière pour s'épanouir, et il était au rendez-vous en ce dernier week-end de mai. L'été avait pris une mesure d'avance.

Il n'en était pas de même en Angleterre où la pluie tombait depuis plus d'une semaine sans discontinuer. Isabelle avait passé ses examens universitaires et elle avait accepté la proposition de Mark de le rejoindre à Silverstone. Cependant, il lui avait expliqué qu'il aurait peu de temps à lui consacrer avant la fin de la course. Il l'installa dans un hôtel de luxe et lui présenta Peter Wilson, directeur de l'écurie, et son équipe. Elle fut accueillie avec curiosité et un brin de condescendance. Au début elle s'en était amusée.

La veille de la course, Mark la rejoignit et l'invita à partager le repas de l'équipe. Elle se retrouva assise au milieu des mécaniciens et la conversation se limita à la stratégie de la course, au nombre d'arrêts au stand, au changement possible de pneumatiques si la pluie persistait le dimanche, le tout dans un anglais technique dont le sens barbare lui échappait. Et aussitôt, Mark la quitta pour se préparer aux séances de qualification. Elle y assista depuis la tribune. Les odeurs de carburant et de moteur chaud s'imprégnaient partout. Et peu à peu, son humeur changea. Elle vit Mark trois quarts d'heure le soir et il lui promit qu'aussitôt après la course, ils ne se quitteraient plus pendant quelques jours. Elle ne le contredit pas, mais elle savait qu'elle n'avait pas plusieurs jours devant elle. Elle voulait rentrer aux Alizés et faire la paix avec sa mère. Elle avait tenté de la joindre à plusieurs reprises, mais son téléphone mobile était éteint, et le téléphone du château sur répondeur.

La jeune fille se coucha, seule au milieu des dorures, des meubles en marqueterie illuminés par le cristal du lustre. Elle ouvrit un magazine mais les articles en anglais lui demandaient un effort de concentration dont elle se sentit incapable. En ce moment les mises en garde de sa mère prenaient un autre sens ; elle avait découvert ces filles provocantes, superbes, jouant les hôtesses et les porte-drapeaux publicitaires... Pourquoi Mark s'intéressait-il à la jeune fille bon chic bon genre qu'elle était ? Elle, la petite fille des vignes et du soleil qui cherchait encore sa voie, que faisait-elle dans ce monde de bruit, de paillettes, où elle se sentait à la fois embarrassée et fascinée ? Elle reposa les journaux, éteignit la lampe drapée de satin fleuri, puis elle serra le deuxième oreiller dans ses bras et s'endormit dans ses larmes.

En s'éveillant le lendemain, elle avait pris une décision : après la course, elle rentrerait en France sans chercher à revoir Mark. Elle se doucha et tandis qu'elle traversait la chambre pour choisir ses vêtements, elle vit son corps nu se refléter à l'infini dans les glaces des meubles encastrés. Elle refoula ses larmes, c'était mieux ainsi. Sa place était au milieu des vignes, avec sa famille, ses amis, ses chevaux... une vie à construire. Elle n'avait plus qu'une envie maintenant, partir. Elle prépara sa valise et, à la réception, elle commanda un taxi pour seize heures.

Contrairement à toute prévision météorologique, le soleil brillait sur Silverstone et Isabelle se dit qu'elle aurait au moins goûté ce plaisir-là, découvrir un soleil radieux dans le ciel anglais. Ce n'était pas si mal, même si elle avait rêvé d'autres cieux quand elle écoutait Mark lui promettant de l'emmener un jour voir le soleil de minuit en Finlande.

Une hôtesse la guida jusque dans la tribune officielle. Sur la piste, elle aperçut la voiture bleu et or de Mark sur la première ligne, en deuxième position, et au vu de tout ce qu'elle avait appris durant cet interminable week-end, elle savait que c'était le mauvais côté de la piste, celui qui accumule la poussière et les traces de gomme. Et soudain, Mark apparut au bout des stands, vêtu de sa combinaison bleu marine, son casque sous le bras. Lorsqu'il aborda la piste, il se trouva un instant face au soleil qui illumina ses cheveux et ses vêtements. Et c'était comme si la piste tout entière s'était éclairée, semblable à l'arène où seul le torero s'avance dans la lumière. Il enfila sa cagoule puis son casque et, de sa place, Isabelle devinait la concentration sur son visage. Elle imagina qu'à l'instar du torero, il devait connaître la peur, la solitude, le poids des victoires et des défaites. Elle ne pouvait le quitter des yeux et lorsqu'il se tourna vers elle et lui adressa un signe de la main, elle se surprit à sourire. Si elle n'avait pas autant souffert du sentiment étrange de se sentir seule au milieu d'une foule immense, elle aurait pu penser que tout était possible. Mais le malaise était présent, amplifié par les hurlements d'une foule en liesse, les cris des filles qui appelaient Mark en gesticulant comme des poupées de chiffon. Sa valise était fermée, son taxi réservé. Il était temps qu'elle redescende sur terre. Il n'y avait plus pour la rattacher encore à Mark que cette course qui au fond ne l'intéressait plus vraiment.

À la fin du grand prix, Mark, triomphant, fit son tour d'honneur. Mais en saluant les techniciens pour les remercier comme il le faisait à chaque victoire, il se tourna vers les tribunes et s'aperçut qu'Isabelle n'était plus là. Et ce que le monde entier prit pour une immense émotion sur fond d'acclamations n'était que surprise et inquiétude face à ce siège vide.

En fait, perdue dans la foule qui défilait dans les rues de la ville, Isabelle eut beaucoup de mal pour arriver jusqu'à son hôtel. Comme elle était en retard, le taxi ne l'avait pas attendue et, à présent, elle se battait avec le réceptionniste pour en obtenir un autre. Elle fut contrariée lorsqu'on lui annonça une heure d'attente. Elle s'installa dans le salon et commanda un thé, en proie à des sentiments contradictoires qui allaient du désespoir de ne plus revoir Mark au soulagement de partir enfin, d'échapper à ce qui lui apparaissait comme la plus grande sottise qu'elle eut jamais commise. Elle essaya une fois encore d'appeler sa mère, n'y parvint pas et elle se décida à laisser un message sur le répondeur. Lorsque le taxi arriva enfin, elle mit elle-même ses bagages dans le coffre, indiqua l'aéroport au chauffeur, puis elle se tassa dans le fond du siège. Le temps se gâtait de nouveau, des nuages noirs montaient par-delà les toits de la ville. Les premières gouttes de pluie s'écrasèrent sur les vitres du taxi.

Après la conférence de presse, Mark se rendit à l'hôtel pour apprendre qu'Isabelle était partie pour l'aéroport une demi-heure auparavant. Il se dit qu'il avait encore une chance de la rattraper. Pourquoi s'était-elle enfuie ? Il regrettait de n'avoir pas été davantage présent à ses côtés durant le week-end, de ne pas lui avoir parlé. Tout était confus dans son esprit. Sauf ce besoin viscéral d'Isabelle. Dans les jours qui avaient suivi leurs premiers rendez-vous, il attendait de la revoir avec une impatience et une ardeur qui lui rappelaient le temps lointain de son adolescence. Il pensait à elle dans les moments les plus inattendus, en conduisant, en répondant aux journalistes, le visage de la jeune fille se superposait alors à ceux qui l'entouraient et ce dysfonctionnement de ses yeux le ravissait, il n'avait plus qu'une idée : la rejoindre, la toucher, retrouver son odeur, la saveur de sa bouche.

Il ne connaissait rien au vin ni à la vigne, mais il

aimait ce monde parce qu'elle y vivait... Il ne savait rien d'elle, mais il avait découvert ses gestes du quotidien qui l'enchantaient. Sa façon de nouer une serviette autour de ses cheveux mouillés en sortant de la douche, de se maquiller, le visage tendu vers le miroir, les sourcils froncés. Il aimait son sourire quand elle le regardait, sa façon de rougir parfois. Et ses yeux bruns, pailletés d'or, qui se voilaient quand tout son être était crispé par le plaisir.

Il arriva à l'aéroport au moment de l'appel des passagers et il vit la jeune fille se lever sa valise à la main. Il courut vers elle et l'aborda avec une expression grave, presque douloureuse.

— Pourquoi pars-tu ? Parce que je n'ai pas eu le temps d'être avec toi ?

Elle posa sa valise, il s'en empara.

— Mark, je crois qu'il vaut mieux que je m'en aille. Je vais manquer mon avion...

— Il y en a un autre dans deux heures. Mais nous devons parler d'abord... Ne restons pas là.

Autour d'eux, les gens couraient, encombrés de sacs et de valises, les bousculant au passage. Mark prit la jeune fille par la main et l'entraîna jusqu'à la cafétéria où ils commandèrent des jus de fruits.

— Il s'est passé quelque chose dans les stands ?

Il savait que dans son monde les paillettes n'étaient qu'une façade cachant des sentiments beaucoup plus sombres. Isabelle leva vers lui son visage aux yeux superbes et il sut qu'il ne la laisserait jamais partir.

— Non, Mark, j'ai seulement envie de rentrer chez moi...

— Mais pourquoi ?

Ses fossettes se creusèrent et il finit par lui sourire. Plus elle le regardait, plus elle se sentait faiblir.

— Les mondes dans lesquels nous vivons sont si divergents...

— Isabelle, je t'aime...

Il le lui avait déjà dit, susurré ou crié quand il

l'embrassait, quand il la caressait, quand il lui faisait l'amour. Elle réalisa qu'au fond elle ne l'avait pas cru.

— C'est bien ce qui me surprend. Je suis tellement différente des femmes qui t'entourent. Pourquoi est-ce que tu t'intéresses à moi ?

— Je viens de te le dire, je t'aime...

— Je te décevrai, Mark. Je resterai une fille de la campagne qui ne pourra jamais vivre loin de ses vignes.

— J'espère bien. Jamais je ne te demanderai autre chose. Il ne faut pas croire les articles dans la presse, la vérité est plus simple... Pour arriver au niveau de compétition où je suis aujourd'hui, je passe 90 % de mon temps sur les pistes, avec les techniciens, à m'entraîner et à travailler. Il reste peu de temps pour une vie privée. J'ai eu quelques aventures, bien sûr... Toi aussi j'imagine. Cela n'a pas d'importance...

Ils burent leur jus de fruits à petites gorgées. Il la regardait, elle s'ingéniait à regarder ailleurs. L'avion qu'elle aurait dû prendre quitta la piste d'envol.

Mark avait toujours su qu'il arrêterait de courir, sans attendre que la course l'arrête. Un jour il rencontrerait une femme à laquelle il s'attacherait, différente, unique, désirée. Il n'avait pas prévu de la trouver au détour d'une piste de karting dans une somptueuse ville perdue au milieu des vignes. Ce dont il était sûr, c'est qu'il voulait plus que tout vivre avec elle. Il abandonnerait les circuits sans regret lorsque viendrait le moment, et face à Isabelle, il pensait que le moment était venu. Il se voyait déjà au cœur du vignoble bordelais élever les enfants qu'elle lui donnerait.

Bien sûr, il aimerait courir un an encore, peut-être deux. Vivre les courses, la chaleur des circuits ; les défaites avec la volonté de se terrer dans un coin pour ne pas entendre le nom du rival acclamé par la foule. Comme il connaissait l'euphorie démesurée de la victoire et les hurlements de joie qui jaillissaient des tribunes tandis qu'il montait sur le podium. À chaque tournant, il vivait ce sentiment étrange d'approcher la mort, de la frôler jusqu'à ce qu'elle devienne palpable, comme une compagne à laquelle on finit par s'accoutumer. Tout cela avait construit l'homme qu'il était devenu.

Pourtant il était resté lucide, conscient de l'éphémère de la gloire qui passe d'un héros à un autre en laissant dans la fange des désillusions des couronnes souillées et des corps brisés.

Et en cet instant, rien n'avait plus d'importance que retenir cette jeune fille, au sourire triste qui suivait des yeux un avion parti sans elle.

— Veux-tu m'épouser ?

Elle se retourna vers lui, abasourdie.

Jamais il n'avait pris une décision aussi rapide ; et pourtant il connaissait le pouvoir d'un mot prononcé en une fraction de seconde et qui pouvait changer le cours d'une compétition. Il trouva les mots pour exprimer les contradictions, les angoisses qui l'animaient depuis des semaines, jusqu'à cet ultime moment où il avait vu sa place vacante dans les tribunes et où tout était devenu limpide.

— Tu es ma princesse, dit-il enfin, c'est avec toi que je veux vivre... Je pars avec toi, je parlerai à ta mère.

Elle le regarda, et par-dessus son épaule, elle contempla les pistes de l'aéroport. La pluie tombait de nouveau sur Silverstone, les lumières de la ville brillaient dans le ciel devenu presque noir avec les façades de verre et d'acier dominant les pistes, la noria des avions qui atterrissaient ou décollaient. Elle se dit qu'elle n'oublierait jamais cet instant. Elle ferma les yeux et la gorge sèche, elle laissa le monde autour d'elle s'effacer. Ils ignorèrent les gens qui les regardaient et leur baiser dura longtemps. Il embrassait sa bouche, son cou, elle frissonna au contact de l'humidité de ses lèvres avant de glisser ses mains dans les cheveux de Mark pour l'attirer encore avec l'impression de se renier, de se perdre. Et soudain, au-delà du brouhaha de l'aéroport, elle perçut, comme un écho aux voix qui les entouraient, les éclats de la dispute avec sa mère.

# 6

Erwan sortit du réfrigérateur les pamplemousses, les œufs, le beurre et la confiture d'abricots. Le café était prêt, il glissa des toasts dans le grille-pain tandis que l'eau frémissait, juste à point pour y plonger les œufs.

Juliette dormait encore. Il était plus de trois heures quand il avait senti le sommeil la gagner, il aurait voulu la garder éveillée, mais il l'avait laissée sombrer en la câlinant. Il avait longtemps attendu le sommeil en comptant les heures qui s'écoulaient et dans le silence de la chambre il entendait le froissement intermittent du vent dans les feuillages, comme pour marquer le temps. « La vie est étrange, se dit-il. Il y a quelques jours encore je ne savais rien d'elle. Et tout s'est fait simplement… » Erwan but une première tasse de café et regarda autour de lui, toutes ces petites choses qui venaient de changer. Le parfum de Juliette qui flottait encore dans le salon, son sac posé sur le fauteuil avec ses clés et son téléphone, et la bouteille de vin qu'elle avait apportée et qu'ils n'avaient même pas débouchée. Lorsqu'elle était entrée la veille au soir, elle l'avait posée sur la table basse et elle s'était avancée vers lui, séduisante dans son tailleur gris, maquillée sans excès, les vagues de ses boucles suivant les mouvements de sa tête. Plus tard, il avait senti sa chaleur sous ses paumes qu'il promenait sur son corps et il l'avait vue se transformer, un voile passer dans ses yeux vert océan, ses sourires timides s'étaient mués en halètements… L'un et l'autre avaient avoué le vide dans leur vie, ils avaient ri de leur gêne… C'était leur solitude passée qui rendait ce moment inoubliable.

Erwan s'ingéniait à chasser le trouble, les doutes.

« Comment trouver la force de me lier alors que d'autres chaînes ne sont pas rompues, de m'exposer à d'autres désillusions, peut-être d'autres blessures... »

Des années après, il se demandait encore ce qui l'avait poussé à accepter ce poste en Gironde. Le désir de fuir cette existence qui n'avait d'autre horizon que son travail depuis que son fils était parti. Bien sûr il y avait Karen et la chaîne de supermarchés qui lui venait de ses parents et dont il avait toujours été tenu à distance. Quinze ans auparavant, Karen en avait pris la direction et à partir de cet instant, elle avait changé. Sa vie avec elle n'était plus qu'une longue suite de chapitres dans lesquels il ne trouvait pas de rôle à sa mesure. D'aucuns pourtant lui enviaient cette épouse modèle qui gérait ses affaires, entretenait leur vie mondaine où elle brillait, mais lui ne voyait que leurs deux existences qui évoluaient en parallèle. À peine se ressoudaient-elles avec une sorte d'acceptation résignée le temps d'une étreinte furtive ou d'une angoisse partagée, comme l'accident de moto de Geoffrey ou l'incendie de leur chalet au bord du lac au Cœur. Et dans l'incertitude de la quarantaine qui s'enfuyait, il se sentait trop vieux pour recommencer sa vie et se tourmenter avec les délicieuses impatiences de la jeunesse. Le directeur de la centrale bordelaise lui avait offert ce poste en France et il avait accepté. Au début il avait eu du mal à supporter l'absence de Geoffrey, leurs parties de pêche, les randonnées à cheval le long de la rivière du Diable, les croisières sur le lac Tremblant l'été et le plaisir des courses en motoneige l'hiver. Chaque année, ils préparaient ensemble leur circuit dans le grand Nord canadien. À partir du mont Sainte-Anne, ils traversaient la réserve indienne de Manawan et vivaient au rythme des trappeurs, chassant, dormant dans des refuges. Tout cela lui avait manqué.

Lorsque le père et le fils se téléphonaient, ils prenaient plaisir à comparer le temps qu'il faisait, le paysage qui les entourait. Et parfois, leur bonheur se rejoignait...

Geoffrey avait appris que son père habitait une ville nommée Saint-Louis, nichée au milieu des vignes comme dans un écrin, rien de comparable avec le quartier Saint-Louis de Montréal, aux maisons colorées, aux balcons de bois sculpté. Tout comme le Saint-Laurent, l'estuaire de la Gironde possédait son île Verte. Erwan l'avait décrite à son fils en précisant que par temps clair, depuis sa fenêtre, il voyait la pointe de l'île émerger des brumes de l'océan.

Un jour, Geoffrey lui avait dit : « J'arrive ! » Et il était arrivé un matin d'avril pour ne plus repartir. Lorsque Geoffrey s'était suicidé, Erwan n'avait pas pu joindre Karen, elle était quelque part en Australie pour ses affaires. Alors il avait pris la décision de faire inhumer son fils en France et il l'avait accompagné, seul, jusqu'au cimetière sur la colline face à l'océan. C'est alors qu'il avait eu l'impression d'un arrêt irrévocable. Plus tard, Karen et sa famille l'avaient tenu pour responsable de ce qui était arrivé. Il se souvenait encore des insultes de son beau-père au téléphone, des reproches de Karen qui l'accusait d'avoir attiré leur fils en France, d'en avoir fait un assassin.

Depuis, il avait placé sa vie privée entre parenthèses et dans cet intermède il venait de rencontrer Juliette. Il avait vécu ce premier tête-à-tête avec elle, prisonnier de deux sentiments qui s'opposaient violemment : un trac fou et l'impression qu'il attendait cet instant depuis la nuit des temps.

Lorsqu'il entra dans la chambre avec le plateau sur lequel il avait ajouté une rose dans un soliflore, elle dormait toujours, enroulée au milieu du lit. Il ouvrit les fenêtres et le soleil envahit la chambre. Juliette s'éveilla en se frottant les yeux avec le geste innocent d'un enfant. Il posa le plateau sur ses genoux, elle s'émerveilla devant ce petit déjeuner anglo-saxon qui ferait hurler Tonia. Il rattrapa le vase de justesse et ils rirent... et c'était le premier rire du jour. Comme le premier rayon de soleil, la première caresse.

— Quel jour sommes-nous Erwan ?

— Dimanche 31 mai, pourquoi ?

— Pour ne jamais oublier…

Ils se séparèrent un peu plus tard. Erwan prit la direction de Martignié, Juliette celle des Alizés. En rentrant, elle trouva le message de sa fille : *J'arrive maman, ne t'inquiète pas, tout va bien. Je suis désolée, je ne pensais pas un mot de toutes les horreurs que j'ai dites…*

Le week-end fit basculer le calendrier de mai en juin et, en ce premier lundi de juin, dès neuf heures, le commissaire Lenoir se présentait au siège de la maison Debras-Monbourg à Bordeaux. Une ravissante hôtesse l'accompagna au quatrième étage, jusque dans le salon attenant aux bureaux de la direction générale.

— M. Debras-Monbourg vous prie de l'excuser, il est en communication avec l'étranger, il vous recevra dans quelques minutes.

Il arpenta la pièce aux murs recouverts de tissu qui portaient de jolies gravures anglaises dans des cadres de bois précieux. De larges fauteuils de cuir entouraient une table de verre, seule note moderne au milieu d'un classicisme cossu. Il s'approcha de la fenêtre et souleva le rideau. L'immeuble était situé dans cet espace délimité par le cours Xavier-Arnozan, le cours Portal et les quais, le quartier renommé des Chartrons. La Garonne s'étirait dans les méandres du Port de la Lune et les brumes du matin s'évaporaient par touches légères.

Louis Lenoir avait découvert Bordeaux après être resté en poste à Nantes pendant six ans. Quitter un port pour un autre port, rien au fond que de très banal. Il suivit la lumière du jour sur les façades de pierre qui s'alignaient, comme un gigantesque cadran solaire. Bordeaux l'intriguait. Mélange de merveilleux et d'inaccessible, cette ville-éclat où le temps ne semblait pas avoir de prise le fascinait.

Des voix lui parvinrent, et la porte capitonnée donnant

dans le bureau s'ouvrit. L'homme qui s'avança vers lui, la main tendue, le dépassait d'une tête. C'était le pur produit d'une parfaite éducation prête à affronter le XXI<sup>e</sup> siècle. Il avait certainement fait autant de sport que d'études et excellé partout. Mince, le teint hâlé, les yeux sombres et les cheveux châtain-roux, un peu trop longs, juste ce qu'il fallait pour apporter un soupçon de romantisme à son élégance austère.

— Arnaud Debras-Monbourg. Mon assistante m'a dit que vous vouliez me parler ? Je vous en prie...

Il le fit entrer dans une pièce aux murs lambrissés de boiseries anciennes, supportant deux miroirs vénitiens qui reflétaient le cristal des lustres et les toiles modernes d'inspiration cubiste. Le commissaire ignora le luxe coûteux mais de bon goût qui l'entourait, il planta son regard dans celui du jeune homme, laissa peser un moment de silence et demanda à brûle-pourpoint :

— Connaissiez-vous Fabienne Leroux ?

Le jeune homme se troubla, et malgré son hâle le commissaire remarqua le rouge qui lui montait aux joues et la crispation de ses doigts sur le sous-main. Il ne répondit pas tout de suite, comme s'il évaluait au plus juste le poids des mots qu'il prononcerait.

— Oui, dit-il enfin, vous parlez de la journaliste dont on vient de retrouver le corps ?

— Absolument... Donc, vous la connaissiez ?

— Cela remonte à un certain temps, commissaire. Sa famille possède un vignoble dans le Blayais-Bourgeais à Saint-Louis et sa sœur aînée est maire de la commune. J'ai toujours été passionné par la spéléologie, et il y a des grottes à Saint-Louis, les Aubiers.

— Je sais. Il y a quelques années vous avez fait partie de l'association qui les gère.

— Vous êtes bien renseigné ! C'est dans ce cadre que j'ai rencontré Fabienne Leroux. J'avais conduit une expédition de jeunes étudiants d'une université bordelaise et

Fabienne avait été déléguée par sa sœur pour remettre les coupes. Nous avons sympathisé.

— Qu'est-ce que vous entendez par « sympathiser » ?

Les deux hommes se faisaient face, les yeux dans les yeux. Mais le commissaire savait qu'il lui était facile de prendre l'avantage.

— Monsieur Debras-Monbourg, vous avez le droit de ne pas répondre à mes questions, auquel cas je vous convoquerai à mon bureau… J'enquête sur un crime.

— Je croyais que l'affaire avait été résolue à l'époque.

— L'enquête est rouverte. Voulez-vous répondre à mes questions ?

— En fait, je connaissais bien Fabienne, elle n'était pas de celles qu'on oublie facilement.

— Vous avez eu une aventure ?

— On peut appeler cela comme ça. Une aventure éclair !

— C'est elle qui a rompu ou vous ?

— Elle. Et des années après je me demande encore pourquoi. Honnêtement commissaire, j'étais amoureux d'elle. C'était une fille superbe, intelligente et attachante par bien des côtés. Nous sommes sortis ensemble, c'est drôle quand j'y réfléchis, nous allions dîner, danser, et nous n'éprouvions pas le besoin d'aller plus loin, nous flirtions comme des collégiens. J'étais amoureux fou et j'aurais juré qu'elle éprouvait la même chose à mon égard. Par la suite, nous avons couché ensemble deux ou trois fois et un soir, elle m'a annoncé que c'était fini. Je lui ai téléphoné mille fois, je n'ai jamais pu la faire changer d'avis, ni même obtenir la moindre explication de son revirement.

— J'imagine que vous avez été déçu ?

— Malheureux plutôt, mais pas au point de la tuer. J'ai fini par laisser tomber, c'est tout.

— Et quand s'est passé tout cela ?

— Durant l'été 1998…

— Vous ne vous êtes jamais revus ?

— Non, j'ai participé à deux ou trois réunions de l'association des Aubiers et j'ai donné ma démission.

— Vous savez qu'elle avait commencé une enquête qui allait relancer l'affaire des vins de Bordeaux ?

— Je l'ignorais. À l'époque des faits, mon oncle a payé sa dette envers la société, il a fait quelques mois de prison. Mon père a eu beaucoup de difficultés à sauver notre maison de négoce et il a consacré le reste de sa vie à la maintenir dans une situation irréprochable.

— Pourtant, Fabienne Leroux pensait qu'après les gelées de 91, il y avait eu d'autres malversations. Elle avait commencé une enquête dans laquelle on retrouve le nom de votre société. C'était toujours votre père qui la dirigeait à l'époque, n'est-ce pas ?

— Oui, il l'a dirigée jusqu'en 1999.

— L'année où Fabienne Leroux a disparu.

— Je ne vois pas le rapport...

— Je ne sais pas encore s'il y en a un. Où peut-on rencontrer votre père aujourd'hui ?

— En maison de retraite, mais je doute qu'il réponde à vos questions. Il souffre de la maladie d'Alzheimer.

Le commissaire se leva, tendit la main d'un geste machinal.

— Merci de m'avoir reçu...

Le jeune homme le raccompagna jusqu'à la porte de l'ascenseur. Après avoir quitté l'immeuble, le commissaire marcha un moment le long de la Garonne jusqu'au parking où il avait laissé sa voiture. Il était conscient d'avoir marqué des points face à Arnaud Debras-Monbourg, en même temps la maladie du père le privait d'un volet important de l'enquête. Cette affaire n'avançait pas, les pistes se bloquaient d'elles-mêmes et cela commençait à l'horripiler.

Ce matin même, à quelques rues de là, Philippe Marot entrait dans un petit appartement rue Ferrère. Lorsque maître Élise Renan lui avait téléphoné pour connaître le lieu de leur rendez-vous, il lui avait donné l'adresse du meublé que son agence venait d'accepter en location. Rapidement, il fit le tour des trois pièces, puis déboucha la bouteille de champagne qu'il avait apportée et, sans attendre, il emplit une coupe qu'il but d'un trait.

Cette rencontre hebdomadaire avec Élise lui était de plus en plus pénible. Toutefois, leur entente était trop importante pour ses activités, il devait la ménager. Ils avaient la même avidité pour dénicher l'affaire exceptionnelle, tourner les situations à leur avantage. Au début cela amusait Philippe d'entendre Élise s'écrier d'une voix ingénue : « Et si on fêtait ça ? » Il interprétait sa proposition par se retrouver dans un endroit discret, vider une bouteille de champagne en grignotant des petits-fours, faire l'amour et se séparer tout aussi discrètement. Mais aujourd'hui Élise ne l'amusait plus. Son visage mutin, sa touffe de cheveux blonds relevés en chignon, sa ressemblance avec Brigitte Bardot, celle des années soixante, qu'elle cultivait à travers sa moue bougonne, tout cela l'agaçait. Il avait saisi l'essentiel. Pourtant un détail chez elle le troublait toujours, ses jambes. Elle avait des jambes superbes, fuselées, qui lui rappelaient celles de Lucy, sa gouvernante.

Quel âge avait-il ? Douze ans... oui, à peine douze ans, lorsqu'un soir son père l'avait surpris accroupi devant la porte de la chambre de Lucy, l'œil collé au trou de la serrure. Elle dormait au dernier étage, dans une mansarde aménagée sous les toits. Quelquefois, Philippe montait sur la pointe des pieds, il l'observait pendant qu'elle se déshabillait, et il ressentait comme une chaleur frémissante dans tout son corps... Jusqu'à ce soir où une pluie de coups de pied et de poing s'était abattue sur lui, il avait couru, poursuivi par les gifles jusque dans les escaliers où son père l'avait poussé et il avait bien failli se rompre le cou. Pendant des semaines, il évita son père, craignant de provoquer encore sa colère. Une fureur qu'il ne s'expliquait pas. Son geste paraissait tellement anodin à côté des anecdotes que racontaient ses camarades de classe. Il avait fallu plusieurs mois avant qu'il n'entrevît l'explication. Ce soir-là, ses parents avaient reçu des invités et, à l'office, il s'était empiffré des restes du saint-honoré. Au milieu de la nuit, pris de malaise, il avait couru le long du couloir jusqu'aux toilettes. En passant près des escaliers, il aperçut son père qui montait au dernier étage... Repoussant sa nausée, il l'avait observé, tapi dans l'ombre, les yeux arrivant à peine au niveau de la dernière marche, et il l'avait vu longer le couloir, gratter du bout des doigts à la chambre de Lucy et la porte s'ouvrir. Les deux corps soudés, la main de son père relevant la chemise de nuit sur les jambes nues qu'il avait tant admirées, le vêtement glissant par terre et la jambe remontant jusqu'aux hanches paternelles, le corps offert... aucun détail ne lui avait échappé. Et la porte s'était refermée sur eux. Philippe se souvenait qu'il s'était précipité dans les toilettes. Il découvrait son père comme un rival, ou peut-être était-ce son père qui l'avait, un instant, considéré comme tel, à cause d'un œil collé au trou de la serrure d'une chambre de bonne. Il regagnait sa chambre lorsque sa mère s'était levée... Il avait parlé des gâteaux, elle l'avait consolé et lui avait préparé un morceau de sucre avec une goutte d'alcool de menthe pour dissiper ce goût atroce dans sa bouche. Il tremblait de ne rien dire, mais il vit dans ses yeux qu'elle savait ; son regard douloureux, blessé qui semblait dire : « Je souffre, mais cela ne fait rien parce que je vis et rien ne compte au-delà de toi. »

Deux mains plaquées sur ses yeux firent sursauter Philippe. Élise était entrée sans bruit et l'avait surpris dans ses souvenirs.

— C'est à moi que tu pensais ? demanda-t-elle de sa voix langoureuse.

Elle avait apporté des petits-fours qu'elle déposa dans une assiette pendant qu'il remplissait les coupes. En buvant, ils parlèrent de leurs diverses transactions, puis ils en vinrent à évoquer l'affaire Leroux. Philippe dit que le commissaire Lenoir avait appelé l'agence, interrogé ses collaborateurs. Élise ne comprenait pas pourquoi.

— Peut-être parce que son fiancé travaillait à l'agence.

— Geoffrey, son fiancé ? Tu plaisantes... Comme si ce genre de fille se fiançait... Le commissaire va te demander si tu as eu une liaison avec elle, auquel cas tu vas te retrouver sur la longue liste des suspects... Je me demande si elle avait couché avec mon mari, j'aimerais bien que le commissaire l'interroge pour voir trembler la forteresse de sa tranquille assurance...

Jacques était cardiologue au CHU de Bordeaux, et en tenant compte de l'étude notariale qu'elle gérait à Saint-Louis, ils avaient passé leurs dix-huit années de vie commune à se croiser. Elle disait souvent comme une boutade : « Je suis mariée à un courant d'air... C'est à peine s'il a pris le temps de me faire deux enfants en coup de vent, entre deux portes ! »

Elle finit sa coupe de champagne et se resservit aussitôt, en laissant glisser ses escarpins sur la moquette.

— À propos, tu n'as pas répondu à ma question. Tu as eu une liaison avec Fabienne ?

— Non. Elle ne m'inspirait pas.

— Tu mens...

Non, il ne mentait pas. Fabienne ne l'attirait pas et il avait bien senti que c'était réciproque. Peut-être parce qu'ils appartenaient à cette même race de prédateurs, privilégiant leur métier et leur réussite sans accorder d'intérêt à la galerie de mutants qui peuplaient leur vie amoureuse.

Celle qui hantait son esprit, son corps, c'était Juliette, l'inaccessible... Dans ses yeux il avait souvent retrouvé le même éclat de désespoir farouche qui animait le regard de sa mère. Souffrir, se battre, vivre... Si différente de Fabienne, la mante religieuse.

— Je pense que j'aurais pu travailler avec Fabienne si l'occasion s'était présentée, dit-il enfin, mais rien en elle ne m'attirait.

— Qu'est-ce que j'ai de plus qu'elle alors ?

Il la regarda, ses mimiques, sa voix haut perchée. Elle ressemblait de plus en plus à sa femme. Il hésita à lâcher quelque chose de blessant.

— Rien...

— Et de plus que ta femme ?

— Ne me parle pas de Laurence, je ne te parle pas de ton mari.

— En fait la seule chose qui t'intéresse c'est coucher ?

Il ne répondit pas. Et devant son silence, elle se demanda ce qu'elle faisait là. « Il se peut que je sois attirée par lui parce qu'il est fort et intimidant, et que d'une certaine manière il me fait peur... le fantasme imbécile des femmes séduites par leur ange destructeur... »

— Alors ne perdons pas de temps puisque nous sommes là pour ça !

Elle se déshabilla avec des gestes d'une lenteur calculée, pliant soigneusement ses vêtements de haute couture sur le dossier d'un fauteuil. C'était à ces détails que Philippe reconnaissait l'absence de passion entre eux. Pas de griffures ni de morsures, pas de vêtements jetés à travers la pièce. Il la regardait, elle ne l'émouvait pas et par opposition, il revoyait le visage douloureux de sa mère, auquel se substituait souvent celui de Juliette.

Après sa visite aux Chartrons, le commissaire Lenoir regagna son bureau et la fin de matinée fut mouvementée. Toutefois, dès que la pression du quotidien se relâchait un peu, il revenait à l'affaire Leroux. Et la rage de ne pas avancer assez vite le reprenait. Il étudiait l'agenda de Fabienne et s'il ne savait pas ce que signifiait le mot *Licorne* mentionné à plusieurs reprises en marge de ses notes, en revanche il avait éclairci le mystère du professeur Garat. Celui-ci enseignait le droit civil à l'université Montesquieu et il avait été le professeur de Fabienne. Le commissaire avait aussitôt appelé l'université et, après plusieurs requêtes entrecoupées par la *Petite Musique de nuit* de Mozart, il avait fini par joindre une assistante qui lui communiqua le numéro personnel du professeur. L'heure du déjeuner était passée et il se fit monter de la brasserie un croque-monsieur qu'il mangea sur le pouce, puis il se servit un café et composa le numéro du professeur qui s'inquiéta de savoir en quoi il pouvait lui être utile.

— Je voudrais vous parler de Fabienne Leroux, professeur… Je viens de procéder à la réouverture de l'enquête concernant son décès. Vous l'avez eue comme élève, n'est-ce pas ?

— Oui, c'était une élève brillante, dotée d'une intelligence remarquable, une de celles dont on est fier d'avoir été le professeur. Je crois que je m'y étais attaché. Souvent, elle venait me voir après les cours, nous prenions un café, elle me posait des questions sur un arrêt de cour de justice, le champ d'application d'une loi…

Le commissaire jeta un coup d'œil sur l'agenda de la jeune femme ouvert sur son bureau.

— Elle vous a rencontré durant l'été 1999, le 16 août exactement. C'était pendant les congés et elle n'était plus votre élève depuis longtemps. Que voulait-elle ?

— En fait, elle voulait connaître la jurisprudence la plus récente en matière d'héritage et d'adoption. Le sujet était vaste… Le lendemain, je partais en Suisse avec ma femme rejoindre nos enfants et petits-enfants pour les vacances. Je lui ai promis qu'à mon retour, je constituerai un dossier.

— Mais pourquoi voulait-elle ces informations ?

— À vrai dire, commissaire, je ne sais pas… Elle devait me rappeler à mon retour et m'expliquer. J'avais pensé qu'elle préparait un article sur l'adoption d'enfants étrangers, il y avait eu quelques scandales à l'époque. En rentrant de Genève, j'ai rassemblé le plus d'informations possible sur le thème, mais elle ne m'a pas rappelé. Ensuite, ce fut la rentrée universitaire, et plus tard, j'ai appris le drame dans les journaux, comme tout le monde.

— Parlez-moi d'elle, professeur. On me l'a dépeinte comme une jeune femme sûre d'elle, de sa beauté, de ses pouvoirs sur les hommes. C'est ainsi que vous la décririez ?

Le professeur laissa quelques secondes s'écouler avant de répondre.

— Pas exactement, commissaire, je vais même m'inscrire en faux avec ce que vous venez de dire. Elle avait obtenu son bac à dix-sept ans et elle a suivi mes cours dès sa première année d'université. Elle était très jolie et c'est vrai qu'elle suscitait un intérêt de la part des garçons, non seulement elle s'en moquait mais je crois que ça l'agaçait. Comme je vous l'ai dit, c'était une élève brillante, une « bûcheuse »... Et en repensant à cette période, je pourrais même la décrire comme une jeune fille timide, qui s'isolait au premier rang pour ne rien perdre du cours. Je la revois encore, vêtue d'une jupe plissée avec un pull à col montant, les cheveux noués en queue de cheval. Et puis, soudain, l'année suivante, elle a changé. Je me suis souvent demandé ce qui lui était arrivé. Je l'ai vue se transformer. Elle devenait de plus en plus belle, et à la place de l'adolescente douce et courtoise, d'une égalité d'humeur presque parfaite, j'ai vu apparaître une femme arrogante qui montrait de l'agressivité et un refus total de la moindre autorité. J'ai souvent pensé qu'elle n'était pas heureuse dans sa famille.

— C'est difficile à concevoir quand on connaît sa sœur, le cadre dans lequel elle vivait.

— Je sais, commissaire, il est toujours facile d'ironiser sur le thème éculé de la pauvre petite fille riche. Mais je maintiens qu'elle m'a donné l'impression d'être malheureuse. Et je pèse mes mots. Je l'ai toujours mieux imaginée en victime qu'en bourreau. D'ailleurs, la triste fin qui fut la sienne me donne plutôt raison. Voyez-vous autre chose à me demander ?

— Non, professeur, pas pour l'instant, je vous remercie du temps que vous m'avez accordé.

Le commissaire raccrocha et il jeta deux sucres dans

son café qui avait refroidi. Il réfléchissait au portrait de Fabienne Leroux qu'avait dressé le professeur Garat. Timide, studieuse, et soudain cette métamorphose.

Il se savait capable de résoudre le secret de sa mort, il n'avait encore jamais laissé d'enquête inachevée, mais il se demanda s'il pourrait pénétrer le secret de sa vie. Il avait l'impression qu'une barrière de plus venait de tomber dans son enquête, comme un interdit.

L'avion se posa en fin d'après-midi sur l'aéroport de Bordeaux-Mérignac. Mark devinait l'impatience d'Isabelle de retrouver les vignes, ses chevaux… Et il comprit qu'elle appréhendait aussi les retrouvailles avec sa mère, et encore ignorait-il tout de leur dispute. Ils quittèrent Bordeaux par la rocade nord et ils roulèrent en silence, les vitres entrouvertes, et de temps en temps ils se regardaient en souriant.

En ce début de juin, la température était bien supérieure à la normale. C'était excellent pour la vigne qui avait su tirer profit des pluies abondantes du printemps. Ils approchèrent de Saint-Louis. Les croupes de terre ondoyaient en vagues mouvantes jusqu'au creux de la vallée où flottait une brume de chaleur. Les parcelles dessinaient des quadrillages dont les lignes régulières épousaient les courbes des collines entrecoupées de bosquets qui servaient de refuge aux petits animaux sauvages. Le vent berçait les feuilles de vigne en une lente ondulation comme la houle d'un océan de verdure d'où émergeait, magistrale, souveraine dans la lumière bleutée du ciel, la citadelle de Vauban. Mark se laissa envoûter par ce paysage superbe, où le soleil de juin réfléchissait une infinie variété de verts, nuancée d'ocre et de brun. La composition était somptueuse, la lumière unique et il enviait Isabelle d'avoir grandi ici. Il lui prit la main mais elle se libéra doucement.

— Mark, il faut y aller.

Elle emprunta une route secondaire qui se fondait au milieu des collines et il reconnut l'entrée de la propriété. Le portail était grand ouvert et ils avancèrent au milieu des jardins. Émerveillé, Mark contempla le parc, les terrasses fermées par des balustrades de pierre, l'eau qui jaillissait des fontaines, les jeux d'ombre des arbres sur les pelouses, et au-delà du mur d'enceinte, d'un côté les vignes à l'infini, et de l'autre l'océan.

— C'est le paradis ! s'écria-t-il.

Ils furent accueillis par Tonia qui les précéda dans le grand salon et leur servit un verre de jus d'orange glacé. Mark admira le classicisme un brin sévère du décor. Le hall immense avec ses dalles de marbre noir et blanc recouvert de tapis, l'escalier de chêne, imposant, avec son tapis rouge et qui se prolongeait en une balustrade de bois sculpté menant aux étages. Dans le salon, des méridiennes étaient disposées entre les portes-fenêtres, et une cheminée de marbre meublait un pan de mur avec de part et d'autre des vitrines garnies de bibelots précieux. Sur les pierres blondes des murs, des tapisseries anciennes représentaient des scènes de chasse ou de vendanges. Et sur tout un côté, le grand salon ouvrait sur une terrasse couverte d'où l'on apercevait les jardins, les vignes et l'océan.

Isabelle et Mark terminèrent leur jus de fruits.

— Où est maman ? demanda la jeune fille.

— Dans le chai, elle reçoit un groupe de chefs d'entreprise.

— Comment va-t-elle ?

— Tu jugeras par toi-même, ma belle, pour ma part, je la trouve en grande forme.

Les deux jeunes gens se regardèrent, et Mark sourit tandis qu'elle lui prenait la main. Ils suivirent l'allée qui menait aux chais. La porte était entrouverte et en approchant, ils entendirent des éclats de rire. Isabelle poussa la porte sans bruit ; trois hommes et deux femmes entouraient sa mère et, un peu en retrait, elle reconnut Erwan

Morris, le père de Geoffrey. Tonia avait raison, sa mère paraissait rayonnante.

À cet instant, Juliette prit une bouteille dans un casier de bois marqué à la craie blanche *Millésime 2000.* Elle la déboucha, emplit des verres qu'elle distribua autour d'elle. Quand vint le tour d'Erwan, il emprisonna ses doigts dans les siens. Depuis sa place à l'entrée du chai Isabelle vit le visage de sa mère s'éclairer d'un ravissant sourire. Juliette jeta un regard circulaire sur les personnes regroupées autour d'elle et leva son verre dans la lumière dorée qui filtrait à travers les vitraux.

— Il existe encore bien des valeurs dans notre civilisation et le vin en fait partie. Un vin, c'est la rencontre d'un homme ou d'une femme avec un terroir. On me demande souvent ce qu'est le terroir : il s'explique par l'Histoire. Les générations de vignerons qui nous ont précédés ont eu des traits de génie fantastique. Ils ont su adapter les cépages aux différents sols de notre région, y associer une certaine manière de cultiver la vigne et tout cela a créé un terroir, notre Terroir. Aujourd'hui nous sommes tous garants de cet héritage ; nous, en maintenant ces traditions ancestrales, et vous, en transmettant votre passion pour la qualité et l'authenticité. Nous ne ferons jamais le vin comme de la purée de pommes de terre, en mélangeant de l'eau à de la poudre de raisins secs…

À ce moment, elle aperçut sa fille. Elle murmura : « Excusez-moi un instant… » et s'avança vers eux. Elles se regardèrent un moment sans rien dire, et une joie incontrôlable les poussa dans les bras l'une de l'autre, puis Juliette se tourna vers Mark qui était resté à l'écart. Elle s'approcha de lui et laissa planer un instant de silence ; en les voyant s'observer ainsi, Isabelle pensa à un choc entre deux mers, le regard vert océan de sa mère et celui de Mark, transparent comme le bleu calme des lagons.

Juliette tendit la main à Mark.

— Soyez le bienvenu aux Alizés, Mark, accordez-moi encore un petit moment, les enfants…

Elle rejoignit son groupe de visiteurs et reprit le cours de ses commentaires :

— Certains d'entre vous étaient surpris tout à l'heure lorsque je vous ai dit qu'il fallait quatre ans à la vigne pour qu'elle commence à donner des fruits. Le temps, c'est le maître mot de notre métier de vigneron… Le vin que vous dégustez a cinq ans, il atteint une certaine maturité qu'on retrouve dans sa couleur grenat, l'intensité des arômes de fruits noirs, de vanille… goûtez une fois encore, lentement, en laissant toutes ces saveurs inonder vos papilles. Il est ferme, velouté et très fruité en finale. 2000 était une grande réussite.

La visite dura encore une demi-heure, Juliette répondit aux questions des visiteurs puis elle les raccompagna jusqu'à leur véhicule. Erwan était resté au fond du chai. Il finissait son verre de vin.

Isabelle s'avança vers lui et le salua. Et soudain, elle revit Geoffrey et Fabienne marchant côte à côte, s'embrassant tous les trois pas, la silhouette de sa tante, ses yeux lumineux, sa touffe de cheveux fauves…

À nouveau, elle eut l'impression déroutante qu'elle devrait se rappeler quelque chose. « Qu'est-ce qui me tracasse ? Quelque chose qui a un rapport avec Geoffrey. Un détail qui m'avait frappée juste avant la disparition de Fabienne, mais quoi ? » C'était comme une vague lueur de son subconscient, la certitude qu'elle oubliait un élément important. Elle essayait de se rappeler mais elle finit par y renoncer. Elle était incapable de se souvenir, mais elle était sûre que quelque chose lui échappait.

Juliette emplit de nouveau les verres, elle en tendit un à Mark et ils se regardèrent longtemps en silence… Il leva son verre dans sa direction. Au-dessus du cristal taillé et des reflets carmin du vin, il y avait ses yeux, immensément bleus, immensément beaux. Face à lui, la femme au regard d'émeraude l'observait. Il se dit qu'il avait deux jours pour demander sa fille en mariage.

# 7

Depuis quelque temps, une ambiance sereine flottait sur Les Alizés, à l'unisson de cette fin de printemps lumineuse et paisible.

Stéphane avait avoué à Juliette qu'il avait rencontré une jeune fille, mais sans en dire plus. Isabelle attendait les résultats de ses examens, avec une insouciance qui effrayait Juliette, et elle ne parlait que de Mark. Quelques jours après sa première visite, le jeune homme était revenu aux Alizés, et Juliette avait pris plaisir à l'écouter. Il voulait bâtir sa vie avec Isabelle autour des vignes...

« Courir encore un an ou deux, avait-il dit, après cela, je n'aurai plus grand-chose à prouver... Je vais déjà me mettre en quête d'une propriété à acheter, peut-être dans la région des Graves ou du Sauternais. »

Juliette avait aussitôt pensé que ces vins de Graves, d'une rare finesse, ou un grand sauternes compléteraient leur gamme.

« Pour commercialiser le vin, nous nous servirons de toutes mes relations d'aujourd'hui. C'est Isabelle qui en a eu l'idée... En matière de marketing, c'est elle la championne. »

Ils avaient ri ensemble et Juliette avait admiré son sourire, émue par ce surprenant mélange de virilité combative et de fragilité presque enfantine. Ils arrêtèrent la date de leur mariage, en mai prochain, et Isabelle décréta :

« Maman, c'est toi qui nous marieras ! »

Puis les jeunes gens étaient partis pour le Grand Prix d'Italie.

Ce soir-là, après une journée de travail aux Alizés, de rendez-vous à la mairie, Juliette prit la route de Prignac qui conduisait chez Erwan. Depuis le soir où, désœuvrée, elle s'était réfugiée dans ses bras, ils se voyaient une ou deux fois par semaine, quelquefois aux Alizés, le plus souvent chez lui ; cette maison dans laquelle personne ne venait, où le téléphone ne sonnait pas, était propice à leurs amours.

Juliette vivait sa relation avec Erwan, étonnée et ravie. Sa chair ensommeillée, abreuvée depuis si longtemps d'étreintes sans surprise, hésitait à se livrer, mais Erwan était venu et elle savait toute l'attention dont il était capable pour l'apprivoiser, pour vaincre ses réticences, ses silences. Aucun homme n'avait su découvrir, prendre, pénétrer son corps avec tant de douceur et provoquer un tel plaisir. Elle se sentait aimée pour elle-même, pour ses forces et ses faiblesses, et elle en éprouvait une sérénité absolue.

Pourtant, Juliette avait peur. Elle était sûre de ne pas mériter le bonheur et elle l'avait accepté comme une punition, comme elle gardait, chevillé au plus profond de son intimité, le souvenir de son corps écartelé. Elle se raidit pour chasser ces images et s'arrêta sur le bord du chemin. Mon Dieu… si tant est que Dieu existe. Depuis quelque temps il lui arrivait de s'éveiller en pleine nuit, en transe. Elle s'asseyait dans son lit, les jambes pliées, les genoux calés sous le menton et recroquevillée, elle attendait qu'un cataclysme fonde sur elle… Elle s'y préparait, il ne pouvait en être autrement. Toute sa vie était définie par cette terreur et il en serait toujours ainsi. Je ne mérite pas d'être heureuse… Ses mains tremblaient, elle serrait les poings, elle avait beau essayer de penser à autre chose, son corps la trahissait, il refusait d'oublier. À tout jamais elle resterait enchaînée à ses souvenirs comme un supplicié à son bûcher.

Lorsqu'elle arriva chez Erwan, le crépuscule tombait, la clarté du soleil s'adoucissait en une palette de reflets mordorés. Les ardoises de la bâtisse brillaient dans la lumière orangée du couchant. Des colombes voltigeaient autour de la maison, se posaient sur le bord des pots d'argile où les pétunias et les géraniums croulaient sous le poids des fleurs.

Elle n'avait pas encore monté les marches du perron que la porte s'ouvrit, et en contemplant Erwan dans l'embrasure elle se surprit à respirer un peu plus légèrement comme si sa présence même apaisait ses frayeurs. Un fumet de volaille rôtie embaumait le rez-de-chaussée.

— Je t'ai préparé un poulet avec des croûtons à l'ail, comme tu aimes...

Ils s'embrassèrent et elle s'abandonna un moment contre sa poitrine. Lorsqu'elle se détacha de lui, il lui offrit un bouquet de dix-sept roses rouges et blanches. Elle les compta, et s'étonna.

— Il y a dix-sept jours ce soir que tu es venue pour la première fois.

— Tu es un amour. Comment ai-je pu ignorer aussi longtemps que tu vivais là, tout près de moi ?

Elle posa son sac et retira ses chaussures pendant qu'il leur servait un verre de vin blanc frais. Ils trinquèrent et il la regardait, tandis qu'elle observait les reflets topaze du vin dans la lumière déclinante... Il n'aurait su dire à quel point ses gestes le ravissaient. Il la regardait, encore et toujours, sans jamais se lasser. Il pensait déjà au moment où ils monteraient ensemble dans la chambre aux meubles un peu vieillots qu'il avait achetés en même temps que la maison, un décor rustique qu'il n'avait jamais eu envie de changer, mais qu'elle était venue ranimer de sa présence. Il fermerait les volets de son bureau, de la salle de bains et vérifierait les fermetures des portes, et en l'attendant, elle se loverait dans la multitude de coussins qui recouvraient le lit. Mais c'était trop tôt encore. Il se pencha vers elle, heureux et ému ; en approchant l'éclat émeraude de son regard, ses lèvres rencontrèrent une mèche de cheveux, il la serra contre lui, l'embrassa.

Depuis la mort de Geoffrey, il était peu à peu devenu le spectateur de sa vie, accomplissant le quotidien par instinct plus que par réelle envie de vivre. Mais lorsque Juliette l'avait rejoint ce premier soir, ils n'étaient que deux êtres encore distants l'un de l'autre, elle si triste, lui un peu intimidé. Jusqu'à ce que leurs mains, leur bouche, leur corps se touchent, surpris d'être ensemble, surpris que cela paraisse facile... Erwan s'était alors senti acteur de ce plaisir qu'il offrait, qu'il prenait, qu'il partageait. Pour la première fois depuis bien longtemps, les cauchemars qui hantaient ses nuits l'avaient laissé en paix. Il n'était rien qu'un homme amoureux... éperdument amoureux, comme peut-être il ne l'avait jamais été.

Il se pencha vers elle, caressa son visage en suivant les contours.

— Je suis fatiguée, dit-elle.

— La fatigue ne se remarque pas, tu es ravissante.

Il découpa le poulet, sortit du réfrigérateur les crudités qu'il avait préparées et une bouteille d'eau minérale. Juliette appuya ses coudes sur la table et, le visage reposé dans ses paumes ouvertes, elle observait ses gestes. Tout était rassurant chez lui.

— Et ta fille ? demanda-t-il.

— Isabelle est partie pour le Grand Prix d'Italie.

— Elle n'aura jamais autant voyagé, ta princesse. Tu vois, tes craintes n'étaient pas justifiées, au fond c'est un bon garçon.

Juliette sourit en fronçant les sourcils qui ne dessinèrent plus qu'une ligne sombre comme l'horizon par temps d'orage. Comment aurait-elle pu expliquer que son appréhension persistait malgré la gentillesse de Mark ?

Elle savoura le vin avec délices. Ce bordeaux blanc était vif et fringant, avec un bouquet de citronnelle, de fleur de tilleul et une petite touche perlée.

— C'est vrai, dit-elle, Mark est gentil et plein de bon sens.

Elle raconta le désappointement d'Isabelle qui n'avait pas pu joindre son père pour lui présenter le jeune homme.

— Elle l'a appelé, lui a laissé moult messages... Il n'a même pas eu la délicatesse de la rappeler...

Un peu plus tard, ils passèrent à table et Juliette apprécia le poulet, moelleux à souhait. Les croûtons frits frottés d'ail étaient dorés, croustillants.

— C'est délicieux...

Pendant le dîner, ils parlèrent d'une foule de choses sans importance, parfois ils se taisaient et laissaient couler sur eux un instant de bonheur où le temps donnait l'illusion de s'arrêter. Ils s'observaient, se détaillaient plutôt comme un orfèvre contemple sa plus belle pièce, comme on écoute un morceau de musique cent fois et dont on s'émerveille de ne pas se lasser.

Elle se leva, commença de rassembler les assiettes, mais il l'arrêta.

— Laisse, j'en ai pour deux minutes pendant que le café coule. Va t'asseoir, repose-toi.

Elle s'installa dans son fauteuil préféré, les pieds sur le pouf, et elle ferma les yeux en écoutant battre son cœur sur une cadence nouvelle, infiniment douce. Erwan la rejoignit quelques minutes plus tard avec un plateau, deux tasses et la cafetière.

— Veux-tu que nous marchions un peu dans le jardin, la fraîcheur est tombée, il fait bon.

— Je n'y tiens pas vraiment... on est bien ici.

Il servit le café, ouvrit les fenêtres et un courant d'air pénétra dans le salon. Il vint s'asseoir près d'elle et lui massa les épaules.

— Détends-toi, je te sens si contractée. C'est l'immobilité de Stéphane qui t'embarrasse ?

— Gérer les deux propriétés seule, c'est épuisant. Nous nous étions si bien réparti les tâches tous les deux, chacun ses responsabilités... Mais il a suffi d'un petit grain de sable dans les rouages... Dans quelques jours, le chirurgien retirera son plâtre, mais il ne sera pas plus alerte pour autant, cela prendra encore des semaines avant qu'il ne recouvre toute son agilité.

— Tu n'as trouvé personne pour t'aider ?

— Non, je suis comme tout le monde, sur une liste d'attente pour recruter du personnel saisonnier.

Juliette avait toujours refusé l'idée d'utiliser ses prérogatives d'élue pour profiter de quelque passe-droit. Mais le festival d'été débuterait dans quelques semaines et les rencontres avec les responsables des associations culturelles se multipliaient. Programmes, lieu des représentations, accueil des artistes, visites touristiques, tout était prétexte à des réunions jusqu'à plus d'heure. « Et Vinexpo », pensa-t-elle... Le plus grand salon international des vins et spiritueux se tenait tous les deux ans à Bordeaux et les professionnels se déplaçaient du monde entier pour le visiter. Juliette réservait un stand qu'elle partageait avec un producteur de Chablis. Mais ce carrefour mondial des affaires était surtout l'occasion de recevoir ses clients étrangers au cours d'une grande soirée aux Alizés qui se terminait par un concert en plein air. Au cours de ce dîner, Juliette présentait la nouvelle cuvée d'exception à ses clients. Cette année, le vin ne porterait plus le nom de son aïeule. En accord avec sa fille et son frère elle l'avait baptisée *Carpe Diem*. C'était la première fois qu'elle jetait aux oubliettes une œuvre de sa mère, elle en éprouvait un sentiment confus de soulagement, piqué de culpabilité. Toutefois, la création d'une nouvelle étiquette, du coffret, l'assemblage des cépages... la tâche était considérable.

À quelques jours de la manifestation, Stéphane déficient et Isabelle absente, Juliette avait conscience du retard accumulé.

— Heureusement, expliqua-t-elle à Erwan, j'avais réservé le traiteur il y a trois mois déjà, mais il y a une foule de détails à prévoir...

— Et que dirais-tu d'avoir un jeune et solide gaillard pour t'aider pendant deux ou trois mois ?

— À qui penses-tu ?

— Mon neveu, Thomas. Il a trente ans, il est

informaticien. En ce moment, il traverse une période difficile sur le plan affectif, la jeune femme avec qui il vivait est partie avec son compte en banque et son meilleur ami. Il a besoin de changer d'atmosphère... Je crois que quelques mois d'éloignement lui feraient du bien.

— Il est informaticien ?

— Rassure-toi, il est capable de faire toutes sortes de travaux et tu ne seras pas obligée de le payer... juste le nourrir si tu veux.

Juliette reposa sa tasse qu'elle emplit de nouveau en riant.

— Il y a des règles strictes en France, tu sais, on n'emploie pas les gens comme ça sans les payer. Tu m'imagines, moi le maire de la commune, inculpée pour travail au noir !

— À ce propos, il faut que je te précise un petit détail, Thomas est le fils de ma sœur cadette qui avait épousé...

Il n'acheva pas sa phrase, interrompu par la sonnerie du téléphone portable de Juliette. Elle se leva pour prendre l'appareil posé sur le coin du bureau. Elle marcha jusqu'à la porte en écoutant, et lorsqu'elle se retourna vers Erwan elle était devenue pâle.

— C'était la gendarmerie, dit-elle, on vient de me prévenir de l'accident d'un ami. Il faut que j'y aille.

Elle enfila ses chaussures et prit son sac. Dans sa hâte, elle le lâcha et le contenu se répandit sur le parquet.

— Et je ne sais pas ce que j'ai fait de mes clés.

— Tu as dû les laisser dans ta voiture. July, est-ce que tu veux que je t'accompagne ? Je peux au moins conduire...

Elle posa la main sur sa joue, là où naissait un soupçon de barbe, et caressa ses lèvres du bout des doigts.

— Non, mon cœur. Je te rappelle, je reviendrai demain. Garde les restes du poulet !

Elle lui tendit son visage, sa bouche et elle s'échappa en courant, sans lui dire que cet appel concernait un suicide. Celui d'Olivier Jouvain.

Malgré l'heure avancée, une troupe de badauds s'agglutinait devant la grille du château Maillefort. Juliette dut donner un coup de Klaxon pour voir s'écarter la foule et des visages se penchèrent à sa portière.

Le château Maillefort comptait une vingtaine d'hectares d'un seul tenant, entourant une maison girondine, avec un certain cachet. Olivier Jouvain représentait la troisième génération de vignerons. Juliette et lui avaient construit un cercle d'amis avec Jean-Pierre Deltec et Nicolas Frémont, aujourd'hui directeur commercial de l'usine de son ex-mari. Ils s'étaient retrouvés dans la même école primaire, le même collège.

Après sa conversation avec Jean-Pierre, Juliette avait rendu visite à Olivier, mais lorsqu'elle lui avait offert son aide, il l'avait remerciée en jurant que tout allait bien. L'idée qu'il ait pu se donner la mort lui était insupportable. Aussitôt elle pensa qu'elle aurait pu, qu'elle aurait dû… Avait-elle rayé d'un trait de désinvolture quarante années d'amitié ? Bien sûr qu'elle aurait pu, qu'elle aurait dû… C'était son devoir. Et ce sentiment maudit de culpabilité revint lui cisailler les tripes.

Olivier Jouvain, sa femme et leurs deux enfants avaient été autorisés par le nouveau propriétaire à loger dans une partie des dépendances, à l'opposé de la bâtisse principale. C'est dans cette direction que Juliette se dirigea. Deux véhicules de la gendarmerie et la voiture de Jean-Pierre stationnaient devant la maison. À l'entrée, un gendarme l'accueillit et la guida vers l'ancienne écurie à l'arrière des bâtiments.

— Ça s'est passé là-bas, madame le maire.

Le corps d'Olivier était toujours étendu à même le sol, la tête à moitié arrachée par l'impact du coup de fusil, tiré à bout portant. Le sang répandu se mêlait à la terre battue pour former une masse noirâtre. Autour de lui tournaient les gendarmes, le médecin, les techniciens scientifiques ; les flashs des photographes de l'identité judiciaire crépitaient dans l'obscurité de la grange.

Lorsque Juliette entra, Jean-Pierre s'avança vers elle. Il essaya de l'empêcher de s'approcher, mais elle passa outre et se pencha sur le corps d'Olivier. En le découvrant ainsi, elle appuya sa main devant sa bouche, son dîner lui remontait à la gorge.

— Où sont sa femme et ses enfants ?

— Hélène est dans la cuisine, elle a fait conduire ses enfants chez sa sœur qui habite à une vingtaine de kilomètres.

Éric Dufour, le brigadier de gendarmerie, entra à son tour et serra la main de Juliette en lui relatant le peu qu'il savait.

— Pour l'instant, nous n'avons que le témoignage de sa femme. Il était très déprimé après la vente de sa propriété et la coupe a débordé lorsque le nouveau propriétaire leur a fait savoir qu'ils devaient quitter le local à la fin du mois… Ils ont dîné, puis il est sorti. Sa femme a couché les enfants, elle s'apprêtait à le rejoindre lorsqu'elle a entendu le coup de fusil. Elle l'a trouvé là et elle nous a appelés aussitôt, en même temps que les pompiers.

L'équipe médicale enveloppa le corps dans une housse et le plaça sur une civière.

— On le conduit à l'institut médico-légal pour l'autopsie, précisa Jean-Pierre. Je t'accompagne auprès d'Hélène.

Ils longèrent l'arrière des bâtiments et entrèrent dans une pièce dont l'aménagement n'était pas terminé. À la fois cuisine, salle à manger et salon, les meubles étaient entassés les uns sur les autres et Juliette imaginait un couple avec deux enfants dans ce capharnaüm. Hélène Jouvain était assise, le dos calé contre l'évier, elle sanglotait. Juliette prit ses mains et les pressa dans les siennes, celles d'Hélène étaient glacées. Son visage mince était livide, ses cheveux échappés de son catogan s'accrochaient à ses joues trempées. Elle se saisit d'un verre sur l'évier, elle tremblait tellement que Juliette le lui enleva des mains et le remplit d'eau. Hélène but quelques gorgées, et ses sanglots redoublèrent. Jean-Pierre lui donna deux comprimés qu'elle avala sans y prêter attention et Juliette lui prit les mains de nouveau.

— Hélène, je suis désolée, dites-moi s'il y a quelque chose que je puisse faire...

— Je ne sais pas... Je ne comprends même pas comment nous en sommes arrivés là... Avant de signer les papiers de la vente, M. Zwart nous a promis monts et merveilles... qu'Olivier continuerait de gérer la propriété comme régisseur, que nous pourrions garder ce logement... C'est nous qui avions commencé les travaux dans cette partie des dépendances pour en faire des chambres d'hôtes. C'était au temps où tout allait bien. Olivier avait toujours des idées, des projets plein la tête. Il voulait le meilleur pour moi et pour les enfants...

Elle tremblait de plus en plus fort, et Juliette resserra son étreinte autour de ses doigts.

— Quand tous les actes ont été signés chez le notaire, le comportement de M. Zwart a changé, continua-t-elle. Sa propre équipe est arrivée des Pays-Bas, il avait son directeur, son régisseur. Il a proposé à Olivier un travail d'ouvrier agricole et il nous a laissé ce logement, mais en nous recommandant de trouver autre chose rapidement.

— Mais lorsque je suis venue voir Olivier, il m'a affirmé que tout allait bien, dit Juliette, pourquoi ne m'a-t-il pas raconté tout cela ?

— Je lui avais demandé de prendre rendez-vous à la mairie, mais il n'osait pas. Vous étiez allés à l'école ensemble, il vous admirait beaucoup. Il avait honte de n'avoir pas pu garder la propriété de ses parents.

Juliette se révoltait souvent contre tous les dysfonctionnements du monde dans lequel elle vivait. Ce pays supportait plusieurs millions de chômeurs, des secteurs entiers de l'économie manquaient de main-d'œuvre et un homme travaillant jusqu'aux limites du supportable était mort de honte.

— Hélène, vous n'allez pas rester seule... Est-ce que

vous pouvez rejoindre vos enfants chez votre sœur au moins pour cette nuit ?

La jeune femme acquiesça d'un mouvement de tête.

— Je vais la conduire, proposa le brigadier.

Il lui tendit la main, elle se leva et s'agrippa à lui.

— Quand est-ce que je pourrais récupérer le corps de mon mari pour les obsèques ?

— Pas avant deux jours je suppose, répondit Jean-Pierre. Tenez bon, Hélène, je passerai vous voir demain matin chez votre sœur.

Après leur départ, Juliette et Jean-Pierre regagnèrent leur voiture. Devant eux le vignoble entourait les bâtisses et suivait les coteaux et les vallons sur des kilomètres, dessinant un horizon festonné dans la lumière de la lune.

Jean-Pierre prit la main de Juliette, elle frissonnait. Ils firent quelques pas, jusqu'aux premiers rangs de vignes.

— Ça va aller, ma grande ?

— Je me demande seulement comment tant de beauté peut engendrer tant de douleur.

— La beauté suscite beaucoup de convoitises et, au final, elle déchaîne les passions et provoque la souffrance.

Une brise fraîche montait de la vallée. Jean-Pierre avait fermé les yeux, il sentait la main de Juliette tiède au creux de la sienne. Soudain un vertige le gagna, la tête lui tournait et ses pieds semblaient s'enfoncer dans la terre ; il s'accrocha à un piquet de vigne. Les vignes, cet univers maudit, étroit… Il n'avait jamais pu se départir de cette sensation d'étouffement, le rejet de ce monde de faux-semblants, et la haine toujours plus forte amenait tant d'amertume en lui.

— Je déteste cette région, dit-il avec une soudaine véhémence.

Surprise, Juliette se retourna vers lui et fut saisie par l'expression de son visage. Son regard était fixé au loin, elle y lut une sorte de désespoir profond dont l'intensité la troubla. Elle avait toujours pensé que le retour de Jean-Pierre était un signe d'attachement.

— Je croyais que tu l'aimais, au contraire.

Il se surprit à éclater de rire.

— Depuis l'enfance, j'ai toujours haï ce monde de calcul, de rivalités, d'hypocrisie.

— Pourquoi es-tu revenu après tes études ?

— Un certain degré de masochisme qui attire comme un aimant vers ce qui révulse et détruit.

— Tu m'as toujours donné l'impression d'être heureux ici...

— Ah ! le bonheur ! Il engage la seule responsabilité de nos sentiments et c'est pour cela qu'il ressemble plus souvent à un défi qu'à un état de grâce.

Elle ne trouva rien à répondre. Depuis quelques jours, elle se répétait qu'elle était heureuse mais avec l'impression d'usurper ce bonheur. Le silence s'installa entre eux, à maintes reprises elle sentit sa main trembler autour de ses doigts.

— Pourquoi Olivier a-t-il fait cela ? demanda-t-elle d'une voix oppressée. Il y avait d'autres solutions... Je suis inquiète pour Hélène. Que va-t-elle devenir ?

— Elle va toucher le fond, puis elle remontera, et avec le temps elle oubliera, comme tout le monde ou presque...

— Tu crois ?

— Il faut bien croire en quelque chose.

Juliette croyait en la vie. C'est vivre qui compte, mais la vie ça s'apprend, c'est cette volonté qui aidera Hélène à se battre...

Il posa son bras autour de ses épaules, elle s'appuya contre sa poitrine. Il l'entendit murmurer :

— Tout finira par s'arranger...

Il eut de la tête un mouvement désespéré qu'elle ne vit pas. Il savait que c'était dérisoire de croire que les choses s'arrangeaient. La vie se plaît à nous envoyer des fardeaux insupportables...

— Est-ce que tu as peur de mourir, Jean-Pierre ? demanda-t-elle d'une voix basse.

Il la regarda tristement.

— C'est une notion de l'inconscience moderne que de faire comme si la mort n'existait pas. On ne sait pas comment elle se présentera, si nous souffrirons. Notre seule certitude, c'est que nous n'y échapperons pas et c'est effrayant. Mais si on n'oublie pas qu'on va mourir un jour, on vit d'une tout autre manière, pas forcément mieux, en tout cas différemment.

Sur son visage que la lumière de la lune étiolait, Juliette devina la détresse sourde qui le tenaillait.

— Jean-Pierre, je suis ton amie, tu sais.

— Je sais...

La lune brillait au-dessus des vignes, les contours de la citadelle se dressaient dans l'obscurité, auréolés de reflets argentés. Penchant la tête vers Juliette, Jean-Pierre se sentit submergé par un sentiment confus, comme un désir d'adolescent. À contrecœur, il interrompit ce moment de quiétude, comme une parenthèse dans ses tourments.

— Il vaudrait mieux rentrer, j'ai peur que tu prennes froid.

— Tu m'appelleras quand tu auras les résultats de l'autopsie ?

Il acquiesça et l'embrassa avant de remonter dans sa voiture.

Elle pensa aux roses qu'elle avait oubliées chez Erwan. Toutefois elle renonça à l'appeler, il était bien la dernière personne à qui raconter les événements de cette soirée. Elle roula lentement pour revenir aux Alizés. De petits nuages se mouvaient dans le ciel où naissaient des reflets bleus et roses, un jeu d'ombre et de lumière dansait sur les collines et se perdait dans l'océan infini. « Dans quelques jours, songea-t-elle, pendant le festival, ce même ciel délicat aux couleurs pures s'offrira aux spectateurs émerveillés, après les dernières tirades d'*Othello* ou les ultimes accords de *La Traviata*... »

Pourtant, ce soir, dans ce paysage romantique, léger, il fallait bien intégrer le poids de la réalité : le suicide d'Olivier. Tout ce sang, cette détresse, la haine de Jean-Pierre... ce ressentiment terrible qu'il avait dévoilé, et qu'elle n'avait jamais soupçonné.

À quarante-six ans, Nicolas Frémont ressemblait à un demi de mêlée. Un mètre quatre-vingt-dix et des épaules si larges qu'on s'attendait toujours à voir éclater les coutures de ses vêtements. En apparence, il n'avait pas grand-chose du jeune cadre dynamique, ce qu'il était pourtant.

Marié, père de trois enfants, directeur commercial de l'entreprise Courson, élu municipal, membre de plusieurs associations sportives et culturelles... tout intéressait cet extraverti plein d'allant qui fredonnait tout le temps, en se rasant, en conduisant sa voiture ou en pianotant sur son ordinateur.

Il chantait un air de *Carmen* ce matin-là en peignant ses cheveux bruns, parsemés de quelques fils blancs que Françoise, sa femme, trouvait « reposants ». Sans doute rêvait-elle d'un mari aux cheveux blancs qui se reposerait enfin. Il savait qu'avant cinq minutes, Marion ferait irruption dans la salle de bains en criant : « Tu en as pour longtemps papa ? Je vais encore rater mon bus ! » Il l'embrasserait en pinçant son petit nez retroussé qu'elle tenait de sa mère et lui laisserait la place... Le rez-de-chaussée ressemblerait à un champ de bataille livré par les jumeaux qui n'arrivaient jamais à déjeuner, préparer leur cartable dans le temps qui leur était imparti avant le départ pour l'école. Nicolas savourait chaque matin les mille détails d'un bonheur paisible. Il avait souvent la certitude d'être un homme heureux.

Un peu plus tard, en arrivant à son bureau, il constata que son patron et ami n'était pas là. Pas de coupé Mercedes sur le parking réservé aux dirigeants. Il se demanda ce que la seconde Mme Courson avait encore inventé pour retenir son mari. Jolie, fragile, elle avait vingt-neuf ans, tandis que Gérard avait dépassé la cinquantaine, et il la considérait comme une poupée de porcelaine. Elle venait peu à l'usine et Nicolas ne le regrettait pas. Adjoint à la mairie de Saint-Louis, il se sentait beaucoup plus proche de Juliette.

Cependant, Nicolas aimait bien travailler avec Gérard ; grâce à leur complémentarité, l'entreprise prospérait. Nicolas savait traiter avec les clients, conciliant ou ferme selon les cas, et Gérard avait le contact plus facile avec les architectes, les administrations et les employés. En dehors du travail, ils s'entendaient bien, le sport, tennis ou golf, une partie de cartes parfois, ou un verre de vin dégusté dans leur bureau après la fermeture, en peaufinant les projets en cours.

Pourtant Nicolas regrettait les soirées d'antan qui réunissaient les deux familles aux Alizés ou à Arcachon. Bien sûr, Juliette invitait toujours Nicolas, Françoise et leurs enfants, mais ces soirées s'étiraient avec une pointe de nostalgie. Il y manquait l'ambiance légère, les fous rires d'avant… Avant l'ouragan qui avait déferlé sur eux, lorsque Gérard avait soufflé la petite amie de son beau-frère. Travailler avec Gérard en étant l'ami d'enfance et l'adjoint de Juliette à la mairie, la position de Nicolas n'avait pas été facile, il lui avait fallu toute la diplomatie dont il était capable pour ménager les deux parties.

Il revenait vers son bureau avec sa tasse de café lorsque Gérard le rejoignit.

— Je ne suis pas en avance ce matin ! Marie ne se sentait pas bien, je ne suis pas tranquille de la savoir seule.

Nicolas mourait d'envie de lui dire qu'elle n'était pas la première femme enceinte de la création et qu'il avait une autre fille qui cherchait à le joindre depuis deux semaines.

— Tu as le temps, dit-il, notre rendez-vous avec la Sogeco est reporté à onze heures…

Ils venaient de décrocher un gros contrat pour construire les locaux d'un laboratoire de produits pharmaceutiques. La maquette était exposée à l'entrée de leurs bureaux :

un immeuble de dix étages mariant la pierre et le verre, surmonté d'un dôme en acier poli qui pivotait sur lui-même en projetant un rayon lumineux. L'ensemble était moderne, mais sobre. Ils étaient penchés sur l'immeuble miniature, commentant quelques détails, lorsque Nathalie, la standardiste, les interpella.

— Juliette Leroux sur la ligne deux, c'est urgent !

Ils se regardèrent avec un instant d'hésitation, puis Gérard eut un mouvement d'agacement.

— Nico... prends l'appel s'il te plaît, je n'ai pas le temps !

« Tu n'as surtout pas le courage », pensa Nicolas en décrochant son téléphone.

— Salut Juliette, comment vas-tu ?

Sa voix joviale se brisa net. En quelques mots elle lui relata les événements de la nuit. Il reposa le téléphone, chercha une cigarette dans sa mallette, l'alluma, ouvrit son agenda, sortit le dossier Sogeco, pétrifié par la nouvelle qu'il venait d'apprendre.

Olivier Jouvain... Avec Juliette, Jean-Pierre le toubib et d'autres, ils se connaissaient depuis l'école primaire. Nicolas était leur benjamin de quelques années, il les suivait partout, attentif à les imiter, fier de leur protection un peu condescendante parfois. En grandissant tous avaient fait des rêves, des projets. Il y avait ceux qui étaient partis et certains étaient revenus, comme Jean-Pierre et lui. D'autres pas. Et il y avait ceux qui étaient restés là, parce que leur voie était tracée. Comme Juliette et Olivier.

Nicolas pensait à ce destin d'homme aujourd'hui réduit à un corps brisé auréolé de sang. Olivier mort... Et sans qu'il put se l'expliquer une image se figea dans son esprit. Le visage de Fabienne Leroux se dessina, et elle lui semblait plus vivante que jamais.

# 8

Vinexpo, le plus grand événement vinicole du monde, ouvrit ses portes le 21 juin, premier jour de l'été. Regroupés sur les quelque quarante mille mètres carrés du parc des expositions, les participants représentaient toutes les régions viticoles du monde. Du plus petit au plus prestigieux, les stands décorés avec raffinement étaient séparés par des allées recouvertes d'un tapis rouge. À l'entrée principale où le tapis glissait jusque sur le parking des VIP, les hôtesses en tailleur vermillon distribuaient les badges et renseignaient les visiteurs. Un orchestre installé dans un patio entouré de colonnes d'albâtre jouait *Les Quatre Saisons* de Vivaldi.

Un peu avant midi, Isabelle emprunta l'allée centrale en compagnie de Mark. Aussitôt les journalistes se bousculèrent autour du jeune pilote. Les musiciens le virent aussi et, après une pause de quelques secondes, ils se levèrent et interprétèrent l'hymne finlandais. Mark s'arrêta de signer des autographes, il se tint droit, et à la fin de l'hymne un grand sourire illumina son visage. Il marcha vers les musiciens et leur serra la main avec un mot aimable pour chacun, puis il reprit le bras d'Isabelle et la foule les suivit jusque sur le stand du château des Alizés où Juliette les attendait.

Durant les années soixante, Lise Leroux avait prévu qu'un tiers des vins produits aux Alizés et au château Saint-Benoît serait vendu à l'étranger. Pendant trente-cinq ans elle avait voyagé dans toute l'Europe à la recherche de nouveaux clients, puis aux États-Unis et au Canada. Bien avant la chute du mur de Berlin, elle fut une des premières viticultrices à exporter ses vins en URSS, et un peu avant que la maladie ne la brisât dans ses élans, elle avait initié le projet de jumelage de Saint-Louis avec Kirichi, une petite ville de Russie au sud-est de Saint-Pétersbourg.

Et pour chaque édition de Vinexpo, Lise Leroux organisait une soirée aux Alizés au cours de laquelle elle recevait tous ses clients étrangers. Et quels que soient les événements qui avaient jalonné la vie familiale au cours des dernières années, Juliette avait maintenu la tradition.

Ce soir-là, le dîner eut lieu dans les jardins face à l'estuaire, une vingtaine de tables de dix couverts étaient installées sous deux chapiteaux blancs. Le buffet était dressé entre les deux chapiteaux et un sommelier commentait les vins, prodiguait ses conseils. Juliette prononça quelques mots de bienvenue, puis elle présenta la cuvée spéciale *Carpe Diem* créée pour cette édition 2005 de Vinexpo, et aussitôt les serveurs déposèrent sur les tables des bouteilles longilignes de style italien, aux étiquettes de papier gaufré, gravées de caractères dorés à chaud. Le vin, assemblage de merlot et de cabernet sauvignon, offrait une couleur dense, un bouquet à la fois fruité et épicé, et une remarquable finesse en bouche. Les murmures d'approbation qui montèrent des tables récompensèrent Juliette des difficultés rencontrées. Elle échangea plusieurs regards complices avec Jean Soriac. Elle dut répondre moult fois à la même question :

« Pourquoi ce nom ? Pourquoi *Carpe Diem* ? »

Elle le fit avec humour. « À mon âge, on mesure à quel point il est précieux de saisir le jour et l'instant qui passent... »

En parlant, elle regarda Erwan qui l'encouragea d'un clin d'œil. Un peu plus tard, Juliette accueillait un groupe de cavistes allemands lorsqu'une main posée sur son épaule la fit sursauter.

— Philippe ! Je suis désolée, je ne t'avais pas encore salué... Laurence est là ?

— Oui, quelque part, elle papote ! Tout se déroule selon tes souhaits ?

— Quand on se conforme aux habitudes, tout va bien…

Elle souriait… Ses cheveux étaient relevés en chignon et des boucles rebelles glissaient de part et d'autre de son visage qu'elle avait maquillé un peu plus qu'à l'accoutumée. Elle portait une robe bleu pâle qui lui enserrait la taille avant de retomber en corolle. « Le décolleté est parfait, se dit-il, juste assez pour dégager son cou, mais suffisamment discret pour cacher l'essentiel et laisser l'imagination vagabonder… » Il ressentit un violent désir et trembla à l'idée que cela puisse se remarquer. Il essaya de repousser son trouble, échoua, et se rappela à point nommé qu'il avait quelque chose à lui dire.

— Tu as deux minutes pour parler d'autre chose que de vin ?

— Oh oui ! avec plaisir…

— J'ai engagé Hélène Jouvain.

Les funérailles d'Olivier s'étaient déroulées trois jours plus tôt, Hélène assise au premier rang, habillée de noir, entourée de ses deux enfants : Luc, huit ans ; Stéphanie, six ans. L'église de Saint-Louis était trop petite pour accueillir la foule dont une partie était restée dehors. Hélène avait refusé tout hommage autre que celui de Juliette dont le discours fut bref.

« Depuis l'enfance, Olivier était mon ami, et lui rendre hommage m'est difficile. On parle aisément des êtres qu'on connaît peu, mais en même temps que les liens se tissent, ils se voilent de pudeur. Ensuite, trouver des mots pour exprimer son émotion devient plus complexe. Olivier a choisi d'accomplir son destin. Sa décision impose deux sentiments de notre part : le respect et le silence. Alors permettez-moi aujourd'hui d'être respectueusement silencieuse, et dire à Hélène, Luc et Stéphanie qu'ils méritent toute notre affection et notre soutien. Nous serons là, Hélène, je serai là… »

Le lendemain, Juliette avait trouvé une maison pour

Hélène, juste à la sortie de Saint-Louis, en direction de Bordeaux. Et maintenant, elle avait un travail.

— Depuis quelque temps, expliqua Philippe, je cherchais une personne sérieuse pour faire visiter les maisons à vendre dans le secteur de Libourne-Saint-Émilion. J'ai appris qu'Hélène était diplômée d'une école de commerce. Après son mariage avec Olivier elle s'occupait de la comptabilité tout en recevant les clients, ce qui suppose un certain sens de l'organisation et des relations humaines. Je lui ai assuré que le travail serait intéressant et bien rémunéré. Bien sûr, elle a le temps, elle commencera quand elle pourra, le mois prochain sans doute.

Juliette aurait volontiers prolongé son aparté avec Philippe, mais d'autres invités l'accaparèrent. Il la suivit des yeux tandis qu'elle allait d'un groupe à l'autre. Stéphane, malhabile dans ses mouvements, s'était assis à une table où Paul Marquand, leur tonnelier, avait pris place avec sa femme et sa fille. Isabelle partageait ce rôle d'hôtesse avec sa mère. Elle passait de table en table au bras de Mark, resplendissante dans sa combinaison de satin blanc au corsage brodé de rouge. Et si en début de soirée d'aucuns l'enviaient d'être fiancée à ce jeune homme beau et célèbre, à présent, ils n'étaient pas loin de penser que Mark était le plus chanceux des deux...

Juliette avait judicieusement composé ses plans de tables. À celle d'Isabelle et Mark, elle avait placé ses clients des pays scandinaves et des îles britanniques. Même s'ils parlaient plus de Formule 1 que de vin, elle savait qu'ils garderaient de leur soirée un souvenir ébloui.

À sa propre table, elle avait installé ses clients d'Amérique du Nord, avec Erwan. Elle apprit plus de choses sur le Québec qu'elle n'en avait jamais su : distinguer les cantons de l'est et Montréal, du pays d'en haut... du Québec et la côte de Charlevoix... Elle s'amusa de cet accent qu'elle trouvait si adorable et elle reprocha à Erwan de s'en départir peu à peu. En les écoutant, elle se laissa griser par la perspective de contrées lointaines, les courses de canots sur le Saint-Laurent glacé, les concours de sculptures de glace. Erwan raconta que, chaque hiver, son fils façonnait le même animal au corps ovale planté sur quatre pattes longues et fines, avec une tête et des oreilles, à mi-chemin entre celles du chien et du lapin. Il ne comprit jamais pourquoi Geoffrey plantait deux petits bouts de bois dans son museau, comme des cornes de rhinocéros. Juliette dissipa l'instant de nostalgie en demandant :

— Et en été, que faites-vous dans ce merveilleux pays ?

Ils décrivirent les quais du vieux port de Québec qui furent la porte du Nouveau Monde pour des milliers d'immigrants, les collines moirées dans le ciel toujours bleu de Charlevoix où le Saint-Laurent vient s'encastrer dans de petites baies aux maisons fleuries. Ils avaient tous les souvenirs de randonnées sauvages le long de la rivière du Diable qui se terminaient le soir par un feu de camp où l'on chantait pour accompagner le guitariste, parce qu'il y avait toujours un musicien parmi eux, avant de s'endormir sous les étoiles. Émerveillée, Juliette écoutait, et ce romantisme qui persistait à vivre en elle lui laissait imaginer les lacs polis comme des miroirs où scintillait la lune, des forêts immenses, aux couleurs chatoyantes comme la palette d'un peintre fou qui chercherait sa pierre philosophale en mariant les verts, l'or, les bruns, les rouges avec le bleu unique d'un ciel toujours pur…

Aux Alizés, la soirée Vinexpo se terminait toujours par un concert, et à vingt-deux heures trente, l'orchestre prit place sur l'estrade qui avait été aménagée au bord du mur d'enceinte surplombant les vignes et l'estuaire. Et pendant plus d'une heure, tandis que la citadelle se fondait dans un ciel de crépuscule rose et gris, l'orchestre interpréta Chopin, Brahms et Liszt.

En prenant congé, beaucoup d'invités affirmèrent que c'était la soirée la plus réussie. Juliette sourit. Ils disaient la même chose chaque fois.

Le commissaire Lenoir était arrivé devant la maison de retraite « Les Amandiers » un peu avant seize heures. Il avait arrêté sa voiture de façon à ne pas être repéré, tout en gardant un œil sur le portail d'entrée. Il attendait depuis dix minutes lorsqu'il vit la voiture d'Arnaud Debras-Monbourg se ranger près de l'entrée principale.

Le commissaire savait qu'Arnaud rendait visite à son père tous les jeudis après-midi. À l'accueil, il montra sa carte de police et on lui dit que M. Debras-Monbourg était avec son père dans les jardins de l'aile ouest.

L'établissement de luxe était installé dans une ancienne abbaye restaurée. Les jardins étaient aménagés de patios ombragés, de fontaines et de tonnelles. Le commissaire longea les allées où des vieilles dames se reposaient sur des bancs de pierre, le regard hors du temps. Arnaud Debras-Monbourg marchait le long d'un chemin bordé de buis, tenant par le bras un homme âgé, appuyé sur une canne ; d'autres malades et leurs proches les saluaient en les croisant. Bien que vivant parmi eux, son père semblait ne reconnaître personne et Arnaud pensait souvent aux premiers symptômes de la maladie, des années auparavant. Jusqu'au moment où il l'avait retrouvé dans la piscine à trois heures du matin, grelottant, persuadé d'être aux plus belles heures de l'après-midi… complètement désorienté, il avait failli se noyer. Était-il déjà trop tard ? Malgré les traitements les plus innovants, Arnaud comprit que son père ne guérirait jamais. Armand Debras-Monbourg, un des plus importants négociants de la place de Bordeaux, ne savait plus quel jour il se réveillait le matin, il n'était plus capable de boutonner sa chemise ou nouer ses lacets.

Arnaud le guida vers une tonnelle recouverte de glycine et ils s'installèrent sur un banc. C'est à ce moment-là qu'il aperçut le commissaire et il ressentit une brusque appréhension. Ils se saluèrent.

— C'est le commissaire Lenoir, papa, il mène une enquête sur une affaire ancienne…

Le vieil homme le regarda en plissant le front, un tic qu'Arnaud connaissait bien. Son père avait commencé à froncer les sourcils en plissant le front lorsqu'il voulait dissimuler à ses proches ses pertes de mémoire de plus en plus fréquentes. À présent, son regard était vide, les fils fragiles qui le rattachaient au présent étaient rompus.

— Vous vouliez vous rendre compte par vous-même ? demanda Arnaud. Vous pensiez que je vous avais menti sur son état ?

— Puis-je m'asseoir ?

— Puis-je vous en empêcher ?

Le commissaire observait le père et le fils, en attente d'un déclic qui ne se produisit pas. Le silence devenait lourd, à peine troublé par le bourdonnement des insectes qui dansaient de fleur en fleur.

— J'ai faim, dit soudain le vieil homme, il faut retourner à la salle à manger, on va servir le déjeuner.

— Papa, tu as déjà déjeuné…

— Mais non, pourquoi racontes-tu des histoires ? Je n'ai pas encore mangé.

Comme s'il avait prévu cette réaction, Arnaud sortit un emballage de pâtisserie qu'il avait gardé dans son sac. Il tendit une tarte au chocolat à son père qui la dévora en se léchant les doigts.

— Ce n'est pas un spectacle ragoûtant, s'excusa Arnaud, je suis désolé, c'est un des effets de la maladie, le cerveau envoie des signaux erronés, le malade n'a plus aucune notion du temps, de l'heure, de la propreté…

— C'est moi qui suis désolé d'être venu jusqu'ici. Je voulais évoquer certains points de la disparition de Fabienne Leroux, mais nous allons nous revoir très bientôt.

Soudain, Armand Debras-Monbourg se leva.

— Fabienne Leroux ? murmura-t-il. Pauvre petite…

Le commissaire se leva à son tour et fixa le vieil homme. Il vit dans ses yeux un éclair de lucidité qui s'estompa aussitôt. En une fraction de seconde, son regard un instant brillant s'éteignit. Arnaud lui prit le bras, il jeta l'emballage du gâteau dans une corbeille à papier et se tourna vers le commissaire :

— Ne prêtez pas attention à ce qu'il dit, nous n'étions pas si intimes avec les Leroux. Je ne suis pas sûr qu'il connaissait Fabienne.

Louis Lenoir ne répondit pas, ce n'était ni le lieu ni le moment. Il les regarda s'éloigner, le jeune homme soutenant son père, puis il partit à son tour.

Ce soir-là, le commissaire décida d'emporter du travail et de rentrer chez lui un peu plus tôt. En arrêtant sa voiture, il s'aperçut qu'en partant au point du jour, il avait oublié d'ouvrir les volets. Il était plus de dix-neuf heures et le soleil était encore haut, pesant. « Les rosiers ont besoin d'eau », se dit-il.

La porte à peine ouverte, il se félicita d'être parti si vite le matin. Avec l'obscurité, la maison avait gardé une partie de la fraîcheur nocturne. Il posa ses dossiers dans le salon, les provisions dans la cuisine et il but un grand verre d'eau glacée en allumant le four. Puis il y glissa son plat de lasagnes surgelées. Et, comme il le faisait chaque soir, il sema un peu partout ses chaussures, sa cravate, sa montre, avant de changer de vêtements... Jean, tee-shirt, tennis, alors seulement, il lui sembla que la journée était finie.

Pendant que les lasagnes chauffaient, il déboucha une bouteille de bordeaux supérieur et se servit un verre. Le signal du répondeur téléphonique clignotait. Son fils lui annonçait qu'il arriverait vendredi soir en gare de Saint-André pour rester le week-end avec lui. Il y avait plus d'un mois qu'ils ne s'étaient pas vus, il anticipait déjà ces quelques heures de bonheur partagé, et cela déclencha en lui l'assurance d'une multitude de choses à faire... Il alluma la télévision et chercha la chaîne météo, le week-end s'annonçait superbe, ils pourraient aller à la plage dimanche. Dans la cuisine, il vérifia ses lasagnes et assaisonna la salade qu'il avait choisie en sachet, prête à consommer. En même temps, il rédigeait la liste de tout ce qu'il devait acheter... céréales, barres chocolatées, les pâtes et les glaces que David préférait. Même si son fils ne venait pas souvent, la maison portait les marques de sa présence, la chaîne hi-fi, les magazines, les jeux vidéo. Et cette pensée le ramena à Erwan Morris qu'il avait croisé au supermarché, devant le rayon des surgelés. Lui aussi faisait des achats de célibataire. Ils s'étaient serré la main en échangeant quelques mots sur le temps. À présent, Louis l'imaginait seul devant son assiette. Mais Erwan avait Juliette. Était-ce une compensation ? Lorsqu'il revoyait sa démarche, ses cheveux bruns qui virevoltaient autour de son visage et ses yeux couleur de jade, il n'en doutait pas un instant.

Lui n'avait jamais remplacé Michèle...

Au fil des années, il avait vu beaucoup de couples se défaire autour de lui, du fait des horaires irréguliers dans la police, mais il n'avait pas pensé que cela pouvait lui arriver. Même lorsqu'il avait senti que Michèle s'éloignait, il avait pensé que s'il se montrait patient, ça s'arrangerait. Et pourtant, c'était bien pour toutes ces raisons qu'elle était partie... parce qu'il ne relâchait jamais la pression écrasante de son travail, les coups de fil tardifs, le départ au milieu d'un repas ou en pleine nuit... Un soir, tandis qu'il coupait le pain, elle l'avait surpris la main crispée sur le manche du couteau, le regard fixe... Il pensait au jeune homme arrêté la veille, accusé d'avoir poignardé son beau-père, et il essayait de comprendre comment. Michèle l'avait rappelé à l'ordre et cela avait dégénéré en dispute malgré les reproches de David. Elle avait fini par lui en vouloir pour tout : ses retards, le régime qu'il ne suivait pas avec elle et son inaptitude permanente à choisir la cravate assortie à son costume. Elle l'avait quitté pour le sous-directeur de leur banque qui, depuis, gérait une agence à Bergerac en Dordogne. Il rentrait du bureau à heures fixes, il adorait les cravates Hermès qu'elle choisissait pour lui et ils suivaient ensemble des cures de thalassothérapie chaque printemps.

Pendant des années Michèle avait contraint son mari à vivre dans une maison de poupée, drapée de satin. Après leur séparation, il avait trouvé la maison qui lui rappelait les vacances chez sa grand-mère : un toit de tuiles, des jardinières pendues aux fenêtres et un marronnier dans la cour. En chinant, il avait découvert de vieux meubles rustiques à la patine cuivrée qui sentaient bon la cire d'abeille. Depuis, il portait des cravates aux couleurs discordantes, se nourrissait de surgelés, ne se rasait plus le week-end et chaque soir, il rapportait à la maison deux ou trois dossiers en souffrance. C'était sa façon à lui d'assumer la solitude qui, il devait bien se l'avouer, se faisait de plus en plus pesante au fur et à mesure que les rides se creusaient et que les rhumatismes l'emportaient sur les muscles.

Après avoir mangé ses lasagnes, il s'installa dans son fauteuil préféré en ouvrant le dossier Leroux. Jamais il ne s'était senti aussi obnubilé par une enquête. Il avait obtenu les autorisations pour lever le secret bancaire et, en attendant des renseignements sur ce compte en Espagne, il avait diligenté son adjoint et deux autres inspecteurs pour recommencer tous les interrogatoires, sans laisser aucun point, aussi minime fût-il, au hasard.

Depuis des jours, il réfléchissait aux éléments de l'enquête, mais les morceaux du puzzle lui tenaient tête, éparpillés dans un dossier bâclé. Le matin même, il avait réuni son équipe pour faire le point. Les quelques informations recueillies révélaient bien des erreurs dans les déclarations d'Arnaud Debras-Monbourg. La propriétaire du restaurant, près de *L'Aquitaine* où Fabienne travaillait, n'avait pas oublié les deux jeunes gens.

« Ils étaient si beaux tous les deux, avait-elle dit, ils déjeunaient ensemble au moins deux ou trois fois par semaine, puis la jeune femme est venue seule... Un jour, le jeune homme l'a rejointe et s'est assis de force à sa table. Leur discussion s'est envenimée et avant même le plat principal elle a tourné à la dispute. La jeune femme s'est levée, elle a quitté le restaurant et il l'a suivie après avoir jeté une poignée de billets sur la table. »

Depuis sa place derrière la caisse, la patronne les avait observés, la dispute avait continué sur le parking et soudain, Fabienne avait giflé Arnaud avant de monter dans sa voiture et de démarrer sur les chapeaux de roue.

Quant à la concierge de l'immeuble où habitait la jeune femme, elle se souvenait avoir vu un jeune homme l'attendre presque tous les jours en juin et juillet 1999. Six ans après les faits, elle était sûre des dates, c'était l'époque où sa fille attendait son troisième enfant et, avait-elle dit, « cela se passait mal... ». Chaque matin son gendre lui conduisait les deux aînés à garder, juste à l'heure où Fabienne Leroux quittait son appartement. Elle avait reconnu Arnaud sur une photo, la jeune femme et lui se disputaient tous les jours. Un matin, elle avait entendu Arnaud lui dire : « Je te ferai changer d'avis d'une façon ou d'une autre », et elle avait répondu : « Jamais je ne reviendrai sur ma décision, fous le camp ! »

Le commissaire ne croyait plus à la version d'Arnaud Debras-Monbourg : une liaison amoureuse qui avait tourné court. Cet après-midi, il n'avait rien dit pendant sa visite à la maison de retraite, mais il convoquerait le jeune homme dès le lundi suivant. Irait-il jusqu'à envisager la garde à vue ? Il imaginait la tête du procureur. Placer l'héritier Debras-Monbourg en examen sur un simple faisceau de présomptions... Il sourit. Il fallait bien plus qu'un coup de semonce du « proc » pour l'impressionner. Chose surprenante, c'était l'image du père d'Arnaud qui l'obsédait. S'apercevrait-il que son fils ne lui rendait plus visite ?

Il regarda l'heure. Il était plus de minuit mais il n'avait pas sommeil. Une question le préoccupait. Si Arnaud Debras-Monbourg avait joué un rôle dans la mort de Fabienne, pourquoi Geoffrey Morris s'était suicidé ?

S'était-il réellement suicidé ? « Bon sang, quelque chose m'échappe... » Il entreprit de relire les dépositions une fois encore.

Isabelle se leva, et sur la pointe des pieds elle gagna la porte-fenêtre de sa chambre et sortit sur le balcon. Il était cinq heures du matin, elle avait envie d'entreprendre quelque chose pour honorer ce jour qui commençait. Après les caresses de Mark elle était restée éveillée, éblouie par les sentiments qu'il provoquait en elle, sa façon de prendre possession de chaque infime parcelle de son corps, avec sa fougue, sa délicatesse, jusqu'à l'ultime cri de plaisir, à la fois tendre et violent. Elle se demandait si le bonheur était aussi simple que ça... Pourquoi Mark ? Et pourquoi elle ? Un jour, elle lui avait fait part de son étonnement, de ses appréhensions, il avait pris son menton entre ses doigts, l'obligeant à le regarder dans les yeux. « En acceptant de vivre avec moi, c'est toi qui me fais une faveur, pas l'inverse... promets-moi que tu me donneras une fille aussi jolie que toi. — À condition qu'elle ait tes yeux », avait-elle répondu.

— Isabelle ?

Lorsqu'elle se retourna vers Mark, il l'embrassa, sa bouche sur son visage, ses mains frôlant son corps à travers le satin de la chemise de nuit, faisant glisser les bretelles le long de ses bras. Elle se détacha doucement de lui :

— Et si nous allions faire une balade à cheval ?

Une demi-heure plus tard, ils quittaient le domaine en contournant les chais. L'air était léger et une agréable fraîcheur se dégageait de la terre endormie. Les chevaux trottaient côte à côte, les flancs frissonnant dans l'humidité du petit matin. Les premières lueurs du jour coulaient sur les vignes nimbées de rosée, une brume légère s'attachait aux pampres fragiles et déjà les premiers rayons du soleil apparaissaient à flanc de coteau.

Peu à peu le chemin rétrécissait, disparaissant dans la brume, comme un coup de pinceau à peine esquissé sur une toile. Isabelle passa devant ; elle se tenait droite avec une assise parfaite, son corps souple ramassé sur la selle, ses cheveux virevoltant au moindre de ses mouvements. Elle parlait à son cheval, le rassurait par de petites tapes.

Soudain, elle pressa l'animal et ils partirent au galop. Mark renonça à la suivre, elle était bien meilleure cavalière que lui. Il l'observait, légère, les jambes collées aux flancs de l'animal qui creusait l'air, ses sabots frappant le sol rocailleux. Au-dessus de leur tête, les branches des arbres formaient une voûte qui tamisait la lumière veloutée du soleil levant et soudain, des oiseaux s'envolèrent dans un bruissement d'ailes et s'égaillèrent vers les cimes. Le sentier débouchait sur le sommet de la colline qui dominait la vallée, des vignes à l'océan, avec au centre, comme un axe reliant toutes les lignes entre elles, la citadelle de Vauban. Isabelle et Mark attachèrent les chevaux à un tronc d'arbre et, la main dans la main, ils regardèrent le jour se lever, grisés des parfums enivrants de l'aube, des senteurs de terre gorgée de rosée qui se mêlaient aux effluves de l'océan. Le soleil rougeoyant émergeait dans le ciel turquoise, libérant une explosion de lumière qui se reflétait à l'infini dans les eaux de l'estuaire.

Le lendemain, Mark partit pour Budapest. Isabelle ne l'accompagna pas. Sa mère était accaparée par le festival Romance en Citadelle qui serait inauguré la semaine suivante, et chaque premier week-end de juillet, Les Alizés ouvraient leurs portes pour une « visite-dégustation » permanente.

Dès son arrivée sur le circuit hongrois, Mark refusa les interviews pour éviter la sempiternelle question à laquelle il n'avait pas de réponse. Son contrat avec l'écurie française arrivait à son terme et il repoussait la réunion avec son directeur. Il refusait d'entendre le chiffre faramineux avancé pour qu'il renouvelle son engagement et il ignorait la surenchère des responsables des autres écuries. Pour Mark, la question n'était pas le choix de l'écurie mais de savoir s'il prendrait le volant d'une voiture de course l'année prochaine.

Il s'était concentré dans la préparation de ce Grand Prix de Hongrie, car l'enjeu en valait la peine. S'il gagnait aujourd'hui, il était sûr d'emporter le championnat du monde cette année encore. Qu'est-ce qu'une autre saison lui apporterait de plus ? Malgré toute la pression qui précède toujours une course, il ne cessait de penser à Isabelle. Il lui suffisait de fermer les yeux pour que son visage prenne forme : Isabelle ardente, pleine de mille grâces... Il aimait poser sa main sur sa poitrine et saisir les battements de son cœur à fleur de peau, le jeu de ses doigts caressant ses jambes, son ventre. Il puisait ses forces dans la perception qu'il avait d'elle, son sourire, la moindre courbe de son corps, ses mains aux doigts fins et doux qu'elle posait sur lui. Elle faisait partie de lui, il s'en rendait compte à chaque minute passée loin d'elle. Il revoyait leur promenade à cheval au point du jour, juste avant son départ. Comme il était sûr de lui ce matin-là, l'homme-lumière qui trottait au milieu des vignes dans le petit matin feutré de brume, avec la tranquille certitude de maîtriser son destin.

Au cours des longues conversations avec Isabelle il dessinait déjà sa vie de retraité. Leur mariage, son installation dans le vignoble bordelais, les enfants auxquels ils pensaient déjà, le projet fou de créer des écoles de karting et les vacances en Finlande dans cette magnifique maison qu'il avait achetée, et où il avait installé ses parents. Il était de plus en plus certain que la vie à laquelle il se préparait était bien celle qu'il avait toujours désirée : un intense bonheur, mais aussi un engagement du cœur et de l'âme, parce qu'avec Isabelle rien ne serait simple. Il savait qu'elle était capable de donner mais qu'elle exigerait beaucoup, l'aimer c'était déjà une autre vie et il l'acceptait comme une forme d'accomplissement.

Mark entendit à peine les ultimes recommandations du chef technicien et, en quelques secondes, le vide se fit autour de lui. Il domina la première heure du Grand Prix et c'est après son deuxième arrêt au stand que la bande Velcro de son casque se détacha. En voulant la rattacher, Mark arracha l'oreillette qui le reliait par radio à son manager, elle glissa derrière sa nuque et il sut qu'il ne pourrait pas la rattraper. Il n'avait d'autre choix que revenir au plus vite à son stand.

Mais le destin de Mark portait un nom ce jour-là... Celui d'un jeune Brésilien de vingt ans, pilote d'essai d'une petite écurie japonaise qui remplaçait au pied levé le pilote en titre souffrant d'une allergie. Dans la chicane, le jeune pilote perdit le contrôle de sa voiture qui se transforma en toupie avant de s'immobiliser en travers de la piste.

À cause de son oreillette perdue, Mark n'entendit pas les appels de Peter Wilson et, lorsqu'il vit des drapeaux sur le bord de la piste annonçant un danger, il était trop tard. Ses yeux bleus se figèrent sur l'obstacle en travers de sa route, tout son corps appréhenda le choc. Bien plus terrifiant encore, il perçut son propre hurlement et percuta la voiture à plus de deux cent quatre-vingt-dix kilomètres à l'heure.

# 9

Chaque année début juillet, Les Alizés ouvraient leurs portes au public pendant trois jours. Naguère, Lise Leroux avait instauré cette coutume ; elle aimait accueillir les visiteurs, les guider, et peu lui importait qu'ils n'achètent qu'une seule bouteille de vin. Son vin était sa plus belle réussite, et ce qu'elle désirait avant tout, c'était en parler... Expliquer les arômes, les saveurs, la nature et le ciel qui avaient toujours le dernier mot. Très tôt, elle avait préparé Juliette à cette mission.

« Quand on a la chance d'être situé dans une appellation prestigieuse, lui répétait-elle, on se doit d'élever un vin meilleur que les autres, et donner l'impression à ton client que c'est un produit tellement précieux que tu lui fais une faveur en lui donnant l'occasion de le déguster... »

Juliette avait compris ; à quinze ans déjà, elle accueillait les clients, elle parlait des vignes, de l'élevage des vins, en s'appliquant à imiter sa mère jusque dans la moindre de ses mimiques. Tout en sachant bien que celle-ci n'en avait cure. En exigeant toujours plus d'elle, Lise orchestrait l'expiation de sa fille.

En ce dimanche de juillet, le temps était superbe et depuis onze heures, les visiteurs se succédaient aux Alizés. Juliette avait apporté une touche plus conviviale à ses journées portes ouvertes, en proposant un en-cas composé de plusieurs variétés de pains, aux noix, au maïs, aux raisins, avec du fromage, et des fruits. Un petit chapiteau était dressé sur le parvis devant les chais, meublé de tables et de bancs en bois et ouvert sur les vignes. Les visiteurs s'asseyaient, restaient un moment à l'abri du soleil, parlaient et plaisantaient en dégustant. Puis ils partaient et d'autres arrivaient.

Stéphane, qui marchait à présent à l'aide d'une béquille, décrivait aux visiteurs le cycle végétal de la vigne qui poursuivait son avance avec la nouaison. Après la floraison, chaque fleur fécondée devenait un grain de raisin, et les inflorescences se transformaient en grappes. Sur les ceps, les feuilles poussaient et le poids des rameaux aidant, elles se courbaient au milieu des allées. Il fallait les relever. Aux Alizés, les relevages étaient toujours manuels.

« C'est simple, mais fatigant, expliquait Stéphane, il faut lever à bout de bras de long fils de fer qui enserrent les branches et les accrocher dans des crochets plantés dans les piquets. Ainsi, on relève la vigne… L'air, le soleil se diffusent partout et aident au développement des jeunes grappes. »

Isabelle était là aussi, rayonnante. À l'entendre parler de course automobile, Juliette soupçonnait certains visiteurs d'être venus pour elle, après les nombreux articles parus dans la presse. En début d'après-midi, la jeune fille s'échappa en échangeant un regard complice avec sa mère. Elle ne voulait pas manquer le Grand Prix de Hongrie.

Comme un écho au cri de Mark qu'elle n'entendrait jamais, Isabelle bondit de son fauteuil et hurla. Les images défilaient devant ses yeux, l'ambulance, la course interrompue, le drap blanc tendu pour soustraire la vision de l'accident aux caméras de télévision et le pilote brésilien qui avait eu le temps de s'extraire de sa voiture avant l'accident. Assis au bord de la piste, il pleurait. Les commentateurs parlaient d'un choc d'une violence inouïe. Isabelle entendait les mots « désincarcéré… casque arraché… lésions graves ». Soudain, au milieu de la terreur qui la gagnait un peu plus chaque minute, elle sortit sur la terrasse et courut jusqu'au chai. Lorsqu'elle ouvrit la porte à toute volée, tous les visages se tournèrent vers elle.

Juliette posa son verre ; pendant une ou deux secondes, elle sentit son souffle ralentir, elle ne bougea pas, comme si sa seule chance était de ne rien dire, de ne rien faire d'autre qu'attendre en respirant l'odeur suave du vin qui montait de son verre. Mais elle avait déjà compris en voyant le visage d'Isabelle. Cette fatalité que je redoute depuis des jours... Elle reçut sa fille dans ses bras comme un poids mort ; elle s'étouffait.

— C'est Mark, finit-elle par expliquer, il a eu un accident, on ne peut plus le sortir de sa voiture.

Elles quittèrent le chai en courant, et en entrant dans le salon, elles retrouvèrent les images de la télévision comme figées depuis le départ d'Isabelle... L'ambulance, les débris de voitures broyées, la course arrêtée. Les caméras se promenaient dans les stands où toutes les voitures étaient rentrées. Enfin un journaliste interrogea Peter Wilson. On venait de l'informer que l'état de Mark était préoccupant, il était grièvement touché au niveau du bassin et à la tête, son casque ayant volé dans le choc.

L'interview fut interrompue par l'atterrissage d'un hélicoptère sanitaire et l'ambulance le rejoignit. Le véhicule s'arrêta un moment sur la piste et le commentateur expliqua que les médecins continuaient les soins à l'intérieur du véhicule. La foule était silencieuse, des visages graves défilaient sur l'écran. Tous les drapeaux étaient repliés. Des hommes en tenue fluorescente nettoyaient la piste dans le cas bien improbable où la course reprendrait. Juliette serra sa fille plus fort encore contre elle.

— Il faut attendre, mon ange, ça va aller...

Mais elle repensait aux termes employés par les journalistes, « gravement touché au bassin et à la nuque », elle essayait d'anticiper « l'après ». Comment sortait-on d'un tel choc ?

Elles s'assirent sur un canapé. Isabelle avait les bras repliés sur son ventre, elle avait mal et cette douleur lui procurait une sorte de réconfort. Mark ne devait pas souffrir seul.

Stéphane les rejoignit peu après, les clients étaient partis, il avait fermé le chai et les grilles des Alizés. Il regarda sa sœur, son visage qui accentuait les rides, le relâchement du menton... Avait-elle vieilli d'un coup ? Il vint s'asseoir près d'elles et prit la main de sa nièce.

— Tu ne connais pas quelqu'un dans l'équipe que tu peux appeler pour avoir d'autres nouvelles ? demanda-t-il.

— Si, Julio, son coéquipier. J'ai le numéro de son portable dans mon agenda, je vais le chercher dans ma chambre.

Elle monta les premières marches et s'arrêta. Un journaliste reprit l'antenne en direct. Isabelle ne perçut que des fragments de phrases... « Terrible nouvelle... sommes atterrés... Mark Nystrom... décédé pendant son transfert en hélicoptère. »

Elle chancela, se retint à la rampe, puis elle resta un instant figée, les bras ballants. Quand enfin elle s'arracha à sa stupeur, elle porta les mains sur son visage et hurla. Juliette se précipita pour recueillir contre sa poitrine le corps de sa fille qui se laissa glisser sur le sol. Elle criait. Juliette l'entourait de ses bras, faisant de son corps un rempart. Stéphane interrogea sa sœur du regard, mais elle resta muette, incapable de trouver les mots pour calmer les cris de sa fille recroquevillée en position fœtale, fixant l'écran de télévision où défilaient en continu le visage de Mark avant la course, son sourire, son geste de la main en direction de la foule et les terribles images de l'accident. De temps en temps, Isabelle regardait sa mère avec les yeux terrifiés d'une bête prise dans les filets et qui voit la mort fondre sur elle. Enfin, Juliette fit un signe à Stéphane. « Occupe-toi d'elle un instant, je vais appeler Jean-Pierre, il est de garde ce week-end, il pourra lui donner un calmant. Je vais essayer de joindre son père aussi. »

Jean-Pierre répondit à la première sonnerie... « J'arrive, ma grande. » Le répondeur de Gérard informait leurs amis que Marie et Gérard étaient partis pour le week-end, mais qu'ils auraient une pensée ensoleillée pour tous ceux qui n'avaient pas leur chance et qui laisseraient un message.

— Crétin… dit Juliette à voix basse.

Elle appela son père et elle se souvint qu'il participait à un tournoi de bridge en Avignon, jusqu'au mardi suivant.

Elle récupéra le téléphone de sa fille, écouta le seul message en anglais qu'elle ne comprit pas vraiment, et redescendit. Stéphane avait réussi malgré son handicap à installer Isabelle sur un canapé.

Soudain, le téléphone résonna en écho aux sanglots rauques de la jeune fille. C'était Danièle, la fille de Tonia, elles avaient appris la nouvelle à la télévision, Tonia était déjà en route pour les rejoindre. Mon Dieu ! pensa Juliette pour la énième fois, que ferais-je sans elle ? Elle se préparait déjà à répondre à de nombreux appels, mais l'appareil resta muet. C'est alors qu'elle se sentit seule. Comme après la mort de sa mère, le départ de sa sœur ou l'abandon de Gérard. Chaque fois, elle avait eu l'impression d'être seule sans l'avoir vraiment décidé. Comme si cette solitude n'était qu'un piège dans lequel elle se jetait par inadvertance.

Isabelle était toujours étendue sur le canapé, les yeux fixés sur l'écran de télévision. Dès son arrivée, Jean-Pierre lui fit une piqûre et demanda à rester seul avec elle. Il la consola, et avec tendresse, il la poussa à raconter les événements de la dernière heure. Il garda ses mains tremblantes dans les siennes jusqu'à ce qu'il la sente se calmer sous l'effet des tranquillisants. Juliette retrouva sa fille apaisée, elle s'assit près d'elle, lui caressa le visage, les cheveux.

— Dors, mon ange.

Jean-Pierre se pencha vers elle et entoura ses épaules de son bras.

— Ça va aller, toi ?

Elle acquiesça et il ne s'en étonna pas, il la connaissait si bien… elle ne se plaignait jamais. Mais il savait qu'en réalité elle avait appris à vaincre ses émotions comme un athlète maîtrise la douleur physique.

— Je te laisse ces comprimés. Si elle s'agite trop tu peux lui en donner deux. Il faut que j'y aille, ma grande, je suis de garde, mais je vais essayer de joindre un confrère pour me remplacer et je reviens aussitôt.

Elle le raccompagna jusque sur le perron, puis en regagnant le salon, elle éteignit enfin la télévision ; le silence s'installa dans la maison et elle retrouva sa place près de sa fille endormie. Un peu plus tard, Isabelle reprit conscience avec l'impression de flotter au-dessus de la pièce, et dans cet univers pourtant familier, elle voyait comme dans un brouillard le visage de sa mère près d'elle et l'écran noir de la télévision. Elle se rappela... L'horreur, la souffrance qui lui arrachait les tripes, tout cela avait fait son chemin en elle. Mark était mort. Elle n'imagina rien au-delà de cette certitude. Puis elle se sentit couler dans les brumes du sommeil et ne résista pas. Sa dernière pensée fut de prier pour ne jamais se réveiller.

Contre toute attente, le téléphone ne sonna pas. Stéphane se sentait inutile. Il était presque soulagé à l'idée de rejoindre la propriété en Médoc. Le lendemain à la première heure, un transporteur venait prendre des palettes de vin en partance pour l'Asie, il devait préparer les documents d'accompagnement pour les douanes. « Je peux m'absenter un moment, se disait-il, Juliette est là, Juliette est toujours là... la mort de maman, la disparition de Fabienne, elle a réconforté et protégé toute la famille, elle a pris toutes les décisions. »

— Je fais le plus vite possible, dit-il en se levant, j'ai téléphoné à une amie, elle va me conduire.

Par la fenêtre Juliette reconnut Sophie Marquand, la fille de leur tonnelier. La jeune fille ouvrit la porte de sa voiture et aida Stéphane à s'installer près d'elle. Ils attendirent d'être assis côte à côte pour s'embrasser, et la voiture s'éloigna dans l'allée. Après le départ de son frère, Juliette revint dans le salon où Isabelle dormait toujours ;

elle approcha un fauteuil, s'assit près d'elle et lui prit la main. Elle s'efforçait de faire barrage à ses larmes, de les retenir à leur source, quelque part au fond de ses entrailles. Le sentiment de solitude qu'elle avait éprouvé un peu plus tôt la gagna de nouveau, elle était seule au chevet de sa fille... Je suis seule... Elle à qui on avait appris très tôt à se sentir responsable des autres. Lorsque sa mère s'absentait en lui disant – elle avait douze ans à peine : « C'est toi la maîtresse de maison en mon absence, seconde bien Tonia, et veille sur ta petite sœur... » Plus tard, elle avait ajouté « sur ton petit frère », et sur son père enfin.

Juliette avait passé son adolescence emmurée dans des tâches qui requéraient des capacités d'adulte et qu'elle accomplissait, terrifiée à l'idée de ne pas réussir, de ne pas être digne de ce que sa mère attendait d'elle. Elle ressassait la liste de ses obligations pendant des heures, se réveillait la nuit en transe, redoutant d'avoir oublié quelque chose ou négligé un détail qui lui attirerait les foudres de sa mère, car très vite, Juliette avait compris que cette dernière trouverait toujours une réprimande à lui adresser : « Tu aurais dû, tu as oublié... tu aurais pu... la prochaine fois... » Rien ne la satisfaisait jamais.

Pendant les fréquentes absences de sa mère, Juliette s'assurait que sa sœur et son frère ne manquaient de rien, que les devoirs étaient faits. Encore aujourd'hui, elle tremblait au souvenir de cette nuit où elle avait entendu Fabienne tousser et pleurer. Elle l'avait trouvée brûlante, recroquevillée dans son lit. Juliette avait couru dans la chambre de ses parents qu'elle avait trouvée vide. Elle savait que sa mère était en Allemagne, mais son père aurait dû être là. Il lui avait fallu un certain temps pour comprendre qu'elle était seule dans la maison. Elle avait fini par appeler Tonia et le médecin. Sans doute avait-elle fait ce qu'il fallait, mais ce dont elle se souvenait encore, c'est la terreur qu'elle avait éprouvée pendant une demi-heure, le corps tremblant du bébé serré contre le sien, guettant le bruit de la porte d'entrée pour enfin remettre son fardeau dans d'autres bras… Au fil des années, elle s'enferma peu à peu dans une quadrature infernale. Tout son être n'était qu'attention, contention, terreur. Avec les premières crampes d'estomac, l'apparition des palpitations cardiaques, elle perdit la faculté de rire, de chanter. La gaieté ou l'enthousiasme parfois euphorique qu'elle découvrait chez les autres la surprenait toujours. L'égocentrisme de sa mère, ses exigences l'avaient acculée dans sa solitude… Comme si la seule façon de survivre avait été de s'effacer, de gommer sa propre existence pour se glisser dans les émotions d'autrui…

Elle lâcha la main d'Isabelle et se dirigea vers la cuisine pour boire un verre d'eau. Elle aperçut alors le 4 × 4 d'Erwan qui remontait l'allée, et éprouva un immense soulagement, presque de la joie, un sentiment qu'elle réprima aussitôt. Elle résista à l'envie de courir vers lui et attendit sagement son coup de sonnette avant d'aller ouvrir.

— July, je ne te dérange pas ? Je croyais que tu serais entourée de ta famille, de tes amis…

— Non, je suis seule… Stéphane vient de partir à Saint-Benoît.

Il perçut l'infinie tristesse contenue dans sa voix, il la prit dans ses bras, et elle s'abandonna de longues minutes en silence. Puis il s'approcha d'Isabelle et lui caressa les cheveux.

— Est-ce que je peux faire quelque chose ?

— Aide-moi à la porter, je voudrais l'installer dans sa chambre.

Il prit la jeune fille contre lui avec tant de délicatesse qu'elle ne s'éveilla pas, et la déposa sur son lit.

— Je vais la déshabiller, dit-elle, son portable est dans le salon sur le coin de la cheminée, est-ce que tu peux écouter le message ? Il est en anglais, je n'ai pas bien compris.

Juliette retira les vêtements d'Isabelle, lui passa une

chemise de nuit légère et rabattit le drap sur elle en caressant son visage en murmurant des mots tendres venus du fond de son cœur, du fond de son ventre où elle était sûre qu'une infime partie de sa fille subsistait comme un cocon vide… Elle savait que sous l'emprise du somnifère elle ne se rendait pas compte de sa présence et elle s'en voulait de se découvrir impuissante devant la détresse de l'être qu'elle aimait le plus au monde… Tiens bon, mon cœur, je suis là… Je t'aime…

Lorsqu'elle redescendit un peu plus tard, Erwan lui apprit que le message sur le portable d'Isabelle émanait de Peter Wilson, le directeur de l'écurie Benton-Racing. Il expliquait à la jeune fille que les funérailles de Mark auraient lieu en Finlande. Il proposait de l'accueillir sur place si elle voulait y assister.

Juliette et Erwan s'installèrent sur la terrasse. Le coucher du soleil était somptueux, comme souvent après une chaude journée d'été. Quelques nuages se perdaient dans la ligne d'horizon entre ciel et eau, la citadelle entrait comme à regret dans le crépuscule, et les arbres jouaient aux ombres chinoises dans le ciel pourpre. Toutes les dix minutes, Juliette montait voir Isabelle qui dormait d'un sommeil lourd, entrecoupé de spasmes. Stéphane revint un peu plus tard et ce fut dans ces circonstances qu'il présenta Sophie Marquand à sa sœur. Elle était infirmière et ils s'étaient rencontrés à l'hôpital lorsque Stéphane s'était brisé la jambe dans l'accident de karting. Ils s'assirent ensemble sur la terrasse et c'est ainsi que Tonia les trouva un peu plus tard. Elle tomba en pleurant dans les bras de Juliette en murmurant :

— Je m'y étais habituée moi à ce gamin…

« Moi aussi », pensa-t-elle en la consolant. Elles montèrent voir Isabelle, les sanglots de Tonia redoublèrent et Juliette préféra l'éloigner. Mais au fond d'elle-même, elle l'enviait de pouvoir épancher son chagrin. Ces larmes que Tonia versait sans retenue lui rappelèrent les heures qui suivirent la mort de sa mère. Elle avait tenu sa main décharnée jusqu'à l'ultime expiration et leurs regards s'étaient croisés une dernière fois. À cet instant elle avait cru lui entendre murmurer « pardon », mais elle avait tant espéré ce mot dans sa bouche, qu'elle était presque sûre de l'avoir imaginé. Elle lui avait fermé les paupières et elle s'était consacrée aux autres. Stéphane en larmes dans les bras de son père qui croyait le consoler en répétant : « C'est mieux ainsi... nous nous y attendions. » Fabienne avait fait une courte apparition, elle avait à peine déposé un baiser sur le front de leur mère et elle était repartie malgré les efforts de Juliette pour la retenir. Et Tonia qui marchait d'une pièce à l'autre en pleurant, en se mouchant bruyamment. Comme aujourd'hui.

Jean-Pierre les rejoignit vers vingt et une heures et il prit le relais pour surveiller Isabelle, obligeant Juliette à se reposer. Plus tard, Erwan prépara une omelette, mais personne n'avait vraiment faim. Vers trois heures du matin, il les quitta, il prenait son service à la centrale électrique. Stéphane et Sophie partirent à leur tour, elle travaillait tôt à l'hôpital et il devait surveiller le départ des trois mille bouteilles à destination de Taiwan. Tonia allait de l'un à l'autre, elle se sentait désarmée, inutile, dans cette grande maison qui était un peu la sienne... Elle finit par s'assoupir dans un fauteuil du salon et Juliette l'envoya se coucher en lui promettant de l'appeler si elle avait besoin d'elle.

Elle se retrouva seule avec Jean-Pierre, ils burent une dernière tasse de café.

— Je vais rester près d'Isabelle, dit-elle.

Elle approcha un fauteuil du lit puis elle éteignit la lumière. Les yeux grands ouverts dans l'obscurité, elle lutta contre le sommeil jusqu'à la limite de ses forces et vécut chaque heure de cette longue nuit attentive à la respiration et aux gémissements de sa fille. Chaque fois que Juliette s'assoupissait, elle entendait le hurlement d'Isabelle lorsqu'elle avait appris la mort de Mark ; il continuait de vibrer en elle, en écho à son propre cri d'adolescente, cri éternel de la femme déchirée.

Jean-Pierre ne dormit pas non plus. Il y avait une causeuse dans le couloir, il s'y installa, les jambes repliées sous son corps et, par la porte entrebâillée, il veilla sur elles.

# 10

L'avion se posa sur l'aéroport d'Helsinki le 12 juillet. Entourant Isabelle, Juliette et Jean-Pierre gagnèrent le véhicule que Peter Wilson avait mis à leur disposition.

Isabelle prit place près de sa mère, la tête appuyée contre la vitre de la portière, elle fixait le paysage. La matinée était brumeuse, le ciel blanc l'éblouissait... Fermer les yeux n'arrangeait rien, car aussitôt des images surgissaient. Mark... Elle avait mal, une douleur lancinante, comme une ligne verticale qui traversait son corps de haut en bas. Ce corps qui lui donnait l'impression d'être devenu creux comme un arbre mort.

Ils traversèrent Jyvaskyla... des maisons aux volets clos, des drapeaux noirs tendus au-dessus des portes. Il pleuvait, une pluie fine comme il en tombe souvent en Finlande au début de l'été. Une vapeur diaphane flottait au-dessus du sol où des flaques s'étaient formées. L'église aux rondins de bois clair perchée sur son tertre ne pouvait contenir la foule qui attendait dehors derrière une double rangée de barrières métalliques gardées par des policiers qui avaient du mal à maîtriser la horde de journalistes et de cameramen.

Devant l'autel, le cercueil de Mark reposait sur son catafalque recouvert du drapeau finlandais, et ceint de grands candélabres d'argent. Isabelle se raidit et sa mère la serra plus fort. À cet instant l'orgue retentit et la voix du prêtre s'éleva. La cérémonie débuta par un chant. On les fit s'asseoir, se lever, s'agenouiller et se lever encore. Isabelle suivait le mouvement, raide comme une petite statue de douleur. Elle écoutait le prêtre parler et chanter dans une langue qu'elle ne comprenait pas et qu'elle n'apprendrait plus jamais. De temps à autre, elle entendait prononcer le nom de Mark, et chaque fois, cela lui arrachait le cœur d'un coup violent, comme on sabre une bouteille. Pourtant elle ne pleurait pas, elle se sentait calme, comme si elle flottait au-dessus de la foule et qu'elle observait en spectatrice docile les funérailles de l'homme qu'elle aimait. Soudain, elle se sentit incommodée par l'odeur âcre des cierges mêlée au parfum de l'encens, elle trembla et se pressa contre sa mère plus fort encore. Juliette la sentit faiblir, glisser contre sa hanche, elle la fit asseoir ; elle-même en avait assez de ces gesticulations. Elle posa sa main sur la tête de sa fille, et ses yeux se fixèrent alors sur le tableau accroché au pilier. La toile représentait une femme, la tête enveloppée d'un fichu blanc, levant son enfant vers un ange. Le visage de la femme était émouvant de sérénité et de confiance. Juliette pensa à la mère de Mark, assise au premier rang dans ses vêtements noirs. Où était Dieu en ce moment ?

La messe s'achevait, les porteurs s'emparèrent du cercueil et remontèrent la nef à pas lents, suivis du prêtre portant la croix et des thuriféraires.

Juliette sentait Isabelle trembler, elle voyait ses yeux immenses fixés sur le cercueil qui approchait, elle imagina ce qui les attendait, la cérémonie au cimetière, les condoléances, les embrassades et les larmes, ces rituels qu'Isabelle mettrait sa vie entière à oublier.

— Allons-nous-en, dit-elle.

Isabelle ne protesta pas.

Tandis que Jean-Pierre cherchait leur chauffeur, la mère et la fille se placèrent en retrait de la foule. Des journalistes se précipitèrent vers elles, les mitraillèrent de flashs, Isabelle entendit des questions en français, on la bouscula. Elle leva son visage vers le ciel et laissa les gouttes de pluie ruisseler sur ses joues, se confondre avec les larmes qu'elle ne retenait plus. Elle vit le cercueil sortir de l'église, on le hissa dans le corbillard dans une cohue insoutenable de photographes, de caméras, de jeunes filles qui hurlaient. Jean-Pierre trouva enfin l'homme qui les avait conduits depuis l'aéroport. Ensemble, ils ouvrirent un passage dans la foule et ils purent regagner leur voiture.

Une heure plus tard, ils montaient à bord d'un avion d'Air France qui assurait la liaison Helsinki-Paris. Isabelle s'endormit sur l'épaule de son parrain et Juliette prit sa main dans les siennes.

Depuis des semaines son instinct de mère l'avait alertée. « J'avais tout imaginé, pensa-t-elle, sauf ce pauvre gamin écrasé dans sa voiture. »

Puis elle se recroquevilla dans le fond de son siège. La présence d'Erwan, le bonheur de sa fille lui avaient apporté un peu de quiétude, mais elle avait toujours su que cela ne durerait pas. Jour après jour, elle s'était préparée au coup qui ne manquerait pas de survenir. Il ne pouvait pas en être autrement et elle se rappelait les mots de sa mère un soir d'hiver : « Tu passeras ta vie à payer... »

Dès leur retour de Finlande, Isabelle dormit quinze heures d'affilée. Le lendemain, Juliette la trouva assise dans son lit, les mains jointes, le visage pénétré du chagrin tel qu'il se dessine lorsque le choc initial se dissipe...

Jean-Pierre diminua la dose de comprimés et à partir de ce moment, Isabelle ne dormit plus, elle passait de longues phases de prostration à des crises de sanglots interminables. Parfois, elle se révoltait et s'emportait contre sa mère, contre Tonia... Elle refusait de se lever, ne s'alimentait plus que de lait et de biscuits que Tonia la forçait à avaler au prix de discussions épiques, et Jean-Pierre commença à parler de psychothérapie.

Juliette organisa son quotidien du mieux qu'elle pût. Elle annula tous ses rendez-vous et rappela certains membres du personnel en vacances. Jean Soriac laissa sa femme et ses enfants partir sans lui en Espagne avec la promesse qu'il les rejoindrait chaque week-end. Le confrère de Jean-Pierre était en vacances et il assurait seul les visites et les consultations au cabinet médical. Ce surplus de travail lui laissa moins de temps qu'il l'aurait souhaité pour les affaires de la commune. C'était ainsi que Nicolas Frémont prit les rênes de la mairie en attendant le retour de Philippe Marot, parti deux semaines au Mexique avec sa famille. Juliette installa une sorte de quartier général aux Alizés, en liaison constante avec son frère et Jean Soriac pour les vignobles, Nicolas et Claire pour la mairie, et elle consacra ses jours, ses nuits à veiller Isabelle.

Nicolas inaugura le festival Romance en Citadelle et parfois, le soir, Juliette installait une chaise sur le balcon de sa chambre, elle apercevait les remparts de la citadelle de Vauban embrasés par les lumières du spectacle et les échos d'un concert parvenaient jusqu'à elle. Très vite, la culpabilité prenait le pas sur l'abandon d'un instant, alors elle fermait la fenêtre et retournait au chevet de sa fille. De temps en temps le père d'Isabelle téléphonait, mais la jeune fille refusait de lui parler et Jean-Pierre pensait qu'il ne fallait pas la brusquer. Gérard n'insistait pas et Juliette ne pouvait s'empêcher d'imaginer que cette recommandation médicale l'arrangeait bien. Quant à elle, le seul appel qu'elle attendait avec impatience était celui d'Erwan. Chaque jour il prenait de ses nouvelles et de celles d'Isabelle, il lui parlait de mille petites choses futiles, qui n'ont d'importance qu'au moment où elles sont évoquées, du temps, des fleurs qu'il avait plantées. Il lui racontait la maison trop grande depuis qu'elle ne venait plus, il lui disait que bientôt tout irait mieux, qu'il pensait à elle et elle avait toujours des larmes plein les yeux quand elle raccrochait le téléphone.

Chaque jeudi, elle avait coutume de recevoir ses administrés à la mairie. Comme Isabelle semblait plus calme ce matin-là, elle décida de s'y rendre. Elle se changea, se maquilla légèrement, et en brossant ses cheveux, elle ouvrit la porte-fenêtre de sa chambre et sortit sur le balcon. Les arbres du parc se dressaient dans la brume légère qui s'accrochait aux buissons, aux pampres de la vigne. La lumière passait doucement du gris perle au bleu, un matin d'été comme elle en avait tant connu… Elle goûta ce moment de répit, comme si elle vivait sans exigence un temps qui n'avait plus la même densité. Mille fibres l'attachaient à cette terre… Et pourtant que n'aurait-elle donné pour s'évader comme le faisait Fabienne, vivre d'intenses aventures dans d'autres hémisphères… Depuis qu'elle connaissait Erwan, elle éprouvait parfois la nostalgie des voyages qu'elle n'avait jamais faits… Juliette était la gentille, la protectrice, un rôle qu'on lui avait assigné d'autorité.

Elle eut soudain envie d'une autre tasse de café. En passant devant la chambre d'Isabelle elle perçut le bruit de sanglots étouffés ; elle entra et trouva sa fille le visage enfoui dans son oreiller, des mouchoirs en papier épars autour d'elle. Juliette s'assit près d'elle et caressa ses joues fripées de veille et de chagrin.

— Tu ne peux pas continuer comme cela, ma chérie. Et si tu essayais de sortir un moment ? Va voir Stéphane dans le chai.

Isabelle eut un mouvement de dénégation, son regard se fixa sur le portrait de Mark. *Mark est mort…* Désespérée d'être encore en vie, elle affrontait la réalité qui cognait au plus profond d'elle-même comme une porte dans son butoir. *Mark est mort…* Alors, elle s'écroulait en pleurant, enfonçant ses ongles dans ses paumes jusqu'à ce que la douleur devienne palpable, avec le désir fou qu'elle l'emporte sur le mal qui ravageait son cœur, jusqu'à la laisser pantelante. Ne plus penser, ne plus ouvrir les yeux, jamais.

— Je voudrais que Parrain me donne d'autres cachets pour dormir.

— Il ne veut pas augmenter la dose, il faut que tu retrouves un cycle de sommeil normal.

— Mais je ne peux pas, dit-elle en sanglotant.

« Je ne peux plus… » se répétait-elle et sa propre voix

cognait dans sa tête, ne plus ouvrir les yeux, pour ne plus revoir le visage de Mark, son sourire, ses bras, sa bouche.

Juliette serra sa fille dans ses bras, elle se surprit à prier : des mots oubliés mais qui lui revenaient simplement. « Mon Dieu ! faites que tout cela prenne fin, aidez-la... » Il y avait une éternité qu'elle avait rompu le dialogue avec ce Dieu auquel elle s'adressait aujourd'hui, sans espoir.

— Calme-toi, ma puce. Veux-tu que nous allions nous promener toutes les deux ?

— Non, je ne trouverai pas un seul endroit où je ne suis pas allée avec Mark... S'il te plaît, maman, aide-moi... Tu te souviens quand j'étais petite, un soir d'orage, j'avais oublié mon ours Oscar dehors... Le lendemain matin quand je l'ai retrouvé, ses oreilles étaient décollées, il avait perdu un œil. Je n'arrêtais pas de pleurer. Tu m'as consolée, tu l'as séché, tu as recousu ses oreilles et tu as collé deux boutons noirs à la place des yeux... Tu me l'as rendu comme je l'aimais... Tu te souviens ?

Juliette acquiesça. Comment aurait-elle pu oublier les yeux émerveillés de sa fille lorsqu'elle avait repris Oscar dans ses bras ?

— Je m'étais dit alors que tu étais comme une fée, tu avais tous les pouvoirs. Fais quelque chose maman ! Je ne peux pas vivre sans Mark, j'ai besoin de lui. Je t'en supplie, rends-le-moi.

Devant le regard d'Isabelle si pur, si confiant, Juliette s'effondra.

— Je ne peux pas, mon cœur – elle serra la tête de sa fille dans son cou et ses larmes se mêlèrent aux cheveux d'Isabelle –, je ne peux pas.

« Ma chérie, pensa-t-elle, j'ai si peur moi aussi et je ne peux pas te montrer cette peur. Tu me crois forte, mais je tremble d'être démasquée à tout moment, que tu me vois telle que je suis, faible, misérable, tiraillée par le remords... »

Isabelle espérait le regard calme de sa mère, mais elle la vit pleurer et elle comprit que ces larmes étaient celles de l'impuissance. Elle se laissa retomber sur son oreiller, ses larmes coulaient, leur source était si profonde qu'elle en paraissait éternelle.

Tonia entra dans la chambre, portant un plateau avec une tasse de lait et des biscuits au chocolat.

— Allons, les filles ! Calmez-vous, on vous entend depuis l'autre bout de la maison.

Isabelle se retourna et enfouit son visage dans l'oreiller. Juliette se pencha sur elle, la prit dans ses bras.

— Je vais rester près de toi, ma chérie, Tonia appelle la mairie, et…

— Non ! cria Isabelle en se débattant, va-t'en, je ne veux plus te voir. Je te déteste ! Je ne veux voir personne.

— Pardon mon ange, murmurait Juliette en pleurant, je te demande pardon.

Tonia posa le plateau sur le bureau d'Isabelle et poussa Juliette dans le couloir.

— Laisse, ma grande, je m'en occupe, je voudrais bien voir qu'elle refuse de boire cette tasse de lait.

— Mais je peux rester.

— Je ne crois pas que ce soit une bonne idée. Passe par la salle de bains, tu as une tête à faire peur, ensuite va à la mairie. Sors un peu de cette maison, pour l'amour de Dieu ! Ça fait plus d'une semaine que tu n'as pas mis le nez dehors. Crois-tu que tu aideras Isabelle si tu te démolis comme ça ? File !

Une demi-heure plus tard, Juliette retrouva Claire et Nicolas Frémont à la mairie. À nouveau, Claire exprima son amitié par des mots simples que Juliette apprécia et Nicolas demanda des nouvelles d'Isabelle, puis ensemble ils firent le tour des dossiers en attente. Le projet d'agrandissement de la crèche qui devait ouvrir le 3 septembre avec quinze places supplémentaires et une halte-garderie. Les travaux étaient presque terminés et il restait à pourvoir deux postes d'aide-puéricultrice.

— Au fait, dit Nicolas, Gérard voudrait bien te rencontrer mais il ne sait pas comment s'y prendre étant donné les circonstances. C'est au sujet de la construction du nouveau gymnase. Il aimerait soumettre un projet à la commune et savoir comment nous positionner...

— Il devra passer par l'appel d'offres, comme toutes les entreprises, ex-mari ou pas, il sait très bien que je ne transgresserai jamais la règle. Et pour l'instant j'ai autre chose en tête. A-t-il demandé des nouvelles de sa fille ?

— Oui...

— Menteur ! Tu n'as jamais su mentir, Nicolas.

Ils rirent ensemble et elle se demanda depuis combien de temps elle n'avait pas ri... Cela devait remonter à la soirée Vinexpo aux Alizés, où ils avaient dû sembler si heureux au regard des autres... Quelques jours à peine s'étaient écoulés, mais qui pesaient comme une éternité.

Claire l'informa que ses visiteurs étaient arrivés et Nicolas prit congé. La première personne introduite dans son bureau fut Hélène Jouvain. Elle prit place et accepta une tasse de café ; Juliette la trouva pâle, et son visage émacié lui donnait l'air épuisé.

Après le suicide d'Olivier, Hélène était restée pendant des heures comme anesthésiée, persuadée d'avoir à jamais perdu l'envie de se battre. Issue d'un milieu modeste, elle avait toujours beaucoup travaillé et elle avait épousé Olivier à un moment où la période faste des vins de Bordeaux s'achevait. À présent, il l'avait abandonnée avec leurs deux enfants, et il lui arrivait parfois de souhaiter emplir un verre d'eau, avaler le plus de comprimés possible, et dormir, et oublier. Mais elle n'avait pas le choix, elle devait vaincre son engourdissement, répondre aux questions de Luc et Stéphanie. Et puis, ils avaient faim, ils avaient soif. Ils étaient tristes... Elle fit en sorte de reléguer sa propre tristesse dans les profondeurs de son cœur. Dormir, mourir, ce serait pour plus tard peut-être. Le docteur Deltec était venu souvent, il avait parlé aux enfants ; un jour il les avait emmenés déjeuner à la cafétéria. Juliette avait déniché une jolie maison près des écoles. Luc et Stéphanie s'étaient enthousiasmés devant la grande salle de séjour aux baies ouvertes sur le jardin et la balançoire. Ils avaient chacun leur chambre et après plusieurs semaines entassés tous dans la même pièce, ce confort leur sembla le paradis. Du coup, les enfants avaient paru plus détendus, elle les avait entendus rire en emballant leurs vêtements et leurs jouets dans des cartons. Luc avait rallumé la télévision et Stéphanie chantait en rangeant ses poupées dans des valises.

Ils avaient déménagé, puis Philippe Marot l'avait appelée pour lui proposer un poste. Et peu de temps après elle avait appris la mort du fiancé d'Isabelle... Dès qu'elle avait su que Juliette reprenait sa permanence à la mairie, Hélène était venue lui dire combien elle était désolée du drame qui frappait sa fille...

« S'il y a la moindre chose que je puisse faire, ne m'oubliez pas, Juliette, je suis là, ce sera mon tour. »

Elle avait dit cela avec un sourire triste. Juliette la remercia, cette marque de gentillesse la touchait bien plus qu'elle ne le laissa paraître... Les manifestations de soutien sincère n'avaient pas été si nombreuses.

Pendant les deux heures qui suivirent, elle régla des problèmes de voisinages, des doléances au sujet du centre aéré, des demandes d'aide sociale. Entre deux visiteurs, elle appelait Tonia. Elle s'apprêtait à partir lorsque Claire lui dit qu'une dernière personne demandait à être reçue.

— Bon, j'ai encore cinq minutes, mais pas plus !

Lorsqu'elle ouvrit la porte du salon d'attente, Erwan se leva, une rose rouge à la main.

— Claire m'a prévenu que tu recevais ce matin, j'ai pensé que je pouvais en profiter pour te voir, comme n'importe lequel de tes administrés... cinq minutes pas plus !

Juliette remercia Claire d'un sourire complice et, à peine la porte de son bureau refermée, elle se laissa tomber contre la poitrine d'Erwan. Il lui caressa les cheveux et murmura des mots tendres à son oreille. « Mon pauvre amour, comme tu dois souffrir... » Elle se laissa aller à tant de douceur. Il était le seul à imaginer qu'elle aussi pouvait souffrir.

Ils s'assirent face à face près de la table d'accueil et leurs visages se touchèrent front contre front, attentifs à leurs battements de cœur dans le silence. Doucement, elle porta les mains sur son visage et elle en fit le tour du bout des doigts : le front creusé de rides, les sourcils grisonnants toujours en bataille et les tempes, là où les cheveux étaient blancs et si doux à caresser… elle suivit le contour des lèvres qui dessinaient cet éternel demi-sourire et la fossette au creux du menton. Tout la portait vers lui, elle l'aimait, elle savait qu'elle l'aimait.

— Comment va Isabelle ? demanda-t-il enfin.

— Pas très bien, je suis inquiète… Si Tonia ne la gavait pas à la petite cuillère, elle ne se nourrirait même pas.

— Il n'y a que quelques jours d'écoulés, July, il faut plus longtemps que cela pour admettre la mort d'un être cher.

— Je sais… mais je me sens tellement impuissante.

— Tu fais beaucoup en étant à ses côtés, un jour elle comprendra. Rien n'est pire que la solitude lorsqu'elle s'ajoute au chagrin… Et le travail à la propriété, et à la mairie, tu t'en sors ?

— Pour l'instant, ça va, nous sommes encore en période de vacances.

Sophie, la petite amie de Stéphane, était en congé. Elle le conduisait d'une propriété à l'autre… Lorsqu'elle venait aux Alizés, elle aidait au secrétariat et même au chai. Juliette avait passé des annonces partout pour recruter du personnel, sans succès. Par chance, l'été était la période où il y avait moins de travail à la vigne, mais elle redoutait la rentrée et les vendanges. Parfois, elle avait l'impression de vivre en décalage par rapport aux exigences du quotidien…

— Quand elles vont me rattraper… dit-elle.

Erwan se pencha et l'embrassa.

— Tu ne peux pas faire face à toutes ces contraintes toute seule, July, tu te souviens que je t'avais proposé l'aide de mon neveu pour quelques mois.

— Tu m'avais dit qu'il était informaticien, crois-tu que le travail au chai l'intéressera ?

— J'en suis sûr et Thomas est très gentil, tu sais. Mais il y a une chose que je ne t'ai pas dite à son sujet. Il est... enfin, ma sœur avait épousé un... un homme de couleur. Thomas n'est pas noir mais, comment dit-on ? Il est métis.

— Cela n'a pas d'importance !

— Dans ce cas, je vais faire en sorte qu'il arrive au plus vite. Depuis que je vis en France, j'ai appris que c'est après le 15 août que les gens renouent avec le quotidien et que les administrations se réveillent.

Elle sourit et il l'embrassa encore avant de se lever.

— Erwan, veux-tu venir dîner aux Alizés ? Cela me ferait plaisir.

— À moi aussi, mais il vaut mieux attendre qu'Isabelle aille mieux.

— Je suis sûre qu'elle sera heureuse de te voir. Elle t'aime bien, tu sais.

— Moi aussi je l'aime beaucoup, ce petit bout de bonne femme... Je t'appelle ce soir, mon cœur.

Avant de se retirer, il l'attira contre son torse, il emprisonna son corps dans ses bras, ses lèvres dans les siennes. Lorsqu'un peu plus tard, à bout de souffle, ils se séparèrent, il murmura « Je t'aime... ». Deux mots à voix basse, avec son accent qui appuyait certaines syllabes comme une mélodie. Elle leva les yeux vers lui. Avait-elle le droit d'accepter la plus infime manifestation de bonheur alors que sa fille endurait un supplice ? Elle eut l'impression que plus rien ne ressemblerait aux moments de plénitude qu'Erwan et elle avaient vécus les semaines passées. Elle repoussa ses larmes et ne répondit pas. Il était temps qu'elle retrouve sa fille.

Pendant ce temps, le commissaire Lenoir avait mobilisé son équipe sur l'affaire Leroux, mais c'est à Juliette qu'il pensait.

Il avait appris le décès du fiancé de sa fille. *Un accident stupide*, titrait la presse… Lui qui était confronté tous les jours aux drames les plus noirs, il n'avait jamais vu d'accident intelligent. Il avait écrit quelques mots de condoléances en redoutant de paraître maladroit.

Il se servit une tasse de café et regarda le cadre posé sur le coin de son bureau, le prit entre ses mains. Avec ses yeux noirs, ses mâchoires carrées, David lui ressemblait de plus en plus, n'en déplaise à son ex-épouse. Il était venu le voir deux week-ends d'affilée mais il n'avait pas voulu aller à la plage. « Par pitié, papa, j'y vais déjà tous les week-ends avec "l'autre" », c'est ainsi qu'il appelait le second mari de sa mère. Et il avait raconté le rite immuable de la promenade du caniche sur la plage le matin. S'habiller pour aller à la messe, acheter les religieuses à la pâtisserie la plus renommée d'Arcachon, parce qu'on y rencontrait les clients de son beau-père. Puis la baignade l'après-midi. Dans la piscine bien sûr. « La mer est trop polluée, s'écriait Michèle, un ramassis de crasse populaire ! » Et pour terminer le week-end, le cocktail avec les amis sur la terrasse et le dîner. « Ras le bol de la mer ! » avait conclu David. Il avait sorti de sa valise la trilogie des meilleurs films de Bruce Willis qu'il ne pouvait jamais regarder… Trop violent pour sa mère… Trop américain pour « l'autre ». Ils s'étaient nourris de pizza, de sorbets, de saucisses grillées et de fous rires.

Et David lui avait annoncé qu'après le bac, il s'inscrirait en fac de médecine à Bordeaux, il avait déjà émis l'hypothèse de vivre avec son père toute la semaine pour être plus près de l'université, et ni sa mère ni « l'autre » n'avaient formulé la moindre objection. « Dans le fond, avait dit David, je crois qu'ils seront ravis de se retrouver tous les deux. »

Au comble du bonheur, Louis Lenoir posait déjà les jalons de leur vie commune, tout en mesurant combien son fils lui manquait. Ces tête-à-tête lui laissaient une impression mitigée. Une parfaite sérénité, et l'amertume d'une vie ratée. David resterait son fils unique, alors qu'il avait imaginé une ribambelle d'enfants et de petits-enfants autour de lui.

Le dossier Leroux était posé sur le coin de son bureau. Le secret bancaire était enfin levé concernant ce mystérieux compte en Espagne, toutes les sommes qui l'alimentaient émanaient d'Armand Debras-Monbourg, le père d'Arnaud. Les versements avaient cessé à l'époque où deux faits s'étaient simultanément produits : Armand Debras-Monbourg était tombé malade, et Lise Leroux était décédée. Les deux événements étaient-ils liés ? Le commissaire se demandait quels étaient les liens entre les deux familles… Le mot « chantage » lui vint aussitôt à l'esprit. Tôt ou tard, il faudrait qu'il ait une conversation avec Juliette.

Il termina de rédiger le rapport de l'interrogatoire d'Arnaud Debras-Monbourg. Malgré la recommandation de son avocat de ne rien dire, le jeune homme avait tenu à répondre aux questions du commissaire. Il avait reconnu avoir eu du mal à accepter sa rupture avec Fabienne Leroux. C'est vrai qu'il s'était disputé avec elle à plusieurs reprises. « Je l'aimais, ne cessait-il de répéter, et je suis sûr qu'elle m'aimait aussi, je ne savais pas pourquoi elle m'avait quitté et je voulais comprendre. »

Lorsque le commissaire lui parla du compte de Lise Leroux en Espagne alimenté par son père, le jeune homme parut tomber des nues. Il n'avait pas la moindre explication et il eut l'impression que même son avocat ne le croyait pas. Le commissaire avait émis l'hypothèse d'un chantage entre les deux familles ; et bien sûr, après la mort de Lise Leroux, il était judicieux de faire taire la fille aussi. Arnaud connaissait les grottes des Aubiers, c'était un élément supplémentaire à charge. Le commissaire Lenoir revoyait le visage hébété du jeune homme qui s'était entendu signifier sa mise en examen. Il avait répété : « Je ne l'ai pas tuée, je l'aimais… »

Il ouvrit le dossier qui contenait plusieurs photos de

Fabienne. Il en prit une… elle était à cheval avec sa nièce au manège hippique. Qui était-elle vraiment ? Tantôt un ange et une jeune fille studieuse, presque timide ; tantôt une briseuse de ménage, arrogante et perverse… Ou c'était un vrai caméléon, pensa-t-il, ou bien d'aucuns avaient intérêt à ce qu'elle reste une énigme. Pour sa part, tout ce qu'il connaissait d'elle, c'étaient quelques os stagnant au fond d'un trou putride… Et il lui appartenait de savoir comment et pourquoi sa vie s'était achevée.

Il était plus de midi et il avait faim. Il se leva, chercha dans son placard, il y avait encore quelques biscuits, du pain d'épices. Avec un café ou deux, cela remplacerait le déjeuner. Il emplissait la cafetière d'eau lorsque Yves Amos entra. Il portait une chemise à fleurs qui tombait sur son jean délavé. Il devait se sentir bien par cette canicule. Le commissaire qui n'avait jamais pu se résoudre à abandonner son costume-cravate ne put s'empêcher de l'envier.

— Vous avez déjà déjeuné, chef ?

— Non, je n'ai pas eu le temps…

— C'est bien ce que je pensais. Je vous ai acheté un sandwich… Alors on envoie Debras-Monbourg chez le juge d'instruction ?

Et devant le silence de son supérieur :

— Ça vous paraît acquis, sa culpabilité ?

— Pas à toi ? Il l'aimait, elle l'avait plaqué, et elle s'apprêtait à mettre sa société en cause dans une nouvelle affaire de trafic d'appellations viticoles. Il devait empêcher un nouveau scandale d'atteindre sa boîte, parce qu'il savait que cette fois elle ne s'en relèverait pas. Il avait non pas un, mais plusieurs mobiles et les moyens de cacher le corps, n'oublie pas son expérience en spéléologie. Le crime parfait, c'est celui qui fait disparaître la victime de telle sorte que la preuve du décès ne peut pas être établie…

— Bon, d'accord, mais il y a quand même cette affaire

de fric entre les deux familles, ça ne peut être que du chantage.

— Ça ressemble à du chantage en effet, pourtant je vois mal Lise Leroux faire chanter un négociant de la place de Bordeaux, et pour quelle raison ? Elle savait qu'il vendait des vins frelatés ?

— Elle était bien placée pour le savoir ! Elle faisait partie de l'interprofession viticole et de plusieurs commissions de dégustation qui attribuaient les agréments d'appellation.

Le commissaire Lenoir mangea son sandwich et reprit à voix haute son analyse du dossier Leroux. Il était perplexe, troublé par les liens entre les Leroux et les Debras-Monbourg, que ce soit la liaison entre Fabienne et Arnaud, le compte en Espagne, tout cela était passé inaperçu de Juliette.

— Et vous la croyez, chef ?

Amos sourit en regardant son supérieur, ce qui eut pour effet de l'agacer. D'autant plus qu'il commençait à avoir quelque doute sur la véracité du témoignage de Juliette.

— Avouez qu'elle vous branche, hein ?

— C'est une manie de ta génération Internet de voir des branchements partout, je dirais qu'elle m'émeut.

— C'est pareil ! Si on s'en tient aux éléments en notre possession, Fabienne a eu une aventure avec Arnaud, aventure qu'elle a rompue assez vite. Des témoins les ont vus s'engueuler, voire échanger des baffes… Rien ne prouve que ce soit la cause de la rupture. S'il avait découvert le chantage et le fric que ça avait déjà coûté à sa famille, il avait quelques griefs pour la faire taire.

Le commissaire se leva et emplit deux tasses de café.

— Cette affaire a des ramifications qui remontent plus loin que le décès de Fabienne Leroux, dit-il en revenant au dossier ouvert devant lui. Je suis bien d'accord avec toi, la question d'argent entre les deux familles est cruciale. Il va falloir creuser encore. Le début des versements remonte à 1972, en pleine affaire des vins de Bordeaux.

— Je ne pige pas, chef ! Les Debras-Monbourg étaient déjà enfoncés jusqu'au cou dans le scandale... Qu'est-ce qu'ils risquaient de plus ?

— Peut-être quelque chose de bien plus grave que ce pourquoi Robert Debras-Monbourg a été condamné... Quelque chose que Lise Leroux savait.

— Et elle aurait fait chanter Armand Debras-Monbourg pendant que son frère était en prison ?

— Il y a différentes façons d'exercer un chantage... Exiger de l'argent en échange de ton silence ou accepter passivement celui qu'on te propose pour taire certaines informations. C'est peut-être dans ce sens que Lise Leroux a perçu cet argent. On me l'a dépeinte comme une personne prévoyante, qui ne s'endettait pas et savait anticiper les difficultés. Elle a pu accepter cette manne comme une poire pour la soif pour ses enfants. Et transmettre ce qu'elle savait à sa fille cadette, parce qu'elle était journaliste et capable d'apprécier les informations qu'elle détenait.

— Mais nom de Dieu, qu'est-ce qu'elle pouvait bien savoir ?

— C'est à nous de le découvrir. Tu vas éplucher les archives des journaux de l'époque en cherchant le moindre article où apparaît le nom des Debras-Monbourg. Et comme on ne sait pas ce qu'on cherche, la plus petite information, même anodine, peut avoir de l'importance.

Après son départ, le commissaire se replongea dans le dossier et relut la dernière déposition d'Arnaud Debras-Monbourg.

Depuis son retour de vacances, Philippe Marot était de méchante humeur. Pour la première fois ce matin-là, il n'avait pas pris son café au bar, ni même acheté les journaux. Assis à son bureau, il pouvait voir le grand théâtre et la rue des Piliers-de-Tutelle qui descendait sur les quais avec l'immeuble superbe du conseil des vins de Bordeaux, situé dans un triangle à la jonction du cours du 30-Juillet et des allées de Tourny. Il alluma une cigarette et fit pivoter son fauteuil de façon à suivre du regard le décor qu'il s'était construit… les boiseries, le lustre en cristal de Bohême, les fauteuils de cuir, et au milieu de ce luxe ostentatoire, ce gigantesque tableau d'un érotisme impudent : *Ebrietas*, une femme nue aux formes généreuses pressait au-dessus de son visage une grappe de raisin aux grains démesurés dont elle buvait le jus. Il ne s'était jamais lassé d'admirer ce tableau, ce corps de femme aux jambes ouvertes, à la fois provocant et empreint d'une certaine pureté, et le raisin d'où s'échappaient des filets pourpres comme le sang d'un cœur éclaté. Il se délectait des regards surpris ou choqués que ses visiteurs jetaient sur la toile.

Philippe était un homme qu'on qualifiait souvent de cynique… En réalité, il était pétri de certitudes, le seul doute qui le tourmentait parfois était de savoir s'il ferait un jour l'amour à Juliette. Il imaginait des scénarios qui l'amèneraient jusqu'à ce face-à-face, comme une longue piste semée d'embûches, de dépassement de soi, qu'il aurait pu appeler, s'il était croyant, son chemin de croix. Et sur ce chemin, il venait de faire un faux pas.

Depuis son hôtel de luxe au Mexique, il avait appris la mort du petit ami d'Isabelle. Personne n'avait revu la jeune fille depuis, il avait entendu dire qu'elle sombrait dans la dépression. C'était Nicolas qui avait secondé Juliette. Philippe avait souvent jalousé Nicolas pour ces liens qui les unissaient, tissés de rires et de larmes d'enfant. Les voir plus unis, plus complices que jamais à son retour n'avait fait qu'aggraver ce ressentiment. « Et moi, pauvre con, pensait-il, j'étais au Mexique. » Il avait maudit ce traditionnel voyage d'été, institutionnalisé par son épouse qui voulait que chaque année la famille se retrouve dans un cadre insolite.

Dès son retour, il s'était précipité aux Alizés. Il avait proposé son aide à Juliette, elle l'avait remercié avec un mouvement de tête et un sourire douloureux. Il avait tenté de la prendre dans ses bras, mais elle s'était dérobée en le remerciant de nouveau ; il l'avait trouvée superbe dans son chagrin et depuis il ne cessait de penser à elle.

Il fut interrompu dans ses pensées par un coup frappé à la porte, et Hélène Jouvain entra. Il avait tenu sa promesse et engagé la femme d'Olivier. Il ne le regrettait pas un instant, elle avait tout de suite intégré l'équipe et compris ce qu'on attendait d'elle. Elle avait du charme, le sens du contact ; elle savait définir les atouts de chaque demeure qu'elle faisait visiter et les adapter selon les clients. Elle s'avança vers le bureau, lui serra la main et posa un dossier devant lui.

— Je suis allée voir la maison de Créon. Je pense qu'il faudrait reconsidérer le dossier. Les photos sont trop anciennes… C'est une belle maison girondine certes, mais qui n'a pas été entretenue depuis des années. Mieux vaut jouer franc jeu avec le client. Qu'il sache dès le départ qu'il devra envisager quelques travaux. Pourquoi ne pas être honnête ?

Il la regarda ; lui qui souriait peu et ne riait jamais, il se surprit à sourire. Cette honnêteté un brin candide lui rappelait Juliette et des convoitises de mâle allumèrent ses pupilles. Hélène lui tendit les photos transmises par le propriétaire afin de constituer le dossier sur le site Internet de l'agence. Il était séduit par ses attaches fines, il avait déjà remarqué ses chevilles et maintenant ses poignets tandis qu'elle lui montrait les documents. Depuis qu'elle travaillait à l'agence, il l'avait toujours vue habillée de noir ou de bleu marine, des nuances qui rehaussaient son teint clair et les boucles blondes de ses cheveux. Son père disait souvent : « Il n'y a que deux choses dignes d'intérêt chez une veuve, son lit ou son héritage… »

Dans le cas d'Hélène ce ne pouvait être que son lit et il se voyait bien la consoler, histoire de briser la monotonie qui le déprimait depuis quelque temps.

— J'ai deux clients potentiels pour cette maison, Philippe, dont un couple d'un certain âge avec des moyens financiers conséquents. La bâtisse est de plain-pied et j'attirerai leur attention sur cet avantage. J'ai pris moi-même quelques clichés, voulez-vous les voir ?

— Avec plaisir…

— Je vais les chercher.

En se retournant, elle se heurta à maître Renan qui entrait, vêtue d'une jupe blanche moulante et d'un bustier de satin rouge. Hélène s'excusa.

— Je vous montrerai les clichés un peu plus tard, Philippe.

— Vous avez carte blanche pour refaire ce dossier comme vous l'entendez, Hélène.

Elle le remercia d'un sourire et se retira, mais au moment où elle refermait la porte, elle entendit Élise Renan dire :

— Il faut que je te parle de la propriété de Max Vernier, je crois qu'il est mûr.

Hélène marqua un temps d'arrêt. Elle connaissait bien Max Vernier, c'était un ami d'Olivier, propriétaire dans la région de Fronsac. Elle se promit de l'appeler pour savoir ce que maître Renan entendait par « il est mûr ». De retour dans le bureau qu'elle partageait avec trois autres agents, elle fit le point sur des dossiers de maisons à vendre, et avant de partir, elle se rappela qu'elle devait montrer des photos à Philippe. Elle frappa un coup léger et entra… pour rester interdite sur le seuil en découvrant Élise Renan à moitié couchée sur le bureau, la jupe relevée en accordéon et les mains de Philippe entre ses cuisses.

— Oh ! Pardon ! Les photos… ce n'est pas urgent, une autre fois.

Hélène referma vite la porte derrière elle et s'échappa en courant presque comme si elle redoutait que la colère de Philippe ne la rattrapât avant qu'elle n'ait eu le temps de quitter l'agence. Sa fuite lui évita d'entendre l'explosion de rage d'Élise :

— À quoi elle joue, cette conne ? Elle a des vues sur toi ou quoi ?

Quant à Philippe, s'il éprouva une brusque hostilité, il n'aurait su dire qui en était l'objet d'Hélène ou d'Élise.

# 11

Assise dans son rocking-chair, Isabelle se regardait dans le miroir de son armoire. Cette fille aux yeux éteints, aux joues creuses qui dessinaient deux cicatrices de part et d'autre de son visage, c'était elle.

Plus de deux semaines s'étaient écoulées depuis la mort de Mark. On la forçait à se vêtir, à se nourrir tandis qu'elle se débattait dans des limbes obscurs où chaque heure, chaque jour qui s'écoulait lui renvoyait le poids de sa vie sans Mark. Le premier verre d'eau fraîche, les premiers rayons de soleil, le premier vol d'oiseau au bord de sa fenêtre… sans Mark. La superposition de ces images finissait par la détruire. Il suffisait d'un instant comme ce matin, lorsque Tonia était entrée dans sa chambre et qu'elle avait ouvert la fenêtre… En découvrant ce morceau d'azur taillé à l'emporte-pièce, elle avait reçu comme une offense la lumière dorée de l'été qui éclaboussait les vignes et rendait ce jour radieux. Et elle opposait à tant de vie son cœur écartelé et les souvenirs qu'elle portait en elle comme une blessure béante qui ne se refermerait jamais.

Douceur et maléfice de la mémoire… Elle ne pouvait effacer de son esprit la dernière nuit passée avec Mark aux Alizés juste avant son départ pour Budapest. La fraîcheur de l'aube apaisait son corps, mais elle sentait encore l'infinie douceur qu'il avait répandue en elle… et le dernier frisson de cette vague douce et violente qui lui donnait le sentiment de naître et de mourir à la même seconde. Aujourd'hui elle se sentait une femme inachevée. Elle n'en pouvait plus… elle avait décidé de mourir.

Cette idée, elle la refoulait depuis des jours au plus

profond de son ventre qui se déchirait, comme si son être se scindait en deux parties : une qui respirait et avalait les biscuits de Tonia et l'autre qui avait déjà rejoint Mark quelque part dans la forêt finlandaise...

Elle repoussa le plateau que Tonia lui tendait.

— Plus tard, j'ai besoin de prendre l'air...

Et elle refusa que Tonia l'accompagne.

— Je n'en ai pas pour longtemps, j'ai envie d'être seule.

Ses pas la guidèrent à travers les vignes, jusqu'à la colline de Moulinblanc et l'endroit où avec Mark, elle avait admiré le lever du jour. Elle s'appuya contre le tronc de l'arbre et passa la main sur l'écorce craquelée. Le soleil perçait les feuillages et dessinait des coulées de lave le long des collines. La terre entière semblait s'embraser.

En longeant le chemin bordé des vignes plantées par sa grand-mère, Isabelle gagna la citadelle de Vauban. Elle monta jusqu'au mur d'enceinte, puis tout en haut de la tour Dauphine qui surplombait la plage de rochers ; elle s'assit sur le bord les jambes dans le vide. Ce ciel d'un bleu limpide lui renvoyait le regard de Mark, immatériel, pareil à un mirage glissant à la surface des eaux tranquilles. Mark hissé sur la plus haute marche du podium à Magny-Cours, brandissant son trophée en la regardant... Mark et elle sous la douche, leurs baisers, leurs caresses, leurs rires... Mark visitant des vignobles et faisant des projets. Toutes ces images l'assaillaient, ne lui accordant plus une minute de répit... « Je ne peux plus, se répétait-elle, je ne peux plus. »

Au bleu limpide du ciel se substitua le vide à ses pieds. Comme s'il ne lui restait plus d'autre solution qu'abdiquer. Elle se releva sur le mur... les deux pieds posés au bord des pierres.

Il n'y a pas d'autre issue... Il me faut juste cette fraction de seconde de courage, ou de folie, je ne sentirai rien... Tout sera fini après.

Au moment où elle allait se laisser tomber, deux bras

la saisirent et elle se sentit emportée en arrière, elle ne fit rien pour amortir le choc violent entre les bras d'Erwan. Ils restèrent longtemps enlacés, puis il se mit à la bercer, les lèvres dans ses cheveux… Elle respirait le parfum de son tabac aux senteurs de miel ; elle entendit un chien aboyer et le bruit d'un moteur qui démarrait, des rires d'enfants, elle avait chaud, son cœur battait à tout rompre. Elle était vivante. Erwan lui parlait en chuchotant, il lui disait « bientôt ça ira mieux » et elle comprenait « demain ». Mais dans son cœur lapidé tous les lendemains s'étaient arrêtés hier. Un sanglot monta dans sa gorge.

— Je ne peux plus, Erwan… je ne peux plus…

Et c'était tout ce qu'elle trouvait à dire. Il la prit par la main, ils marchèrent un peu, s'éloignèrent des remparts et trouvèrent refuge sur un banc de pierre, sous les saules.

— Crois-tu que ce serait la volonté de Mark ? demanda-t-il. Il n'a pas voulu ce qui lui est arrivé. Mais toi, tu as le choix et tu dois choisir la vie, Isabelle… Même si pour l'instant, elle te paraît insoutenable.

— Je n'avais jamais connu l'amour foudroyant et je ne croyais pas au coup de foudre… mais j'ai rencontré Mark. Je voulais qu'il soit le dernier homme de ma vie, mon dernier rêve.

Elle éprouva un sentiment de chaleur au contact de son épaule lorsqu'elle s'y appuya, comme si son unique défense contre l'attrait de ce vide au bas de la tour, c'était la tendresse et la force qui se dégageaient de cet homme qui aurait pu être son père. Et simplement, elle l'accepta.

— Je t'aiderai, Isabelle. Fais-moi confiance, mais il faut choisir la vie, répéta-t-il comme un écho à sa propre voix.

— Quelle vie ? Que me reste-t-il à vivre ?

— Réapprends à sortir, à travailler… Je ne connais pas de meilleure thérapie que le travail. Aide ta mère qui t'aime tant, qui n'en peut plus de souffrir avec toi. Si elle pouvait prendre ton chagrin, elle l'assumerait, mais elle ne peut que subir son impuissance devant ta détresse.

Sa mère souffrait ? « Maman ne souffre pas, c'est moi qui endure un supplice, c'est moi que la vie torture, pas elle. Je veux que maman me console, l'entendre me dire que je guérirai et pouvoir lui répondre qu'elle ment, que je ne guérirai jamais, je veux déverser des trombes de larmes dans son cou… »

— Je sais ce qu'est le suicide de son enfant, Isabelle, plus fort encore que le chagrin, c'est une vie de remords, de culpabilité, de questions sans réponses.

Erwan parlait avec cet accent qui amusait tant Isabelle et qu'aujourd'hui elle trouvait tendre et bienveillant parce qu'il parlait d'amour. Une autre forme d'amour, celui d'un père pour sa fille. Elle tourna vers lui un visage de noyée et lui tendit la main. Il la prit dans les siennes, la pressa doucement.

— Je comprends ce que tu ressens, Isabelle, dit-il, surmonter ta peine sera un long chemin difficile, je le connais, je l'ai déjà parcouru.

Elle l'observa avec émotion, les rides, les ombres qui révélaient sa souffrance étaient gravées à jamais sur ses traits. Depuis quinze jours, elle était sûre que personne ne pouvait souffrir autant qu'elle. Mais elle retrouvait son chagrin sur le visage d'Erwan, son regard tragique était le sien, ses larmes étaient les siennes.

— Est-ce qu'on se remet de la perte d'un être cher ? demanda-t-elle.

— Non, mais on apprend à vivre autrement. Geoffrey me manquera toujours, je pense à lui chaque jour de ma vie depuis six ans, mais j'ai appris à maîtriser ce vide et je remercie Dieu d'avoir eu cet être merveilleux auprès de moi, même pour une période trop courte. Peu à peu les sentiments changent. Un jour tu penseras à Mark différemment, tu lui rendras la vie… Une autre vie. Tu enfermeras tes souvenirs dans un petit coin de toi, secret, vibrant comme un deuxième cœur.

Ils se levèrent et marchèrent en direction de la voiture qu'Erwan avait garée près de la tour Dauphine.

— Je vais te raccompagner chez toi, à moins que tu veuilles boire une tasse de café avant ?

Elle acquiesça et ils s'installèrent à la terrasse du bar des Acacias. Et pour la première fois depuis des semaines, au milieu de ses larmes, elle sourit. Un premier sourire timide, une tendresse infinie naquit au plus profond de son cœur et elle l'offrit à Erwan, sans autre contrepartie que le sentir partager son chagrin.

— Puis-je avoir une crêpe au sucre ?

Il en commanda quatre avec deux grands cafés et ils attendirent que la serveuse revienne avec son plateau. Une pause pendant laquelle ils se turent en regardant les bateaux filer vers le large. Les deux rivières venues des lointaines montagnes, la Garonne pyrénéenne, la Dordogne née dans son pays d'Auvergne, venaient s'embrasser et s'apaiser dans l'estuaire où le soleil sombrait doucement. Isabelle ferma les yeux. « Ce paysage, ces lignes dormantes à l'horizon, c'est là que commencent les chemins de ma vie… »

Une brise légère soulevait les nappes et chamboulait ses cheveux, l'air frais emplissait ses poumons en redonnant une nouvelle vigueur à chaque recoin de son corps endolori. Erwan remarqua une petite veine qui se mit à battre sur son cou. Elle releva la tête et de nouveau elle lui sourit.

— Tu as toujours été sûr que ton fils n'avait pas tué ma tante, n'est-ce pas ? Moi aussi j'en suis sûre.

Elle prit une crêpe. Sucrée à souhait, fondante, elle était délicieuse. Elle allait boire son café mais elle interrompit son geste, la tasse au bord des lèvres… Soudain, elle se rappela…

— Ça fait des semaines que j'essaie de me souvenir d'un détail au sujet de la disparition de ma tante. Elle venait souvent aux Alizés le mercredi après-midi et nous allions nous promener à cheval. Ce mercredi-là, j'étais en retard et lorsque je suis arrivée Fabienne était au téléphone, elle se disputait avec un homme. Sur le moment j'ai cru que c'était avec Geoffrey. Mais elle criait qu'elle ne supportait plus ses appels, que pour elle ça faisait longtemps qu'elle avait oublié leur aventure. Elle lui a dit que pour la première fois de sa vie elle était en paix avec elle-même. Et puis elle m'a vue et elle a raccroché.

— Tu ne te rappelles pas l'avoir entendue prononcer un prénom ?

— Je ne sais plus, Erwan, je ne comprends même pas pourquoi je me rappelle cela juste maintenant... Ce qui est sûr c'est qu'avant notre promenade à cheval, ma tante est montée dans son ancienne chambre, elle a pris des disquettes dans son bureau et les a glissées dans une enveloppe qu'elle a cachetée. Tu ne l'as pas retrouvée dans les affaires de Geoffrey, avec son journal ?

— Quel journal ?

— Son journal intime, c'était un cahier noir avec une licorne dorée, fermé par une petite clé. Elle m'en avait offert un pour mon anniversaire, moins épais que le sien, parce qu'elle disait qu'à mon âge on a moins de secrets, que ce serait pour plus tard... Le lendemain, je devais déjeuner avec elle à Bordeaux. Quand je suis arrivée, elle était avec Geoffrey et je l'ai vue lui donner l'enveloppe et le journal, il les a rangés dans sa sacoche. En m'apercevant, ils ont parlé de leurs projets du week-end. Pour la dispute, tu crois que je devrais raconter cela au commissaire ?

Erwan fut tenté d'acquiescer, mais se ravisa.

— Et si on se donnait un peu de temps pour retrouver le cahier et les disquettes ? Tu cherches chez toi...

— Il n'y a plus rien qui appartienne à ma tante au château, le commissaire a récupéré tous ses papiers et ses dossiers.

— Dans ce cas, je vais chercher dans la chambre de Geoffrey.

Erwan paya l'addition, ils se levèrent d'un même mouvement et il lui reprit la main.

— Je vais te déposer aux Alizés, il faut que je voie ta mère.

— Elle est absente toute la journée, je crois qu'elle rentrera assez tard.

En franchissant le pont-levis de la citadelle, le vent s'intensifia et Isabelle remit de l'ordre dans ses cheveux. Erwan constata qu'elle avait le même geste gracieux que sa mère pour repousser ses boucles. Soudain, Isabelle se jeta dans les bras d'Erwan, et se mit à pleurer. Elle se sentait comme une petite fille abandonnée, à la recherche d'un père en qui elle placerait toute sa confiance pour l'aider à sortir d'un puits immensément profond, immensément noir.

— Erwan, tu ne diras rien à maman pour tout à l'heure ?

— C'est à toi de lui en parler… si tu veux.

Sur le trajet du retour, il lui posa des questions sur la vigne, les raisins qui se formaient, l'influence du temps. Isabelle répondit comme elle avait entendu sa mère parler tant de fois : « On croise les doigts en pensant aux orages de grêle. »

La vigne poursuivait son avancée et les raisins étaient trop nombreux sur les pieds.

— On doit choisir les plus beaux, expliqua-t-elle, et on coupe les autres. Toute la sève se concentre dans les fruits restants, la pulpe est plus belle, la teneur en sucre plus importante. On appelle cette sorte de tri la vendange en vert…

« La vie en herbe, une vie sacrifiée, comme celle de Mark, pensa-t-elle, pourquoi ? »

— Et qui se charge de cette sélection ? demanda Erwan.

— Notre régisseur a formé deux personnes, mais il le fait souvent lui-même, et maman aussi quelquefois. C'est tout un art, tu sais. Il ne faut pas se tromper : savoir garder les grappes les mieux exposées au soleil, mais pas trop. En cas de canicule, le soleil peut être néfaste aussi.

En s'arrêtant devant le porche des Alizés, Isabelle

découvrit la voiture de son père. Il sortait de la maison en compagnie de Marie.

— Bonjour, ma chérie… dit Gérard en s'avançant.

Isabelle ne répondit pas, elle fixait sa belle-mère qui portait ses cheveux relevés en chignon, sa robe de grossesse aux plis bien tirés, le sac griffé assorti aux chaussures à talons compensés… Et ce ventre protubérant qu'elle exhibait avec arrogance.

— Qu'est-ce qu'elle fait là ? demanda Isabelle, son regard planté dans celui de son père.

— J'étais passé prendre de tes nouvelles, répondit-il, pris au dépourvu.

— Ce n'est pas grâce à toi, mais je vais mieux, papa, merci.

— C'est toi qui n'as pas voulu me voir. Sais-tu où est ta mère ?

Il avait remonté deux marches du perron, suivi de Marie, lorsque Isabelle se plaça en travers de leur chemin.

— Écoute, papa, si tu veux parler à maman, tu fais comme tout le monde, tu prends rendez-vous à la mairie. Mais cette garce n'a rien à faire ici… Qu'elle se tire ! Je ne veux pas la voir.

Il y eut un moment de silence pendant lequel Isabelle eut du mal à maîtriser sa vague de révolte. Ses yeux rencontrèrent ceux d'Erwan qui était resté en bas des escaliers.

« L'amour n'a rien à voir avec les liens du sang, se dit-elle. En cet instant, je me sens tellement plus proche de lui qui vient de me sauver la vie… » En entendant les éclats de voix, Tonia était sortie et elle essaya d'amener Isabelle à l'intérieur. Soudain, se dégageant de l'étreinte de Tonia, Isabelle poussa Marie dans l'escalier. Gérard se précipita, pas assez vite toutefois, elle trébucha et s'écroula dans les bras d'Erwan qui la saisit au vol. Elle cria et agrippa son ventre à pleines mains ; Isabelle sentit la main de son père se refermer sur son bras.

— Ma parole, tu es folle ! S'il arrive quelque chose au bébé, je ne te le pardonnerai jamais.

— Crois-tu que je vais pleurer si je n'ai pas de petit frère ou de petite sœur ?

Tonia prit la jeune fille dans ses bras, elle la sentait trembler, et vit les larmes dans ses yeux.

— Vous feriez mieux de partir, dit-elle d'une voix rude.

Gérard soutint sa femme jusqu'à la voiture, et démarra sans un regard vers sa fille. Dès que leur voiture eut disparu dans l'allée, Erwan rejoignit Isabelle et Tonia en haut du perron.

— Ça va, Isabelle ?

Elle acquiesça.

— Je vais m'en aller moi aussi, dit-il, j'appellerai ta mère ce soir au sujet de l'arrivée de mon neveu.

Isabelle le raccompagna jusqu'à son véhicule.

— Tu n'aurais peut-être pas dû faire cela, lui murmura-t-il au creux de l'oreille, mais tu as des circonstances atténuantes...

Il monta dans sa voiture et démarra. Il faisait marche arrière lorsqu'elle le rattrapa et se pencha à la portière.

— Erwan, merci de tout mon cœur.

Il posa un baiser sur son front, elle lui adressa un sourire, c'était le troisième, il les avait comptés.

Après son départ, Isabelle s'assit sur les marches du perron, en proie à des sentiments confus. La peur de se réveiller tous les matins avec la même impression de vide, la même souffrance, l'envie de tuer comme tout à l'heure face à Marie et soudaine, confuse, celle de vivre. La vie, la mort... Elle regardait le jardin, autour d'elle cette explosion de vie, les arbustes, les fleurs, les fruits...

Un peu plus tard, Stéphane les retrouva pour déjeuner. Il fut surpris de voir sa nièce à table, il s'en réjouit et lui parla de la vigne, du travail en retard, comme si tout rentrait de nouveau dans l'ordre et qu'il n'en avait jamais douté. Isabelle mangea de bon appétit. Puis elle alluma la télévision et fit le tour des pièces du rez-de-chaussée, comme on fait en rentrant chez soi après une longue absence. Elle pensait à ce qu'Erwan lui avait dit sur la thérapie du travail…

— Je te rejoindrai au chai tout à l'heure, dit-elle à son oncle, mais auparavant je voudrais aller voir mon parrain.

La première chose qu'elle remarqua en entrant dans le cabinet de Jean-Pierre fut son visage exsangue, ses traits tirés.

— J'ai hâte que mon confrère rentre de vacances, dit-il, je suis vidé.

Depuis quelque temps, ses migraines devenaient plus violentes, et ses vertiges plus fréquents. Il prit le pouls et la tension de sa filleule. Elle était ravissante dans son pantalon bleu et son chemisier blanc, ses sandales dont les lanières s'enroulaient autour des chevilles. Malgré le pli entre les sourcils et le teint pâle, il lui trouva meilleure mine et il se risqua à lui demander comment elle allait.

— Si je le savais, parrain. Par moments j'ai l'impression d'avoir seulement fait un cauchemar et puis je me rends compte que Mark est mort…

Elle ouvrait la bouche pour lui raconter qu'elle avait failli se suicider le matin même, pour quelques heures plus tard précipiter sa belle-mère dans les escaliers et dévorer une escalope. Tout cela paraissait dénué de sens. Un bruit métallique la fit sursauter. Jean-Pierre avait lâché son plateau avec différents ustensiles. Il s'agrippait au montant de la bibliothèque. Elle se précipita vers lui, mais déjà il retrouvait son équilibre et portait les doigts sur ses tempes qu'il compressait. Elle l'aida à ramasser les ampoules brisées, les pinces…

— Dès que ton confrère sera rentré, tu auras intérêt à te reposer un peu, parrain.

— Alors c'est toi le médecin maintenant ? demanda-t-il en s'efforçant de rire.

Au lieu de reprendre sa place de l'autre côté du bureau, il s'assit près d'elle et lui rédigea une nouvelle ordonnance avec des vitamines et des oligo-éléments. Il était trop bon médecin pour ne pas avoir décelé une évolution qui s'opérait dans le bon sens ; elle allait mieux.

— Il me semble que je ne serai plus jamais la fille insouciante que j'étais avant. Je me demande si je saurai quoi faire de ma vie maintenant.

Il lui dit qu'elle avait sa mère, ses amis, ses études, une vie à bâtir... Elle n'oublierait pas certes, mais un jour, elle s'apercevrait que l'intolérable était devenu supportable. « Un jour, pensa-t-il, tu comprendras que ce connard de Brésilien t'a rendu service en arrachant le bonheur de tes jeunes mains avides... Aimer n'est pas le plus compliqué, l'ennemi c'est le temps, ce temps qui salit tout. Tu ne connaîtras pas le poids de l'habitude, les engourdissements du corps et les détachements du cœur, le moment où on oublie de trembler des retards de l'autre, les faiblesses et les tricheries, les pièges du silence et des jours qui n'en finissent plus... »

Comment aurait-il pu dire cela à cette petite fille qui croyait sa vie finie alors qu'elle commençait à peine ? Comment pourrait-il l'exhorter au courage, à l'espoir, alors que, pour sa part, ces sentiments l'avaient quitté depuis longtemps ? Il aurait pu lui dire tant de choses, mais il choisit de se taire, il lui tendit sa main entrouverte. Elle lui offrit la sienne et leurs deux paumes s'opposèrent tandis que leurs doigts s'entremêlaient. Ils demeurèrent ainsi un moment sans bouger, sans parler. Puis il se leva.

— Tout va bien aller, ma puce, reviens me voir quand tu veux, je suis là.

Tout l'après-midi, Isabelle resta au chai avec son oncle et Sylvie la secrétaire. Elle aida les deux stagiaires à préparer les palettes de vin en partance pour Miami, appela elle-même le client pour confirmer le départ de la commande le lendemain matin. Puis avec Sylvie, elle vérifia les factures, expédia les relances des impayés. Ils n'étaient pas les seuls producteurs sur la place, avec tout ce retard dans les expéditions, le risque de perdre de bons clients existait. Un peu plus tard, des touristes qui longeaient la côte vers l'île d'Oléron s'arrêtèrent, elle les guida dans la vigne et le chai, puis elle laissa son oncle leur offrir une dégustation. Elle savait que sa mère rentrait pour dîner et elle se souvenait des paroles d'Erwan... Elle avait envie de faire quelque chose de simple, de touchant, pour lui faire comprendre qu'elle aussi l'aimait.

Sur le chemin du retour, Isabelle s'adonna à des joies futiles comme cueillir des roses, faire la course avec Pic et Puce. À la maison elle renoua avec des gestes familiers dont elle avait oublié l'importance : déplier une nappe, choisir la vaisselle, chambrer le vin, couper du pain... ou encore nettoyer la salade. Ces petites tâches quotidiennes qui sont autant de bonheurs. Puis elle monta dans sa chambre et la première chose qu'elle vit en entrant fut le portrait de Mark. Elle posa une main hésitante sur le cadre, suivit des doigts le contour de son visage et elle s'étonna de ne pas pleurer. Mais elle se sentait fatiguée... Elle s'assit sur son lit, les jambes repliées sous elle. Elle songeait à la première fois où leurs regards s'étaient croisés, la dernière aussi. Ils ne s'étaient pas dit adieu. Comment auraient-ils pu ? Leur histoire avait commencé dans l'émerveillement pour s'achever dans la terreur. Pourtant elle sentait qu'il existait quelque chose de plus puissant que la mort, de plus fort que sa peur. « Quelque chose qui est en train de recréer une source d'énergie au plus profond de mon ventre, se dit-elle, quelque chose qui ne se lasse pas de jaillir en moi... »

Demain elle demanderait à Tonia de l'aider à changer la disposition des meubles de sa chambre. Elle décrocha le portrait de Mark et le fixa au mur à la place de l'aquarelle aux chevaux, de façon à ne plus avoir le visage du jeune homme en face d'elle à la minute même où elle ouvrait les yeux. Elle retira de son armoire les vêtements qu'il avait laissés, elle les plia et les rangea dans un sac de voyage. Un moment, elle s'arrêta pour respirer le parfum qui imprégnait encore les fibres des vêtements. Les larmes revinrent, elle les repoussa de toutes ses forces. « Je ne résoudrai rien avec des gémissements, pas plus qu'avec ces révoltes qui me brisent… »

Dans la salle de bains, elle affronta de nouveau son visage dans le miroir, elle se trouva laide avec ses cheveux ternes, les cernes alourdissant ses yeux. Elle ouvrit la poubelle et y jeta la brosse à dents de Mark, son parfum… Puis elle se déshabilla, se doucha en réglant l'eau froide sur le jet thalasso, elle s'inonda le visage, les cheveux et le corps durant d'interminables minutes jusqu'à suffoquer sous la pression glacée. En sortant de la douche, elle s'étendit à même le sol, sur le tapis de bain et trempée, les bras repliés sur ses yeux, elle attendit que l'eau s'évapore de son corps nu.

Il était un peu plus de vingt heures lorsque Juliette arriva aux Alizés. Elle découvrit la voiture de Sophie, la petite amie de Stéphane, arrêtée à côté du 4 × 4 d'Erwan. Soudain, elle eut peur. Elle monta dans la chambre d'Isabelle qu'elle trouva vide, le lit fait. Les CD, les livres, les peluches, tout était en ordre, et le poster de Mark était maintenant suspendu au-dessus de la commode sur laquelle reposait un soliflore d'argent avec une rose rouge du jardin. En s'approchant de la fenêtre, elle entendit des voix dehors. Toute la famille était rassemblée sur la terrasse près de la piscine. Son premier geste, son premier regard furent pour Isabelle.

— Oh ! maman, tu es arrivée… Viens prendre un verre avec nous, nous t'attendions pour passer à table.

Juliette les observa tour à tour, son frère et Sophie, Tonia, Erwan qu'Isabelle avait invité et sa fille enfin… sa fille qui venait vers elle en lui tendant un verre de vin blanc frais, sa fille qui souriait, qui l'embrassait. Ses cheveux étaient lissés et attachés en queue de cheval, elle avait mis un peu de fond de teint et souligné son regard d'ombre à paupières nacrée. Erwan lui sourit à son tour, alors elle respira à fond avec délices.

Le dîner se déroula dans une atmosphère détendue et personne ne laissa Isabelle retomber dans sa mélancolie. Juliette la surveillait et elle devinait l'intensité de son combat.

Erwan partit tôt, il demanda à Juliette si elle pourrait aller chercher son neveu à l'aéroport de Bordeaux le lendemain.

— J'irai avec toi, maman, dit Isabelle.

Un peu plus tard, la jeune fille choisit un roman dans la bibliothèque avant de monter se coucher. Juliette se prépara un café qu'elle but dans la cuisine avec Tonia qui lui raconta ce qu'avait fait Isabelle toute la journée, et juste au moment de lui parler de la visite de Gérard et du vol plané de Marie dans les escaliers elle fut interrompue par le téléphone. Tonia redouta que l'appel vienne du père d'Isabelle prêt à donner sa propre version. Mais c'était le commissaire Lenoir. Il apprit à Juliette l'arrestation d'Arnaud Debras-Monbourg.

— Je dois vous rencontrer le plus vite possible. Pouvez-vous passer au commissariat demain ?

— En fin de matinée, si vous voulez…

— Ce sera parfait, alors à demain.

Elle raccrocha, interdite par le ton soudain très officiel du commissaire. Elle avait vécu ce dîner comme un instant de répit. L'appel du commissaire lui laissait deviner que ce n'était qu'une trêve et qu'elle était terminée.

Par la fenêtre de sa chambre, Isabelle regardait son oncle et Sophie quitter Les Alizés. Le handicap de son oncle lui rappelait sa première rencontre avec Mark. Elle n'aurait jamais pensé que cet événement pouvait rebondir à l'infini contre les parois de son existence. Son présent, son avenir s'étaient joués en cet instant. Comment aurait-elle pu imaginer alors qu'elle tomberait amoureuse de lui ? Le vide se fit en elle, elle ferma les yeux, les rouvrit, et éclata en sanglots, libérant les larmes si fort contenues toute la journée.

— Isabelle ?

Elle se retourna, se jeta dans les bras de sa mère, se laissa embrasser, cajoler. Elle se grisa de sa tendresse jusqu'au vertige, avant de rompre le silence.

— Ne t'inquiète pas, maman, je vais mieux.

Elles s'assirent sur le bord du lit et Isabelle eut conscience qu'elle n'avait pas le droit de mentir à sa mère ; alors, à mots pesés, entrecoupés de silence, elle lui raconta sa matinée, sans rien omettre.

— Erwan a promis de m'aider maman, j'ai confiance en lui.

Elle se blottit dans les bras de sa mère, et ses sanglots redoublèrent...

Juliette la couvrait de baisers. Ma fille, mon autre moi-même, si tu savais comme je connais tes souffrances.

— Pleure mon ange, pleure, dit-elle, un moment viendra où tu pourras contenir tes larmes, elles irrigueront ton corps de nouveau, c'est cela, la vie.

Isabelle pleura encore, bercée par les baisers de sa mère dans son cou où glissaient ses larmes, par ses mots tendres qui lui disaient que la vie était là, patiente, obstinée. Puis sa respiration devint plus régulière, les soubresauts de son corps s'espacèrent. Un instant Juliette crut qu'elle s'était endormie dans ses bras, mais elle la sentit bouger, lui prendre la main, enfin elle leva la tête vers elle.

— Maman, tu crois qu'un jour je pourrais encore aimer quelqu'un ?

— Bien sûr, ma chérie... L'amour, c'est ce qui reste au fond du cœur quand on a trop pleuré...

Comme elle aimait que sa mère lui parle ainsi. Ses paroles, sa voix étaient si douces à son cœur. « Je devrais lui dire combien je l'aime moi aussi. Je lui dirai plus tard, je suis tellement fatiguée. »

Elle se dévêtit, se coucha et Juliette s'assit près d'elle. La jeune fille lui prit la main, la guida entre son visage et l'oreiller, y appuya sa joue et ferma les yeux. Elle s'endormit presque aussitôt, le souffle léger. Juliette sentait ses doigts s'engourdir, son bras devenir douloureux.

Alors, elle retira sa main, mais elle ne put se résoudre à s'éloigner de sa fille. Elle approcha le rocking-chair de son chevet, s'y installa et, les yeux clos, elle laissa cheminer ses pensées... tous les secrets, tous les non-dits qui avaient marqué la vie de sa famille, comme les mystères qui avaient jalonné la vie tumultueuse de Fabienne. L'arrestation d'Arnaud Debras-Monbourg n'était sans doute que la face visible.

Elle regarda l'heure. Deux heures du matin. Elle ne trouvait pas le sommeil, terrorisée à l'idée de ce qui aurait pu se passer si Erwan ne s'était pas trouvé au bord de la citadelle. Elle pourrait en cet instant même préparer les funérailles de sa fille. L'idée traversa son esprit, fulgurante... « Mon amour, mon seul amour, non ! » Un sentiment d'horreur l'envahit avec une violence telle qu'elle en eut la respiration bloquée. Elle s'accrocha aux accoudoirs du rocking-chair, avec des tressaillements dans tout le corps. Elle pensa à Erwan, à ce qu'il avait dû éprouver quand on était venu lui annoncer le suicide de son fils. Maintes fois Juliette avait pensé qu'elle donnerait sa vie pour celle de sa fille. Elle se rendait compte aujourd'hui que ce n'était que des mots, l'expression dérisoire de vœux pieux...

Pendant de longues heures, elle repoussa le sommeil, ce vertueux qui sépare les corps et délie les doigts... Elle s'assoupit un peu pourtant, puisque le pas de Tonia dans le couloir la fit sursauter.

Un rai de soleil perçait à travers les volets. Des ombres du passé qui avaient peuplé sa nuit, il ne restait qu'une immense tristesse, d'où pointait une faible lueur d'espoir... Elle détendit ses membres ankylosés et quitta la chambre d'Isabelle qui dormait toujours dans la même position fœtale, sa propre main avait remplacé celle de sa mère, entre son visage et l'oreiller.

# 12

Onze heures sonnaient au clocher de la citadelle lorsque Juliette entra dans le bureau du commissaire Lenoir. Elle était vêtue d'un tailleur gris clair, il avait noté qu'elle s'habillait souvent en gris mais la nuance rehaussait son teint mat, l'émeraude de ses yeux. Il remarqua ses traits tendus ; les semaines écoulées n'avaient pas dû être faciles. Pouvait-il demander des nouvelles de sa fille ? La tournure que prenait l'affaire exigeait qu'il garde ses distances.

— Je vous ai demandé de venir afin d'éclaircir certains points. J'ai l'impression que tout le monde s'emploie à cacher une partie de la vérité.

— En ce qui me concerne, je vous ai dit ce que je savais, commissaire.

— En êtes-vous bien sûre ?

L'espace d'un instant elle se troubla. Elle garda le silence, les yeux rivés dans les siens.

— La nouvelle n'a pas encore été ébruitée, reprit-il, mais comme je vous l'ai dit hier soir, Arnaud Debras-Monbourg est en garde à vue. J'ai assez d'éléments à charge contre lui pour l'accuser du meurtre de votre sœur et le présenter au juge d'instruction.

— Il a avoué ?

— Pas encore. Mais il a reconnu avoir eu une liaison avec elle, qu'elle aurait d'ailleurs rompue assez vite, trop vite à son goût.

— Vous pensez à un crime passionnel ?

— Peut-être, mais il y a bien d'autres points obscurs dans cette affaire. Je suis sûr qu'une des clés réside dans les liens entre vos deux familles, et pas seulement les liens entre Fabienne et Arnaud. Vous maintenez que vous ignoriez l'existence de ce compte bancaire espagnol au nom de votre mère, puis de votre sœur ?

— Je comprends que cela peut paraître difficile à croire, pourtant je vous donne ma parole que je n'en savais rien.

— Il y a donc tant de secrets dans votre famille ?

Elle pâlit et le commissaire eut l'impression que le bureau entre eux prenait des allures de gouffre.

— Votre sœur avait une liaison avec Arnaud Debras-Monbourg, certes, mais les rapports entre vos deux familles sont bien antérieurs. Ce compte en Espagne a été ouvert par votre mère en 1972, elle l'a transféré au nom de votre sœur en 1990, celle-ci ayant fait un seul retrait de trois cent cinquante mille francs en 1998, ce qui prouve bien qu'elle en connaissait l'existence. De plus, je viens d'apprendre que toutes les sommes qui alimentaient ce compte venaient d'Armand Debras-Monbourg, le père d'Arnaud.

— Mais c'est insensé ! Pourquoi aurait-il donné cet argent à ma mère ?

— C'est la question que je me pose, et je comptais sur vous pour avoir quelques éléments de réponse. Votre mère et votre sœur ne vous en ont jamais parlé ?

— Non !

La réponse avait jailli brutalement, et elle répéta dans un murmure :

— Non...

Et sa peine était au moins égale à sa surprise. Sa mère avait constitué un compte à l'étranger pour sa fille cadette et elle n'était pas dans la confidence, son père savait très bien pourquoi, mais il ne lui dirait rien. Ainsi fonctionnait le cercle familial, des questions sans réponses, des mystères, des replis sur soi. Et elle, claquemurée dans ses cauchemars comme un oiseau terré au fond de sa cage, elle n'avait pas été jugée digne de partager ces secrets.

Elle sursauta en prenant conscience du regard du commissaire, attentif, interrogateur, et elle craignit que son attitude ne trahisse sa peine.

— Vous savez que votre sœur avait l'intention de faire éclater une nouvelle affaire de fraudes aux appellations d'origine, après la gelée de 1991 ?

Juliette se rappela que quelques mois avant sa disparition, Fabienne lui avait posé beaucoup de questions sur la reconstitution des stocks après les gelées de ce printemps maudit, s'inquiétant de savoir comment leur mère avait surmonté ces difficultés.

— Les stocks étaient bien bas, mais nous avons pu faire face, expliqua-t-elle au commissaire, même si les vins de bordeaux connaissaient une embellie commerciale remarquable, ma mère avait eu la sagesse de constituer des réserves d'un millésime à l'autre. Bien sûr, nous avons perdu quelques clients, mais ce ne fut pas si grave. Je peux vous confirmer ce que j'ai assuré à ma sœur à l'époque. Nous n'avons jamais vendu une seule bouteille de vin qui n'était pas issue de nos vignes. Ma mère était quelqu'un d'intègre, et je me suis efforcée de rester fidèle à ses valeurs.

— Alors comment expliquez-vous ces sommes d'argent dissimulées à l'étranger, ignorées de tous comme si c'était de l'argent malsain ?

— Vous ne pensez tout de même pas à un chantage ?

— Je me pose des questions, et pour l'instant je n'ai pas de réponses.

Elle sortit son paquet de cigarettes de son sac, en fit glisser une. Lorsqu'il lui tendit la flamme de son briquet, il nota le tremblement de ses mains. Elle aspira quelques bouffées et reposa la cigarette sur le coin du cendrier.

— J'essaie d'arrêter…

— Moi aussi, dit-il et pour la première fois depuis le début de leur entretien il lui sourit en repoussant le cendrier hors de leur portée.

Elle semblait abasourdie par ce qu'il venait de lui

apprendre. Pouvait-elle jouer la comédie à ce point ? Il aurait juré que non.

— Et tout cela vous amène à soupçonner Arnaud Debras-Monbourg du meurtre de Fabienne ?

— J'ai de sérieux doutes. Votre sœur vous avait parlé de lui ?

— Non, mais ce n'est pas à moi qu'elle parlait de ses conquêtes... Ce que je peux vous dire, c'est qu'il a fait partie de l'association de la sauvegarde de nos grottes, et... Oh ! mon Dieu ! c'est cela qui vous le rend suspect, sa passion pour la spéléologie ?

— Pas seulement. Après leur rupture, des témoins les ont vus se disputer à plusieurs reprises, votre sœur et lui, et même en venir aux mains.

— Ce pouvait très bien être à cause de la séparation justement. Ce n'est pas toujours facile à accepter.

— Je sais. Mais il y a deux éléments qui vont bien au-delà d'une simple affaire de cœur. Ces sommes d'argent inexpliquées et l'enquête de votre sœur sur les fraudes aux appellations d'origine, une enquête qu'on a stoppée à un moment providentiel pour la maison Debras-Monbourg.

— Qu'est-ce qui va se passer maintenant ?

— Je vais déférer Arnaud Debras-Monbourg devant le juge d'instruction qui décidera de sa mise en détention provisoire. En tout cas il demandera un complément d'enquête, et en ce qui me concerne, je vais poursuivre mes investigations.

Ils se levèrent en même temps et il l'accompagna dans le couloir. Au moment de lui serrer la main, il ne put résister davantage :

— Comment va votre fille ?

— Un peu mieux à présent, je vous remercie.

Il la suivit des yeux lorsqu'elle monta en voiture, et de loin il la vit composer un numéro sur son téléphone portable.

Juliette annula ses rendez-vous de l'après-midi et,

déterminée, elle se rendit chez son père. Il avait éludé ses questions trop longtemps.

Dès qu'il l'aperçut dans l'allée, il vint vers elle, apparemment surpris et gêné, et il la laissa entrer dans le salon comme à regret. Sur la table recouverte d'une nappe en dentelle, le thé était servi pour deux.

L'autre personne était une femme, Juliette pensa qu'elle devait approcher des soixante-dix ans, bien qu'elle se donnât beaucoup de mal pour ne pas les paraître avec ses cheveux teints d'un blond cendré, son chignon haut placé qui accentuait son profil d'oiseau. Elle était cependant très élégante dans son tailleur d'été bleu marine, son corsage blanc. Elle se leva et le père de Juliette vint se placer entre elles.

— Jocelyne, je te présente ma fille… Jocelyne, une amie.

Elles se serrèrent la main et Juliette trouva déplaisant le contact flasque de ses doigts et le parfum dont elle s'était aspergée, mélange douceâtre de lilas et de violette.

— Papa, je voudrais te parler en privé.

— Prends au moins le thé avec nous…

Elle refusa, et il parut décontenancé, puis il se rembrunit. Jocelyne, qui avait repris sa place au creux d'un fauteuil, se leva de nouveau.

— Je reviendrai, François, ce n'est pas grave.

Mais le regard sombre qu'elle posa sur Juliette s'inscrivait en faux avec la gentillesse de ses propos. Il la raccompagna et Juliette les entendit chuchoter. Elle se dit que l'entretien risquait d'être encore plus difficile qu'elle ne le pensait.

— Je peux savoir ce que tu as à me dire de si urgent ?

— Le commissaire m'a convoquée cet après-midi, il m'a reparlé de cet argent placé en Espagne.

Il ne put retenir un geste d'agacement et se mit à ranger des livres dans la bibliothèque.

— Encore cette histoire ? Je t'ai déjà dit que je n'étais pas au courant…

— Les origines de ces fonds sont connues, maintenant. Ils viennent de la famille Debras-Monbourg. Enfin papa, vous étiez mariés, avec maman, je suis sûre que tu sais quelque chose !

Il se tourna vers elle et elle fut surprise par son visage dur, qui précipitait la chute de son menton. Elle lui découvrit des bajoues qu'elle n'avait pas remarquées jusqu'à cet instant. Il lui parut soudain très vieux.

— Tu ne sais rien de notre mariage ! Qu'est-ce que tu t'imagines, que nous formions un couple modèle ? Ta mère ne pensait qu'à son travail, à ses vignes... Tout lui appartenait, et elle n'a jamais manqué une occasion de me le rappeler. Je n'ai rien à dire de plus, et ne me parle plus de cet argent !

— Mais le ton sur lequel tu en parles prouve que tu es au courant... Le commissaire pense à un chantage. Je réfute cette hypothèse, maman était incapable de faire chanter quelqu'un.

Elle s'approcha de lui, lui prit le bras, mais il recula comme si le contact de sa main l'avait brûlé.

— Il y a certainement beaucoup de choses dont tu ne crois pas ta mère capable.

Il s'interrompit brusquement, dénoua son foulard qu'il jeta sur un fauteuil.

— Papa, tu ne t'en tireras pas avec des mouvements d'humeur... J'exige la vérité !

Devant le silence qui suivit sa phrase et dont elle devina d'emblée la portée, elle eut encore une fois l'impression qu'elle allait se heurter à un mur.

— Tu exiges, dit-il enfin, et de quel droit ? Si tu la veux la vérité, elle est simple, je n'ai jamais existé pour ta mère. Lorsque tu as eu ton problème à quinze ans...

— Tais-toi, papa !

— Je l'ai su quand tout était fini, continua-t-il, tu aurais pu mourir, ta mère m'aurait expliqué pourquoi, une fois les événements passés.

Il se tut et observa le portrait de sa femme au-dessus

de la cheminée puis il se tourna vers sa fille. Le silence s'abattit sur eux. Juliette se mit à trembler, transportée trente-cinq ans en arrière, crucifiée sur une croix de feu ; les secondes qui passaient lui fouettaient le visage, le corps. Puis la voix de son père lui parvint, comme à des années-lumière.

— J'ai décidé de retirer ce portrait de là. Si tu veux l'emporter...

Elle rallia enfin la réalité de cet après-midi d'août, superbe, triomphant. Son père était en train de lui dire qu'il allait se débarrasser du portrait de sa mère.

— Tu n'as toujours pas répondu à mes questions, papa, je veux savoir !

— Je ne te dirai rien, Juliette, mes secrets m'appartiennent, et puisque ta mère n'a pas jugé bon de te faire entrer dans la confidence...

— Maman a toujours eu confiance en moi !

— Elle t'exploitait, ce n'est pas pareil, de là à dire qu'elle avait confiance en toi... Elle avait tort, d'ailleurs.

Juliette sentit que le mur qu'elle avait redouté un instant plus tôt se dressait entre eux. Elle eut un geste vers lui et supplia d'une voix brisée :

— Papa...

— Par bien des aspects vous vous ressemblez. Tu as la même façon qu'elle de tout prévoir, de tout régenter. La seule différence, c'est qu'elle le faisait par despotisme et toi par faiblesse, pour te rendre indispensable. Est-ce que tu te rends compte à quel point tu es envahissante à force de vouloir organiser le bonheur des autres malgré eux ? Pauvre petite fille qui n'arrive pas à surmonter les blessures de son adolescence. Tu veux qu'on t'aime à tout prix, et tu es prête à tout pour ça. Mais personne ne t'aime, ma pauvre fille, on se sert de toi, on t'exploite.

Il s'arrêta, à bout de souffle. Il observait Juliette qui décrochait le portrait de sa mère. « Je me complais à la regarder souffrir, pensa-t-il, seulement parce qu'elle ressemble à sa mère... »

Juliette sentait les larmes qui coulaient jusque dans son décolleté, elle eut la certitude que son père avait engrangé tous ces ressentiments dans l'attente du moment où il les libérerait enfin. Le moment était venu et il ne voyait pas sa fille pleurer ; il ne savait que la punir d'être le reflet vivant de sa mère.

— Au fond, je me suis toujours senti solidaire de ton mari, nous étions tous deux exclus du milieu viticole, étouffés par des femmes qui organisaient notre vie, je comprends pourquoi il t'a quittée. J'aurais dû en faire autant. Une jolie poupée à cajoler qui me parle d'autre chose que de vignes et du millésime du siècle, j'en ai rêvé toute ma vie...

Elle faillit lui dire que c'était trop tard, qu'il devrait se contenter d'une vieille poupée, mais elle ne dit rien. Elle sortit de la maison, il parlait encore...

Ses paroles résonnaient en elle avec des élancements fulgurants dans tout le corps, comme une brûlure à vif. Une phrase surtout... « Personne ne t'aime. » Elle n'avait jamais oublié ce jeu idiot inventé à l'école primaire. Sur le principe des chaises musicales, la fillette qui ne trouvait pas de place était la sorcière. Juliette perdait à chaque fois... et il lui semblait entendre encore les rires et les cris des autres gamines autour d'elle : « C'est elle la vilaine sorcière que personne n'aime... » Elle avait souvent pleuré, refusant de jouer, mais les autres l'entraînaient de force, en sachant qu'elle ne leur résisterait pas longtemps et qu'elle perdrait en s'effondrant en larmes. Pauvre sorcière, elle pleurait encore, blessée par les paroles de son père dont elle mesurait pourtant la justesse. Elle s'était toujours sentie rassurée par l'estime des autres. Elle avait œuvré dans les services sociaux avant d'être élue maire et elle s'était repliée dans ce besoin viscéral de contenter tout le monde et faire sagement ce qu'on attendait d'elle. La déchirure provoquée par les critiques de son père l'amenait face à la vérité qui prenait une signification particulière en cet instant. Des amis… Avait-elle des amis ? Ou seulement des relations professionnelles, à la mairie, dans les divers syndicats et associations dont elle faisait partie ? Pour les funérailles de Fabienne et celles de Mark, combien furent-ils à offrir davantage que quelques mots récités au téléphone ou griffonnés sur une carte de visite. Peu, très peu. Même son père était resté indifférent. Il n'y avait eu que Jean-Pierre à qui parler. Jusqu'à l'arrivée d'Erwan dans sa vie. Et cette pensée posa un sourire parmi ses larmes. À plusieurs reprises, elle regarda le portrait de sa mère posé sur le siège à côté d'elle, et ces instants d'inattention lui valurent de frôler le fossé. « Quel secret as-tu emporté avec toi, maman ? Avais-tu accumulé tant de rancœur à mon égard pour ne rien me dire. Tu m'as fait payer ma faute en refusant de comprendre, pourtant tu aurais pu m'aider. »

Elle arrêta sa voiture devant le perron et, le portrait de sa mère serré contre elle, elle gagna son bureau.

Tonia passait une éponge humide sur le plan de travail, elle avait épluché le céleri-rave, l'avait coupé en fines lamelles ; braisé, il accompagnerait le rôti. Les œufs en neige et la salade étaient prêts aussi, et juste avant de partir, elle préparerait des pâtes au gratin. Isabelle n'avait jamais aimé le céleri. Et comme elle devait se requinquer, pensait-elle, elle était attentive à cuisiner tout ce que la jeune fille aimait. Elle entendit la porte claquer et des pas dans l'escalier. « C'est bizarre que Juliette ne vienne pas me dire quelques mots dans la cuisine et boire un café avec moi avant de monter dans son bureau… Qu'est-ce qui se passe encore ? » Elle s'essuya les mains, servit une tasse de café sur un plateau et monta. Juliette était assise dans le fauteuil Voltaire, près de la cheminée, à cette même place que sa mère occupait souvent dans ses moments de réflexion. Elle pleurait. Tonia eut peur, elle pensa aussitôt à Isabelle, posa le plateau et vint s'asseoir sur l'accoudoir du fauteuil. C'est alors qu'elle vit le portrait de Lise Leroux posé par terre devant la bibliothèque.

Juliette essuya ses larmes du bout des doigts, et appuya sa tête sur la poitrine de Tonia.

— Isabelle va bien… Je me suis disputée avec mon père. Il m'a accusée de vouloir régenter la vie des autres, de les étouffer. Il m'a dit que j'étais comme ma mère.

Le visage de Tonia vira au cramoisi.

— Eh bien ! puisque tu régentes sa vie, ne t'occupe plus de lui ! Et comme c'est toi qui paies son aide-ménagère, il verra ce vieil égoïste quand il n'aura plus personne pour préparer ses petits plats, repasser son linge, l'accompagner à ses conférences débiles. De quoi il se plaint à vivre sa retraite dorée dans son petit « cottage », comme il dit ? Il y a des retraités qui vivent avec dix fois moins d'argent que lui, quand ils n'agonisent pas dans des mouroirs parce que leurs enfants les ont abandonnés… Laisse-le, ma grande, et je prends le pari avec toi qu'avant huit jours, c'est lui qui t'appellera…

Juliette lui raconta son entrevue avec le commissaire.

— Tonia, il m'a dit que cet argent venait des Debras-Monbourg, et il pense à une affaire de chantage. Ma mère n'a jamais eu de secret pour toi, j'en suis sûre. Tu sais la vérité au sujet de cet argent…

— Ce n'est pas à moi de te le dire.

— C'est aussi ce que prétend mon père, et j'en ai marre qu'on me prenne pour une conne… Tout à l'heure j'ai eu l'impression que mon père me détestait ou plutôt qu'il détestait ma mère à travers moi. Qu'est-ce qu'elle trafiquait avec les Debras-Monbourg ? Elle ne les faisait pas chanter tout de même ? J'ai besoin de savoir.

Tonia aimait beaucoup Lise Leroux et elle lui avait juré de garder son secret, mais était-elle encore liée par la promesse faite à une morte, il y avait si longtemps ? Certes, sa dévotion pour Lise était demeurée forte, mais elle devait convenir qu'elle aimait Juliette bien plus encore.

— Armand Debras-Monbourg était le père de Fabienne, dit-elle enfin.

Juliette jaillit de son fauteuil, le café se renversa sur sa jupe et sur le tapis, elle ne songea même pas à l'éponger.

— Ma mère avait une liaison avec Armand Debras-Monbourg ?

— C'est plus compliqué que cela... Ils s'aimaient depuis le lycée, ces deux-là. Mais sa famille à lui avait d'autres projets. On ne parle pas d'histoire d'amour dans ce monde, ou plutôt si ! D'amour de l'argent. On l'a marié à une riche héritière issue des Chartrons, comme lui. Ta mère s'est mariée aussi. Au début je crois que ton père était plutôt flatté de faire son entrée aux Alizés. Mais c'est clair qu'ils ne vivaient pas sur la même planète. Ils ont fini par vivre sous le même toit, mais plus tout à fait ensemble.

— Elle a revu le père d'Arnaud ? demanda Juliette.

— Ils évoluaient dans le même milieu, alors à force de se retrouver aux mêmes réunions, aux mêmes manifestations... Ta mère s'est trouvée enceinte et elle a eu l'honnêteté de dire la vérité à ton père. Elle savait que Debras-Monbourg ne divorcerait pas, et je crois qu'elle n'en avait pas envie non plus. Elle a attendu la naissance du bébé, et ils sont partis un week-end ensemble, tous les trois. À son retour elle m'a dit : « C'est fini, mais Armand m'a assuré qu'il pourvoirait à l'avenir de sa fille. » Et la vie a repris comme avant.

— C'est donc de là que vient l'ouverture de ce compte à l'étranger alimenté par Debras-Monbourg... dans le fond, je peux comprendre mon père, son détachement, sa rancœur...

— Pas moi Juliette, c'était son choix, il devait l'assumer. Ta mère a été franche avec lui, de nombreuses femmes auraient mis leur fille au monde sans rien dire à leur mari. Elle ne l'a pas non plus enchaîné aux Alizés. Il aurait pu divorcer, mais au fond il aimait bien son confort, son standing de vie. Il a accepté la situation avec le bénéfice matériel qu'elle comprenait, mais il s'est enfermé dans sa tour d'ivoire dont il n'est plus jamais sorti. Tu pourras te récrier quant à ce que je vais dire, mais ce n'était pas honnête de sa part, il pouvait choisir de s'en aller.

Juliette se dit que Tonia avait raison, c'était comme si son père avait laissé un brouillard s'installer autour de lui, où il était resté à couvert.

— Et Stéphane ? demanda-t-elle soudain.

— Stéphane est bien le fils de ton père. Ta mère a jugé qu'elle lui devait bien cela… Un autre enfant qui atténue la présence de Fabienne. Elle a bien fait, d'ailleurs. De vous trois, c'est celui qui lui ressemble le plus.

— Une banale histoire d'amour en somme, et Fabienne était au courant ?

— À sa majorité, ta mère lui a dit qu'elle n'était pas la fille de son mari. Elle croyait que, comme dans le cas d'une adoption, à un moment il faut dire la vérité aux enfants. Elle a sans doute pensé qu'elle était capable d'encaisser le choc.

— Ça, je n'en suis pas si sûre !

— Moi non plus. Mais c'était aussi une façon de mettre un terme à toutes les questions que ta sœur se posait. Elle n'était pas idiote, je crois qu'elle s'était rendu compte que ton père n'avait pas la même tendresse pour elle que pour toi, et surtout pour son fils.

Tout à coup Juliette se figea.

— Mais alors, son aventure avec Arnaud… c'était son demi-frère ? Mon Dieu ! quelle horreur ! C'est pour cela qu'elle a rompu avec lui sans explication. C'est toi qui le lui as dit ?

— Je n'étais pas au courant de la liaison de ta sœur avec ce garçon, mais j'imagine très bien ton père se délecter de ce plaisir…

Juliette rassembla les tasses et épongea le café renversé avec un mouchoir en papier. Elle comprenait maintenant le regard douloureux de Fabienne sur la photographie. Ce regard de détresse, elle l'avait vu tant de fois chez les femmes désespérées qui se réfugiaient dans son bureau.

Fabienne, fantasque, imprévisible mais qui avait sans

doute souffert à cause de ce drame familial, dont Juliette n'avait rien su.

— Dire que je n'ai rien compris, rien deviné. Quelle gourde ! Fallait-il que ma mère me tienne en piètre estime pour ne rien me confier.

Tonia lui prit le plateau des mains et la regarda avec infiniment de tendresse.

— Arrête de culpabiliser, ma grande… Je crois que c'était le vœu de ta mère de te tenir à l'écart, elle savait déjà que de ses trois enfants, tu étais la seule capable de lui succéder, de prendre à bras-le-corps la destinée des autres. Elle t'y préparait depuis toujours, tu sais.

« Je sais », murmura Juliette après son départ, et sa voix était empreinte d'une immense tristesse. Elle songeait à toutes ces années consacrées à vénérer la mémoire de sa mère, réduites à cette impression d'abandon, de trahison… « Elle, autoritaire, avide, avec cet esprit brillant capable de modeler les autres, de tirer le meilleur parti de leurs faiblesses, et moi à demi-orpheline de musique, d'amour… épuisée par sa tutelle, me noyant dans l'attente de ses assentiments jusqu'à ce que je finisse par ne plus rien attendre, seulement redouter et trembler… »

Pourtant, elle avait respecté et adulé sa mère, prête à tout pour obtenir son approbation. « J'ai renoncé à tous mes rêves, tous mes espoirs, j'étais là, servile, anxieuse de te plaire, à espérer que tu t'apercevrais que je faisais semblant d'exister, que je n'étais qu'une coquille vide, avec tous les avantages matériels que tu pouvais m'offrir, sauf ce dont j'avais le plus besoin, ton amour. »

Juliette se leva enfin, et se dirigea vers la fenêtre. Le soleil amorçait sa descente, et les cèdres du parc allongeaient leur ombre sur les allées. Elle regarda les jardins, l'étendue des vignes pailletées de lumière et les murs de la citadelle qui se détachaient de la ligne d'horizon pour entrer dans le ciel moucheté de reflets vieil argent. Magie, beauté de ces paysages immuables. Elle se rappelait pourtant les paroles de Jean-Pierre après le suicide d'Olivier.

« La beauté suscite trop de convoitises, au final elle ne provoque que la souffrance… »

Elle devait appeler le commissaire Lenoir et lui expliquer pourquoi Armand Debras-Monbourg avait donné cet argent à sa mère, et pourquoi ce compte était destiné à Fabienne. Elle n'avait pas le droit de garder le silence, la vérité abrogeait la thèse du chantage entre les deux familles, et Arnaud n'avait pas tué Fabienne pour l'empêcher de divulguer une affaire de vins frelatés. La raison de leur séparation était ailleurs. Comme leurs parents quelques années avant eux, ils avaient vécu un amour condamné d'avance.

Juliette se dirigea vers son bureau et décrocha le téléphone. Sous le poids de ce sentiment nouveau de chagrin et de déception mêlés, elle se sentait plus vulnérable que jamais.

Isabelle se rendit seule à l'aéroport afin d'accueillir le neveu d'Erwan. La circulation était dense sur la rocade, et depuis vingt minutes, elle roulait au pas, prisonnière d'un embouteillage monstre.

Il lui fallut un quart d'heure encore pour aborder l'entrée de l'aéroport, tous les parkings-minute affichaient « complet », elle remonta à pied du parc de stationnement nord, jusqu'à l'entrée de l'aérogare. Sa déconvenue fut pire en constatant qu'elle ne pouvait pas pénétrer dans le hall d'arrivée. Une foule compacte se massait au pied des escaliers devant le terminal, maintenue par un cordon de police, et des journalistes étaient postés tout autour en embuscade. « Encore une visite officielle », pensa-t-elle.

Soudain, la foule se pressa un peu plus au bout du terminal et se dirigea en groupe serré vers la sortie. Le hall de l'aéroport se vida en quelques minutes et il y eut un silence, comme une pause, avant que les garçons de café remettent en ordre les tables et les chaises des terrasses, et que l'on entende de nouveau la voix standardisée d'une hôtesse, et le bruit sourd d'un avion qui décollait.

Isabelle put enfin atteindre le bureau des informations. Elle s'apprêtait à demander l'aide d'une hôtesse, lorsqu'elle vit un grand jeune homme brun s'avancer vers elle. D'allure sportive, il portait un jean et une chemisette blanche, ouverte sur sa poitrine où pendaient une chaîne et une croix en or. Un sourire chaleureux éclairait son visage à la peau caramel, aux lèvres charnues. Il avait des cheveux très noirs, courts et bouclés. Mais ce qui surprenait le plus c'était son regard, des yeux sombres avec des reflets d'un gris bleuté.

— Vous êtes Thomas ?

Elle lui tendit la main et il la secoua avec énergie.

— Je m'appelle Isabelle.

Elle lui expliqua pourquoi elle était en retard. En parlant, ils rejoignirent sa voiture où il entassa deux valises et trois sacs, et il s'installa près d'elle. La jeune fille se retourna pour reculer et elle croisa son regard. Il lui sourit et il nota qu'au moment où elle lui rendait son sourire ses traits se contractèrent. Il s'attarda à observer l'ovale de son visage, le chaos de sa chevelure châtain qui lui retombait sur les épaules, et les taches de rousseur sur l'arête du nez. Leurs regards se croisèrent encore et il remarqua autre chose : une expression tragique dans la profondeur insensée de ses yeux couleur d'ambre qui paraissaient comme détachés.

— Alors c'est avec vous que je vais travailler ? demanda-t-il. Et avec votre mère… Mon oncle m'a dit qu'elle était… *mayor*. Comment dit-on en français ?

— Maire ! répondit Isabelle.

Et comme il confondait mère et maire, elle prit un certain temps pour lui expliquer à la fois la différence de sens et la similitude de prononciation. Quand enfin les homonymes n'eurent plus de secret pour lui, il se pencha vers elle et posa sa main sur son épaule.

— Vous avez beaucoup de chance, Isabelle !

Le visage de la jeune fille se crispa.

— Pourquoi ?

— Parce que vous avez deux mères... au lieu d'une !

Elle éclata d'un rire qui mourut aussitôt. Ils contournèrent Bordeaux par la nationale 10, puis ils prirent la direction du Blayais-Bourgeais. Ils passèrent à quelques encablures des Alizés et Isabelle montra à Thomas la bâtisse et ses jardins, les chais, le vignoble. Dès le premier regard, il aima le paysage qui s'offrait à lui, des villages bâtis au milieu du vignoble, l'estuaire et ses îles. Une brume de chaleur flottait au-dessus des vignes qui suivaient le mouvement des collines et semblaient se perdre à l'infini, dociles sous le soleil torride.

Saint-Louis s'étendait à droite sur le sommet d'un coteau verdoyant, avec son empilement de toitures, de murailles en décrochés, vestiges des anciens remparts ; tout autour les vignes formaient une mosaïque, limitée par les bosquets de pins et les haies d'aubépines. En traversant la ville ils ralentirent. C'était jour de marché, la place et la rue principale bordée de platanes étaient encombrées d'éventaires bariolés, de devantures réfrigérées, et les rues adjacentes obstruées par les voitures.

Ils sortirent par la route de Prignac, et un peu plus tard, Isabelle s'arrêta devant la maison d'Erwan et donna à Thomas les clés qu'il lui avait confiées la veille. Il ouvrit la porte, posa ses bagages dans le vestibule, puis il ressortit aussitôt et s'assit sur la première marche du perron.

— Je vais attendre ici...

— Votre oncle ne rentrera que cet après-midi, ou peut-être ce soir.

Il eut un geste des mains, simple et déconcertant.

— C'est pas important, je peux attendre.

Isabelle s'éloignait déjà, mais elle éprouva quelque remords à l'idée de le laisser seul jusqu'au retour d'Erwan. Lorsqu'elle lui proposa de l'accompagner aux Alizés et de visiter la propriété, il accepta et la remercia d'un grand sourire qui illumina ses yeux superbes. Il referma la porte d'entrée à clé et reprit sa place dans la voiture à côté d'Isabelle qui fit tout son possible pour fuir son regard.

Un peu plus tard, la voiture s'engageait sur le chemin qui longeait les jardins et Thomas découvrit les pelouses, les bassins et les massifs fleuris où toutes les couleurs s'harmonisaient avec la pierre blonde des bâtiments. Devant la beauté des lieux, il resta silencieux. Et son silence rappela à Isabelle le cri qu'avait poussé Mark en découvrant Les Alizés : « Mais c'est le paradis ! » Ils passèrent par l'arrière de la maison et elle vit le regard du jeune homme se tourner avec intérêt du côté de la piscine. La température avoisinait les trente-cinq degrés, et sa chemise lui collait à la peau, soulignant sa carrure aux muscles parfaits. Elle le guida à travers le chai de vinification où s'élevaient d'énormes cuves en acier inoxydable rutilant. Lorsqu'elle parla de thermorégulation, il ouvrit de grands yeux. Elle essaya de trouver des mots simples pour décrire le processus chimique de la fermentation.

— Les grains de raisin doivent macérer avec leur peau à une température entre vingt et vingt-cinq degrés, et sous l'effet de la chaleur, les levures contenues dans la peau des raisins provoquent la fermentation qui transforme le sucre en alcool. C'est ce qui donne le vin… Mais il y a un risque, si la température est trop élevée les levures meurent et la fermentation s'arrête. Avec ce système de refroidissement, on maîtrise les températures, c'est la thermorégulation…

Il eut un grand sourire.

— J'ai compris… et combien de temps dure la fermentation ?

— Environ deux à trois semaines.

Puis elle lui montra le chai à barriques et la salle de dégustation. Thomas était émerveillé par le luxe discret et le sentiment de paix qui régnaient dans ce lieu protégé par les murs de pierre, éclairés des reflets dorés du soleil qui s'infiltrait par les vitraux, et ces rangées de barriques aux courbes généreuses. Il y posa les mains et Isabelle sourit :

— Personne n'y résiste.

Soudain, elle suspendit ses explications. C'était la deuxième fois en quelques mois qu'elle suivait cette allée de barriques aux côtés d'un jeune homme attentif et curieux. Mais alors c'était sa mère qui avait initié Mark aux secrets du vin. Elle le revoyait encore, l'écoutant sans l'interrompre tandis qu'il la regardait, elle, de ce regard particulier qui lui donnait l'impression de s'élever au-dessus des autres, légère, heureuse. Aujourd'hui, elle retrouvait la même curiosité dans le sourire de Thomas. Elle lui expliqua comment le vin vieillissait dans les fûts pendant un temps adapté à chaque cépage, avant d'être assemblé et embouteillé. Puis la suite de la visite les conduisit au chai d'embouteillage où deux ouvriers surveillaient la machine à étiqueter. Thomas observa les cartons alignés sur des palettes, les casiers où s'entassaient des milliers de bouteilles, prêtes à être expédiées aux quatre coins du monde.

— Même aux *States* ?

— Bien sûr nous avons quatre importateurs aux États-Unis, à Boston, Miami, Houston et New York... Nous vendons environ vingt mille bouteilles par an, du médoc mais aussi des premières côtes-de-blaye et du vin blanc sous l'appellation « bordeaux ».

Thomas lui raconta qu'il avait fait ses études à La Nouvelle-Orléans où la culture française était toujours présente, mais ses parents et sa sœur habitaient Philadelphie. Il avait passé toutes ses vacances chez son oncle à Valcartier au Canada. Isabelle l'écoutait en silence, et cela l'apaisa de se taire. Depuis qu'elle essayait de redonner un sens à sa vie, le plus dur était de se forcer à sourire, s'intéresser au goût d'un plat ou d'un vin, tenir une conversation comme si de rien n'était. Alors que chaque heure, chaque jour qui passait emportait quelque chose de Mark... son rire... sa voix... bientôt ce serait son visage, et elle devrait vivre avec cela.

Sur le chemin du retour, Thomas eut le même regard brillant en direction de la piscine.

— Vous voulez vous baigner ? demanda-t-elle. Nous avons le temps avant de repartir chez Erwan. Je peux vous prêter un des maillots de bain de mon oncle, il est presque aussi grand que vous.

Il était assis sur le bord de la piscine lorsqu'elle revint avec un maillot de bain de Stéphane, des jus de fruits et un livre.

— Vous pouvez vous changer là, il y a des cabines...

— Et vous, vous ne vous baignez pas ? demanda Thomas.

— Je ne peux pas, dit-elle avec un sourire gêné.

Il se dirigea vers le plongeoir et Isabelle remarqua à quel point il était beau. Il monta sur la dernière marche et s'élança. L'eau jaillit autour de lui, et à brasses régulières, il nagea deux longueurs de bassin sans s'arrêter.

Lorsqu'il sortit, il s'allongea sur le carrelage, le dos au soleil, la tête au creux de ses bras. Isabelle ouvrit son livre, le posa sur ses genoux et elle fixa un instant le bleu de la piscine, ce bleu éternel qui lui ramenait les yeux de Mark du plus profond d'elle-même. Pourtant, elle se sentait mieux, mais combien de temps faudrait-il encore avant qu'elle retrouve une vie simple. Une vie sereine, ciselée de multiples bonheurs qu'elle effeuillait chaque jour, comme la première fleur des champs au printemps. Pour l'instant, elle luttait toujours contre ses cauchemars, et ce sentiment douloureux au réveil, quand elle sentait confusément que quelque chose d'effroyable s'était produit. Il lui suffisait alors de prendre conscience de l'air entrant dans ses poumons pour que tout ressurgisse : la piste, le choc, et le corps de Mark broyé dans des morceaux de métal... Et pourtant quelque chose en elle vibrait ; elle percevait le rugissement du sang dans ses veines, son cœur battre. Vivre... Elle s'entendait vivre et cela lui procurait un immense soulagement. Elle ne s'aperçut pas que Thomas l'observait… Impressionné par cette fixité, il s'adressa à elle à voix basse.

— Isabelle, ça va ?

Elle sursauta, retira ses lunettes et regarda sa montre.

— Oui, merci. Nous pouvons y aller si vous voulez…

Il se releva d'un bond.

— Je change de vêtements.

Lorsque, un peu plus tard, il se pencha vers elle pour ouvrir sa portière, leurs regards se croisèrent, et elle s'éloigna malgré elle du bleu du ciel. « Il a le même regard que maman, pensa-t-elle, de multiples couleurs qui s'opposent pour finir dans un éclat doré. » Elle eut alors la certitude de se sentir réellement mieux.

## 13

Le bureau du juge Blondin était situé au premier étage dans l'aile ouest du palais de justice de Bordeaux. La quarantaine, le visage buriné, le regard noir et vif, Laurent Blondin avait un abord engageant et un sourire chaleureux, malgré la gravité parfois sordide de son travail. En dépit d'une charge de travail colossale, il prenait son temps pour écouter, provoquer les confidences, voire les aveux, avec une habileté remarquable qui lui valait une réputation de juriste brillant, énergique et consciencieux.

Ce matin, il devait auditionner Arnaud Debras-Monbourg pour la troisième fois. Depuis une demi-heure, le jeune homme était assis dans le couloir, menotté à un gendarme qui regardait sa montre toutes les cinq minutes. Chaque fois, il tirait sur les menottes en soulevant le bras d'Arnaud. Le jeune homme observait son impatience avec une sorte de détachement. Depuis quelques jours, il avait perdu la notion du temps. Aux interrogatoires qui n'en finissaient pas s'ajoutaient des nuits sans sommeil, entretenues par les cris des prisonniers, les coups donnés dans les portes et la chaleur insoutenable. Il supportait les sarcasmes des gardiens – « Y a pas la clim comme dans votre bureau, hein ? » – en se retenant de hurler. Pour l'instant, il bénéficiait d'une cellule individuelle, mais il savait que s'il était inculpé pour le meurtre de Fabienne, il perdrait aussitôt ce privilège. Il ne tiendrait pas… « Plutôt mourir », se répétait-il tous les jours. Selon le règlement, il avait pu passer deux appels téléphoniques. Il avait appelé la maison de retraite de son père et réservé l'autre communication à son entreprise.

André Legallec avait repris du service. Cet homme de

soixante-huit ans avait longtemps travaillé avec Armand Debras-Monbourg, mais en succédant à son père Arnaud avait eu du mal à s'entendre avec lui. Legallec ne supportait pas les idées novatrices du jeune homme et celui-ci ne pouvait plus accepter ses sempiternelles remarques teintées d'hostilité parfois. « Votre père aurait fait cela... Il n'aurait pas accepté ceci... » Peu à peu, il l'avait mis sur la touche, jusqu'à l'entretien décisif au cours duquel il lui avait fait comprendre qu'il était temps pour lui d'envisager une retraite méritée. Pour son départ, une réception fut organisée au siège de la société, Arnaud prépara un discours solennel, avec juste ce qu'il fallait d'émotion pour donner l'impression de regretter ce départ qu'il avait cependant orchestré. Il savait bien que Legallec ne verrait jamais le soupir de soulagement qu'il avait poussé en regagnant son bureau. Et pourtant, au moment d'être arrêté, il n'avait trouvé personne d'autre pour le remplacer en attendant qu'il sorte de prison. « Si je sors un jour d'ici... »

Pendant les premiers jours passés en détention, il avait été soutenu par sa conscience et la certitude d'être innocent. Mais au fil de ses entretiens avec le juge il avait l'impression que tous les arguments qu'il pensait en sa faveur devenaient autant d'éléments à charge. Son avocat avait beau lui certifier qu'il devait être confiant, le soir dans sa cellule, il ne lisait pas, il ne regardait pas la télévision, il restait dans l'obscurité à tenter de reconstituer les faits de l'époque, en quête du moindre détail, aussi infime soit-il, susceptible de l'aider. La seule chose dont il se souvenait et qui l'obsédait, c'est à quel point il avait aimé Fabienne et combien il avait souffert quand elle l'avait quitté. Il n'éprouvait aucune honte à se rappeler qu'il avait pleuré pour elle. S'il était possible d'évaluer l'amour sur un quelconque baromètre, ce serait facile de comprendre qu'il n'avait pas pu la tuer...

Le commissaire Lenoir arriva en retard. Avant d'entrer dans le bureau du juge, il s'arrêta un instant près d'Arnaud et remarqua les cernes sous ses yeux, le visage mal rasé. Lorsque le jeune homme tenta de se lever à son approche, il vit qu'il flottait dans ses vêtements. Il lui serra la main et ne put s'empêcher de lui demander :

— Ce n'est pas trop dur, Arnaud ?

Le jeune homme se contenta de soupirer, et devant son silence le commissaire posa la main sur son épaule.

— Je dois m'entretenir avec le juge, ensuite nous vous appellerons, ce ne sera pas long.

Arnaud faillit répondre qu'il avait tout son temps.

La porte s'ouvrit enfin. Ils entrèrent et selon le rituel le juge demanda qu'on lui retire ses menottes, puis le gendarme quitta le bureau. Le juge Blondin chargea le greffier d'aller leur chercher du café, et il ouvrit le dossier posé devant lui.

— Le commissaire Lenoir est porteur de nouvelles fraîches ce matin. Vous avez déclaré que vous n'aviez jamais su pourquoi Fabienne Leroux avait rompu votre brève aventure ? En fait, nous avons de sérieuses raisons de penser qu'elle était votre sœur, ou plutôt votre demi-sœur. Votre père avait eu une liaison avec la mère de Fabienne.

Le juge et le commissaire virent l'effroi prendre forme sur son visage, il garda la bouche entrouverte, les yeux écarquillés et, sans proférer un mot, il s'effondra et cacha son visage dans ses mains.

— Ce n'est pas vrai… murmura-t-il.

Le commissaire remarqua alors la ressemblance avec Fabienne, les mêmes cheveux blond-roux et bouclés, les traits anguleux, et ces yeux noirs.

— Comment avez-vous appris cela ? demanda enfin le jeune homme.

Les deux hommes échangèrent un regard et c'est le commissaire qui répondit.

— Juliette Leroux l'a découvert et m'en a aussitôt informé.

— Et ça change la donne pour moi ?

Il surprit un nouveau regard entre les deux hommes.

— Oui et non, répondit le juge Blondin, puisque vous n'étiez pas au courant de ce lien de parenté, cela ne retire en rien le mobile passionnel. Et vous auriez très bien pu la supprimer pour l'empêcher de divulguer cette affaire de trafic d'appellations d'origine.

— Je vous l'ai déjà dit vingt fois. Toute l'activité de notre maison est irréprochable.

Le greffier entra avec un plateau et le commissaire tendit une tasse à Arnaud.

— La brigade financière vérifiera vos dires... Mais ne pensez-vous pas qu'avec les antécédents de votre famille il aurait suffi de citer votre nom pour que cela vous porte des préjudices irréversibles ?

— J'imagine, oui... Mais au vu de vos informations commissaire, Fabienne aurait pu ouvrir ce dossier après notre rupture. Pourquoi ne l'a-t-elle pas fait ? Elle avait de bonnes raisons d'en vouloir à ma famille.

— Et vous de la faire taire...

De nouveau Arnaud s'effondra :

— C'est un cauchemar... murmura-t-il.

Le juge Blondin se leva, signe que l'entretien était terminé, il appela le gendarme qui menotta Arnaud et l'emmena, puis après son départ, s'adressant au commissaire :

— Je vous sens dubitatif... Vous ne croyez pas vraiment à la culpabilité de Debras-Monbourg, n'est-ce pas ?

Les deux hommes se connaissaient et s'appréciaient au point de se comprendre d'un regard. Le commissaire ne répondit pas aussitôt. Les présomptions à l'encontre d'Arnaud étaient convaincantes. Il avait eu plusieurs bonnes raisons de tuer la jeune femme, passion, intérêt financier, et il connaissait les grottes des Aubiers mieux que personne.

— Pourtant, il m'apparaît de moins en moins comme un meurtrier.

— Parce qu'il est de bonne famille ?

— Pas du tout, son statut social me laisse indifférent, et vous le savez, mais je crois qu'il l'aimait sincèrement.

— Il arrive que ce soit un excellent mobile !

— C'est vrai... Mais il y a un autre volet dans cette affaire qui me tracasse. C'est la mort de Geoffrey Morris. Il est mort une semaine après Fabienne Leroux, et c'est évident qu'il ne l'a pas tuée. J'en arrive à douter qu'il se soit suicidé, et pourtant les deux morts sont liées...

— Vous pensez qu'on a pu assassiner le fils Morris aussi ? Dans ce cas en effet, je ne vois pas le mobile de Debras-Monbourg.

Le commissaire ne le voyait pas non plus, et de toute façon, Arnaud ne pouvait pas être le meurtrier de Geoffrey, si meurtre il y avait, son passeport prouvait qu'il était au Viêtnam au moment de la mort du fils Morris.

En fait il avait de plus en plus l'impression pénible que quelque chose lui échappait, quelque chose de simple, d'évident et il tournait autour sans trouver. Il se leva et serra la main du juge.

Il avait l'intention d'éplucher heure par heure l'emploi du temps des deux jeunes gens dans les semaines qui avaient précédé la disparition de Fabienne, et il savait qu'il pouvait compter sur un soutien : la presse.

Le 15 août entraîna le plus beau de l'été et les jours devenaient plus courts. Constante et sereine, la vigne assumait le cycle des saisons. Jour après jour, les raisins changeaient de couleur, la peau des grains s'affinait en se gorgeant de pulpe. C'était l'époque où il fallait juguler l'abondance des feuillages. Les tracteurs équipés de faucilles mécaniques sillonnaient le vignoble, effeuillant la vigne côté soleil levant, et couchant. Ainsi on facilitait la circulation de l'air en mesurant les effets du soleil aux heures les plus propices... et les fruits gagnaient en force et en maturité.

Aux Alizés, Isabelle appréciait de plus en plus la

présence discrète de Thomas. Elle s'habituait à sa voix chaude, son accent, et ce sourire qui plissait ses paupières et dévoilait des dents éclatantes.

Il avait tout de suite compris ce qu'on attendait de lui. Et que ce soit pour entrer les commandes dans le logiciel de comptabilité, préparer des échantillons ou nettoyer le carrelage de la salle de dégustation, il était toujours disponible, avenant, appliqué, en donnant l'impression que tout l'intéressait. À plusieurs reprises, il avait écouté Isabelle lorsqu'elle faisait visiter les chais à des touristes. Dès lors, quand des visiteurs étrangers s'arrêtaient aux Alizés, il se tenait à ses côtés, et dès qu'elle hésitait sur un mot en anglais, il volait à son secours. Il cherchait alors l'approbation dans son regard, elle souriait et il était heureux. Il avait découvert que c'était une adorable jeune femme, jolie et intelligente. Son oncle lui avait appris le drame qu'elle avait vécu au début de l'été et il lui avait recommandé de veiller sur elle. Thomas la regardait parfois à son insu, son visage devenait grave et triste, et son regard s'égarait... Puis très vite, elle se ressaisissait. Il s'aperçut que dans ces moments-là, elle le cherchait souvent des yeux et elle répondait toujours au sourire qu'il lui adressait. Il l'admirait pour tant de courage, et il veillait sur elle, attentif au moindre soutien qu'il pouvait lui apporter.

Quant à Isabelle, elle avait constaté que Thomas exerçait une fascination indéniable sur les femmes. Depuis les stagiaires qui multipliaient leurs tentatives d'approche jusqu'à Sylvie, la secrétaire, qui minaudait devant ce grand garçon brun au regard troublant. Et même Tonia plaisantait avec lui, le gavait des plats qu'il lui disait aimer en se jouant de son accent et de ses lapsus. Il restait toujours courtois et souriant, mais Isabelle le devinait sur la défensive.

Cet avant-dernier dimanche d'août, les deux jeunes gens étaient seuls au domaine. Erwan assurait une permanence à la centrale électrique, et Juliette était à Paris pour une réunion de l'association des maires de France. Ils passèrent la journée au chai. Le matin ils avaient reçu un car de touristes belges et, cet après-midi, un groupe d'Anglais était attendu pour visiter la propriété. Entre les deux visites, le temps leur avait manqué pour nettoyer les verres, remettre les vins blancs au frais, vider les cendriers, les corbeilles à papier.

Cet après-midi, pendant la visite des Anglais, Isabelle se sentit détendue et enjouée comme elle ne l'avait pas été depuis longtemps. C'était un groupe de jeunes cadres qui montrèrent un humour et un enthousiasme très *british*, pensa-t-elle, et elle se surprit à rire de bon cœur. Thomas assura presque seul le commentaire de la visite et tout en plaisantant, il forçait les visiteurs à acheter plus qu'ils n'avaient sans doute prévu, puis il chargea lui-même les cartons de vin dans les soutes de l'autocar.

Après leur départ, Isabelle lui demanda d'entrer tous les noms et adresses mentionnés sur les chèques dans le fichier.

— C'est pour garder le contact, expliqua-t-elle, nous envoyons nos vœux en décembre, une lettre annuelle pour leur donner des nouvelles de la propriété, et nous leur proposons de se regrouper pour passer des commandes !

— C'est du marketing ! dit-il en riant.

Elle entreprit de faire les comptes de la journée et Thomas l'observait depuis son bureau. Lorsqu'elle eut fini, il se pencha par-dessus son épaule, et demanda avec un soupçon d'inquiétude dans la voix.

— Est-ce que c'est bien ce qu'on a gagné ?

— On a rarement aussi bien travaillé avec un groupe de Britanniques… mais c'est grâce à toi, tu les as poussés à la consommation. On termine et après je t'invite à la cafétéria.

Il lui adressa un sourire radieux et retourna à son ordinateur. Ils travaillèrent chacun de leur côté pendant une demi-heure au cours de laquelle ils se surprirent à se regarder. Ils faisaient une découverte merveilleuse :

ils pouvaient devenir amis. Ils s'apprêtaient à ranger les échantillons lorsque le téléphone portable d'Isabelle résonna. Erwan les invitait à dîner. Il acheva sa phrase d'une voix si basse qu'Isabelle lui demanda de répéter.

— On pourrait en profiter pour chercher le carnet de ta tante.

— C'est entendu, Erwan, nous arrivons et je laisse un message à maman pour qu'elle nous rejoigne, elle est certainement dans l'avion à l'heure qu'il est.

À la fin de l'assemblée des maires de France, Juliette refusa plusieurs invitations à dîner, et regagna Orly en compagnie de six autres collègues originaires de la région bordelaise. Un peu plus tôt dans la journée, elle avait éteint son téléphone et depuis, elle avait oublié de le remettre en marche.

Elle se détendit pour la première fois depuis le début de cette trop longue journée. Les débats lui avaient semblé sans intérêt, elle avait l'impression que d'une assemblée à l'autre, les thèmes étaient les mêmes, les solutions proposées aussi, alors qu'elle savait bien que sur le terrain tout évoluait si vite, les exigences du quotidien, et les difficultés du maire, toujours en première ligne. Elle avait écouté les discours éculés des ténors, et leurs sempiternelles promesses : « Nous avons compris le message, nous allons rectifier le tir. » Juliette avait souri. « Je me demande combien de temps encore la France sera dirigée par des artilleurs bigles, pensait-elle. Ce serait bien si au début de leur campagne électorale, les candidats prouvaient qu'ils visitent régulièrement leur ophtalmologiste. »

Autour d'elle, elle avait surpris des commentaires sceptiques, parfois ironiques, preuve qu'elle n'était pas la seule à douter de ces interminables palabres. Au moment de la pause déjeuner, elle se trouva assise à côté de Lionel Darbeau, maire d'une commune d'Alsace, et cela la contraria. Elle aurait préféré oublier ces quelques étreintes furtives au cours de ses déplacements d'élue et qui ne l'avaient jamais consolée des aventures extraconjugales de Gérard. Ce n'étaient que des diversions faciles dans lesquelles l'amour cherchait encore sa place, elle refusait même d'y associer le mot. Elle avait toujours été une femme fidèle, elle l'était restée longtemps après la découverte des trahisons de son mari. Le goût de l'aventure lui manquait, et les mensonges lui répugnaient. Elle s'était contentée de céder parfois à une tentation, une occasion… Rien d'important, juste une parenthèse ouverte par curiosité, et vite refermée dans le simulacre d'une vie solitaire où les sentiments n'existaient plus, et où le sexe avait peu d'importance. Ainsi, quelquefois elle avait couché avec Lionel. Ils faisaient l'amour, elle essayait d'y trouver du plaisir, n'y réussissait pas toujours, puis très vite, elle prenait une douche, et s'en allait… Dans chaque étreinte elle redoutait la trahison, persuadée que la seule manière de conjurer la souffrance était de s'enfuir… Aussi après un acte plus hygiénique qu'amoureux, elle fuyait, avec un seul désir : retrouver au plus vite sa liberté et ce qu'elle imaginait comme une sorte de dignité dans la solitude.

« La liberté de coucher avec qui on veut commence par la nécessité d'en avoir envie… Quand on vit dans le souvenir de blessures et dans la terreur de souffrir bien plus encore, la liberté perd ses attraits. » Convaincue qu'elle serait toujours la proie, la vilaine sorcière dont les sentiments sont bien vite tournés en dérision, elle appréhendait de livrer la part la plus intime d'elle-même à quelqu'un capable de se moquer, de la rejeter. Être libre lui paraissait plus reposant qu'exaltant. Jusqu'à l'arrivée d'Erwan. L'intensité de leur amour lui donnait l'impression d'émerger de vingt ans de ténèbres.

Ce week-end, Lionel avait imaginé passer un moment avec elle avant de prendre son avion pour Strasbourg, elle l'avait déçu en refusant. Devant son insistance, elle avait fini par lui dire qu'il y avait quelqu'un dans sa vie désormais. Elle avait détesté son sourire condescendant.

À présent, elle était installée au bar de l'aéroport en attente du décollage de son avion et elle se sentait plus légère, enfin débarrassée de la corvée de cette assemblée.

Tandis qu'Isabelle aidait Erwan à préparer le dîner, ils reparlèrent du carnet de Fabienne et il lui avoua qu'il n'avait pas eu le courage d'explorer la chambre de Geoffrey.

— Est-ce que tu nous autorises à le faire ? demanda-t-elle.

— D'accord, mais je vous en supplie, les enfants, remettez tout en place.

Aussitôt les jeunes gens entreprirent d'examiner chaque livre de la bibliothèque, chaque recoin de la penderie, des tiroirs, du bureau. Puis les piles de CD, les cassettes vidéo, les albums de photographies. Ensuite, ils passèrent en revue le dessus des meubles et les déplacèrent pour regarder derrière.

— Rien, dit Isabelle, mais il y a encore un endroit où nous n'avons pas cherché…

Dans la cuisine, Erwan s'était servi un verre de vin. Il fit le tour du salon, s'arrêta devant le portrait de son fils. Depuis que Thomas s'était installé chez lui, Erwan avait dû renoncer à ses soirées de solitude dans lesquelles il puisait le courage qui parfois lui manquait. Pire, la présence du jeune homme, les fréquentes visites d'Isabelle le jetaient dans le souvenir de l'époque heureuse où Geoffrey et Fabienne venaient partager sa vie… Il se perdait alors dans le flot d'images que sa mémoire lui renvoyait et il pensait à Karen dont il était séparé depuis dix ans, sans que ni l'un ni l'autre n'aient jugé opportun d'entamer une procédure de divorce. Il se rappelait encore le temps de l'alchimie intime de leurs corps, le temps où ils se disaient « je t'aime » en se réveillant, encore lovés dans les bras l'un de l'autre. Mais le temps avait passé, Karen s'était détachée de lui, et il était parti. Et Geoffrey était mort…

Alors qu'il ne croyait plus en rien, alors qu'il voyait le monde entier dans le prisme de ses regrets, de son désespoir, Juliette était venue. Et avec elle, ce pour quoi il avait tant lutté : la certitude que Geoffrey était innocent. Juliette l'indulgente, la tendre, la tourmentée... Il l'aimait.

Un peu plus tard, Juliette le découvrit assis dans son fauteuil, la mine défaite et les mains tremblantes.

— Je suis fatigué, expliqua-t-il, je vais finir de préparer le dîner.

— Mais où sont les enfants ?

— Dans la chambre de Geoffrey, je préfère ne pas savoir ce qu'ils font.

Elle gagna le premier étage et en ouvrant la porte, elle entendit sa fille dire :

— Je te fais confiance, Thomas, surtout ne lâche pas !

Elle découvrit le jeune homme arc-bouté, les muscles tendus, soutenant à bout de bras le lit de Geoffrey en équilibre sur deux pieds, Isabelle, couchée sur le dos, se glissa sous le lit. En pivotant sur elle-même, elle examinait chaque recoin du sommier.

— Et merde ! dit-elle, il n'y a rien là-dessous non plus.

Elle sortit et aida Thomas à reposer le lit. Elle lui frotta les épaules et les bras en pinçant les muscles.

— C'est du solide !

Ils éclatèrent de rire. Ce rire qui était la première chose qui les avait rapprochés retomba bien vite, se muant en un silence embarrassé. Il lui tendit la main, elle se releva. Lorsqu'ils se retrouvèrent face à face, ils se regardèrent, et la gêne disparut. En se retournant, ils aperçurent Juliette sur le pas de la porte.

— Vous pouvez me dire ce que vous faites ?

Ils étaient couverts de poussière, des moutons nichés dans leurs cheveux. Isabelle éternua.

— Laisse-nous faire un brin de toilette, maman, on se retrouve en bas, et on t'explique...

Ils descendirent un quart d'heure plus tard, et Juliette ne put s'empêcher de les interroger avec impatience.

— Bon, et si vous m'expliquiez maintenant ?

Tandis qu'ils commençaient de dîner, Isabelle raconta cette impression d'avoir oublié quelque chose d'important chaque fois qu'on parlait de sa tante, et sa mémoire qui lui avait brutalement rendu ce souvenir lorsqu'elle s'était retrouvée seule, désespérée au bord de la citadelle et qu'Erwan était venu. Le visage de la jeune fille se crispa, elle baissa la tête et pâlit. Erwan lui prit la main par-dessus la table et la serra dans la sienne.

— C'est maintenant que tu m'en parles ? demanda Juliette.

— Maman, c'est difficile de te parler de tante Fabienne... Il suffit de regarder ta tête dans ces moments-là. C'était plus facile d'en parler avec Erwan.

— Ce n'est pas d'en avoir parlé ensemble que je vous reproche. C'est de ne pas avoir fait la seule chose logique et intelligente qui s'imposait : aller raconter tout cela au commissaire Lenoir !

— Pour qu'il vienne perquisitionner la maison ? s'écria Erwan.

Il lâcha sa fourchette dans son assiette et les petits pois se répandirent sur la table.

— Je vais encore entendre dire que mon fils était un criminel.

De l'avis de Juliette, c'était au contraire un élément de plus prouvant l'innocence de Geoffrey.

— Penses-tu que ma sœur lui aurait confié son journal si elle n'avait pas eu confiance en lui ? Cela prouve qu'il y avait quelqu'un d'autre dans son entourage qui la harcelait et qu'elle craignait.

Ils se levèrent pour prendre le café au salon. Erwan les rejoignit avec un plateau où il avait déposé la cafetière, les tasses et une tarte aux abricots. Il tendit la tasse à Juliette, leurs mains se frôlèrent avec infiniment de douceur. Ces caresses des doigts, du regard, faisaient naître en lui l'envie de la serrer contre lui, l'embrasser, et de son côté, elle pensait que depuis ses longues nuits de veille au chevet de sa fille et l'arrivée de Thomas chez son oncle, ils n'avaient pas passé une nuit entière ensemble. Elle réalisa à quel point ses caresses lui manquaient, à quel point elle avait envie de lui. Il vint s'asseoir près d'elle et entoura ses épaules de son bras. Ils parlèrent du temps qui changeait, et Isabelle claqua des doigts.

— Maman, il faudrait organiser un dernier week-end à Arcachon tous les quatre, en invitant Stéphane et Sophie.

— C'est une excellente idée, ma puce, je suis sûre que cela nous fera le plus grand bien. J'en profiterai pour inviter Nicolas et Françoise Frémont, je ne l'ai pas fait depuis si longtemps…

Pendant une demi-heure, ils peaufinèrent les plans du week-end, et chacun eut l'impression de mieux respirer. Puis Juliette se leva en regardant sa montre.

— Je vais conduire Isabelle au commissariat dès huit heures demain matin, je pense que ce serait une bonne chose que tu viennes aussi, Erwan.

Il acquiesça, et resta sur le pas de la porte jusqu'à ce que leur voiture disparaisse au bout de l'allée. En fermant le verrou, il sentit comme un poids affaisser ses épaules. Thomas avait rangé la vaisselle, les restes du dîner, il choisissait un film parmi les DVD de son oncle.

— Je monte me coucher mon grand, je suis fatigué…

Avant de quitter le salon, Erwan s'attarda un instant devant le portrait de son fils, puis il monta les marches en se cramponnant à la rampe, le fardeau sur ses épaules se fit de plus en plus lourd. Dans la nébuleuse de ses sentiments, il fut saisi d'une peur irrationnelle… Il eut la certitude que les jours, les semaines à venir seraient une épreuve de plus. La pire peut-être.

Le commissaire ne put s'empêcher de s'emporter contre Isabelle et Erwan, il leur reprocha d'avoir tant attendu pour lui parler de la dispute de Fabienne avec un inconnu peu avant sa disparition et de ce mystérieux carnet à la licorne… Lui qui avait tant cherché la signification de ce mot noté à maintes reprises dans les agendas de la jeune femme.

Le commissaire avait trouvé cela étonnant, un journal intime ! Il associait cette image de carnet secret à des adolescentes vêtues de dentelle qui mouraient d'ennui en se balançant sous des arbres en fleurs, comme sur les cartes postales romantiques que les jeunes filles envoyaient aux poilus pendant la Première Guerre mondiale.

— Je croyais qu'on faisait tout sur ordinateur aujourd'hui, pourquoi pas des notes sur un CD ?

Juliette lui avait souri.

— Je ne crois pas qu'il y ait beaucoup de jeunes filles, même aujourd'hui, qui se confient à un ordinateur, commissaire.

Puis le commissaire avait pris Erwan à partie.

— Vous n'avez plus tout à fait l'excuse de la jeunesse, monsieur Morris, quand est-ce que vous pensiez me communiquer ces informations ? Y a-t-il autre chose que vous me cachez ?

Erwan eut un mouvement de tête.

— Non…

— Laissez-moi faire mon travail et ne jouez pas à l'apprenti policier, c'est un jeu qui peut s'avérer dangereux, je ne vais pas me mêler de vos atomes, moi !

À ce point de l'enquête, il se demandait si Geoffrey s'était vraiment suicidé, à dire vrai, il en doutait de plus en plus.

— Il est possible que j'obtienne une commission rogatoire pour procéder à une exhumation.

Le visage d'Erwan vira au gris, il eut soudain la vision d'un trou béant dans la terre ocre du cimetière et d'un cercueil flétri par le temps qui remontait lentement à la surface. Il s'accrocha à l'accoudoir de son fauteuil.

Dans l'après-midi, le commissaire se prépara à affronter les journalistes. Un peu avant la conférence de presse, il réunit son équipe. Lorsqu'il entra dans la salle de réunion, les tasses de café vides voisinaient avec les cendriers pleins, et les inspecteurs comprirent qu'il était de méchante humeur. Son siège était libre en bout de table mais il ne prit pas la peine de s'asseoir.

— Voici une photo de Fabienne Leroux, débrouillez-vous comme vous voulez, mais je veux savoir avec qui elle sortait avant de rencontrer Morris. Vous avez quarante-huit heures.

— On sait qu'elle est sortie avec Debras-Monbourg, fit remarquer l'inspecteur Amos, mais si on en croit la rumeur, il y en a eu pas mal d'autres…

— Nom de Dieu ! nous ne sommes pas là pour interpréter les rumeurs, ni pour juger l'appétit sexuel d'une gamine, mais pour trouver la vérité et des preuves ! Faites dupliquer cette photo et contactez les hôtels, les restaurants, les discothèques de la région dans un rayon de cent kilomètres. Lorsqu'elle avait un ami, ils devaient bien sortir, se retrouver quelque part.

— Mais chef, six ans après c'est un travail de géant !

— Et alors, Internet ne fait pas de vous des géants ?

Il sortit en claquant la porte et la rouvrit aussitôt.

— Si vous n'avez pas de résultat d'ici là, tout le monde est de permanence ce week-end !

# 14

Le lendemain, Juliette arriva à la mairie dès sept heures, et elle fut à peine surprise en découvrant Claire affairée derrière son ordinateur ; elle s'était souvent demandé si sa secrétaire ne dormait pas quelque part à la mairie, à seule fin d'être la première à son poste chaque matin. Menue et de petite taille, Claire ne faisait rien pour dissimuler ses cinquante-cinq ans qu'elle assumait avec élégance. Ses lunettes à fines montures dorées glissaient sur son nez et elle les remontait sans cesse du bout des doigts.

Juliette lut le compte rendu de la dernière réunion du syndicat des eaux pour laquelle Nicolas Frémont l'avait remplacée, et griffonna ses annotations en marge. Le téléphone intérieur résonna et Claire lui annonça l'arrivée d'Hélène Jouvain, qui avait sollicité un rendez-vous de toute urgence. Juliette la trouva amaigrie, mais élégante dans son tailleur vert bouteille, avec ses cheveux noués en catogan.

— Hélène, rien de grave, j'espère...

— En fait, il ne s'agit pas de moi, mais de Max Vernier. Il est au bord du gouffre.

Elle raconta comment elle avait surpris un début de conversation assez ambigu entre Philippe et maître Renan, et surtout combien elle avait détesté l'expression « Il est mûr ». Elle avait pris l'initiative de téléphoner à Max qui lui avait confirmé qu'il était sur le point de vendre sa propriété, et l'agence Marot lui avait trouvé un acheteur aux Pays-Bas.

— Encore un ? s'écria Juliette. Est-ce que cela vous paraît anormal ?

— Non, mais je n'y connais pas grand-chose. En tout cas, Max semble penser que tout est correct...

— Alors peut-être que tout est correct, Hélène !

— J'ai si peur que ce qui est arrivé à Olivier se reproduise.

Juliette lui sourit gentiment.

— Je sais le traumatisme que cela peut provoquer... Écoutez, Hélène, je connais le directeur de la Safer, je vais l'appeler pour vérifier que toute la procédure a été respectée. Je vous tiendrai au courant. Et vos enfants, comment vont-ils ?

Hélène poussa un profond soupir, elle éprouva le besoin d'expliquer à quel point la vie sans Olivier était difficile, les soirées, les nuits de solitude...

— Dresser la table pour trois personnes, dit-elle, combien de fois ai-je posé la quatrième assiette par réflexe... Ne plus l'entendre me féliciter pour ma cuisine, mes ventes au chai, ou le bouquet de fleurs que je disposais sur la table, même quand nous vivions tous entassés dans la même pièce.

Elle était étonnée de la facilité avec laquelle les enfants acceptaient leur nouvelle situation.

— Luc prend à cœur son rôle d'aîné, il veille sur sa sœur, s'occupe du chien, il m'aide à préparer le dîner, il pousse le chariot dans le supermarché et va poster le courrier... Je retrouve chez lui toute la gentillesse d'Olivier.

Bien sûr Stéphanie exigeait plus de présence et d'attention, davantage de câlins aussi. Le soir, Hélène était exténuée et c'était là qu'Olivier lui manquait le plus. Son poste à l'agence était une véritable bouée de sauvetage, et elle s'était accoutumée aux impératifs de son travail, préparer des dossiers pour chaque vente potentielle, en recueillant un maximum d'informations des résidents de proximité... Elle s'était aperçue qu'elle aimait mettre un couple, une famille en harmonie avec des lieux ; rien n'était plus agréable alors que voir leurs yeux s'éclairer en visitant un appartement ou une maison, et très vite la même petite phrase : « C'est exactement ce que nous cherchions ! »

Tandis qu'elle parlait, Juliette observait son sourire triste et ses yeux qui avaient perdu leur éclat. Hélène s'était jetée dans son travail pour tenter de donner un sens à ce qui n'en avait plus, mais elle était fragile, sillonnée de fissures comme une porcelaine ancienne. En cela elles se ressemblaient. Juliette se rappela les paroles de Jean-Pierre le soir du suicide d'Olivier. « Un jour viendrait où Hélène surmonterait cette épreuve, alors elle envisagerait la vie de nouveau… » Mais pour l'instant ses enfants étaient sa seule raison de se lever le matin, de croire encore au jour qui commençait. Elle se sentit triste à son tour, comme si elle découvrait sa propre nostalgie d'une vie perdue se reflétant sur le visage d'Hélène…

— Je suis absente ce week-end, mais venez dîner avec les enfants la semaine prochaine, mardi par exemple…

— Merci Juliette, c'est très gentil, j'accepte avec plaisir. Il y a déjà longtemps que plus personne ne nous invite. Mais je ne veux pas vous déranger. Comment va Isabelle ?

— Beaucoup mieux, et je suis sûre qu'elle sera ravie de vous voir avec Luc et Stéphanie…

À cet instant, Juliette surprit le regard d'Hélène qui lisait, à l'envers, le texte sur la page de garde d'un dossier posé sur le coin de son bureau.

— Excusez-moi, dit-elle en rougissant, ce n'est pas de l'indiscrétion, j'ai toujours su lire à l'envers, mon père m'avait appris quand j'étais gamine, c'est resté longtemps un jeu et maintenant c'est presque un réflexe. Olivier disait toujours qu'il ne saurait rien me cacher… Je suis confuse.

Juliette la rassura, les projets d'aménagement du tout-à-l'égout n'avaient rien de confidentiel, puis elle la raccompagna jusqu'au hall d'entrée, mais au moment de sortir, Hélène marqua un temps d'arrêt.

— Je sais que vous êtes une amie de Philippe, s'il vous

plaît, ne lui parlez pas de ma démarche... Il serait furieux et je tiens à ma place.

— Bien entendu, ne vous inquiétez pas...

De retour dans son bureau, Juliette chercha le numéro de téléphone de la Safer. Cet organisme sous contrôle des ministères de l'Agriculture et de l'Économie veillait à la transmission des entreprises agricoles, avec un droit de préemption lui permettant de lutter contre la spéculation foncière, et préserver ainsi le caractère familial des exploitations agricoles. Dès neuf heures et demie, Juliette appela Jacques Imbert, directeur de la Safer qu'elle avait rencontré à plusieurs reprises. Il était absent, elle laissa un message et son numéro de portable. Elle réfléchissait à son entretien avec Hélène et la petite phrase « Il est mûr » la tracassait. Après avoir bu une deuxième tasse de café, elle appela Élise Renan. Elle ne parla pas d'Hélène ni de Max Vernier, mais comme son étude avait conduit la vente de la propriété d'Olivier, elle lui posa quelques questions anodines concernant les promesses non tenues par l'acquéreur.

— Elles n'étaient pas précisées, répondit Élise Renan. Ni Olivier Jouvain ni M. Zwart ne les ont évoquées devant moi. D'ailleurs, avant d'être pressentie pour rédiger cet acte, je ne savais même pas qu'Olivier Jouvain et son épouse étaient aux abois...

— Bien sûr, quand on ne sait pas, cela évite de se sentir responsable...

Elle-même ne comprit pas pourquoi elle avait dit cela, elle se rendit aussitôt compte de son erreur, mais c'était plus fort qu'elle, l'image d'Olivier baignant dans son sang la hantait. Elle ne fut pas surprise par l'éclat de voix d'Élise.

— Juliette, je t'interdis ! Ta position de maire ne te permet pas d'insulter quiconque de cette façon.

— Je ne t'insulte pas, mais...

— Tu mets en doute ma probité, c'est pire. Toute

cette affaire a été réglée dans la plus grande légalité et le respect des règles déontologiques de ma profession…

— C'est la seule chose dont je voulais m'assurer, Élise, rien de plus. Bon week-end.

En raccrochant, elle reprit le fil de son travail. Elle partait ce soir à Arcachon avec Erwan et les enfants, bien décidée à laisser les affaires de la mairie et les vignes derrière elle. Il lui semblait qu'elle attendait ces deux jours de répit depuis des siècles.

Ils quittèrent Les Alizés à dix-huit heures et prirent la route de la plage, surchargée comme souvent aux ultimes heures de l'été. Dans le rétroviseur, Juliette observait Isabelle, elle avait emporté un album et montrait à Thomas des photos de la plage, du port et de la villa entourée du jardin planté de pins et de lauriers roses.

— Regarde, il y a encore ma balançoire, dit-elle en riant, c'est dommage mais mon père veut vendre la maison.

Elle paraissait détendue ; la villa du bord de mer était sans doute un des rares endroits où elle n'était pas allée avec Mark. S'il y avait encore un moyen de faire changer Gérard d'avis, Juliette se promit de le trouver. Elle pensa même transgresser les règles établies par sa mère et souscrire un emprunt pour lui racheter sa part…

Ils prenaient juste l'autoroute lorsque Jacques Imbert, directeur de la Safer, appela Juliette sur son téléphone mobile. Elle lui expliqua son inquiétude de voir encore une propriété rachetée par des Hollandais. Il lui demanda le nom du propriétaire et la commune, et vérifia sur son ordinateur.

— Madame Leroux, tout est en règle. M. Kordmann a suivi la procédure légale, il est passé par Terres d'Europe-Scafr qui facilite l'installation d'Européens en France. Il a obtenu les autorisations auprès de la commission départementale de la Safer, et il offre un prix correct, pas mirobolant certes, mais correct. Il prévoit des investissements importants, locaux neufs, matériel technologique performant.

— Et il n'y a aucune possibilité que ce soit un viticulteur de la région qui rachète ce vignoble ? demanda-t-elle.

— Pendant une période de crise comme celle que nous connaissons, je dirais que ces acquisitions par des étrangers fortunés sont presque une bénédiction. Cela a le mérite de sauver le patrimoine.

Quand elle eut raccroché, Isabelle s'avança vers elle et lui entoura les épaules en posant un baiser sur sa joue :

— Est-ce que maman saint-bernard pourrait éteindre son téléphone professionnel pendant le week-end ?

Juliette fut sensible à la requête de sa fille, elle coupa son téléphone.

Le lendemain matin un léger brouillard couvrait l'océan, l'air était un peu plus frais. Tandis que les jeunes gens se reposaient, Juliette et Erwan se levèrent tôt. Il avait mal dormi. Depuis que le commissaire avait parlé d'exhumer le corps de Geoffrey, il était incapable de penser à autre chose. Il avait l'impression de gâcher l'ambiance et il s'en voulait, surtout à l'égard d'Isabelle qu'il devinait beaucoup mieux, mais si fragile encore. Juliette l'avait réconforté en essayant de taire ses propres craintes, désappointée de ne pas trouver dans ces quelques heures de relâche la quiétude espérée. Main dans la main, ils se promenèrent sur la jetée, et elle fit quelques achats pour le dîner du lendemain avec les Frémont. De son côté, Erwan acheta *L'Aquitaine* où figurait en bonne place un résumé de la conférence de presse du commissaire Lenoir.

— Tu as lu ? demanda-t-il en tendant le journal à Juliette.

*Le commissaire Lenoir qui a repris l'enquête dans l'affaire Leroux a donné une conférence de presse. Il a d'abord rappelé brièvement les faits : la disparition de Fabienne Leroux en octobre 1999 ; sa voiture retrouvée sur le parking de la gare de Saint-André. Et une semaine plus tard, Geoffrey Morris s'était suicidé. Le commissaire Fournier alors chargé de l'enquête avait conclu à un drame passionnel. « Néanmoins, rappelle Louis Lenoir, un malencontreux accident dans les grottes des Aubiers a permis de découvrir les restes de la jeune femme et de remettre en cause la culpabilité du jeune homme, du fait même de l'endroit où elle a été retrouvée. J'ai déjà eu l'occasion de m'exprimer à ce sujet. Nous avons maintenant la certitude que Fabienne Leroux était harcelée par un autre homme. » Interrogé sur la possible culpabilité d'Arnaud Debras-Monbourg, le commissaire a répondu que « si le crime passionnel n'était pas écarté, aujourd'hui ce n'était plus la seule piste. La jeune femme travaillait sur des dossiers sensibles, elle avait d'ailleurs confié des documents à son ami. Nous cherchons activement ces disquettes... ». Le commissaire expliqua que, faute de nouveaux éléments, le juge Blondin envisageait la remise en liberté de Debras-Monbourg sous contrôle judiciaire. En outre, il était de plus en plus persuadé que Geoffrey Morris ne s'était pas suicidé. « J'ai l'intention d'éplucher dans les moindres détails les emplois du temps des deux jeunes gens dans les semaines qui ont précédé leur décès, d'interroger toutes les personnes qu'ils fréquentaient, notamment dans leur milieu professionnel. S'il le faut, je demanderai au procureur une commission rogatoire pour procéder à l'exhumation du corps du jeune homme. » En conclusion le commissaire précisa qu'il était confiant. « Je trouverai le ou les responsables. »*

Après le déjeuner, Isabelle et Thomas décidèrent d'aller au casino, et la jeune fille vint enlacer sa mère en lui glissant au creux de l'oreille :

— Au cas où vous auriez des projets, je te préviens que nous ne rentrerons pas avant dix-huit heures.

Juliette se sentit rougir, et tourna la tête vers Erwan.

Un quart d'heure plus tard, ils étaient dans leur chambre, leurs vêtements répandus à travers la pièce, ils se redécouvraient dans le prolongement de leurs baisers, de leurs caresses. Erwan s'appliquait à lui faire l'amour avec douceur, parce que pour la première fois depuis de longues semaines ils avaient le temps... Dans ces instants, il aimait son souffle saccadé, ses efforts pour maîtriser l'impatience qui montait en elle, qui venait de si loin, du fond de sa vie où, il le savait, subsistaient tant de zones d'ombre. Il l'aima le plus longtemps possible jusqu'aux cris qui font mourir les mots, jusqu'au dernier soupir d'apaisement. Erwan eut alors la certitude qu'il n'avait jamais aimé personne comme cette femme qu'il possédait jusqu'au moindre battement de cœur et qui pourtant gardait bien des mystères. Il aurait voulu la surprendre, mais elle n'avait jamais l'air étonné, comme si elle avait tout connu, tout souffert.

Juliette reprenait son souffle, Erwan, comblé, déployé, pesait de tout son poids sur son corps nu, et à travers le contact brûlant de leur peau moite, elle sentait encore ses derniers soubresauts en elle. Il la serrait dans ses bras, sans violence, comme si en marquant sa possession il voulait surtout l'apaiser. Il suivit du doigt la cicatrice qui formait un léger renflement au bas de son ventre, seul indice qu'elle avait mis un enfant au monde par des voies compliquées. Il aimait suivre ainsi les courbes de son corps marquées par les petites perfidies du temps qu'il trouvait émouvantes, mais l'impudence lui faisait défaut et il avait toujours l'impression d'une incursion dans une dimension inconnue.

Le soir même ils se retrouvèrent avec Françoise et Nicolas Frémont autour de la table nappée de blanc. Juliette avait préparé des huîtres, des filets de rougets grillés avec une crème d'olive et un plat de crudités. Il y avait des fruits et des sorbets et elle avait mis deux bouteilles de bordeaux blanc sec au frais. L'éclairage aux chandelles sublimait tout, la table, la vaisselle, les bouteilles aux nuances vert tendre et paille... Et les visages devenaient lumineux, adoucis par les reflets mordorés des bougies. Les arbres du jardin apparaissaient en clair-obscur, l'atmosphère était sereine. Sophie raconta les anecdotes sur les liaisons sulfureuses entre médecins et infirmières, et Stéphane la dévorait des yeux.

Après le départ de Nicolas et Françoise Frémont, Juliette et Isabelle firent un tour dans la maison avant de la fermer, tandis qu'Erwan et Thomas chargeaient les voitures.

À l'entrée de Bordeaux, ils se séparèrent, Stéphane et Sophie prirent la route du Médoc, puis Juliette déposa Erwan et Thomas chez eux ; il était presque trois heures du matin lorsqu'elle arrêta sa voiture devant le perron des Alizés.

À peine entrée, Isabelle entoura les épaules de sa mère, malgré l'heure tardive, elle ressentait le désir de lui parler.

— Nous avons passé deux journées formidables. Je ne pensais pas que je pouvais me sentir aussi bien.

Juliette rendit le baiser à sa fille, elle caressa ses cheveux, jouant de ses doigts dans ses mèches, un de ses ongles s'accrocha, elle tira légèrement.

— Aïe !

Leurs rires se mêlèrent et Juliette pensa que c'était merveilleux de retrouver la complicité, la tendresse. Tout ce qui l'avait toujours unie à sa petite fille. Parce qu'elle était encore et plus que jamais sa petite fille.

Le visage d'Isabelle redevint grave, elle chercha le regard de sa mère, puis les mots.

— Maman, j'ai beaucoup réfléchi. Ma décision n'est pas définitive, mais je crois que je vais m'inscrire à la fac pour terminer mon master d'économie-gestion. Les cours s'achèvent en mars, il est possible que je parte un an ou deux aux USA ou au Canada. Je suis sûre que je dénicherai un job chez l'un ou l'autre de nos clients.

Juliette se demanda depuis combien de temps elle redoutait ce moment, Isabelle près d'elle, repoussant ses cheveux, la tête penchée de côté, gestes hérités de l'enfance et lui disant : « Je pars… » La jeune fille perçut la tristesse de sa mère.

— Je suis désolée, maman, mais il faut que je m'éloigne quelque temps…

Elle se jeta dans les bras de sa mère qui perçut les sanglots qu'elle réprimait de toutes ses forces.

— J'ai parfois l'impression d'avoir vécu une vie en quelques semaines, rencontrer un homme, l'aimer, faire des projets pour la vie entière, le perdre… mais c'est fini maintenant, je dois vivre sans Mark.

— Je sais, ma chérie, mais tu as ton année de master pour peaufiner tes projets.

Elles s'étreignirent, un long moment, intense, palpitant, comme le bouillonnement du sang mêlé dans leurs veines. Elles se séparèrent sur un dernier baiser, bruyant, et très tendre. Isabelle se retourna sur le pas de la porte, elle observa sa mère, et attentive aux sentiments qui affluaient sur son visage elle mesura l'étendue de son désarroi mais ne trouva rien à lui dire.

Juliette sentit les signes avant-coureurs du sommeil la quitter. Elle se prépara un café et monta dans son bureau. Elle but quelques gorgées et reposa la tasse dans la soucoupe, une pile de dossiers l'attendait sur le coin du bureau. Les propriétés, la gestion, les ventes, les salons à organiser… la mairie. Mais elle ne pouvait penser à rien d'autre qu'au départ de sa fille. Bien sûr, elle s'était déjà absentée, l'université d'où elle rentrait chaque week-end, les voyages, les vacances, mais le domaine avait toujours été son nid. Et soudain, elle envisageait de partir, loin, longtemps. Juliette avait beau se dire qu'elle avait huit mois pour s'y préparer, elle sentait déjà peser la solitude d'un monde sans sa fille dans la maison, dans le chai, dans ses bras, sur son cœur. Elle sentit un demi-siècle se précipiter à son visage… Elle eut soudain l'impression de vieillir, plantée au milieu de ses frayeurs comme un arbre dans le désert. Elle redoutait ce silence qui, le moment venu, s'installerait en elle, elle avait peur de s'y enfermer, de s'y complaire peut-être.

Elle était parfois surprise des arcanes de la mémoire, des chemins qu'elle emprunte. Alors qu'elle était juste élue, un des premiers administrés qu'elle avait reçus était un vigneron près de la retraite. Il n'était pas venu requérir son aide, il avait juste besoin qu'elle lui accorde un peu d'attention. Toute sa vie, il avait développé le vignoble que son père lui avait transmis, il avait trois enfants et aucun ne voulait lui succéder. Tout ce en quoi il avait cru, ce pour quoi il s'était battu sa vie entière s'arrêtait là. Juliette avait vu les larmes couler dans les rides de son visage lorsqu'il lui avait dit que sa propriété était à vendre. Par-dessus le bureau, elle lui avait pris la main, et elle l'avait réconforté en lui recommandant de bien choisir l'acquéreur. Pas de société financière qui prendrait les décisions à New York ou Tokyo, pas d'investisseurs qui voudraient rattacher les pampres de la vigne aux ordinateurs de Wall Street.

« Prenez votre temps, et trouvez quelqu'un qui vous ressemble, respectueux de la terre et des traditions... »

Encore émue par ce souvenir, Juliette se surprit à frissonner, elle savait que Les Alizés ne resteraient pas sans héritiers. Même si Isabelle organisait sa vie ailleurs, il y avait Stéphane. « Mais Isabelle reviendra. Certainement. Et si elle ne revenait pas ? » C'était de la terreur qu'elle éprouvait à présent, une terreur noire et glacée. Elle avait froid. Son regard se posa sur le thermomètre, à peine dix-neuf degrés. La fraîcheur de l'automne déjà.

Finalement, son café, comme tant d'autres, avait refroidi dans la tasse. Juliette le laissa. Elle choisit un livre et elle gagnait sa chambre lorsque le téléphone sonna. Thomas lui apprit que la maison de son oncle avait été cambriolée.

— J'arrive, dit-elle.

Elle enfila en hâte un jean et un pull et alla réveiller Isabelle. La jeune fille s'était assoupie, la lumière allumée, un livre lui couvrant le bout du nez.

Un quart d'heure plus tard, elles arrivaient chez Erwan. Thomas vint à leur rencontre en entendant la voiture.

— Toute la maison est saccagée, Juliette, surtout la chambre de Geoffrey.

La porte d'entrée avait été fracturée, le bois autour de la serrure était arraché et hérissé d'échardes. Juliette fit quelques pas à l'intérieur, elle trébucha parmi les objets épars. Les meubles étaient vidés et les tiroirs renversés jusque dans la cuisine. Elle trouva Erwan assis sur la dernière marche de l'escalier, avec dans les mains une tasse de café que Thomas lui avait préparée, et qu'il n'avait pas bue. Il avait le regard figé en direction de la chambre de son fils dont la porte était béante. Il pleurait, sans retenue. Juliette s'assit près de lui et essuya les larmes qui coulaient sur son visage.

— Va voir l'état de sa chambre, July… murmura-t-il.

Elle s'avança et resta interdite sur le pas de la porte… Le matelas était retourné, éventré, les placards ouverts et leur contenu éparpillé à travers la pièce. Les photos avaient été arrachées des albums et jonchaient le parquet avec les livres, les cendriers, les bibelots, tous ces trésors, vestiges d'une vie interrompue. Elle revint vers Erwan.

— Nous t'aiderons à remettre tout en place, Erwan, tout sera comme avant, je te le promets. As-tu remarqué s'il manquait quelque chose ?

— Pas encore…

Elle lui prit la main et le força à se lever.

— Viens ! Allons jeter un coup d'œil, ensuite il faudra appeler la gendarmerie.

Ils firent le tour de la maison. Les chéquiers, les cartes bancaires étaient là, pas un euro ne manquait à la somme qu'il gardait en espèces dans son secrétaire pour payer la femme de ménage et le jardinier. Il possédait de jolies statuettes, un tableau du peintre anglais Turner et un vase chinois de grande valeur. Rien de tout cela n'avait intéressé les cambrioleurs. Leur acharnement dans la chambre de Geoffrey donnait à penser qu'ils cherchaient quelque chose de précis.

Le brigadier Dufour arriva vingt minutes plus tard, il fit un rapide tour des lieux, et prit des photos.

— Je vous recommande de laisser tout cela en l'état pour l'instant, et d'appeler le commissaire Lenoir demain matin à la première heure, dit-il, je vais placer deux hommes pour surveiller votre maison cette nuit.

Après son départ, Erwan et Thomas prirent du linge et leur nécessaire de toilette. Deux hommes en uniforme étaient déjà en faction devant la porte lorsqu'ils sortirent. Ils montèrent tous dans la voiture de Juliette. Tout d'un coup, Isabelle se pencha sur l'épaule de sa mère.

— Maman, tu crois qu'ils cherchaient le journal de tante Fabienne et les disquettes ?

— Ce ne serait pas surprenant, le commissaire a déclaré aux journalistes que Fabienne avait confié des documents à Geoffrey sans plus de précision. Ta tante devait travailler sur un dossier qui dérangeait quelqu'un à l'époque et qui le dérange encore aujourd'hui.

— Et on les a tués tous les deux… murmura Erwan en posant sa main sur le genou de Juliette.

De son côté, Isabelle percevait la présence rassurante de Thomas. La nuit était belle, une brise légère agitait les branches des arbres, le ciel était laqué de gris, et la lune émergeait des nuages par petites touches. Au loin, par-delà les collines, les rangs de vignes s'effaçaient dans l'horizon étoilé. Personne ne trouva les mots pour relancer la conversation, et ils laissèrent s'installer un silence troublant qui les rapprochait plus qu'ils ne l'imaginaient.

Le commissaire Lenoir se leva tôt ce lundi matin. La veille, il avait attendu son fils jusqu'à minuit, et David lui avait raconté qu'il n'en pouvait plus de ces week-ends avec sa mère et son beau-père, qui s'éternisaient toujours dans la même ambiance compassée où il s'ennuyait à mourir.

Il s'accrochait à l'espoir de vivre enfin avec son père dans quelques mois, après le bac, et ils avaient échafaudé des projets jusqu'à plus d'heure.

Il roulait en direction du centre-ville et, en ouvrant sa vitre de portière, un vent frais et humide lui imprégna le visage, et il se sentit tout à fait réveillé. Les vignes se perdaient à l'horizon, et de cette marée de feuillage montaient des parfums de terre humide et de bois coupé.

En entrant dans son bureau, il pensa aussitôt à Juliette. Il était six heures du matin : dès que la décence le permettrait, il l'appellerait et il savait qu'il allait lui asséner un coup terrible. Il travailla en solitaire, comme chaque matin, et lorsque un peu avant huit heures l'inspecteur Amos le rejoignit, ils descendirent prendre leur petit déjeuner à la brasserie. À leur retour, il jugea qu'il était temps d'appeler Juliette mais, en regagnant son bureau, il eut la surprise de découvrir qu'elle l'attendait en compagnie d'Erwan Morris. Elle était encore vêtue de gris, un corsage à manches courtes, une jupe droite, et elle avait noué ses cheveux sur sa nuque. Il les fit entrer dans son bureau, donna des instructions pour qu'une auxiliaire leur apporte du café.

— Je voulais justement vous appeler, madame Leroux, vous m'avez devancé…

Erwan raconta le cambriolage.

— Rien de valeur n'a disparu, mais au vu de l'état de la maison, je pense qu'ils n'ont pas trouvé ce qu'ils cherchaient. Ils ont dévasté la chambre de mon fils en particulier, et je me demande si ce n'est pas lié à vos déclarations dans la presse.

Le commissaire ne se le demandait pas, il en était sûr, et il n'osa pas dire que c'était là le but : provoquer une réaction du coupable.

— Un inspecteur va vous accompagner et je vais appeler le laboratoire pour relever des empreintes.

Juliette se leva mais le commissaire l'arrêta d'un geste.

— Madame le maire, voulez-vous rester un instant ? Je voudrais vous parler en privé.

Erwan quitta le bureau du commissaire non sans avoir jeté un regard inquiet vers Juliette. Elle se rassit et prit la liberté de leur servir une autre tasse de café. Louis la regardait faire, il admirait ses mains fines aux ongles recouverts de vernis transparent. Leurs regards se croisèrent, elle lui sourit. « Non, pensa-t-il, je ne veux pas qu'elle me sourie... J'aimerais être l'ami d'une telle femme, simplement son ami... et dans quelques instants, elle va me haïr. »

Elle porta la tasse à ses lèvres et le noir de la faïence mit en valeur les reflets de ses yeux de jade.

— Après les déclarations de votre fille, nous avons enquêté dans tous les hôtels, les restaurants, les boîtes de nuit à la mode, et... en effet, votre sœur était sortie avec un homme quelques mois avant de rencontrer Geoffrey.

— Ce n'est pas Arnaud Debras-Monbourg ?

Il eut un mouvement de tête négatif et attendit quelques secondes en silence. Attendre encore un peu... faire durer ce moment de presque complicité.

— Alors, qui était-ce ? demanda-t-elle avec un soupçon d'impatience. Je le connais ?

— Votre mari, dit-il enfin, ou plutôt votre ex-mari. Je suis désolé.

Il s'était attendu à ce qu'elle proteste, qu'elle l'insulte ou nie la vérité pour proroger la violence du coup. Mais il vit le sang se retirer de son visage, elle se crispa, luttant pour reprendre le dessus, et enfin son expression courageuse se décomposa et ses yeux se remplirent de larmes.

— Je suis désolé, répéta-t-il.

— Comment pouvez-vous être sûr qu'il s'agit bien de lui, six ans après ?

— Il a été formellement reconnu sur une photographie par plusieurs employés d'hôtels et de casinos, sur la côte et en Dordogne.

— Vous ne croyez tout de même pas qu'il l'a tuée ?

— En tout cas, il y a de fortes chances pour qu'il soit l'homme avec qui elle se disputait au téléphone quelques jours avant de disparaître. Je ne peux pas faire autrement que l'appréhender pour l'interroger, il est en route d'ailleurs. Mais je voulais vous parler d'abord.

— Dois-je vous en remercier, commissaire ?

Elle hésita.

— Je suis sûre que vous faites fausse route. Il n'a pas tué Fabienne. Je le jurerais... J'ai tout de même vécu plus de vingt ans avec cet homme, je le connais.

— Auriez-vous imaginé qu'il couchait avec votre sœur ?

Il comprit trop tard la portée du coup bas qu'il venait de lui asséner.

— Pardonnez-moi, ce n'est pas ce que je voulais dire...

— Mais vous l'avez dit... Est-ce que je pourrais le voir ?

— Pas si je décide de le placer en garde à vue. Je vous préviendrai dès que ce sera possible.

Elle se leva, lui tendit la main sans y penser et il ne put s'empêcher de la serrer plus fort, plus longtemps. Après son départ, il se posta à la fenêtre de son bureau et la regarda sortir du commissariat son sac en bandoulière. À ce moment-là, la voiture de police conduite par Yves Amos, sirène hurlante, s'arrêta sur le parking dans un crissement de pneus. Le commissaire ne savait pas d'où venait la fuite, mais une meute de journalistes le suivait. Gérard Courson sortit de voiture, entouré de policiers qui tentaient de l'isoler. Malgré cela, il fut très vite encerclé de micros, d'appareils photos. Juliette apparut en haut des marches et en quelques secondes les journalistes l'assiégèrent. Le commissaire la voyait, petite tache claire qui luttait dans la foule, de la même façon qu'en cet instant, elle devait lutter dans l'opacité de ses tourments. Il quitta son bureau en courant. Bousculée de tous côtés, Juliette ne sentait plus les marches sous ses pieds, elle trébucha. Elle croisa le regard de Gérard et sentit monter les larmes et une terrible envie de hurler : « Je t'en supplie, dis-moi que ce n'est pas vrai. » Elle se rendit compte qu'elle avait murmuré et sans doute avait-il compris. Il finit par baisser les yeux et se laissa entraîner par les policiers.

Juliette cherchait ses clés, écrasée contre sa voiture, mitraillée par des dizaines de flashs. Le commissaire et deux agents arrivèrent jusqu'à elle et repoussèrent la meute ; dans la bousculade il encaissa des coups mais il s'en moquait. Juliette monta enfin dans sa voiture et s'effondra la tête dans les mains posées sur son volant. Il se retourna vers les journalistes.

— Le premier qui fait un pas de plus, je le colle en garde à vue.

— Et la liberté de la presse, commissaire ?

Il se retourna une seconde fois, la rage au cœur.

— Et l'intégrité de la personne, connard ! Allez-y, madame Leroux, je vous appelle.

Les deux agents s'interposèrent entre la voiture et les objectifs, mais c'était trop tard. La photo du maire affaissée sur son volant allait faire la une des journaux le lendemain matin.

En roulant, Juliette appela Tonia, et lui demanda où était Isabelle.

— Dans le chai avec Thomas. Elle m'a dit qu'il y avait une mise en bouteilles et qu'ils seraient en retard pour déjeuner.

Elle apprit à Tonia l'arrestation de son ex-mari et lui demanda de ne rien dire à Isabelle, c'était à elle de lui raconter. Elle avait éteint son téléphone professionnel et elle utilisa son appareil personnel pour appeler Claire qui lui dit que les journalistes étaient déjà en faction devant la mairie et, en l'attendant, ils avaient pris d'assaut le bar d'en face.

— Je crois qu'il vaut mieux que vous ne veniez pas, s'il y a quelque chose d'important je vous appelle.

Juliette essaya de joindre Nicolas, elle imaginait les répercussions de l'arrestation de Gérard sur l'entreprise. Le standard était occupé et le portable de Nicolas était sur messagerie. Tonia la guettait sur le perron et dès qu'elle la vit, elle se précipita vers elle.

— J'ai dit à Isabelle de rester au chai, que tu arrivais. Je trouve que ça commence à faire beaucoup pour cette gamine.

— Moi aussi, murmura Juliette.

Elles allèrent ensemble jusqu'au chai où Isabelle et Thomas actualisaient le site Internet de la propriété.

— Thomas est vraiment très fort, maman ! Ce matin il a expliqué à Sylvie de nouveaux systèmes pour codifier notre fichier clients beaucoup plus vite. C'est génial…

Un peu plus tard, Isabelle raccompagna Thomas, et elle découvrit enfin le visage grave de sa mère.

— Je n'aime pas du tout quand tu fais cette tête, maman, qu'est-ce qui se passe encore ?

C'était si difficile à dire. Avec des mots simples et sur un ton qu'elle espérait rassurant, elle lui expliqua l'arrestation de son père.

— Il avait une aventure avec ta tante. C'était peut-être avec lui qu'elle se disputait le jour où tu l'as entendue.

Et en elle-même, elle ne put s'empêcher d'ajouter : « Et c'est pour cela qu'elle n'a pas prononcé son nom devant toi… »

— Tu ne vas pas croire ces calomnies ! Peut-être que papa en est capable, mais pas tante Fabienne !

Juliette prit Isabelle dans ses bras, elle la serra très fort en essayant de contrôler les soubresauts qu'elle ressentait sans pouvoir dire si c'était sa fille qui tremblait ou son propre corps qui la trahissait.

— Je suis désolée, ma chérie, mais on les a reconnus dans plusieurs hôtels et restaurants de la région.

— Pas tante Fabienne ! Elle n'a pas pu nous faire ça, elle nous aimait.

Juliette la berça dans ses bras en embrassant ses cheveux. « Comme cela lui fait mal… elle assume sa part de trahison en disant “nous”, c'est une femme maintenant, un petit bout de femme blessée… »

Peu à peu, elle repoussa son chagrin, cette chose immonde qui cognait en elle et qu'il lui fallait maîtriser pour ne pas craquer. Plus tard... plus tard. « D'abord Isabelle, dédramatiser pour ne pas la voir souffrir. »

— Ce n'est pas le plus important, ma puce, c'est le passé... Le plus grave c'est qu'il peut être accusé de l'avoir tuée. Mais ne crains rien, ma chérie, je ne le crois pas...

— Moi si ! Je le crois capable de tout, je ne veux plus jamais le revoir !

Elle sanglotait et tapait du poing sur le bord du bureau. Juliette la prit par la main et la força à s'asseoir à côté d'elle et Tonia les rejoignit avec un pichet d'eau fraîche et des verres.

— Calme-toi et écoute-moi, ma puce. Ton père a eu des aventures et il en aura d'autres, ce n'est pas Marie qui le changera, mais il n'a pas tué Fabienne pour une simple histoire de...

— De jambes en l'air, précisa Tonia, appelons les choses par leur nom.

— Tonia je t'en prie, ce n'est pas le moment ! C'est bien assez difficile comme ça...

Tonia lui tendit un verre d'eau.

— Excuse-moi, ma grande.

— Isabelle, ton père est sans aucun doute un coureur, je te l'accorde, mais il y a une chose dont je suis sûre, ce n'est pas un assassin. Tu veux bien me faire confiance ?

La jeune fille acquiesça, elles burent leur eau fraîche et leurs mains se rassemblèrent tandis que Tonia les serrait toutes les deux contre sa large poitrine. Elles restèrent ainsi, embrassées. Juliette avait sa main dans celle de Tonia et soudé contre elle, le corps de sa fille encore frémissant de rage. Rien n'était plus important que cela pour l'instant : donner à Isabelle la certitude qu'elle contrôlait les événements. Malgré tout, elle ne pouvait s'empêcher d'imaginer son mari et sa sœur ensemble. Une sensation de dégoût naissait au niveau de son estomac et gagnait chaque parcelle de son corps. Du dégoût et autre chose qu'elle n'arrivait pas encore à définir. La pression de la main de Tonia se fit plus forte dans la sienne.

— Et si je préparais un gros gâteau au chocolat ?

— C'est une bonne idée, répondit Juliette.

Elles se séparèrent enfin pour mieux se regarder sourire, lorsque Stéphane entra dans le bureau.

— C'est vrai ce que j'ai entendu à la radio, on a arrêté Gérard ?

Juliette crut bien faire en haussant la voix.

— Il est seulement interrogé pour l'instant.

— Si j'ai bien compris les sous-entendus du flash info, il couchait avec notre sœur. Il n'a jamais rien respecté, cette pourriture !

— Stéphane, ça suffit ! s'écria Juliette. Que ce soit Fabienne ou Marie, il n'a jamais été accusé de viol.

Le jeune homme devint cramoisi et prit Tonia à témoin.

— Et voilà, elle le soutient encore, mais nom de Dieu ! qu'est-ce qu'il devra te faire pour que tu arrêtes de prendre son parti ?

— Je ne prends pas son parti, Stéphane, mais c'est du père d'Isabelle que tu parles. Aujourd'hui tu n'es plus concerné au premier degré comme pour Marie, alors si je reste calme, tu peux en faire autant.

Ils furent interrompus par le téléphone, ils se regardèrent tous et c'est Isabelle qui décrocha.

— C'est grand-père.

Juliette se retourna vers son frère :

— Puisque tu es là, rends-toi utile, parle à ton père.

La conversation dura à peine quelques secondes et Stéphane raccrocha si violemment que l'appareil tomba sur le parquet.

— Je fous le camp ! cria-t-il. J'en ai marre de cette baraque, je vais voir papa.

Après son départ, Juliette rappela Nicolas. Cette fois il répondit aussitôt, et lui dit qu'il n'y avait aucune répercussion sur la société pour l'instant, mais à peine trois heures s'étaient écoulées depuis que l'inspecteur Amos était venu chercher Gérard.

— Juliette, je ne peux pas bouger, j'attends un coup de fil important au sujet d'un contrat, et pour le personnel, les clients, il est primordial que je reste là. Est-ce que tu peux faire un saut à l'entreprise ? J'ai quelque chose à te dire, c'est à la fois gênant et sérieux...

En effet, tout paraissait normal lorsqu'un quart d'heure plus tard Juliette arrêta sa voiture à côté de celle de Nicolas sur le parking des établissements Courson. Nicolas devait surveiller son arrivée, car aussitôt il vint à sa rencontre dans le hall. Quand ils furent installés dans son bureau, il demanda qu'on ne le dérange pas. Il paraissait soucieux. D'une voix grave, il l'avertit que ce qu'il avait à lui dire n'était ni facile ni agréable, mais Juliette le rassura, il pouvait parler.

— J'étais au courant de la liaison de ta sœur et ton mari...

Il vit la surprise puis le désarroi sur son visage.

— Pourquoi ne m'as-tu rien dit ?

— Au contraire, Juliette, j'ai croisé les doigts tous les jours pour que tu ne l'apprennes pas. Je crois que si j'avais eu à vivre une telle bassesse, j'aurais préféré ne pas savoir. D'ailleurs je suis convaincu que c'est moins pénible pour toi, maintenant que vous êtes séparés.

Juliette n'en pouvait plus de comprendre ce qui lui arrivait, mais elle devait bien reconnaître que c'était la perfidie de sa sœur qu'elle ressentait comme le coup le plus cruel.

— Bien sûr, au lieu d'une double trahison je n'en ai plus qu'une à endurer, celle de mon ex-mari ne me concerne plus.

Comme ils n'avaient pas déjeuné, Nicolas se rendit au distributeur et leur apporta deux sandwichs et du café.

— Il y a un élément qui pourrait avoir une incidence néfaste sur la situation de Gérard aujourd'hui. En 1998, nous avions connu une passe difficile dans l'entreprise, un gros client en dépôt de bilan nous avait laissé un impayé, on avait des échéances incontournables comme l'URSSAF, les ASSEDIC, des traites que nous ne pouvions plus honorer. Ta sœur a prêté de l'argent à Gérard, trois cent cinquante mille francs en espèces.

C'était la somme, au franc près, que Fabienne avait retiré de son compte en Espagne.

— Gérard a aussitôt injecté l'argent dans l'entreprise comme si c'était le sien, reprit Nicolas, et il lui a signé une reconnaissance de dette.

— Comment as-tu appris tout cela, Nicolas ?

— Gérard a beaucoup de défauts mais en affaire, il est réglo. Je m'étais étonné quand j'ai vu arriver ce fric en sachant qu'il n'en avait pas. Il a joué franc jeu et m'a dit que ta sœur le lui avait prêté.

Juliette reposa le sandwich qu'elle avait à peine commencé de grignoter.

— Et qu'il couchait avec elle par la même occasion ?

Nicolas hésita puis soupira.

— Je pense que c'était déjà terminé entre eux à ce moment-là, mais ils étaient restés en bons termes. Tu veux du café ?

— Je préférerais un verre de vin.

Il sortit une bouteille de graves blanc du bar et emplit deux verres. Elle but le sien d'un trait et c'était sans doute la première fois qu'elle ingurgitait du vin de cette façon.

— Pourquoi dis-tu que cet élément pourrait être néfaste à Gérard ?

Il vida aussi son verre et les emplit de nouveau.

— C'est simple… Ta sœur a disparu, et Gérard n'a jamais eu à lui rendre l'argent. J'ai voulu t'en parler d'abord, parce que si le commissaire m'interroge, je serai obligé de lui dire la vérité… De toute façon, il l'apprendra tôt ou tard et je ne pourrai pas dire que je n'étais pas au courant.

— Je comprends, dit-elle en se levant.

Mais en réalité elle ne comprenait plus rien à la cascade

de trahisons, de manipulations familiales qu'elle découvrait, avec chaque fois la certitude d'avoir été la proie facile, à la fois naïve et stupide.

En quittant l'entreprise Courson, Juliette contourna Saint-Louis par la route de Prignac jusqu'à la colline de Moulinblanc. C'était l'heure où les hommes quittaient les champs, les tracteurs sillonnaient les routes et le soleil se faisait plus léger en paressant sur la cime des arbres. Elle laissa sa voiture au pied du coteau et suivit le chemin jusqu'au sommet ; la terre sèche se morcelait sous ses pas. « Comme c'est sec, pourvu que cela le reste encore un peu jusqu'aux vendanges, ce serait une catastrophe s'il pleuvait maintenant. » Les raisins étaient gorgés de pulpe, leur peau devenait translucide. La moindre averse ferait éclater les baies et des traitements seraient nécessaires pour éviter la pourriture grise.

Juliette admirait l'étendue des vignes qui recouvrait les coteaux environnants, entrecoupée de bosquets, de pins…

Les événements jaillis du passé qui avaient jalonné ces dernières semaines apportaient un éclairage nouveau sur l'histoire de sa famille. Elle comprenait pourquoi cette parcelle de vignes était la préférée de sa mère. Elle l'avait plantée l'année de la naissance de Fabienne. Et l'achat de la propriété en Médoc en 1980 coïncidait avec le dixième anniversaire de sa fille cadette.

Tonia lui avait dit qu'après sa rupture avec Armand Debras-Monbourg et l'entente cordiale avec son mari, Lise Leroux avait repris sa vie comme avant. Juliette savait maintenant à quel point c'était faux. Jamais sa mère n'avait pu vivre comme avant. Au contraire, elle avait construit autour d'elle un monde de symboles pour faire perdurer son amour foudroyé. Avait-elle été heureuse ainsi avec cette part d'imaginaire cheminant son quotidien ? Comment avait-elle repris une vie de couple avec son mari… Lui parler, se réveiller près de lui, le toucher, être touchée, ouverte, porter une fois encore son enfant, le mettre au monde et le regarder grandir. Avec sous les yeux chaque jour la frimousse de sa cadette lui rappelant que ses rêves étaient ailleurs. « Pourquoi ne m'a-t-elle rien dit ? Avait-elle si peu d'affection pour moi ? Est-ce pour expier ses propres fautes qu'elle a stigmatisé la mienne jusqu'à l'insupportable. »

En arrivant aux Alizés, Juliette constata que Tonia était rentrée chez elle, elle lui avait laissé un message. *Si tu as besoin, appelle-moi, ma grande.* Quelques mots de la main d'Isabelle suivaient : *Je suis chez Erwan, maman, il veut que nous dînions ensemble ce soir, et je suis sûre que ça nous fera du bien, nous t'attendons.*

Juliette regarda l'horloge du vestibule, elle avait le temps, elle se dirigea vers la cuisine et se servit un verre de jus d'orange qu'elle apporta dans le salon. Elle but quelques gorgées et à nouveau regarda l'heure en se répétant qu'elle avait le temps. Soudain, elle entendit la porte d'entrée s'ouvrir, puis claquer, et son frère jaillit dans le salon. Il était échevelé, il transpirait et Juliette pensa qu'il avait bu.

— Je vais te poser une seule question, dit-il sur un ton brusque, et j'attends une réponse franche.

— Bien sûr Stéphane, tu me connais.

— Je n'en suis pas si sûr ! Lorsque le procès de Gérard aura lieu…

— Nous n'en sommes pas encore là…

Il ignora sa remarque et s'avança en pointant un doigt agressif vers elle. « Mon Dieu, songea-t-elle, comme il ressemble à papa ! »

— Lorsque le procès de Gérard aura lieu, reprit-il, est-ce que tu as l'intention de témoigner en sa faveur ?

Juliette n'avait pas encore envisagé cette situation et son frère la prenait au dépourvu.

— Alors ? s'impatienta-t-il.

Que ferait-elle si elle se trouvait dans cette position ? Tout son être lui criait que Gérard était innocent.

— Oui, répondit-elle enfin, si je suis citée à comparaître, je témoignerai en faveur de Gérard parce que je suis convaincue que malgré tous ses défauts, et je t'accorde qu'il en a, il n'est pas un meurtrier.

Stéphane recula de quelques pas, il regarda sa sœur en silence, son regard était glacial. Il détestait Gérard pour tout ce qu'il était et qu'il n'était pas : sûr de lui, charmeur, entreprenant. Comment n'avait-il pas compris en entendant les éclats de rire de Marie à la moindre de ses boutades... Il détestait autant Juliette de ne pas avoir empêché cette trahison, pire de s'en accommoder avec sa sempiternelle résignation.

— Ton mari a déjà bousillé mon couple une fois, je ne le laisserai pas recommencer, je ne veux pas que Sophie soit éclaboussée par cette merde, je risque de la perdre avec tous ces scandales. Nous allons partager les propriétés, je ne veux plus travailler avec toi.

Elle bondit de son fauteuil en criant :

— C'est une plaisanterie ?

— Ne crois pas cela, je garde Saint-Benoît, tu gardes Les Alizés, et si l'un de nous est lésé dans le partage, l'autre compensera financièrement...

— Mais ça revient à liquider la succession de maman, tu imagines les frais que cela va occasionner.

— Papa m'a dit que le notaire peut arranger le partage en limitant les frais, et au mieux de nos intérêts...

— Je ne vois pas en quoi cela regarde papa.

— Il me semble qu'il a son mot à dire, après tout il a sa part dans l'affaire.

Juliette sentit monter en elle une vague de colère, et en même temps une impression de terreur comme si elle avait pressenti qu'un choc terrible se préparait.

— Comment peut-il se prévaloir de...

— Tu oublies la part de Fabienne, coupa Stéphane, elle n'avait pas de descendant direct, et une part de ce qu'elle possédait revient au seul ascendant qui lui a survécu, papa en l'occurrence.

— Il ne va quand même pas oser ! hurla-t-elle.

En réponse à son cri, elle entendit le rire de son frère.

— J'ai beaucoup parlé avec papa, et ce qu'il m'a raconté sur les secrets de notre famille est édifiant... Il récupérera la part de Fabienne, à moins que tu préfères qu'en plus de savoir que ton mari couchait avec ta sœur, on découvre que notre mère s'envoyait en l'air avec le premier venu, et qu'elle a fait endosser à notre père la paternité de sa bâtarde.

— Il l'a fait en toute connaissance de cause et pour de l'argent, notre père ! Stéphane, supplia-t-elle, tu ne peux pas faire cela, nos deux propriétés forment une entité. Sans compter que ni toi ni moi n'avons les liquidités pour assumer les frais de succession, compenser le partage... As-tu pensé à ce que dirait maman en voyant s'écrouler tout ce qu'elle avait construit ?

— Tu ne t'en tireras pas en faisant parler les morts, ricana-t-il, ma décision est prise Juliette. Continue à dialoguer avec tes fantômes.

— Réfléchis encore, nous avons toujours travaillé ensemble, toi et moi.

Stéphane serra les poings. C'était bien ce qui lui faisait si mal ! Les heures qu'il venait de passer avec son père avaient fait éclater en rancœur la quiétude d'une vie, sa vie qu'il croyait heureuse. Toute la haine de son père avait pris forme en lui, elle était devenue sienne : son père bafoué, ridiculisé, contraint de vivre avec cette bâtarde. Et lui qui s'était cru le préféré de tous, parce qu'il était le petit dernier, il avait découvert que sa naissance n'était qu'une compensation. « J'étais le lot de consolation... ne cessait-il de se répéter. Et pendant toutes ces années j'ai suivi Juliette comme un gamin, je m'en suis remis à elle parce qu'elle connaissait tout de la vigne et du vin, conditionnée par notre garce de mère... »

C'est à Juliette peut-être qu'il en voulait le plus. En cet

instant il savait ce qu'éprouvent les tortionnaires pour leurs victimes, cette envie démesurée de cruauté, d'infliger l'insoutenable… « Je voudrais la frapper, la briser… »

— J'ai travaillé sous tes directives, répondit-il enfin, ce n'est pas la même chose. Tu as voulu gérer toute seule tes secrets, ta vie, celle des autres. Tu te crois supérieure, l'incontournable Juliette !

Elle l'observait, effrayée ; il était devenu farouche, hostile et bêtement cruel. Pourtant c'était son frère. Elle ne chercha même pas à repousser les larmes qui se bousculaient au coin de ses paupières et glissaient sur son visage.

— Je ne me suis jamais sentie supérieure à personne, Stéphane, au contraire, si je t'ai donné l'impression de régenter ta vie, j'en suis désolée, pardonne-moi…

— C'est trop tard, sauve la mise de ton ex-mari, puisque c'est ta décision, sauve le monde entier, et laisse-moi vivre ma vie, il est grand temps. Nous nous reverrons chez maître Vallet.

Juliette n'entendit pas sa voiture démarrer ; elle ouvrit la porte-fenêtre et sortit sur la terrasse. Un soleil orangé de fin d'été enveloppait les vignes et l'océan de lumières cuivrées, la citadelle jouait à cache-cache avec les premières douceurs du crépuscule. Juliette huma le parfum des vignes et de la terre sèche mêlé à celui des roses du jardin. Un moment passa ainsi, un peu de temps suspendu à la beauté du soir, à la nature qui changeait doucement de rythme. « J'ai tout sacrifié à ces vignes, depuis mon violon qui s'est éteint dans la poussière du grenier… et toutes ces nuits de solitude, sans amour, sans amant, ma vie entière liée à cette terre, une vie pour rien… Était-ce pour tout perdre aujourd'hui ? »

Elle comprit ce qu'avait dû éprouver Olivier Jouvain. Le travail, l'orgueil de plusieurs générations, l'histoire de toute une famille, anéantis, réduits à une succession de chiffres sur des liasses de papier… Et la certitude d'être responsable de ce désastre. « Je refuse ! – et elle se surprit à parler à voix haute. Quel qu'en soit le prix, je me battrai pour sauver tout cela. C'est l'héritage d'Isabelle... »

Elle regagna le salon. Une grande lassitude s'empara d'elle, elle s'assit sur le tabouret près du piano. Soudain, l'instrument lui rappela son complice à l'école de musique de Bordeaux... Un enfant, comme elle, et le concerto de Mendelssohn qu'ils avaient préparé en duo. Durant les répétitions, elle ne se lassait pas de l'admirer, effleurant à peine les touches de ses doigts longs, extraordinairement gracieux, le regard animé d'un éclat intense. Comme il était beau l'enfant prodige qu'elle aimait en secret et dont elle avait oublié le nom.

Juliette posa la tête sur le couvercle de bois verni, ferma les yeux et se laissa aller à pleurer.

# 15

Le commissaire Lenoir attendit deux heures avant d'auditionner Gérard Courson. Il l'avait laissé dans une salle isolée, sans fenêtre, en compagnie d'un agent qui avait pour consigne de ne répondre à aucune de ses questions. Durant ces deux longues heures, Gérard était passé par tous les stades que le commissaire escomptait : l'indignation, la rage, enfin l'inquiétude. Et c'était bien un homme enragé et soucieux qui prit place en face de lui.

— Vous pouvez me dire ce que je fais ici ? demanda-t-il en enveloppant le commissaire d'un regard soutenu et Louis Lenoir pensa à sa tenue.

Sans doute le chef d'entreprise dans son costume Armani portait-il sur sa cravate et sa chemise le même jugement que son ex-femme...

Lorsque Gérard apprit la raison de sa présence dans le bureau du commissaire, il explosa.

— Et c'est pour me demander ça que vous me faites arrêter comme un malfrat ?

Il admit que huit ans plus tôt, il avait passé quelques week-ends en tête à tête avec sa belle-sœur.

— Vous reconnaissez avoir eu une aventure ?

— Mais oui, c'est le mot : une aventure, et croyez-moi dans un monde un tantinet civilisé on ne tue pas pour ça...

— Les crimes passionnels, ça existe, monsieur Courson, je vois tous les jours des affaires où la passion domine les sentiments.

— Vous rigolez, commissaire ?

— Je n'en ai pas vraiment envie. Récapitulons, comment cela a commencé entre vous ?

— À force de se rencontrer. Elle était… comment vous dire ? Bandante… merde on est entre hommes. Vous me comprenez ?

— J'essaie de comprendre, monsieur Courson.

« Et ta femme et ta fille, salaud, pensait-il, comme j'aimerais me retrouver en tête à tête avec toi et te filer mon poing dans la gueule. »

Son regard se posa de nouveau sur la carrure de l'homme en face de lui… Finalement, il n'était pas sûr de l'emporter en combat singulier. Une douleur le tenaillait à l'estomac, il avait oublié de déjeuner. Il remit ses lunettes et reprit ses notes.

— Et qui a rompu ?

— Tous les deux…

— D'habitude c'était plutôt elle qui mettait un terme à ses aventures, non ?

— Oui, mais on culpabilisait.

— Alors là vous me surprenez !

Gérard encaissa le sarcasme sans broncher.

— Un dimanche soir, en rentrant du Pays basque, j'ai trouvé un message de ma femme en rallumant mon téléphone de voiture. Ma fille était entrée à l'hôpital d'urgence. Rien de grave, une crise d'appendicite. Mais avec Fabienne on a décidé d'arrêter là, et nous ne nous sommes plus revus, en dehors des réunions familiales bien sûr. J'ai tout fait pour que ma femme ne l'apprenne pas, et je ne tenais pas plus à ce qu'elle le découvre aujourd'hui…

— Laquelle ?

Devant l'étonnement de Gérard, le commissaire précisa :

— À laquelle de vos femmes vouliez-vous cacher votre liaison avec votre belle-sœur ?

Pour la première fois, il accusa le coup et piqua un fard.

— Je ne sais pas, commissaire, je ne sais plus… Vous n'allez pas me garder ici ? Vous ne pensez quand même pas que je l'ai tuée parce qu'on s'était envoyés en l'air pendant un trimestre…

— Vous venez de me donner un excellent mobile, monsieur Courson, vous auriez fait n'importe quoi pour que votre femme ignore cette liaison. Auriez-vous été jusqu'à tuer votre belle-sœur si elle vous avait menacé de tout dire à sa sœur ?

Gérard s'arc-bouta sur sa chaise, ses mains serraient le bord de la table. Sur ses tempes de petites veines se dilataient, palpitantes, tandis qu'il balbutiait de rage.

— Je ne sais pas… vous me tendez un piège !

Le commissaire se leva à son tour, ils étaient dressés en vis-à-vis, et il se dit que finalement il l'avait, son face-à-face.

— Nous avons un témoin qui a entendu Fabienne Leroux se disputer avec un homme deux jours avant sa disparition.

— Je connais vos tactiques ! Comme les deux heures d'attente tout à l'heure, et maintenant vous jetez une idée en l'air pour voir ma réaction… Quel témoin ?

— Votre fille ! hurla le commissaire. Autre chose, pouvez-vous me dire ce que vous avez fait hier, dimanche ?

Gérard sentit la menace se préciser. Il lui était impossible de dire où il était hier, personne ne comprendrait. Ce n'était surtout pas à ce justicier qu'il aurait pu expliquer qu'il avait eu besoin de s'évader parce que les caprices de Marie, que pourtant il adorait, lui étaient parfois durs à supporter. Il déclara qu'il était retourné à son bureau, pour rattraper le retard dans son travail administratif. Il eut un mouvement de tête négatif lorsque le commissaire lui demanda si quelqu'un pouvait en témoigner. Puis il se sentit soulevé, menotté, et propulsé en direction de ce qui allait être sa cellule.

L'annonce de la garde à vue de Gérard Courson fit la une de tous les journaux le lendemain matin. Sa photographie, menottes aux mains, côtoyait celle du maire effondrée sur son volant. Les articles parlaient de nouveau suspect, de rebondissement, et présentaient comme un coup de théâtre les relations de Courson avec sa belle-sœur.

Le temps avait changé pendant la nuit, des nuages gris plombaient l'horizon et un vent lourd soufflait de l'océan.

Isabelle se servit un grand bol de café et beurra deux tartines de pain grillé, pour le plus grand bonheur de Tonia qui l'incita à ajouter de la confiture de myrtilles. Elle dormait beaucoup mieux, et ce matin en s'éveillant, elle avait éprouvé comme une accalmie, et même un certain entrain, et toutes ces sensations nouvelles avaient persisté, même lorsque son regard s'était posé sur le portrait de Mark. Il est vrai que l'acuité des derniers événements qui avaient conduit jusqu'à l'arrestation de son père avait pris le pas sur ses propres tourments qu'elle avait cru imprimés en elle à jamais. À présent, elle avait beau observer le poster, il lui était impossible de faire renaître le jeune homme à partir du cadre dans lequel ses souvenirs se figeaient. Il lui semblait que tant de temps avait passé depuis le départ de Mark, et les funérailles en Finlande avaient l'air d'appartenir à une autre époque de sa vie...

Dans quelques semaines commencerait l'année universitaire. Sa mère ne le savait pas encore, mais elle avait déjà pris des contacts, et reçu deux propositions de stage, l'un à Miami, l'autre à Montréal.

Tandis qu'elle sirotait son café avec délices, un pur Colombie, celui qu'elle préférait, son regard s'arrêta sur la une du journal posé sur la table. Le portrait de sa mère, le visage enfoui dans ses mains appuyées sur son volant. En un éclair, le ressentiment qu'elle éprouvait pour son père décupla.

— Le salaud... Tonia, il vaudrait mieux que maman ne voie pas cet article.

— De toute façon, ma fille, elle le trouvera en arrivant à la mairie.

Sur ces entrefaites, Juliette revint de sa promenade matinale, les chiens sur ses talons. Sa mine défaite et ses traits tirés firent de la peine à Isabelle.

D'autorité, elle posa devant elle une tasse de café et une tartine beurrée et elle parla de l'orage qui s'annonçait, de la vigne à protéger. Comme Juliette ne répondait pas, Isabelle lança la conversation sur la représentation d'*Hamlet* prévue en plein air le soir même. Le spectacle serait sans doute repoussé s'il pleuvait.

— De toute façon, je n'irai pas, murmura sa mère.

Connaissant son admiration pour Shakespeare, Isabelle la regarda, stupéfaite.

— J'ai autre chose en tête, dit Juliette en repoussant la tartine.

Elle but son café presque d'un trait et ajouta :

— Tu as un instant, Isabelle ? Je dois te parler...

En quelques mots, elle relata la décision de Stéphane de procéder au partage de leurs vignobles, mais elle préféra taire l'intervention et les exigences de son père. Isabelle était abasourdie.

— Il ne peut pas faire ça.

— Il en a le droit, ma puce.

Un silence suivit. Tonia se laissa tomber sur une chaise à côté d'elles. Puis deux remarques jaillirent ensemble :

— C'est bien le portrait de son père, celui-là ! s'écria Tonia.

— Tout ça c'est de la faute de papa ! Qu'est-ce que nous allons faire, maman ?

Juliette découvrit le visage de sa fille tandis qu'elle caressait ses chiens. La sérénité retrouvée, les sourires fragiles, et cet éclat de malice de retour dans ses yeux, tout cela avait disparu. Elle sentit la colère monter en elle, contre son père, son frère, contre Gérard, et surtout contre elle-même. « Rien ne serait arrivé si je n'avais pas autorisé cette visite scolaire dans la grotte des Aubiers. C'est ma faute... »

— Pour l'instant, répondit-elle enfin, nous ne pouvons

rien faire, sauf attendre la procédure. Cela va commencer par l'expertise de tous nos biens, de nos bilans.

— Les huissiers vont venir à la maison ? s'écria Isabelle.

— Non, ma chérie, des experts, ce n'est pas pareil.

Pendant une demi-heure encore, Juliette rassura sa fille en lui présentant des arguments qu'elle espérait positifs.

— Dans le fond, ma puce, c'est peut-être mieux que le partage ait lieu aujourd'hui, cela t'évitera peut-être de t'opposer à ton oncle plus tard, ou bien tes enfants à ceux de Stéphane et Sophie dans quelques années.

— Oh ! maman, tu vois loin ! Mes enfants, tu sais...

Toute la tristesse contenue dans sa phrase inachevée jaillit dans ses yeux. Juliette la prit dans ses bras, l'embrassa.

— Je suis désolée, mon ange, mais on va s'en sortir.

— Je sais maman, je te fais confiance... Je crois que je vais aller faire un tour dans les vignes avant d'aller au chai.

Elles se séparèrent sur un autre baiser. Isabelle sortit et Juliette resta seule avec Tonia. À elle, au moins, elle pouvait dire à quel point elle était terrorisée à l'idée de devoir vendre Les Alizés...

Isabelle contourna la maison et prit la route des vignes. Le ciel était marbré de mauve, les nuages se massaient au-dessus de l'estuaire et le vent rabattait une odeur âcre de terre humide.

Au lieu de se rendre au chai, elle quitta le domaine et se dirigea vers le cimetière, animée d'un sentiment confus, le besoin d'une confrontation avec le portrait de sa tante posé sur sa tombe. Sa tante et son père. « Le salaud, se répéta-t-elle pour la énième fois. A-t-il jamais rendu ma mère heureuse ? »

Pendant sa courte vie avec Mark, elle s'était habituée à admirer son visage dans la glace quand elle se maquillait le matin, ce rayonnement dans ses yeux, son éclat. Et c'était dans son miroir qu'elle avait découvert la puissance du bonheur. Quelle vie aurait-elle eue avec lui ? Et si après l'adoration des foules Mark n'avait pas pu s'adapter à la simplicité d'une vie à la campagne, serait-il devenu un homme comme son père ? Qu'est-ce qu'elle avait manqué ? Une vie de déceptions, de trahisons, comme celle de sa mère qu'elle soupçonnait aujourd'hui de s'être abrutie de travail pour ne rien voir autour d'elle. Ou peut-être aurait-elle connu l'existence sereine que Mark lui avait promise. « Je ne le saurai jamais. À quoi bon me torturer ? Mark restera ce garçon qui m'a rendue si heureuse... »

Cependant elle devinait qu'une page se tournait, tout ce qu'elle venait de vivre l'avait mûrie et ce qu'elle percevait maintenant tenait presque du miracle : une autre vie à dessiner. Elle entra dans le cimetière et se dirigea vers le caveau où reposaient sa grand-mère et sa tante. Le portrait de Fabienne dans un cadre ovale entouré de fleurs lui brisa le cœur. Elle se souvenait...

Fabienne intervenait toujours dans les discussions, protestant auprès de Juliette. « Pour l'amour du ciel, cesse de la considérer comme une enfant. Toutes les filles de son âge portent ces jeans. » Ou, au moment des notes : « Bien sûr qu'elle peut mieux faire, mais tu vois bien qu'elle est douée ! Elle réussira tout ce qu'elle voudra. »

Fabienne si belle, si drôle. C'est elle qui lui avait communiqué son amour des chevaux, elle lui avait appris à s'habiller « classe », à se maquiller. Personne n'avait jamais su à quel point elle lui avait manqué.

Depuis le chai, Thomas avait vu Isabelle couper à travers les vignes et marcher vers le village. Cette promenade en solitaire l'alerta, il la suivit à distance. Elle entra dans le cimetière en repoussant la grille derrière elle. Le jeune homme hésita... Avait-il le droit de la suivre jusque dans ce lieu où elle ne pouvait rechercher que solitude et intimité ? Mais le désir d'être près d'elle, juste au cas où, le poussa à entrer à son tour. Il la chercha parmi les tombes, puis il l'aperçut assise près du caveau familial. Lorsqu'il posa sa main sur son épaule elle sursauta. Il lui demanda s'il ne la dérangeait pas, elle fit non de la tête et il vit qu'elle pleurait. Il s'assit près d'elle, lui prit la main, et ne dit rien, le premier mot viendrait d'elle, à l'instant qu'elle aurait choisi.

Elle tourna la tête vers lui et le regarda... Son visage aux traits doux, à la peau ocre, irradiait, comme une invitation aux confidences. Elle lui sourit, et elle comprit que ce serait facile de lui parler. Alors, elle lui dévoila les sentiments qui l'animaient face à la trahison de sa tante.

— Je l'ai tant aimée, tant admirée... elle était ma meilleure amie, mon modèle. Je voulais être comme elle, forte, aventureuse, irrésistible.

En cachette, elle essayait ses robes, copiait sa coiffure, son maquillage et imitait cette démarche chaloupée dans la psyché de sa chambre. Un jour, attifée ainsi, elle avait éclaté en sanglots devant sa glace. Jamais elle n'aurait son charme, sa séduction. Sa tante avait la beauté racée d'un félin.

Isabelle racontait tout cela à Thomas.

— Finalement, je suis heureuse de ne pas lui ressembler. Même s'il paraît que je ressemble à mon père, et ce n'est guère plus glorieux.

Thomas lui expliqua qu'il valait mieux ne pas juger parce que personne n'est totalement noir ou blanc.

— Regarde-moi, je ne suis ni l'un ni l'autre !

Et il eut un large sourire qu'elle partagea. Il lui remonta les cheveux du bout des doigts pour dégager son visage.

— C'est vrai que tu ne ressembles pas à ta tante, mais tu es si jolie, tout en étant différente.

Alors elle s'appuya contre son épaule et il referma son bras autour d'elle.

Et pour la première fois, elle lui parla de Mark, leur rencontre, cet amour auquel elle n'osait croire, leurs projets... Mark, qui avait tout de suite aimé les couleurs et les saveurs de cette terre de Gironde où naissaient les vignes pailletées de soleil. Ils avaient même projeté leurs vacances en Finlande. La Finlande où elle était allée une fois et où elle ne retournerait jamais.

— Tu savais ? demanda-t-elle devant le regard ému de Thomas.

Il répondit qu'Erwan lui en avait parlé en lui recommandant de ne pas évoquer les courses automobiles devant elle. Isabelle reconnaissait bien la délicatesse d'Erwan. Elle essaya de raconter l'accident et ce fut le plus difficile.

— J'ai lu les journaux en cachette de ma mère, il paraît qu'il serait resté paralysé s'il avait survécu. Les journalistes, ses amis laissaient entendre que c'était mieux ainsi. Mais est-ce qu'on a demandé l'avis de sa mère ? Ou le mien ? Qu'aurais-je fait si j'avais dû choisir pour lui…

Thomas resserra son étreinte, elle s'abandonna un peu plus et se sentit bien. Elle lui parla encore de sa quiétude matinale, puis de la conversation avec sa mère et cette visite au cimetière qui remettaient tout en question. Et il y avait encore tous les endroits de ses balades avec Mark dont la seule vision lui broyait le cœur. Thomas la regarda avec douceur, son devoir était de la rassurer alors qu'il savait bien que cette idylle avait fait éclater ses vingt ans comme on lance une pierre dans l'eau glacée d'un lac. Il chercha les mots.

— Longtemps après qu'on a accepté la perte d'un être cher, il arrive que surgisse une image ou un détail qui ravive la blessure. Cela se produira encore, mais maintenant tu peux maîtriser ta douleur. Je suis là, Isabelle, dès que tu seras triste, appelle-moi.

Puis il ressentit le besoin de détourner la conversation :

— Et ta grand-mère ? demanda-t-il, tu n'en parles jamais.

Isabelle regarda les lettres dorées sur le marbre noir : *Lise Leroux, née Paulin. 1934-1997.*

— Je n'ai jamais eu beaucoup de relations avec elle. Quand j'étais enfant, en l'absence de ma mère, c'est Tonia qui soignait mes bobos, qui préparait le chocolat chaud et soufflait sur mes doigts gourds quand j'avais sculpté mon horrible bonhomme de neige.

Isabelle avait vu sa grand-mère passer en quelques semaines de femme d'affaires altière et pressée à celui de morte vivante.

— Mais maman était toujours là pour moi…

Elle sourit. « Elle est toujours là pour moi, pensa-t-elle, avec ses vagues de tendresse, sa manière parfois agaçante de déguster mes larmes, mais elle sait se faire si douce, si rassurante. »

Isabelle se leva, Thomas l'imita et ils repartirent la main dans la main en direction des Alizés. Les arbres des saules qui bordaient les rues ployaient sous le vent qui prenait de plus en plus de vigueur, des nuages voilaient l'horizon, comme s'ils jaillissaient de l'océan. En marchant, elle songea qu'elle aurait pu lui parler de son envie de mourir, d'Erwan qui avait su trouver tous les arguments du monde pour la sauver. Elle y renonça, un jour peut-être… Ils arrivèrent au chai en courant entre les gouttes de pluie et les premiers éclairs de l'orage embrasèrent la ligne d'horizon et se noyèrent dans les eaux de l'estuaire.

Dans son bureau, le commissaire Lenoir parcourait lui aussi l'article à la une du quotidien local avec la photographie de Juliette en première page et il éprouvait de la tristesse à se savoir, même indirectement, la cause de son désarroi.

Ce matin, il avait interrogé Marie Courson, la seconde femme de Gérard. Elle avait confirmé que son mari était retourné à son bureau dimanche dernier, tout l'après-midi, pour boucler certains dossiers.

Un coup énergique à la porte et l'inspecteur Amos entra, décontracté comme toujours.

— On a du nouveau, patron… Un restaurateur du côté de Langon a appelé, suite à l'article et la photo de

Courson dans le journal. Il a des infos à nous communiquer, je l'ai convoqué, il vient d'arriver.

Mario Perrin expliqua au commissaire que depuis dix ans, il tenait un restaurant, Au fil de l'eau, dans le cadre romantique des berges de la Garonne. Il raconta qu'un soir Fabienne était venue dîner avec Gérard Courson.

— Et comme la jeune femme avait réservé une table, j'ai même retrouvé la date dans mes livres : 18 octobre 1999.

Louis Lenoir ne laissa rien paraître, mais il saisit l'importance de ce dîner qui s'était déroulé quelques jours avant la disparition de Fabienne.

— En les observant j'ai eu l'impression qu'ils étaient liés certes, mais pas comme des amants. Je crois qu'ils parlaient plutôt finances, jusqu'à l'arrivée du jeune homme un peu plus tard.

À la description qu'il en fit, brun aux yeux bleus, élégant, plutôt beau garçon avec un accent étranger, le commissaire reconnut Geoffrey Morris.

— Le jeune homme paraissait inquiet. Il regardait sans arrêt sa montre et je suis sûr qu'il n'écoutait même pas ce que les deux autres disaient. Ce qui m'a surpris. D'habitude, il buvait les paroles de la fille.

— Vous voulez dire qu'ils étaient déjà venus ?

— La jeune femme et le jeune homme, oui. Toutes les semaines pendant deux ou trois mois. C'est pour cela que mes souvenirs sont précis. J'ai été étonné quand ils sont partis. Le jeune homme a pris la route de Bordeaux, la jeune femme celle de Libourne et l'homme qui a sa photo dans le journal l'a suivie.

— Pourquoi n'avez-vous rien dit à ce moment-là ?

— Dit quoi, et à qui, commissaire ? À l'époque on avait à peine appris la disparition de la fille que les journaux mettaient son petit ami en cause en annonçant son suicide.

Le commissaire le remercia et lui demanda de signer sa déposition auprès de son adjoint. Après son départ, il appela le palais de justice. Cette fois, il avait assez d'éléments pour déférer Gérard Courson devant le juge d'instruction. À lui de décider s'il transformerait la garde à vue en inculpation. Comme il raccrochait, son regard se posa sur le portrait de Juliette à la une du journal. Il n'arrivait pas à se pardonner ce visage abattu, effondré sur son volant. Il risquait sans doute un blâme, mais de nouveau il décrocha le téléphone.

C'était toujours avec une certaine appréhension que Juliette se rendait à une convocation du commissaire Lenoir. Elle était inquiète en imaginant ce qu'il allait encore lui dévoiler sur cette affaire qui n'en finissait pas de tourmenter sa famille, emprisonnée dans sa forteresse de silence.

Lorsqu'ils se retrouvèrent face à face, il évoqua la probable inculpation de son ex-mari. Le fait qu'il ait menti en disant qu'ils ne s'étaient pas revus après leur rupture, son impossibilité d'établir ce qu'il faisait à l'heure du cambriolage de la maison d'Erwan... Cependant elle ne pouvait imaginer que tout cela suffisait à prouver que Gérard avait tué Fabienne.

— Je n'ai pas de certitude, j'ai seulement assez d'éléments pour le présenter devant le juge d'instruction.

Il l'avait fait venir pour qu'elle rencontre Gérard, cinq minutes pas plus. Il prenait un risque, toute visite étant proscrite pendant la garde à vue. Il ne le regretta pas. Le sourire qu'elle lui adressa avec quelques mots de remerciement à peine balbutiés l'émut plus qu'il ne voulut l'admettre.

Quand elle entra dans le parloir, Gérard se leva et elle marqua un temps d'arrêt. Que restait-il de l'homme à la cinquantaine triomphante, habitué à devenir le centre d'intérêt de tous les regards. Il émanait de lui une odeur désagréable de linge sale, de transpiration ; avec sa barbe de deux jours il paraissait plus vieux que son âge et c'était sans doute la première fois que cela lui arrivait.

Il s'avança vers elle d'un pas mal assuré et, quand il fit

mine de la prendre dans ses bras, elle recula, et il s'excusa. Elle lui précisa qu'ils avaient cinq minutes.

— Cinq minutes pour comprendre.

Gérard essayait de soutenir son regard, mais il finit par baisser les yeux. « Quels mots puis-je trouver pour expliquer que j'ai couché avec la sœur de ma femme ? »

— C'était purement physique, avoua-t-il au bout d'un moment, avec elle j'avais l'impression de rajeunir de trente ans. Tout en elle respirait l'amour, le désir. Elle aurait damné un évêque avec sa beauté et son tempérament.

Juliette détourna la tête. Évidemment, elle n'avait jamais été du genre à damner un évêque, elle était de celles qui remplissent les chèques pour les bonnes œuvres.

— Et combien de temps vous êtes-vous foutus de moi comme ça ?

— Juliette, je... ça n'a pas duré longtemps, je te le jure. Quelques mois à peine, on se retrouvait le plus loin possible d'ici, et quand on se séparait je me sentais tellement coupable. J'en étais malade vis-à-vis de toi. Nous étions ensemble le dimanche où Isabelle est entrée à l'hôpital pour son appendicite. À partir de là, d'un commun accord, nous avons rompu, il n'y a plus jamais rien eu entre nous. C'est peut-être mieux que tu saches... même aujourd'hui. Je suis désolé, pardonne-moi.

Désolé, il était désolé. Il demandait qu'elle pardonne. Elle avait aimé cet homme, ils avaient fait un enfant. Il arrivait encore à Juliette de revivre l'impatience de leurs premiers rendez-vous, la fougue de leurs premières étreintes, il était sûr de lui, brillant et ambitieux, et conquérant... Tout ce qu'elle n'était pas. Ils avaient partagé l'attente de sa grossesse, il posait ses mains sur son ventre... Comme tous les pères, Gérard avait fait les cent pas dans les couloirs de la maternité et bercé dans ses bras ce petit être frêle aux cheveux hirsutes et à la peau fripée. Déjà il avait cherché les ressemblances. C'était sa fille, elle ne pouvait que lui ressembler.

Aujourd'hui, il ne lui inspirait plus que du dégoût.

Valait-il le prix de la discorde avec Stéphane, la mise en péril du vignoble familial ?... Elle regardait autour d'elle, elle aurait voulu trouver quelque chose à lui fracasser sur le crâne. Elle trouva pourtant le courage de lui parler du prêt, elle lui dit que tôt ou tard le commissaire l'apprendrait.

— C'est vrai qu'elle m'avait prêté de l'argent. Elle n'a jamais voulu me dire comment elle se l'était procuré... C'est vrai aussi que je n'ai pas eu à lui rembourser lorsqu'elle a disparu. Je te jure, Juliette, que je ne l'ai pas tuée.

Elle était sûre qu'il disait vrai, malgré tout, et elle s'en voulait.

— Nous ne nous sommes plus revus après l'opération d'Isabelle, ajouta-t-il, c'était fini...

Juliette était au bord de la nausée. Il mentait, comme il avait toujours menti. Il avait passé sa vie à berner les autres, et elle avait été la plus naïve, la plus malléable. Il devait bien prendre le retour de bâton en pleine figure, tôt ou tard. Elle se retenait de lui dire qu'il avait bien mérité ce qui lui arrivait aujourd'hui.

— Comment va Isabelle ? demanda-t-il d'une voix à peine audible.

Il la vit se mordre les lèvres et il crut qu'elle se retenait pour ne pas l'insulter, elle savait si bien réfréner ses colères, et il avait toujours mis cela sur le compte de son éducation. Mais lorsqu'il croisa son regard, il y vit quelque chose qui ressemblait à un lointain chagrin, caché, refoulé, mais inguérissable. Cette femme qu'il lui arrivait encore d'appeler « ma femme », il ne savait pas qui elle était. Il n'avait pas été un bon mari. Et sans doute n'avait-il pas été un bon père non plus... Soudain, il mesura tout ce que ce mot contenait de responsabilité, d'amour sans condition, d'espoir, il comprenait qu'être père est une mission de chaque jour qui exige un certain don de soi, et toutes ces promesses qu'il n'avait pas tenues.

— Isabelle ne veut plus te voir, dit-elle en se levant, et

je ne suis pas sûre de trouver les arguments pour infléchir sa décision.

En ouvrant la porte elle l'entendit murmurer « pardon ». Lorsqu'elle se retourna vers lui, il lut sur son visage que c'était trop tard.

Juliette ne repassa pas par le bureau du commissaire, elle n'avait plus qu'une envie, fuir, mettre le plus de distance possible entre elle et ce parloir, elle et Gérard, elle et le souvenir de Fabienne, à la liaison qu'ils avaient entretenue. Tout cela s'était passé sous ses yeux. « Fabienne, je t'aimais tant, j'ai veillé sur toi durant toute ton enfance. Je te tenais la main lorsque tu as appris à marcher… »

Loin du corps de déesse qui allait être le sien, sa cadette était un gros bébé joufflu. En martelant ses premiers pas, il lui arrivait de tirer si fort sur les bras de Juliette que celle-ci finissait par la lâcher… La fillette tombait sur les cailloux de l'allée et se retournait vers son aînée avec des reproches plein ses yeux si beaux déjà : « Pourquoi m'as-tu lâchée ? semblait-elle demander. J'avais confiance en toi… »

« Moi aussi j'avais confiance en toi, petite sœur ! »

À nouveau, elle éprouva l'envie de vomir. Évacuer cette rancœur qui lui nouait les tripes, qu'elle repoussait depuis des jours et qui revenait. Tandis qu'elle regagnait sa voiture sur le parking du commissariat, elle vit Marie se diriger droit vers elle, un sac empli de vêtements appuyé sur son ventre.

— Vous êtes satisfaite ? C'était ce que vous vouliez qu'on soit séparés Gérard et moi… Vous avez gagné sale garce. Vous ne faites que le mal autour de vous, comme votre hystérique de fille qui a failli tuer mon bébé en me jetant dans les escaliers.

En entendant prononcer le nom de sa fille, Juliette éprouva un grand vide, puis une vague violente la secoua tout entière. Elle saisit le poignet de Marie et le serra entre ses ongles jusqu'à les sentir pénétrer la peau de la jeune femme.

— Si vous prononcez une seule insulte à l'encontre de ma fille, je vous arrache les yeux, enceinte ou pas !

— Tout est de votre faute, si vous aviez été une bonne épouse pour Gérard, il n'aurait pas cherché ailleurs… Il m'a souvent dit quel genre de femme vous êtes, froide, guindée, ne connaissant que son devoir, il vous compare à une pierre tombale.

Juliette accusa l'insulte comme un coup de plus porté au niveau de son ventre, mais elle ne répondit pas, sa famille tenait assez la une des journaux en ce moment, sans y ajouter un pugilat entre les deux femmes de Gérard. Elle se contenta de sourire en se détachant de Marie.

— Vous m'en voulez parce que je suis jeune ! cria celle-ci dans son dos.

Juliette se retourna vers elle, et cette fois elle éclata de rire.

— Pauvre Marie, vous ne savez pas encore à quel point c'est provisoire !

Elle prit la direction de la mairie en roulant au pas, s'écartant de temps à autre pour laisser passer un autre véhicule. Elle ouvrit grand la vitre pour respirer un peu d'air frais et ingérer l'amertume qui stagnait dans sa bouche depuis si longtemps, des heures, des jours, des années sans doute.

Elle se souvenait de la première fois où elle avait eu la preuve de l'infidélité de son mari. La stagiaire… Sa robe rouge sang dont il faisait glisser les bretelles, ses épaules, ses seins bronzés, gonflés sous les caresses, l'avidité de leurs baisers. Les mains de Gérard qui suivaient la chute de la robe sur les reins, le long des cuisses, ces mains qui portaient son alliance, et la chevalière qu'elle lui avait offerte pour leur dixième anniversaire de mariage. Elle ne s'était même pas posé la question de savoir si c'était la première fois, ou s'il avait l'habitude de coucher avec toutes les stagiaires employées à la propriété. Elle était restée plantée sur le pas de la porte, incapable de faire un geste ou de hurler. Qu'est-ce qui l'avait le plus surprise ?

Cette fille ouverte à son mari, sans complexe, sans pudeur, ou les caresses qu'il lui prodiguait, celles-là mêmes qu'il lui offrait de temps en temps. « Le savoir érotique est donc si limité chez un don Juan ? » Avant que surgissent le sentiment de trahison et le chagrin, c'était cela qui l'avait frappée. Qu'il soit tellement dépourvu d'imagination. Puis sa vie qu'elle considérait comme rangée, solide – un couple, une fille –, s'était effondrée. Et il y avait eu Fabienne. Pour elle avait-il inventé d'autres caresses ? Il venait de lui avouer qu'elle l'excitait au point qu'il se sentait rajeuni de trente ans. Jusqu'à ce fameux dimanche où ils avaient décidé de rompre. Juliette se souvenait de ce dimanche dans ses moindres détails.

Sa mère était malade et le mal avait déjà gagné la partie. Avec le recul elle se demandait comment elle avait pu faire face à l'accumulation des difficultés qui s'ajoutaient les unes aux autres comme un puzzle maudit. Sa mère, le mal, ses révoltes et ses colères… Aujourd'hui encore il lui arrivait de redessiner la chronologie de la maladie… Au début, une simple alerte, puis des examens et le verdict. Juliette l'avait accompagnée quand le professeur avait prononcé les mots terrifiants « cancer », puis « ablation du sein ». Pour la première fois, Lise Leroux se sentait dominée par quelque chose qui se nourrissait de sa propre vie et qu'elle ne maîtrisait pas. L'opération, le réveil et la certitude d'en avoir fini avec cette « saloperie » et le choc des mots encore : chimiothérapie, radiothérapie… échec du traitement. Juliette restait à ses côtés pendant chaque examen, chaque séance de soins. Le service de cancérologie de l'hôpital, elle ne l'avait jamais oublié. Les portes à double battant, du métal aseptisé partout, et les signaux *attention – danger* comme si elles entraient dans un décor de science-fiction, glacial et stérile, qui lui rappelait un autre hôpital, dans une autre vie si proche et si lointaine à la fois. Sa mère perdit vingt kilos en quelques semaines, et chaque séance de chimiothérapie était un peu plus difficile… Lorsqu'elles rentraient, Juliette devait arrêter la voiture deux ou trois fois pour la laisser vomir sur le bord de la route. Ses cheveux tombaient par mèches entières, Juliette les ramassait en redressant l'oreiller afin de caler sur ses genoux un plateau avec des mets légers qu'elle ne finissait jamais. Bientôt, elle ne sortit plus de sa chambre, passant du lit au fauteuil installé devant la fenêtre qui donnait sur les jardins et les vignes, elle ne quittait plus sa robe de chambre et le foulard qui enserrait sa tête dépouillée. Elle adorait les romans policiers ou d'aventure. Mais la douleur était telle qu'elle ne supportait plus ses lunettes, et il lui arrivait de trouver un simple livre de poche trop lourd à supporter au bout de ses doigts décharnés. Le soir, Juliette lui faisait la lecture jusqu'à ce que le sommeil la délivre de ses souffrances. Alors, elle se retirait sur la pointe des pieds en laissant la lampe de chevet allumée, prête à se précipiter au moindre gémissement. Tout le temps qu'avait duré son calvaire, Juliette ne l'avait jamais vue pleurer. Elle subissait l'humiliation d'être lavée, soutenue pour marcher, nourrie. Jusqu'au bout, elle s'était révoltée contre ce mal qui la rongeait telle une bête qui fouaillait son ventre, le mettant à nu. « Je m'en veux d'être comme ça, je me sens laide, je me dégoûte, je devrais être plus forte… »

Un jour, Tonia était venue lui tenir compagnie, et lui avait recommandé de prier. Lise l'avait chassée en hurlant… « Personne ne peut guérir un cancer avec des prières. » Après le départ de Tonia en larmes, Juliette était restée près de sa mère pour l'aider à retrouver son calme, et ce fut la seule fois où elle montra l'étendue de sa détresse. « J'ai peur Juliette, j'ai si peur… » avait-elle murmuré. Juliette l'avait serrée dans ses bras en murmurant : « Je suis là… » Qu'avait-elle espéré en cet instant ? Que sa mère répondrait à son élan en prononçant tous ces mots tendres qu'elle avait rêvés, espérés, désespérés. Comme si toutes ses larmes, toute sa docilité n'avaient pu la conduire qu'à ce moment, entendre sa mère lui dire : « Ma chérie, mon ange, ma fille. »

Jamais Juliette n'avait tant désiré son amour qu'en cet instant, mais Lise s'était détachée d'elle, elle avait remonté le drap sur ses épaules et lui avait tourné le dos… Ce fut son seul moment de faiblesse. Et jamais elle n'avait brisé l'élan de tendresse de sa fille avec autant d'indifférence.

Puis la maladie ne lui laissa plus une seule nuit, et bientôt plus une heure de répit. Malgré cela, elle ne cessa de s'intéresser au travail des vignes, aux ventes de vins, au personnel. Chaque jour Juliette venait lui rendre compte et Lise savait porter dans son regard toute l'autorité dont elle se sentait encore capable. Juliette prenait soin de lui parler des problèmes après qu'ils eurent reçu une solution. Et c'était à elle qu'il incombait de la trouver.

Elle n'oublierait jamais ce dimanche d'été. Un orage de grêle avait dévasté les parcelles de Moulinblanc, elle avait couru pour évaluer les dégâts. Son père participait à un tournoi de bridge, et Tonia était chez sa fille. Épuisée, trempée, les jambes brisées par le poids de ses bottes pleines d'eau et de boue, elle était rentrée aux Alizés en courant parce que l'heure du traitement de sa mère était passée… comprimés, gouttes, massage du bras aux muscles atrophiés, petits pas forcés autour de la chambre avant de regagner le lit aéré.

Mais lorsqu'elle était entrée dans le salon, cet après-midi-là, elle avait trouvé Isabelle en boule sur le tapis, brûlante de fièvre, les mains crispées sur son ventre, les cheveux souillés de vomissures. Et pendant ce temps, sa sœur s'envoyait en l'air avec son mari…

« Est-ce que tout cela, au fond, n'est pas ma faute ? Mon père a raison, je n'ai jamais pu surmonter les blessures de mon adolescence, je n'ai su que travailler. Comme ma mère… »

Et les vignes avaient occupé l'esprit de Lise Leroux jusqu'à son dernier souffle. Elle avait renoncé à l'homme qu'elle aimait, s'était résignée à l'indifférence de son mari, à l'éloignement de Fabienne. Elle avait trahi son mari, imposé à sa fille cadette une vérité qu'elle aurait préféré ignorer sa vie entière. Et tous les deux lui en avaient fait payer le prix. Tout au long de sa maladie, Stéphane et Isabelle étaient les seuls à venir l'embrasser, lui parler, remonter ses oreillers. Sans doute avait-elle deviné comme une forme de représailles, à travers l'absence de son mari et de Fabienne. Sous l'effet du traitement de plus en plus puissant, elle en vint à dormir la plupart du temps. Quand un éclair de lucidité lui revenait c'était pour demander comment étaient le temps et la récolte.

Et un matin, alors que Juliette s'affairait à son chevet, elle avait senti la main de sa mère empoigner son bras, ses doigts squelettiques s'incruster dans sa peau. Elle avait perçu un soubresaut, un râle. Puis le silence.

Elle l'avait regardée de longues minutes. Dans la mort, le visage de sa mère n'exprimait ni la frayeur ni la résignation. Juliette aurait voulu hurler son trouble, un instant elle crut même qu'elle éprouvait une sensation de délivrance, et aussitôt elle se sentit en proie au remords. La mort n'est une délivrance que pour ceux qui partent… Pour les vivants, c'est un enfer auquel on ne s'habitue jamais. Longtemps après les funérailles, elle était restée obsédée par ce qui était encore la présence de sa mère, en attente du bruit des clés jetées sur un guéridon, d'une porte fermée à toute volée et d'un timbre de voix… la voix impérieuse qui l'apostrophait : « Juliette, est-ce que tu as pensé à… » en oubliant « Bonjour, comment vas-tu ? ».

Juliette arrêta sa voiture dans les jardins de la mairie avec l'intention d'entrer par l'entrepôt des services techniques… Il n'y avait plus de journalistes à l'entrée principale, et ces quelques pas l'aidèrent à mettre un peu d'ordre dans ses idées.

Il pleuvait de nouveau. Le ciel était sombre, et l'estuaire sombrait dans les brumes comme aux premiers jours de l'automne. Elle sortit son parapluie mais ne l'ouvrit pas, des gouttes de pluie tiède s'écrasaient sur son visage, son cou, et bientôt ses cheveux lui glissèrent en paquets sur les épaules.

Impossible de repousser ce dégoût qui l'envahissait. Quarante-neuf années gâchées, perdues. Seuls les êtres faibles se laissent aliéner. Elle était faible. « Si j'avais le don d'abolir le passé... je donnerais n'importe quoi pour être une autre, être ailleurs. N'importe où... Quelque part où il n'y aurait plus de trahisons, ni de lâchetés. »

À l'entrée du square, elle aperçut le 4 × 4 d'Erwan arrêté sur le parking. Elle entra et suivit le sentier qui menait à la tour Dauphine. Il était assis, les jambes dans le vide, à l'endroit où Geoffrey était mort. À l'endroit où il avait sauvé Isabelle. Elle se demanda combien de fois il s'était assis là, à regarder le paysage au loin. Elle s'approcha de lui, il sursauta. Lui aussi était trempé, mais il semblait ne pas s'en apercevoir. Elle s'assit près de lui, ouvrit son parapluie et les abrita. Il découvrit son visage gonflé de toutes les larmes qu'elle avait retenues et il sut que les heures écoulées n'avaient pas dû être faciles. Il lui ouvrit les bras, elle s'y blottit et murmura :

— La journée a été rude.

— Raconte-moi, mon cœur.

Elle lui relata les dernières révélations du commissaire, et les aveux de Gérard.

— Pierre tombale, murmura-t-elle, il me compare à une pierre tombale.

Il la pressa contre sa poitrine, caressa ses cheveux et l'embrassa au coin de l'oreille.

— Ou il n'a pas su te faire l'amour, July, ou il n'a jamais eu l'occasion de pleurer sur une pierre tombale.

— Je ne comprends pas comment j'ai pu être aussi bête.

À force de servir les désirs des autres, elle avait renoncé aux siens. Aujourd'hui elle mesurait toutes ces années de servitude avec pour seule exaltation le gémissement lent du temps, toutes ces années au cours desquelles elle ne désirait rien, elle n'était rien qu'une morte vivante, une enveloppe de chair avec un cœur et des tripes, et à l'intérieur une femme sans désir, sans plaisir, comme un champ brûlé par le soleil… Seule.

— J'ai juste élevé ma fille, je me suis battue pour le vignoble, j'ai rempli mes fonctions de maire. Tout cela en plaçant ma vie entre parenthèses, je crois que si je commence à pleurer, je ne m'arrêterai jamais…

— Alors pleure, mon amour…

Et elle pleura, d'abord des larmes affluèrent au coin de ses yeux, puis des sanglots de plus en plus violents, des sanglots lointains, venus de l'enfance et qu'elle contenait depuis toujours dans son ventre disloqué et son cœur écartelé. Des sanglots entrecoupés des caresses et des mots tendres d'Erwan, jusqu'au baiser. Un baiser suave, doux, comme il aimait les lui dérober en la surprenant, en la sentant frémir, en goûtant sa bouche qui avait des saveurs de miel et de fleurs des champs.

Alors, Juliette retrouva son calme, elle s'enivra de l'odeur de son tabac, de son parfum, et se perdit dans la contemplation de son visage aux traits anguleux, ses rides, ses cheveux blancs qui la rassuraient, qu'elle aimait. Elle découvrait la place qu'il avait prise dans sa vie, sans bruit, sans heurt.

Elle s'apprêtait à lui dire qu'il était temps de se mettre à l'abri, qu'elle n'irait pas à la mairie ce soir. Ils rentreraient ensemble, elle préparerait le dîner, ils mangeraient en regardant un vieux film, une histoire romantique un peu mièvre et ils feraient l'amour. Mais elle se tut et ils regardèrent l'océan.

## 16

Deux jours plus tard, un nouveau coup de théâtre éclata dans l'affaire Leroux. Sur trois colonnes *L'Aquitaine* publia un dossier rédigé en 1999 par Fabienne Leroux elle-même. Les documents étaient arrivés à la rédaction du journal sous pli anonyme et furent publiés le surlendemain.

Intitulé la *Nouvelle affaire des vins de Bordeaux*, le dossier dévoilait des fraudes imputables à un groupe de producteurs et négociants bordelais, après les gelées de 1991.

Même si la plupart des faits étaient aujourd'hui prescrits, la nouvelle fit grand bruit dans le monde viticole. Il y avait en tout et pour tout une vingtaine de fraudeurs cités, ce qui était peu au regard des milliers de vignerons talentueux et intègres qui constituent le plus ancien vignoble de vins fins du monde. Mais d'aucuns jugèrent que la viticulture déjà en crise n'avait pas besoin de ce discrédit supplémentaire. Et l'événement eut pour effet de déclencher des contrôles en cascade de la part de la Régie des alcools, et des suspicions d'une appellation à l'autre, d'un vigneron à l'autre.

Dans son bureau, le commissaire Lenoir prenait connaissance de l'article avec des sentiments mitigés. C'était, à peu de mots près, la copie du papier qu'il avait trouvé dans les dossiers de Fabienne Leroux, restés pendant des années au fond de cartons poussiéreux. Dans la mouture finale, le nom des Debras-Monbourg n'était pas cité. Il avait à peine terminé de lire l'article qu'il reçut un appel de Jean-Louis Moreau, le rédacteur en chef du journal, qui lui confirma la réception du dossier dans une enveloppe kraft des plus ordinaires, expédiée depuis le bureau central des postes à Bordeaux. Il avait reçu ces documents trois jours plus tôt et pris le temps de vérifier l'authenticité des pièces, puis il avait décidé leur publication.

« Il y avait autre chose dans cette enveloppe, commissaire, un document que je n'ai pas voulu publier. Il s'agit d'une reconnaissance de dette signée par Gérard Courson à Fabienne Leroux, pour un montant de trois cent cinquante mille francs… »

En s'appuyant sur ce nouvel élément à charge, le commissaire déféra Gérard Courson devant le juge Blondin.

Pendant la première partie de l'interrogatoire, Gérard essaya de se défendre seul, il admit sa liaison avec sa belle-sœur, et reconnut qu'elle lui avait prêté de l'argent, mais il était incapable de clarifier son emploi du temps durant les jours qui avaient précédé sa disparition. Il n'avait jamais su pourquoi ils avaient dîné ensemble quelques jours auparavant. C'est elle qui l'avait invité, elle voulait lui parler, et finalement, Geoffrey était arrivé et elle ne lui avait rien dit.

Il demanda enfin la présence de son avocat et ne dit plus rien. Le juge Blondin décida son inculpation. Pour lui, l'affaire était simple, il présenta sa théorie au commissaire : Gérard Courson avait tué Fabienne Leroux par cupidité ou par passion, peut-être les deux, en tout cas pour s'assurer que sa femme de l'époque ne serait jamais au courant… Quant à Geoffrey Morris, il avait dû se trouver au mauvais endroit au mauvais moment.

En ce qui le concernait, Louis Lenoir reconnaissait que Fabienne Leroux était bien le genre de femme à rendre un homme amoureux au point de la tuer. Mais bien des questions demeuraient. Qui détenait un double des dossiers de la jeune femme, et pourquoi avoir envoyé cet article à *L'Aquitaine* justement maintenant ? Pas Courson en tout cas, il était déjà en garde à vue. Bien sûr pendant ses années de mariage avec Juliette il était bien placé pour fouiller les effets personnels de sa belle-sœur. Par la suite, avait-il dévasté la maison d'Erwan Morris pour retrouver la reconnaissance de dette ? Nonobstant, quelqu'un quelque part avait en sa possession des documents ayant appartenu à Fabienne Leroux.

Et Geoffrey Morris, avait-il payé les conséquences du passé tumultueux de la jeune femme ? Ou s'était-il seulement trouvé au « mauvais endroit au mauvais moment », comme l'avançait le juge Blondin ? Ces questions ne trouvaient pas vraiment de réponses, et le commissaire était incapable de balayer un reste de doute qui l'obsédait. Il requit l'autorisation d'exhumer le corps de Geoffrey Morris.

Le mercredi suivant, Isabelle partit pour la traditionnelle fête de la Barrique en Bretagne. L'idée de ce déplacement en compagnie de Thomas enchanta la jeune fille. Le regain d'enthousiasme avec lequel elle prépara les échantillons, la décoration faisait plaisir à voir. Et c'est avec soulagement que Juliette vit la voiture des deux jeunes gens, le coffre chargé, quitter enfin Les Alizés.

Pendant l'absence d'Isabelle, les experts passèrent deux jours sur la propriété, évaluant chaque bâtiment, chaque parcelle de vignes, et ils repartirent en emportant les bilans comptables de la société. Juliette surprit les regards inquiets des employés. Le soir elle ne trouva que Tonia pour épancher la peur qui l'oppressait et, rassemblant son courage, elle invita Jean Soriac et son épouse à dîner, et leur exposa la situation. Jean l'assura de son soutien et lui promit de parler aux employés dès le lendemain matin, mais il comprit qu'une ère scabreuse débutait.

Au cours de ce dîner, Erwan appela Juliette pour lui apprendre l'exhumation du corps de Geoffrey.

Avant de se rendre à la mairie le lendemain matin, Juliette consulta le site de la météo sur Internet. À nouveau le temps changeait. Depuis deux jours, le soleil ne parvenait plus à repousser la couche de nuages qui venaient de l'océan, et le ciel, tourmenté, opaque, semblait s'appesantir comme un voile au-dessus des vignes. Les météorologues prévoyaient une vague de mauvais temps. Il fallait se résoudre à traiter, pour éviter le botrytis, cette pourriture grise qui se développe sournoisement à partir d'un certain degré d'humidité. Lorsqu'elle trouve un terrain favorable, elle envahit peu à peu les baies et provoque la dégradation des sucres et l'altération des arômes.

Juliette appela Jean Soriac et, tout en évoquant la priorité des parcelles à traiter, elle se dit que pour la première fois elle se souciait uniquement des Alizés. Ce qui se passait dans le Médoc n'était plus de son ressort.

Elle arriva en retard à la mairie, et aussitôt Claire la prévint qu'Arnaud Debras-Monbourg l'attendait. Elle le fit entrer dans son bureau.

Arnaud jeta un coup d'œil autour de lui, sensible à l'élégante sobriété des lieux, puis ils s'observèrent un moment en silence. Il avait oublié à quel point Juliette était différente de sa sœur, avec son élégance empreinte de réserve et de douceur mêlées. Il prit sa main qu'il porta à ses lèvres.

— Merci de m'avoir reçu, Juliette. J'ai été libéré hier, j'ai su que je devais vous voir, mais à présent je ne trouve plus grand-chose à vous dire...

Il était conscient de respirer trop fort. Il avait pris cette habitude en prison, pour se prouver qu'il vivait. À présent, cette respiration haletante lui paraissait inconvenante.

— Voulez-vous du café ? demanda-t-elle.

— Non merci, je n'en bois jamais. Je voudrais vous dire que...

Que voulait-il lui dire... qu'il était désolé pour sa famille ? Mais la sienne avait tant souffert, et ce n'était pas fini. « La société familiale ne se remettra peut-être pas de mon emprisonnement et je dois vivre avec l'idée d'avoir couché avec ma sœur. » Pourtant, il essayait de comprendre ce que pouvait éprouver Juliette depuis l'arrestation du père de sa fille. Mais s'il était vraiment responsable de la mort de Fabienne, il l'aurait volontiers étranglé de ses propres mains.

— Je voudrais vous parler de Fabienne...

Fabienne... En quels termes pouvait-il parler d'elle ? Sa maîtresse, sa demi-sœur... Il aurait voulu éclater en sanglots. Il avait toujours cru que Fabienne resterait son seul amour.

Juliette le dévisageait, cherchant dans ce visage livide aux traits creusés tout ce qui lui rappelait sa sœur. Elle en eut le vertige. Les mêmes yeux sombres, le nez aquilin, cette bouche aux contours bien dessinés et les cheveux blond-roux, fournis, bouclés. Jusqu'à la voix... Ils avaient la même voix de gorge, rauque, marquée d'une sensualité naturelle.

— Je suis désolée pour tous ces événements, Arnaud, cela a fait tant de mal à nos deux familles.

— C'est moi qui suis désolé, je vous jure que j'ignorais la liaison de nos parents. Est-ce que vous me croyez ?

Sa voix trahissait une certaine appréhension, comme si tous les espoirs de ses lendemains résidaient dans la réponse qu'elle formulait.

— Bien sûr que oui.

Comment aurait-il pu deviner ce lien du sang ? Longtemps après sa rupture avec Fabienne, il s'était souvent demandé pourquoi le dessin de sa bouche, l'ombre de ses yeux, sa chevelure comme une crinière, sa peau mate persistaient en lui. Maintenant il comprenait que c'était dans son propre miroir que les traits de Fabienne s'étaient figés... Ce même sang qui coulait dans leur corps, elle seule savait. « En gardant le silence, tu avais accepté d'assumer seule les fautes de nos parents, toi la rebelle, tu t'étais soumise... Pourquoi ne m'as-tu rien dit ? Je t'aimais tant que tu aurais fait de moi ce que tu voulais, ton frère, ton amant. »

Il avait conscience que l'avenir lui serait redoutable.

Désormais, il se consumerait dans ses souvenirs et ses remords, où l'image de Fabienne l'accompagnerait comme un ange noir, et chacun de ses actes serait marqué au fer rouge de l'inceste. Il resta silencieux, laissant cette réalité implacable s'installer en lui. Puis il se leva. Juliette avait respecté son silence, elle savait que bien des sentiments se passent de mots.

— Je ne sais que vous dire pour l'argent placé en Espagne, je suis confuse, mais c'est mon père qui...

Il l'interrompit d'un geste de la main :

— Ce n'est pas grave, Juliette. C'était la décision de mon père.

— Comme vous vous ressemblez, murmura-t-elle.

— Je sais... et je viens juste de le découvrir. Je l'aimais tant, je regrette qu'elle ne m'ait rien dit, j'aurais pu l'aimer comme un frère ou un ami. J'aurais tout donné pour qu'elle ne me quitte pas.

Au moment où ses larmes affluèrent au bord de ses paupières, il sut qu'il ne pourrait pas les contenir. Juliette le raccompagna et, en lui serrant la main, elle murmura :

— Dieu vous garde Arnaud.

Elle referma la porte de son bureau, s'y adossa et ferma les yeux, en proie à une indicible tristesse. Comme si ces deux êtres que la vie avait réunis comme un mauvais tour venaient de mourir à l'instant sous ses yeux ; de leurs deux existences à jamais ensevelies ne subsistait que le désespoir d'Arnaud.

Des brumes marines recouvraient le cimetière de Saint-Louis et dans la fraîcheur de l'aube, le premier coup de pelle éventrant la terre humide résonna comme un gong... Erwan trembla. Les trois coups du rideau qui se levait sur les reflets d'une autre vie... celle de son enfant. Il se souvenait du petit garçon, son anti-Galilée qui ne voulait pas croire que la terre tournait. Un soir, Geoffrey avait posé une pierre au centre de l'allée de leur jardin à

Valcartier. Le lendemain matin, en se réveillant, il s'était précipité dehors, convaincu que si la terre avait bougé pendant la nuit, la pierre serait perdue quelque part dans l'infini. Mais elle était toujours là, et Erwan avait essayé de lui expliquer les phénomènes d'attraction et de gravitation. Geoffrey l'avait écouté, les sourcils froncés et le bout du nez plissé. Puis il avait décrété :

« Quand je serai grand, je serai cosmonaute… comme ça quand je serai tout là-haut, je verrai bien si elle tourne… »

Plus tard, il avait suivi l'entraînement spécial « Leadership & Management » enseigné par le 12e régiment blindé en place à Valcartier. La Nasa y envoyait ses astronautes pour suivre ce programme unique de résistance physique, mentale et psychologique. Les candidats étaient entraînés à vivre dans des conditions extrêmes d'isolement, le but étant de survivre grâce au mental.

Erwan était debout devant la tombe que la pelle mécanique pourfendait avec un bruit de métal cognant la pierre. « Mon enfant, que reste-t-il de toi ? Une trace au fond de mon cœur, un long sillon que mes larmes ont creusé, où un peu de toi survivra toujours. Mon petit cosmonaute, mon fils, enfui comme un oiseau de passage qui emporte ses rêves ; tu as emporté les miens aussi. »

Lorsque le coin du cercueil apparut sous la pelle, la panique s'empara de lui : il sentit la main de Juliette presser la sienne, elle était tiède et légère.

De son côté, c'était la première fois qu'elle assistait à une exhumation, elle manqua de souffle en respirant l'odeur âcre de la terre éventrée. Enfin, elle trouva la force de se tourner vers Erwan, le vent chamboulait ses cheveux blancs, ses lèvres étaient pincées. Les yeux mi-clos, retranché dans ses souvenirs, il cherchait l'issue pour accepter l'insoutenable. Il pleurait.

Après que le cercueil fut chargé dans le véhicule des pompes funèbres, elle lui proposa de rester avec lui, mais il refusa. Elle lui arracha la promesse qu'ils dîneraient ensemble et lorsqu'il se dirigea vers sa voiture, elle trouva sa démarche changée, il lui donna l'impression d'avoir rapetissé sous le poids terrifiant d'un mal dont il ne pouvait guérir.

En fin de matinée Juliette fit une courte halte aux Alizés le temps de changer de vêtements avant le déjeuner mensuel avec les élus. Une enveloppe marron l'attendait sur la desserte, l'expertise des vignobles était achevée : château Saint-Benoît, un million deux cent mille euros. Les Alizés, quatre millions d'euros... Elle comprit d'emblée qu'elle ne pourrait pas financer le rachat des Alizés dans le partage avec son frère.

Dans la cuisine, elle s'aspergea le visage d'eau fraîche. Elle ne savait pas ce qu'il adviendrait de Saint-Benoît, elle avait la certitude que ni Stéphane, et encore moins son père, ne tenait à garder cette propriété que sa mère avait sans doute prévu d'offrir à Fabienne un jour... Mais comment pouvait-elle encore sauver Les Alizés ? Déjà, elle échafaudait des plans : transgresser ses règles et emprunter, vendre certaines parcelles ? Elle imaginait déjà les négociations, les transactions, l'abandon de ce que sa mère lui avait légué avec le commandement d'en assurer la pérennité sous peine de se déshonorer... Déjà, elle sentait le regard des autres, la condamnation, comme à l'école. Elle qui avait sacrifié tant d'énergie à gagner la considération d'autrui pour justifier son quotidien.

Soudain elle ne s'éleva plus contre le départ d'Isabelle, au contraire, elle le souhaitait, et si elle pouvait, elle le précipiterait. « Puisque je n'ai pas su préserver ton héritage, mon ange, que je puisse au moins éviter de te voir éclaboussée par les marques de soutien désolé, qui ne seront que jubilation à peine voilée. »

Juliette se préparait à faire face, seule. Depuis le suicide d'Olivier, pas un jour ne s'était écoulé sans que les mots de Jean-Pierre ne reviennent la hanter. Aujourd'hui elle ne s'insurgeait plus contre leur démesure...

Le corps de Geoffrey Morris fut de nouveau inhumé quarante-huit heures après son exhumation. L'autopsie n'avait apporté aucun élément nouveau. Le meurtre n'était toujours pas confirmé, et le suicide ne l'était plus vraiment.

Ce matin-là très tôt, le commissaire Lenoir prit la route de Bordeaux afin de rencontrer Philippe Marot.

La circulation devenait de plus en plus dense sur le pont d'Aquitaine ; la ville retrouvait son rythme après la langueur estivale et le soleil, plus bas, s'attardait le long des quais rénovés, en glissant d'immeuble en immeuble, il marquait le temps sur l'ivoire des pierres.

Il n'était pas loin de penser comme son fils que Bordeaux était bel et bien devenue une des plus belles métropoles d'Europe. Il longea les quais pour rattraper la rue des Piliers-de-Tutelle et rejoindre les allées de Tourny. Le parking privé de l'agence Marot se résumait à un espace pavé, compressé entre les immeubles. Il apposa le macaron *police* sur le pare-brise de sa voiture et se gara à l'arrière de deux autres véhicules.

L'immeuble donnant sur les allées de Tourny abritait une dizaine de sociétés. Il appuya sur le bouton marqué *Agence immobilière Philippe Marot* et la porte s'ouvrit aussitôt. Le hall était dallé de marbre, les murs recouverts de boiseries et de glaces, et face à l'entrée principale se dressait un gigantesque escalier hélicoïdal revêtu en son centre d'un tapis rouge.

L'agence occupait tout le deuxième étage. À mi-chemin, le commissaire rencontra Hélène Jouvain qui descendait. Elle portait un sac en bandoulière, un paquet de dossiers serrés sur la poitrine et une mallette.

Son tailleur anthracite contrastait avec son teint pâle, et ses yeux paraissaient plus tristes parmi tout ce gris. Elle lui rappelait sa propre mère, veuve trop tôt elle aussi. Douloureuse mais si émouvante, cette image de la femme qui lutte coûte que coûte pour préserver la lignée…

Il lui prit sa mallette.

— Je vous accompagne jusqu'à votre voiture.

— Merci. Lorsque je viens à Bordeaux, je prépare mes dossiers pour toute la semaine, parfois plus. C'est volumineux. Il m'arrive de penser que si je continue longtemps ce travail, je finirai par ressembler à ces chimpanzés qui ont les bras plus longs que le corps.

Il lui sourit en se disant qu'il devait trouver quelque chose d'aimable à dire.

— Un chimpanzé avec un visage de madone, je tiens à voir cela.

Il se demanda après coup si sa remarque n'était pas complètement stupide, mais au sourire qu'elle lui adressa il déduisit qu'il n'avait pas été si maladroit. Il l'aida à poser ses sacs dans sa voiture et lui demanda des nouvelles de ses enfants.

— Ils préparent la rentrée.

— Et vous, Hélène ?

Elle ne répondit pas et il comprit qu'elle n'avait pas envie de parler d'elle, que son salut c'étaient les enfants, ils étaient sa vie, elle en avait fait son unique sujet de conversation…

— Vous allez pouvoir prendre ma place de parking, dit-elle.

Il lui proposa d'aller boire un café, mais elle refusa en arguant qu'elle avait une visite de propriété en fin de matinée, et qu'elle était déjà en retard.

— Alors une autre fois, dit-il, soyez prudente sur la route…

Il lui tendit la main, elle y posa la sienne et il imagina un instant la garder mais il savait qu'il n'oserait jamais. À nouveau il ressentit l'envie de créer l'ébauche d'une complicité amicale : des mots simples qui se suffiraient à eux-mêmes, ce serait stupide de ne rien dire…

— Prenez bien soin de vous, Hélène, je vous admire beaucoup, vous savez, vous êtes une femme très courageuse.

Elle sourit et murmura « merci ». C'était tout ce qu'il

voulait. Ils échangèrent un signe de la main lorsque leurs voitures se retrouvèrent côte à côte sur le parking.

Philippe Marot avait pressenti en se réveillant que cette journée serait merdique. Il s'était disputé avec Laurence pour un motif futile, le fait en lui-même n'avait pas tant d'importance, mais cela se produisait de plus en plus souvent. Il était parti en retard, il s'était trouvé prisonnier des bouchons, et il était d'une humeur de chien. Son agacement se transforma en colère lorsque sa secrétaire le prévint que le commissaire Lenoir souhaitait le voir.

— Sans prévenir… Il se prend pour qui, ce petit flic ?

Le petit flic était devant lui et il cumulait les impairs. S'asseoir sans y être invité, refuser le café qu'on lui offrait, et summum de la balourdise, en entrant il ne jeta même pas un regard au tableau fétiche de Philippe. C'était la première fois qu'*Ebrietas* laissait quelqu'un indifférent.

Contrarié dans son rituel quotidien, frustré devant ce policier qui ne savait même pas choisir ses cravates, Philippe demanda :

— Que puis-je pour vous ?

Le ton abrupt déplut au commissaire, mais ne le surprit pas. Il était davantage incommodé par l'odeur de cigare froid et de parfum coûteux qui régnait dans le bureau que par l'agressivité latente de son interlocuteur. Il en vint droit au but.

— Vous avez employé Geoffrey Morris il y a six ans, et jusqu'à son décès, si mes informations sont exactes ?

— Elles le sont. Que voulez-vous savoir ?

— Je reconstitue son emploi du temps dans les moindres détails, durant les jours qui ont précédé sa mort, et…

— Dans les moindres détails, six ans après ? Vous plaisantez, commissaire ?

— Non, jamais pendant le travail.

Philippe jouait avec un coupe-papier estampillé du nom d'un grand couturier masculin, il frappait la pointe effilée sur le coin de son cendrier à petits coups brefs et réguliers.

— Et si je vous demandais, moi, ce que vous faisiez en 1999, jour pour jour, à neuf heures trente, qu'est-ce que vous répondriez ?

— Que c'est moi qui pose les questions.

— Alors laissez à ceux que vous interrogez la faculté de vous répondre !

Le commissaire ne se laissa intimider ni par le ton narquois, ni par le bruit répété du coupe-papier heurtant le cristal.

— Je suis sûr qu'un homme aussi intelligent que vous a une excellente mémoire, monsieur Marot. Est-ce que vous vous souvenez de certaines conversations, d'un comportement qui vous auraient surpris à l'époque ?

— Je ne surveille pas mes employés, je ne suis pas non plus responsable de leurs actes vingt-quatre heures sur vingt-quatre.

Le commissaire appuya ses avant-bras sur l'accoudoir du fauteuil et joignit les mains. L'homme en face de lui était retors, voire manipulateur, mais il remarqua la veine sur sa tempe, gonflée et palpitante, signe qu'il s'impatientait.

— Vous étiez tout de même au courant de sa liaison avec Fabienne Leroux ?

— À peine, et je dois vous dire que ça ne m'intéressait pas du tout… Monsieur le commissaire – il haussa le ton en s'avançant vers son bureau, les paumes à plat sur le rebord –, je n'étais pas sa gouvernante. Pas même son confident. De plus, je ne sais pas si vous l'avez remarqué en entrant, mais je dirige une agence immobilière, pas matrimoniale. Il travaillait pour moi et il faisait bien son boulot. Je n'attendais pas autre chose de lui. Il était secret, ou méprisant, appelez ça comme vous voulez. Comme tous les Nord-Américains d'ailleurs, tellement imbus d'eux-mêmes.

« L'hôpital qui se moque de la charité », pensa Louis Lenoir en souriant.

— Connaissez-vous son père ?

— Non !

La réponse avait claqué tandis que Philippe se cala de nouveau au fond de son fauteuil, il tordit les phalanges de ses doigts, une à une, jusqu'à obtenir un bruit désagréable d'os comprimé. Le commissaire le regardait avec un sourire désarmant.

— Pourtant Erwan Morris est très proche de votre maire.

— J'avais déjà entendu dire que pour faire un bon flic il fallait être doué pour racler le fond des poubelles... Vous devez être le meilleur ! Je travaille avec Juliette Leroux et je me fous de savoir avec qui elle couche, en particulier ce connard qui serait bien inspiré de prendre le premier avion en partance pour son pays au lieu de nous emmerder avec ses états d'âme. Après tout, s'il était resté chez lui, son fils serait encore en vie. Maintenant, excusez-moi, j'ai une journée chargée.

Il se leva. Le commissaire laissa s'écouler plus d'une minute avant de l'imiter, rangeant soigneusement son carnet et son stylo dans les poches intérieures de sa veste, puis regardant l'heure à sa montre. Il comprit qu'en parlant de Juliette il avait touché une corde sensible, la seule peut-être chez cet homme arrogant. Il avait envie de porter l'estocade :

— Juliette est une femme remarquable, n'est-ce pas ?

Philippe ne répondit pas, mais son visage se durcit, la veine sur la tempe était sur le point d'éclater et les plis autour de la bouche dessinèrent une parenthèse. Mépris, cynisme, cruauté peut-être, se dit Louis Lenoir. Il se leva enfin, et en se retournant il jeta un coup d'œil au tableau. Philippe ne put retenir un sourire de jubilation en constatant qu'il était tombé dans le piège.

— C'est surprenant, n'est-ce pas ?

— Je n'y connais pas grand-chose, mais pour ma part je trouve cela plutôt vulgaire.

Il tendit la main à Philippe, la lui serra avec poigne et sortit en refermant lui-même la porte.

Après son départ, et malgré l'heure matinale, Philippe se servit un whisky. Il portait le verre à ses lèvres lorsque le téléphone sonna. La conversation fut courte, mais il en retira une joie sauvage. Maître Renan venait de l'informer que Juliette devait faire face à la succession de sa mère et peut-être vendre Les Alizés.

Le temps se dégradait de plus en plus et le ciel, trop bas, n'en finissait pas de transporter les nuages poussés par le vent de l'océan. Les matins prenaient un aspect gris feutré comme aux plus beaux jours de l'automne, et ce changement subtil hâtait les préparatifs des vendanges.

Juliette adorait cette période de l'année : abriter enfin les raisins du bon plaisir de la nature qui sublime ou détruit en quelques heures le fruit d'un an de soins prodigués à la vigne. Chaque millésime devenait un bonheur renouvelé, chaque fois aussi douloureux et exaltant qu'une naissance.

Un bonheur dont Juliette se détacha cette semaine-là. Convoquée par maître Vallet, le notaire de la famille, elle arriva en retard, troublée à l'idée de revoir son frère, mais il s'était fait représenter par un avocat. La lecture du rapport d'expertise fut longue et fastidieuse, elle connaissait mieux que personne l'étendue des biens familiaux. Puis le notaire exposa la proposition de la partie adverse. Elle haussa les sourcils. Il était son père, il était son frère, elle les avait aimés, chéris, elle les avait maternés et c'était ce qu'ils lui reprochaient. Aujourd'hui ils devenaient ses ennemis, ils étaient la « partie adverse ».

Et la partie adverse proposait la vente de l'ensemble des propriétés, et le partage, une fois déduits les droits de succession. Elle se dit qu'elle n'aurait pas d'autre choix que trouver l'argent pour racheter les parts de son frère et de son père, mais la somme était colossale. Et devançant sa question, l'avocat l'informa qu'elle avait deux mois pour définir sa position.

En quittant l'étude notariale, elle appela son banquier qui la reçut aussitôt. Leur entretien dura deux heures, pendant lesquelles ils échafaudèrent diverses simulations de financement, avec vente de plusieurs parcelles de vignes, de bien personnels, bijoux, meubles qui étaient dans la famille depuis Adélaïde… Dans tous les cas, rien n'empêcherait la banque de poser une hypothèque sur Les Alizés. Elle sortit de ces pourparlers effondrée. Elle n'avait qu'une solution, accepter de vendre Les Alizés, ou s'endetter au point que sa fille rembourserait encore les emprunts longtemps après elle. Elle comprenait comment on pouvait rendre les armes…

En arrivant à la mairie, Claire lui demanda si elle se sentait bien. Elle comprit pourquoi en se regardant dans le miroir des toilettes, elle semblait avoir vieilli d'un coup. Son visage accusait les rides, son teint était gris et les cernes sous ses yeux profondément marqués. Elle s'aspergea le visage d'eau froide et recomposa son maquillage. Un rendez-vous important l'attendait avec le président du syndicat des eaux, puis elle perdit une demi-heure au téléphone avec Roland Bignard, le conseiller général. L'essentiel de leur conversation porta sur la campagne municipale de l'année prochaine ; il voulait s'assurer qu'elle se représenterait. Elle était restée très évasive quant à sa décision, en lui affirmant que de toute façon la relève était assurée. Jouant de son charme, il s'était écrié qu'elle était irremplaçable, qu'elle « faisait un travail remarquable ». Elle avait souri. Combien de fois l'avait-elle entendue, cette phrase, rengaine de tous les refrains politiques dont chaque mot était pesé sans être pensé. Elle avait toujours eu un regard lucide sur ce monde de faux-semblants où il faut être prêt à toutes les abnégations. Sa mère répétait souvent qu'il y avait en chaque politicien un grand comédien qui ne s'ignore pas... De plus, Juliette savait déjà que lorsque ses déboires familiaux et financiers seraient connus, les flatteurs d'aujourd'hui se détourneraient. Il est des scandales qui ne supportent aucune plaidoirie. Et puis, elle aurait bientôt cinquante ans, et confusément, elle sentait que des pages se tournaient.

Elle s'approcha de la fenêtre. Depuis la mairie, on apercevait les vignes des Alizés et les premiers contours du mur d'enceinte, ce paysage éternel qui s'offrait à ses yeux l'émut. Elle resta longtemps à admirer l'explosion des vagues sur les rochers et le vol affolé des mouettes dans le vent de l'océan.

Soudain, elle eut envie de voir Jean-Pierre, elle regarda l'heure, et jugea qu'elle pouvait encore passer au cabinet médical et l'inviter à dîner. Loin de Saint-Louis, dans un endroit discret où ils pourraient parler. Elle prit son sac et ses clés, les dossiers que Claire lui avait préparés, mais en sortant elle se heurta à Philippe Marot.

— Je te dérange, Juliette ?

Elle le laissa entrer à regret, mais il refusa le siège qu'elle lui offrit.

— Je ne peux pas m'attarder, j'ai un rendez-vous important. Juliette, je... j'ai entendu dire que tu avais des soucis avec ton frère et que ça pouvait mettre ta propriété en péril.

« Mon Dieu ! pensa-t-elle, les bruits courent déjà... »

— C'est vrai, avec Stéphane nous avons une divergence de stratégie dans la gestion. Nous allons liquider la succession de notre mère, et j'aimerais garder Les Alizés.

— Je peux t'aider à trouver de l'argent...

Il laissa s'écouler quelques secondes et il vit sa poitrine se soulever avant qu'elle ne laisse échapper un long soupir. Il aurait donné n'importe quoi pour s'approcher, l'effleurer, la prendre dans ses bras... « Ne pas tout gâcher », pensa-t-il.

— Je te remercie, Philippe, je suis touchée par ta proposition, mais j'ai déjà rencontré mon banquier et...

— Les taux sont exorbitants en ce moment, je suis sûr que je peux te trouver un prêt à des conditions plus avantageuses.

Juliette fut tentée de refuser mais elle se ravisa. C'était bien là ce que son père et son frère lui reprochaient : tout gérer, tout régler seule. Et pourtant c'était faux. Personne ne pouvait deviner les angoisses qu'elle avait contenues tout au long de sa vie, et pour atténuer ses frayeurs elle s'ingéniait à modeler autour d'elle un monde organisé... Mais depuis quelques jours tout son univers partait à vau-l'eau. Elle refoula le sanglot qui lui nouait l'estomac. Se rappeler les paroles de son père lui faisait encore si mal qu'elle ne put cependant retenir les deux perles qui bordèrent ses yeux.

— Je ne sais pas, Philippe, répondit-elle enfin, peut-être, il faut que je réfléchisse.

— Promets-moi que tu ne signeras rien sans m'en parler d'abord... juste pour vérifier s'il existe une meilleure solution.

Elle promit et n'esquiva pas le regard ardent qu'il posa sur elle, incapable de savoir s'il l'effrayait ou la repoussait.

Philippe ne demandait rien de plus, aujourd'hui il avait fait un pas vers elle. Il se retira pour ne pas opposer au visage crispé de Juliette le tressaillement de tout son corps vibrant de folles espérances. Il l'avait sentie venir à lui par le truchement de son désarroi, mais qu'importait la raison. Il l'avait vue avec des larmes dans les yeux, désemparée, à sa portée. « Je vais devenir important pour elle, elle ne pourra plus faire autrement que compter sur moi, je serai la bouée où s'enrouleront tous ses naufrages... »

# 17

Les vendanges approchaient. Chaque jour, les prélèvements confirmaient la proche maturité des raisins. Le soleil des mois de juillet et août, chauds et secs, avait gorgé les baies de sucre. Mais depuis quelques jours le temps se dégradait, les nuits étaient fraîches, les journées grises, parfois pluvieuses, un vent océanique chahutait les eaux de l'estuaire et s'enfonçait dans les terres.

Aux Alizés, Thomas ne quittait plus Isabelle. Les préparatifs des vendanges le fascinaient. Il avait écouté comme un cours de théologie les explications de la jeune fille : pourquoi la date de la récolte était si importante, savoir attendre le plus longtemps possible la maturation des fruits, en prenant le risque qu'un orage provoque la pourriture grise et compromette le travail de toute une année. Il participa au nettoyage du pressoir, des cuves et Isabelle lui expliqua ce qu'il adviendrait des raisins à partir du pressurage : une macération de deux semaines où pulpe de fruit, levures et pépins évolueraient en fermentant. C'était la lente transformation du sucre en alcool pendant laquelle il fallait oxygéner le moût.

— En fait on le secoue, dit Thomas.

Isabelle fronça les sourcils.

— Ça s'appelle des remontages, Thomas, cela consiste à prendre le jus de raisin dans le fond de la cuve, et à en arroser le chapeau de marc qui s'est formé au-dessus…

Il sourit et répéta le mot « remontages », soucieux de s'imprégner de ce langage fleuri, un brin pompeux, qui émaillait le monde du vin. Il posait des questions, répétait les termes techniques en écorchant les mots et cet apprentissage linguistique se terminait souvent en éclats de rire.

Il arrivait parfois à Isabelle de penser qu'elle aurait pu apprendre tous ces secrets à un autre garçon. Elle sentait bien que son entourage tenait à la considérer comme guérie, et pourtant la blessure était toujours présente, mais elle la laissait dormir en paix, et elle appréciait ce sentiment de sérénité, presque en s'en défendant. Mais quelquefois, elle cédait au désir de se replier sur elle-même, et la tête vide, s'imaginer une autre vie. Alors pendant un moment fugace mais intense, le teint pâle et les yeux clairs de Mark se substituaient à la peau dorée et aux cheveux noirs de Thomas. Elle devait accomplir un effort pour chasser sa mélancolie, et penser comme sa mère que la vie avait toujours le dernier mot.

Elle accueillait ces vendanges avec un sentiment confus de plaisir et de regrets mêlés, en imaginant son départ bientôt. Et en regardant les rangées de vignes qui verdoyaient à l'infini, cette animation frénétique qui précède toujours la récolte, déjà la nostalgie la gagnait. Du plus loin qu'elle s'en souvienne, elle avait toujours aimé cette activité liée à la naissance du vin. Ce monde, c'était le sien.

Ce matin-là, Juliette portait les couleurs de l'automne, un tailleur ocre, rehaussé d'un chemisier vert. Comme souvent, elle avait relevé ses cheveux et des boucles s'échappaient de-ci, de-là. Elle prit un parapluie avant de sortir et en montant dans sa voiture, elle adressa un geste de la main à Tonia qui revenait du potager avec un panier empli de tomates et de salades.

Elle n'aurait pas le temps de passer au chai. Des problèmes l'attendaient à la mairie, inhérents à chaque rentrée des classes, et elle avait mené d'interminables négociations avec l'agence pour l'emploi et tous les organismes concernés pour trouver des vendangeurs aux viticulteurs de sa commune. Sur l'exploitation, elle travaillait avec le comptable tous les après-midi. Dans quelques jours, les foires aux vins débuteraient partout, elle avait de fréquents entretiens téléphoniques avec ses représentants dans toutes les régions, pour définir les stratégies et les promotions chez les cavistes.

Et les vendanges approchaient. « Ce serait trop bête qu'il pleuve maintenant, la récolte sera superbe », se dit-elle en regardant le mouvement des gros nuages noirs qui se précipitaient au-dessus de l'estuaire. Pour les préparatifs, elle avait toujours pu s'appuyer sur les compétences de Jean Soriac et de Stéphane. Mais cette année Stéphane serait absent des Alizés, sans doute préparait-il les vendanges à Saint-Benoît. Par chance, Isabelle était là, et Thomas, qui la suivait pas à pas...

Bien qu'elle n'en ait pas reparlé, Juliette avait déjà compris qu'elle partirait dans quelques mois. Et sans doute Thomas n'était pas étranger à ce projet de départ. « Comme c'est surprenant... Mark aurait gardé ma fille ici, dans cette région qu'il avait aimée dès le premier regard. Mais c'est sous l'influence d'un autre garçon qu'elle quittera bientôt le domaine. » Et fait surprenant, Juliette n'éprouvait plus ce sombre malaise, comme lorsqu'elle avait vu ce jeune homme blond à l'allure de Viking franchir sa porte.

L'échéance – il lui arrivait de penser « l'ultimatum » – que lui avaient accordée son père et son frère arriverait à son terme dans quelques semaines. Même si la manœuvre lui répugnait, elle était bien décidée à trouver toutes les échappatoires possibles pour retarder les procédures jusqu'au départ d'Isabelle. Le banquier l'avait rappelée, la pressant de prendre une décision pour souscrire un emprunt, et elle était terrorisée. Cette décision, elle devait la prendre seule, s'endetter ou vendre Les Alizés.

Sur la route entre le domaine et la mairie, elle eut l'impression que le vent se renforçait encore, quelques gouttes frappèrent le pare-brise et séchèrent presque aussitôt. Elle n'était pas entrée dans le hall de la mairie que Claire se précipita au-devant d'elle, Jean-Pierre sur ses talons.

— Et ton portable, tu l'allumes parfois ?

— J'ai oublié ce matin.

Il avait l'air si tendu que Juliette prit peur.

— Qu'est-ce qui se passe ?

— Un appel de la préfecture, une alerte à la tempête pour cet après-midi et cette nuit. J'attendais que tu arrives, mais je suis désolé, il faut que je retourne au cabinet médical, j'ai deux urgences. Je reviens dès que possible.

Tandis qu'elle gagnait son bureau, Juliette demanda à Claire d'appeler le bureau du préfet, les pompiers, la gendarmerie, de lui passer les communications dans l'ordre et de recenser les adjoints et les conseillers municipaux qui pouvaient se libérer tout de suite.

Le cyclone Katia qui avait secoué le Mexique et la côte est des États-Unis se dirigeait vers l'Europe. Il avait perdu de sa vigueur mais le centre météorologique prévoyait des rafales à plus de cent cinquante kilomètres à l'heure dans la soirée et au cours de la prochaine nuit, en particulier sur la côte atlantique. L'estuaire de la Gironde était sur sa trajectoire.

Depuis qu'elle était maire de Saint-Louis, Juliette n'avait jamais eu à affronter une telle situation d'urgence. Elle s'assura de la disponibilité des agents EDF, et des sapeurs-pompiers. Sa conversation avec Erwan finit de l'alarmer, la centrale électrique était en alerte maximale. Il ne pouvait pas quitter son poste, mais il demanda à Thomas de se tenir à la disposition de Juliette et de la commune. Parmi les adjoints, Claire put joindre Philippe, il était à Bordeaux et ne pouvait se libérer, et maître Renan demeurait injoignable. Heureusement Nicolas Frémont était là, il avait donné congé à tout le personnel de l'entreprise Courson, s'était assuré que Françoise et les enfants étaient rentrés et il avait aussitôt rejoint Juliette à la mairie.

La première mesure d'urgence concerna les écoles. Tous les parents qui pouvaient être contactés vinrent chercher leurs enfants, les autres gamins furent rassemblés dans le gymnase sous la surveillance des enseignants. Une voiture des services techniques de la mairie, équipée d'un haut-parleur, sillonnait les rues de la commune et tous les hameaux avoisinants, recommandant aux habitants de rentrer chez eux et de ne plus bouger.

Juliette s'apprêtait à rejoindre Nicolas dans la salle du conseil lorsque son téléphone portable retentit. C'était le professeur Jacques Renan, le mari d'Élise, qui s'inquiétait de ne pouvoir joindre sa femme… Juliette le rassura, elle était sans doute bloquée dans les embouteillages.

Aux Alizés, Jean Soriac et Isabelle libérèrent le personnel après avoir sécurisé au maximum les chais et les dépendances.

La tempête s'abattit d'abord sur les côtes, provoquant les premiers dégâts. Les nuages avançaient à une vitesse folle et, à dix-huit heures, il faisait quasiment nuit. À l'entrée de Saint-Louis, l'église sur son promontoire fut la première touchée. Le vent l'atteignit de plein fouet à la vitesse de cent soixante kilomètres à l'heure et brisa la moitié des vitraux. Ce fut comme un signal et la ville entra dans les ténèbres. En rase campagne, le vent renversa des pylônes et en se rejoignant au sol, les fils électriques produisaient des gerbes d'étincelles visibles à plusieurs centaines de mètres.

La nuit commençait à peine que certaines routes étaient coupées par des arbres déracinés. Une véritable tornade s'engouffra dans les rues avec un roulement sourd, jetant à bas les tuiles, les balustrades, les cheminées.

L'océan pilonnait le rivage et des vagues gigantesques s'abattaient sur les remparts de la citadelle dans un fracas assourdissant.

Au cours des heures qui suivirent, des dizaines de bénévoles vinrent rejoindre les pompiers pour dégager les routes. Juliette fit installer un hébergement provisoire dans le gymnase et accueillit chaque famille. Certains, encore pétrifiés par la terreur qu'ils venaient de vivre en voyant les arbres s'écrouler sur le toit de leur maison, avaient du mal à parler. Ils ne pouvaient que répéter : « Écoutez ce bruit. » C'était un grondement sourd qui s'imposait partout, jusqu'au fond des êtres.

Des volontaires parmi le personnel communal préparèrent des repas froids, du café. Thomas distribuait les plateaux, de l'eau et des couvertures. Quant à Claire, elle réussit à répondre à trois téléphones en même temps, ne dérangeant Juliette que dans les cas extrêmes.

Un peu plus tard dans la soirée, Juliette tenta à plusieurs reprises de joindre Isabelle, mais elle tombait sur sa messagerie et elle commençait à s'inquiéter, d'autant plus qu'aucune communication n'était plus possible avec Les Alizés. Elle éprouva un vif soulagement en voyant Jean-Pierre entrer dans le gymnase.

— Remplace-moi un instant, je fais un saut à la maison, je n'ai pas de nouvelles d'Isabelle, ni de Tonia.

— Je t'accompagne, dit Thomas.

Il leur fallut plus d'une demi-heure pour aller jusqu'à la propriété, située à quelques centaines de mètres. Aucune maison ne semblait épargnée par le vent qui soufflait toujours, entraînant sur son passage des poubelles, des piquets de vigne, des pans entiers de clôtures. Les rafales emportaient les gravillons du bas-côté qui criblaient les carrosseries des voitures comme des tirs d'arme à feu. En remontant l'allée du domaine, ils découvrirent un cèdre centenaire couché sur les pelouses. Juliette n'eut pas le temps d'arrêter la voiture que Tonia sortait et s'avançait dans leur direction en s'accrochant à la balustrade du perron. Elle était au bord des larmes.

— Isabelle est partie il y a un moment déjà, elle voulait se rendre compte de l'état des vignes.

— Oh non ! je ne peux plus la joindre ! Mais pourquoi l'as-tu laissée partir ?

— Tu crois que je pouvais l'attacher ? Elle m'a dit

qu'elle en avait pour une demi-heure, mais ça fait plus d'une heure et demie qu'elle est partie.

Juliette sentit une vague de frayeur la saisir à la gorge.

— C'est pas possible… et où la chercher ?

Thomas lui prit ses clés de voiture.

— Je vais la trouver, je te promets… Retourne à la mairie, on a besoin de toi !

Avant de repartir, elle s'inquiéta de savoir si Tonia avait des nouvelles de ses enfants, celle-ci la rassura, sa fille, son gendre et ses petits-enfants étaient tous rentrés au bercail sains et saufs.

— Merci ma grande, murmura-t-elle, trouvez vite Isabelle.

Ils reprirent la route et Thomas déposa Juliette au gymnase.

— Appelle-moi tous les quarts d'heure.

— Oui… Ne t'inquiète pas, je vais la retrouver.

Isabelle savait qu'elle commettait une imprudence, mais rien n'aurait pu l'empêcher de sortir et se rendre compte par elle-même des dégâts dans le vignoble, et elle était consternée. Il n'y avait pas de pieds de vigne arrachés, cette plante tenace plongeait ses racines profondément au cœur de la terre, mais les raisins avaient opposé peu de résistance à la tempête. Une grande partie de la récolte gisait à terre, dans un enchevêtrement de feuilles et de lianes. Après avoir constaté le saccage, Isabelle eut beaucoup de mal à regagner sa voiture, elle s'accrochait au moindre piquet, à la moindre tige qui résistait au vent et elle finit les derniers mètres à genoux, agrippée au sol. En montant dans sa voiture, elle voulut appeler sa mère et mesura alors l'étendue de son inconscience. Dès qu'elle composait le numéro, son téléphone affichait *batterie faible* et l'écran s'éteignait.

Elle démarra et avança lentement en priant le ciel pour passer entre les branches des arbres, les morceaux de clôture qui volaient autour d'elle. Elle savait que le chemin le plus difficile serait la colline de Moulinblanc. Dans la lumière des phares elle voyait des troncs d'arbres tomber en s'entrecroisant comme un jeu de mikado. Soudain, un choc violent immobilisa sa voiture au milieu de la route. Un tronc d'arbre s'abattit sur l'arrière du véhicule et elle eut l'impression que le toit s'affaissait sur elle. Elle essaya de descendre, mais sa portière était bloquée, elle se glissa sur le siège du passager mais elle n'eut pas davantage de chance, la porte était verrouillée. Elle comprit que la chute de l'arbre avait endommagé le système de fermeture centralisé de la voiture. Elle était prisonnière, dans l'obscurité, avec la perception atroce d'un habitacle rétréci ; elle sentit alors une odeur de brûlé qui très vite lui piqua les yeux, elle se racla la gorge... les gaz d'échappement. Elle essaya de couper le moteur, mais la clé de contact était coincée, et elle comprit qu'avec le système électrique, elle ne pourrait pas ouvrir les vitres. Elle était seule, enfermée dans sa voiture où montait un gaz mortel, avec le bruit infernal du vent et des branches qui craquaient. Elle éclata en sanglots. Suffoquant, haletant, elle pesait de toutes ses forces sur la poignée de la portière, mais elle sentait son énergie l'abandonner, l'air n'arrivait plus dans ses poumons. Elle succombait et son renoncement lui faisait horreur. Elle se dit que rien ne viendrait la sauver. « Je vais mourir », pensa-t-elle, elle hurla, suffoqua. Puis elle s'écroula sur le siège, vaincue par un obscur consentement, avec l'impression atroce de se résigner.

En une vertigineuse succession d'images, elle pensa à sa mère, à ses chiens, aux vignes. Elle ne pensa pas à Mark. Et, fulgurante, l'image de son père étranglant sa tante lui apparut. À cet instant, elle comprit qu'il était innocent.

Au volant de la voiture de Juliette, Thomas parcourait les chemins autour de Saint-Louis. Il s'arrêta à plusieurs reprises pour débarrasser la chaussée des branchages qui l'obstruaient. Parfois, il suivait à pied un bout de sentier perpendiculaire en s'éclairant de sa lampe torche, puis il revenait sur ses pas, et reprenait la voiture. Le paysage prenait des airs de fin du monde avec des arbres qui tombaient les uns après les autres comme l'avant-garde d'une armée déchue. Au fur et à mesure qu'il s'enfonçait dans la nuit, Thomas essayait de ne pas céder à la terreur qu'il sentait grandir en lui. Isabelle... Que lui était-il arrivé ? Quelle direction avait-elle prise ? Quelle parcelle de vignes jugeait-elle la plus vulnérable ? La colline de Moulinblanc... Il se reprocha de ne pas y avoir pensé plus tôt.

Il emprunta le chemin le plus court, et roula au pas ; la voiture oscillait sous les coups de boutoir du vent qui tourmentait les vignes, arrachait les grappes en un mouvement infernal qui semblait ne jamais vouloir s'arrêter.

Soudain, dans la lumière des phares, il aperçut la voiture d'Isabelle, un tronc d'arbre paraissait l'avoir coupée en deux. Il s'arrêta et courut jusqu'à elle. Et il l'aperçut, petite forme tremblante, recroquevillée sur le siège passager, là où l'habitacle était resté à peu près intact. En se penchant, il vit une fumée opaque à l'intérieur, il frappa contre la vitre et Isabelle lui fit comprendre que les portières étaient verrouillées. Thomas trouva le cric dans le coffre de sa voiture et il fit signe à Isabelle de se protéger. Le premier coup dessina une large étoile, et au troisième la vitre vola en éclats. Il aida la jeune fille à se glisser à l'extérieur avec d'infinies précautions pour qu'elle ne se blesse pas dans les échardes de verre. Elle se jeta dans ses bras, et de nouveau l'air éclata dans ses poumons avec une douleur extrême, comme si son corps implosait. Il perçut ses efforts pour reprendre sa respiration. Il lui toucha les cheveux d'un geste timide. « Isabelle... » Sa voix se brisa, il resserra son étreinte. Peu importe ce qu'il lui dirait, ce qu'il fallait, c'était la réconforter. Il lui embrassa la tempe, juste à la naissance des cheveux, et elle changea de position dans ses bras, se serrant plus fort contre lui. Il la berçait en murmurant son prénom ; il sentait la pression de ses seins contre son buste et contre son propre cœur qui cognait à tout rompre. Elle pleurait, il se retenait de l'imiter. Sa voix trembla quand il lui dit enfin d'appeler sa mère.

Juliette réprima un cri de joie, se contenta d'un grand soupir de soulagement, et leur ordonna de rentrer aux Alizés et de n'en bouger sous aucun prétexte.

Thomas s'installa au volant, Isabelle à ses côtés, recroquevillée sur le siège en position de fœtus. Ils reprirent la route, et la tempête les accompagna sans faiblir, sur un rythme sourd qui martelait la nuit, les collines autour de la ville se renvoyant l'écho des arbres brisés, des toitures arrachées.

Sentant qu'il l'observait, elle se tourna vers lui et murmura :

— Merci, Thomas, je ne sais pas ce qui se serait passé si tu n'étais pas venu.

Il lui prit la main, la porta à ses lèvres, puis la garda au creux de la sienne.

— Je regrette de ne pas être arrivé plus tôt.

Isabelle tremblait, la gorge toujours en feu, mais ce qui la terrorisait le plus, c'était la perception de la mort qu'elle avait refusée de toutes ses forces. Et pourtant, il y avait si peu de temps, cette mort, elle l'avait provoquée comme une délivrance, comme au cours des longues nuits qui avaient suivi le décès de Mark où elle tentait de bloquer sa respiration, jusqu'à l'insupportable, en espérant naïvement que son cœur s'arrêterait enfin. Jusqu'à ce moment fatidique. Elle avait du mal à s'imaginer de nouveau en haut de la tour, son regard fixant le vide, où elle ne doutait pas un instant que Mark l'attendait. Il suffisait de si peu de choses, se lever, ne plus regarder en bas, fermer les yeux, serrer les poings… Elle avait fait tout cela. Sans Erwan… Mais tout à l'heure en sentant son souffle l'abandonner, elle s'était révoltée.

Elle se tourna vers Thomas.

— Il y a quelques semaines, j'ai voulu mourir, murmura-t-elle.

Le plus dur était fait. Elle raconta tandis qu'il pressait sa main dans la sienne.

— Tout à l'heure je me suis débattue de toutes mes forces, j'avais si peur de mourir… Pourquoi, Thomas ?

— Ce soir, ce n'était plus le moment. Essaie de te reposer un peu maintenant.

Mais elle était incapable de trouver le repos, trop de sentiments l'agitaient. La mort si présente encore et un irrépressible besoin de s'accrocher à la vie. Elle se rappela les mots de sa mère : « L'espoir est source de vie… La vie, l'amour, ce qui reste au fond de soi… »

Elle n'avait qu'une hâte, retrouver sa maison, sa chambre. Boire quelque chose pour ôter de sa gorge le goût répugnant du gaz. Et pleurer. Et verser toutes les larmes de son corps en priant pour que sa mère ait raison. Qu'il ne reste alors que la vie. L'amour et la vie.

Juliette, aidée de Jean-Pierre et Claire, passa la nuit entière parmi ses administrés, attentive à trouver les mots pour les réconforter. Mais au fil des heures, la fatigue aidant, elle avait conscience que cela devenait de plus en plus difficile ; elle acceptait mal les critiques dans le style « quelle idée de planter des arbres en ville ! » par ceux-là mêmes qui lui reprochaient en réunion publique qu'il n'y ait pas assez d'espaces verts dans la commune.

À cinq heures du matin, le vent commença de fléchir. À six heures et demie, lorsque apparurent les premières lueurs de l'aube, l'accalmie se confirma.

— Ça a l'air de se calmer… constata Jean-Pierre en observant le ciel.

— Tais-toi, répondit Juliette, tu vas nous porter la guigne !

Ils sortirent sur la place des écoles, suivis par quelques habitants. Dans le petit jour, le chaos donnait l'impression d'un lendemain de bombardement.

Les uns après les autres, les habitants sortirent, désemparés par le spectacle qu'offrait leur ville, ne trouvant rien à faire sauf se regarder et regarder autour d'eux. Juliette comprit l'urgence qu'il y avait à réagir.

— Je crois qu'il faut rentrer chez nous et évaluer les dégâts le plus vite possible...

Pour sa part, elle avait surtout besoin de voir sa fille, la serrer dans ses bras.

— On se retrouve à la mairie dans deux heures. Il faut qu'en fin de matinée nous installions un service d'aide... Jean-Pierre, essaie de convoquer deux psychologues... Claire, dès votre retour, appelez le cabinet d'assurances avec lequel nous travaillons, qu'il nous délègue d'urgence des conseillers pour aider les sinistrés dans leurs premières démarches, dès que la déclaration en zone sinistrée sera effective. En soirée, nous organiserons une réunion avec les représentants des syndicats viticoles pour estimer les dommages dans le vignoble.

Jean-Pierre la raccompagna aux Alizés, ils roulèrent en silence, absorbés par le spectacle autour d'eux. La ville n'avait plus d'abris de bus, les containers municipaux de récupération des déchets étaient renversés, des cheminées gisaient à terre parmi des milliers de tuiles brisées.

Cette impression de lendemain de guerre ou de séisme était encore plus frappante dans le vignoble. La récolte était perdue pour plus de la moitié, les fruits mêlés aux feuilles et aux branches brisées s'entassaient au pied des ceps. Les Alizés n'avaient pas été épargnés. Les rhododendrons et les géraniums qui bordaient l'allée étaient déchiquetés, leurs pétales jonchaient les dalles. Les pelouses étaient ensevelies sous des monceaux de feuilles, de branchages et de tuiles. Sur les murs de la bâtisse, la vigne vierge avait tenu bon, mais les rosiers grimpants, arrachés à leur treillage, gisaient en tas. « Et les vignes ? se demandait Juliette. La dernière chose dont j'ai besoin en ce moment, c'est d'une récolte perdue. »

— Quelle pagaille ! dit Jean-Pierre, comme ils descendaient de voiture. Je vais aller voir chez moi et au cabinet, tu n'es plus seule maintenant.

Il désigna d'un mouvement de tête le 4 × 4 d'Erwan qui remontait l'allée. Le ciel était encore souligné de nuages sombres, mais le vent s'était calmé, et le silence était aussi étourdissant que l'avait été la tempête. Comme si après l'ouragan de la nuit, la nature marquait une pause.

Accompagnée d'Erwan, Juliette entra et découvrit Tonia endormie dans un fauteuil du hall ; visiblement, elle l'attendait. Dans le salon, Isabelle et Thomas dormaient aussi, chacun allongé sur un canapé, des bougies finissaient de se consumer sur la table basse, la cire dégoulinant dans des cendriers. Sur un plateau il y avait les restes de leur repas, des verres, un bocal de foie gras, une assiette de fromages, des biscuits. Et deux bouteilles presque vides.

— Ils ont noyé leur peur ? demanda Erwan.

Juliette regarda les étiquettes, un sauternes vieux de dix ans, un saint-émilion grand cru classé.

— Ils ont bien choisi le liquide !

Les jeunes gens s'éveillèrent et Tonia prépara du café pour tout le monde. Isabelle raconta son équipée nocturne.

— Il n'empêche, maman, je ne sais toujours pas dans quel état sont les vignes, je prends une douche, et je vais dresser un état des lieux.

Thomas finit son café, et reposa la tasse sur le plateau :

— Je t'accompagne.

Après le départ d'Erwan, Juliette prit un bain, but deux autres tasses de café. Le téléphone avait déjà sonné six fois. Elle rejoignit sa fille qui était prête à partir.

— Sois prudente, ma puce, tu m'as fait une de ces peurs cette nuit.

— J'ai eu peur moi aussi, maman. J'ai beaucoup pensé à ta devise, tu sais, « la vie gagne toujours », ça m'a aidée à tenir bon.

Juliette prit sa fille dans ses bras, elles se bercèrent l'une l'autre et laissèrent le silence se glisser entre elles. En un éclair, Juliette eut l'idée qu'elle était heureuse malgré tout.

# 18

De par sa position en bordure d'estuaire, la région du Blayais-Bourgeais fut la plus touchée par l'ouragan, triste privilège qu'elle partageait avec l'entrée du port de Bordeaux. La préfecture confirma la déclaration officielle en zone sinistrée et la cellule d'aide aux victimes se mit en place.

À la mairie, Juliette retrouva Claire, le personnel du secrétariat et des services techniques. Le brigadier de gendarmerie l'appela, il avait reçu des requêtes concernant des personnes disparues, notamment maître Renan qui n'était pas rentrée la veille au soir. Juliette essaya de joindre son mari, n'y parvint pas, et fut aussitôt entraînée dans d'autres urgences. Certains habitants, désemparés, jouaient de leur agressivité comme d'un exutoire. Tel ce viticulteur qui l'accusa d'avoir certainement déjà fait le nécessaire pour ses propres vignes.

— Je n'ai pas encore mis les pieds dans mes vignes ! s'écria-t-elle. Et je ne le ferai pas de toute la journée ! Alors vous vous calmez, ou vous sortez !

L'arrivée de Nicolas Frémont fit diversion. À l'usine, les dégâts étaient superficiels, l'enseigne de la société et des tôles arrachées, quelques vitres, quelques volets brisés.

— Je suis là, dit-il en rejoignant Juliette avec ce sourire qu'il arborait en toutes circonstances.

Sa présence s'avéra providentielle, il remplaça Claire pour accueillir les administrés et avec ce délicieux mélange de charme et de force, il sut calmer les esprits et maintenir chacun à sa place.

En quelques heures le ciel s'éclaircit, chassant les nuages. La pluie n'était pas venue, et le soleil réapparut, éclairant la terre tapissée de branches. Un oiseau apparut, puis un autre, et leur chant emplit de nouveau les arbres qui n'avaient pas plié sous l'ouragan.

« Mon Dieu ! est-ce vraiment fini ? » se demanda Juliette en sortant de l'école communale, où elle avait rencontré les experts, et elle scruta longtemps le ciel et l'estuaire.

Les agents des compagnies d'assurances et le sous-préfet arrivèrent enfin, et dans l'après-midi la cellule d'aide fut ouverte au public. En soirée, l'électricité fut rétablie dans les trois quarts de la zone sinistrée et le téléphone fonctionna de nouveau. De retour à la mairie, Juliette tenta une nouvelle fois de joindre Élise Renan ou son mari sans plus de succès. Elle attendit Nicolas pour peaufiner leur réunion professionnelle avec le syndicat viticole. Elle ne s'attendait pas à un miracle, dans la région du Blayais-Bourgeais, la récolte était perdue pour plus de la moitié, et la pourriture gagnerait l'autre moitié à la première averse. Elle-même ne pouvait encore imaginer la portée des dégâts dans son vignoble. Jean Soriac et Isabelle faisaient le tour des parcelles et elle redoutait le résultat de cette expertise. L'idée d'une récolte perdue lui avait traversé l'esprit plusieurs fois au cours des dernières heures, et elle commençait à en imaginer les conséquences dans ses futures négociations avec le banquier.

Elle se servit un verre d'eau, avala un comprimé pour réprimer un début de migraine en se demandant comment son frère et son père avaient affronté la tempête durant ces dernières heures. Dans son rôle de viticulteur, chef d'entreprise, chef de famille, maire de la commune, avait-elle été à la hauteur ? Bien sûr, elle se posa d'emblée la question de savoir ce qu'aurait fait sa mère à sa place... Sans doute beaucoup mieux. C'est ce que tout le monde penserait. C'est ce que tout le monde avait toujours pensé. Toutes leurs relations, les amis de sa mère s'étaient montrés attentifs à son égard lorsqu'elle avait pris sa place à la mairie, et au syndicat viticole. La critique contenue dans leur regard lui avait vite semblé insupportable. Un jour, à l'issue d'un conseil municipal, elle était revenue sur ses pas afin de récupérer ses lunettes de soleil, et elle avait surpris une conversation entre des conseillers qui se dirigeaient vers le bureau des élus. « Elle n'a pas la classe et l'intelligence de sa mère... » Et quelqu'un d'autre avait ajouté : « Pas même son charme... »

Contrairement à Lise Leroux qui n'avait aucune soirée libre à vivre en famille, on n'invitait pas souvent Juliette, sauf quand sa présence était incontournable. Et ce fut pire après son divorce. Peu à peu, elle fit de sa solitude, de son sérieux, les remparts qui la protégeaient du jugement des autres, de la peur d'être rejetée comme à l'école, où elle avait toujours été une enfant à part, timide et réservée, proie idéale de la cruauté de celles que les enseignants appelaient « ses petites camarades ».

« Pourquoi suis-je incapable de me détacher du passé ? Est-ce donc si difficile de décider une bonne fois pour toutes que je ne suis pas ma mère ? » Elle avait gaspillé tant d'énergie à essayer de se prouver le contraire, prisonnière de cette terreur de l'échec dans laquelle l'autorité maternelle l'avait implacablement enfermée. « Elle a su instiller en moi un réflexe automatique de culpabilité... "Tu aurais dû... tu aurais pu... n'importe qui aurait pensé à ceci ou cela..." Combien de fois me suis-je retenue jusqu'aux limites de l'étouffement pour ne pas répliquer : "Je t'en supplie, maman, laisse-moi grandir..." Je me sens tellement une enfant encore. »

Perdue dans ses pensées, elle sursauta lorsque Nicolas Frémont entra dans son bureau en lui offrant une tasse de café. Jean-Pierre les rejoignit aussitôt. Lui aussi paraissait fourbu, mais il avait au fond des yeux un curieux éclat d'exaltation.

— Cette maudite tempête m'aura fait faire un bond d'au moins quarante ou cinquante ans en arrière...

Il raconta qu'une de ses patientes à quelques jours d'accoucher l'avait appelé, inquiète des douleurs de plus en plus violentes qu'elle ressentait depuis le milieu de la nuit. À cause des déviations, des détours, des petits chemins qu'il avait dû dégager lui-même, il était arrivé à son chevet pour voir le bébé pointer le bout de ses cheveux blonds au vent, et il avait bien choisi son jour. Aidé d'une voisine, il avait propulsé le petit bout de chou dans un monde agité…

— À l'ancienne, répétait-il, je l'ai accouchée à l'ancienne, je ne regrette pas d'avoir vécu cela. C'était fabuleux.

À le voir ainsi excité et triomphant, Juliette rit de bon cœur, et elle en éprouva comme un soulagement. Pouvoir rire encore… Mais soudain, son rire se figea lorsqu'elle croisa le regard de Nicolas.

— Est-ce que tu as pris des nouvelles de Marie ?

— J'ai oublié, merde !

Il appela le poste fixe, puis le mobile de la jeune femme, sans obtenir de réponse. Juliette reprit son sac et ses clés.

— Allons-y vite.

— Il vaut mieux que ce soit moi qui t'accompagne, dit Jean-Pierre, juste au cas où…

Ils abandonnèrent Nicolas, consterné d'avoir oublié l'épouse de Gérard, seule et enceinte dans sa maison isolée au milieu des bois.

Juliette aussi se sentait coupable. Malgré ses trente-neuf heures de veille, les vieux démons qu'elle s'ingéniait à repousser un instant auparavant rejaillirent, plus vivaces que jamais. « Tu aurais dû… tu aurais pu… »

Elle brava les routes encombrées et lorsqu'elle aborda le chemin qui menait à la maison de Gérard, elle regretta de n'avoir pas conduit plus vite encore. Construction moderne de plain-pied entourée d'arbres, la maison disparaissait presque sous un amas de troncs et de branches, un poteau était couché en travers de la voiture de Marie. Les deux portes d'entrée étaient bloquées par les branchages. Ils firent le tour de la bâtisse en appelant, Juliette retourna à sa voiture et klaxonna. Jean-Pierre lui fit un signe de la main. « Peut-être cette fenêtre… »

Il réussit à se hisser à l'intérieur et aida Juliette.

— Attention aux débris de verre…

Dans un déluge de feuilles et de tuiles brisées, le faîte des arbres, les branches pénétraient par tous les orifices jusqu'au cœur de la maison. Comme s'ils avaient repris possession de cet espace qui leur avait été volé.

Soudain, en réponse à leurs appels, ils entendirent un gémissement et ils découvrirent Marie recroquevillée dans un coin de la salle de bains. Jean-Pierre la prit dans ses bras pour l'aider à se relever, mais en découvrant le sang qui coulait le long de ses jambes, il la fit s'étendre aussitôt sur le tapis de bain.

— Juliette, va chercher ma trousse dans la voiture.

Elle recommença le parcours du combattant : sortir de la maison en écartant les branches, entrer de nouveau. Jean-Pierre ausculta la jeune femme, prit sa tension, son pouls, il lui fit une piqûre pour arrêter l'hémorragie. Elle perdait peu à peu conscience.

— Elle est en train de faire une fausse couche, dit-il.

— J'avais cru comprendre. J'appelle les pompiers ?

— Non, ils sont débordés, ils ne feront pas assez vite, elle a perdu trop de sang. On va la conduire nous-mêmes à l'hôpital.

Il la porta avcc d'infinies précautions tandis que Juliette lui ouvrait tant bien que mal un passage dans la maison dévastée. Ils l'installèrent sur le siège arrière de la voiture, bien calée avec des coussins.

Lorsque, un peu plus tard, Juliette s'arrêta devant l'entrée des urgences, une équipe médicale les attendait déjà. Le chariot franchit les portes coulissantes, Jean-Pierre suivit ses confrères avec un geste de la main en direction de Juliette.

— Ne m'attends pas, je me débrouillerai pour rentrer. Je te tiens au courant.

Un peu plus tard, elle fit une halte aux Alizés avant d'aborder la réunion du syndicat viticole ; Isabelle et Jean Soriac la rejoignirent et ils firent le point de la situation.

Comme elle le redoutait, le vignoble avait souffert, des parcelles entières étaient détruites et ce qui restait devait être récolté sans tarder. Il incomberait à Jean, et ce n'était pas le plus facile, de scinder le personnel en deux équipes. L'une remettrait Les Alizés en état après le passage des experts, l'autre préparerait les vendanges. Après le départ de Jean, Juliette essaya de joindre Jean-Pierre, en vain. Elle mit Isabelle au courant de l'accident de Marie.

— Quand elle sortira de l'hôpital, elle s'installera ici en attendant qu'on lui trouve un nouveau logement. Non, ne dis rien, ma chérie, je ne changerai pas d'avis, il n'est pas question de l'envoyer à l'hôtel.

— Maman, je n'ai rien dit. Je suis d'accord avec toi, en l'absence de papa, c'est normal de secourir Marie.

Juliette s'étonna de cette clémence soudaine à l'égard de sa belle-mère et Isabelle lui expliqua l'impression qu'elle avait eue durant la nuit, et cette certitude de l'innocence de son père.

— Et comment te sens-tu maintenant, ma puce ?

— Je vais bien, ne t'inquiète pas. Tout à l'heure, j'ai cru deviner tes craintes lorsque nous t'avons détaillé l'état des vignes. C'est grave ?

Juliette s'efforça de bien respirer.

— Non, ma chérie, mentit-elle, il est vrai qu'au cours des négociations qui nous attendent dans le partage des deux propriétés, une récolte anéantie n'est pas un atout en notre faveur, mais nous n'y sommes pour rien. Ce n'est pas si grave…

— Je suis là, maman, murmura Isabelle.

« Pour combien de temps encore ? » pensa Juliette.

En montant dans sa voiture un peu plus tard, elle se sentit presque heureuse d'avoir su couper court aux inquiétudes de sa fille et de voir celle-ci revenir à de meilleurs sentiments vis-à-vis de son père.

En arrivant à la mairie, elle s'arrêta à l'entrée du square Montesquieu. Les arbres avaient bien résisté à l'ouragan, la statue du philosophe aussi, même si les massifs de bégonias avaient été quelque peu malmenés tout autour. Elle s'approcha des remparts, s'y appuya un instant et plongea son regard vers la plage qui avait retrouvé ses couleurs, en dégradé, comme un arc-en-ciel ; beige là où le sable était sec, un ruban plus sombre au bord de l'eau, une bande vert minéral puis un gris bleuté et enfin cette nuance impénétrable quand la mer sans fond s'étend jusqu'à l'infini. Les mouettes étaient de retour, elles se regroupaient sur le port et s'avançaient à l'intérieur des terres. Le ciel était clair de nouveau et la mer calme. Après s'être déchaîné, l'estuaire retrouvait sa trace originelle à la recherche des fleuves Garonne et Dordogne, et dans cet échange d'eaux fluviales et marines, il s'apaisait enfin. Au loin, à berges dénudées, l'île Verte, lustrée d'une douce lumière, semblait poindre des confins de la terre, en une ligne mouvante où convergeaient le ciel et la mer.

Juliette s'accorda quelques minutes de plus pour admirer le petit bout de ciel bleu à l'horizon. Elle ne se lassait pas de savourer ce moment de quiétude. Le temps d'une nuit la tempête avait donné une autre dimension aux événements. Mais Gérard était en prison, le décès de sa sœur n'était pas résolu. Et bien que le commissaire n'ait pas abordé le sujet, elle devinait que l'exhumation du corps de Geoffrey n'avait fait que rendre l'affaire plus complexe encore. Et le devoir, toujours lui, l'appelait. Elle savait que la réunion avec les viticulteurs serait difficile.

Juste comme elle entrait dans le hall de la mairie, déjà comble, Jean-Pierre l'appela. Malgré tous ses efforts, l'obstétricien n'avait pu éviter la perte du bébé, Marie était effondrée. Juliette composa le numéro du commissaire et lui demanda s'il pouvait avertir Gérard.

— Je le préviendrai…

La tension, le désespoir, la colère aussi, autant de sentiments se devinaient sur les visages regroupés autour de Juliette et Nicolas Frémont. La discussion était vive, les enjeux économiques importants, et dans ces cas-là il est rassurant de trouver un bouc émissaire, et le maire, à grand renfort de « Y avait qu'à... Il fallait que... », était la mieux placée.

Robert Caroit, chef de file des conseillers d'opposition, l'accusait de n'avoir pas su évaluer l'ampleur de la tempête.

— Je ne travaille pas avec une boule de cristal sur mon bureau, nous avons agi dès l'appel de la préfecture.

— Madame le maire, les bruits courent...

— Laissez-les courir ! Les bruits sont faits pour ça... coupa Juliette en jetant son stylo sur la table.

Le métal provoqua un tintement cristallin sur le revêtement de verre. Le silence se fit aussitôt et tous les regards se tournèrent vers elle. Elle les soutint, le visage impassible. Puis elle donna la parole aux représentants des syndicats viticoles et la discussion reprit avec un peu plus de sérénité.

Il était presque vingt et une heures lorsque la réunion s'acheva sur un programme de démarches à entreprendre, de réflexions à mener.

Juliette et Nicolas passèrent encore du temps à s'assurer que la totalité des routes était redevenue praticable. Elle téléphona à l'hôpital, Marie se reposait. Alors, elle réalisa à quel point elle était épuisée elle-même, et elle mourait de faim, n'ayant bu que du café tout au long de la journée.

Nicolas était dans le même cas, il appela sa femme pour lui dire qu'il rentrait enfin. En marchant vers leurs voitures, ils se remémorèrent les événements de cette journée démesurée et l'ampleur des problèmes déjà réglés ou en passe de l'être.

— Nous ne sommes pas mauvais quand même ! s'écria Nicolas en riant de son euphémisme.

Et Juliette se surprit à l'imiter...

Sans le laisser paraître, elle était fière d'avoir tenu tête à Caroit. Leurs rires s'estompèrent très vite sur leur visage harassé. Nicolas l'embrassa.

— Essaie de te reposer, ma belle, tu en as besoin. On se retrouve demain et je t'accompagnerai à l'hôpital.

Ils se séparèrent et Juliette prit la route des Alizés. Erwan lui avait laissé un message pendant la réunion, il les rejoindrait pour dîner. « Si tu veux bien de moi », avait-il ajouté en plaisantant. Elle se regarda dans le rétroviseur, elle avait besoin d'un shampooing et d'un masque pour atténuer les marques de ses heures de veille... Rentrer au domaine, s'occuper un peu d'elle pendant que Tonia préparerait le dîner, entendre Isabelle et Thomas rire. Ces petits riens, un brin futiles, lui apparaissaient d'une importance vitale. Et attendre le coup de sonnette d'Erwan, ouvrir, le voir campé dans l'embrasure de la porte, le regarder en silence comme si c'était la première fois, le toucher enfin. Au bout de cette longue épreuve, la vie reprendrait une apparence normale... ou presque. Parce qu'il y avait les vendanges à organiser, Les Alizés qu'elle risquait de perdre. Elle trembla ; jamais elle ne pourrait abandonner l'héritage familial à des mains étrangères, à des sociétés financières. Que serait alors sa vie ? Celle d'Isabelle ? « Plutôt mourir », pensa-t-elle, et elle fut surprise de constater encore à quel point il était facile de penser à mourir.

Elle descendait de voiture lorsque son téléphone professionnel résonna. Elle lutta contre le désir de ne pas répondre, et peut-être en temps normal l'eût-elle fait. Mais après le désastre que venait de traverser sa ville, elle décrocha. Le brigadier Dufour lui apprit que les pompiers venaient de trouver le corps de maître Renan au bord du lac.

L'accès au lac était interdit. Les techniciens de la police, tout de blanc vêtus, photographiaient les lieux à la recherche du moindre détail. Mais la tempête avait tout chamboulé et les indices étaient rares.

Lorsque Juliette arriva sur place, le médecin légiste examinait le corps d'Élise. D'après ses premières constatations, elle était tombée sur la berge, elle avait glissé, et le corps à moitié englouti, elle s'était noyée. Ses vêtements étaient déchirés, elle avait perdu une chaussure et elle portait des ecchymoses sur le visage ainsi que les traces d'un coup violent à la base de la nuque qui pouvait fort bien avoir été causé par une branche d'arbre...

Sa voiture était restée à quelques encablures du lieu où on l'avait découverte et partout autour il y avait d'autres traces de pneus, mais rien de significatif. Les berges du lac, avec leurs petites baies bordées de fleurs sauvages et de saules pleureurs qui relâchaient leurs branches jusque dans les roseaux, étaient depuis toujours un site de promenade et de pique-nique en famille. La seule question que se posait le brigadier Dufour était de savoir ce que faisait maître Renan au bord du lac par ce jour de tempête.

Son mari n'était pas en mesure de répondre. Elle lui avait dit qu'elle s'absentait pour une réunion notariale et lui-même n'avait pas quitté sa clinique à Bordeaux de toute la journée.

Les pompiers emportèrent le corps, et le brigadier Dufour se rapprocha de Juliette.

— Je crois qu'on s'achemine vers la thèse de l'accident, la seule énigme est de comprendre ce qu'elle faisait ici. Par mesure de précaution, j'ai tout de même demandé une autopsie. Je vous tiendrai au courant.

# 19

Durant les jours qui suivirent la tempête, le nettoyage le plus délicat se déroula dans les vignes. Les machines qui concassent les sarments morts après la taille hivernale reprirent du service, et broyèrent les feuilles et les grappes couchées dans les rangs. Les vignerons savaient que les fruits qui avaient survécu à la tempête ne résisteraient pas à la pourriture dès que tomberait la première goutte de pluie. Aussi se hâtaient-ils de dégager les parcelles les plus touchées pour commencer les vendanges.

Le soleil revint par-delà les collines et inonda l'estuaire. La lumière dense de cette mi-septembre gagna le cœur des hommes, décuplant leur ardeur à effacer les séquelles de l'ouragan. Ce fut dans cette ambiance de sérénité presque recouvrée que se déroulèrent les funérailles d'Élise Renan.

Protégée par la colline de Terrasson, la maison d'Erwan n'avait pas trop souffert de la tempête. Cependant, sur l'arrière du toit, bon nombre d'ardoises s'étaient envolées. Deux pompiers étaient venus l'aider à tendre une bâche, et il était conscient que cette solution provisoire durerait un certain temps. Il passa davantage de temps au cimetière, où il redressa les pots de fleurs renversés et nettoya la plaque de marbre sur la tombe de Geoffrey. Et il avait senti la lassitude s'emparer de lui. Thomas passait de plus en plus de temps aux Alizés, et lorsque Erwan se retrouvait seul chez lui, il arpentait les pièces où lui revenaient les moments de bonheur avec son fils, puis le désespoir et la solitude qui avaient suivi. Jusqu'à l'exhumation et la sensation d'indifférence qui, depuis, ne le quittait plus. Il s'était alors vidé de tous les sentiments qui l'avaient animé, avec l'impression qu'autour de lui, les pierres, les arbres aussi se vidaient de leur âme.

Il s'était levé tôt, ce matin-là, il ouvrit la fenêtre qui donnait sur la terrasse, s'assit sur le rebord, et les yeux mi-clos, il but son café en respirant l'air frais du matin, encore chargé d'humidité. La brise rabattait des odeurs suaves d'écume, de terre mouillée. Un moment s'écoula ainsi, un peu de temps suspendu à son souffle, et il lui sembla que sa propre tempête s'éloignait enfin. Certes, il sortait brisé par tant de longues journées de cauchemars, de nuits de veille plus longues encore, mais il sentait renaître en lui une vibration profonde qui le poussait à partir. Des sentiments confus l'habitaient, comme dix ans auparavant : l'exil teinté de solitude, la France, et une certaine appréhension devant l'inconnu, jusqu'à son premier tête-à-tête avec Saint-Louis où une marée de vignes, ondoyant à l'infini, avait remplacé l'immensité des forêts canadiennes…

Une fraîcheur lénifiante s'étendait sur le jardin, Erwan entendait les froissements des feuillages, comme une haleine légère dont il ne savait trop si elle était le bruit de son propre sang dans ses veines ou les murmures de la terre endormie. Il lui semblait que les battements de son cœur suivaient la même cadence, lente, atténuée, en voie de s'apaiser enfin. « Il est temps de rompre les amarres… mais ce qui s'achève, n'est-il pas le présage de ce qui ressuscitera bientôt ? »

Il devait rentrer au Canada, se libérer de cette chaîne presque virtuelle qui le liait encore à Karen, et ensuite ? Revenir vers Juliette et vivre, sans limite, comme si tout était accompli. Oui, sans doute, mais connaître une fois encore l'ivresse d'une randonnée dans la forêt canadienne aux sentiers bordés de fleurs sauvages, dresser la tente au bord du lac, allumer le feu de camp, écouter le silence où, en mémoire de Geoffrey, des ribambelles d'anges se succéderaient.

Aux Alizés, le déblayage des vignes s'achevait. Il y avait encore une bonne journée de travail dans certaines parcelles qui avaient été les plus exposées au vent. Malgré la tempête et les bouleversements qu'elle avait apportés, les préparatifs des vendanges se poursuivaient, la récolte commencerait bientôt.

Et avant le début de cette période de fervente activité où elle savait qu'elle serait moins disponible, Juliette multiplia les réunions à la mairie, certaines jusqu'au milieu de la nuit. Elle se prépara à laisser quelques affaires urgentes à Jean-Pierre et à Nicolas ; Philippe était moins présent depuis les funérailles d'Élise.

Ce jour-là, après le déjeuner, Isabelle et Thomas décidèrent d'aller mettre un peu d'ordre dans la maison d'Erwan. La tempête avait dévasté le jardin, le toit et les ouvertures avaient souffert sous la pression du vent.

« Si nous ne le faisons pas aujourd'hui, avait dit Isabelle, nous devrons remettre après les vendanges, et le début octobre est souvent pluvieux. »

Dans un premier temps, les jeunes gens remirent en place les meubles de jardin, les pots de fleurs et les jardinières, ils redressèrent les arbustes et les rosiers le long de l'allée, et entassèrent les branches mortes au fond du jardin. Et en travaillant, ils parlaient des vendanges qui commenceraient bientôt ; Thomas était impatient, et en même temps il redoutait de ne pas tout savoir. Isabelle souriait.

— Personne ne peut tout savoir, Thomas, on apprend un peu plus à chaque récolte. C'est un métier qui demande beaucoup d'humilité… Tout est à recommencer tous les ans…

Il proposa un café à la jeune fille et ils le prirent sur la terrasse. Le soleil commençait de décliner. C'est à cela qu'on devinait la fin de l'été, la chute lente de ses rayons qui se perdaient doucement dans l'estuaire en irradiant les collines d'éclats pourpres.

— On a déjà bien travaillé, c'est tout de même mieux comme ça, dit Isabelle en montrant le jardin.

— C'est le toit qui m'inquiète. Il faudrait regarder dans le grenier…

Après une deuxième tasse de café, ils montèrent dans le grenier. Les fenêtres en mauvais état n'avaient pas résisté à la tempête et, en s'engouffrant, le vent avait enlevé une partie du toit. Le grenier contenait quantité de malles et de vieux meubles. Des cartons éventrés gisaient au milieu des morceaux d'ardoises, de journaux et de dossiers épars. Il régnait une chaleur étouffante, chargée de poussière, avec une vague odeur de lavande et de tissu moisi, comme le parfum du temps qui passe.

Ils se regardèrent et sourirent, résignés.

— Allons-y…

Ils redressèrent les meubles, empilèrent les cartons le long du mur le plus éloigné du trou béant dans le toit, là où le soleil entrait et habillait les ardoises de reflets argentés. À intervalles réguliers, Isabelle éternuait, à cause de la poussière qui lui démangeait les narines. Alors qu'elle observait le jeu des rayons lumineux dans les interstices du toit, son regard fut attiré par un éclat brillant. Elle grimpa sur un fauteuil et découvrit, coincé entre deux poutres, un coffret à cigares entouré d'un élastique. Le couvercle portait une étiquette semblable à celles des cahiers d'écolier d'antan, et marquée *Geoffrey*. Elle hésita un instant et l'ouvrit. Au-dessus se trouvait un paquet de photos représentant sa tante Fabienne. Sous les photos, il y avait une enveloppe contenant des disquettes d'ordinateur et un cahier noir, fermé d'un petit verrou et orné d'une licorne dorée.

Isabelle resta un instant interdite avant de fouiller le coffret, cependant la clé du cahier ne s'y trouvait pas. Elle composa le numéro du téléphone portable de sa mère, mais elle n'entendit que le message du répondeur. Aux Alizés, Tonia lui dit que Juliette était partie juste après elle, et à la mairie Claire lui apprit qu'elle participait à une réunion au syndicat viticole. Elle avait certainement éteint son téléphone. En quelques mots, Isabelle lui demanda de prendre un message important : elle avait retrouvé le carnet de Fabienne et les disquettes dans le grenier d'Erwan.

Claire nota le message sur un autocollant, elle l'apposa sur le sous-main dans le bureau de Juliette, juste à côté d'une pile de dossiers qui l'attendait, lorsqu'elle repasserait à la mairie.

Ce même jour, Hélène Jouvain se rendit à Bordeaux pour une réunion d'équipe. L'ouragan n'avait pas causé trop de dommages dans son secteur, aussi s'était-elle contentée d'un compte rendu circonstancié sur ses différentes affaires en cours, dont certaines étaient bien engagées. Philippe la félicita, et elle le remercia. Décidément, ce travail lui plaisait. Tous les jours, elle regrettait de ne pas avoir trouvé ce poste du vivant de son mari. Elle l'aurait aidé financièrement, Philippe lui versait des commissions très substantielles en plus de son salaire. Mais en étant détachée du vignoble, elle aurait apporté à Olivier un soutien moral beaucoup plus efficace. Bien sûr, elle n'y pouvait plus rien changer...

À midi, elle quitta l'agence. Elle avait pris l'habitude de déjeuner dans un petit restaurant cours Georges-Clemenceau. Elle commanda une salade composée et un café. Les passants s'attardaient devant les vitrines, et à l'angle de la rue, le violoniste chinois jouait des valses de Strauss, les yeux mi-clos, un vague sourire sur les lèvres. Depuis qu'elle venait à Bordeaux, Hélène le voyait toujours au même endroit. De temps en temps, il s'échappait de son rêve pour adresser un signe de tête au passant qui laissait tomber une pièce dans l'étui de son violon.

Elle but un verre d'eau fraîche, et se laissa aller dans le creux de son fauteuil en soupirant. Luc et Stéphanie étaient rentrés à l'école, et le soir ils lui racontaient leur journée, les enseignants, les amis, les jeux... La maison vibrait de leurs rires, elle jouait à faire « comme si tout était comme avant… » et souvent, il lui arrivait de pleurer sans pouvoir trouver le sommeil.

Hélène se demanda si le violoniste chinois avait changé son répertoire, tant la musique lui sembla triste. Elle laissa son déjeuner sans y toucher et regagna l'agence. En passant devant le bureau de Philippe, elle entendit l'éclat d'une violente dispute. Elle reconnut la voix de son patron, et malgré elle, elle écouta. Un autre homme le traitait d'ordure, de salaud… C'était à celui des deux qui hurlerait le plus fort. Elle crut même entendre un bruit de lutte, de meuble renversé. Les voix se rapprochèrent.

— Je dénoncerai vos magouilles, fumier, je vous jure que j'aurai votre peau…

Hélène eut juste le temps de se cacher dans l'embrasure d'une porte, et elle vit passer le mari d'Élise, le professeur Renan.

Elle courut jusqu'à son bureau et s'y enferma. Moins d'une demi-heure plus tard, elle entendit une voiture démarrer sous sa fenêtre, et elle vit Philippe quitter le parking de l'immeuble. Elle savait qu'il devait conduire la visite d'une importante propriété à vendre dans le Médoc, puis il prendrait le bac qui traversait l'estuaire, avant de se rendre à la mairie de Saint-Louis où il avait une réunion d'élus en soirée.

Elle s'assura qu'elle était seule, puis elle se dirigea vers le bureau de la direction, et referma la porte derrière elle. Elle n'avait pas peur, ni même conscience du danger. Pourtant en s'asseyant à la place de Philippe, elle sentit ses jambes flageoler et son cœur battre à une vitesse folle. Elle alluma l'ordinateur et la connexion Internet. Le plus intéressant se trouverait certainement dans son courrier électronique. Elle effectua plusieurs manœuvres et une barre s'éclaira avec une demande de code confidentiel. Hélène sourit…

Comment Philippe aurait-il pu deviner qu'elle savait lire à l'envers ? Elle se souvint de ce matin où elle était entrée dans son bureau ; en s'approchant pour le saluer, elle l'avait surpris en train de saisir son code. Et elle l'avait retenu. C'était facile. Pour un homme aussi intelligent, il n'avait guère fait preuve de perspicacité en choisissant le nom de ce tableau qu'il vénérait tant. Elle tapa « Ebrietas » et la boîte aux lettres électronique s'ouvrit. Les objets des différents messages lui parurent sans importance. La plupart émanaient de clients, d'autres agences, de l'étranger ou de simples annonces publicitaires.

Soudain, elle regarda sa montre, elle ne savait plus depuis combien de temps elle était là, mais elle devait s'en aller. Elle était déçue d'avoir pris tant de risques pour si peu de résultat. Elle s'apprêtait à éteindre l'ordinateur, lorsque lui vint l'idée de cliquer sur l'icône *messages archivés.* Beaucoup de contacts professionnels, plusieurs émanaient d'Élise Renan. Elle en ouvrit un parmi les plus anciens. Le texte ne laissait aucun doute sur leurs rapports intimes, mais cela n'était pas nouveau pour elle. Cependant, à la lecture des deux derniers courriers, elle trembla. En quelques minutes, elle expédia une copie des messages sur son propre ordinateur chez elle, et en imprima une autre. Elle éteignait l'ordinateur et rangeait les documents dans sa mallette lorsque la porte s'ouvrit dans son dos. Elle se retrouva face à Mathilde, la secrétaire particulière de Philippe Marot. Elles se dévisagèrent un instant, et Hélène eut la présence d'esprit de sortir un dossier de sa mallette et le plus naturellement, elle le posa sur le bureau.

— Philippe est au courant, dit-elle, il attend ce dossier. Il le trouvera en rentrant.

Longtemps après, elle se demandait encore si Mathilde l'avait crue, sûrement pas, au regard soupçonneux qu'elle lui avait lancé. Elle avait peut-être perdu son travail. De toute façon qui pouvait dire avec certitude ce que deviendrait l'agence lorsque le commissaire Lenoir saurait... Chaque mot du dernier message de maître Renan résonnait... *Il faut qu'on se rencontre, Philippe, je t'en prie. Je sais que c'est toi qui as tué Fabienne Leroux. Je n'en peux plus, je ne tiendrai pas longtemps comme ça. Retrouve-moi à dix-huit heures au bord du lac, il faut que nous parlions.*

La réunion syndicale avait été longue et difficile, Juliette en sortit épuisée. Elle devait encore récupérer des dossiers à la mairie, et elle enchaînerait avec une réunion intercommunale. À l'ordre du jour le déblayage des chemins vicinaux et la réfection des routes après le passage de l'ouragan. À sa demande, Claire avait programmé des réunions en cascade sur deux jours. Après le début des vendanges, elle resterait aux Alizés tout en sachant que sa secrétaire ou Nicolas l'appellerait plusieurs fois par jour.

Sur les marches de l'hôtel de ville, elle croisa Claire qui partait.

— Est-ce que vous avez pu joindre votre fille, Juliette ? Elle m'a laissé un message urgent au sujet d'un carnet, j'ai noté cela, suivez-moi...

Elles gagnèrent le bureau ; la pile de dossiers était là, à côté du sous-main, mais le papier avait disparu. Claire déplaça les chemises, les bannettes emplies de documents, souleva le sous-main.

— Je ne comprends pas...

Sans attendre, Juliette composa le numéro d'Isabelle, mais après maintes sonneries, la messagerie s'enclencha, et elle laissa quelques mots avant de raccrocher.

— Que disait ce message, Claire ?

Claire répéta ce qu'Isabelle lui avait dit, elle avait retrouvé des disquettes et le carnet de sa tante dans le grenier d'Erwan, en insistant bien pour qu'elle les rejoigne chez lui de toute urgence.

— C'est exactement ce que j'avais noté sur l'autocollant.

Juliette regarda sa montre.

— Tant pis, j'y vais. Claire, voulez-vous appeler le maire de Prignac et prévenez-le que je serai en retard. Qu'il commence sans moi. Au fait ! Qui est passé à la mairie avant que j'arrive ?

— Philippe, tout à l'heure. Je ne sais pas ce qui lui a pris, il est reparti très vite, sans même me saluer.

Juliette partit en courant. En route, elle essaya une fois encore de joindre sa fille, sans plus de succès. Elle accéléra encore ; en dépit des tracteurs, des machines à vendanger qui sillonnaient les routes, des virages, il ne lui fallut que quelques minutes pour faire le trajet jusque chez Erwan.

En arrivant, elle vit la voiture de Philippe arrêtée devant le perron, tout près de celle d'Isabelle. Elle se précipita à l'intérieur et appela sa fille, en parcourant les pièces du rez-de-chaussée. C'est alors qu'elle crut entendre une série de bruits sourds à l'étage. Elle monta, s'arrêta en haut de l'escalier, regarda dans le couloir, mais les portes qui menaient aux chambres et à la salle de bains étaient fermées. Elle appela sa fille de nouveau... elle perçut des cris venant du grenier. Elle grimpa quatre à quatre le second escalier qui lui parut interminable. La porte était grande ouverte... En entrant, elle fut accueillie par un cri d'Isabelle.

Thomas et Philippe s'empoignaient avec violence, dans un fracas de meubles renversés. Philippe tenait un revolver et Thomas tentait de le lui arracher. Un coup partit et la balle se perdit dans le toit, fracassant des ardoises dont les morceaux tombèrent en pluie sur le plancher.

Ils continuèrent de lutter et pas à pas ils se rapprochaient de la fenêtre. Philippe hurlait :

— J'aurai ces disquettes à n'importe quel prix petit con...

Juliette regarda en direction d'Isabelle qui se tenait à l'autre bout du grenier, un coffret serré contre sa poitrine. Elle criait :

— Arrêtez, arrêtez !

Elle fit un mouvement vers sa fille qui lui lança le coffret, et à partir de cet instant, elle n'eut plus que des éclairs de conscience. Le fracas de vitres brisées, des hurlements... Elle vit Thomas dans l'embrasure de la fenêtre tenter de s'accrocher au chambranle. Puis un choc plus violent encore, et l'encadrement de la fenêtre vide, ouvert sur le ciel bleu argent de cette fin d'après-midi. Un cri et le bruit d'un corps qui tombe. Et en écho le hurlement d'Isabelle, sa course folle vers la fenêtre, interrompue par le bras de Philippe qui se resserra autour de son cou.

Et le revolver pointé sur sa tempe.

## 20

Hélène ne parvint pas à joindre le commissaire Lenoir, mais elle laissa un message à l'inspecteur Amos. Après avoir raccroché, elle attendit l'appel du commissaire, mais au fil des minutes qui s'écoulaient, son inquiétude croissait. Elle appela Juliette, sans succès... Elle essaya alors le standard de la mairie et Claire lui apprit qu'entre deux réunions, Juliette avait dû se rendre d'urgence chez Erwan Morris. Hélène se sentit plus inquiète encore, en apprenant que Philippe était déjà passé à la mairie.

Elle décida de rejoindre Juliette chez Erwan Morris en attendant que le commissaire la rappelle. Elle avait posé son téléphone portable sur le siège à côté d'elle, et elle le regardait toutes les trente secondes en murmurant : « Sonne, sonne... »

Le commissaire prit connaissance du message d'Hélène un peu plus tard, alors qu'il pensait rentrer chez lui de bonne heure et préparer le dîner qu'il partagerait avec son fils. Il la rappela aussitôt et, pendant un certain temps, il ne put que l'écouter tant elle était impatiente de raconter... À l'encontre de ce qu'elle imaginait, il ne la félicita pas de son audace.

— Est-ce que vous vous rendez compte des risques que vous avez pris, Hélène ?

Elle eut beau lui expliquer que ce n'était pas le cas, il ne se laissa pas convaincre du bien-fondé de ses folles initiatives.

— Restez en dehors de cela maintenant, pensez à vos enfants...

Il ameuta les renforts et, sirène hurlante, il gagna

Saint-Louis. Mais au fur et à mesure qu'il approchait du domicile d'Erwan Morris, il avait un très mauvais pressentiment. Une voix sourde, née de ses années d'expérience, lui criait qu'il y avait danger.

De son côté, Hélène continua sa route en direction de la maison d'Erwan.

En arrivant, elle vit les voitures rassemblées devant la porte, celles d'Isabelle et de Juliette et le cabriolet grand luxe de Philippe Marot. Elle entendit un gémissement et en se retournant elle aperçut le corps de Thomas recroquevillé dans le massif de bégonias qui longeait le mur de la maison. Elle se pencha sur lui et son premier réflexe fut de lui soulever la tête, mais en découvrant une blessure sur le sommet du crâne elle se ravisa. Il valait peut-être mieux ne pas le toucher. Elle retourna à sa voiture et appela les pompiers depuis son téléphone portable. Elle savait qu'elle ne pouvait pas faire grand-chose de plus, aussi elle s'agenouilla près de lui et lui prit la main. Combien faudrait-il de temps aux secours pour arriver jusqu'ici ? Cinq, six minutes... et lorsqu'ils arriveraient ? Elle cria en direction de la maison pour demander de l'aide.

Depuis qu'elle avait vu Thomas tomber par la fenêtre, Isabelle n'avait pas cessé de se débattre et de hurler. C'est à peine si elle sentait le bras de Philippe autour de son cou, et le contact glacé du revolver sur sa tempe. Son cœur battait à se rompre. Thomas était quelque part au pied de la maison, elle ne voulait pas imaginer dans quel état. Était-il seulement vivant ?

Pendant ce temps, Juliette faisait face à Philippe, en s'efforçant de calmer sa fille tant elle redoutait que le coup ne partît. Elle avait du mal à retenir le hurlement qui lui montait du ventre jusqu'au bord des lèvres. Philippe soutenait son regard, en maintenant Isabelle sous la pression de son arme.

— Donne-moi les disquettes et le cahier, Juliette, j'emmène Isabelle, je la libérerai très vite…

— Philippe, tu ne peux pas faire ça. Qu'est-ce que tu espères ? demanda-t-elle en lui tendant le coffret.

— Rien, je n'espère rien, mais je n'ai rien à perdre non plus. J'ai juste besoin de deux heures d'avance pour disparaître.

Deux heures pour atteindre le port, son bateau et prendre le large… Il lui arracha le coffret des mains et poussa Isabelle vers l'escalier en la gardant serrée contre lui et, pas à pas, ils descendirent, Juliette sur leurs talons. Ils traversèrent la maison ainsi et sortirent sur la terrasse pour découvrir Hélène à genoux dans le massif, la main de Thomas au creux des siennes. En les voyant elle comprit que ce n'était pas le moment de claironner qu'elle avait déjà appelé les secours et que le commissaire était en route. Isabelle se débattit plus fort encore en hurlant :

— Maman, va t'occuper de Thomas !

Mais Juliette ne pouvait détacher son attention de cette arme si proche du visage de sa fille. Son imagination la projetait vers la pire des issues : Philippe entraînant Isabelle vers une destination inconnue. C'était maintenant qu'il fallait agir. Ses yeux rivés dans ceux de Philippe, elle s'avança un peu plus de lui.

— Lâche ma fille, Philippe, je t'en supplie, pas elle… je n'appellerai pas la police, je ne tenterai rien contre toi. Fais-moi confiance, tu as ma parole d'honneur.

Bien sûr qu'il pouvait lui faire confiance. L'honneur, c'était bien ce qui les avait toujours séparés, ce qui faisait la différence entre eux. Il affrontait ses yeux verts et il leur trouva un éclat différent, insolite. Il n'avait jamais eu l'intention de tirer, et il sut qu'il allait libérer Isabelle avant de sauter dans sa voiture. Il sut aussi qu'il était en train de commettre une erreur. Il n'avait qu'une dernière chose à faire, jeter Isabelle dans les bras de sa mère et fuir… Les secondes lui étaient comptées, pourtant il ne bougeait pas. Un sentiment étrange l'envahit. Il n'avait jamais possédé cette femme, sauf en cet instant où il la dominait par l'effroi qu'il lisait dans ses yeux, tandis qu'elle s'avançait toujours vers lui. Il avait l'impression de programmer sa propre fin ; malgré tout il savourait cet ultime fantasme de la posséder à travers le corps tremblant de sa fille. Il savait que rien d'autre ne comptait pour elle, juste sauver Isabelle. Et pourtant la fascination qu'il éprouvait atteignit son paroxysme lorsqu'il l'entendit lui dire :

— Laisse-moi prendre sa place.

Incommensurable rêve défiant l'instant présent. Partir avec elle, ne pas la libérer sur le port, au contraire la garder sur le bateau, fuir… vivre fugitif, banni, mais avec elle… Il comprit que ce qu'il éprouvait pour elle n'avait rien à voir avec le sexe, l'envie d'arracher ses vêtements, briser cette forteresse de calme, d'indifférence, et lui faire l'amour enfin. C'était autre chose, il tenait à sa merci la seule femme qu'il ait respectée, vénérée et sans doute aimée presque autant que sa mère.

— D'accord, dit-il enfin.

Et il dirigea son arme vers Juliette en lâchant Isabelle.

Juliette resta sourde aux supplications de sa fille qui ne voulait pas la laisser seule avec Philippe.

— Va t'occuper de Thomas, dit-elle à son tour, ne t'inquiète pas, mon cœur.

Et elle marcha vers l'arme pointée sur sa poitrine, sans quitter Philippe des yeux, surprise de n'éprouver aucune peur, son cœur battait seulement plus vite et sa gorge était sèche au point de ne plus pouvoir déglutir. Elle allait devenir l'otage de Philippe et elle ignorait ce qu'il avait l'intention de faire, mais elle ne s'en souciait pas. Isabelle était hors de danger, plus rien n'avait d'importance, pas même le fait qu'elle vive ou qu'elle meure. Lorsqu'elle fut près de lui, il lui saisit le bras et la poussa dans sa voiture. Il démarra, fit demi-tour, les graviers fusèrent sous ses roues, mais il se retrouva aussitôt bloqué par le véhicule des secours et la voiture du commissaire Lenoir qui remontaient l'allée.

Philippe coupa le contact. C'était fini, il avait perdu. Pourquoi lutter contre la fatalité ?

— Sors, dit-il, va la rejoindre.

Juliette s'échappa et courut vers sa fille. Philippe descendit à son tour de la voiture, aussitôt il fut encerclé, menotté.

Les pompiers installèrent Thomas sur une civière et, la main dans la main, Juliette et Isabelle les suivirent jusqu'à l'ambulance. Juliette demanda dans quel établissement hospitalier ils transporteraient le jeune homme, et Isabelle s'installa à ses côtés.

— Je te rejoins, ma chérie…

Et elle embrassa sa fille, la serra contre elle, en lui caressant le visage.

— Je t'aime, ma puce, ça va aller, il va s'en tirer…

Le commissaire escorta Hélène jusqu'à sa voiture.

— Il n'y a pas moyen de vous faire tenir tranquille… dit-il en souriant.

Puis il revint vers Juliette.

— Pouvez-vous m'accompagner au commissariat ? Je dois prendre votre déposition.

Elle acquiesça et le suivit. En se retournant elle croisa le regard de Philippe. Il lut sur son visage un mélange de pitié et d'étonnement, tempéré par ce qu'il crut être une certaine délivrance. Il n'y vit aucune rancœur et c'était pire. Il aurait préféré sa haine à sa pitié. Il soutint son regard, s'en imprégna, mais elle détourna la tête… Lorsque la voiture de police passa près d'elle, elle l'ignora. Philippe se retourna une dernière fois et, par la lunette arrière, il la regarda jusqu'à ce que le premier virage et les arbres la dérobent à sa vue.

À grand renfort de sirène, le chauffeur de l'ambulance grilla les feux rouges, tandis que son collègue surveillait le pouls de Thomas, rajustait le masque sur son visage. Et malgré cela, le trajet pour parvenir au CHU parut interminable à Isabelle. Une éternité de frayeur où elle pria, supplia en silence pour ne pas perdre Thomas. « Qu'il vive, mon Dieu ! qu'il vive… je ne pourrai jamais faire face à cette épreuve une fois encore. »

En même temps, elle réalisait la place qu'avait prise Thomas dans son existence, avec sérénité et gentillesse. Il lui avait sauvé la vie pendant la tempête, en défiant seul des chemins cahotants qu'il ne connaissait pas. Aujourd'hui, c'est elle qui se trouvait près de lui dans cette ambulance, serrant sa main dans les siennes, caressant ses doigts jusqu'à l'ultime seconde… Jusqu'à ce que les femmes en blouse blanche lui disent :

— Attendez ici, mademoiselle, on vous tiendra au courant.

Et la porte à double battant se referma.

Elle s'installa sur une chaise dans le couloir et attendit.

Et plus le temps s'écoulait, plus l'angoisse qui lui tenaillait le ventre s'amplifiait. Dehors le jour tombait, et un vent léger berçait la cime des arbres. Isabelle fut tentée d'ouvrir la fenêtre tant l'odeur entêtante du désinfectant mêlée au parfum du bouquet de fleurs sur la table basse lui chamboulait l'estomac.

Elle souhaitait de toutes ses forces voir la porte de l'ascenseur s'ouvrir et sa mère s'en échapper. Elle avait besoin d'elle, elle voulait sa présence. Violemment, sans condition, sans partage. Comme elle avait toujours tout exigé d'elle. Enfant, elle profitait du moindre bobo pour emprisonner sa mère à son chevet et réclamer qu'elle lui prépare un repas sur un plateau, qu'elle lui lise une histoire. Elle enserrait la main douce aux doigts fins, et la plaquait contre sa joue… Elle avait toujours su imposer sa volonté et c'était devenu un jeu ; en grandissant elle avait pris plaisir à défier le pouvoir maternel, comptabilisant avec jubilation toutes les fois où elle avait vu la mince barrière d'autorité qui lui faisait face ployer sous les coups de boutoir qu'elle lui assénait.

Des larmes se formèrent au coin de ses yeux, glissèrent sur ses joues. Elle ne les essuya pas lorsqu'elles tombèrent sur ses mains. Elle se reprit à prier, à supplier. Sauver Thomas et que sa mère arrive enfin.

Une infirmière passa près d'elle, portant un plateau avec des fioles et des seringues enveloppées dans leur emballage aseptisé. Elle s'arrêta en voyant la jeune fille en pleurs et se pencha.

— Mademoiselle, ça va ?

Isabelle la regarda, elle releva ses cheveux et, du bout des doigts, elle essuya les larmes sur son visage. L'infirmière posa son plateau sur un meuble.

— Vous attendez le jeune homme qu'on a emmené aux urgences ? Il est toujours en salle d'opération, et je peux vous assurer qu'il est entre de bonnes mains. Le docteur Liu est un chirurgien remarquable, ne vous inquiétez pas... mais je sais que c'est facile à dire. C'est votre petit ami ?

— Non.

Isabelle observa la jeune femme qui lui parlait d'une voix douce... Pas très grande, elle avait un visage encadré de cheveux blonds coupés très court, avec des yeux bleus et un nez retroussé. Physiquement l'opposé de sa mère et pourtant elles avaient la même voix...

Le biper de l'infirmière résonna, elle reprit son plateau.

— Je vous donne des nouvelles aussitôt que j'apprends quelque chose.

Une demi-heure s'écoula encore, et Juliette arriva enfin. Isabelle se jeta dans ses bras et lui expliqua qu'elle attendait des nouvelles et, à son tour, Juliette raconta l'arrestation de Philippe, elle aurait voulu lui poser des questions sur le carnet, les disquettes qui étaient passées des mains de Philippe entre celles du commissaire. Avait-elle eu le temps de découvrir quelque chose ? Mais ce n'était pas le moment. Thomas était la priorité.

— Ça va aller, ma puce, murmura-t-elle.

Blottie dans ses bras, Isabelle tremblait. « Ça va aller... »

C'étaient les mêmes mots qu'elle avait prononcés après l'accident de Mark. Les mots sont faibles, fragiles, incohérents.

— J'ai si peur, maman... Je croyais que je ne serai plus jamais capable de trembler pour quelqu'un. Thomas compte beaucoup.

— Je sais, ma chérie...

Bien avant Isabelle, Juliette avait compris. Elle devinait cette peur de la mort qui devait pousser Isabelle à revivre minute par minute le 10 juillet dernier, elle devinait la souffrance installée dans chaque repli de son jeune corps. Elle n'avait pas su préserver sa fille de ce nouveau drame.

À cet instant, l'infirmière s'approcha d'elles.

— Je crois que tout se passe bien, sa vie n'est pas en danger, mais c'est la réduction des fractures qui est longue.

Isabelle la remercia, elle laissa éclater son soulagement, et Juliette ses larmes. C'est ainsi qu'Erwan les trouva en arrivant et il eut peur. Elles eurent à peine le temps de le rassurer que le professeur Liu sortit du bloc opératoire et s'avança vers eux.

— Ne vous inquiétez pas, il va bien. Il souffre d'un traumatisme crânien et de multiples fractures. L'opération s'est bien passée, mais il lui faudra du temps... et une bonne période de rééducation avant de retrouver toute son agilité.

— Est-ce que nous pouvons le voir ?

— Pas maintenant, il est en salle de réveil, ça prendra au moins deux heures avant qu'il regagne sa chambre...

Le chirurgien prit congé, et Isabelle le suivit pour obtenir l'autorisation d'attendre le réveil de Thomas. Il lui conseilla de demander à l'infirmière le numéro de la chambre qui lui serait attribuée, tout en lui assurant que Thomas ne recouvrerait pas son entière conscience avant le lendemain matin. Erwan proposa de rester à son chevet cette nuit.

— Je reste avec toi, décréta Isabelle.

— Non, ma puce, j'insiste. Tu as entendu ce qu'a dit

le professeur ? Il ne se réveillera pas avant demain matin. Rentrez vous reposer toutes les deux, vous êtes épuisées.

— Promets-moi que tu nous appelleras régulièrement.

Il promit.

Juliette et Isabelle arrivèrent aux Alizés à neuf heures passées après avoir affronté les derniers embouteillages sur le pont d'Aquitaine.

Juliette arrêta sa voiture près du perron et aussitôt Pic et Puce leur bondirent dessus en jappant. Tonia était partie, elle avait préparé un gratin de courgettes et une tarte aux poires, avec un petit mot :

*Il y a des steaks dans le réfrigérateur, ou des œufs. Les chiens ont mangé, et tu as une liste de messages près du téléphone. Appelle-moi pour me donner des nouvelles du gamin. Bon courage, ma grande.*

Juliette proposa à sa fille le menu concocté par Tonia.

— Je n'ai pas très faim, maman.

— Moi non plus, nous allons juste grignoter quelque chose...

Elle sortit du réfrigérateur un plateau de fromages et des yaourts, puis elle fit griller du pain. Elles s'installèrent dans le salon et, après avoir appelé Tonia, Juliette prépara des sandwichs. Elle avait allumé la télévision, mais c'était un simple bruit de fond, ni l'une ni l'autre ne regardaient le film où des hommes-grenouilles partaient à la reconquête d'un bateau pris en otage par des terroristes. À nouveau, elles évoquèrent l'arrestation de Philippe Marot.

— Et tu crois que c'est lui qui a tué Fabienne et Geoffrey ?

— Maître Renan l'accusait formellement, et c'est avec lui qu'elle avait rendez-vous le soir de sa mort.

Soudain, Juliette réalisa qu'elle devrait sans doute vendre Les Alizés. L'issue de secours que représentait Philippe était désormais condamnée...

— Je suis la seule responsable, tout est ma faute...

En l'entendant, Isabelle releva la tête.

— De quoi parles-tu ?

— Tous nos problèmes... ces drames.

— C'est ridicule, tu donnes toujours l'impression de porter toute seule la misère et les erreurs du monde.

Isabelle se pelotonna un peu plus dans les bras de sa mère, elle mesurait tout ce qu'elle avait exigé d'amour, tout ce qu'elle avait obtenu, sans contrepartie, sans révolte.

— Maman, dis-moi pourquoi tu réagis comme ça...

— Ce n'est pas le moment, ma chérie, c'est une vieille histoire et elle n'est pas intéressante.

— Elle m'intéresse, moi. Je veux comprendre, je veux te comprendre.

Devant l'insistance d'Isabelle, ses bras autour d'elle qui se resserraient – Isabelle si peu coutumière de tant de tendresse –, les souvenirs jaillirent. Violemment. Juliette se dit que le temps était venu de partager le fardeau qui ne cessait de la hanter. Mais elle n'était pas sûre pour autant de l'alléger. Cet instant de vérité, elle l'attendait depuis si longtemps, comme un rendez-vous longuement repoussé avec sa fille, avec elle-même. Avec peut-être une sentence, une déchirure, l'abandon.

— Raconte-moi, maman. Quoi que ce soit, ne garde pas ce poids pour toi.

Raconter. Comment raconter l'inénarrable ? Comment trouver les mots... Trente-cinq ans s'étaient écoulés et elle était encore pétrifiée. Sa détresse d'alors la gagna, intacte, en la dépouillant de trente-cinq années de vie ruinées à essayer de vivre avec ce cauchemar qui n'avait duré que quelques minutes. Elle s'enfonça dans le canapé en fuyant le regard de sa fille comme si l'effort était trop grand, la tâche trop monumentale. Elle parla alors d'une voix oppressée en regardant par la fenêtre, les yeux fixés au-delà des arbres du parc, là où le soleil plongeait les derniers rayons de l'été dans les eaux paisibles de l'estuaire.

— Il s'appelait Raymond Bédenac.

Elle se tut en se disant que c'était idiot de commencer ainsi son histoire. Et pourquoi pas « Il était une fois… » ?

Il avait achevé sa carrière politique comme sénateur. Juliette se souvint qu'elle avait appris sa mort par un article de presse, le jour même où on avait découvert le corps de Fabienne dans la grotte des Aubiers.

— À cette époque, il était conseiller régional, il briguait la députation et quémandait les appuis des élus de la circonscription. C'est ainsi qu'il avait fait partie de l'entourage relationnel de ta grand-mère. J'avais quinze ans, il en avait trente-cinq, et tout pour fasciner la jeune fille naïve et solitaire que j'étais.

Elle le revoyait encore, ses cheveux blonds, ondulés, entourant son visage carré d'une beauté saisissante, et ce regard brûlant qui la faisait rougir quand il se posait sur elle. Bizarrement, ce qui lui apparaissait encore plus nettement après toutes ces années, c'était son sourire de carnassier.

— Lorsqu'il venait aux Alizés, je restais à l'écart, je l'écoutais. Il avait le discours facile et enjôleur des politiciens. J'aurais dû deviner que c'était là que résidait le danger. Il parlait trop bien. Je compris plus tard, mais comprendre les choses après coup ne sert à rien… sinon à décupler les regrets puisqu'on ajoute la stupidité à l'erreur.

Un soir, Juliette accompagna sa mère à un meeting, elles s'assirent au premier rang et ce soir-là, du haut de son pupitre, en prononçant un discours enflammé, il n'avait regardé qu'elle.

— De cela, aujourd'hui encore j'en suis sûre. Et à partir de ce jour, il multiplia ses visites à la maison, il me souriait avec insistance et emprisonnait mes doigts dans les siens lorsque, à la demande de ma mère, je leur servais un verre de vin ou un café.

Et elle, pauvre petite gourde dont les seuls frémissements passionnels étaient restés noués aux cordes de son violon, elle s'était crue amoureuse. Dans sa candeur d'adolescente à l'éducation rigoureuse elle croyait que c'était cela, et seulement cela, l'amour… des regards enfiévrés, des sourires complices, des doigts pressés…

Sa mère pensait que c'était pour elle qu'il venait, et qu'il finirait par lui proposer d'être sa suppléante lorsqu'il se présenterait aux élections législatives. Plus tard, en le jetant dehors, Lise Leroux lui avait crié : « Immonde salaud, c'est seulement de chair fraîche dont tu avais envie… »

Parce que, bien sûr, l'inévitable s'était produit…

— Par un après-midi de novembre gris et triste. J'ai souvent pensé que c'était quelques jours avant mes quinze ans et que ma vie s'était arrêtée là. J'étais seule, je surveillais la sieste de Stéphane en révisant mes leçons et en attendant l'heure d'aller chercher Fabienne à l'école maternelle, lorsqu'il est arrivé. Il accepta un café et s'installa à côté de moi sur le canapé. Par le biais de questions anodines il s'assura que mes parents ne rentreraient pas avant un certain temps. Lorsqu'il s'est approché, instinctivement, j'ai reculé, soudain prête à m'enfuir. Mais la victime s'enfuit-elle lorsqu'elle est fascinée par son bourreau ?

Juliette se souvenait avoir senti la pièce chavirer autour d'elle, le ciel obscurci par ce visage au-dessus du sien, un poids énorme qui l'écrasait, lui coupant le souffle. Elle eut l'impression que le canapé, puis le sol ployaient sous elle. Et commença la descente aux enfers. Crucifiée par des mains, par un sexe qui fouaillait ses entrailles, elle n'osa plus se débattre. C'était cela que sa mère lui reprocherait un peu plus tard. « Tu l'as bien cherché, quand même. Il a éclaté de rire quand j'ai parlé de viol, il a dit que tu ne t'étais même pas défendue. »

Comment aurait-elle pu lutter contre ce déchirement au plus profond de son corps, sa terreur ? Et la douleur toujours plus forte comme si son ventre explosait. « Ce n'est rien, avait-il dit en se rhabillant, ce sera notre petit secret, nous ne dirons rien à personne, n'est-ce pas ? Je compte sur toi. »

Elle était restée là, recroquevillée sur les coussins du canapé, n'osant plus bouger de peur de réveiller le mal, en proie au dégoût. Quatre mots, rien que quatre mots résumèrent les heures et les jours qui suivirent : honte, terreur, souffrance... et solitude.

Elle tint sa promesse, et ne dit rien à personne. Et lui le chevalier devenu cosaque, tombant le masque de charme et les belles manières, il s'empressa de se débarrasser de leur secret en ne venant plus aux Alizés. Bien sûr qu'elle s'était tue, au moins un certain temps. Tout était sa faute, elle n'aurait jamais dû lever les yeux vers lui. L'homme-pupitre aux discours étoilés, surgi de ses rêves, sans âge, sans devenir...

— J'ai repris les gestes du quotidien, mais en vivant un véritable calvaire que je ne pouvais partager avec personne. Maintes fois, j'ai failli tout raconter à Tonia, mais je savais à quel point elle était dévouée à ma mère. Jamais elle n'accepterait de garder un tel secret. Je passai des nuits entières à pleurer dans mon oreiller, je me sentais tellement coupable, souillée...

La messe du dimanche devint un supplice ; elle se répétait que son âme était noire, qu'elle serait damnée. À maintes reprises, le suicide lui apparut comme la seule échappatoire. Un soir, il lui arriva même d'écrire sur un morceau de papier les différentes façons de mourir sans souffrir... elle avait quinze ans.

Et puis elle s'aperçut que ses règles avaient du retard, elle compta les jours, les semaines, s'examinant dans sa salle de bains, et elle sombra dans le désespoir. Le soir, seule dans sa chambre, elle priait, suppliait, éperdue de remords. « Pardon, pardon, mon Dieu ! je vous en prie, je ne recommencerai plus, je vous le jure. » En même temps qu'elle priait, elle sentait avec horreur cet être informe terré dans ses entrailles.

Un jour, il avait bien fallu dire à sa mère qu'elle était

enceinte, et dans un premier temps, elle fit tout pour taire le nom du père. Sa mère l'insulta, la frappa même, elle se rappelait encore les coups qui tombaient, sa tête qui heurtait le mur… Puis la rage maternelle lorsqu'elle avait fini par avouer… Les ongles qui s'enfonçaient dans ses bras comme des serres, et la condamnation. « Petite idiote, c'est ta faute, tu n'es qu'une gourde. »

Tandis qu'elle parlait d'une voix blanche, Juliette n'avait pas encore croisé le regard de sa fille.

— J'avais honte, je me considérais comme un monstre, obsédée par ma faute… Ma mère me répétait que je passerais ma vie à regretter ce que j'avais fait. C'est vrai que je me sentais tellement coupable, et en même temps j'étais si crédule, si innocente. Je n'avais pas envisagé d'autre solution que de garder cet enfant…

Isabelle mesurait combien chaque mot portait le poids de sa culpabilité, du mépris refoulé qu'elle éprouvait pour elle-même.

— Ce n'était pas ta faute, maman, murmura-t-elle en serrant la main de sa mère dans les siennes, c'était un salaud, grand-mère aurait dû le tuer au lieu de s'en prendre à toi.

Juliette perçut le contact chaud des doigts de sa fille, elle trembla de nouveau. Comment aurait-elle pu imaginer un seul instant qu'elle n'était pas responsable ? Sa vie entière, elle s'était rappelé les hurlements de sa mère. « Garder cet enfant ? Jamais ! Tu as pensé à ce que diraient les gens. Il y a une autre façon de régler ce problème. Ce n'est pas la plus agréable, mais tant pis pour toi. Ça t'apprendra à aguicher le premier mâle qui passe. »

L'autre façon de régler le problème, c'était le voyage en Suisse. En train d'abord, puis avec une voiture de location jusqu'à la clinique perdue dans une petite ville de montagne. Sa mère l'avait accompagnée parce qu'elle était mineure, mais elle ne lui avait pas adressé la parole durant tout le voyage. D'ailleurs, avant leur départ, plus personne ne lui parlait, elle était consignée dans sa chambre avec interdiction de sortir, de parler à qui que ce soit jusqu'à ce que le « problème soit réglé ».

Juliette avait du mal à trouver les mots pour aborder la suite de son récit, pourtant elle s'aperçut qu'elle n'avait pas oublié le plus infime détail : la clinique aux murs pâles, les lumières crues, les explications concernant l'intervention et, au dernier moment, sa mère refusant de l'accompagner pour l'examen préopératoire. « Qu'elle assume ses responsabilités... »

— J'ai ressenti la piqûre de l'aiguille dans mon bras et j'ai eu tout le temps d'observer les corps en blouse blanche se déplaçant autour de moi. Et des voix qui parlaient de moi, de ce qu'on allait me faire. Je savais bien que ce serait ma punition, que je devais la subir en silence et j'ai su que ce serait un supplice.

Plus tard, en se réveillant, elle eut l'impression de retrouver chaque parcelle de son corps séparément... le cœur qui cognait, les entrailles, les poumons qui ne trouvaient pas assez d'air pour qu'elle puisse respirer à fond, et le sang qui coulait entre ses jambes. Elle essayait de s'imaginer dans quelques années attendant un autre enfant, qui ne serait plus jamais son premier enfant ; elle aurait voulu marquer sa peau d'une trace indélébile, comme un message d'espoir à l'adolescente foudroyée qu'elle était devenue.

Elles étaient rentrées aux Alizés, et la vie avait repris presque sans changement, parce qu'il fallait avant tout sauver les apparences. Lise Leroux devint de plus en plus exigeante envers sa fille aînée. Elle savait que la culpabilité était la base de tous les dévouements, aussi s'employa-t-elle à faire sentir à sa fille le poids de sa faute, ne lui tolérant aucune erreur, aucun faux pas. Juliette l'accepta. Sa conscience lui disait que la seule façon d'expier était de prendre les autres en charge, assumer leurs errements, leurs besoins, et elle avait ainsi appris à se nourrir d'autres vies.

Isabelle se leva, elle se rendit dans la cuisine et revint avec un verre d'eau qu'elle tendit à sa mère. Elle but quelques gorgées puis elle s'imposa de soutenir le regard de sa fille. Émue, Isabelle lui souriait.

— Tu n'es pas responsable, maman, tu étais la victime de cet immonde salaud et de grand-mère aussi.

— J'ai pourtant usé ma vie à essayer d'obtenir son pardon. Si j'avais pu, si elle l'avait exigé, j'aurais marché sur des braises comme les martyrs, pour qu'elle me pardonne. Il m'a fallu longtemps pour comprendre qu'au fond, elle ne m'aimait pas.

Juliette but encore quelques gorgées d'eau, puis d'un trait, elle finit le verre et reprit sa respiration.

— Je n'ai jamais dit à ma mère quelle était ma saison préférée, quels prénoms je donnerai à mes enfants plus tard... je ne l'ai jamais appelée après un cauchemar, il ne m'est même pas venu à l'idée qu'elle pourrait me consoler. Elle gérait les aspects pratiques de ma vie, sans m'avoir dit une seule fois qu'elle m'aimait... Et aujourd'hui ton grand-père et ton oncle me reprochent de lui ressembler ! J'ai si peur d'avoir réglé le quotidien de ceux que j'aime, sans avoir su partager mon amour pour eux...

— Oh ! maman... comment peux-tu dire cela ? Je ne connais personne au monde qui ait une telle capacité d'aimer.

Elle s'élança dans les bras de sa mère. Toutes ces années de présence calme et aimante lui broyèrent le cœur en un coup violent, étouffant, éblouissant aussi. « Maman-câlin des genoux écorchés, guéris par des baisers... maman-tendresse des premiers chagrins d'amour délayés par des mots-gomme... maman-bonheur... »

Elle pensait à toutes les fois où elle avait abusé de son amour, trop grand, de sa faiblesse, trop palpable.

— Maman, je suis désolée…

La frayeur des heures passées s'éloignait enfin, et elles laissèrent le silence les envelopper. Au bout d'un moment, Isabelle vit les larmes qui mouillaient le visage de sa mère… elle ne put se retenir d'y mêler les siennes. « Plus mon père me manquait, plus je me retournais contre maman, parce qu'elle était là, fidèle, encombrante d'amour parfois… »

Mais au-delà de ses larmes, elle regrettait le temps perdu. Il lui semblait qu'elles avaient tant de choses à entreprendre ensemble, et soudain tout ce qui restait à faire lui apparut comme un grand bonheur. Elle n'était plus du tout sûre de vouloir partir, de quitter ses vignes qu'elle aimait tant, et sa mère, fragile, courageuse, qu'en cet instant elle aimait plus encore.

— C'est fini, maman, il faut que tu aies confiance, tu ne dois plus te sentir coupable à chaque instant. Tu n'as rien à te reprocher dans cette épouvantable histoire ; au contraire, tu aurais pu te servir de cette expérience maudite pour reproduire le schéma de ta souffrance sur les autres. Mais tu ne l'as pas fait, en cela tu es admirable… Et tu m'as rendue tellement heureuse, je suis fière de toi, tu sais. Tu es merveilleuse et je t'aime.

Elle perçut le tressaillement de sa mère contre son propre corps, elle répéta :

— Je t'aime.

Comme c'était simple à dire !

— Je t'aime… je t'aime… je t'aime, maman.

Elle s'enivrait de la puissance de ses sentiments.

Le silence s'installa, et la quiétude les gagna doucement. Longtemps après Juliette crut que sa fille s'était assoupie.

— Tu dors, ma puce ?

— Non…

— Alors tu devrais peut-être essayer. Va te coucher, tu as besoin de reprendre des forces.

— Et si Erwan appelle ?

— Je suis là.
— Tu n'as pas sommeil, toi ?
— Non, je vais lire un peu.
Elles s'embrassèrent et Isabelle monta dans sa chambre. Elle laissa tomber sa veste, ôta ses chaussures et s'approcha de la glace de son armoire. Elle passa sa main sur son visage, dans ses cheveux, et s'approchant plus près encore, elle posa son front contre le miroir et ferma les yeux. Elle pensait au récit terrifiant de sa mère, à sa grand-mère qui lui avait toujours inspiré plus de crainte que d'affection. Elle sentit venir des larmes, encore des larmes… Et les battements de son cœur lui répétaient que Thomas ne mourrait pas. Thomas était vivant. Un monde de possibles s'ouvrait. Un immense besoin d'aimer, d'être aimée grandissait en elle, comme le souffle de la mer prisonnier du coquillage qui cherche une fissure par où s'échapper et prendre vie.

# 21

Lorsque Thomas reprit conscience, il perçut la douleur fulgurante dans son dos, le long de ses jambes et la présence d'Isabelle assise près de lui. Il sentit ses deux mains entourant la sienne et la pierre de sa bague lui éraflait la paume. Il ouvrit complètement les yeux et murmura son prénom.

— Oui ? Thomas, je suis là. Tu souffres ?

— Un peu.

Cela lui coûta un effort, mais il tendit la main vers le visage de la jeune fille et lui effleura la joue. Sa peau était fraîche et lisse, comme la surface calme des eaux douces. Il avait tant de choses à lui dire, mais il ne put rassembler assez de force. Il regarda autour de lui, et eut alors conscience de se trouver dans une chambre d'hôpital. Il sentit une aiguille dans son bras et quelque chose qui lui enserrait la tête. Il referma les yeux et se laissa aller. Mais il fut très vite tiré de son brouillard par l'arrivée de l'infirmière qui régla sa perfusion.

— Le chirurgien passera un peu plus tard, dit-elle.

Peu à peu la douleur se calmait et une chaleur bienfaisante l'enveloppait, mais il se sentait épuisé. Il distingua le bruit d'une porte qui se refermait et réussit à soulever les paupières. Isabelle lui souriait.

— J'ai eu si peur, Thomas.

Il lui rendit son sourire et pressa ses doigts entre les siens.

Il ne savait comment lui dire… quelques mots qui ne soient ni banals ni futiles… un sentiment de frustration traversa son esprit. Y avait-il maintes façons de dire qu'on aimait… « Je voudrais te dire à quel point je t'aime. »

Comment le prendrait-elle ? Il avait accepté de venir chez son oncle parce qu'il n'en pouvait plus de souffrir à cause d'une autre femme. En acceptant ce séjour à Bordeaux, il avait fui et, dans cette échappatoire, il avait trouvé Isabelle. Dès leur premier regard, il s'était découvert la capacité d'aimer encore, mais devant la détresse qu'il lisait dans ses yeux, il comprit que ce serait elle qui fixerait les règles des liens qui les uniraient, si ces liens devaient exister un jour.

— Je t'aime, murmura-t-il.

Avec d'infinies précautions, elle s'assit sur le bord du lit et appuya ses lèvres sur le front de Thomas, son visage contre le sien. Elle ne répondit pas, mais elle essuya une larme d'un geste vif. Il en eut le cœur déchiré.

— Je suis désolé, dit-il dans un souffle.

— Ce n'est rien, Thomas, mais c'est trop tôt, j'ai si peur encore...

Elle craignait de confier à nouveau sa vie et ses rêves à un homme, elle n'était pas prête à s'abandonner à des émotions nouvelles. Alors elle se pencha vers lui et l'embrassa, un baiser léger, posé au coin des lèvres... pour qu'ils se taisent, pour empêcher les mots qu'ils prononceraient de mourir tout à fait.

Il ferma les yeux et sa respiration s'apaisa. Elle attendit qu'il soit endormi puis elle se leva et marcha vers la fenêtre. Les dernières lueurs du jour se perdaient à l'horizon où le ciel se reflétait à l'infini. Dans la lumière évanescente, les immeubles se fondaient dans la tiédeur de la nuit. Isabelle laissa les minutes s'égrener dans le silence, et dans ce grand calme elle attendait juste un déclic et que sa vie, comme une horloge, recommence de battre.

Pour le commissaire Lenoir, le dossier Leroux était clos. Au cours de la perquisition chez maître Renan, il fit saisir ses ordinateurs. L'examen des disques durs révéla toute sa correspondance avec Philippe Marot. À plusieurs reprises elle l'accusait du meurtre de Fabienne Leroux, elle faisait notamment allusion à cette soirée du 19 octobre 1999, où elle avait surpris Philippe et Fabienne en pleine dispute. « Avant de publier tout cela, avait dit Fabienne, je vais d'abord en parler à ma sœur, il est bon qu'elle sache avec quel salaud elle travaille tous les jours à la mairie. »

À partir des disquettes de Geoffrey Morris, le commissaire avait mis au jour les malversations orchestrées par Philippe : le processus était toujours le même, tellement simple que c'en était indécent. Le banquier ouvrait une ligne de crédit aux viticulteurs en difficulté, puis après quelques mois de largesses, il coupait les vivres… Il suffisait alors d'attendre qu'ils aillent au bout de l'enfer, endettement, faillite. Et, comme disait Élise Renan, « cueillir le pigeon comme un fruit mûr ». Philippe Marot affrétait un hélicoptère et avec le banquier, ils survolaient le vignoble en repérant les propriétés les plus intéressantes. Celles dont la vente offrirait des marges mirobolantes. Et grâce à leurs réseaux internationaux, ils choisissaient de préférence des acheteurs étrangers. Lorsque l'affaire était conclue, maître Renan établissait deux contrats de vente, l'un à un moindre prix couvrant juste les dettes du viticulteur et enregistré en France. Un autre à un prix plus élevé était transféré dans le pays d'origine de l'acheteur.

Et c'était souvent les Pays-Bas où des financiers connaissent toutes les techniques pour faire rentrer dans le circuit de l'argent d'origine douteuse. Ce système dégageait d'importantes commissions qui étaient versées au banquier, lequel octroyait leurs parts à Philippe Marot et maître Renan.

Geoffrey Morris avait fait des copies de la double comptabilité de Philippe, questionné certains viticulteurs sur les conditions de vente de leur propriété. Un jour, il s'était embusqué près de l'aérodrome ; il avait pris des photos du départ en hélicoptère de Philippe, d'Élise Renan et du banquier en compagnie d'autres personnes arrivées sur le terrain dans une voiture immatriculée aux Pays-Bas. Geoffrey avait prévu de remettre le dossier à Fabienne afin qu'elle le publie. Puis la jeune femme avait disparu. Les dernières notes rédigées par Geoffrey révélaient son angoisse. Il mentionnait son rendez-vous avec Philippe, et ces mots : *S'il a touché un seul de ses cheveux, je le tue.*

Lorsque, au cours de son interrogatoire, le commissaire accusa Philippe d'avoir également tué le jeune homme pour le faire taire, celui-ci s'en défendit.

— C'était un accident, commissaire, tout ce que je voulais, c'était trouver ce foutu dossier que ce morveux avait constitué depuis des mois en fouinant partout, alors que je n'avais rien vu venir et que je lui faisais confiance.

Ils s'étaient empoignés, déchirés, Geoffrey l'avait frappé au visage. En sentant qu'il perdait pied, Philippe l'avait repoussé de toutes ses forces. C'est alors que Geoffrey était tombé à la renverse et sa tête avait heurté l'angle de la plaque de marbre recouvrant le bureau. Philippe revivait ces terribles secondes pendant lesquelles il avait récupéré son souffle et découvert la tache de sang qui s'étoilait sur le tapis.

— C'était un accident, commissaire, juste un accident. J'ai paniqué…

Pouvait-il vraiment dire cela ? Il avait très vite retrouvé son calme, au contraire, et la solution lui était apparue : enfiler ses gants, charger le corps dans la voiture, remettre tout en ordre dans le bureau, écrire la lettre sur l'ordinateur portable de Geoffrey : *Tout est ma faute, je n'en peux plus. Il faut en finir.* Avant de partir, il avait fouillé le bureau de Geoffrey à la recherche des documents compromettants, il n'avait rien trouvé… Il avait conduit la voiture du jeune homme jusqu'au bord de la citadelle. Il se souvenait qu'il avait failli emboutir un véhicule stationné dans l'obscurité. Il avait pris un certain temps pour s'assurer qu'il était bien seul, et il avait précipité le corps dans le vide du haut de la tour Dauphine. Puis il était rentré à pied chez lui. Le lendemain, il avait demandé à Laurence de le conduire à la gare. Il s'apprêtait à expliquer que sa voiture était au garage, mais comme à l'accoutumée, elle n'avait pas posé de question. Ce qu'il faisait ne l'intéressait pas.

— Et Élise Renan, que s'est-il passé lors de votre dernière rencontre, vous n'étiez plus d'accord sur vos malversations ?

— Elle était devenue dangereuse, elle pensait que tôt ou tard vous arriveriez jusqu'à nous. Plus vous arrêtiez de suspects, moins vous étiez convaincu de leur culpabilité.

Ignorant la menace de tempête, ils s'étaient donné rendez-vous au bord du lac. Philippe avait d'abord tenté de la raisonner, mais elle voulait tout quitter et partir à l'étranger avec lui tant que cela était possible. Il avait, un jour, commis l'imprudence de lui expliquer qu'en cas de danger, il avait organisé sa fuite en moins de trois heures. Mais c'était trop tôt encore. Il avait proposé une grosse somme à Élise si elle persistait dans son idée de quitter la France. Elle l'avait supplié de partir avec elle, et il avait ri, un rire qu'elle avait dû trouver hideux, et il avait lancé : « Qu'est-ce que tu veux que j'aille foutre sous les cocotiers avec une poupée Barbie sur le retour ? » Elle s'était effondrée en larmes. « Je t'aimais, moi, j'aurais fait n'importe quoi pour toi, mais je n'en peux plus. Je sais bien que je ne suis qu'un pion sur ton échiquier, mais je suis mauvaise au jeu du qui perd gagne. »

Il avait ri de plus belle et elle était devenue hystérique, elle hurlait en trépignant sur place. Elle criait qu'il avait tué Geoffrey et Fabienne, et que maintenant il voulait se débarrasser d'elle. Il la secouait pour la faire taire, mais elle hurlait plus fort encore. Philippe la revoyait, les yeux exorbités, en proie à une véritable crise de démence. Il avait pris un peu de recul et il l'avait frappée de toutes ses forces.

Surprise, puis terrorisée par son geste, elle avait poussé un cri et elle était partie en courant. Elle suivait la berge, trébuchant dans les racines, elle perdit une chaussure, et elle ne sembla même pas s'en rendre compte. Il avait voulu la rattraper, et en se retournant elle avait vu qu'il la suivait. Affolée, elle avait augmenté sa cadence, sans s'apercevoir qu'elle fuyait, sans logique, sans but, à l'opposé même de l'endroit où elle avait garé sa voiture, et qu'elle se dirigeait vers les bosquets qui bordaient le lac.

C'était en se retournant une dernière fois qu'elle avait perdu l'équilibre et glissé, glissé. Pendant un moment, ses cris avaient couvert le bruit du vent qui s'était levé, pour s'affaiblir ensuite, jusqu'au bout de sa chute inexorable dans le lac, où elle avait coulé, prisonnière de la boue et des plantes aquatiques qui s'étaient refermées sur elle comme des tentacules.

Le commissaire rédigea son rapport.

En fin d'après-midi, il organisa une conférence de presse et annonça l'arrestation de Philippe Marot et son inculpation pour homicide volontaire sur la personne de Fabienne Leroux, homicide involontaire sur la personne de Geoffrey Morris, faux, usage de faux, corruption, et non-assistance à personne en danger dans le cadre du décès de maître Renan.

— Pour vous commissaire, c'est terminé ? demanda un journaliste.

— Oui.

Les photographes saisirent un indéfinissable sourire qui éclaira un instant son visage. Personne ne pouvait en deviner la cause. Il se disait qu'il allait enfin pouvoir inviter Hélène Jouvain à dîner. Auparavant, il lui restait encore une décision à prendre. Il avait rapidement parcouru le journal de Fabienne Leroux, sans y découvrir aucun élément probant lié à sa mort. Et pourtant, il y avait tant d'autres choses dans ses écrits. Il sentit son pouls s'accélérer. Devait-il porter ce journal aux pièces du dossier ? Ou le remettre sans plus attendre à la seule personne à qui il revenait…

Le soir même, Erwan invita Juliette à dîner. Lorsqu'elle le rejoignit, elle fut surprise par les fleurs qu'il avait disposées dans un vase, le plateau d'huîtres et la bouteille de champagne dans le seau à glace.

— Nous fêtons quelque chose ? demanda-t-elle en l'embrassant.

— La fin de nos interrogations, de nos soucis…

Elle soupira ; les questions entourant la mort de Fabienne et Geoffrey ne se posaient plus, mais pour sa part, les soucis demeuraient. Elle avait revu le banquier, ils avaient évoqué l'hypothèque sur Les Alizés ; elle hésitait encore à s'endetter pour des décennies, à compromettre le travail de sa mère et l'héritage de sa fille. Quant à vendre Les Alizés, elle en tremblait rien qu'en y pensant.

Après les huîtres particulièrement savoureuses, Erwan découpa le rôti et ils dînèrent en parlant des enfants, de l'arrestation de Philippe, de sa cupidité qui avait dévasté leur vie. Erwan leur servit un verre de saint-émilion grand cru et ils se turent un instant, le temps de déguster leur vin. La robe pourpre se mariait aux arômes de moka, de pain grillé, une véritable harmonie qui exprimait ce que la nature offre de meilleur au talent des hommes. Puis Erwan prépara du café ; en son absence Juliette se déchaussa, étendit ses jambes sur le pouf. Il revint peu après avec un plateau, il lui tendit une tasse, s'installa à côté d'elle, et entoura ses épaules en enfermant sa main dans la sienne. Il la regardait avec persistance et le silence autour d'eux se fit plus dense.

— À quoi penses-tu ? demanda-t-elle au bout d'un long moment.

— Au chemin que j'ai dû parcourir pour te trouver… au destin.

— Je ne pensais pas qu'un scientifique croyait à ces choses irrationnelles…

— Je n'y croyais pas jusqu'à ce que je te rencontre. July, il faut que je rentre au Canada quelque temps. J'ai besoin de faire le point et d'éclaircir la situation avec Karen, elle m'a tant reproché la mort de Geoffrey…

Il commença une autre phrase par « Tu sais… » mais il ne l'acheva pas.

Elle savait, elle comprenait. En cela ils se ressemblaient, il y avait beaucoup de souffrances ancrées dans leurs corps et dans leurs cœurs. Elle l'observait tandis qu'il finissait sa tasse de café. La douleur avait creusé une ride profonde, comme une crispation entre ses yeux.

Il allait partir…

— Je reviendrai, murmura-t-il en la serrant contre lui, je ne pourrais jamais vivre sans toi, July… Tu es la flamme qui m'a guidé hors de mes ténèbres.

Elle l'écoutait ; des mots de chagrin et de bonheur qui lui disaient combien chaque minute passée avec lui était source de vie.

Elle le sentait contre elle, massif dans son jean, et sa chemise couleur de blé mûr, ses mains aux doigts puissants qui dessinaient les contours de son visage. Elle aurait voulu qu'il lui raconte comment serait leur vie quand elle deviendrait facile. Mais l'essentiel était devenu trop évident, qu'il la prenne dans ses bras, que leurs corps glissent l'un dans l'autre avec force et tendresse. Depuis qu'elle avait parlé à Isabelle, elle se sentait différente. Elle éprouvait un sentiment grisant qui l'étourdissait, elle avait envie de lui, envie de plaisir, envie d'aimer, d'oser, comme cela ne lui était jamais arrivé.

# 22

Depuis son retour, Gérard Courson essayait d'oublier ces dernières semaines qui le rattachaient à la prison, mais ses souvenirs qui refusaient de se laisser dompter étaient comme sa cellule : sinistres et froids. Il revoyait la minuscule fenêtre à barreaux donnant sur la cour d'où il percevait les cris des prisonniers, et ceux-ci n'étaient rien comparés aux hurlements de son codétenu. Privé de drogue, il appelait sa mère des heures entières, cramponné aux barreaux.

Puis il vécut cet instant où il tendit la main pour reprendre sa montre Rolex, son stylo en or, et un peu plus tard, les portes de la prison s'étaient ouvertes devant lui. Il s'était dit qu'il ne serait plus jamais le même homme et il se découvrait chaque jour comme un enfant qui vient au monde. Il s'en voulait de tant de banalité, d'autant qu'il aurait été bien en peine d'expliquer ce qu'éprouve un enfant venant de naître. Simplement, il goûtait avec plus d'intensité le plaisir de chaque instant : se réveiller la main sur le ventre de Marie, et sentir son souffle chaud dans son cou. Le café trop fort et les toasts trop grillés qu'elle lui servait chaque matin, sans faillir. Même s'il appréciait la sensation grisante de liberté qu'il éprouvait dans l'appartement que Juliette leur avait trouvé, il s'était mis en quête d'une autre maison, et ils avaient déjà arrêté le jour, presque l'heure où ils feraient un autre enfant, après que Marie eut retrouvé ses forces.

À l'usine, il avait saisi à bras le corps toutes les difficultés liées à son absence. Il avait multiplié les communiqués, répondu aux questions des journalistes, avec assez d'intelligence et de diplomatie pour louer le travail de la police et de la justice. Et depuis, rien ne semblait devoir l'arrêter. Avec Nicolas Frémont, ils avaient retrouvé la complicité de leurs débuts, les journées de quinze heures, le verre de vin bu le soir en tête à tête en parlant encore de leurs chantiers, de leurs projets, enfin leur poignée de main sur le parking.

Mais une ombre restait au tableau. Il avait pris le portrait d'Isabelle dans son cadre en bois de rose, longtemps resté dans un coin de sa bibliothèque, et il l'avait posé sur son bureau. Simple cliché noir et blanc, elle installait une selle sur son cheval sans regarder l'objectif. Attentive à ses gestes, elle fronçait les sourcils et un petit bout de langue pointait entre ses lèvres. Quel âge avait-elle : quinze ans ? Il ne se souvenait pas, mais il la trouvait jolie à croquer. C'était sa fille, elle lui manquait.

— C'est à toi de l'appeler.

Gérard sursauta. Nicolas l'observait en souriant depuis l'embrasure de la porte.

— C'est à toi de l'appeler, répéta-t-il.

Ce qu'il fit à l'heure du déjeuner. Contre toute attente, Isabelle lui répondit gentiment et sans vouloir se procurer de fausse joie, il aurait juré qu'elle était contente de lui parler. Elle promit de passer le voir en fin d'après-midi.

Et maintenant, il l'attendait en apportant une dernière vérification à deux devis importants qui devaient être expédiés le lendemain matin. Il regardait par la fenêtre à intervalles réguliers, une demi-heure passa ainsi et il la vit enfin s'arrêter, descendre de voiture et traverser le parking, un paquet dans les mains. Elle s'avançait vers l'entrée du bâtiment, vers lui, et il fut saisi de panique. Qu'allait-il lui dire ?

Elle devait éprouver la même appréhension, car pendant un moment ils parlèrent du temps, des vendanges qui commençaient et du travail à l'usine. Elle s'inquiétait de savoir s'il avait retrouvé sa clientèle. De son côté, il prit des nouvelles de Thomas, et il vit qu'elle y fut sensible. Bien que la question lui brûlât les lèvres, il n'osa pas lui demander la nature de ses liens avec le jeune homme. Il redoutait qu'elle en vienne à parler de Mark, et que jaillissent des souvenirs liés à sa propre défaillance vis-à-vis d'elle. « Quel ignoble con ai-je été !... pensa-t-il pour la énième fois. Comment réparer tout cela ? »

Soudain, elle ouvrit l'étui cartonné qu'elle avait apporté et sortit deux bouteilles de moût. Elle s'était souvenue qu'il adorait ce raisin pressé qui subissait les premiers frémissements de la fermentation, plus tout à fait du jus de fruits, mais loin encore du vin qu'il deviendrait. Il ne résista pas à l'envie de s'en servir un verre et Isabelle éclata de rire devant sa hâte, puis son rire se figea et ils se regardèrent. Cette inertie dura quelques longues secondes, et dans un geste précipité vers elle, il lâcha son verre. Le vin se répandit sur la moquette en dégageant un parfum suave de fruits mûrs. Gérard saisit sa fille dans ses bras, la pressa contre lui. Ils restèrent ainsi, muets, soudés. Il resserra si fort son étreinte qu'elle dut faire un effort pour s'éloigner de lui en murmurant :

— Tu m'étouffes, papa.

— Oh ! pardon, ma chérie, décidément, j'en fais toujours trop ou pas assez, mais jamais ce qu'il faut.

La gorge lui faisait mal, il sentit les larmes affluer à ses paupières et s'ingénia à les repousser.

— Je suis désolé, Isabelle, je n'ai pas été là quand tu avais besoin de moi... Jamais je ne pourrai me le pardonner. Je regrette, tu sais, j'ai tellement appris ces dernières semaines.

— Moi aussi, papa, j'ai appris. Tonia dit que la vie se charge de nous forger le caractère, et que personne n'y échappe. C'est vrai que certaines expériences aident à comprendre que rien n'est acquis, et que bien des paramètres de notre destin ne nous appartiennent pas.

C'était ce qu'il éprouvait sans pouvoir l'expliquer et il était surpris que sa fille sache interpréter ses sentiments avec autant de simplicité, comme la pierre de touche de ses propres souffrances. Isabelle ferma les yeux, des larmes glissèrent le long de ses joues, il la supplia de s'arrêter de pleurer, sans se rendre compte qu'il pleurait aussi. Il lui était devenu impossible de se retenir, il pleurait sur sa fille, sur ceux qui l'avaient aimé et qu'il avait déçus, sur le gâchis qu'il avait fait de sa vie.

— Ce n'est rien, papa, murmura la jeune fille en souriant au milieu de ses larmes, maman dit que quand on a versé toutes ses larmes, il ne reste que l'amour au fond du cœur...

— Ta maman est merveilleuse.

— Tu le penses vraiment ?

Il se troubla et, pour se donner une contenance, il ramassa le verre et, avec un mouchoir en papier, il s'employa à éponger le vin qui avait dessiné sur la moquette les contours abrupts d'un pays qui ressemblait à la péninsule Ibérique... Bien sûr qu'elle était merveilleuse. Trop. « C'est parce que je la savais présente aux côtés de notre fille, parfaite, rigoureuse, que je m'étais octroyé tant de libertés, en multipliant les absences, une sorte d'abandon familial à dose homéopathique, avant de partir définitivement, attiré par la jeunesse de Marie qui me flattait et me rassurait. »

— Maman n'a jamais douté de toi, tu sais, penser que tu pouvais tuer quelqu'un lui paraissait inconcevable ! C'est à cause de ce différend que nous nous sommes brouillées avec oncle Stéphane. Maman affirmait que tu n'étais pas le mari idéal, mais que tu n'avais rien du *serial killer* non plus. Je crois qu'au fond, elle ne t'en veut pas...

— C'est inutile, je m'en veux assez comme ça ! J'ai tout gâché, et pourtant j'aimais ta mère. J'avais bien compartimenté ma vie, avec des cases pour tous les rôles que j'avais à jouer : un père, un chef d'entreprise, et bien à part, ces filles auxquelles je ne pouvais pas résister, par faiblesse, par peur de vieillir aussi.

— Et ton aventure avec tante Fabienne ?

Il se crispa et un visage se mit à danser devant ses yeux, provocateur, charmeur, encadré d'une touffe de cheveux roux qui virevoltait à chaque mouvement de ce corps à la grâce incomparable.

— Elle était aussi coupable que toi, papa.

— Oui, mais aujourd'hui je dois assumer seul le mal que nous avons fait.

Isabelle le regardait droit dans les yeux ; une question s'imposait :

— Lequel des deux avait fait les premières avances ?

La question demeurait en suspens dans le silence. Il savait qu'il pouvait s'acquitter de cette responsabilité, Fabienne n'était plus là pour lui apporter la contradiction. Mais à quoi bon avoir vécu les semaines passées en se jurant qu'il ne serait plus le même homme, si c'était pour recommencer à dissimuler, à manipuler à peine sorti de prison.

— C'est moi... dit-il dans un souffle.

Elle apprécia sa franchise, mais elle ne put retenir une autre question : pourquoi ? Ils avaient fini par s'asseoir côte à côte sur le canapé. Devant le silence qui suivit sa question et dont elle devina d'emblée la portée, elle eut l'impression que tout cela était dénué de sens. Sa mère racontait souvent, avec la fierté qu'ont toutes les mères pour parler de leurs enfants, que « pourquoi » avait été le premier mot qu'elle avait prononcé après « papa » et « maman ». C'est vrai qu'elle avait été une enfant curieuse, avide. Aujourd'hui, elle était devenue une femme, et le tribut qu'elle avait payé au cours des derniers mois la ramenait à un peu plus d'indulgence. Avait-elle le droit de demander des comptes à ses parents ?

— Dans le fond ça n'a pas d'importance, papa...

C'était trop tard, il faisait le cheminement inverse. Il sentait qu'il lui fallait s'expliquer, gagner la confiance d'Isabelle.

Le désir, le goût de l'interdit, prendre ce qui fait envie sans se soucier d'autre chose. Au fond, je suis un sale con. Je regrette tellement pour toi, Isabelle, pour ta mère. Je voudrais tant qu'elle me pardonne.

— Pourquoi avez-vous divorcé ? À cause de Marie ?

Il essaya de lui relater les angoisses que provoque un divorce, un homme pris au piège d'un mariage devenu trop lourd.

— Les habitudes, l'ennui. Malgré ce que tu pourrais croire, je ne suis pas parti de gaieté de cœur, j'étais tiraillé entre les besoins de ma famille, les tiens en particulier, et les miens. Rester c'était respecter le tissu familial et jouir de l'approbation de notre société moralisatrice, mais c'était aussi dépérir un peu plus chaque jour. Prendre la décision de partir, c'était vivre, mais en sacrifiant ceux que j'aimais. En partant, j'ai su que je blessais les plus vulnérables, ta mère, toi. Je te demande pardon d'avoir manqué de courage pour suivre la voie de mon devoir.

— Vous auriez pu trouver un compromis afin que chacun s'en sorte avec le moins de souffrance possible ?

— La rupture d'un couple s'accomplit presque toujours dans le déchirement, même lorsqu'on fait tout pour conserver les apparences et une certaine sérénité. Je me trouvais des excuses, j'aimais Marie. Et puis j'ai peu à peu compris que ta mère acceptait la situation. Pire, elle se croyait coupable de l'échec de notre couple. J'ai eu envie de fuir pour ne plus voir son visage résigné, ses yeux tristes.

— C'est vrai que maman développe toujours une certaine propension à se sentir responsable de tout et de tout le monde.

— Ce n'est pas sa faute, Isabelle, elle a été élevée dans cette tradition judéo-chrétienne qui sacralise le dévouement, le sacrifice de soi. Elle n'a pas appris le bonheur, mais juste les contraintes qui l'accompagnent. Ma conduite est d'autant plus inqualifiable ; j'ai profité de ses faiblesses, de son indulgence. J'aurais préféré qu'elle me fasse la guerre ! Une bataille pour chaque aventure, au lieu de m'opposer le silence tragique de son regard.

Depuis que sa mère lui avait confié le secret qui avait brisé son adolescence, entaché sa vie d'un sentiment de culpabilité aussi profond qu'injuste, Isabelle n'en pouvait plus de battre sa coulpe.

— Je sais, papa.

Ils furent interrompus par la sonnerie du téléphone. À regret, Gérard se leva et décrocha. Nicolas Frémont l'informa qu'il quittait le bureau.

— Je ne serai pas là demain matin, Gérard, j'ai deux rendez-vous en Dordogne, surtout n'oublie pas les devis.

— Ne t'inquiète pas, ils sont prêts. Je les expédierai à la première heure.

Il raccrocha et regarda l'heure ; au lieu de reprendre sa place sur le canapé, il s'assit sur l'accoudoir et posa son bras autour des épaules de sa fille.

— Tu as faim ? Veux-tu que nous allions dîner tous les deux ?

— Pas ce soir, je dois rentrer, il y a beaucoup de travail à la propriété.

Elle saisit l'ombre de tristesse qui glissa un instant dans son regard.

— La semaine prochaine, si tu veux... Mercredi soir ?

— Est-ce que tu viendras à la maison ?

Elle ne fit aucun effort pour dissimuler sa surprise.

— Tu es sûr, papa ? Et Marie ?

— On va lui en parler tout de suite.

Il composa un numéro sur son téléphone mobile, Isabelle se leva, elle ne le quitta pas des yeux en récupérant son sac et ses clés. Il paraissait serein, il riait même lorsqu'il raccrocha en disant :

— Parfait, ma chérie, je lui dis...

Puis, s'adressant à sa fille :

— Elle me dit que c'est d'accord, à condition que tu apportes une bouteille de vin !

— Je ne crois pas que ce sera un problème.

Tandis qu'il la raccompagnait jusqu'à sa voiture, ils parlèrent de la maison d'Arcachon.

— Ma puce, je sais que ta mère aura besoin d'argent au moment du partage avec Stéphane. Si elle est d'accord nous vendrons la maison et tout le prix de la vente vous reviendra à toutes les deux. Après tout, je n'ai pas redonné à ta tante l'argent que je lui devais. Tu pourras le dire à ta mère ?

— Je crois que c'est à toi de le faire, papa...

Ils s'embrassèrent et promirent de s'appeler avant le dîner de mercredi.

Isabelle monta dans sa voiture et démarra. Gérard la regarda s'éloigner. En franchissant le mur d'enceinte de l'usine, elle agita le bras par la portière. Il suivit sa voiture du regard jusqu'à ce qu'elle disparaisse dans le virage.

Les yeux lui brûlaient, son séjour en prison lui avait appris à pleurer. Il pleura sur le temps perdu, son égoïsme et les larmes des autres dont il devait bien reconnaître qu'il était souvent responsable.

Le temps était magnifique en cette période de vendanges. Les cépages blancs étaient cueillis, et les vendangeurs se préparaient à récolter les merlots et les cabernets. La machine à vendanger sillonnait les dernières parcelles de sauvignon, et les tombereaux revenaient emplis à déborder de grappes dorées. Elles étaient déversées sur la table de tri qui précédait le pressoir. Les employés enlevaient les feuilles, les brindilles et les grains flétris, tout ce qui pouvait provoquer l'amertume et altérer les fruits.

Isabelle se leva très tôt ce matin-là... Thomas quittait enfin l'hôpital et elle avait promis d'aller le chercher. Auparavant, elle fit un détour par le chai. Elle marchait du pressoir aux cuves en respirant l'odeur de raisin mûr, elle vérifia la propreté de la table de tri. Tout était en ordre pour la nouvelle journée qui débutait.

Au volant de sa voiture, elle prit la direction de Prignac et s'arrêta à l'angle de la route de Thiersant là où s'étendait une part importante du vignoble familial. Les parcelles de vignes abritées par le bois de Mazerolles n'avaient pas trop souffert de la tempête. Elles seraient récoltées à la fin des vendanges et, si le soleil persistait encore quelques jours, la maturité des fruits serait idéale pour l'élaboration des cuvées élevées en fûts de chêne. Isabelle avança dans les règes et picora quelques grains mûrs de-ci, de-là. Elle regardait le paysage familier qui l'entourait, les vignes dont les feuilles changeaient de couleur par petites touches, passant du vert à l'ocre, festonné d'orange, les nuances de l'automne, légères, douces comme une image arrêtée sur le temps. Elle aimait sa région natale. À l'instar de sa mère qui lui avait appris à être simplement heureuse quand on touche du bout des doigts le grain de la terre, quand on dévore des yeux la ligne d'horizon qui se perd dans l'estuaire et le dôme des collines plantées de ceps.

Elle avait toujours su qu'un jour, elle prendrait possession du vignoble familial, et ce souhait s'inscrivait comme une certitude, une promesse dans son avenir.

Aujourd'hui elle doutait. Après ses retrouvailles avec son père, elle avait insisté pour que sa mère lui explique les difficultés dans lesquelles elle se débattait… « Je ne veux plus jamais que tu portes seule de tels fardeaux. »

Juliette lui avait relaté les menaces qui pesaient sur Les Alizés. Isabelle s'était rendu compte à quel point sa mère avait été sensible à la proposition de son père, vendre la maison d'Arcachon et leur laisser l'argent. Cependant, même si elle ne le lui avait pas précisé, la jeune fille avait compris que ce ne serait pas suffisant.

Le châle qu'elle avait jeté sur ses épaules glissa jusqu'à sa taille et elle laissa la fraîcheur percer la soie de son corsage, elle frissonna. Toutes ces années passées au milieu des vignes, et tant de matins qui avaient la légèreté de celui-ci. Un premier rayon de soleil traversa les nuages et se posa sur son cou, et dans l'instant une douce chaleur l'envahit, troublante comme une caresse amoureuse. « Ce n'est vraiment pas le moment que je m'en aille, pensa-t-elle, nous devons garder Les Alizés. »

Deux heures plus tard, Isabelle sortait de l'hôpital avec Thomas. Il avait retrouvé une partie de sa mobilité en s'aidant d'une béquille, mais dans sa tête il anticipait déjà le moment où il s'en débarrasserait.

Sur le perron, il s'arrêta un instant et respira l'air pur du matin. Il y avait peu de place sur le parking de l'hôpital, Isabelle s'était arrêtée sur un emplacement libre, près de la morgue. Elle laissa Thomas au pied du perron et courut vers sa voiture. Elle chercha ses clés dans le fouillis de son sac à main et finit par le vider sur le capot.

— Quel bazar, j'en ai marre de ce sac !

Elle se rendit compte qu'elle parlait à voix haute et, gênée, elle regarda autour d'elle. C'est alors qu'elle vit un fourgon mortuaire, et des hommes en noir installant un cercueil à l'arrière du véhicule ; c'était un petit cercueil blanc et, de sa place, Isabelle put lire l'inscription *C'était notre petit ange*, gravée en lettres dorées. Elle vit le couple en larmes qui marchait à pas lents.

Bouleversée, elle se concentra sur la recherche de ses clés, les trouva et grimpa dans sa voiture. La mort, encore elle, présente partout, et qui la propulsait une fois encore dans un petit village finlandais. « Mon Dieu ! vivre, je veux vivre... »

Elle démarra et s'arrêta près de Thomas qui s'était appuyé contre un pilier du perron supportant un vase en pierre d'où pendaient des géraniums rouges. Elle l'aida à s'installer près d'elle.

— Ça ne t'ennuie pas qu'on passe par Moulinblanc ?

— Au contraire, j'ai besoin de respirer un peu d'air pur, j'ai l'impression que je ne pourrai jamais me débarrasser de ces odeurs de pharmacie...

Aux abords de Saint-Louis, ils prirent la route de Prignac en échangeant quelques mots sur le temps et les vendanges qui commençaient. Thomas regrettait de ne pas y participer alors qu'il s'en faisait une telle joie.

— Il y aura d'autres vendanges aux Alizés, Thomas.

Et elle croisa les doigts sur son volant.

Elle arrêta la voiture et aida le jeune homme à descendre. Le soleil embrasait l'estuaire de reflets rouge et or... La marée avait découvert les rochers investis de coquillages où les mouettes se posaient brièvement avant d'emporter leurs bruissements d'ailes au bord des nuages. Ils firent quelques pas, Isabelle soutenait Thomas qui prit très vite de l'assurance en s'appuyant sur sa béquille. Le chemin goudronné laissa bientôt place à un sentier caillouteux qui serpentait entre des murets de pierre recouverts de figuiers et de mûriers sauvages.

La main dans la main, ils marchaient au bout des rangs, le long des ceps dont la brise agitait les feuilles, comme des chevaux de frise dans un paysage imaginaire. « Rien n'est plus beau que ces rangées de vignes dans la lumière. Comment pourrais-je jamais m'en éloigner ? »

Ils étaient arrivés au bout du sentier près du moulin. Ils s'appuyèrent contre le tronc d'un arbre.

— C'est mon pêcher, dit-elle, je l'ai toujours vu là. Quand j'étais enfant, j'avais construit une cabane dans ses branches. À l'époque, il y avait encore des arbres comme celui-ci au milieu des vignes. Ils donnaient des pêches blanches minuscules, leur peau était épaisse, rugueuse avec un noyau rouge sang, et leur chair avait un goût incomparable. Il me semble que je l'ai encore dans la bouche.

Elle ne lui dit pas que c'était à cet endroit qu'elle avait vécu ses derniers instants dans les bras de Mark. Thomas serra sa main dans la sienne, il se retenait presque de respirer pour prolonger l'instant de plénitude qu'il percevait dans la douceur de sa voix, le contact de sa cuisse. Soudain, elle se retourna vers lui, il vit qu'elle était bouleversée.

— Thomas, j'ai l'impression de toujours sentir la mort près de moi. Mark est mort, et je n'en peux plus d'essayer de me souvenir, c'est comme s'il n'arrêtait pas de mourir. Je veux vivre...

Il comprenait cette rage d'exister, il voulait lui dire qu'elle n'oublierait pas Mark, mais que la vie était là, étincelante. Il prit son visage entre ses mains et du bout des doigts il en dessina les contours. Son baiser fut très doux, lèvres à peine effleurées, pour lui laisser l'initiative d'aller plus loin si elle le voulait.

Isabelle se souvint de s'être réfugiée dans ses bras quand il lui avait sauvé la vie. Elle se jeta contre lui avec une telle violence qu'ils glissèrent sur la terre qui gardait dans ses règes empreintes de soleil une douce tiédeur, juste ce qu'il fallait pour éprouver à son contact une sensation de bien-être. Il sentit ses chevilles, ses jambes s'enrouler autour de son corps, sa jambe lui fit mal sous le choc et il se retint de gémir.

Leurs mains, leurs lèvres s'affolaient. Isabelle n'en pouvait plus d'émotions mêlées d'un désir violent, imprévu. Et ce plaisir, elle le voulait en le redoutant, comme des vagues qui creuseraient un gouffre où elle se jetterait enfin. Ses gestes étaient brusques, ses caresses presque des coups de griffe. Elle savait que pour continuer à vivre, pour supporter les remous de cet interminable été, il lui fallait de nouveau se confondre avec un autre corps, comme terre et ciel à l'horizon. Violence, choc des sens, et au-dessus de son visage, le visage de Thomas, cette douceur au fond des prunelles couleur d'acier… et cette envie de hurler. Sous le poids de Thomas, elle sentit son corps se fondre dans la terre truffée de petits cailloux qui lui faisaient mal au creux des reins. Au moins, cette souffrance-là était physique, chaque mouvement l'accentuait ou l'allégeait.

Le silence était profond autour d'eux, à peine entendait-elle le froissement des feuillages et une palpitation perceptible à intervalles réguliers, et qui pouvait bien être le rythme de son sang qui affluait jusqu'à son cœur. Elle n'avait plus qu'une envie : vivre. Elle s'entendait vivre et elle en éprouvait une intense délivrance et un bien-être qui la ravissaient.

Thomas ressentait l'intensité de sa lutte, son retour à

la lumière. Il répondit à sa violence par la douceur de ses caresses, la lenteur de ses gestes.

Le temps s'écoula, et ils restèrent ainsi, immobiles, silencieux, un peu craintifs des premiers mots qu'ils prononceraient. Le silence autour d'eux était total, émouvant.

Juliette bougea un bras, puis l'autre avant de se tourner sur le côté. Erwan la laissa enfin s'éloigner de lui, alors qu'il s'était efforcé de la garder lovée au creux de sa poitrine tout au long de la nuit. Il n'avait pas dormi. Pendant des heures, il ne s'était pas lassé de la regarder. À plusieurs reprises, elle avait murmuré : « Est-ce que tu reviendras ? » Et dans sa façon de provoquer, de chercher le désir, il avait compris qu'elle avait peur.

Ce matin, une vague de doute le submergeait. Dans le clair-obscur de la chambre, il devinait le corps de Juliette, ses cheveux tombant sur l'oreiller, sa peau crémeuse où le temps inscrivait ses marques, quelques rides, quelques relâchements de la chair qui s'accentuaient, ces traces visibles de la vie qui l'attendrissaient, parce qu'il s'était aperçu qu'elle les acceptait comme la sagesse qui les accompagnait. Il la caressa, posa un instant sa bouche au creux de ses reins et se leva. Il prit une douche et s'habilla, puis il attacha sa montre à son poignet en regardant l'heure. Dans quelques heures il serait à Valcartier, il lui faudrait de nouveau croiser le regard de Karen, expliquer ce qui était arrivé à leur fils quelques années plus tôt. Et se dire qu'il était revenu.

Il n'avait pas encore quitté la France que déjà la lassitude et les regrets le gagnaient à l'idée de s'éloigner de Juliette. Et comme pour aggraver encore sa mélancolie, lorsqu'il descendit prendre son petit déjeuner il découvrit le soleil déjà haut et le ciel limpide, comme au plus fort de l'été.

Dans la cuisine, Isabelle buvait son café en donnant des petits morceaux de pain beurré aux chiens.

— Le ciel est clair, il va faire beau, dit-il en se versant une tasse de café, ce n'est pas un temps pour des adieux.

Isabelle regardait dehors, le jardin, les vignes au loin. Elle aussi se sentait fascinée par ce matin magnifique, le soleil un peu plus rouge, un peu moins chaud. Un soleil de fin d'été... Cet été d'ombre et de lumière, dont les nuances avaient fait d'elle une femme à part entière.

— Erwan, je voudrais te remercier pour l'aide que tu m'as apportée après la mort de Mark...

Il s'approcha d'elle.

— C'est ta mère que tu dois remercier, elle était là bien plus que n'importe qui d'autre au monde.

— Je sais, Erwan...

— Que vas-tu faire maintenant ?

— C'est difficile de décider. Au fond de moi, j'ai envie de rester ici, d'aider maman à sauver Les Alizés, y vivre, y travailler.

— Avec Thomas ?

Alors elle comprit qu'il avait deviné.

— Peut-être, murmura-t-elle.

— Où que je me trouve, Isabelle, je serai toujours là pour toi...

Il prit ses mains dans les siennes et elle le laissa faire. Celles d'Erwan étaient douces et tièdes ; durant les longues heures passées à comprendre et à accepter la mort de Mark, elles avaient été la source de chaleur dans son univers devenu glacé. Elle se blottit contre lui, enserra son torse avec ses bras et appuya sa tête sur son épaule. Malgré les retrouvailles avec son père, c'est de lui qu'elle se sentait proche en cet instant.

Depuis qu'elle avait fait l'amour avec Thomas, il y avait une certaine gêne entre eux. Ils n'osaient plus se regarder de peur de se trahir, et elle n'aurait su dire quelle promesse cet acte désespéré, en ce qui la concernait du moins, pouvait générer. Mark, Thomas, la vie, l'amour, la mort, elle était perdue.

Quant aux regards qu'avaient échangés sa mère et

Erwan tout au long du dîner, ils en disaient long sur leurs sentiments et la force des liens qui les unissaient en cet instant même où ils allaient se quitter.

Le soleil tenait ses promesses, c'était une magnifique journée d'arrière-saison qui laissait penser que l'été était encore là, tout proche.

Depuis la passerelle de l'aéroport de Bordeaux, Juliette attendait le départ du seul vol hebdomadaire reliant Bordeaux à Montréal. Elle apercevait l'avion et son couloir d'embarquement, l'effervescence tout autour, les chariots qui apportaient les bagages. Elle tenait à voir s'envoler l'avion qui emportait Erwan.

Depuis leur réveil, ils n'avaient échangé que des banalités, sans doute s'étaient-ils tout dit lorsqu'il lui avait annoncé son départ... Sauf combien de temps il resterait absent... Elle se souvenait de ses mots : « Karen fait partie d'une autre vie, elle appartient au passé. » Et c'était bien de là que naissaient ses craintes. Combien de temps durait un divorce au Canada ? Sa femme aurait-elle encore à cœur de le retenir ? Avait-elle des arguments pour cela ? Il était parti depuis bien longtemps, mais les souvenirs de leurs années de vie commune pouvaient influencer sa détermination. Et connaître enfin la vérité sur les événements liés à la mort de leur fils pouvait les rapprocher. Même si Erwan avait tout fait pour la rassurer, Juliette restait seule avec ses interrogations. Elle n'avait aucune raison de douter de lui, mais elle avait peur. Ils avaient l'un et l'autre un passé, et ils ne pourraient pas commencer une nouvelle vie en se comportant comme des adolescents ivres de temps, libres de lendemains. Quant à elle, était-elle prête pour le bonheur ? Elle avait si souvent pensé qu'elle ne le méritait pas.

Peu à peu l'activité décrut autour de l'avion, la passerelle d'embarquement se détacha de la carlingue, la porte se referma. Quelques minutes plus tard, l'Airbus roulait sur le tarmac en direction de sa piste de décollage. Juliette le suivit des yeux jusqu'à ce qu'il ait disparu au coin des bâtiments.

Alors elle gagna sa voiture et reprit la route des Alizés.

Après le déjeuner, Juliette repartit au chai. Cette année, elle avait limité l'embauche de personnel saisonnier, faute de moyens, et tandis que Jean Soriac surveillait le travail des vendangeurs, Isabelle et deux employés s'occupaient du pressoir.

Juliette savait que la période serait difficile pour elle, gérer l'emploi du temps des ouvriers, suivre l'évolution de la récolte, du pressurage, de la macération. Et Claire lui téléphonait plusieurs fois par jour depuis la mairie. La veille, elle avait invité Nicolas et Jean-Pierre à déjeuner, ils avaient fait le point des dossiers en cours, rédigé un communiqué de presse pour répondre aux questions des journalistes après l'incarcération de Philippe. Les reporters, une fois encore, avaient pris la mairie d'assaut. Mais cette fois, Juliette avait manifesté sa volonté de rester en retrait et ses deux adjoints l'avaient compris.

Elle jeta un dernier coup d'œil autour d'elle, chacun à ses occupations, le chai ressemblait à une ruche. Isabelle ajustait les tuyaux du pressoir et en levant la tête elle croisa le regard de sa mère. Elles se sourirent et toute la tendresse du monde prit vie sur leur visage.

Puis elle passa par le chai à barriques, ce sanctuaire mystérieux où depuis des années les vins du domaine étaient élevés. Combien d'heures avait-elle passées dans son antre, coupée du monde, avec autrefois sa mère, et plus tard Jean Soriac, complice de ces incomparables moments de doute, d'appréhension, où seul face à son vin le talent du vigneron se confond, un peu alchimiste, un peu magicien...

Elle quitta le chai à regret, et se dirigea vers le bureau. Dans la petite pièce attenante, aménagée en laboratoire, elle jeta un coup d'œil sur le tableau où Jean affichait les résultats des prélèvements, selon les parcelles. Il avait ainsi noté les priorités pour la récolte, avec en fin de liste les vignes de Moulinblanc. Chaque année les vendanges s'achevaient par cette parcelle exposée au moindre rayon de soleil ; on la récoltait à la main, en sélectionnant grappe par grappe les plus beaux raisins pour en extraire la cuvée exceptionnelle, fleuron du domaine et qui avait longtemps porté le prénom de son arrière-grand-mère. C'est à de tels détails qu'elle mesurait son manque d'assurance, sa faiblesse. Il lui avait fallu presque huit ans après la mort de sa mère et la pression d'Isabelle pour oser chambouler l'ordre établi et baptiser ce vin magique *Carpe Diem*.

Juliette se prépara un café et s'installa enfin à son bureau où l'attendait un travail urgent. Une commande de trois palettes partait en Russie le lendemain et il fallait remplir les documents d'accompagnement pour les douanes. Elle était perdue dans les méandres des exigences administratives lorsqu'un coup léger sur la porte la tira de ses pensées.

L'homme était grand, vêtu comme en plein été d'une chemise claire à manches courtes, la veste de son costume jetée sur l'épaule. Il portait une sacoche de cuir fauve. Il s'avança vers elle la main tendue.

— Juliette Leroux ? Votre gouvernante m'a dit que je vous trouverais ici.

— Ma gouvernante ?

Il lui fallut quelques secondes pour comprendre qu'il parlait de Tonia.

— Xavier Sablond, notaire à Bordeaux. Puis-je vous parler ?

Elle acquiesça et lui offrit un siège.

— Votre fille est ici ? Ce serait bien qu'elle nous rejoigne si c'est possible, il s'agit du testament de votre sœur, Fabienne Leroux.

Juliette composa le numéro du portable d'Isabelle. En raccrochant, elle regarda l'homme assis en face d'elle.

— À ma connaissance, ma sœur n'avait pas rédigé de testament…

— Détrompez-vous, madame. Dans les papiers de votre sœur, le commissaire Lenoir a trouvé notre adresse et la mention d'un testament que nous avions enregistré, ainsi qu'un document attestant une autre filiation paternelle que celle de François Leroux, votre père.

Comme elle ne montrait aucune surprise, il ajouta :

— Vous le saviez sans doute ?

Ils furent interrompus par l'arrivée d'Isabelle. Le notaire sortit un document de son attaché-case, et avec une solennité pleine d'emphase, il leur annonça que Fabienne Leroux léguait la totalité de ses biens à sa sœur Juliette Leroux et à sa nièce Isabelle Courson, à parts égales.

— Nous allons devoir procéder à des estimations…

— C'est déjà fait, maître.

C'est à peine s'il eut le temps de lever un sourcil et Juliette expliqua :

— Mon père pensait être le légataire de ma sœur et il a fait évaluer l'ensemble des biens familiaux.

— Cela aura au moins le mérite d'accélérer la procédure, dit-il en se levant, mesdames…

Ils définirent la date d'un rendez-vous à l'étude, et après son départ, Isabelle s'inquiéta :

— Est-ce que cela résout tous nos problèmes, maman ?

— Oui, ma puce, je pense, répondit-elle en songeant au compte en Espagne.

Et elle se félicita de n'avoir jamais vraiment dévoilé à sa fille l'ampleur réelle des risques qu'elles avaient courus.

— Nous ne sommes pas les héritiers en ligne directe de tante Fabienne, donc les frais seront élevés, mais par le fait même que ton grand-père est écarté de la succession, je pense que nous n'aurons pas à vendre Les Alizés.

— Tu es rassurée, maman ?

— Oui !

Et elle respira profondément.

— J'ai passé ma vie à administrer ce domaine, et ces derniers temps j'ai eu si peur d'avoir échoué.

— Même si nous avions vendu la propriété, tu n'y étais pour rien. Maman, tu as toujours été à la hauteur de mes espoirs.

Juliette ferma les yeux… un tel compliment… Il effaçait d'un trait tous les « tu aurais pu, tu aurais dû… » et il venait de sa fille… Jamais elle ne s'était sentie aussi heureuse qu'en cet instant.

— Au fond, tante Fabienne, elle nous aimait, n'est-ce pas ?

Juliette devina tant d'appréhension, comme une attente infinie dans le regard de sa fille.

— Sans doute, ma chérie, en tout cas toi elle t'adorait !

Et le soulagement, immense, succéda à l'espoir. Isabelle souriait.

— Moi aussi, je l'aimais, je la trouvais tellement brillante, et vivante… S'il reste de l'argent après la succession, tu crois que nous pourrions acheter un petit vignoble ailleurs, j'adore la région des Costières de Nîmes.

Juliette s'était levée pour débarrasser son plateau, elle ne put s'empêcher de rire.

— Tu louais mon travail juste à l'instant, ma puce, et pourtant cela n'a pas toujours été facile de gérer deux propriétés à peine séparées d'un estuaire, je n'ose même pas imaginer deux vignobles à plus de quatre cents kilomètres de distance ! Et quand tu seras partie, comment je m'organiserai ?

Elle rassemblait ses dossiers, aussi ne regardait-elle pas sa fille, elle entendit seulement sa voix dans son dos.

— Je ne partirai pas, maman…

Elle se retourna et Isabelle répéta :

— Je ne partirai pas, ou juste quelques semaines pour étudier le marketing à l'américaine, je veux m'occuper du domaine avec toi… Tu ne seras plus jamais seule.

Juliette posa la main sur la joue de sa fille, une peau douce, une peau de bébé il n'y avait pas si longtemps encore… Elle était fascinée par sa beauté, la pureté de son regard, son sourire. Jamais elle n'aurait imaginé vivre un tel moment d'harmonie, et pourtant elle le vivait. Et il lui sembla que rien, jamais, ne pourrait troubler cet état de grâce.

# 23

Après la visite du notaire, Juliette reprit la contemplation de son domaine et ses promenades au point du jour. Elle y trouva un apaisement sans cesse renouvelé, le sentiment d'être heureuse, sans regret, sans terreur.

Elle sentait que le drame de son adolescence, dont les images avaient cogné contre les parois de toute son existence, s'éloignait peu à peu. Elle s'étourdit du spectacle d'Isabelle échafaudant des plans avec Thomas, et elle chassa l'image de Mark qui s'était glissée furtivement. Juliette ne retenait que le principal, ce qui emplissait son cœur d'allégresse, quelque chose de dense, d'émouvant : Isabelle organisait sa vie avec elle ! C'était de l'espace à modeler, du temps à passer ensemble. Un rêve. Et elle se répétait chaque jour que rien ne lui manquerait pour ces choses essentielles, ni le temps ni l'énergie.

L'après-midi s'écoulait, le soleil déclinait plus tôt derrière les cèdres du parc. Juliette s'était laissé distraire un moment et, par la fenêtre du bureau, elle suivait du regard l'agitation à l'entrée du chai à vendanges, lorsqu'elle eut soudain l'impression d'être observée. Le commissaire Lenoir était là, dans l'embrasure de la porte. Il lui sourit et elle se dit que c'était la première fois qu'elle le voyait s'approcher sans éprouver une sourde frayeur quelque part au fond de son ventre. Elle remarqua alors à quel point son sourire avait quelque chose de charmant, d'attirant presque. Elle se leva pour l'accueillir mais sans autre forme de préambule, il s'assit sur le coin du bureau. Elle lui offrit un café qu'il accepta :

— Je ne devrais pas, dit-il, j'ai déjà dépassé la dose prescrite.

Il lui apprit que sur la décision du juge Blondin, Philippe Marot était incarcéré et tous ses biens placés sous scellés. Juliette était troublée, elle avait l'impression de s'être trompée sur toute la ligne. Elle imaginait ce qu'avait éprouvé Élise en entendant le rire de Philippe tandis qu'elle sombrait, qu'elle se débattait dans l'eau froide, dans la boue qui gagnait peu à peu son corps, son cou, sa bouche.

— Comment ai-je pu travailler pendant des années avec cet homme sans rien soupçonner de ses magouilles ?

— Il a tout fait pour les dissimuler.

Elle le revoyait à ses côtés au cours des réunions du conseil municipal, énergique, soupe au lait, avec l'arrogance de ceux qui réussissent tout ce qu'ils entreprennent. Elle l'enviait pour ce qu'il était et qu'elle ne serait jamais. C'était une sorte d'admiration, refoulée par la condescendance dont il faisait preuve à son égard. Malgré cela, elle l'avait toujours considéré comme un appui, jusqu'à lui exprimer sa reconnaissance pour avoir engagé Hélène, alors qu'il avait certainement poussé son mari au suicide. Et elle s'apprêtait à demander son aide pour sauver Les Alizés. Avait-il déjà programmé sa ruine ? Sa mort ? Comme il avait tué sa sœur.

— Il a tué Fabienne pour l'empêcher de parler ?

— De « vous » parler, sûrement.

— Pourquoi ? demanda Juliette.

Il savait pourquoi, mais c'était difficile à expliquer à cette femme probe, rigoureuse, dont le sens du devoir avait régi toute la vie.

— Je pense qu'il éprouvait une forte attirance pour vous...

— C'est ridicule. Nous nous opposions souvent dans les réunions. Nos rapports étaient surtout professionnels et il n'a jamais tenté la moindre approche à mon égard.

— Le comportement dans le travail et les sentiments des personnes sont parfois contradictoires. Mais cette attirance était réelle.

Elle eut une moue résignée. Bien sûr, elle ne s'était aperçue de rien.

— Vous êtes une femme exceptionnelle, dit-il, ne cherchez pas d'autre raison pour que les autres se sentent attirés par vous. Celle-là suffit...

En disant cela son visage était devenu grave, et il sortit de sa veste le cahier noir à la licorne dorée.

— Connaissiez-vous cette habitude qu'avait votre sœur de baptiser ses petits amis de surnoms fantaisistes comme Faucon, Diable rouge, Renard, Chevalier ?

— Non, je ne savais pas.

Il tourna les feuilles du cahier.

— Elle ne cite que deux hommes par leur nom, Arnaud Debras-Monbourg et Geoffrey Morris.

— Peut-être les deux seuls qu'elle ait aimés.

— Peut-être, répéta-t-il après elle, ce n'était pas quelqu'un de simple, votre sœur. Tout le contraire de vous.

Elle accueillit ces mots avec un pincement au cœur. Encore quelqu'un qui l'avait jugée. Juliette, simple, serviable et si prévisible. Il ne manquait plus qu'à citer son sens inné du devoir. Qui pourrait jamais comprendre le prix qu'elle avait payé, combien de fois elle avait rêvé de lui ressembler, à cette petite sœur trop belle, trop libre, trop légère ?

Elle s'aperçut que le commissaire était toujours assis sur le coin du bureau, il l'observait, respectueux de son silence. Elle lui adressa un sourire furtif, puis comme si celui du commissaire était devenu contagieux, elle se détendit et son visage s'illumina. Elle se leva pour le raccompagner et lorsqu'ils furent en face l'un de l'autre, il lui tendit le cahier noir.

— J'ai été contraint de le lire, mais il n'apporte rien de nouveau dans l'enquête et il n'aidera pas le juge non plus. Je sais que je ne devrais pas faire cela, mais je n'ai aucune raison de divulguer ce récit. Tout est intime, bouleversant. Je vous ai dit tout à l'heure qu'elle n'était pas simple, je ne voulais pas vous froisser, en fait elle souffrait beaucoup et elle a réussi à le dissimuler à tout le monde. Vous devriez le lire, en tout cas c'est à vous que ce cahier revient.

— Merci commissaire, c'est vrai que Fabienne n'était pas facile, mais peut-être ne l'avons-nous pas comprise…

Il avait remarqué qu'elle disait souvent « nous », prenant sur elle ses décisions, ses erreurs, et celles des autres. Il l'admirait pour cela, il savait que seuls les médiocres affichent leur arrogance. Il prit congé, et les larmes aux yeux, le cahier serré contre son cœur, Juliette le regarda s'éloigner.

Par la suite, elle ne manifesta aucune hâte à en découvrir le contenu. Elle avait encore en mémoire les commentaires du commissaire, et quelque part au fond d'elle, elle redoutait ce qu'elle allait lire, aussi repoussa-t-elle le plus longtemps possible le moment de l'ouvrir.

Il était plus de vingt-deux heures lorsqu'elle regagna enfin son bureau. Elle referma la porte, précaution inutile puisqu'elle était seule. Tonia était rentrée chez elle et Isabelle dînait avec Thomas.

Juliette avait toujours éprouvé une certaine attirance teintée d'appréhension pour cette pièce qui portait encore dans les boiseries, dans la disposition des meubles, l'empreinte de sa mère… Face au bureau, les fauteuils de cuir brun, et dans un angle la méridienne recouverte de velours beige.

Elle retira le cahier noir du tiroir où elle l'avait rangé et s'installa sur la méridienne, les jambes allongées, le dos calé au creux des coussins, puis elle se servit une tasse de café. Elle avait posé la cafetière à portée de main, sur la table cuboïde en chêne massif sculpté de grappes de raisin.

Elle ouvrit le cahier, et lut d'abord les dates notées en haut de chaque paragraphe. Certains textes étaient très rapprochés, parfois au jour le jour, d'autres beaucoup plus espacés. Quelquefois, Fabienne n'écrivait rien pendant une semaine, voire plus.

*Je n'oublierai jamais le jour où cela s'est produit. C'était mon dix-huitième anniversaire, une magnifique journée de juin, pour laquelle j'avais invité un groupe d'amis. Tandis que Tonia préparait les sandwichs et les gâteaux, je passai mon après-midi à installer la sono dans la véranda débarrassée des fauteuils et des plantes vertes... Combien de fois depuis ai-je imaginé que ma vie aurait dû s'arrêter la veille de ma majorité ? Comme j'étais naïve, ou puérile. On devient adulte quand on comprend que le temps n'a aucune indulgence, il ne s'arrête jamais.*

*Un peu avant l'arrivée de mes premiers invités, maman me demanda de la suivre dans son bureau, elle voulait me parler. J'avais toujours admiré chez elle cette énergie farouche à décider, avec parfois un côté abrupt qui lui avait valu tout au long de sa vie autant d'ennemis que d'amis.*

*Et pour être abrupte ce jour-là, elle le fut... Il lui fallut moins de cinq minutes pour m'apprendre que son mari n'était pas mon père biologique. Dans un premier temps, je restai sans voix, puis je finis par lui demander qui était ce géniteur inconnu. Je l'épiais en attente d'une réponse. Ses lèvres se mirent à trembler, j'eus l'impression qu'elle avait trop attendu pour m'en dire davantage, et j'étais trop abasourdie par la nouvelle pour exiger des explications, terrorisée à l'idée qu'elle pouvait s'effondrer devant moi. C'était la preuve que je ne la connaissais pas. Je finis par comprendre qu'elle ne me dirait rien de plus... On me déniait le droit de savoir qui était ce père, ce qu'il faisait, si je lui ressemblais.*

*Ma mère se leva, elle me prit dans ses bras en murmurant : « Ce n'est pas important, ma chérie, je t'ai toujours aimée pour deux... » Elle déchiquetait ma vie comme un félin lapide sa proie, et elle me disait que ce n'était pas grave, qu'elle m'aimait. Je savais que c'était vrai, mais il m'apparut d'emblée que ce n'était pas suffisant. Elle mit dans son baiser encore plus de tendresse que d'habitude. Et moi je l'ai haïe. Oui, c'est en cet instant que naquit mon sentiment de haine à son égard, et tout ce qu'elle dirait désormais n'y changerait rien. Lorsque nous descendîmes toutes les deux, le premier coup de sonnette retentissait. Mes amis arrivaient.*

*Tout au long de la soirée, j'essayai de ne pas penser à notre conversation et sa révélation ; je fis tout mon possible pour m'amuser comme si de rien n'était. Mais il y avait au fond de moi une petite voix qui susurrait que rien ne serait plus comme avant. Je la chassais, cette voix infâme, mais elle revenait plus insidieuse.*

*Et le soir, seule dans ma chambre, la portée des mots de ma mère se gravait en moi avec la précision du tailleur de pierre maniant le marteau et le burin, et je m'écroulai. Tant de choses se sont éclairées alors, sous la lumière fulgurante de la vérité. L'amour de ma mère d'abord, c'est vrai que je m'étais toujours sentie « sa préférée » et je crois même que j'en étais fière. Mais ce qui était devenu plus évident encore, c'était la haine de mon père. Je sais la violence du mot que j'emploie, je crois qu'il n'est pas trop fort. Il m'avait toujours détestée. Et je comprenais enfin pourquoi. Le soulagement l'emporta un instant, mais ma gorge s'est nouée et j'ai dû me concentrer pour continuer à respirer. Il me hait… Lorsque je me précipitais vers lui pour l'embrasser en rentrant de l'école, il serrait Stéphane dans ses bras et il répondait à mes baisers par son silence méprisant, ses yeux glacés.*

L'écriture était serrée, truffée de ratures, elle montrait la hâte d'écrire pour extérioriser l'émotion. En lisant, Juliette essayait de se rappeler ; toutefois elle n'avait jamais eu l'impression que son père détestait sa jeune sœur. Avait-il su à ce point dissimuler ses sentiments ou Fabienne avait-elle exagéré, meurtrie par l'aveu de sa mère ?

*Il ne perdait jamais une occasion de me blesser, de m'humilier… Venant de moi, rien ne le satisfaisait jamais. Je m'efforçais pourtant de faire toujours mieux. Au point d'avoir souvent le meilleur carnet de notes de ma classe, mais il y jetait à peine un coup d'œil et me le redonnait en me repoussant sans un mot.*

*Lorsque ma mère s'absentait pour une exposition viticole ou un congrès politique, il trouvait un prétexte pour me punir, me contraindre à l'immobilité ou m'envoyer dans ma chambre. Ainsi, il restait au salon avec son fils. C'était pire quand Juliette était absente… Combien d'heures ai-je passées assise sur une chaise, sans avoir le droit de me lever, pas même pour aller aux toilettes. Et les nombreuses occasions où il m'enfermait dans le placard sous l'escalier. Le noir me terrorisait, je tremblais, je pleurais, l'œil collé au trou de la serrure, guettant le moindre mouvement, le moindre rai de lumière à l'extérieur. Et ses insultes : « Idiote, tu es nulle. » Un verre brisé devenait un drame, la certitude, selon ses prédictions, d'un sombre avenir d'ores et déjà raté.*

*Il avait une telle rancœur à mon égard que souvent ses yeux le trahissaient. À présent, je ne comprends pas que personne ne s'en soit aperçu. Peut-être parce que je n'ai pas osé en parler. Comme les enfants violés, j'étais sûre que c'était ma faute s'il ne m'aimait pas autant que Juliette et surtout Stéphane. Parce que je n'étais pas digne de ce qu'il attendait de moi.*

*Au fur et à mesure que je grandissais, l'expression de sa haine évolua. Il ne m'interdisait plus de bouger, mais quand on se croisait dans les couloirs, je suis sûre, maintenant, qu'il faisait exprès de me heurter. Un jour il me bouscula au beau milieu de l'escalier. Je me raccrochai de justesse à la rampe. Pour la forme, il murmura « Pardon… » en s'empressant d'ajouter : « Tu es toujours là où il ne faut pas. »*

*Tout était là, dans ses yeux, dans la sinuosité de sa bouche, son mépris quand il disait « elle » en parlant de moi. Je sentais en permanence son regard sur moi, je savais qu'il épiait le moindre de mes gestes, prêt à saisir la plus infime occasion de m'humilier. Et comme il était heureux quand cela se produisait devant des tiers. Cette tension, cette crainte m'ont poursuivie toute mon enfance et mon adolescence.*

*Le lendemain matin qui suivit ma triste soirée d'anniversaire, je me suis réveillée à l'aube, brisée par une nuit peuplée de cauchemars. J'avais laissé ma fenêtre entrouverte à cause de l'insupportable moiteur de mon corps en transe et un oiseau gazouillait derrière les volets… Je l'écoutais en essayant de reconstituer heure après heure ce jour de mes dix-huit ans, jusqu'à la conversation avec ma mère. J'ai tenté d'oublier l'oiseau, je n'ai pas pu... « Fille de personne, semblait-il me dire, tu ne sais même pas qui tu es. »*

Juliette se servit une autre tasse de café qu'elle but d'un trait avant de poursuivre sa lecture. L'écriture avait changé, elle s'amenuisait comme si Fabienne avait éprouvé des difficultés pour trouver les mots.

*En me levant peu après, je me suis sentie plus calme. J'ai décidé de m'en aller. Tout au long de cette interminable nuit, j'avais évoqué tant de souvenirs, mais pas une seule pensée ne m'est venue quant à l'homme qui avait eu cette aventure avec ma mère. Au fond, je m'en fous, j'ai maintenant l'ultime conviction que tous les hommes sont des salauds.*

*Quand j'ai vu mes parents au petit déjeuner, j'ai annoncé ma volonté de partir. J'ai compris alors que personne d'autre n'était au courant. Devant ma décision, maman a protesté, puis elle a cédé. J'ai croisé son regard à lui, et il n'a pas pu cacher sa joie. Ainsi, il triomphait, ce pantin ! Je déteste les pantins. Pour la première fois de ma vie je haïssais quelqu'un. Et c'était mon père. Non, ce n'était pas mon père. Il faut que je m'habitue à cette idée... C'est seulement le mari de ma mère.*

Puis, échelonnées sur plusieurs paragraphes, elle racontait les semaines qui avaient suivi.

*Je suis allée me renseigner pour louer un appartement à Bordeaux, le plus proche possible de la faculté. Ce ne sera pas facile, mais peu importe, je m'en vais. Je crois que maman a compris, elle a décidé de m'aider...*

*Mes affaires sont prêtes, je n'emporterai pas grand-chose, ma garde-robe, mes livres, mes disques. Maman m'a donné du linge, de la vaisselle. Elle a acheté tous les meubles. Je l'ai laissée faire. Qu'espérait-elle ? Que je lui pardonne. C'est tout à fait son caractère de penser que tout ce qui a une valeur financière peut compenser le reste. Je me suis rendu compte à quel point je lui en voulais, je ne pourrai jamais lui pardonner. Elle aurait dû me dire la vérité plus tôt. J'ai tant souffert de l'indifférence de mon père face à mes tentatives désespérées pour qu'il accepte mon amour. Toutes ces larmes versées le soir dans ma chambre, blottie sous mon oreiller, où j'espérais mourir pour ne plus souffrir.*

*Ma mère a dit : « Surtout que Juliette ne sache rien. » Pourtant, comme je voudrais te raconter et pleurer dans tes bras, ma grande, toi qui portes le nom de l'amour. Toi, la protectrice, l'indulgente, comme tu m'aurais aidée... Comme lorsque j'étais petite, où aussi loin que remontent mes souvenirs tu étais là pour me soigner, me consoler. Toi, ma tendre, qui as toujours su aimer ton prochain plus que toi-même, sans retour, sans condition. Je mesure le vide de ton non-soutien.*

*Je partais, j'abandonnais la maison de mon enfance, je m'exilais. Je ne voulais pas pleurer, je regardais autour de moi pour me souvenir de tout : la vue sur les vignes depuis la fenêtre de ma chambre et le ciel si bleu, si pur. Pour la première fois j'étais consciente de la nature infinie... Je compris que le bleu est la couleur des profondeurs et que la profondeur du ciel est sans fin. Je devais partir, mais j'aurais tant voulu ne jamais vivre ailleurs, m'intéresser aux vignes, tout apprendre comme Juliette. Les parfums, le bruit, ne rien oublier. J'avais l'impression qu'on me cisaillait mes racines.*

Juliette s'arrêta de lire. Elle posa le cahier sur ses genoux et ferma les yeux. Le courage lui manquait. Autour d'elle, il n'y avait que le silence interrompu par le mouvement perpétuel du balancier de l'horloge ; elle se servit une autre tasse de café, la dernière, la cafetière était vide. Le sentiment de culpabilité qui l'avait rongée toute sa vie revint plus fort. Comment avait-elle pu vivre en parallèle de ce drame familial et n'avoir rien vu ? Rien deviné...

Mais en même temps, elle éprouvait un violent ressentiment à l'encontre de sa mère. Ainsi, elle avait voulu la tenir à l'écart. « Surtout que Juliette ne sache rien. » Et pour cause, le secret de la naissance de Fabienne pouvait briser à jamais la domination que Lise Leroux avait exercée sur sa fille aînée, et elle le savait.

Au bout d'un moment, elle reprit sa lecture. Fabienne expliquait sa vie à Bordeaux, ses succès à l'université, ses amis, et surtout ses conquêtes. Quelques heures à peine pour séduire, figer un instant de vie et reprendre sa liberté en silence, dès les premières lueurs de l'aube. Elle relatait avec cynisme les tentatives de certains pour la retenir, parce qu'ils imaginaient des semaines, des mois, des années peut-être. Elle se délectait de leur désarroi, de leur peine aussi, et peu à peu, elle apprit à jouer de son emprise, de son pouvoir.

Juliette se rappelait comme elle était belle. Déjà enfant, puis adulte, elle était d'une beauté farouche, féline. Aucun homme ne devait lui résister bien longtemps.

*Séduire, attirer le regard de l'autre, le détourner de son quotidien. Et très vite fixer les règles… une fois franchie l'étape de la séduction, tout était dit. Un instant suffit pour saisir l'essentiel ; s'attarder, c'est déjà se perdre.*

Elle parsemait les récits de ses conquêtes de diminutifs ironiques, caricaturaux. Caméléon, Corsaire, Renard. Juliette découvrit quelques chapitres concernant la maladie et le décès de leur mère. Quelques lignes brèves où apparaissait sa rancœur qui n'avait fait que croître.

*J'ai vu maman aujourd'hui, j'ai profité du moment où j'étais sûre qu'« il » travaillait. Elle perd ses cheveux, elle a l'air de plus en plus faible. Je suis restée un peu avec elle. Elle voulait me parler. Les mots lui venaient difficilement, mais elle a fini par me dire que mon père – le vrai – avait alimenté un compte bancaire en Espagne pour moi. Pour « sa fille », cette fille du scandale qu'il avait rejetée. Malgré mes questions, elle a refusé de me dire qui il était. C'est atroce, j'ai eu l'impression de la détester bien plus encore, j'aurais voulu lui cracher au visage, lui dire que je me foutais de ce fric, que j'aurais préféré le connaître lui, pas son compte en banque. J'ai repoussé sa main, je me sentais incapable de m'apitoyer sur elle, sur son mal. Je ne pouvais pas. Alors je suis partie. Juliette m'a demandé si je pourrais venir plus souvent pour l'aider à veiller maman. Je n'ai pas répondu. J'ai bien senti qu'elle m'en voulait. Elle n'a qu'à employer quelqu'un. Après tout, l'argent ne manque pas dans la famille. Je suis encore plus malheureuse parce que c'est la première fois que nous nous disputons, Juliette et moi.*

*Maman est décédée. Je suis allée la voir. Juliette et Tonia l'avaient installée dans la grande chambre des parents. Ses cheveux avaient repoussé, ils étaient courts et blancs. On l'avait habillée d'une robe bleu marine qui faisait ressortir son teint cireux. Toute la famille était autour d'elle, et « lui » m'observait. Chaque fois que je croisais son regard avec ses larmes de crocodile, j'avais envie de lui sauter à la gorge. Après la mise en bière, je suis partie, je voulais être seule pour pleurer. J'ai vu les reproches dans leurs yeux à tous, mais je m'en fous. J'ai quand même dit que je ne me sentais pas bien. C'était vrai, mais cela fait des années que je vis avec ça.*

*Funérailles de maman aujourd'hui. Je n'ai pas envie de me souvenir.*

Puis elle avait repris le cours de sa vie, elle avait réussi son doctorat en droit, et elle était rentrée comme pigiste dans le grand quotidien local. Elle avait toujours voulu être journaliste. Cela, au moins, elle l'avait réussi. Au fil de ses écrits, on devinait qu'elle utilisait ses talents professionnels pour se venger des hommes, s'acharnant sur certains dossiers où des hommes connus étaient impliqués. Elle se servait de son stylo comme d'un revolver ou d'une dague. Elle tournait toutes ses conquêtes en dérision, riaient des surnoms d'un soir qui fleurissaient au fil des pages. Excalibur, Centaure, Cow-boy… Quelques lignes plus loin, elle rencontrait Arnaud Debras-Monbourg.

*Ma rencontre avec Arnaud fut un simple concours de circonstances. Juliette était partie avec Isabelle pour un salon viticole à*

*Paris. L'association pour la sauvegarde des grottes des Aubiers organisait un week-end spéléologique avec des étudiants. Certains venaient de l'université Montesquieu et Juliette a pensé que ce serait bien si c'était une ancienne élève qui remettait les coupes et les médailles. J'ai accepté de bon cœur. Cette manifestation allait me permettre de revenir à Saint-Louis et, bien que je refuse de me l'avouer, je crevais tous les jours de m'en être bannie. Je savais que je ne rencontrerai pas le mari de ma mère, il ne s'intéressait pas à la spéléologie. J'avais souvent remarqué qu'il s'attachait à détester tout ce que maman aimait. Je ne pouvais pas me douter que le destin une fois encore me guettait.*

*Il faisait beau et chaud cet après-midi-là, j'étais bien au milieu de ces étudiants. Après tout, il n'y avait pas si longtemps j'étais encore des leurs. Et il est apparu. Il s'est présenté, moi aussi, et j'ai éprouvé un sentiment étrange. Nous sommes restés ensemble toute la journée, nous avons parlé de mille choses. Et le soir avant de nous séparer, il m'a invitée à dîner.*

*Ce fut un moment magique. Le soleil se couchait et la couleur du ciel fluctuait en nuances pourpre et or. Des ombres dansaient autour de nous comme une parade un soir de carnaval. Il n'y avait pas un seul nuage, la lumière devenait éblouissante et je devais cligner des yeux pour regarder Arnaud. À contre-jour, ses cheveux dorés étincelaient dans les reflets flamboyants du soleil. J'ai accepté son invitation…*

Dans les paragraphes suivants elle racontait son aventure avec le jeune homme, hors des normes qu'elle s'était fixées. D'abord une très longue amitié, émaillée de tendresse, d'attirance certes, mais que ni l'un ni l'autre n'avaient envie de précipiter. Elle relatait en quelques phrases sobres, presque pudiques, la première fois où ils avaient fait l'amour. Et puis, stupeur, un jour son père l'avait appelée. Il lui promit d'être bref mais il y avait quelque chose qu'elle devait savoir.

*Il m'a expliqué où il habitait. Je savais par Juliette qu'après la mort de maman, il avait déserté Les Alizés. J'imagine qu'elle lui avait laissé de quoi vivre à l'aise. J'ai trouvé sa nouvelle maison et je suis entrée sans prévoir que le destin allait frapper un grand coup. J'ai souvent regretté d'avoir répondu à son appel. Lorsque je le vis, je compris qu'il allait me faire très mal. Cet homme qui m'avait détestée toute sa vie détenait une arme redoutable, je le sentais. Nous nous regardions en silence et cela dura plusieurs minutes. Des minutes que je n'oublierai plus car elles furent les dernières avant que ma vie ne bascule. En effet, il fut bref…*

*« J'ai appris que tu sortais avec le fils Debras-Monbourg. Il faut que tu saches que c'est ton demi-frère… »*

*Il dut voir l'incrédulité sur mon visage. Il sortit de son secrétaire des documents, une sorte d'accord passé entre ma mère et lui, où elle avouait sa liaison, leur décision de ne pas divorcer. Sauver les apparences à tout prix, et reprendre la vie commune, sous certaines conditions financières très avantageuses pour lui. Ainsi ma mère l'avait payé pour qu'il m'accepte comme sa fille, ce qu'il n'avait jamais fait. Et il me donna un gros classeur contenant des documents bancaires. Ce fameux compte en Espagne où mon vrai père avait déposé de l'argent pour moi.*

*Je compris pourquoi il me détestait. Les clauses du pacte signé avec ma mère étaient trop lourdes à endurer, elles avaient laissé la place à la honte d'avoir échangé son honneur contre les biens matériels et le confort.*

*En me repoussant, en déversant sur moi des flots d'injures, de mesquineries, de gifles que je ne méritais pas, non seulement il n'avait jamais éprouvé de remords, mais il avait eu le plaisir sadique de faire payer à sa femme, sans qu'elle ne le sût jamais, le prix de sa propre lâcheté.*

*Je me suis avancée vers lui : « Ce n'était pas ma faute, ai-je dit, et j'ai presque supplié… Je ne savais pas, je t'aimais moi, et tout ce que je demandais c'était que tu m'aimes aussi. »*

*Il recula et, au regard qu'il posa sur moi, je compris que c'était bien là, la pierre d'achoppement de toute sa vie… M'aimer. Il n'avait jamais pu. « Si tu savais le temps que j'ai passé à épier ta mère au fur et à mesure que son ventre enflait, j'imaginais une chute, un accident… J'anticipais une grossesse avortée pour que cet enfant n'arrive jamais, qu'il ne trouve pas sa place dans la famille. Mais tu es venue. Après ta naissance, en voyant ta mère te contempler d'un visage tantôt ému, tantôt ébloui, j'évaluais l'amour qu'elle avait offert, qu'elle avait reçu d'un autre, et qui vivait toujours en elle. Et elle n'a pas simplifié les choses entre nous. Après sa séparation d'avec son amant, elle a marqué toute sa vie de symboles, sans doute les souvenirs qui vous rattachaient elle et toi à l'autre, le père. Comme acheter la propriété du Médoc pour tes dix ans. Pour chacun de tes anniversaires, le 15 juin, elle t'emmenait ailleurs à l'occasion d'un dîner, d'une soirée. Chaque 8 avril, 2 août et 15 octobre de chaque année j'ai vu ta mère installer une gerbe de fleurs dans le salon. Je n'ai jamais su ce qu'elle fêtait... »*

*À cet instant il s'est tu, ses lèvres tremblaient, sa mâchoire s'affaissa.*

*« Va-t'en ! »*

*Alors j'ai pris les papiers, je suis partie en courant sans me retourner. J'ai conduit comme un automate jusqu'à Bordeaux. Pourquoi ma voiture ne s'est-elle pas écrasée sous un camion ? J'aurais mille fois préféré la mort à ce nouveau coup, à la douleur qui me lacérait tout entière. J'ai roulé jusqu'à mon domicile, où je me sentais attirée comme un papillon par la lumière. En entrant dans ma chambre, je me suis mise à hurler. Mes cris ont résonné pendant des heures, jusqu'au moment où tout s'est troublé. Je me suis effondrée, inconsciente, au pied de mon lit.*

*Le jour se levait lorsque j'ai repris connaissance. J'ai attendu encore et je me suis préparé une tasse de thé que j'ai vomie aussitôt. L'estomac noué, en respirant avec peine, j'ai marché pendant des heures, de long en large dans mon appartement. L'horreur s'instillait en moi, gagnait chaque fibre de mon corps et me broyait sans pitié. J'avais fait l'amour avec mon frère...*

*Je n'étais que rage et dégoût, de véritables coups de scalpel me transperçaient au rythme de ma respiration. Maintes fois j'ai pris mon téléphone, je crevais d'envie d'appeler Juliette, mais j'avais promis à notre mère. Juliette, si tu pouvais venir, comme ça par hasard. J'imagine entendre la sonnette, j'ouvre et tu es là sur le palier... Sœurette, ne m'abandonne pas ! Pourquoi ne puis-je te parler au lieu de me confier à ce cahier comme la petite fille que je n'ai jamais été ?*

*Au bout de je ne sais combien de temps, je me suis installée devant mon bureau. J'étais bouleversée mais lucide. J'ai écrit à Arnaud que tout était fini.*

Une nouvelle fois, Juliette fit une pause. Elle entendit le bruit de la voiture d'Isabelle sous sa fenêtre, puis la porte d'entrée. Elle éteignit la lumière du bureau. Elle ne voulait pas que sa fille voie son émotion, qu'elle soit contrainte de lui expliquer. Elle entendit ses pas longer le couloir puis la porte de sa chambre se refermer.

Alors, la nuque raide, les yeux brûlants, elle marcha jusqu'à la fenêtre qu'elle entrouvrit, elle s'assit sur la murette du balcon et laissa le temps à l'insupportable de s'infiltrer dans sa conscience. La lueur pâle de la lune perçait les nuages, éclairait la cime des arbres, ses reflets couleur d'étain virevoltaient sur l'étendue de vignes qui s'écoulait au fond du vallon.

La fraîcheur envahissait le bureau, Juliette referma la fenêtre et poursuivit sa lecture. Le récit de Fabienne devenait peu à peu insoutenable.

*Pendant les semaines qui ont suivi l'envoi de ma lettre de rupture, Arnaud m'a harcelée d'appels téléphoniques... Et il a commencé à m'attendre à la sortie du journal, devant mon appartement. Il criait, il suppliait, il voulait comprendre... et je ne pouvais pas lui expliquer. Je savais que son père était malade, et qu'il veillait sur lui. Je ne pouvais pas détruire cela. Il a fini par me traiter de garce, d'allumeuse. J'ai accepté ses insultes. Au vu de la vie que j'avais menée avant de le connaître, qu'aurait-il pu me dire d'autre ?*

*À quoi bon me justifier en lui disant que mes sentiments pour lui étaient différents, que je l'aimais. Ma décision de rompre n'en deviendrait que plus ambiguë.*

Elle parlait ensuite des dossiers qu'elle avait réussis au journal. Elle avait pris des risques quelquefois, mais cela lui avait valu les félicitations de Jean-Marie Moreau, son rédacteur en chef, et les éloges de ses confrères.

Et elle revenait à Arnaud qui ne cessait de la harceler.

*Je haïssais nos deux familles, nos parents... Il me venait du fond des tripes une irrépressible envie de détruire, de faire du mal autour de moi. Pourquoi serais-je la seule à souffrir, à porter le poids de la vérité ? J'ai décidé de me venger par le biais de mon travail. Reparler de l'affaire des vins de Bordeaux. Un ami vigneron m'a raconté d'autres malversations qui ont eu lieu en 1991 après les gelées. Il suffisait de rouvrir le dossier, citer la famille d'Arnaud...*

*Et un soir j'ai craqué. J'ai pensé que je devais voir Arnaud, lui parler, tant pis pour les conséquences. Je savais où habitaient les Debras-Monbourg. Mouliens est une petite bourgade, et j'avais déjà vu leur château. J'ai garé ma voiture dans une rue plus loin et j'ai marché dans la nuit, contournant la bâtisse par le chemin qui menait au chai. Aux abords de la maison, j'ai retenu mon souffle, il régnait une odeur d'herbe fraîchement tondue et des moustiques tourbillonnaient autour de ma tête.*

*J'avançais sans bruit ; de la lumière brillait aux fenêtres du rez-de-chaussée et la voiture d'Arnaud était arrêtée dans l'allée. Au loin un chien a aboyé... Quand il s'est tu, j'ai jeté un coup d'œil à l'intérieur. Tout était calme.*

*Le salon était magnifique, des boiseries anciennes, des tapisseries murales, des canapés et fauteuils de cuir dessinaient un cercle autour d'une table de marbre, supportée par deux odalisques. Dans un coin, il y avait un piano à queue surmonté d'un bouquet de fleurs et de cadres dorés.*

*Un vieil homme tremblant, tout en rides et en cheveux blancs, disparaissait dans l'un des fauteuils. Il était d'une maigreur mortelle, engoncé dans des vêtements sombres, il dodelinait de la tête, les yeux clos. Je compris que c'était mon père.*

*Arnaud apparut avec un plateau garni de tasses et de verres. Malgré l'heure tardive, il portait un costume trois-pièces, des chaussures de ville. Il sortit des comprimés d'une boîte, et aida son père à les prendre un par un, avec quelques gorgées d'eau. Puis il porta une tasse aux lèvres du vieil homme et la tint inclinée jusqu'à ce qu'il ait bu.*

*De ma place, je voyais leurs lèvres remuer. Ils se parlaient. Lorsque son père eut terminé de boire, Arnaud reposa le plateau sur une desserte. Il s'appuya sur le clavier du piano et il observa son père en silence, l'air absent, comme s'il se trouvait là sous la contrainte, puis il a jeté un coup d'œil à sa montre. Je l'ai vu sortir son téléphone portable de sa poche et composer un numéro. Quelques secondes plus tard le mien vibrait dans mon sac, et mon cœur a bondi dans ma poitrine. Je me suis enfuie…*

*Mes désirs de vengeance se sont arrêtés là. Au fond l'idée de faire souffrir Arnaud me répugnait. Il me venait des pensées folles… Si je n'avais pas accepté d'aller remettre ces coupes à l'association spéléologique de Saint-Louis, je ne l'aurais jamais rencontré. Si, si… On ne peut pas rééditer le passé, ni effacer ce qui a été… Nous ne pouvions qu'assumer le gâchis de ce que nos parents avaient fait de leur misérable vie.*

*Mais Arnaud survivrait, ses blessures se cicatriseraient et je serai la seule à mourir à petit feu, comme une suppliciée. Il me restait les autres hommes pour assouvir ma haine. Quelque part, en moi, se forma un langage nouveau où le mot « amour » disparut. Jamais je ne me marierai. À quoi bon fonder une famille ? Que puis-je attendre d'heureux dans ma vie, puisque je portais le fardeau d'une malédiction depuis le ventre de ma mère…*

Au fil des mois, les écrits du cahier couraient, relatant ses succès professionnels. Elle s'était fait un nom dans le journalisme d'investigation. Elle ne se souciait pas des pressions, parfois des menaces, elle menait ses enquêtes avec ténacité, ne lâchant jamais prise.

*Heureusement il y a mon travail. Ce n'est pas seulement un métier. Mon travail est ce que je suis ; sans l'envolée des mots, des verbes, je ne serais qu'une coquille vide.*

Au gré des pages, Juliette voyait la vie de sa sœur se dérouler en une succession de tableaux, comme une interminable errance. Pourtant, elle était consciente de glisser dans une direction qu'elle ne souhaitait pas, comme une mauvaise pente.

*Moi qui ai tant rêvé de tendresse, je déteste la femme que je suis devenue. Et personne ne se rend compte de la souffrance qui me ronge...*

Et puis il y avait une suite de conquêtes, Diable rouge, Faucon, ceux qui partageaient ses nuits pendant quelques heures et qu'elle oubliait aussitôt, morts avant d'avoir vécu. Comme des corps sans âme dans une galerie de fantômes. Soudain Juliette suspendit sa lecture. Les paragraphes suivants étaient liés à son aventure avec Gérard. Ce n'était pas difficile de deviner que Bélier, c'était lui. Elle fixa les mots qui peu à peu se brouillèrent.

Fabienne racontait qu'ils avaient fait l'amour dans sa voiture, dans la campagne, sur la plage après un bain de minuit, sans vraiment entrer dans les détails de leurs rapports. Comme si elle avait pressenti qu'un jour sa sœur tiendrait ce cahier dans ses mains tremblantes. Elle insistait surtout sur leurs rendez-vous à l'improviste, leur dérision pour dépeindre le monde qui les entourait et ces fous rires qui revenaient toujours entre eux « à en perdre le souffle ».

Juliette se demandait si elle avait une seule fois fait l'amour avec son mari en dehors du lit conjugal ? Elle avait beau réfléchir... quant aux fous rires... Bien qu'elle ne s'en souvienne pas, ils avaient ri sans doute, mais jamais ils n'avaient connu de ces rires incoercibles, à en arrêter de respirer.

Elle essuya les larmes au bord de ses paupières. « Mon Dieu ! petite sœur, je ne peux pas t'en vouloir, je n'en ai pas le droit. Et pourtant si tu savais comme tu me fais mal... »

Elle reprit sa lecture qu'elle précipita malgré elle. Fabienne parlait beaucoup de son travail. Aucun thème ne la rebutait, elle menait chaque dossier à son terme. Et elle en tirait chaque fois un plaisir jubilatoire, car il était clair qu'elle n'éprouvait ni clémence ni pitié pour les coupables, quelles que soient leurs fautes. Puis suivaient encore des commentaires sur ses aventures, d'autres hommes qui s'évanouissaient entre les lignes de ses écrits...

Juliette s'arrêta un moment sur l'un d'entre eux qu'elle avait surnommé l'Ermite. Elle le dépeignait d'une façon telle qu'elle aurait pu jurer le connaître. Leur aventure avait duré un peu plus longtemps, plusieurs semaines. Sans doute avait-il cherché à obtenir davantage, et elle avait fui. Fabienne racontait aussi les brèves occasions où elle avait été contrainte de rencontrer son père.

*Enfin,* précisait-elle, *l'homme qui a vécu aux côtés de ma mère. Maintenant je comprends que je n'avais jamais été la bienvenue dans son monde. Combien de fois l'avais-je entendu dire à la moindre bévue : « Dieu merci, elle ne tient pas ça de moi ! » J'ai toujours été la cible de sa haine, incisive, constante, si forte qu'aujourd'hui j'en souffre encore... Mais aujourd'hui au moins, je sais pourquoi.*

Soudain l'écriture devint différente. Une écriture déliée, cursive comme si elle avait peur de ne pas pouvoir suivre le rythme de son cœur. Une écriture de femme amoureuse. Elle venait de rencontrer Geoffrey Morris. À côté de son nom, elle avait dessiné une petite fleur des champs.

Elle racontait sa première nuit avec lui, la déclaration qu'il lui avait faite en la caressant, la paix qu'elle avait enfin ressentie dans ses bras. L'expression de son visage au-dessus d'elle, de compassion et de tendresse mêlées lorsque au petit matin, prise d'une envie folle de vérité, elle lui avait tout raconté de sa vie. Avec loyauté, sans rien omettre. À partir de là, tous ses écrits fleurissaient de mots d'amour, elle parlait de félicité, de bonheur enfin.

*Ce regard qui m'enveloppe dès que j'ouvre les yeux, comme un halo de tendresse auquel je m'habitue jour après jour... Je m'étais imposé de vivre sans chaîne. Mais la présence de Geoffrey n'a rien d'une chaîne, à peine un fil de soie pure qui retient, s'enroule en caressant. Il m'apprivoise...*

Pourtant Juliette nota qu'à deux ou trois reprises, elle faisait part de sa lassitude face aux appels de l'Ermite...

*Comment puis-je lui faire comprendre une bonne fois que tout est fini...*

*[...] C'est épuisant qu'il m'appelle ainsi à n'importe quelle heure. Et il connaît le numéro de mon téléphone professionnel...*

*[...] Comment lui échapper ? C'est insupportable, mais je crois qu'au fond il me fait de la peine...*

*[...] Cette fois, j'en ai marre !*

En septembre 1999, Geoffrey l'avait demandée en mariage.

*Me voilà comme une midinette à avoir envie de crier partout que c'est le plus beau jour de ma vie, à rêver de robe blanche, de messe, de serment... Oui, mille fois oui !*

Il était parti quelques jours au Canada pour voir sa mère et ils avaient décidé de fixer la date de la cérémonie dès son retour.

*Je compte les jours et les heures jusqu'à ton retour... Tu me manques tellement, mon amour. Tu m'as tout révélé, tout offert, je veux te garder, te respirer, me blottir contre toi, tu sais dans cette position où je peux te caresser de la nuque à la hanche en un seul geste... Je t'attends, mon amour, pour que tu me parles de la maison que nous achèterons, et je te décrirai nos enfants qui jouent déjà dans le jardin, au milieu des fleurs que nous aurons semées ensemble. Oh ! oui mon amour, je veux vivre avec toi, et que rien ne nous sépare, jamais ! Ma vie commence maintenant et grâce à toi, je sais que tout est possible…*

Dès le retour de Geoffrey ils avaient fixé la date de leur mariage au 15 avril de l'année suivante. Ils avaient pourtant décidé de n'en parler à personne. Pour la première fois, Fabienne évoquait les soucis de Geoffrey à l'agence, le dossier qu'il préparait pour elle.

*Il a tous les éléments, toutes les preuves sur cette affaire de fausses factures, de pots-de-vin, il est sûr que je vais faire un dossier remarquable ! Il pense qu'il va perdre son job, mais ça ne l'inquiète pas outre mesure, il a déjà d'autres perspectives beaucoup plus intéressantes. J'ai pris connaissance de ces documents, c'est impressionnant. Geoffrey a encore besoin de deux ou trois jours, mais lorsqu'il sera prêt, il faudra que j'en parle à Juliette. Marot est son premier adjoint à la mairie. En attendant, je vais prendre conseil auprès de Gérard qui connaît bien les pratiques immobilières…*

*[…] J'ai dîné avec mon ex-beau-frère, mais je n'ai rien dit, Geoffrey refuse que nous en parlions à qui que ce soit jusqu'au moment où il aura rassemblé toutes les preuves.*

*[…] Je me suis encore disputée avec l'« Ermite ». Je lui ai dit que j'allais me marier et je crois que cette fois il a compris.*

*[…] Demain, je dois retrouver Geoffrey au restaurant des Quinconces. J'ai décidé de lui donner mon journal, je souhaite qu'il le lise, tant pis s'il n'a plus jamais le même regard sur ma famille et ce monde intransigeant d'intérêt et de silence dans lequel j'ai vécu mes soi-disant plus belles années.*

*Lorsqu'il me rendra mon journal, je le détruirai. Et je commencerai une nouvelle vie, où je sais que rien de douloureux ne pourra plus m'atteindre, parce que l'amour occupera chaque minute de chaque jour de ma vie. L'amour…*

Juliette tourna les pages suivantes, elles étaient blanches. Le récit de Fabienne se terminait sur cette ultime promesse de bonheur…

Geoffrey avait pris le cahier. Avait-il eu le temps de le lire ? Il avait dû commencer à l'attendre, à l'appeler, à la chercher.

Elle reposa le cahier sur la table basse près de la cafetière vide, le cendrier plein et les mouchoirs en papier bouchonnés. À nouveau, elle ouvrit la fenêtre. La lune avait disparu derrière les nuages, l'aube pointait à l'horizon et les murs de la citadelle se détachaient dans le gris bleuté du ciel.

Tout à l'heure elle prendrait une douche, descendrait préparer le petit déjeuner et se laisserait guider par la routine. Travailler… régler les difficultés, le quotidien, et tenter d'oublier la boue de sa mémoire où se débattaient les remords refoulés, les désirs inassouvis, musique, amour, enfants.

Elle s'était crue seule à souffrir. Pourtant Fabienne, comme elle, avait été victime de leurs parents, de leur égoïsme, de leurs calculs. Mais Fabienne s'était révoltée, elle avait fui. Tandis qu'elle, prisonnière des souffrances de son corps mutilé, des tortures de son cœur broyé, à jamais elle était restée.

Elle revint vers la table, vers le cahier comme si rien ne pourrait plus l'arracher à ces pages. Elle les feuilleta encore, puis elle prit un crayon et sur la page de garde elle écrivit :

*Pardon, petite sœur. Pardon de n'avoir pas compris tes courants aussi violents que contradictoires, ton énergie farouche, ton exubérance, tes colères…*

Et plus fort que tout, récurrent, ce besoin viscéral d'être aimée, en conflit perpétuel avec son désir de vengeance…

*Avais-tu écrit ce journal en espérant qu'un jour je découvrirais tes appels au secours, tes cris de désespoir ? Oui, je crois que du plus profond de toi, tu voulais que je sache. Je l'ai lu, ma puce, mais trop tard, beaucoup trop tard. Je mesure mon aveuglement, ton calvaire, et le poids terrifiant de notre totale indifférence. Et toi qui avais tant espéré que je viendrais à ton secours. Pardon…*

## 24

Les heures s'égrenèrent, et Juliette les compta l'une après l'autre, et le jour se leva. Elle ne parvenait pas à chasser de ses pensées le récit de Fabienne. Les mots cognaient dans sa tête, avec une sensation d'obscure douleur dans le ventre. Depuis la fenêtre du bureau, elle regardait les reflets roses du soleil levant, le vent bruissant dans les saules et les marronniers, et la brume s'élevait au-dessus des vignes, se heurtant doucement aux murs de la citadelle. La nature reprenait un rythme normal, avec une modification subtile des saisons qui s'opérait malgré les séquelles de l'ouragan.

Juliette luttait contre le désir de se précipiter chez son père, et lui jeter le cahier de Fabienne à la tête. « Comment as-tu pu faire cela, ce n'était qu'une enfant, elle voulait seulement que tu l'aimes... »

C'était là l'homme qui avait marqué toute son adolescence, en l'initiant à la poésie. De la *Chanson de Roland* aux poètes maudits, il lui avait expliqué leur art comme le reflet d'une époque. « Les poètes, disait-il, sont toujours les interprètes d'une civilisation qui ne savait pas ou ne pouvait pas s'exprimer. »

Elle se souvenait de ces soirées « réservées » aux amis de son père, auxquelles sa mère ne participait jamais. Ils s'asseyaient en cercle devant la cheminée l'hiver, ou sous le cèdre du Liban à la belle saison, et des heures entières, ils récitaient des poèmes, fustigeaient ou encensaient leur auteur, et les discussions s'enflammaient au fil des contradictions, des rhétoriques.

Son père avait une prédilection pour les sept poètes de la Pléiade ; grâce à lui, elle sut écouter la musique des vers, et elle fit de Ronsard son poète préféré. *Quand vous serez bien vieille, au soir à la chandelle...*

Qu'elle aimait cette ode à Hélène ! Elle s'aperçut qu'elle n'en avait pas oublié une strophe, et elle éprouvait la même émotion, l'impression que le temps s'était arrêté sur la magie des mots qui volaient au-dessus des branches du cèdre, comme une vibration, avant de se perdre dans l'infini du ciel.

L'univers de sa mère se résumait à la vigne, au commerce du vin. Avec ses relations, elle ne parlait que production, chiffre d'affaires, rentabilité, au cours de « réunions de marchands de vin », comme disait son père en plaisantant. Mais plaisantait-il ? Il lui avait apporté toute la richesse de son érudition, et avec cette faculté de naviguer bien au-delà des contingences matérielles, il avait compensé le mercantilisme du quotidien maternel.

*Regrettant mon amour et votre fier dédain,*
*Vivez si m'en croyez, n'attendez à demain,*
*Cueillez dès aujourd'hui les roses de la vie.*

Cueillir le jour, saisir l'instant. Lorsqu'elle avait envisagé de rebaptiser la cuvée majeure de sa gamme de vins, elle avait tout de suite pensé à *Carpe Diem*, elle savait bien que l'influence paternelle, sa culture poétique qui l'habitait toujours avaient dicté son choix, et elle s'était surprise à utiliser les mêmes mots un peu précieux pour convaincre Isabelle. Au fond d'elle-même elle était fière de son idée, fière d'avoir enfin réuni les lettres de son père et la passion plus prosaïque de sa mère.

Juliette reprit le cahier entre ses mains, elle le feuilleta de nouveau, et elle se mit à sangloter...

Ce matin-là, elle s'efforça d'accomplir les gestes de chaque jour, aérer la maison, embrasser sa fille et Tonia, décider des menus du jour... Elle réussit à atténuer les effets de sa nuit blanche à grand renfort de café serré mais elle luttait toujours contre l'envie de courir chez son père. Était-ce vraiment le moment ? Elle savait qu'il était préférable de ne pas réagir sous la pression d'une émotion trop violente. Consciente de ses faiblesses, elle avait toujours évité les confrontations, les combats singuliers, dont elle savait bien qu'elle sortirait perdante.

Un peu plus tard, elle se rendit au chai pour organiser le travail quotidien avec Jean Soriac et Isabelle. En entrant dans le bureau, elle salua Sylvie, et comme elle se servait une tasse de café, ses pensées revinrent au petit cahier noir, enfermé à double tour dans son bureau. Elle comprit soudain que, quelles que soient les conséquences, rien ne l'empêcherait de voir son père ce matin même.

François Leroux accueillit sa fille aînée avec surprise. Elle décela de l'animosité sur son visage, et de la contrariété aussi. Il la fit entrer à regret, lui proposa du café qu'elle refusa.

— Si tu es venue pour la succession, je crois que nos avocats…

— Pas du tout, le coupa-t-elle, es-tu seul ?

— À mon âge, on est souvent seul.

— Tu récoltes peut-être ce que tu as semé…

Lorsqu'il la vit sortir de son sac le carnet noir à la licorne, il comprit qu'elle n'était pas venue pour parler finances. Soudain mal à l'aise, il se hâta de détourner les yeux et se servit un café.

— Toi qui as passé ta vie à analyser les dissertations de tes élèves, je te recommande celle-ci.

Au regard qu'il lui lança, elle sut qu'elle avait touché une corde sensible en se référant à sa carrière professorale. Comme il ne bougeait pas, elle posa le carnet sur la table basse, entre un plateau et une pile de livres. Puis elle observa son père et le vit se replier sur lui-même. Ainsi voûté, il lui parut vieux… et elle comprit qu'il lui était devenu étranger. Il avait trahi son idéal… Pendant qu'il impressionnait son cercle de relations par son humanisme, il s'abaissait à la torture mentale d'une petite fille...

— Papa, comment as-tu pu faire cela ? Ce n'était qu'une enfant, elle ne savait pas, elle voulait seulement que tu l'aimes. Elle a passé son enfance, son adolescence à essayer de comprendre, à quémander un peu d'intérêt de ta part, autre que délétère... Et tu es resté insensible à ses tentatives désespérées pour gagner ton amour.

— Je ne pouvais pas l'aimer, c'était l'enfant d'un autre, une bâtarde...

Juliette avait photocopié les pages du cahier où le récit de Fabienne était poignant. Elle les retira du carnet, les posa sur la table, et affronta le regard de son père. Il lui apparaissait tel qu'il était, un vieil égoïste, fantôme du personnage qu'il avait interprété sa vie entière, un individu ignoble qui avait dévasté sans aucune pitié la vie d'une enfant innocente.

— C'était une enfant merveilleuse, exceptionnelle à de nombreux égards, non seulement parce qu'elle avait donné tort à tes prédictions en devenant prodigieusement intelligente, mais parce qu'elle aurait réussi sa vie, si elle en avait eu le temps. Je crois que tu aurais pu être fier d'être son père. Comme toi, elle avait la passion de l'écriture... elle était réceptive au chant des mots. Elle n'était pas ta fille, mais de nous trois, c'était elle qui te ressemblait le plus. Elle était prête à tout accueillir venant de toi, ton esprit, ton savoir, la seule richesse de ta culture. Quel merveilleux héritage à transmettre à un enfant...

François Leroux prit les feuilles, il les retourna dans ses mains, fit un effort pour en ouvrir une, lire quelques mots. Il se souvenait de l'ultime conversation qu'il avait eue avec Fabienne. Il avait alors extériorisé sa rancœur, comme s'il avait vomi d'un coup le poids de toutes ces années où il avait supporté cette enfant qui à ses yeux était trop différente de ce qu'elle aurait pu être : sa fille. Bien sûr, Stéphane était venu, et il s'était senti non pas heureux – il ne le fut plus jamais – mais apaisé. Lise avait rempli son dernier contrat vis-à-vis de lui, elle lui avait donné un fils. Puis ils avaient fait chambre à part, elle ne lui avait plus permis de s'approcher d'elle, et il avait accepté cet état de fait, sans avoir le courage d'affronter cette femme autoritaire, inflexible, qu'il avait redoutée sans jamais en admettre l'idée.

Il reposa les feuillets sur la table, c'était trop difficile. Tout cela était loin maintenant… Il s'obligea à croiser le regard de son aînée.

— J'avais tellement confiance en toi, papa, moi qui croyais que nous étions proches tous les deux, la littérature, la musique. Même si j'ai pris la suite de maman à la propriété, j'ai toujours souhaité te ressembler. Je ne comprends pas comment tu as pu t'en prendre à cette petite fille. Elle était le fruit, pas la cause de l'affront que tu avais subi. Si tu ne supportais pas cette situation, tu pouvais t'en aller. Pourquoi n'as-tu pas quitté maman ?

— Je n'ai pas eu le courage d'affronter un divorce, une autre vie…

— Tu veux dire un autre train de vie ? C'était plus confortable ainsi… tu te donnais le beau rôle en pardonnant officiellement à ta femme, mais surtout tu conservais tous tes petits avantages financiers. Maman m'avait dit que tu gardais ton salaire de professeur pour toi, ton argent de poche en quelque sorte. Ta femme t'a acheté le droit de te cocufier.

— Tu devrais pourtant savoir ce que c'est qu'être cocue, ma fille !

— C'est vrai, merci de me le rappeler, mais moi, j'ai divorcé, et personne ne m'a jamais achetée.

— Quand on a les moyens financiers de son indépendance, c'est facile.

Il y eut un silence pendant un long et terrible moment. Le fossé se creusait entre eux, et ils étaient l'un et l'autre assez intelligents pour comprendre qu'il ne se comblerait jamais.

— Je crois que nous choisissons nos tortures, dit-il

d'une voix basse, j'avais trop présumé de mes forces pour supporter les miennes.

Elle ne répondit pas. Elle aurait voulu comprendre, mais des paragraphes entiers du journal de Fabienne percutaient son esprit avec le bruit infernal du marteau sur l'enclume. Il ne pouvait plus l'apitoyer, elle était devenue hermétique.

Soudain, repoussant les larmes qu'elle sentait affluer, elle éclata de rire.

— Sans l'avoir voulu, elle s'est bien vengée !

Devant l'étonnement de son père, elle expliqua la visite du notaire et le testament de Fabienne.

— L'idée de détruire l'héritage de maman a dû t'exciter, n'est-ce pas ? Tu devais jubiler en imaginant les domaines vendus, les propriétés disloquées, liquidées. Grâce au testament de Fabienne, rien de tout cela n'arrivera.

François Leroux était devenu livide. Il se rua sur les photocopies du carnet, les froissa, les déchira. Il répétait : « Ce n'est pas vrai, ce n'est pas vrai… », et c'était tout ce qu'il trouvait à dire.

— Si, papa, c'est vrai. Les Alizés resteront ce que maman en a fait, le plus beau vignoble de l'appellation Blayais-Bourgeais. Et ce sera là ton châtiment.

— Va-t'en, sors d'ici !

— Mais oui, je pars, sois tranquille. À propos, il te reste une satisfaction, Stéphane pourra garder Saint-Benoît. Vous êtes bien faits pour vous entendre tous les deux…

— Lui au moins est mon fils.

— En es-tu sûr ? Connaissant maman, à ta place, je demanderais une analyse ADN.

Elle le vit brusquement dressé devant elle et sentit la gifle la cueillir en plein visage. Elle chancela. En un éclair, elle se dit qu'à cinquante ans, elle avait passé l'âge de recevoir des gifles. D'un geste violent, elle rendit le coup. Ils s'empoignèrent, Juliette s'agrippait à sa chemise, elle lui pinçait le bras, la poitrine à travers le tissu ; il lui tirait les cheveux en essayant de se dégager. Dans ce corps-à-corps parricide, elle hurlait :

— Je voudrais comptabiliser tous les coups que tu as donnés à Fabienne, et te les rendre un par un !

Elle ne se rendait pas compte que c'était ce qu'elle faisait, elle le frappait... Il trébucha et s'écroula dans un fauteuil ; alors seulement elle s'immobilisa au milieu du salon, tremblante, les bras ballants.

— Quitte cette maison et n'y reviens jamais ! cria-t-il. Je te renie !

— Tant mieux ! Si tu savais comme j'ai honte d'être ta fille.

Elle se précipita vers la bibliothèque et, arrachant les livres des rayons, elle les déchira, les jeta à travers la pièce ; des vases, des cadres se brisèrent.

François Leroux essayait de l'arrêter en lui cramponnant les bras.

— Espèce de garce, sous tes airs de sainte-nitouche, tu es pire que ta mère !

Juliette s'arrêta enfin ; avec ce que son père devait subir comme un sacrilège, la destruction de ses livres, il lui semblait que tout était accompli. Elle prit son sac, sortit, mais revint aussitôt sur ses pas, et elle vit son père lever les bras devant son visage pour se protéger. Elle avait seulement oublié le carnet noir à la licorne dorée.

Le lendemain, Juliette partit pour Arcachon, seule. À peine expliqua-t-elle à sa fille, à Tonia qu'elle avait besoin de s'isoler après une violente dispute avec son père ; elle éluda les questions, jeta quelques effets dans un sac et prit sa voiture.

Le premier jour, elle resta enfermée dans la maison aux contrevents fermés, elle but du café, se nourrit de yaourts et de biscuits secs. Elle regarda des documentaires et des vieux films à la télévision, ouvrit un livre qu'elle ne lut pas. Le jour suivant, elle sortit sur la jetée. La plage était déserte, un fort vent exhalait les brumes de l'océan, elle remonta le col de son blouson, noua son écharpe autour de son cou et longea les rues à la recherche d'une boulangerie. Les maisons aux volets clos, les boutiques aux rideaux baissés se succédaient... Arcachon, ville fantôme dès que septembre plongeait le thermomètre en dessous de vingt degrés.

Ses seules attaches avec le monde résidaient dans ses conversations avec Isabelle. Isabelle, qui avait pris pour quelques jours la direction des Alizés. Juliette était partie alors que s'achevaient les vendanges. La machine à vendanger récoltait les parcelles que la tempête n'avait pas endommagées, les jeunes vignes, moins fragiles. Les vieilles vignes, celles qui formaient la substance des meilleures cuvées, seraient récoltées à la main dans quelques jours. Lise Leroux disait toujours : « Il ne faut pas tenter le diable, si le raisin est mûr, cueillons-le. » Pourtant avec Jean Soriac, millésime après millésime, Juliette avait appris à tenter le diable en repoussant la date de la récolte à l'extrême. Ensemble, ils surveillaient chaque jour la maturité des grains dont la peau s'affinait au point d'en devenir transparente. Jusqu'à ce que, fascinée, elle murmure « merveilleux ». Et Jean reprenait alors en écho : « Parfait, allons-y... »

Juliette s'était souvent demandé si elle saurait transmettre cet héritage à sa fille. Alors que sa propre mère lui répétait : « Il faut s'intéresser à la vigne, la préserver des maladies, la nourrir, traiter le sol, le vin c'est une science... »

Elle avait tenu un autre langage à Isabelle. Elle s'entendait encore lui dire au cours de promenades initiatiques : « Il faut aimer la vigne, ma chérie, selon les saisons, elle respire, elle pleure, on peut même l'entendre chanter parfois, le vin c'est un art. »

En cet instant, elle était sûre d'avoir choisi la meilleure voie. Elle revoyait l'immense fierté qui avait illuminé le visage d'Isabelle, l'avant-veille, quand sa mère lui avait laissé la direction des Alizés pour quelques jours. Elle avait dans ses yeux cet éclair de bonheur que confèrent la confiance d'autrui et l'assurance en soi.

Juste avant son départ, Juliette avait donné le feu vert à Jean Soriac pour engager un employé permanent ; les papiers étaient signés chez le notaire. « Dans quelque temps, pensa-t-elle, Isabelle achètera son vignoble près de Nîmes. »

Elle trouva enfin un magasin ouvert et prit des œufs, du pain et une salade. Avant de regagner la maison, elle marcha encore un moment sur la plage, ses chaussures s'enfonçaient dans le sable humide. L'air était frais, mais il gardait les parfums de l'été, les pins, le sel, la marée. En rentrant, elle se rendit dans la salle de bains pour mettre un peu de crème sur son visage que le vent avait asséché. En se regardant dans la glace, elle fut tentée de se maquiller, mais elle y renonça. Tous les fards du monde ne dissimuleraient pas les fêlures dont elle souffrait. Depuis deux jours, elle avait souvent revécu la scène terrible avec son père. Comment avaient-ils pu en venir aux mains ? Comment avait-il pu la gifler ?

« Je n'aurais pas dû répliquer. Pourtant je ne le regrette pas. Moralement j'ai été brisée par les coups que ma mère m'a donnés jusqu'à annihiler la moindre de mes révoltes… Combien de fois ai-je eu envie de supplier qu'on vienne me délivrer ? Mon père n'a rien fait pour me protéger. Englué dans sa propre haine, il n'a jamais affronté d'autre combat que celui qui l'opposait à lui-même… Où aurait-il trouvé un peu de compassion pour moi ? Entre lui et moi, il ne restera que des coups et un petit carnet noir. »

Elle redescendit et nettoya la salade. Son téléphone retentit et elle vit le numéro de Jean-Pierre s'afficher. C'était la cinquième fois qu'il l'appelait avec toujours le même message urgent : il voulait lui parler très vite. « Plus tard, pensa-t-elle en laissant s'éteindre le téléphone, quand je rentrerai. »

En fin de matinée, c'est un message d'Erwan qu'elle écouta sur sa messagerie. Il ne savait pas quand il reviendrait, la situation était plus compliquée qu'il ne l'avait imaginée…

« Je pense beaucoup à toi, disait-il, tu me manques, ma July, mais je n'ose pas te demander de me rejoindre, je sais que rien ne t'éloignera jamais de tes vignes, au moment où tu récoltes les raisins… »

S'il savait qu'elle avait déserté Les Alizés ! Soudain elle prit peur en l'imaginant au cœur d'émouvantes retrouvailles avec son pays, ses forêts aux superbes couleurs de l'automne, l'embrasement des érables, des chênes et des bouleaux où chaque branche déploie ses feuilles comme des joyaux, ce charme unique de l'été indien dont il lui avait tant parlé, et qui coïncidait avec la remontée de courants chauds du golfe du Mexique. Elle l'avait souvent entendu dire que l'automne était la plus belle saison au Québec. Et s'il ne revenait pas ? Après tout c'était son pays…

« Les liens qui nous rattachent à notre terre natale sont tellement profonds, ce pays que l'on apprend par des rapports constants… Nos racines sont la somme de toutes ces découvertes, ces émotions secrètes. Mais je suis sûre qu'il peut y avoir une autre vie, ailleurs. Ma mère a figé ma vie dans les maillons d'une chaîne de remords et de terreur. Et j'ai mis longtemps à comprendre que la vie est comme l'univers, en mouvement perpétuel, elle ne peut être emprisonnée. »

Erwan avait demandé qu'elle le rappelle, mais elle ne le fit pas. « Plus tard, quand je rentrerai… demain. »

Elle mangea ses œufs à la coque, quelques feuilles de salade avec du pain grillé. Par la fenêtre, elle observait les vagues qui ensevelissaient la jetée, et se retiraient dans une nuée d'écume. Elle pensa encore au cahier de Fabienne. « Pourquoi sommes-nous contraints de subir les erreurs de nos parents ? Nous devrions venir au monde avec un destin aussi dénudé que notre corps, ce serait comme un grand livre ouvert devant soi, où s'inscrirait notre propre vie, avec nos choix, nos chagrins, nos joies. C'est cela que je voudrais t'offrir, ma fille, mon amour : un grand livre vierge où tu écriras ton histoire. »

Juliette eut soudain conscience qu'elle devait se détacher du passé. « Désormais, je vivrai au présent. »

Elle rentra aux Alizés l'après-midi.

# 25

En rentrant, Juliette fit le tour de la propriété et constata avec un étonnement teinté de plaisir que la maison, les vignes, et même la mairie avaient tourné sans elle pendant trois jours. Elle ne se lassa pas d'admirer sa fille, sa facilité à donner des ordres, prendre des décisions sans hésiter ; en cela, elle ne lui ressemblait pas. En quelques heures, Isabelle avait tourné les premières pages du livre de sa vie.

Juliette décida d'appeler Jean-Pierre avant le dîner. Elle composa le numéro du cabinet médical, il répondit aussitôt, soulagé de l'entendre enfin.

— J'ai quelque chose à te dire, Juliette, est-ce qu'on peut se retrouver à la mairie dans une heure ?

Elle s'y rendit un peu plus tôt et en profita pour faire le point du travail en cours avec Claire. Tandis qu'elle parcourait certains arrêtés communiqués par la préfecture, elle entendit la voix de Jean-Pierre dans le couloir. En entrant, il déposa un baiser sur sa joue, et il se laissa tomber plus qu'il ne s'assit dans le fauteuil en face d'elle. C'est alors qu'elle remarqua son visage livide, les cernes et les plis creusés autour de sa bouche. La peau de son visage était presque translucide.

— Jean-Pierre, qu'est-ce qui t'arrive ? Tu parais épuisé...

— J'ai une mauvaise nouvelle à t'apprendre – il se tut un moment comme si les mots lui manquaient ou que leur portée soudain lui paraissait insuffisante – et aussi un aveu à te faire.

Des jambes, qu'il avait appuyées sur le bord du fauteuil, jusqu'à ses épaules voûtées dans sa veste, un violent tremblement l'agita. Il se leva et se dirigeant vers le bar, il se servit un verre de vin blanc qu'il but d'un trait. D'un mouvement du verre vers elle, il proposa de la servir. Elle refusa d'un signe de tête, il emplit un autre verre qu'il avala sans respirer. Puis il prit la bouteille et revint s'asseoir. Cette fois Juliette eut peur.

— Qu'est-ce que tu veux me dire ?

— La vérité. Il faut que je te dise la vérité. C'est une solution pourtant si simple à laquelle on ne pense pas assez. Je suis foutu, Juliette... Forme aggravée de leucémie. Il me reste à peine quelques mois à vivre, peut-être deux ou trois...

Elle porta les mains à ses lèvres et eut conscience que son propre regard se dessillait sous le choc de l'émotion, et des larmes qui affluaient. Pas lui, pas Jean-Pierre.

— Depuis quand le sais-tu ?

— Quatre ou cinq mois...

— Pourquoi ne m'as-tu rien dit ?

— Tu avais bien assez de soucis comme ça.

— Tu te soignes, tu as un traitement ?

— Pour quoi faire ? Gagner quelques semaines ? Je suis médecin, je revendique le droit de vivre et de crever quand je veux, et comme je veux...

Elle se leva, prête à le serrer dans ses bras, lui dire qu'elle était là comme il l'avait toujours été pour elle, et qu'elle serait là jusqu'à son dernier souffle. Mais qu'elle voulait, de toute la force de sa tendresse, croire au miracle.

— Ne bouge surtout pas... J'ai autre chose à te dire.

Il tremblait de plus en plus et ne contrôlait même pas ses larmes, les soubresauts de sa poitrine.

— Quel con j'ai été ! C'est toi que j'aimais... Tu te souviens de ma demande en mariage ?

Elle ouvrit la bouche mais, d'un geste de la main, il la dissuada de parler :

— Je sais, nous étions amis, rien d'autre. Et dans ton monde, on n'épouse pas le fils du métayer.

— Ce n'était pas la raison, Jean-Pierre.

— Bien sûr que si, et tu le sais !

Ses larmes tombaient sur ses mains qu'il gardait croisées sur ses genoux. Juliette aurait voulu aller vers lui, le consoler, mais elle était terrassée par la nouvelle de sa mort toute proche, et son intuition l'avertissait que dans ce qu'il avait à lui dire, le pire était à venir.

— Je ne peux pas m'empêcher de pleurer sur le merdier qu'ont été nos vies. Quel gâchis ! Rien ne serait arrivé si nous nous étions mariés, toi et moi. Je t'aurais rendue heureuse, tu sais...

— Je suis désolée, Jean-Pierre, mais si on met entre parenthèses notre aventure estivale, j'ai davantage ressenti ta présence comme celle d'un ami, proche du grand frère dont j'avais tant besoin, moi qui n'en pouvais plus d'être cantonnée de force dans le rôle d'aînée.

Loin de le réconforter, ces mots provoquèrent un ricanement. Il aurait voulu croire qu'elle l'avait aimé un peu, autrement qu'un ami, que le fils du métayer. Mais il comprit qu'il l'avait juste aidée à franchir la passerelle entre sa blessure d'adolescente qui ne devait jamais guérir et la vie de femme qui l'attendait.

— Quelle vie de merde ! répéta-t-il. Je n'ai jamais renié mon amour pour toi et, en quelque sorte, je te suis resté fidèle. Et pourtant, j'ai fait une sacrée connerie...

Il sortit un mouchoir, se moucha et le sang coula de ses narines. Du bout des doigts, il essuya les larmes qui mouillaient toujours ses joues, qui se mêlaient au sang et il dissimula son visage dans ses mains, les coudes appuyés sur ses genoux. Le silence dura, à peine troublé par le bruit de la voiture de Claire quittant le parking privé de la mairie.

— C'est moi qui ai tué Fabienne.

Juliette ne lui demanda pas de répéter, les mots avaient résonné dans la pièce, si clairs qu'ils la cinglèrent au visage. Elle resta silencieuse, parce que tout en elle se liguait pour l'empêcher de prononcer le moindre mot. Elle avait la gorge serrée, l'estomac noué et les yeux brûlants. Des souvenirs affluaient par bribes, des pans entiers de sa vie où Jean-Pierre était là. Elle entendait le murmure des vagues et les bruits de la ville en fête au loin, quand il s'était allongé près d'elle dans le sable encore chaud, et qu'elle l'avait laissé faire.

Elle voyait sa main nouée sur la sienne quand elle avait pleuré dans son cou, le jour où sa mère lui avait demandé d'arrêter le violon... Et toutes les autres fois où elle s'était effondrée contre son épaule, la mort de sa mère, les trahisons de Gérard, la mort de Mark et le désespoir d'Isabelle.

Égarée dans ses souvenirs, elle ne s'était pas aperçue que Jean-Pierre la fixait d'un regard étrange.

— C'est bizarre, je m'attendais à te voir pleurer, t'entendre hurler, à ce que tu me frappes.

Soudain, elle comprit. L'Ermite, c'était lui.

— Tu l'aimais ? demanda-t-elle.

— Est-ce qu'on aime son bourreau ? C'est bien cela le plus terrifiant, tuer par passion une femme qu'on n'aime pas, mais vers laquelle on se sent attiré, comme un bateau dans la tempête est attiré par l'écueil qui le perdra.

Juliette pensa qu'un tel attachement tenait plus de la folie que de la passion. Mais où était la limite, si elle existait, entre passion et folie ? Elle n'aurait su le dire, elle n'avait jamais éprouvé ni suscité de tels sentiments.

Jean-Pierre détourna les yeux et continua son monologue. Il disait que tout était venu de la haine de ce milieu dans lequel il vivait. Fabienne le détestait aussi et cela les avait réunis.

— Elle avait fait ma conquête malgré moi, j'avais l'impression d'être au centre de l'arène et voir la lionne s'avancer en dessinant des cercles toujours plus serrés.

Il se servit un autre verre, lorsqu'il but, le vin tomba sur sa chemise et le regard de Juliette se fixa sur les taches qui s'élargissaient sur le coton blanc.

— Elle bâtissait sa toile et le piège devenait de plus en plus palpable. Je savais qu'elle me prendrait et me laisserait où et quand elle voudrait. C'est elle qui détenait les règles du jeu...

Au début il s'était nourri d'images de son corps nu, de son visage dans l'amour, ses cris de plaisir. C'était plus que de la passion, un fantasme qui lui donnait l'impression de sortir de son enveloppe pour atteindre l'inaccessible, il ne savait pas encore qu'il marchait vers sa perte, comme un aveugle vers le néant. Puis elle s'était éloignée de lui et la passion était devenue dévastatrice, chaque instant se transformait en cri de douleur. Il avait l'impression d'être un tissu qu'on déchire, centimètre après centimètre... C'était comme une malédiction, un domaine interdit où il avait osé pénétrer et d'où on le chassait une fois encore.

Il avait continué à travailler, soigner ses malades, assurer des heures de garde bénévole à l'hôpital, participer à des congrès. Rien de tout cela n'avait changé. Mais dès que se refermait le chapitre de sa vie professionnelle, l'image de Fabienne l'occupait de façon incessante, obsédante. Il se réveillait la nuit en hurlant, avec l'impression que son âme cognait contre les murs comme une chauve-souris prisonnière dans une soupente.

— Je souffrais le martyre, mais à ce moment-là je ne lui en voulais pas. Quand elle m'a quitté, je croyais qu'elle fuyait, et qu'il en serait toujours ainsi, parce qu'au fond elle était comme moi, en errance dans un monde pourri de certitudes et d'opulence, où nous vivions en décalage. Je n'avais pas compris que ce monde était le sien, qu'elle souffrait en s'efforçant de le renier et qu'elle n'attendait qu'une occasion pour vous rejoindre, Stéphane et toi.

Mais un jour, il l'avait vue avec Geoffrey, et il avait compris que pour elle le voyage fantôme s'achevait, elle avait trouvé son port d'attache, son ancre. Il ne l'avait pas supporté.

— La dernière fois que nous nous sommes vus, elle m'a dit qu'elle allait se marier, et qu'elle avait l'intention de retourner vivre aux Alizés. Elle... Retourner à sa charrue ! C'était une trahison qui venait s'ajouter à ma vie ratée, une trahison de trop. Nous nous sommes disputés, et...

— Non !

Juliette avait crié.

Tout le temps qu'avait duré sa confession, Jean-Pierre avait gardé les yeux baissés, incapable de soutenir son regard. Lorsqu'elle cria, il s'arma de courage pour la regarder en face, et il vit de l'effroi dans ses yeux dont il n'avait jamais défini la couleur tant les nuances de vert s'y confondaient.

Depuis un moment déjà, elle sentait son petit déjeuner tournoyer dans son estomac.

— Je ne veux pas connaître les détails, Jean-Pierre, je t'en supplie !

Elle l'imaginait si bien, la dispute entre eux, les frustrations refoulées de Jean-Pierre face aux éclats de cette passion que Fabienne éprouvait pour Geoffrey, ce bonheur qu'elle affichait, grisée, éblouissante comme sans doute elle ne l'avait jamais été. Puis la première gifle entre eux... Qui l'avait lancée ? L'autre avait dû répliquer plus fort encore... Jusqu'aux mains de Jean-Pierre serrées sur le cou gracile... Il avait sans doute récupéré les clés de l'entrée des grottes sans difficulté, en tant qu'élu il avait son passe-partout pour entrer à la mairie.

Ces grottes où ils étaient allés tant de fois, où il avait feint l'étonnement lorsque les pompiers avaient remonté les restes de la jeune femme.

Ils se regardaient et elle crut que les rides, les cernes de son visage s'étaient encore creusés, comme si leur substance, déjà, s'évaporait... Lorsqu'il lui dit : « C'est quand on l'a retrouvée que j'aurais dû tout te dire... », elle comprit qu'il avait suivi le cheminement de ses pensées. Fallait-il qu'elle soit transparente... Il lui dit encore que le dernier soir, ils s'étaient donné rendez-vous à la gare de Saint-André, c'est pour cela que la voiture de Fabienne était restée là-bas. Il avait pris ses papiers, son sac et ses clés pour laisser entendre qu'elle était partie. Et c'est lui qui avait récemment envoyé le dossier sur les vins de Bordeaux à la presse. Pour dérouter un peu plus le commissaire Lenoir qui l'agaçait avec son assurance tranquille et l'amitié qu'il sentait naître entre Juliette et lui.

Juliette ne savait pas ce qu'il attendait d'elle, mais elle ne se sentait plus la force de le lui demander, ni d'aller vers lui.

— Que vas-tu faire maintenant ?

— Moi ? Rien, attendre...

Il détourna son regard et se leva...

— Il fallait que quelqu'un sache. Je te laisse libre de décider, en parler tout de suite au commissaire, ou attendre quelques mois qu'une autre forme de justice fasse son œuvre, je respecterai ta décision quelle qu'elle soit... Ma vie, ce qu'il en reste, est entre tes mains.

Comment lui dire qu'il ne souffrait pas ? Il acceptait la fin comme une libération. Il laissait sa mémoire savourer une dernière fois ces mille choses délicieuses, anodines qui le ramenaient vers son enfance. Il revoyait l'enfant qu'il était, vivant près de Juliette. Il lui restait tous ses souvenirs que le temps avait épurés, taillés comme des joyaux. La seule certitude qu'il gardait en cet instant, c'est l'amour qui l'attachait à Juliette depuis toujours... Il avait encore sur les lèvres le goût miellé de sa bouche et il en était bouleversé avec une impression de rendez-vous manqué. Il avait cru qu'être près d'elle, être son ami suffiraient, et il s'était imposé la discipline de ne jamais en demander davantage. Mais ce besoin inextinguible qu'il avait d'elle, et ce désir sûr de n'être jamais comblé l'avaient brisé. Plus fort que jamais, il sentit son amour se libérer de chaînes ensevelies et remonter lentement à la surface. Il ouvrit la porte, et lorsqu'il sortit elle l'entendit murmurer :

— C'est toi que j'aimais... Pardon.

Juliette resta longtemps assise à son bureau sans faire un mouvement. Elle ne se rappelait pas avoir entendu le bruit de ses pas dans le couloir ni la porte d'entrée se refermer, mais elle perçut le ronronnement d'un moteur qui démarrait.

Alors elle marcha vers la fenêtre, l'ouvrit ; les vignes à perte de vue, celles des Alizés, au loin... L'été finissant poudrait d'or les pampres et dans ce flamboiement insolite, avec des nuances de dégradés, du clair à l'obscur, les coteaux ondulaient dans l'air frais du crépuscule.

Le téléphone sonna, elle ne répondit pas ; elle voulait juste accepter l'instant. Jean-Pierre, son visage à demi éteint et les derniers mots qu'il lui avait adressés en refermant la porte, alors qu'il se dérobait déjà à sa vue en lui confiant son destin. Il avait tué Fabienne, lui... et pendant ces six longues années où il s'était tenu à ses côtés, où il l'avait écoutée, réconfortée, il n'avait rien dit. Comment pouvait-il affirmer qu'il l'aimait, qu'il était son ami ?

Pourtant, en glissant dans les doux arcanes de l'enfance, elle revoyait deux gamins qui couraient au milieu des vignes. Jean-Pierre partait toujours très vite, la terre et les petits cailloux entraient dans ses espadrilles. À mi-coteau, il ralentissait sa course et dans les derniers mètres, il la laissait le dépasser. Elle criait de bonheur, sautait à pieds joints en levant les bras au ciel, jusqu'au moment où elle s'écroulait d'épuisement dans l'herbe fraîche. Il vidait la terre de ses espadrilles, et il cueillait pour elle ces petites pêches de vigne, blanches et fruitées, qui leur laissaient les mains poisseuses et un goût suave et délicieux sur les lèvres. Ce parfum inoubliable qu'on retrouve parfois dans le bouquet de certains grands vins blancs du Bordelais. Alors, la main dans la main, ils remontaient la colline en chantant. Juliette entendait encore leurs rires, et ces mille choses tendres toujours si présentes, si vivantes au fond de son cœur.

Elle était toujours à la fenêtre, elle regardait cette

étendue de vignes qui l'avait isolée du monde. « La beauté suscite les convoitises, elle provoque les souffrances... »

De ce surgissement d'images, la douleur dans son ventre s'accentua. Elle sentait comme une aiguille de glace lui traverser le corps et dans ses entrailles le poison violent de la peur. Alors qu'il y avait quelques jours à peine, elle avait cru que rien ne viendrait perturber sa quiétude nouvelle. Ses lèvres s'entrouvrirent, l'air s'engouffra dans ses poumons. Seul un hurlement aurait pu la soulager, mais elle ne perçut qu'un silence de mort autour d'elle.

Elle revint vers son bureau, et ce fut pour poser les yeux sur la toile représentant les vignes qui couraient jusqu'aux remparts de la citadelle.

Alors elle poussa un cri, un cri terrible qui remonta de ses tripes, et une vague de fond terrifiante la jeta contre le mur, elle en arracha le tableau et le fracassa sur le coin de son bureau. Et elle se figea, raide de la tête aux pieds, les sanglots la secouaient avec la violence d'un barrage qui se brise.

Puis, avec un hoquet, elle se précipita hors du bureau, traversa le couloir et réussit à atteindre les toilettes juste à temps. Son estomac se retournait, des matières indéfinissables lui piquaient la gorge en refluant. Elle ne trouvait plus sa respiration, elle s'étouffait, elle toussait, et elle continua de vomir. Les murs autour d'elle tanguaient, elle ferma les yeux.

Le dernier spasme passé, elle s'approcha du lavabo, fit couler de l'eau froide sur ses mains, s'aspergea le visage, puis elle but au robinet, se rinça la bouche. Le calme revint ; elle retourna dans son bureau, seule face au dilemme. Elle se sentait l'esprit vide comme si elle parcourait un long chemin qui ne devait jamais finir, parce que toujours l'horizon se dérobait.

Personne n'avait rattaché Jean Pierre au meurtre de Fabienne, personne ne le ferait jamais. Certes, Philippe était innocent de ce crime, mais il en avait commis tant d'autres. Toutefois, la vérité qu'elle devait affronter se situait bien au-delà de la culpabilité ou de l'innocence d'un homme. C'était quelques mots, les derniers, écrits par Fabienne dans son journal :

*Lorsque Geoffrey me rendra mon journal, je le détruirai. Et je commencerai une nouvelle vie, où je sais que rien de douloureux ne pourra plus m'atteindre… parce que l'amour occupera chaque minute de chaque jour…*

Juliette se racla la gorge où persistait un goût acide. Elle sentait que son existence n'avait plus le même volume, elle lui apparaissait comme un monceau de désillusions, de renoncements, où rien ne subsistait, juste la volonté de tirer un trait, de recommencer une dernière fois.

Le sang battait à ses tempes. Mouvant, incertain comme un jeu d'ombre et de lumière, quelque chose venait de changer dans le secret de son cœur : un séisme profond, le commencement de quelque chose, d'une aventure, de sa vie à elle. L'heure d'accomplir le dernier acte.

Il lui fallait d'abord faire un premier pas pour quitter son bureau.

# Épilogue

La célébration du millésime eut lieu le 22 septembre. C'était aussi le premier jour de l'automne, et il était magnifique.

Cette année encore, le repas clôturant les vendanges se déroulerait dehors.

Isabelle avait cédé aux instances de Tonia qui redoutait un orage.

« L'automne, c'est quand même l'automne.

— Mais, Tonia, c'est le premier jour de l'automne.

— Il n'empêche... »

Elle avait ri et donné l'ordre que les tables soient dressées sous l'auvent devant le chai.

Appuyée sur le balcon de sa chambre, Juliette observait l'agitation dans les jardins. Elle avait laissé à Isabelle le soin d'organiser la fête, choisir le menu et l'orchestre, lancer les invitations, et aujourd'hui accueillir les invités. De sa place, elle la voyait, flanquée de Thomas, se déplaçant d'un groupe à l'autre, ravissante dans sa robe bordeaux, avec son étole de soie blanche qui dévoilait ses épaules, son cou. Elle était rayonnante.

Tout à l'heure, Juliette ferait en sorte que la fête tourne autour de sa fille... Alors, avec une lucidité brutale, elle se dit que tout était bien ainsi.

Soudain, elle perçut un mouvement près de son bras et elle découvrit un lézard qui sortait la tête de la roche. Il avança un peu, resta un moment immobile, comme rivé à la surface de la pierre, puis il disparut dans les fissures de la balustrade. Bientôt il n'y en aurait plus. « Où passent les lézards pendant l'hiver ? se demanda-t-elle. Ailleurs, où il leur faut mourir pour renaître. »

Une vague de vent fraîche et pure, venue de l'océan, courait sur les cimes des arbres, et sur les vignes basses en s'imprégnant une dernière fois du parfum de fruits mûrs, avant de venir mourir sur son visage. Elle aurait voulu se persuader que tout ce qui existait était resté en place, la même terre d'où émergeaient les ceps dépouillés, le même ciel et la même ligne d'horizon fuyant derrière la citadelle.

Trois jours avaient passé depuis les aveux de Jean-Pierre. Trois jours pendant lesquels elle avait relu le journal de Fabienne, et si elle ne l'avait pas écrit, elle avait pensé le sien… le journal de sa vie, une succession d'images floues, de parenthèses, de pointillés… une vie qui s'inscrivait en blanc dans l'inventaire du temps qui restait.

Elle devait assumer une part de responsabilité. Sa résignation avait facilité la tâche de ceux qui s'étaient servis d'elle ; ils n'étaient ni monstres ni démons, ils pouvaient juste se permettre le pire, sachant qu'elle n'attendrait jamais le meilleur… Parce qu'elle avait cru n'exister que là où plongeaient ses racines, elle avait tout accepté pour ne pas rompre les attaches qui la retenaient captive de ce monde opiniâtre de faux-semblants, un monde qui exige bien plus qu'il ne donne.

Le soir de ses quinze ans où elle avait tant pleuré, Tonia lui avait dit : « Les martyrs ont toujours le plus beau rôle. »

« Les martyrs n'ont pas de rôle, pensa-t-elle, il leur est seulement demandé de prier et de mourir. » Le châtiment était consommé. Elle se sentait riche de l'instant présent, et elle ne se demandait pas s'il valait les sacrifices antérieurs. Elle en était sûre.

Il y avait dans le tiroir de son bureau un billet d'avion : Bordeaux-Montréal. Aller simple.

Un petit nuage noir recouvrit le soleil et durant un moment, le jardin fut plongé dans la pénombre.

Trois jours avaient passé. Elle n'avait rien dit. Elle ne dirait rien. Lorsque Jean-Pierre affronterait ce qu'il avait appelé une autre forme de justice, elle ne serait plus là. Mais elle savait qu'il lui suffirait parfois de fermer les yeux : « Ce bonheur auréolé de tendresse que je sentirai près de moi, doux et léger comme le bruissement d'ailes d'une colombe, ce sera l'unique souvenir que j'emporterai de Jean-Pierre, de mon ami : le sourire d'un petit garçon qui marchait à mes côtés le long des coteaux striés de vignes… »

Des rires montaient jusqu'à elle, de la musique, un air de jazz. Isabelle avait invité son père et Marie, et Hélène qu'elle avait engagée comme assistante. Et Juliette se répéta que tout était bien ainsi.

Elle devait rejoindre la fête maintenant. Aujourd'hui encore, elle ferait semblant. Pour la dernière fois.

*Le Retour aux Alizés*

# 1

L'avion amorçait sa descente. Dans quelques minutes, Juliette Leroux retrouverait sa fille Isabelle. Elle suivit des yeux le large méandre que dessinait le fleuve au cœur de Bordeaux, sa ville natale. Elle avait presque oublié la beauté de la Garonne que bordait le port de la Lune. Le long des quais, les magnifiques immeubles du XVIII$^{e}$ offraient leurs pierres blondes à la lumière voilée de cet après-midi de décembre.

Depuis son départ, décidé en quelques heures, trois années s'étaient enfuies. Elle était partie en laissant la gestion du vignoble familial à sa fille. Sans explication, simplement parce que le quotidien était devenu insupportable. Pour son entourage, elle avait rejoint l'homme qu'elle aimait à Montréal. Serait-elle revenue sans le décès brutal de Gérard, son ex-mari, le père d'Isabelle ?

Un choc, des secousses, Juliette ferma les yeux. Elle répondit par un sourire aux mots avenants de l'hôtesse et se dirigea vers la sortie. En attendant de récupérer ses bagages, elle chercha du regard Isabelle dans le hall d'accueil, mais ce fut Nicolas Frémont qu'elle aperçut. Nicolas, son ami d'enfance, l'associé de son ex-mari et l'adjoint municipal qui était devenu maire de Saint-Louis, charge qu'elle avait laissée vacante après son départ. Il la salua en agitant bien haut la main. L'instant d'après, il l'étreignait si fort qu'elle manqua suffoquer. Avait-il encore grandi ? Elle sourit. On ne grandit plus à cinquante ans. Mais c'était toujours la question qu'elle se posait lorsque, adolescents, ils ne s'étaient pas vus depuis un certain temps. Il s'était arrêté de grandir en approchant des deux mètres.

— C'est merveilleux de te revoir après tout ce temps, laisse-moi te regarder… Resplendissante ! Isabelle m'a demandé de venir te chercher. Elle était occupée au chai et je crois qu'elle est allée aider Marie pour l'organisation des obsèques.

Ils avaient rejoint la voiture de Nicolas et ce dernier entassa les deux valises de Juliette dans un coffre encombré de cartons à dessin et de dossiers. Tandis qu'ils quittaient Bordeaux par le pont d'Aquitaine, dans les brumes du fleuve, Juliette demanda des nouvelles de Marie, la seconde épouse de Gérard… Mais le chagrin d'Isabelle l'inquiétait davantage. Quoi qu'elle fasse, Marie restait la très jeune femme qui avait détruit l'unité familiale en lui soufflant son mari.

— Infarctus, expliquait Nicolas, il était terriblement stressé depuis quelque temps.

— Des ennuis avec l'entreprise ?

Il hésita un instant avant de répondre.

— La crise… Dans le bâtiment, personne n'y échappe.

— Tu vas t'en débrouiller seul maintenant ?

Il laissa échapper un soupir.

— J'essaierai. D'autant que la trésorerie ne permet pas d'engager quelqu'un pour remplacer Gérard.

Après avoir quitté la nationale 10, ils abordèrent l'immense vignoble du Blayais. Et Saint-Louis apparut, ouvrant son port sur l'estuaire et les coteaux plantés de vignes. En surplomb, gardienne de ce monde à part, majestueuse, la citadelle de Vauban campait sur son promontoire. Tout au long de ces trois années d'exil, Juliette s'était souvent remémoré ce paysage d'eau, de ciel et de vignes, un lieu chargé d'intenses émotions. Elle ne souhaitait plus y revenir car il portait l'empreinte des traumatismes du passé. Les contours du domaine familial, Les Alizés, se profilaient déjà à travers les rangées de ceps.

C'était une splendide propriété de trente hectares de vignes, située dans la double appellation Blayais et Bourgeais. Le vignoble produisait chaque année deux cent cinquante mille bouteilles de vin, toutes vendues au départ du chai. C'était la stratégie voulue par Lise Leroux, la mère de Juliette : commercialiser la production domaniale et ne jamais plier devant les négociants de la place de Bordeaux. Ce ne fut pas toujours facile, vendre une partie des vins au négoce assurait une bonne assise de trésorerie mais imposait aussi une certaine dépendance à laquelle Lise Leroux s'était farouchement opposée. Juliette n'avait jamais dérogé à la règle, même après la mort de sa mère, en 1997. À l'époque, le domaine familial était constitué de deux vignobles, Les Alizés et le château Saint-Benoît, en appellation Médoc, qui s'étendait sur l'autre rive de l'estuaire. Lise Leroux avait eu trois enfants : Juliette, Fabienne, et Stéphane. Fabienne était décédée deux ans après sa mère, et jusqu'en 2005, Juliette avait géré l'ensemble de la propriété.

Elle savait qu'Isabelle l'attendait au bout de ce trajet et cette pensée précipita les battements de son cœur. Elle avait tant souhaité et redouté ces retrouvailles qu'elle ne savait plus à cet instant ce qu'elle espérait, ni même les vraies raisons de son retour. Avait-elle saisi le premier prétexte pour s'enfuir une fois encore ?

Nicolas l'observait sans rompre ce silence. Il la voyait croiser et décroiser les jambes, tirer sur sa ceinture de sécurité. Elle n'avait guère changé… Quelques rides supplémentaires, mais il retrouvait cette bouche bien dessinée, le front haut et ces yeux immenses couleur d'amande mûre où jouaient des reflets or.

— Tu vois souvent Isabelle ? demanda-t-elle tandis qu'ils entraient dans Saint-Louis.

— Oui. Tu jugeras par toi-même, mais elle s'en tire fort bien aux Alizés. Avec Thomas, ils forment un couple très réussi, ce n'est pas si évident quand on travaille ensemble.

La voiture de Nicolas venait de franchir les grilles du

domaine familial. Juliette ne put s'empêcher de jeter un regard sur les vignes qui grimpaient à flanc de coteau, les rangées de ceps dépouillés, à perte de vue. Elle avait toujours été persuadée que la vigne souffrait en hiver, et il fut un temps où elle se sentait souffrir avec elle. Elle réprima un sentiment de panique et tourna la tête vers l'estuaire et la citadelle dont les murailles glissaient doucement vers les prémices du crépuscule. Combien de temps lui faudrait-il pour réconcilier les deux femmes qui vivaient en elle ? Celle qui avait tout donné, celle qui avait tout abandonné. Elle aurait voulu n'être que celle qui revient, tout simplement. Mais comment oublier les événements tragiques qui avaient bouleversé sa vie, sa famille, et provoqué son départ ?

Le château lui apparut tel que dans ses souvenirs. C'était une chartreuse néoclassique dont la façade s'ornait d'un chapiteau. Deux pavillons coiffés de tuiles ocre et entourés de balcons sculptés flanquaient le corps de logis principal. Un escalier à double révolution menait au perron. Des jardins enserraient la demeure et une enfilade de cèdres et de statues menaient au mur d'enceinte qui dominait l'estuaire.

Juliette n'était pas descendue de voiture que, déjà, Tonia courait vers elle et la serrait dans ses bras, l'étouffait avec cette tendresse jetée à la volée qu'elle lui prodiguait depuis toujours. Tonia la fidèle, la tendre gouvernante et confidente des femmes qui s'étaient succédé aux Alizés... Tonia à qui elle avait confié Isabelle en partant et qui s'écriait, entre rire et larmes :

— Oh, ma grande, j'ai cru que tu ne reviendrais jamais !

Juliette se laissa bercer comme elle l'avait fait un peu plus tôt dans les bras de Nicolas. Ses mots se bousculaient, Tonia parlait d'Isabelle, des vignes, des Alizés, de son absence aussi. Elle paraissait plus âgée, plus fatiguée, mais était toujours aussi enjouée et malicieuse...

— Isabelle est dans le chai, je crois qu'elle t'attend.

Juliette entra dans le chai et, aussitôt, une odeur familière s'empara d'elle. Elle avait cru oublier ce parfum de bois et de vin accompagné de fragrances de fruits mûrs et de vanille. Les piliers soutenaient une voûte de pierre et, de part et d'autre de l'allée centrale dallée de marbre, s'élevaient sur quatre étages des rangées de fûts de chêne. Les appliques murales diffusaient une lumière dorée sur les barriques aux douelles blond-roux, alignées en une perspective de galbes cintrés, de courbes douces. Couvrant le mur du fond, une fresque représentait une scène de vendanges au Moyen Âge. Isabelle vit sa mère s'approcher.

— Maman…

Elle s'en était défendue de toutes ses forces, pourtant des larmes glissaient entre ses cils.

Juliette serra sa fille dans ses bras, elle ne pleurait pas, son émotion la portait au-delà.

— Tout va bien, je suis là, murmura-t-elle en la cajolant pour la première fois depuis si longtemps. Depuis ce jour où elle avait dit : « Je pars quelque temps, pour retrouver Erwan et faire le point. » Alors qu'elle prenait la fuite pour jeter un océan entre elle et cet univers qui avait été le sien depuis cinquante ans et qu'elle avait subitement rejeté.

Juliette observait sa fille, elle avait maigri, sacrifié ses cheveux qu'elle portait courts en un joli dégradé. Ces yeux d'ambre, ce visage carré, volontaire, le portrait vivant de son père ! Et c'était de lui qu'elle parlait.

— Il est mort après un dîner d'affaires. Marie l'a trouvé au matin, dans son bureau, déjà froid.

— Cela a dû être un choc. Vous étiez proches, avec papa et Marie ?

— Nous nous sommes beaucoup vus après ton départ. Papa s'inquiétait de savoir comment je m'en sortais à la propriété…

Sa voix s'était durcie et la phrase resta en suspens.

Juliette croisa le regard de sa fille et crut y lire un reproche. Isabelle reprit :

— … Mais après la naissance de Benoît, papa et Marie sortaient moins souvent.

— Et comment va Thomas, ma chérie ?

— Très bien, c'est un homme merveilleux, j'ai eu de la chance de le rencontrer. Il s'est beaucoup investi dans la vinification, mais je crois qu'il préférera t'en parler lui-même. Il effectue des livraisons cet après-midi, nous approchons des fêtes et, comme d'habitude, les restaurateurs envoient tous leurs commandes en même temps, et au dernier moment.

Isabelle guida sa mère en lui montrant les travaux d'agrandissement de la salle de dégustation et du chai de vinification, qui accueillait quatre nouvelles cuves.

— Bravo, tu t'en tires magnifiquement !

— Tu en doutais ?

— Pas une seule seconde, Isa.

Elle la serra dans ses bras, l'embrassa de nouveau, mais Isabelle se dégagea pour ranger les fiches qu'elle consultait et refermer le dossier. Juliette ne se lassait pas de la contempler. Le pantalon, le pull ajusté, la veste de daim… Elle la trouvait bien jolie en femme d'affaires.

Isabelle donna un ordre à un employé, sur un ton qui n'admettait pas de réplique. Juliette tressaillit, brusquement jetée dans une autre époque. Son peu de confiance en elle, ses frayeurs et le sentiment permanent d'être observée, jugée. Cette part d'elle-même qu'elle avait confinée, étouffée pendant ses trois années d'absence, elle la devinait encore présente, prête à renaître si elle n'y prenait garde.

— Tu es émue de retrouver tout cela ? demanda Isabelle. Je comprends, après tout ce temps.

Tu m'en veux d'être partie si longtemps ?

Elle chercha le regard de sa fille. Isabelle se détourna sans répondre. Bien sûr qu'elle en voulait à sa mère. En partant, Juliette avait écarté la pensée que sa fille pouvait avoir besoin d'elle pour assurer la gestion du domaine. Mais, comme sa grand-mère, Isabelle était née pour diriger. Au fond, elle ne savait pas si elle en voulait à sa mère d'être partie ou de revenir. S'en irait-elle très vite, ou comptait-elle rester ? Elles firent encore quelques pas dans les chais et les bureaux, puis Juliette regagna Les Alizés, où Tonia l'attendait.

— Ta chambre est prête, ma grande !

— Merci Tonia, je vais me changer, je dois rendre visite à Marie.

Juliette prit ses bagages, traversa le hall, le grand salon, de vastes pièces, hauts plafonds moulurés, parquets de chêne. Elle regardait autour d'elle, s'imprégnait de ce qui l'entourait. Les fenêtres à petits-bois ouvrant sur le parc, les meubles patinés et cirés avec soin, les riches tentures et les sols habillés de tapis précieux. Elle monta l'escalier en sentant peser sur elle le regard de Tonia.

Le lendemain matin, Juliette se leva tôt. Recrue de fatigue, elle avait coulé dans un sommeil lourd pour se réveiller deux heures plus tard, dans le sillage d'un cauchemar. Elle n'avait pas vraiment cherché à se rendormir, attentive aux bruits de la maison, à la rumeur du vent dans les arbres du parc. Elle était aux Alizés, elle devait se sentir chez elle. Isabelle et Thomas prenaient leur petit déjeuner lorsqu'elle les rejoignit. À sa vue, Thomas se leva et Juliette se rappela les mots de sa fille : « J'ai eu de la chance de le rencontrer. » Sa belle carrure, sa peau cuivrée de métis et, avec son accent canadien, cette manière directe de poser une question, celle-là même que personne n'avait osé poser :

— Et comment va mon oncle Erwan ?

— Bien, très bien… (Puis, s'adressant à sa fille :) Il est désolé de ne pas pouvoir assister aux funérailles de ton père, il m'a demandé de t'embrasser bien fort et de te dire qu'il pensait à toi, il va t'écrire.

Après un court silence, elle reprit, à l'intention de Thomas :

— Il paraît que tu t'es engagé dans l'aventure viticole ?

— Je me suis inscrit à la faculté d'œnologie en cours accélérés, j'ai eu mon diplôme, et j'ai fait ma première cuvée cette année. Tu voudras la déguster ?

— Avec joie, mais je suis d'ores et déjà certaine qu'elle est réussie.

Isabelle ajouta :

— Moi, je m'occupe de la commercialisation, surtout à l'export.

Elle tendit le pot de confiture de figues à sa mère. Celle-ci lui sourit.

— Merci... Tu te souviens que c'est ma préférée ?

— Non, c'est Tonia.

Il y avait comme un défi dans sa voix. Juliette choisit de l'ignorer.

— Et l'exportation se développe bien ?

— Oui, j'ai fait des tentatives en Asie, ça commence à produire ses effets. Ce ne sont pas des marchés faciles, le Japon notamment, mais c'est devenu nécessaire. Et nous recevons bien plus de visiteurs à la propriété que de ton temps !

— Je t'en félicite, ma chérie.

— J'essaie surtout de m'adapter. Nos dirigeants ici ont compris l'enjeu économique et les collectivités locales travaillent sur un grand projet d'œnotourisme. Je veux que nous figurions parmi les premiers viticulteurs à être prêts.

Tandis qu'elle parlait, Juliette observait le menton volontaire, les doigts serrant la petite cuillère qui pourtant décollait délicatement le blanc de l'œuf dans sa coquille. Isabelle ne montrait rien du chagrin qu'elle éprouvait. L'enterrement de son père, un jour comme les autres aux Alizés, où seul comptait l'avenir du vin. Depuis sa création sous le second Empire, le domaine s'était toujours transmis de mère en fille, et cet héritage de cinq générations avait tourné au matriarcat. Juliette revoyait sa grand-mère, sa mère surtout, et maintenant, c'était le tour de sa fille, toutes des maîtresses femmes, capables et autoritaires. Dans cette lignée, n'avait-elle pas été le chaînon défaillant ?

— Nous sommes convoquées chez le notaire cet après-midi, maman.

Dans le cimetière, en haut de la colline surplombant l'estuaire, la famille s'était rassemblée près de la tombe fraîchement ouverte. Marie, entourée de ses parents, épongeait ses larmes du coin de son mouchoir. Dans son long manteau de deuil, elle ressemblait à l'héroïne d'une tragédie antique. Thomas avait pris la main d'Isabelle et la serrait très fort. La jeune femme affichait une dignité parfaite tout en lui écrasant les doigts. Elle avait du mal à maîtriser son chagrin, à refouler les souvenirs. Elle avait aimé son père, il l'avait enchantée, il l'avait déçue. Elle se rappelait ce dimanche de la fête des Pères où elle lui avait offert un cendrier confectionné à l'école. « C'est mignon tout plein, merci ma puce. » Puis il l'avait posé sur un coin de la bibliothèque entre deux livres qu'il n'ouvrait jamais. Désappointée, Isabelle l'avait repris et jeté dans la corbeille à papier. Il ne s'en était jamais aperçu. Avec le même détachement, il l'avait délaissée, quelques années plus tôt, lorsque Mark était mort. Elle était alors fiancée à un jeune pilote automobile qui s'était tué sur le circuit de Budapest. C'était pourtant cet homme-là qu'elle se retenait de pleurer aujourd'hui. Parce qu'il avait su, depuis, racheter ses erreurs. Il n'était plus là et la réalité se refermait sur son cœur blessé. Elle serra des mains, chacun déposa une rose sur le cercueil, geste théâtral voulu par la veuve. De temps à autre, Isabelle jetait un œil vers sa mère qui se tenait en retrait, près de Nicolas Frémont. Elle s'était éloignée de la cérémonie des condoléances et, pourtant, tous les habitants de Saint-Louis l'abordaient pour la saluer. De sa place, Isabelle pouvait saisir leurs paroles : « Quel plaisir de vous revoir madame le Maire… Allez-vous rester parmi nous ? »

Était-ce son intention ? Allait-elle reprendre sa place à la propriété comme si de rien n'était ? Isabelle frémit. Thomas l'avait prise par l'épaule.

— Je crois que nous pouvons partir, mon cœur, il est temps.

Alors, elle se laissa aller contre sa poitrine et libéra des larmes trop longtemps contenues.

Maître Odier avait repris l'étude d'Élise Renan décédée trois ans plus tôt, lors du scandale immobilier qui avait secoué Saint-Louis et toute la région. Après avoir adressé les paroles de circonstance à la famille endeuillée, il livra le contenu du testament de Gérard Courson. Les actions de son entreprise de construction étaient réparties entre sa femme et sa fille Isabelle, excepté 10 % qu'il léguait à Nicolas Frémont qui en détenait déjà 15 %. Il laissait sa voiture à sa fille, ses clubs de golf à Thomas, sa collection de montres anciennes à Nicolas, et à Juliette un tableau représentant le bassin d'Arcachon au soleil couchant. Hors succession, Marie bénéficiait d'une assurance vie de deux cent cinquante mille euros et de la maison dont elle avait désormais l'usufruit. Alors qu'ils quittaient l'étude, Nicolas se rapprocha de Juliette. « Il faut que je te voie, c'est urgent, tu peux passer au bureau en soirée ? »

Sur le chemin du retour, Juliette remarqua la nervosité de sa fille au volant.

— Ça va, ma chérie ?

— Oui, ne t'inquiète pas, j'en ai vu d'autres.

— Je sais, répondit Juliette en posant la main sur son bras.

Les nuages s'amoncelaient au-dessus de l'estuaire, le ciel plombé se confondait avec les eaux du confluent de la Garonne et de la Dordogne. Juliette aurait dû s'émouvoir du spectacle mais elle n'éprouvait plus rien.

— Quels sont tes projets ? l'interrogea sa fille. Tu comptes rester un peu ou repartir tout de suite ?

Juliette était rentrée depuis quelques heures à peine, elle n'avait pas mis les pieds dans les vignes alors que tout le monde s'attendait à la voir parcourir le domaine, comme si elle devait en reprendre possession après un long voyage. Mais elle n'était qu'en transit...

— Chaque année, tu me demandais de revenir pour les fêtes, nous sommes le 15 décembre, et je suis là. Je souhaite rester au moins jusqu'au début de janvier. Ça te fait plaisir ?

— Bien sûr, maman.

Juliette accentua sa pression sur le bras de sa fille mais celle-ci le retira.

— Tu me gênes pour conduire.

— Excuse-moi. Tu me prêteras ta voiture en soirée ? Je vais voir Nicolas.

— Je ne sais pas ce qu'il a d'important à te dire, mais tu peux déjà l'avertir qu'il ne devra pas compter sur mon aide pour l'entreprise de papa. Ça ne m'intéresse pas, et j'ai assez à faire avec le vignoble !

À dix-huit heures, Juliette pénétra dans le hall de l'entreprise Courson-Frémont. La décoration et le mobilier en chrome et en verre évoquaient un bloc opératoire, des maquettes d'immeubles et des revues économiques traînaient sur la table basse. Elle se dirigea vers la porte du secrétariat mais Nicolas se portait déjà à sa rencontre.

— Entre, je t'attendais.

Il avait préparé un plateau avec une bouteille d'entre-deux-mers.

— Je te sers un verre ?

Elle acquiesça et ils dégustèrent le vin blanc frais au bouquet de pêche et de citronnelle. Juliette apprécia la finesse, la petite note perlée en bouche. Il y avait si longtemps... En même temps, elle ne se privait pas d'observer Nicolas. Il avait beaucoup d'allure dans ce costume strict qui mettait en valeur sa robuste stature. Ses cheveux drus et crantés, grisonnant sur les tempes, étaient brossés en arrière, dégageant un large front. Juliette se souvint qu'enfant, son geste préféré consistait à pincer doucement les joues potelées de Nicolas. Il avait conservé ce visage poupin, malgré la barbe naissante qui le vieillissait avec infiniment de charme.

— Tu me donnes combien d'années en plus ? demanda-t-il.

Elle rit et remarqua alors les plis au milieu du front.

— Nico, tout va bien ?

— Inutile qu'Isabelle soit au courant de ça. Nous avons de sérieux problèmes, Juliette. Gérard était davantage impliqué que moi dans la gestion et j'ai été atterré lorsque le banquier m'a appelé pour me signaler des traites en retard.

— La baisse de votre activité est si importante ?

— Tu sais que le commercial est mon domaine. C'est un peu plus difficile, certes, mais nous avons du travail ! Or, Gérard a fait de grosses dépenses, et nous avons un découvert énorme.

— Le banquier va t'aider ?

— Il sait que je ne suis pas un financier. Il aurait sûrement aidé Gérard, il lui faisait confiance.

— Tu connais la raison pour laquelle Gérard dépensait tant d'argent ? Une autre femme ?

— Ça m'étonnerait, il aimait Marie et il était fou de son fils.

Ils buvaient leur vin avec les gestes lents et précis des amateurs. Nicolas lui parut terriblement las et soucieux. Les plis se creusèrent encore sur son visage, il se mit à tapoter le bras de son fauteuil avec son crayon. Toutefois, lorsque son regard croisa celui de Juliette, il sourit.

— Je dois me battre, Juliette. Essayer de comprendre

où est passé le fric, et négocier avec le banquier. J'ai un gros contrat en vue, l'emporter fournirait déjà un début de solution.

Il marqua une pause et proposa de remplir à nouveau les verres.

— J'ai cinquante et un ans, ça fait vingt-cinq ans que je travaille avec Gérard. Si la boîte coule, à mon âge, je suis foutu…

— Il te faudrait quelle somme en attendant de réaliser ce contrat ?

— Cent cinquante mille euros. Je vais tenter l'impossible, mais ce n'est pas gagné. D'autant que je suis seul maintenant, Marie ne s'étant jamais intéressée à l'affaire. Et je doute qu'elle commence aujourd'hui.

À part soi, Juliette pensa qu'il ne pourrait pas davantage compter sur Isabelle. Elle aurait aimé se substituer à sa fille pour aider Nicolas, mais comment faire ?

— As-tu parlé à Marie de tes problèmes ?

— Non, je n'ai pas osé.

— À partir du moment où l'on accepte une succession, on souscrit au passif comme à l'actif. Nous irons la voir demain matin.

— Ce n'est peut-être pas le moment.

— Il n'y en a jamais pour ces affaires-là. Passe me prendre à dix heures et emporte avec toi les documents bancaires.

Ce matin-là, un vent de nord-ouest humide et froid soufflait de l'estuaire, les vagues heurtaient les remparts de la citadelle qui émergeaient des brumes. Dès les premières lueurs du jour, Isabelle quitta la maison et prit le chemin de la colline de Moulinblanc dont les vignes donnaient naissance à la cuvée *Carpe Diem*, le fleuron de la gamme des vins produits aux Alizés. En décembre, la vigne se reposait. Débarrassés des fruits depuis les vendanges et des feuilles perdues au vent d'automne, les ceps portaient encore leurs branches nues, longues et noueuses, ployant sous les bourrasques. Le sol constituait ses réserves d'eau. Dans quelques semaines viendrait la taille, prélude à un nouveau cycle végétatif.

Isabelle aimait respirer l'air frais du petit matin et les embruns iodés venus de l'océan si proche. Elle prit son temps pour admirer le lever du jour et les premiers rayons de soleil irisant les vénérables pierres de la citadelle. Elle savait qu'à son retour au chai Thomas serait là, déjà au travail. Comme chaque jour depuis le départ de sa mère. Et chaque jour, elle avait remercié le ciel de la présence de Thomas.

Trois ans plus tôt, Juliette était partie retrouver Erwan Morris, l'oncle de Thomas, qui était rentré au Canada. Erwan avait vécu dix ans à Saint-Louis, où il travaillait à la centrale électrique. Geoffrey, son fils, l'avait rejoint mais il avait été assassiné et jeté du haut de la citadelle quelques jours à peine après la disparition de Fabienne, sa fiancée. Fabienne était la tante d'Isabelle, la sœur cadette de sa mère. Il avait fallu toute la ténacité du commissaire de police en poste à Saint-Louis à l'époque pour démêler cet imbroglio et mettre au jour un vaste réseau de ventes illégales de propriétés viticoles avec commissions occultes et trafic d'influence. L'enquête avait mené à l'arrestation de Philippe Marot, propriétaire d'une prestigieuse agence immobilière à Bordeaux et considéré comme responsable de la mort de Geoffrey Morris et Fabienne Leroux. Geoffrey, qui travaillait pour l'agence Marot, avait découvert le trafic et s'apprêtait à confier ce dossier à Fabienne, journaliste au quotidien régional *L'Aquitaine*. Après qu'eurent été élucidées les circonstances de la mort de son fils, Erwan Morris était reparti à Montréal avec l'intention de divorcer pour épouser Juliette.

C'était dans cette période trouble que Stéphane, le jeune frère de Juliette, avait demandé que soit réglée la succession de leur mère, décédée huit ans plus tôt. Leur père, François Leroux, enseignant à la retraite, avait pris le parti de Stéphane contre Juliette, d'où l'éclatement de la famille et la scission du vignoble : la propriété en Médoc pour Stéphane, Les Alizés pour Juliette et Isabelle. Les Alizés qu'elles auraient sans doute été contraintes de vendre sans la découverte providentielle du testament de Fabienne en leur faveur. Depuis, les deux branches de la famille étaient irrémédiablement brouillées. Isabelle avait alors compris combien sa mère avait dû se battre pour sauver Les Alizés. Par reconnaissance envers elle, qui avait tant souffert et qui l'avait aimée au-delà de tout, elle avait renoncé à partir à l'étranger, et projeté d'acheter un autre vignoble dans la région de Nîmes. Travailler à ses côtés, agrandir le domaine, développer l'exportation, participer à des concours viticoles… Des idées de conquête comme on en a à vingt ans.

C'est dans ce moment-là, si riche de tendresse et d'espoirs, que sa mère avait déserté. Et au fil du temps, Juliette ne se décidant pas à rentrer, les rêves d'Isabelle s'étaient effondrés.

Tandis que lui revenaient ces événements, la jeune femme s'était dirigée vers le chai. Comment Juliette avait-elle pu l'abandonner au moment de leurs retrouvailles ? Sans même se justifier ou s'excuser. Bien sûr, elle téléphonait toutes les semaines, n'omettait jamais de prendre des nouvelles de Thomas. Mais Isabelle avait perçu son indifférence quand elle parlait des Alizés, comme si les vignes ne l'intéressaient plus. Très vite, un dialogue truffé de non-dits s'était instauré entre elles. Isabelle n'avait jamais avoué à sa mère le sentiment de panique qui s'était emparé d'elle au début. Sa crainte viscérale de ne pas être à la hauteur de la tâche qui lui était tombée dessus.

Certes, elle avait grandi aux Alizés, secondé sa mère pendant les vacances. De là à prendre la direction du domaine aussi vite… Il est vrai qu'elle avait des atouts. Sa connaissance du vignoble, le fruit de ses études en gestion et marketing, et Jean Soriac, le maître de chai, qui lui apportait son expérience et ses conseils comme il l'avait fait avec Juliette, sans compter le personnel au bureau et dans les vignes. Et Thomas. Son amour, son compagnon, son meilleur allié. Isabelle se savait volontaire, habile et capable de décider, d'ordonner. Elle avait rapidement pris la mesure de ses responsabilités. Seul restait le souvenir de la terreur des premiers jours, cela, elle ne le pardonnait pas à sa mère. Autour d'elle, on lui disait souvent qu'elle avait eu de la chance de recevoir une telle marque de confiance. Elle acquiesçait d'un sourire aimable, mais n'en pensait pas moins. En réalité, sa mère l'avait bel et bien abandonnée, elle lui avait refilé le bébé sans savoir ce qu'elle en ferait.

Elle n'était revenue que parce que son père était mort, et elle éludait toutes les questions sur sa vie au Canada et avait décidé de prolonger son séjour jusqu'aux fêtes. Resterait-elle plus longtemps ? Avait-elle l'intention de reprendre sa place à la propriété ? Cette perspective mettait Isabelle en colère. Sa mère lui avait manqué, elle avait douloureusement appelé son retour de ses vœux, mais elle n'était plus disposée aujourd'hui à partager de nouveau ses rêves. Cette nuit, elle avait confié à Thomas la violence des sentiments qui l'agitaient.

« Moi, je sais que tu es heureuse de diriger toi-même le domaine, alors pourquoi en vouloir à ce point à ta mère ?

— Parce que ! » avait-elle répondu avec ce ton autoritaire de petite fille qui exige.

Puis elle s'était blottie entre les bras de Thomas et s'était endormie sous ses caresses.

Le salon était douillet, coquet avec ses rideaux fleuris assortis aux coussins du canapé, des portraits de bébé sur tous les meubles et le piano entre les baies vitrées. Ils étaient assis tous les trois autour de la table basse et Marie versait le café dans les tasses.

— Mes parents ont repris un vol pour Nancy ce matin, et je vais les rejoindre avec Benoît pour les fêtes. Je dois préparer nos bagages.

Malgré le chagrin, la fatigue, elle restait belle, une ligne parfaite, un visage à l'ovale harmonieux, et de longs cheveux blond cendré. Juliette se demanda quel pouvait être son âge à présent. Trente-trois, trente-quatre ans ?

— Rassure-toi, Marie, nous ne serons pas longs. Que comptes-tu faire maintenant ?

— Jamais je ne pourrai rester dans cette maison. Elle est entièrement payée par l'assurance décès que Gérard avait souscrite et comme j'en ai l'usufruit, je préfère la louer. Ça me fera un complément de revenus. J'ai décidé de retourner vivre à Nancy, près de ma famille.

Juliette ne chercha même pas à dissimuler son mouvement d'humeur. Elle prit les documents des mains de Nicolas.

— Nous devons te parler de la société. Gérard a laissé des impayés et un trou important dans la trésorerie.

— Je n'y suis pour rien !

— Là n'est pas la question, Marie. Ça fait vingt-cinq ans que Nicolas travaille comme un dingue avec Gérard et il peut se retrouver sans rien du jour au lendemain. Gérard t'a mise à l'abri avec cette maison et une assurance vie conséquente.

— Tu ne vas pas dire que je suis favorisée quand même ! Je te rappelle que je viens de perdre mon mari.

— Je n'ai jamais dit cela. Se retrouver seule avec un bébé, ce n'est le rêve de personne. Mais ça arrive à des femmes qui n'ont ni situation, ni confort financier. En ce qui concerne la société, il s'agit simplement de la loi. Quand on accepte une succession, on ratifie le passif comme l'actif. Tu dois aider à la résolution des problèmes de l'entreprise.

— Mais je n'en veux pas de cette société !

Dans son affolement, elle renversa sa tasse. Le café se

répandit sur le tapis. Nicolas l'aida à éponger et, lorsqu'il regarda Juliette en coin, elle lui adressa un clin d'œil.

— Je ne veux rien avoir à faire avec ça, répéta Marie en s'asseyant.

— Dans ce cas, je te conseille d'appeler le notaire et de le rencontrer d'urgence. Avant ton départ.

— Qu'est-ce que je dois lui dire ?

— Que tu renonces à tes parts.

Elle se précipita sur le téléphone.

Un peu plus tard, lorsque Juliette prit place en voiture à côté de Nicolas, elle s'écria :

— Exit les branches mortes !

Il ne répondit pas, il la fixait des yeux avec un sentiment étrange. Elle assumait ses cinquante-trois ans, élégante, un jean serré dans les bottes de cuir, une ceinture aux motifs argentés, le col de la veste doublé de fourrure enrobant ses boucles brunes. Et ses yeux si beaux... Il la revoyait lorsqu'elle était venue l'embrasser avant son départ pour Montréal, le regard vide, le visage décomposé. Elle lui avait dit partir pour quelques semaines, expliqué son besoin de changer d'air.

— Qu'est-ce que tu as fait au Canada ? demanda-t-il enfin. Il m'avait semblé voir s'enfuir une martyre poursuivie par les fauves, et tout à l'heure j'ai cru voir un fauve prêt à dévorer la martyre.

Juliette éclata d'un grand rire sonore.

— Marie la martyre ? Elle m'a quand même volé mon mari il y a quelques années. Mais tu as raison, je ne suis pas restée inactive à Montréal. Au début, je m'ennuyais, alors je suis allée voir notre importateur de vins et il m'a présentée à son beau-frère qui gère une banque d'investissement. Il cherchait une assistante pour assurer le premier contact avec les clients potentiels. J'ai d'abord joué le rôle de débroussailleuse. Recevoir, écouter, assembler les pièces, constituer les dossiers. Je me suis passionnée pour ce travail, et j'ai progressé. Jusqu'à étudier la faisabilité, les garanties.

— Et Erwan ? Je suis peut-être indiscret, mais tu n'en parles pas depuis ton retour…

— Parce qu'il n'y a rien à dire.

— Il va bien ?

— Oui, je pense. Mais, dis-moi, Nico, l'anniversaire de ta petite Marion, c'est bien le 19 décembre ? Dis-lui que j'organise un dîner pour elle aux Alizés. Je n'ai pas fêté l'anniversaire de ma filleule depuis trois ans.

Il comprit, à cette diversion, qu'elle n'avait décidément pas envie de parler de sa vie au Canada.

## 2

Depuis la fenêtre de son bureau, Erwan Morris regardait la ville blanche, écrasée par sa carapace de glace. Bordant le parc du Mont-Royal s'alignaient d'imposants immeubles qui faisaient rempart aux bourrasques de neige. Montréal était si belle à l'approche de Noël, malgré les moins dix-huit degrés qui s'affichaient ce matin-là.

Il revint vers son bureau. Il disposait d'une demi-heure avant de compter les gouttes, préparer le thé, accueillir le médecin. Il se servit une tasse de café brûlant qu'il but à petites gorgées. Ses arômes se mêlaient à l'odeur poussiéreuse d'un bouquet de fleurs séchées oublié dans un vase, au coin de la cheminée. Il s'installa dans son fauteuil et se laissa aller, les yeux mi-clos, cherchant refuge dans ses rêves éveillés. D'habitude il attendait la nuit et le silence de sa chambre, à peine troublé par le bruit du vent dans les arbres, pour penser à Juliette et accéder à une sorte de détachement paisible. Mais son coup de fil, un quart d'heure plus tôt, l'avait bouleversé : « Je vais rester à Bordeaux pour les fêtes... Prends bien soin de toi, je t'aime... »

Comment aurait-il pu en douter ? C'était bien l'amour qui les avait rapprochés, un grand amour né des épreuves qu'ils avaient traversées et qui les avaient si profondément marqués que leurs visages en portaient encore la trace.

Trois ans plus tôt, Erwan avait décidé de rentrer quelques semaines à Montréal pour officialiser sa séparation d'avec Karen et revoir les lieux où son fils Geoffrey avait grandi, ressusciter son souvenir. Ce retour-là s'apparentait à un pèlerinage. Mais, sur place, il avait trouvé sa femme amaigrie, diminuée. Elle lui en avait fourni l'explication sans détour : maladie de Charcot. Une maladie dégénérative qui, sous sa forme sévère et invalidante, attaquait les fonctions neuromusculaires et cérébrales. Karen était alors dans la première phase, elle souffrait d'une grande fatigue, perte de poids, raideurs, et elle savait que c'était incurable. Elle qui avait rêvé d'implanter dans le monde entier les succursales de la chaîne de magasins héritée de ses parents, elle, si habile à maîtriser les bilans comptables, se trouvait confrontée à un chiffre sans appel, à ce seul petit nombre d'années qui dorénavant constituaient son destin.

Plus rien ne subsistait entre Erwan et elle, sinon de l'amertume et un amour figé dans le passé. En le revoyant, elle déversa sur lui toute sa rancœur, jusqu'à lui reprocher la mort de leur fils. À trente ans, elle avait éprouvé un irrépressible désir de maternité, elle y voyait l'aboutissement d'une vie pleinement réussie. Avec la naissance de Geoffrey, alors qu'elle ne croyait pas en Dieu, elle s'imagina accéder à une forme d'immortalité. Ce qui n'avait pas empêché la femme d'affaires qu'elle était de laisser à son mari et à une escouade de nourrices, gouvernantes et baby-sitters le soin de s'occuper de l'enfant.

« C'est de ta faute s'il est mort, pourquoi l'as-tu incité à venir en France ? »

Il avait renoncé à se justifier une fois encore. À lui redire que Geoffrey ne lui avait pas demandé la permission de débarquer en Gironde. Qu'il n'était pour rien dans son décès, que le coupable était en prison. Et qu'à l'aune de leurs vingt-sept années de tendresse et de complicité, il souffrait tout autant qu'elle de sa disparition.

« J'ai tellement besoin de mon fils ! avait-elle crié. Tout ce que je te souhaite, c'est de crever tout seul toi aussi, le moment venu. »

Il s'était entendu lui répondre qu'elle n'était pas seule, qu'il était là. Et il avait repris sa place dans cette froide et grande bâtisse qui lui pesait avec ses plafonds trop bas, son luxe suranné, ces enfilades de pièces où leur fils avait vécu jusqu'à ses dix-huit ans. Il était revenu tenir son rôle d'infirmier parmi les ombres et les fantômes hideux qui tournoyaient devant les fenêtres étroites, calfeutrées tout l'hiver.

Un jour, Juliette était arrivée à Montréal. Elle s'était installée dans un appartement de la rue Sainte-Catherine, et Erwan avait cru retrouver ces nuits vécues comme un miracle, le bonheur inouï qu'ils avaient partagé en France. N'était ce téléphone qu'il gardait sans cesse à portée de main. Très vite, leurs rencontres s'étaient résumées à quelques heures dérobées à la maladie de Karen. Il mesurait le sacrifice consenti par Juliette, et l'égoïsme qui l'avait poussé à l'accepter. Une pensée lui vint qui le fit tressaillir. Deux images opposées : la solitude qu'elle s'était imposée par amour pour lui, et ses retrouvailles actuelles avec sa fille et ses vignes. Il prit peur. Il contempla le visage aimé dans le cadre de bois qu'il avait posé sur son bureau, à l'abri de la curiosité de Karen qui ne quittait plus le premier étage. Il pensa à tous les moments qui leur étaient volés, les joies de chaque jour, se réveiller près d'elle, l'aimer, inventer des projets. Il réalisa que Karen le privait de la seule chose qui vaille à cinquante ans. Le temps.

Il avait besoin de revoir Juliette. De goûter sa présence, de s'imprégner, de se gorger à nouveau de son bonheur, de vivre à côté d'elle. Besoin de raviver ses souvenirs. La revoir à n'importe quel prix, pour qu'ils n'oublient pas combien ils s'aimaient. Alors surgit la solution, évidente : la rejoindre à Bordeaux pour les fêtes du nouvel an. Juste trois ou quatre jours pendant lesquels une infirmière s'occuperait de Karen. Comment n'y avait-il pas pensé plus tôt ? L'idée lui semblait tellement simple et magnifique.

Il consultait les horaires des vols sur Internet lorsque arriva le docteur Galland. Il le conduisit au premier étage dans cette immense pièce qui servait à la fois de chambre, de salon et d'infirmerie, où Karen reposait dans un lit encombré de coussins. En les accueillant, celle-ci eut un frémissement des lèvres, comme si elle réprimait un cri. Dans sa progression, la maladie paralysait les membres inférieurs et Karen passait maintenant du lit au fauteuil roulant, du coin de la cheminée à la fenêtre.

Erwan ranima le feu dans l'âtre, ajouta une bûche et se retira. En longeant le couloir, il se regarda dans le miroir qui surplombait la desserte. Ce pantalon de velours déformé, ce pull trop grand dont les mailles s'étiraient... Il se négligeait et devrait renouveler sa garde-robe avant de partir pour la France. Juliette avait un don pour organiser des soirées sobres et chics.

Sa résolution prise, un sentiment d'allégresse l'envahit comme il n'en avait pas éprouvé depuis longtemps. Il s'installa à son bureau et rédigea la liste des choses à faire avant son départ. D'abord, l'infirmière. Le médecin le rejoignit peu après.

— J'ai les résultats du dernier électromyogramme. Je suis désolé, monsieur Morris, mais la maladie a atteint un stade irréversible.

Il ne l'ignorait pas. Karen elle-même ne lui avait laissé aucune illusion à ce sujet. Il laissa le médecin poursuivre.

— La dégénérescence du système nerveux provoque déjà une atrophie des muscles des jambes et du bassin. Il faut s'attendre à une aggravation dans les mois à venir. Cela risque d'être long et pénible.

Du bout des doigts, Erwan tapotait son bloc-notes. Billet d'avion, cadeau pour Juliette... Son regard se posa sur le portrait, attirant l'attention du médecin sur ce visage de femme qu'il avait déjà remarqué : un peu marqué, mais joli avec ses yeux verts, ses cheveux bruns, et ce sourire...

— J'ai besoin de votre avis, docteur. Puis-je m'éloigner trois ou quatre jours pour le nouvel an ? Je trouverai la meilleure infirmière qui soit pour veiller sur ma femme durant mon absence.

— C'est une excellente idée. Vous avez besoin d'un

répit. Je pense pouvoir vous recommander quelqu'un de confiance. Vous pourrez partir tranquille.

Il fut tenté d'ajouter qu'il n'en aurait sans doute plus l'occasion par la suite. Mais il savait que c'était inutile. Erwan s'était réfugié derrière un demi-sourire triste et résigné. Ils s'étaient compris.

## 3

— Comme vous vous ressemblez ! dit Tonia à l'adresse d'Isabelle et de sa mère, tandis qu'elles préparaient le dîner d'anniversaire de Marion, la filleule de Juliette.

D'un sourire, Isabelle remercia Tonia d'avoir souligné cette ressemblance. Les pommettes, le sourire peut-être. Un court instant cette constatation lui fut douce et rassurante, mais elle ne put s'empêcher de répliquer :

— Merci, mais je n'ai pas l'intention de ressembler à qui que ce soit !

— On te croit volontiers, renchérit Juliette, tu as suffisamment de caractère pour cela.

Chacune retourna à sa tâche sans rien ajouter. Juliette avait concocté le menu : feuilletés de petits légumes à la coriandre, gigot d'agneau, fromages et salade. Tonia décorait son gâteau au chocolat avec quatorze bougies. La grande table, nappée de blanc, était recouverte en son centre d'une surnappe lilas. Pas de porcelaine ni d'argenterie, mais le service anglais en faïence bleue, des couverts stylisés aux manches colorés et de jolis verres aux pieds torsadés. Isabelle dressait des bouquets pour chaque convive dans des coupelles, et Juliette disposait les bougeoirs.

Toutes trois s'affairaient en silence, enfermées dans leurs pensées. Tonia repoussait d'année en année son départ à la retraite. Elle avait passé sa vie au service de Lise Leroux, puis de Juliette, sa fille, et enfin d'Isabelle, partageant les drames, les secrets, et les bonheurs de chaque génération de femme, mais elle avait toujours eu une préférence pour Juliette qu'elle avait vue affronter les trahisons et les malheurs avec courage alors qu'elle s'imaginait faible. Le regard de Tonia s'attarda de nouveau sur Isabelle et sa mère, si semblables et si différentes. Elle avait perçu la gêne qui s'installait entre elles, la tension que recouvraient leurs silences.

— Que diriez-vous d'un thé, les filles ?

Après son départ, Juliette plaça les cadeaux pour Marion sur une petite table.

— Maman, c'est vrai que Marie compte s'installer à Nancy près de sa famille ?

— C'est ce qu'elle m'a dit.

— Je me demande si elle me laissera voir Benoît de temps en temps.

Juliette comprit que sa fille s'était attachée au bambin. Après tout, c'était son demi-frère.

— Ça dépendra de ta capacité à lui faire des cadeaux. Si Marie y trouve un intérêt financier, ne t'inquiète pas, elle te laissera le voir.

Le cynisme de la remarque fit tiquer Isabelle. Encore une manifestation du changement survenu. Juliette le sentit et reprit d'une voix adoucie :

— Ton père te manque beaucoup, j'imagine ?

— Non ? maman, pas autant que tu peux le penser.

Elle avait bien conscience que c'était sa mère qui l'avait élevée, avec attention et tendresse, durant ces nombreuses années où son père fuyait tout dialogue, toute confrontation avec elle. « La mort appartient à ceux qui partent », songea-t-elle. Voici longtemps qu'Isabelle avait décidé de ne pas laisser le deuil ruiner sa vie. Jamais.

Les convives étaient passés du salon à la salle à manger. Il y avait là Nicolas, sa femme Françoise, leurs jumeaux Charles et Lucas, et Marion. Assise en face de Juliette, sa marraine, la jeune fille avait l'impression d'être la reine de la soirée. Bien sûr, elle avait remarqué que sa mère buvait trop de champagne, suggérant qu'on débouche une seconde bouteille qu'elle avait emportée à table en s'exclamant :

« Ce champagne est délicieux !

— Tu les trouves tous délicieux », avait murmuré Marion.

Juliette avait entendu sa remarque, et la confusion fit rougir sa filleule. Elle avait si peur que tout le monde comprenne. Sur le gigot, Juliette proposa un château Les Alizés 2000 qui fut apprécié. Françoise tendit de nouveau son verre mais Nicolas la dissuada d'un geste. S'ensuivit un silence que Juliette rompit très vite :

— Alors, Nico, ce sont les élections municipales en juin prochain, tu seras candidat à ta succession, j'espère ?

— Bien sûr ! À moins que tu ne veuilles reprendre les rênes de la mairie ?

— Quelle idée ! Non, je ne crois pas. Ta liste est prête ?

— Pas encore. Justement, je voulais demander à Thomas de se lancer avec moi. En position éligible, bien sûr.

— Il n'en est pas question !

Tous les regards convergèrent vers Isabelle qui reposa sa bouchée de fromage dans son assiette.

— Le travail ne manque pas aux Alizés et je n'ai pas envie de me retrouver seule.

— Mais, Isabelle, c'était le cas de ta mère, souligna Nicolas. Elle a assumé son poste d'élue durant deux mandats tout en gérant Les Alizés. Tu n'es pas d'accord avec moi ?

Françoise lança un regard de défi à son mari et se servit un autre verre de vin qu'elle but d'un trait. Avant de lancer :

— Juliette a toujours forcé l'admiration.

— Ma mère a peut-être un admirable sens du sacrifice, mais pas moi, reprit Isabelle, je refuse l'esclavagisme. J'ai besoin de Thomas. Du moins tant que je m'occuperai du domaine !

Elle planta son regard dans celui de sa mère qui lui sourit sans mot dire, se contentant d'adresser un signe à

Tonia. Thomas se pencha vers Isabelle et posa un baiser sur sa joue.

— Je te propose que nous en reparlions plus tard, tous les deux.

Françoise éclata de rire.

— Ne te laisse pas embobiner, ma petite ! Tu ne sais pas dans quoi tu t'engages. Je ne te parle pas des réunions jusqu'à plus d'heure pendant que toi, tu regardes la télé comme une conne, et de ces meetings débiles où tu dois jouer les potiches parce qu'il paraît que c'est ton rôle d'épouse... Et, pire que tout, ce temps perdu, ce dévouement de saint, et pour qui, pour quoi ? Pour rien.

Juliette vit Nicolas se décomposer au fil des reproches que Françoise lui assénait tout en s'adressant à Isabelle. Il posait un regard triste sur ses enfants, tout en resserrant ses doigts sur son verre. Juliette s'avança alors vers Tonia et lui prit le gâteau des mains pour le poser devant sa filleule. Marion souffla ses quatorze bougies sous les applaudissements.

— Tout le monde aime le chocolat ? demanda Juliette.

Elle glissa un œil amusé vers Isabelle.

— Tiens, à ce propos, il faut que je vous raconte une histoire. Quand Isa avait cinq ou six ans, elle nous voyait toujours ouvrir dix ou quinze bouteilles pour nos séances de dégustation et goûter un peu de chacune. Et le jour où Tonia lui a préparé son gâteau d'anniversaire, elle nous a déclaré : « Quand je serai grande, je serai œnologue de chocolat ! »

Ce fut un éclat de rire général et Thomas posa un nouveau baiser sur la joue de la jeune femme.

— Je peux vous certifier qu'elle raffole toujours autant du chocolat. Quand nous allons au salon viticole de Bruxelles, elle en fait une cure et en rapporte des tonnes !

— Oh ! Tu exagères !

— À peine...

La discussion s'envola. Où fabriquait-on les meilleurs chocolats ? Les uns votèrent pour la Belgique, d'autres pour la Suisse. Juliette croisa le regard attendri de Nicolas qu'elle déchiffra sans peine : « Merci d'avoir réveillé le souvenir de ces années où nous étions heureux »...

Lorsqu'ils prirent congé, Nicolas demanda à Isabelle si elle accepterait de venir au bureau afin de trier les papiers de son père.

— Je peux m'en charger, proposa Juliette... Si tu veux bien, ma chérie.

Isabelle acquiesça.

— Avec plaisir. Je vis un rythme infernal en ce moment, et comme je te l'ai déjà dit, ça ne m'intéresse pas.

C'était le dernier jour d'école avant les vacances de Noël, l'excitation des jumeaux était à son comble. Nicolas préparait le petit déjeuner, un œil sur la pendule, l'autre sur les tartines glissées dans le grille-pain.

— Du calme les garçons, vous feriez mieux de manger, on va finir par être en retard.

Marion entra à son tour dans la cuisine et Nicolas remarqua sa petite frimousse contrariée.

— Ça ne va pas, ma puce ?

— J'ai essayé de réveiller maman, mais elle dort comme une bûche.

Il se demanda si Marion avait entendu l'agitation, cette nuit. Françoise avait vomi pendant des heures avant de s'écrouler, épuisée, sur le rebord de la baignoire. Il l'avait portée dans le lit, elle lui avait serré la main si fort qu'il avait cru qu'elle allait enfin lui parler, mais lorsqu'il s'était penché pour lui caresser les cheveux, elle l'avait repoussé. Jusqu'à quatre heures du matin, il l'avait veillée, en proie à ce sentiment de désarroi qui l'assaillait à chaque fois. Et toujours la même question : en quoi était-il responsable ? Il regrettait tellement de ne pouvoir aider sa femme, la délivrer de ses démons. Mais ils ne se parlaient plus, ne se comprenaient plus, au point qu'elle préférait boire plutôt que lui confier les raisons de ses tourments.

— Laisse-la se reposer, Marion, elle se réveillera plus tard.

— Mais papa, j'ai besoin qu'on signe le chèque pour la classe de neige de février. C'est le dernier jour, et si on ne paie pas aujourd'hui, ils ne m'inscriront pas !

Nicolas s'exécuta et remit le chèque à sa fille. Elle lui demanda s'il viendrait les chercher le soir.

— Ce soir, ça me sera difficile, je quitterai le bureau assez tard, mais maman ira.

Marion haussa les épaules.

— Cette semaine, elle nous a laissés attendre deux fois jusqu'à six heures, et même plus !

— Bon, je vais appeler mamie. Allez, en route maintenant, vous êtes en retard et moi aussi.

En chemin, il se répéta tout ce qui l'attendait ce jour-là. Le rendez-vous avec Juliette au bureau, obtenir une rencontre avec le banquier début janvier. Il lui restait à peine quelques jours pour faire progresser le dossier Sogepa, la bouée de sauvetage de la société, puis la réunion du conseil municipal en soirée. Et ne pas oublier d'appeler sa mère afin qu'elle se charge de ses petits-enfants...

Avant de se rendre à l'entreprise de son ex-mari, Juliette fit un détour par la mairie. Comme autrefois, elle gara sa voiture dans l'emplacement réservé aux élus et au personnel, puis contourna le bâtiment à pied en direction du square Montesquieu.

Le temps était froid et sec, on annonçait de la neige pour la semaine suivante. Tout ce qui l'entourait lui semblait familier, mais comme altéré par le temps, les jardins rincés par la pluie de la veille, les pensées recroquevillées dans leurs massifs, et la fontaine qui ne coulait plus. Ses bottes martelaient le sol gelé. Elle gagna le mur d'enceinte au-dessus de l'estuaire. À présent, aucun voile, aucun nuage ne troublait le bleu du ciel, si limpide. Les murs de la citadelle prenaient des reflets rose argenté sous les faibles rayons du soleil. Juliette humait les parfums de l'hiver, tout en restant étrangère à la luminosité exceptionnelle de ce matin-là et à la fraîche morsure du vent sur sa peau.

Étrange soirée. Que se passait-il chez les Frémont ? Cette tension palpable, et le penchant de Françoise pour la boisson. Elle avait conservé d'eux l'image d'un couple paisible, d'une famille épanouie. Et, tout au long du dîner, elle avait perçu l'agressivité d'Isabelle. Lui en voulait-elle à ce point d'être partie ? S'était-elle trompée en la croyant prête à gérer Les Alizés ? Elle lui avait toujours donné l'impression d'être comme sa propre mère, de ces femmes de tête qui ne doutent jamais avant d'agir.

Isabelle semblait plier les gens et les choses à sa volonté. À l'instar de sa vie avec Thomas. Juliette l'avait toujours trouvé beau garçon, avec sa peau ambrée de métis, sa démarche sûre, son sourire avenant. Elle se rappelait l'arrivée du jeune homme quelques semaines après le décès du fiancé d'Isabelle. Thomas avait su prendre sa place auprès d'elle, avec calme et pondération. En témoignait l'assurance tranquille avec laquelle il avait réagi la veille au soir.

Le vent avait forci, porté par la marée, chargé de relents acides. Au pied de la citadelle, de courtes vagues déposaient leurs corolles d'écume. Juliette tourna les yeux vers les vignes qui entouraient Saint-Louis. Dès l'adolescence, elle avait appris de sa mère la générosité exacerbée de cette terre à laquelle elle avait tout sacrifié jusqu'au moment de son départ. Ce qui l'avait arrachée à ses racines était encore trop douloureux, comme si chaque cri, chaque sanglot restait noué aux ceps de la vigne, rivé à leur lit de cailloux. Quelque chose de pernicieux l'obsédait, quelque chose de sombre qui ne voulait pas lâcher prise.

Elle n'était plus nulle part chez elle, pas plus ici que dans le petit appartement de Montréal. Dépossédée de ses origines, étrangère dans son pays d'adoption, elle était devenue une apatride condamnée à se contenter du moment présent.

Elle eut envie de boire un café mais, consultant sa montre, s'avisa qu'elle avait oublié l'heure. Lorsque, un peu plus tard, elle se gara devant les établissements Courson-Frémont, Nicolas descendait de voiture. Il portait un pardessus sombre et une écharpe. Elle sourit en pensant à son propre manteau noir et au châle qui l'enveloppait. Ils avaient la même allure.

Ils burent leur café en évitant d'évoquer la soirée de la veille. Une certaine gêne s'était glissée entre eux.

— Tu sais, Marion était ravie de ses cadeaux, finit-il par dire. Merci pour cette soirée, c'était une bonne idée.

— J'espère...

Il posa la main sur la sienne.

— Ne t'inquiète pas, Juliette, tout était parfait.

Il souriait. Beaucoup de reflets argentés dans l'ondulation naturelle de ses cheveux sombres. Il avait changé et vieilli. Apparemment, il souffrait, quelque chose l'avait quitté. Était-ce la confiance, l'espoir ? Cependant, de toutes les personnes que Juliette avait retrouvées, Nicolas lui semblait la plus vivante.

— Tu veux encore du café ?

— Tout à l'heure, Nico. Si tu me montrais les papiers de Gérard ?

Une seule grande fenêtre donnant sur le parking éclairait le décor minimaliste de la pièce, avec ses murs blancs et ses dalles de sol noires et plastifiées. Sur les étagères s'alignaient dossiers, manuels d'informatique, dictionnaires. Le meuble de bureau, un grand plateau en verre fumé, accueillait des casiers à tiroirs, deux téléphones, des portraits d'Isabelle et de Benoît. Un coffre avait été aménagé derrière le fauteuil. Dans un coin, une table ronde et quatre chaises métalliques. Rien que l'essentiel. Projets, ébauches de contrats, courriers et factures remplissaient les tiroirs. Nicolas prit une clé dans le tiroir du bureau et ouvrit le coffre.

— Je n'ai pas encore regardé à l'intérieur. Je trouvais que c'était plus correct qu'un membre de la famille soit présent. Mais apparemment, cela n'intéresse ni Isabelle, ni Marie.

Le coffre, en revanche, renfermait des documents plus personnels : une copie du testament déposé chez le notaire, des analyses de sang, un bilan de santé. Visiblement, Gérard savait que son rythme de vie comportait des risques, il les avait assumés. Nicolas ouvrit un dossier rangé au fond du coffre. Il fut surpris d'y découvrir le titre de propriété d'un terrain situé entre la commune de Saint-Louis et celle de Prignac, près des grottes des Aubiers. L'achat avait été réalisé au nom de la société. Le dossier incluait aussi une proposition de reprise par le Conseil régional d'Aquitaine, mais à un prix nettement supérieur.

— Tu as remarqué, Nicolas ? demanda Juliette. C'est le terrain de l'ancienne cave coopérative. Gérard ne t'avait rien dit ?

— Non, il aurait pu m'en parler, c'était l'argent de l'entreprise.

— Je ne comprends pas le but de cet achat. Et toi ?

Nicolas réfléchissait.

— Je ne le vois pas spéculer, ça ne lui ressemblait pas. Il envisageait peut-être d'investir dans un projet local. Nos collectivités, avec les instances régionales, ont l'intention d'implanter un complexe d'œnotourisme des deux côtés de l'estuaire, les appellations Blayais-Bourgeais d'un côté, le Médoc de l'autre, avec le bac qui relie les deux rives.

— Et Saint-Louis est partie prenante dans ce projet ?

— En gérant une commune viticole, comment pourrions-nous l'éviter ?

— Ça n'a pas l'air de t'enthousiasmer.

— Tu as été maire trop longtemps pour ne pas comprendre. Les grandes idées médiatiques sont l'apanage des politiques, à eux les lauriers en cas de succès, mais si les résultats ne sont pas ceux escomptés, on laissera le maire se débrouiller seul face au mécontentement des administrés.

Juliette eut un petit clappement de lèvres et secoua la tête.

— Il y a quelque chose qui cloche dans cette opération immobilière. J'imagine mal Gérard s'investir dans un projet lié au vin. Il avait horreur de cela. Chaque fois qu'au cours d'un dîner officiel il était contraint de déguster… Je revois encore sa tête !

— Socrate buvant la ciguë ?

— À peu près, oui…

Le souvenir de cet homme qu'ils avaient aimé chacun à leur manière déclencha leurs rires. Puis ils se regardèrent, un peu émus, avant de reprendre l'examen des papiers. Soudain, Nicolas s'arrêta sur un document.

— Tu avais raison Juliette. Regarde, il avait une tout autre idée en tête, il avait préparé une lettre de refus pour le Conseil régional.

En quelques phrases courtes aux mots choisis, c'était un non sans ambiguïté.

— Que comptes-tu faire, Nico ?

— J'avoue que ma première réaction serait de revendre ce bien et d'assainir les comptes de la société.

— Je sais que c'est facile à dire, mais peut-être serait-il préférable de ne pas se précipiter. On peut laisser passer les fêtes et tenter de recueillir d'autres éléments d'information.

— Et d'abord rencontrer le notaire qui a rédigé l'acte de vente. Gérard lui a peut-être confié ses intentions.

Ils regagnèrent le bureau de Nicolas et ce dernier emplit leurs tasses de café.

— Nicolas, consentirais-tu à me faire une petite place ici ? Si tu es d'accord, je vais rester quelque temps pour t'aider à éclaircir la situation et voir ce que nous pouvons envisager pour la société.

Il s'arrêta de boire et sa tasse resta levée à hauteur de leurs visages.

— Rien ne pourrait me faire plus plaisir. Mais… Erwan ?

— Il n'a pas vraiment besoin de moi en ce moment.

— Moi, si ! Content de te garder, tu m'as manqué. Je me suis senti un peu isolé après ton départ. Je restais le seul de notre petit groupe. Tu te rappelles notre club ?

— Le Cercle des invincibles ! Nous avions copié notre règlement sur le Club des amis de Tintin.

— Aider les personnes âgées à traverser la rue, porter leurs sacs à provisions, défendre les animaux…

Ce souvenir les émut au point d'embuer leurs yeux. De belles histoires d'enfants, des amitiés d'adolescents.

— Nous ne sommes plus que tous les deux, aujourd'hui.

— C'est vrai, répondit Juliette.

La vie avait dispersé et décimé les membres du Cercle des invincibles. Élise Renan, la notaire, était morte au cœur de la tempête trois ans plus tôt, Olivier Jouvain, propriétaire d'un vignoble en faillite, s'était suicidé en laissant sa femme Hélène et leurs deux enfants.

— J'ai cru comprendre qu'elle était partie ? dit Juliette.

— Oui, elle a travaillé un temps avec ta fille, et elle s'est mise en ménage avec le commissaire Lenoir. Il a été muté à Toulouse l'année dernière.

Juliette hésita à prononcer le nom de Jean-Pierre Deltec, le meneur de la troupe. Qu'était-il devenu ?

— Jean-Pierre est parti en Afrique peu de temps après ton départ pour le Canada. Tu te souviens ? Il avait toujours rêvé de missions humanitaires…

Comment l'aurait-elle oublié ? Elle ferma les yeux un instant. Avant de s'interroger à haute voix :

— Sait-on à quel moment on devient adulte ?

— Quand on ne croit plus au père Noël ?

— Non, quand la vie nous assène la énième claque et qu'on ne sait toujours pas comment réagir.

Nicolas remarqua chez Juliette une crispation à la commissure des lèvres. Son regard s'était échappé vers la fenêtre et l'horizon des vignes. Elle tremblait. Il lui prit la main.

— Pourquoi es-tu partie ?

— Pour me prouver qu'au moins une fois, j'étais capable de tout abandonner. Je me demande si j'ai eu raison de revenir. Je crois qu'Isabelle m'en veut beaucoup. J'ai cru bien faire en lui laissant le domaine, j'étais tellement sûre qu'elle en rêvait. À présent, je ne suis plus sûre de rien.

— Elle pensait sans doute que tu rentrerais beaucoup plus tôt. Mais crois-moi, ma grande, elle était prête ! Les Alizés sont devenus sa vie.

— Et quelle est ma place dans cette vie ? Je ne sais plus.

Au fond, elle se demandait si elle n'avait pas redouté l'idée de travailler avec sa fille.

— Juliette, quoi que tu décides, je reste ton ami.

Elle observa ces beaux yeux noirs qui parfois se figeaient, ce visage marqué par la barbe toujours renaissante et le sourire, si las à cet instant.

— Moi aussi, Nicolas, je suis ton amie.

À son retour aux Alizés, un message l'attendait dans la boîte mail de son ordinateur : *Si tu veux bien de moi, je viens passer le nouvel an avec vous. Je t'aime. Erwan.*

# 4

Ce samedi matin, en l'absence de personnel, Thomas effectuait une livraison en Charente. Isabelle lui prépara les factures et attendit son départ pour mettre la cafetière en route. Ils s'étaient disputés la veille ou, plus exactement, elle s'était emportée quand il lui avait confié son intention de rejoindre la liste électorale de Nicolas Frémont.

« Je serai conseiller municipal, rien de plus ! Mais l'expérience me tente, et puis j'ai l'impression, vu l'ambiance familiale, que Nicolas a besoin d'un coup de main.

— Je m'en fous !

— Isabelle, pourquoi réagis-tu comme ça ? Ça ne m'empêchera pas de travailler avec toi. D'ailleurs, Nicolas l'a dit lui-même, ta mère a bien réussi à gérer sa propriété et les affaires de la ville.

— Ah non ! Tu ne vas pas t'y mettre, toi aussi. Ma mère a peut-être réussi à tout concilier, mais on ne peut pas dire que sa vie de famille soit un succès. »

Elle était partie s'enfermer dans la salle de bains en claquant la porte. Lorsqu'elle était revenue, peu après, Thomas était assis, nu, les bras et la tête appuyés sur le montant du lit. Tandis qu'elle se brossait les cheveux, elle l'observait dans le miroir, avec son sourire désarmant, si lumineux, apaisant. Elle s'approcha et blottit sa tête au creux de son épaule.

« Isabelle, tu sais à quel point je t'aime, j'ai envie de suivre Nicolas. Veux-tu me faire confiance ? »

Elle murmura « Oui » en l'entourant de ses bras, cherchant sa bouche, ses mains, son corps.

Elle s'était servi une grande tasse de café et croquait un biscuit. Avec toutes ces commandes en cours, la secrétaire n'avait pas eu le temps de relancer les règlements de factures du mois précédent, et elle tenait à ce que ce soit fait avant la trêve de Noël.

— Chic, du café ! (Juliette embrassa sa fille et se saisit d'une tasse.) Quel froid ce matin ! Où est Thomas ?

— Parti livrer un client en urgence.

Juliette n'osait pas demander à sa fille comment elle allait. Cette nuit, elle avait cru entendre des éclats de voix.

— Tu t'occupes des factures ? Je peux t'aider ?

— Non. À moins que tu veuilles t'en charger à ma place ?

— Isabelle, tu pourrais changer de ton ! J'ai l'impression que tu me considères comme ton ennemie.

— Pardon, mais tu fais tout pour ça. Thomas accepte la proposition de Nicolas pour la mairie, tu es contente ?

— C'est une idée de Nico, je n'y suis pour rien ! rétorqua Juliette.

Ainsi, Thomas lui avait tenu tête. C'était certainement nouveau pour Isabelle qui, jadis, obtenait tout de son entourage en l'absence de son père.

— Le temps qu'il perdra avec ses obligations, je devrai m'employer seule à la propriété.

— Seule ?... Avec un maître de chai, du personnel dans les vignes, une secrétaire, des stagiaires, et l'assistante commerciale que tu viens d'engager ? Tu m'en diras tant...

— Il fallait bien que je m'organise puisque tu m'as laissée me débrouiller.

— Tu ne demandais que ça !

— C'est ce que tu t'es dit pour soulager ta conscience ?

— Je t'interdis de me parler comme ça ! Tu as du culot de me reprocher de t'avoir laissé ma place alors qu'aujourd'hui tu crèves de trouille que je te la reprenne. Tu crois que je ne comprends pas tes allusions : « Quels sont tes projets, maman ?... Tu restes jusqu'à quand ? »

Juliette avait violemment haussé le ton et son visage

s'était crispé sous l'effet de la colère. Isabelle ne reconnaissait plus la mère dont l'affection inconditionnelle l'avait parfois encombrée. Elle apparaissait si différente. Même sa démarche et sa voix s'étaient transformées.

— Je ne sais pas ce que tu as vécu au Canada, maman, mais tu as changé.

— Parce que je suis moins sotte qu'avant ? Sache que je ne m'occuperai plus des Alizés, tu t'en tires très bien « toute seule ». Et puis, j'ai travaillé une bonne partie de ma vie avec ta grand-mère, qui était un tyran, je n'ai pas envie de renouveler l'expérience avec toi.

Isabelle piqua un fard et farfouilla dans ses papiers pour se donner une contenance. Éviter la réplique cinglante et la cassure qui auraient pu les séparer pour de bon.

Mais sa mère ne lâchait pas prise :

— Ça m'attriste de trouver chez toi les mêmes traits de caractère. Tu n'as pas à interdire à Thomas de se présenter à la mairie. Quant à moi, je resterai ici le temps qu'il faudra pour aider Nicolas à sauver la boîte de ton père.

— Eh bien, ne comptez pas sur moi !

— Je sais, mais je te rappelle au passage que même si tu te plains de ton sort, tu as entre les mains un domaine florissant que quatre générations de femmes se sont battues avant toi pour amener où il est. Ce n'est pas le cas de Nicolas, ton père et lui ont créé cette entreprise en partant de rien, et je considère que c'est mon devoir d'être à ses côtés. Mais, rassure-toi, je ne m'imposerai pas ici, je ne compte pas m'incruster aux Alizés.

— Et où iras-tu ?

— Je ne sais pas. Ah, encore une question ! Je peux disposer d'un véhicule de la propriété pour mes déplacements ?

— Tu peux prendre la voiture de papa. Je n'en veux pas.

Juliette donna quelques coups de fil puis elle prit la route de Bordeaux avec le désir de se détendre et de flâner à la recherche de cadeaux de Noël. La route serpentait entre les vignes. Leurs branches décharnées se dressaient dans le brouillard. Un vertige la saisit. Elle repensait à tous ces matins où les premiers rayons du soleil la voyaient arpenter seule les rangs de vignes, les règes, comme on disait dans le pays, inspectant les feuilles nimbées de rosée, brisant çà et là une vrille gorgée de sève. Pendant des années, sa vie avait commencé et fini à cet endroit, entre ciel et terre. Elle avait maintenant la certitude que cette période était révolue. Au-delà des coteaux absorbés par la brume s'esquissait une autre histoire dont elle venait à peine de tracer les contours.

Aussitôt après sa dispute avec Isabelle, elle avait appelé Marie qui avait accepté de lui louer Les Cèdres. Elles avaient arrêté la date du 27 décembre pour officialiser la location. Chacune y trouvait son intérêt. Juste avant de prendre l'autoroute, elle fit un détour par l'entreprise Courson-Frémont. Nicolas était absent, mais il avait laissé à sa secrétaire les clés du bureau de Gérard pour qu'elle s'y installe. Les étagères étaient vides et propres, un tapis recouvrait les dalles qu'elle avait trouvées si impersonnelles et laides. Et sur le coin du bureau l'attendaient un bouquet de fleurs et un mot : *Voici ton bureau, je suis heureux de travailler avec toi. Toute l'équipe te souhaite la bienvenue. Nico.*

Sa maison, sa voiture, et maintenant son bureau. Juliette pensa qu'elle n'en finissait pas de se couler dans l'univers de son ex-mari.

Arrivée à Bordeaux, elle laissa sa voiture dans un parking pour profiter du tramway. Elle observait sa ville comme si elle n'avait jamais pris le temps de la voir. Bordeaux resplendissait dans ce matin d'hiver. Elle redécouvrait l'ordonnancement classique du cours de l'Intendance, puis les allées de Tourny, du nom du munificent intendant de Guyenne qui avait embelli la ville sous le règne de Louis XV, avant d'atteindre les quais et la place de la Bourse qui s'érige en demi-cercle face au fleuve, tel un rêve de pierre. Juliette descendit du tram. Pour la première fois, elle marchait lentement, attentive à la beauté des immeubles, au luxe des vitrines. Les passants étaient nombreux autour d'elle à s'émerveiller du décor, mais elle était la seule à contempler la lumière sur les toits, le soleil polissant les façades ornées de mascarons. Tout à ce spectacle, elle bouscula par mégarde une femme qui lâcha son sac. Juliette le ramassa, s'excusa, frappée par le regard haineux que lui décocha l'inconnue. Se connaissaient-elles ? Elle aurait juré que oui, sans pouvoir mettre un nom sur cette physionomie. Elle regarda la femme s'éloigner. La démarche lourde, les cheveux courts, gris, le manteau fripé. Elle chercha en vain dans ses souvenirs. Une ancienne employée, peut-être.

Juliette entra dans une librairie et s'attarda devant les ouvrages exposés avant de choisir une belle édition de *L'Histoire de Bordeaux* pour Thomas et des livres illustrés pour les garçons de Nicolas. Au moment de remonter la rue Sainte-Catherine, la grande artère commerçante du centre-ville, elle ressentit une vive émotion. C'est dans la rue Sainte-Catherine à Montréal qu'elle avait trouvé un appartement quand elle avait débarqué, ses bagages à la main, et qu'elle avait entendu Erwan lui dire : « Je suis désolé, mon amour, Karen est très malade, je ne peux pas l'abandonner… » Elle avait consenti à vivre en solitaire, recluse même, tant elle redoutait que le téléphone ne sonne en son absence. Elle espérait ses appels, et lui ne pouvait se libérer qu'à l'improviste. Chaque instant leur était compté. Et, pour meubler l'attente, tous ses rêves « d'après », quand ils se retrouveraient.

Mais Erwan annonçait sa venue pour le nouvel an. Quatre jours ! Elle se promit qu'ils ne seraient pas séparés une seule seconde. En longeant la rue Porte-Dijeaux, elle remarqua une galerie de peinture et poussa la porte. À l'intérieur régnait une ambiance feutrée, à l'écart du bruit et de l'agitation de la rue. Un homme s'avança vers elle. La cinquantaine, svelte, avec des yeux gris, des cheveux blonds qui lui tombaient dans le cou. Il lui proposa de faire le tour de la galerie. Il s'agissait de l'artiste. Les couleurs flamboyantes de ses toiles animaient les cimaises de pulsations ocre et rouge sang. Un long moment, Juliette examina les tableaux, jetant par instants des coups d'œil en direction de leur auteur, cherchant dans son attitude, son regard, l'explication de l'œuvre. Elle l'imaginait crucifié devant ses toiles, en proie à d'indicibles angoisses d'où avaient jailli ces formes évanescentes, sensuelles et provocantes, ces visages extatiques ou suppliants. Une toile la fascinait : des ombres, des corps diaphanes dansaient dans les voiles d'une aurore boréale, alors qu'au loin jaillissait un embrasement, on aurait dit l'explosion d'un volcan. L'artiste avait intitulé son œuvre *Carpe Diem*. Elle s'approcha de lui.

— Depuis combien de temps exposez-vous ?

— Plus de vingt ans, mais peu en France, hélas. Plutôt aux États-Unis et au Canada.

— Au Canada ? Dans quelle région ?

— Montréal. Vous connaissez ?

— Je viens d'y séjourner trois ans. J'aime beaucoup cette toile. Le titre m'a interpellée, et ces formes, ces couleurs qui s'opposent, ce condensé d'angoisse et d'espoir. On se trouve devant un univers fantasmagorique et pourtant familier, comme si on le portait en soi.

Il semblait flatté et lui sourit, ému par ces mots. Peut-être la voyait-il sous l'apparence d'une héroïne de roman, élégante et fragile, et en même temps si conformiste. Elle avait certainement un mari, des enfants, un amant peut-être. Quelqu'un qui occupait ses songes et ses journées, qui répondait aux attentes de son cœur, de son corps ; quelque part, une vie.

— Racontez-moi comment tout cela vous vient.

— Je peins avec l'espoir de sortir de mon ignorance.

Il se mit alors à parler d'abondance, et elle ne se lassa pas de l'écouter, devinant dans son discours un désir sincère de soulever un coin du voile, de trouver par là un semblant d'apaisement. Puis il posa la main sur son épaule :

— J'aimerais poursuivre cette conversation avec vous. Que diriez-vous d'un déjeuner ? La galerie ne tardera pas à fermer.

Elle se raidit pour ne pas trembler au contact de cette main posée sur elle. Elle imaginait le déjeuner en tête à tête, les arrière-pensées, les interrogations, les confidences. Un trouble profond s'était emparé d'elle. Quelle femme était-elle sans le regard d'un homme ? Elle hésitait.

— Peut-être n'êtes-vous pas libre ?

— Je suis libre, s'entendit-elle répondre d'une voix légère.

À cet instant, la propriétaire de la galerie entra avec deux visiteurs dans ses pas.

— Libre... Mais pressée !

Effervescence autour d'eux, la galeriste s'immisça :

— Patrick, ces personnes souhaitent s'entretenir avec vous.

Elle n'avait pas dit « clients » car ce n'était pas l'usage dans ces lieux, mais son regard évaluait Juliette avec l'œil du commerçant avisé. Bon chic bon genre, une petite-bourgeoise.

— Madame ?

Juliette désigna le tableau dont elle avait déjà noté le prix. L'artiste, happé par les nouveaux venus, s'était éloigné. Elle régla par chèque. On lui livrerait *Carpe Diem* à sa nouvelle adresse. Ce serait le cadeau de Noël d'Erwan.

Sur le chemin du retour, Juliette se remémora sa conversation avec l'artiste, surprise de s'être entendue déclarer qu'elle était libre ! Elle n'était pas libre, et ne le serait plus jamais puisque Erwan existait. Mais, pour la première fois depuis longtemps, elle s'était sentie disponible.

Nicolas redressa les branches du sapin qui croulaient sous les décorations. Les jumeaux n'avaient pu se résoudre à choisir entre toutes les boules et les guirlandes emmagasinées au fil des années. Mais, depuis l'ouverture des cadeaux, Charles et Lucas n'avaient d'yeux que pour leurs nouveaux jeux électroniques. Marion regardait un film, assise près de son grand-père qui somnolait, les mains jointes sur son ventre. Nicolas se reprochait de tourner en rond alors qu'il avait tant à faire à l'entreprise. Il avait proposé son aide à la cuisine où sa femme et sa belle-mère préparaient un en-cas. À sa vue, elles avaient interrompu leur conversation, lui signifiant qu'il était de trop. Au moins, Françoise n'avait pas bu durant ces fêtes de Noël, elle ne buvait jamais quand ses parents étaient là. Heureusement, car il n'aurait pas pu revivre la crise de l'avant-veille. En rentrant avec les enfants, il l'avait trouvée endormie sur la table de la cuisine, à côté des légumes qu'elle n'avait pas épluchés et d'un poulet cru. Elle s'était éveillée la voix pâteuse, les yeux égarés. Plus tard, dans l'intimité de la chambre conjugale, il lui avait suggéré une fois encore de se faire soigner.

« C'est ça, tu veux te débarrasser de moi ?

— Mais non. Tu sais que je tiens à toi, jamais je ne voudrais une chose pareille, mais je pense que tu as besoin de te faire soigner.

— Oh, la ferme ! »

Il soupira en revivant la scène, puis son regard fit de nouveau le tour du salon, les jumeaux surexcités, Marion riant avec son grand-père qui s'était réveillé, et le sapin qui chancelait sous le poids des guirlandes. Il regarda sa montre, se leva et se retira dans son bureau.

Après avoir embrassé Isabelle et Thomas, Juliette choisit un livre dans la bibliothèque et monta dans sa chambre. Enfin, Noël était passé. Elle pensa que c'était l'une des dernières nuits où elle dormirait aux Alizés, dans cette chambre avec ses tentures damassées, ses tapis précieux et cette immense cheminée de marbre aux moulures dorées. Elle respira l'odeur de vieux bois ciré et celle des sachets de lavande que Tonia glissait dans les armoires. Sa chambre depuis trente ans. Au moins, pendant ces deux jours, avait-elle évité les prises de bec avec Isabelle. Le jour de Noël, Jean Soriac, le maître de chai, était venu déjeuner avec son épouse. On avait servi de jeunes vins du domaine, et Juliette avait complimenté Thomas pour sa première cuvée d'expert.

À présent, elle avait revêtu une chemise de nuit confortable, augmenté le chauffage, et s'était allongée avec son livre et sa tisane. Les branches d'un marronnier, agitées par le vent, raclaient les battants d'un volet. Elle pensa aux Noëls d'antan que sa mère transformait en événements mondains. La famille au grand complet et une kyrielle d'amis qui s'étaient éloignés de Juliette après son divorce et la mort de sa mère. Seule, ils la trouvaient sans doute moins intéressante. Et ces trois réveillons au Canada... Elle achetait du saumon, préparait des crêpes au sirop d'érable et ouvrait une bouteille des Alizés. Une bougie sur son plateau, la vidéo d'un film à grand spectacle. C'était romantique à vomir, avec le téléphone à portée de main pour joindre sa fille et attendre l'appel d'Erwan. La voix, les vœux d'Erwan. Aimée, mais seule.

Son portable sonna.

— Erwan ?

— Euh... Non, désolé ma grande, c'est Nicolas. Déçue ?

— Pas du tout. Tu as passé de bonnes fêtes ?

— En famille, oui. Et toi ?

— De même. Au fait, Nico, je ne t'ai pas encore remercié pour le bureau de Gérard. Tu vas rire ! Isabelle m'a également laissé sa voiture et j'emménage dans la maison de Marie après-demain.

— Quoi ?! Tu quittes Les Alizés ? Juliette, ça ne va pas ?

— Mais si, tout va bien, je t'assure. J'ai besoin

d'indépendance pour sortir et travailler à mon rythme. Je vis encore un peu à l'anglo-saxonne, tu sais…

— Est-ce que tu veux que je t'aide à emménager ?

— Volontiers ! D'autant que je dois faire vite, Erwan arrive lundi, pour quatre jours.

Karen était secouée de sanglots. Les larmes lui brûlaient les paupières, c'était la seule forme de vie qui lui restait. Se sentir pleurer. Comment pouvait-il la croire aussi bête ? « Je pars pour quatre jours… » Quasiment les mêmes mots qu'il avait employés treize ans auparavant : « Je pars quelques mois pour réfléchir, prendre du recul… » Soit la manière polie de dire qu'on fout le camp. Il lui avait fallu dix ans pour revenir, et c'était avec la seule idée de divorcer. S'il partait maintenant, elle savait qu'il ne reviendrait pas, l'autre l'attendait là-bas. Karen avait tout deviné quand sa rivale avait débarqué à Montréal trois ans plus tôt, comme elle avait compris lorsqu'elle était repartie à la mi-décembre. Le visage d'Erwan était un livre ouvert. Elle savait quand il rentrait d'un de leurs rendez-vous, il portait sur lui une odeur de sexe mêlée au *N° 5* de Chanel, et sa figure respirait le contentement du mâle repu. Elle avait souvent cherché à en savoir davantage, sur elle. « La salope… Bien campée sur ses jambes, en pleine forme. » Comme Erwan ne tombait pas dans le panneau de la dispute, elle l'accablait de remarques cruelles : « Petite et insignifiante, ah, je la vois bien, c'est tout ce qu'il te faut. » Elle les haïssait tous les deux, elle avait souhaité leur mort, elle la souhaitait encore.

Il la quittait une fois de plus, il l'abandonnait. Elle l'imaginait à sa descente d'avion, à Bordeaux, la cherchant des yeux dans le hall d'accueil, les baisers envoyés du bout des doigts, et la scène des retrouvailles, les effusions au milieu des bagages.

Rivée à son fauteuil, pantelante de souffrance, mutilée

dans ses élans de femme, Karen avait peu à peu perdu la mobilité de ses membres inférieurs, du bassin. Seuls les bras, la tête se pliaient à sa volonté, mais c'était provisoire. Que n'aurait-elle donné pour marcher une fois encore, une seule fois, explorer le bureau d'Erwan, ouvrir sa messagerie à la recherche de lettres d'amour, de photos, savoir à quoi elle ressemblait, cette garce, et se faire mal jusqu'à perdre conscience.

Les bourrasques de neige s'abattaient sur la ville depuis le milieu de la nuit. La circulation était difficile sur le pont Jacques-Cartier. Erwan avait perdu un peu de temps dans les boutiques des galeries marchandes, mais il avait trouvé des cadeaux pour Isabelle, Thomas, et même Tonia. Et pour Juliette, après avoir examiné les vitrines de cinq joailliers, il avait opté pour un collier en or avec un médaillon serti de saphirs représentant des myosotis. Ce matin-là, il avait imprimé son billet d'avion électronique.

Les essuie-glaces ne parvenaient plus à chasser la neige du pare-brise. Sous la tempête, il essayait de se remémorer les strophes d'un poème de Victor Hugo qu'il avait appris adolescent. Il neigeait. Il était question d'hommes s'abritant dans le ventre de chevaux morts, de solitude à l'instant de mourir. Juliette, elle, aurait su. Ses connaissances en littérature et en poésie l'avaient toujours impressionné.

Mais quels mots pouvaient traduire la terreur face à la mort, cette terreur qu'éprouvait sans doute Karen ? Et que pouvait-il faire de plus ? Elle souffrait, il ne pouvait pas la soulager, elle pleurait, il se sentait incapable de pleurer avec elle. Erwan arriva chez lui en même temps que l'infirmière. C'était une jeune femme gracieuse et souriante, à la voix posée. Il l'invita à faire le tour de la maison, une chambre avait été aménagée pour elle, contiguë de celle occupée par la malade. Il avait rédigé une liste de numéros d'urgence et établi le programme des visites : les livraisons du supermarché, la femme de ménage tous les matins, le médecin chaque jour entre treize et quinze heures. Il avait tout programmé avant son départ, comme un aviateur déclenche le pilotage automatique. En cas de difficulté majeure, il pourrait rappliquer en moins de dix heures.

Ils entrèrent dans la pièce où reposait Karen, émaciée, livide, les mains croisées sur son drap. Depuis qu'il lui avait appris son départ, elle refusait de s'alimenter.

— Laisse les volets fermés, la lumière du jour me fait mal, dit-elle d'une voix brusque.

Elle n'avait pas répondu au salut de l'infirmière et pointait un doigt accusateur vers son mari.

— C'est lui qui l'exige, moi, je n'ai pas besoin de vous, allez-vous-en !

— Karen, sois raisonnable, c'est seulement pour quatre jours.

— Je ne veux pas d'elle, trop jeune. Regarde-la, une incapable !

En raccompagnant l'infirmière, Erwan présenta ses excuses. La jeune femme le tranquillisa en affirmant qu'elle avait l'habitude d'un tel comportement. « Tout ira bien, monsieur, je vous assure. » Mais il n'était pas rassuré. Il le fut encore moins en retrouvant Karen. Il lui tendit le bouquet de fleurs qu'il avait acheté le matin même.

— Tu pourrais attendre le cimetière pour investir !

Elle savait qu'elle était injuste et méchante. Elle aurait voulu l'impossible : qu'il l'accompagne dans cet enfer.

— Karen, je sais que tu souffres, mais tu n'es pas obligée de te comporter comme ça.

— Et comment devrais-je me comporter pour te satisfaire ? Te laisser partir sans rien dire ?

— Je reviens mardi prochain, y a-t-il autre chose à dire ?

— Non, surtout pas. Va-t'en, va retrouver ta catin.

Elle renversa le plateau qu'il avait posé sur le lit, le thé et la confiture de myrtilles s'étalèrent sur le tapis.

Erwan ne supportait plus cette persécution mesquine et ces injures envers Juliette.

— Retourne dans ce pays maudit où tu as provoqué la mort de mon fils. Assassin !

Il serra les poings. S'il était parti, elle en avait été la première responsable.

— Salaud ! Tu as toujours été jaloux de ma famille. Tu crois que je ne devine pas pourquoi tu restes là ? Ça te fait jouir de me voir dans cet état, de me rabaisser.

— Ne me reproche pas d'être là, surtout ! Tu as été invivable, avec ta famille, avec ton fric. La vérité, c'est que tu n'as même pas une amie pour te supporter.

Il s'apprêtait à sortir de la chambre quand un hurlement de Karen l'arrêta, elle s'agrippait aux montants du lit après avoir tenté de se lever, s'écroulant sur elle-même. Erwan revint l'installer de nouveau contre ses oreillers, essayant de la calmer par de légères pressions dans le dos. Mais elle suffoquait, il la voyait perdre sa respiration. Il se maudit d'être tombé dans le piège.

— Ça va passer, respire à fond, doucement.

Elle luttait pour retrouver l'air qui lui manquait. Tout en la maintenant assise, Erwan composa le numéro du médecin sur son téléphone portable. Celui-ci prit aussitôt la décision d'envoyer une ambulance et de la faire hospitaliser.

Erwan reposa sa femme au creux du lit, la douleur semblait décroître, le souffle lui revenir. Tandis qu'il rassemblait le nécessaire de toilette et quelques effets pour son admission à l'hôpital, il aperçut par la fenêtre un avion, puis un autre, décollant dans le ciel de Montréal.

Les épaules voûtées, il sortit de la chambre, gagna son bureau et annula son vol pour la France.

# 5

Des bancs de brume dérivaient sur le fleuve et, malgré le soleil naissant venu sertir les attaches noueuses de la vigne, un froid aigre s'infiltrait partout. Isabelle retrouvait ce paysage enraciné dans l'hiver avec le sentiment de lui appartenir tout entière. La terre grumeleuse qui craquait sous ses pieds portait désormais son empreinte. Depuis trois ans, elle avait marqué son territoire et l'avenir des Alizés. Sa mère ne pourrait pas l'effacer.

Elle échangea quelques mots avec le maître de chai, qui s'était porté à sa rencontre, puis retrouva Thomas qui prélevait du vin d'une barrique. Du seuil, elle l'observa en train de remplir le verre, juger de sa limpidité à la lumière du plafonnier et, d'un geste souple du bras, lui imprimer un mouvement circulaire avant d'en humer le contenu. Le temps qu'il prenait pour sentir, sentir encore. Avant de goûter enfin. Elle surprit son hochement de tête, satisfaction, plaisir. Ayant remarqué sa présence, il se tourna vers elle et lui adressa ce sourire de connivence qu'elle savourait à chaque fois comme la plus belle preuve d'amour.

— Ravi de te voir, mon cœur. Je voudrais que tu goûtes ce vin dans la matinée, et celui-là aussi. Et que tu me donnes ton avis. Maintenant, je dois retourner au château, j'ai promis à ta mère de l'aider à charger ses cartons, tu ne m'en veux pas ?

— Bien sûr que non, file !

Elle refusait de se disputer avec Thomas à cause de sa mère, mais depuis deux jours, elle réfrénait sa colère. Juliette avait organisé son déménagement sans demander l'avis de personne, sans même imaginer que l'on puisse contester ses choix.

Les meubles, les tapis, les lampes, Juliette avait prélevé à sa guise tout ce qu'elle emportait chez Marie. Dans la bibliothèque, elle avait pris les livres qui lui plaisaient, laissant vides des rayonnages entiers. Et elle avait ordonné que tout soit entreposé dans le jardin d'hiver.

À présent, les déménageurs chargeaient le camion. Tonia, au bord des larmes, suivait Juliette pas à pas. Elle avait préparé des paniers avec des bocaux de confit et de légumes.

— C'est gentil, Tonia, mais je n'ai pas l'intention de me laisser mourir de faim.

— Je ne peux pas croire que tu quittes Les Alizés.

— Je pars à trois kilomètres et huit cents mètres, très exactement.

— Mais tu es chez toi ici ! Qu'est-ce qui t'arrive ? Tu n'es plus du tout comme avant.

— Avant quoi ?

— Avant… avant que tu t'en ailles !

Juliette s'étonnait qu'on puisse chercher chez elle les marques d'un avant et d'un après. Comme si renoncer ne l'avait pas affranchie du passage du temps.

— J'irai t'aider, reprit Tonia, au moins deux matinées par semaine.

Juliette regardait sa silhouette de plus en plus tassée, ses mains déformées par l'arthrite.

— Tout ira bien, Tonia, je t'assure.

— Au fait ! Il y avait une lettre pour toi ce matin, elle a été déposée directement dans la boîte.

Il s'agissait d'une enveloppe marron, sans adresse au dos, anonyme. Le nom de la destinataire était rédigé en lettres bâtons. À l'intérieur, une feuille blanche avec ces simples mots : *Retourne d'où tu viens, sale garce.*

Marie paraissait soulagée que Juliette soit la nouvelle occupante de la maison. C'était une belle bâtisse girondine à étage, ouverte sur une terrasse bordée de balustres de pierre et entourée de jardins. À l'arrière se trouvaient la piscine et les dépendances. La vue portait jusqu'à l'horizon, du côté de la forêt et de l'estuaire. En suivant Marie qui lui montrait les lieux, Juliette pensa qu'elle n'aurait pas de vignes sous les yeux. Elles finirent la visite par le bureau de Gérard.

— Tout est resté en l'état. Je le revois encore, effondré sur le sous-main. J'ai manqué de courage pour vider cette pièce. Et j'ai bien assez de meubles comme ça. Tu pourras voir avec Nicolas ? Je crois que les papiers qui sont dans les casiers concernent la société.

Elle remit les clés à Juliette, elles avaient signé le bail la veille chez le notaire. Une dernière fois, Marie embrassa du regard la maison, puis elle partit.

Juliette rentra dans son nouveau logis pour y disposer mentalement les meubles. Elle revint dans le bureau de son ex-mari et s'arrêta dans l'embrasure de la porte. Elle demanderait aux déménageurs de pousser le bureau près de la fenêtre et de descendre les casiers métalliques dans la cave. En attendant, elle entreprit de vider leur contenu dans un carton. Elle trierait plus tard avec Nicolas.

Cependant, une chemise cartonnée portant la mention *Cave coopérative* attira son attention. Sur la première page du dossier apparaissait une photo du bâtiment délabré, et, juste à côté, une maquette qui le montrait rénové, flanqué de rotondes de verre et d'acier, avec des jardins paysagers et deux piscines circulaires entourant l'édifice. Le dossier, d'une cinquantaine de feuillets, contenait le titre de propriété. Celle-ci comportait un ensemble immobilier de deux mille mètres carrés sur trois étages avec dépendances, et dix mille mètres carrés de terrain, prairies et bois, qui s'étendaient jusqu'au fleuve. Juliette se demanda si, finalement, Gérard ne s'était pas engagé dans le projet d'œnotourisme. Mais, en feuilletant les pages suivantes, elle fut vite convaincue du contraire. Des documents géologiques attestaient que la cave coopérative avait été construite sur les fondations de thermes romains alimentés par des sources proches. On prenait les eaux à cet endroit dès l'Antiquité ! Au début du XX^e^ siècle, un projet de rénovation avait vu le jour avant d'être abandonné au profit d'une cave coopérative. D'après les documents que Juliette découvrait, les sources existaient encore, elles traversaient des couches de granit et coulaient quelque part dans les bois, à proximité. L'idée de Gérard lui apparut incroyable, démesurée, mais lumineuse : restaurer les thermes !

Au premier coup de klaxon des déménageurs, elle appela Nicolas et changea leurs plans.

— Ne viens pas m'aider à déballer les cartons. Retrouvons-nous plutôt dans trois heures à l'ancienne cave coopérative. Je viens de récupérer les clés au fond d'une chemise !

Ils s'engagèrent dans l'allée principale qui conduisait au bâtiment désaffecté et se trouvèrent plongés dans un tunnel végétal. La route avait dû être assez large pour des véhicules industriels, mais elle se réduisait maintenant à un passage encombré de ronces et de fougères. L'herbe des pelouses n'était plus qu'un lichen racorni par le gel. Des sentiers à peine visibles menaient de part et d'autre de la bâtisse à des constructions annexes, qui semblaient sur le point de s'écrouler avec leurs fenêtres aux carreaux brisés, leurs murs lézardés, leurs portes en partie dégondées qui battaient au vent.

Après s'être équipés de torches, Juliette et Nicolas gagnèrent l'édifice principal. On y accédait par une double volée de marches usées. La porte, gonflée par l'humidité, résistait, il fallut les solides coups d'épaule de Nicolas pour l'ébranler et la débloquer. Une galerie, distribuant plusieurs pièces, courait autour d'une grande salle où des barriques étaient entreposées en désordre. Une odeur de moisi, mêlée aux relents de vin aigre, leur sauta aux narines. Mais cette salle d'honneur avait conservé de superbes ornements d'époque. Des murs recouverts de céramique blanc et bleu, et une toiture aux armatures en fonte fixées avec des rivets, dans le style Baltard, avec un puits de jour et des verrières ouvrant sur le ciel. Juliette et Nicolas poursuivirent leur exploration, découvrant de nouvelles salles, un enchevêtrement de couloirs et de remises où s'entassaient du mobilier de bureau et du matériel d'embouteillage à l'abandon. Nicolas en resta bouche bée.

— Comment Gérard a-t-il pu acheter une ruine pareille ? Il était devenu fou ?

— Je n'en suis pas si sûre.

Elle lui montra la maquette du bâtiment rénové.

— Il avait l'intention de restaurer cette masure ! Mais pour quoi faire ?

— Cette masure, comme tu dis, est construite sur les vestiges de thermes gallo-romains, et il voulait relancer l'activité thermale.

— De l'eau, ici ? Au milieu des vignes ?

— Des sources. Je t'ai dit qu'il n'aimait pas le vin.

Leurs pas les conduisirent à l'entrée des caves, en sous-sol. Nicolas dut à nouveau jouer des épaules pour ouvrir la porte. L'escalier en colimaçon s'avéra glissant et périlleux. Juliette trébucha, il la rattrapa de justesse et garda une main sur son épaule pour assurer ses pas. Un mince filet de lumière filtrait par des soupiraux.

— Quel bourbier, murmura Nicolas.

Ils avançaient dans une boue noire, un véritable lisier. Les écoulements d'eau avaient creusé des rigoles le long des murs. Des piles de bouteilles stagnaient dans des bacs aux pierres détrempées.

— Regarde, Nico !

La cave se prolongeait sous le bâtiment principal en s'amenuisant, avant de s'ouvrir sur une salle au plafond voûté que soutenaient des colonnes coiffées de chapiteaux ornés de lauriers, de lions et de bustes sculptés. Sur les murs, des pans de mosaïques laissaient deviner un décor de vasques et de fontaines, une étole drapée couvrant une épaule féminine. Ils finirent par s'engager dans un couloir faiblement éclairé par un semblant de jour. Juliette s'appuyait sur le bras de Nicolas.

— J'ai l'impression qu'on va se retrouver dehors.

— Tu fais dans la divination maintenant ?

Il leur restait à franchir une porte métallique aux huisseries rongées par la rouille. Il ne fallut pas longtemps à Nicolas pour faire céder le battant. La porte donnait sur l'arrière de l'édifice, au milieu des bois, et lorsqu'ils sortirent, la lumière les éblouit. Une énorme toile d'araignée s'était prise dans la chevelure bouclée de Juliette et s'étirait jusqu'aux épaules de Nicolas. Elle s'enroulait de l'un à l'autre comme des cheveux d'ange venus des profondeurs du temps pour les rapprocher. Ils voulurent s'en dégager mais leurs contorsions n'aboutirent qu'à resserrer les mailles de l'espiègle filet. Dans ses tentatives, Nicolas referma son bras autour de Juliette. Silence embarrassé. Ils se regardèrent, mi-souriants, mi-attendris. Et soudain, Juliette prit peur. Créer une diversion, vite.

— Heureusement qu'Isabelle n'est pas là !

Tandis qu'ils se débarrassaient des filaments accrochés à leurs vêtements et dans leurs cheveux, elle raconta la phobie de sa fille pour les araignées.

— Si tu savais le nombre de fois où je l'ai trouvée pétrifiée devant une malheureuse petite bête pas plus grosse qu'une pièce de monnaie.

Ils éclatèrent de rire.

Devant eux s'ouvrait un sentier caillouteux bordé d'arbres et de buissons. Des pins élancés jetaient une touche de vert au milieu des ramures nues des frênes et des marronniers. Au fur et à mesure qu'ils avançaient, le chemin devenait plus pentu et il déboucha brusquement sur les ruines d'un théâtre antique. Autour de la scène en demi-lune, des plis de terrain suggéraient la présence de gradins ensevelis sous un fouillis d'herbes sauvages et de fougères déchiquetées par le vent. En surplomb saillaient des blocs rocheux et moussus entre lesquels l'eau jaillissait, ruisselait, perlait dans une fine vapeur.

— Elle paraît chaude.

— Vérifions...

Ils avancèrent avec prudence sur les pierres humides. Nicolas tenait Juliette par la taille tandis qu'elle se penchait vers l'eau, la main tendue.

— Elle est chaude !

Soudain, un rayon de soleil apparut au-dessus du coteau et un rai de lumière embrasa les fougères et les rochers épars, le vent exhalait des odeurs végétales et résineuses en un souffle vivifiant.

Retiré du monde, l'endroit dégageait une impression de paix. Ils restèrent un long moment silencieux et admiratifs.

— Que c'est beau ! Tu ne trouves pas ? murmura Juliette.

— Magnifique. Mais qu'allons-nous faire de tout cela maintenant que Gérard est mort ? Le plus sage serait de reprendre contact avec le Conseil régional en croisant les doigts pour qu'il soit toujours acquéreur.

Juliette ne répondit pas, elle continuait de regarder autour d'elle. Quelque chose la retenait là, dans ce décor onirique et pourtant si paisible. Nicolas, lui, poursuivait son idée :

— Je préférerais remettre la société à flot et respirer un peu !

— Est-ce que tu penses pouvoir attendre jusqu'à la mi-janvier ? Laisse-moi au moins ce temps pour étudier le dossier de Gérard. Après tout, nous ignorons tout de son projet, de ce qu'il avait conçu, et où il en était.

— J'ai rendez-vous avec le banquier le 5 janvier, j'essaierai de négocier un délai en lui présentant le contrat que j'ai en cours.

Juliette, qui n'avait jamais agi par impulsion, ne put y résister à cet instant-là.

— J'ai quelques actifs que je peux réaliser, Nico, je vais te prêter… disons, quarante mille euros, ça t'aidera auprès du banquier. Non ! Je te défends d'ouvrir la bouche pour refuser. Ma fille est aussi partie prenante dans la société, d'accord ?

Il prit sa main et la serra très fort dans la sienne.

— Merci, Juliette.

Bras dessus, bras dessous, ils traversèrent les vestiges du théâtre romain et regagnèrent leurs voitures.

# 6

S'installer aux Cèdres fut aisé pour Juliette, elle se sentit d'emblée chez elle dans cette maison spacieuse et confortable. De larges baies ouvraient sur la silhouette argentée des épicéas et le dessin majestueux de l'estuaire. Chaque meuble rapporté des Alizés avait trouvé sa place. Les tapis, les rideaux, les bibelots, tout s'agença naturellement.

Ce matin-là, elle retourna sur le terrain de l'ancienne cave coopérative et se laissa charmer à nouveau par la beauté des lieux. Il avait plu durant la nuit, l'air était doux, chargé d'odeurs d'humus et de terre détrempée. Chaussée de bottes en caoutchouc, Juliette gagna le théâtre gallo-romain dont les gradins herbeux semblaient monter à l'assaut du ciel gris. Les nuages étaient si bas qu'ils nimbaient le sommet du promontoire où coulait la source. Elle passa un long moment à la recherche de houx et de fougères pour décorer la maison.

Lorsqu'elle revint aux Cèdres, elle remarqua la présence d'une petite berline blanche, garée près de l'entrée. Malgré les vitres teintées, elle était sûre qu'il y avait quelqu'un au volant. Intriguée, elle fit quelques pas pour s'en approcher, mais le véhicule démarra aussitôt pour s'éloigner en direction du bourg de Saint-Louis.

Juliette avait établi la liste des convives pour le réveillon du nouvel an, Isabelle, Thomas, les Frémont, des amis vignerons et ses anciens colistiers à la mairie de Saint-Louis. Une vingtaine de personnes acceptèrent son invitation. Pleine d'impatience et d'excitation, elle guettait le message d'Erwan annonçant son heure d'arrivée à l'aéroport de Bordeaux. Pour tromper son attente, elle composa le menu, commanda le chapon, les huîtres et prépara elle-même le foie gras et la bûche, succulent mélange de chocolat, de marrons et de gingembre.

Tout était prêt. C'est alors qu'elle reçut l'appel d'Erwan qui annulait son voyage. Elle se servit un verre de vin blanc frais, celui-là même qui portait la griffe de Thomas, et elle s'effondra en larmes sur le canapé au milieu des décorations destinées à la table du réveillon. Elle avait tellement imaginé leur bonheur d'être à nouveau ensemble, ces jours de liberté, ces nuits enfin partagées, mêlées de tendresse et de passion, tant de caresses restaient inachevées, tant d'espoirs déçus. Depuis qu'ils étaient séparés, le désir qu'elle avait de lui s'était encore exacerbé. Mais il ne viendrait pas. Le bonheur, une fois de plus, leur était interdit. Elle vida son verre, vida ses larmes, puis elle se releva.

Il était quatre heures du matin, ce 1er janvier. Les invités étaient partis et Juliette avait remis la maison en ordre. Elle alluma des bougies parfumées pour chasser les odeurs de tabac froid, de parfums capiteux, avant de se préparer un plateau avec une grande tasse de café auquel elle ajouta du lait, une habitude qu'elle avait prise au Canada. Cet appartement de Montréal d'où chaque 31 décembre à minuit elle souhaitait la bonne année à Isabelle, sans la détromper quand celle-ci l'imaginait au milieu d'une joyeuse assemblée, alors qu'elle était seule devant la télévision avec son café au lait. Au moins ce soir avait-elle pu embrasser sa fille, la serrer dans ses bras. Elle était entourée, mais la fête avait été gâchée.

Françoise avait bu, beaucoup trop bu, elle avait passé son temps à dénigrer son mari, sans rien lui épargner. Nicolas à qui tout réussit, qui gagne des élections et emporte des marchés. Et, s'adressant à Juliette :

« Tu n'es pas au courant ? Pas une bonne âme pour te raconter mes déboires ? »

Et elle avait bu encore.

Le couple s'était éclipsé juste après l'échange des vœux, Thomas avait dû aider Nicolas à soutenir Françoise. Gênés, les invités n'avaient pas tardé à prendre congé en exprimant leur plaisir de revoir Juliette. Chez la plupart d'entre eux, ces mots étaient sincères.

Elle ranima le feu dans la cheminée, approcha un fauteuil, et porta à ses lèvres la tasse de café qui avait refroidi. Toute la soirée, elle avait attendu un appel d'Erwan. Cinq heures. Le sommeil la fuirait jusqu'à l'aube, elle aurait une sale tête tout à l'heure pour le déjeuner aux Alizés. Elle se sentait triste, découragée.

Le dossier des thermes était dans le bureau, elle le prit, et se cala dans le fauteuil pour le consulter. Peut-être finirait-elle par s'endormir ?

Elle arriva aux Alizés en fin de matinée et proposa son aide à Isabelle qui attendait une douzaine de personnes. Mais sa fille avait commandé le repas chez un traiteur.

— En revanche, maman, si tu veux t'occuper des vins avec Thomas…

Ils décantèrent les rouges, les goûtèrent, apportant chacun leur commentaire, puis ils vérifièrent la température des blancs et du champagne.

— Tu as des nouvelles de Nicolas ? demanda Thomas.

— Non, heureusement que les enfants étaient chez sa mère, hier soir.

— Je crois, hélas, qu'ils ont l'habitude de ces scènes.

Isabelle et Thomas expliquèrent à Juliette ce que Françoise entendait par ses « déboires ».

— À deux reprises, elle a essayé de monter sa propre affaire, une boutique de vêtements, puis une agence de décoration intérieure, à chaque fois sans succès.

— Et elle en veut à Nicolas, ajouta Thomas, comme s'il était responsable. Il y a un peu de jalousie de sa part. C'est vrai qu'il paraît tellement plus créatif, plus brillant.

— Il ne paraît pas, coupa Isabelle, il l'est !

Juliette sourit, les affirmations péremptoires de sa fille… Elle croisa le regard amusé de Thomas.

Les invités étaient tous de la génération de sa fille, des amis d'université surtout. Ils buvaient sans façon, demandaient des sodas quand le vin attendait dans les carafes, riaient beaucoup. Juliette répondait à leurs questions, ils voulaient tout connaître de Montréal. Alors qu'elle avait si peu envie d'en parler. Puis quelqu'un orienta la conversation sur les prochaines élections municipales. Thomas dit qu'il était heureux d'y participer.

— C'est un honneur pour moi qui habite ici depuis si peu de temps, je ne vais pas bouder mon plaisir.

Juliette jeta un coup d'œil vers sa fille et vit le sourire affectueux qu'elle adressait à Thomas. Ainsi, elle acceptait son engagement. Juliette se dit que c'était le plus beau cadeau qu'elle aurait reçu durant ces fêtes.

Elle s'échappa au moment du café, laissant ces jeunes gens à leurs histoires et à leurs rires.

Elle repassa chez elle, se rafraîchit et changea de tenue. Elle avait les traits tirés et les yeux légèrement bouffis. Décidément, les nuits blanches, ce n'était plus de son âge ! Pour chasser l'ennui, elle décida d'aller à l'entreprise et prit le dossier des thermes que Gérard avait conservé à son domicile.

En quittant Les Cèdres, elle avait glissé dans sa voiture le tableau qu'elle voulait offrir à Erwan. Il prendrait place dans son nouveau bureau.

Sur le parking de la société Courson-Frémont, elle aperçut la voiture de Nicolas et le retrouva devant ses dossiers.

— Tu travailles aujourd'hui ?

— Le dossier Sogepa. Je n'ai pas droit à l'erreur face au banquier la semaine prochaine.

Elle lui fit la bise et le prit par l'épaule.

— Ça va, Nico ?

— Oui, les enfants sont restés chez ma mère, et Françoise se repose. J'ai fait du café, tu en veux ?

Elle avait du mal à surmonter la fatigue causée par sa

nuit blanche. Elle disposa les tasses tandis qu'il prenait un paquet de sablés au chocolat dans le bureau de la secrétaire.

— Je n'ai pas mangé à midi, dit Nicolas.

— Et moi, très peu. Isabelle avait choisi un menu exotique chez le traiteur. Les magrets fumés accompagnés de gelée de litchis, ma foi... Même en rentrant d'Amérique...

Il fit semblant de s'apitoyer, et tous deux s'esclaffèrent. Le café était délicieux, les sablés croustillants.

— Je suis désolé, Juliette, j'ai bien peur que Françoise n'ait gâché ta soirée.

Mais c'était une autre femme, de l'autre côté de l'océan, qui l'avait gâchée bien avant.

— Laisse tomber, Nico, vous étiez là, Isabelle, Thomas, et toi. Au moins, je n'étais pas seule.

Il l'interrogea du regard. Elle se servit une autre tasse de café, reprit un sablé et pensa qu'il saurait l'écouter, lui.

Il ne la quitta pas des yeux tandis qu'elle racontait son arrivée à Montréal, la maladie de Karen, son repli dans cet appartement qui ressemblait à une bonbonnière.

— Au début, j'ai cru affronter la première dépression de ma vie, toutes ces heures à me réfugier dans les bibliothèques, les livres empruntés à la chaîne, les promenades en solitaire dans les musées, les magasins où déambulaient des gens bêtement heureux. Et mes soirées musique apaisantes et pathétiques.

Il lui avait pris la main. Imperceptiblement, son bras vint l'entourer, les rapprochant tous deux.

— C'est le travail qui m'a sortie du trou, après ma rencontre avec Gary Stafford, le beau-frère de notre importateur de vins. Je me suis immergée dans les livres de comptes de huit à onze heures par jour avec un bonheur que je te laisse imaginer. D'autant que les finances, c'était nouveau et passionnant. Sans le décès de Gérard, je ne sais pas si je serais revenue.

Elle sentait le bras de Nicolas autour d'elle, percevait sa respiration, comme un souffle léger dans le silence.

Mais à cet instant, son esprit s'était tourné vers le projet de son ex-mari. Durant sa longue nuit d'insomnie, l'étude du dossier l'avait transportée, ressuscitant la vision des thermes gallo-romains. Elle avait laissé divaguer son imagination.

— Tu sais que son idée de thermalisme n'était pas si extravagante.

Se dégageant du bras de Nicolas, elle s'empara du dossier qu'elle avait apporté.

— J'ai découvert des éléments passionnants dans le préambule historique. Jusqu'à la fin de l'Empire romain, l'activité thermale était florissante. Les fouilles du XIXe siècle ont permis d'exhumer des éléments de piscines en marbre près du théâtre de verdure. D'après certains vestiges, une galerie à colonnades et double chapiteau menait à un temple dédié à Mercure.

Nicolas se pencha vers les feuillets imprimés pour lire à son tour.

— Des restes de bas-reliefs avaient été répertoriés à l'époque. Nous n'avons rien vu de tout cela l'autre jour. Et ce sanctuaire dont il est fait mention ?

Ils échangeaient les documents, lisaient en silence. Les invasions barbares avaient précipité le déclin des thermes, mais les sources avaient continué de couler pendant des siècles. La restauration avait débuté en 1920, en pleine vogue du thermalisme, alors qu'à la même époque naissait en Gironde le mouvement coopératif viticole. Les travaux de réfection avaient été interrompus pour laisser place à un bâtiment destiné aux exploitants du cru. On l'avait agrandi à plusieurs reprises jusqu'à son complet abandon.

Leurs pieds se heurtèrent.

— Oh pardon…

— Non, c'est moi…

Elle lui montra les photos illustrant la transformation de l'édifice en établissement thermal, avec un casino et un centre de conférences aménagés dans les parties annexes. Les plans prévoyaient la création d'un parc thermal avec promenade de santé et parcours de golf en lisière du bois.

— Il avait déjà recensé les organismes officiels pour l'analyse des eaux et les déclarations d'utilité publique.

— Mais où pensait-il trouver l'argent ?

— Tu le connaissais, c'était un financier, il n'avançait pas ses pions au hasard. Nico, je veux étudier la faisabilité du projet.

Le regard inquiet de Nicolas se posa sur le dossier. Les échéances... Son rendez-vous avec le banquier. Elle devina ses pensées.

— Il s'agit juste d'une étude, rien de plus. Tu auras l'argent que je t'ai promis, il sera disponible mercredi. Et je resterai le temps qu'il faudra pour t'aider à sauver l'entreprise.

Depuis qu'elle lui avait avoué la vie qui était la sienne au Canada, il comprenait pourquoi elle n'était pas impatiente de repartir. Il s'apprêtait à la remercier une fois encore, mais le téléphone l'interrompit. En voyant le numéro s'afficher, il décrocha aussitôt.

— Françoise ? Tu t'es bien reposée ?

À l'autre bout du fil, Françoise restait muette. Elle se sentait mal, la tête bloquée dans un étau. Au-dessus de la console, le miroir lui renvoyait un visage ravagé. Elle avait appelé car elle s'inquiétait pour les enfants.

— Ils sont chez ma mère, tu ne te rappelles pas ?

Non, elle ne se rappelait pas. Elle se souvenait seulement d'avoir maudit cette soirée chez Juliette avant même qu'ils ne s'y rendent. Elle savait qu'elle avait bu, qu'elle n'avait pas pu s'en empêcher malgré ses résolutions, malgré la promesse faite à son mari. Elle avait dû trop parler, comme d'habitude. Maintenant, c'était le trou noir, les nausées, les remords. Le combat reprenait.

— Tu ne te sens pas bien, Françoise ?

Comment pourrait-elle se sentir bien avec ce dégoût

d'elle-même, ce mal-être qui ne se dissipait qu'avec l'alcool ?

— Je ne sais pas.

— J'arrive.

En raccrochant, il sembla blessé, abattu.

— Rentre vite, lui glissa Juliette.

Elle l'encouragea d'un sourire. Il prit soudain conscience du réconfort que lui procurait sa présence, de ce regard bienveillant qui les liait depuis l'enfance.

Après le départ de Nicolas, Juliette accrocha le tableau dans son bureau à la place de la pendule. Elle pensa au peintre, à ses toiles si expressives et si troublantes. « Erwan... » Elle répétait ce prénom en silence, le perdait avec son souffle. Erwan avait sa place auprès d'elle, dans cette maison, et il n'était pas venu. Son absence la laissait désemparée.

Ils n'avaient jamais réellement vécu ensemble. En Gironde, ils avaient chacun leur demeure et, à Montréal, ils en étaient encore aux affres délicieuses des amours naissantes. Combien d'heures perdues à désirer sa venue, à quêter ces miettes de bonheur ? Si au moins cette attente pouvait affaiblir son amour. Elle se souviendrait longtemps de son sourire, elle en ferait le reflet de ce qui aurait pu être et qui n'arrivait jamais, et elle finirait par oublier. Mais elle l'aimait toujours autant.

Étrangement, cette pensée lui insuffla un élan nouveau. Elle avait déjà vécu cela au Canada, après les premières semaines de désœuvrement, ce besoin subit, impérieux, de bouger et d'agir. Elle se replongea dans le dossier des thermes.

# 7

Les enfants avaient beau se tenir à carreau et Nicolas veiller à tout, le petit déjeuner restait le moment le plus périlleux. Il suffisait d'un rien pour qu'éclate une scène et, de jour en jour, l'ambiance se détériorait. Françoise brûlait les toasts, renversait le sucre, quand elle ne bousculait pas le chien. Sa tenue était de plus en plus négligée, une robe de chambre en tissu-éponge fané, des cheveux dont les racines attendaient une coloration, des ongles au vernis écaillé.

Elle demanda à son mari s'il passerait la journée à l'extérieur.

— J'ai une série de rendez-vous, et ça se terminera par une réunion du conseil municipal en soirée.

Elle se leva un peu brusquement, fit grincer les pieds de la chaise en la repoussant, mais elle s'abstint de récriminer encore. La journée serait longue, si longue à traverser.

— Veux-tu que je prévienne ma mère pour la sortie de l'école ?

— Non, ça ira.

Après leur départ, elle rangea la vaisselle, nourrit le chien. Elle devait cesser de boire, elle devait se contrôler. La litanie que lui répétaient son mari, sa sœur, sa mère : « Boire ne fait qu'aggraver ta dépression. » Cette déprime latente qui la minait depuis toujours, ces pensées qu'elle ressassait indéfiniment. Et ces désillusions qui lui rendaient l'avenir insupportable. Fille d'un brillant physicien, elle était devenue la femme du maire. Toujours dans l'ombre, à côté. Elle avait cherché à conquérir son indépendance, à se réaliser dans un domaine qui serait le sien, et elle n'avait rencontré que des échecs. Plusieurs fois, elle avait essayé de reprendre sa place auprès de Nicolas, de tenir le rôle que l'on attendait d'elle, mais il y avait ces regards qui lui faisaient honte. Tous ces rêves qu'elle avait peu à peu étouffés. Le devoir, le bien, le mal avaient cessé de figurer des repères quotidiens pour devenir des abstractions. Et Nicolas qui ne comprenait pas. Toujours actif, aimable, content de son sort, et toujours à se dépenser pour les autres sans jamais, au fond, penser à elle.

Les premiers verres de vin qu'elle avait bus en douce pour se donner du courage… L'anxiété qui s'estompait comme par magie, la sensation de tout maîtriser. La vie devenait si facile dans l'étourdissement. Elle haranguait un auditoire imaginaire, le fan-club de Nicolas, le représentant de la chambre de commerce, de sa banque, parce qu'un jour, bien sûr, elle se lancerait à nouveau dans les affaires. Et elle parlait, parlait… Au chien qui la considérait d'un œil morne, à l'horloge qui l'approuvait de ses battements. Puis venaient les effets pervers, nausées, migraines, agressivité. Arrêter, ne plus se donner en spectacle, protéger les enfants. Et d'abord, jeter ces bouteilles…

Il était à peine dix heures et demie, et cette interminable journée d'hiver la mettait au défi. Elle avait si peur du vide, elle allait perdre pied. Un verre, rien qu'un verre…

Du plus loin que Juliette s'en souvienne, février était un mois glacial et pluvieux dans la région. Celui-ci ne dérogeait pas à la règle. Une alternance de jours froids et brumeux, suivis d'orages et de trombes d'eau qui transformaient le vignoble en un immense champ de boue. Depuis plusieurs semaines avait débuté la taille de la vigne, et c'était un art de sculpter les ceps, choisir les sarments qui porteraient les grappes, éliminer les branches inutiles. Les employés saisonniers emboîtaient le pas aux tailleurs, arrachant les bois secs. Les uns étaient assemblés en fagots destinés aux barbecues et grillades. Les autres, entassés au milieu des rangs, étaient broyés et mêlés à la terre. Juliette observait de loin ces travaux qu'elle n'avait plus à superviser, réalisant combien tout cela lui était devenu indifférent.

Elle avait déjà imprimé sa façon de travailler à l'entreprise Courson-Frémont. Elle arrivait tôt, partait tard, fuyait les repas d'affaires, se contentant pour déjeuner d'un sandwich à la volaille, accompagné d'un thé qu'elle laissait toujours refroidir sur le coin de son bureau. Elle courait après le temps, le dépassait parfois.

Après le départ du personnel, elle retrouvait Nicolas, ils prenaient un verre, faisaient le point de la journée. Juliette avait reçu les résultats du laboratoire qui avait effectué les prélèvements et les analyses des eaux de la source. Riches en bicarbonate, chlorures, sulfate, elles présentaient un excellent potentiel dans le traitement de certaines pathologies du foie et des reins. En outre, leur forte teneur en magnésium et calcium permettait d'envisager des soins décongestifs et sédatifs très intéressants pour les patients en surpoids.

Forte de ces données, Juliette avait rencontré le docteur Christophe Paulin, le responsable du cabinet médical qui avait remplacé Jean-Pierre Deltec, son ami d'enfance. Séduit par l'idée de créer un centre de thermalisme à Saint-Louis, le médecin se montra néanmoins prudent, il fallait procéder à des tests d'efficacité pour s'assurer que l'eau possédait bien ces vertus thérapeutiques.

— Les cures thermales sont dans le collimateur des gestionnaires de la Sécurité sociale. Résultat, les conditions d'obtention du décret d'utilité publique sont de plus en plus draconiennes. Mais qui ne tente rien n'a rien.

Paulin avait promis de contacter les organismes médicaux officiels. Mais la démarche la plus difficile fut de rencontrer le banquier pressenti par Gérard pour soutenir le projet. Juliette obtint un rendez-vous informel, sans remise de dossier, juste pour en discuter. Elle avança l'appui des collectivités locales. Un peu vite, mais leur concours lui semblait évident.

Or ce matin-là, Juliette et Nicolas avaient rendez-vous au Conseil régional. Ils roulaient lentement, prisonniers des embouteillages sur le pont d'Aquitaine. Juliette réprima un bâillement, puis un autre. Elle semblait avoir l'esprit ailleurs.

— Je me trompe ou tu es soucieuse ?

— Non, fatiguée, je dors très mal. Un imbécile m'appelle toutes les nuits sur le téléphone fixe. Aucun numéro ne s'affiche. À chaque fois je demande qui est à l'appareil, j'entends un souffle, une respiration pesante comme celle d'un asthmatique, et ensuite ça raccroche.

— Tu devrais peut-être prévenir la gendarmerie.

— J'ai ma petite idée. Mon père et mon frère ont certainement appris mon retour. Et ils ont trouvé un moyen de m'empoisonner la vie.

— Tu es sûre que ça vient d'eux, ces plaisanteries stupides ?

— Oh oui ! Et tant qu'ils se cantonneront à cela, je ne me plaindrai pas. Au moment de régler la succession de ma mère, ils m'ont prouvé de quoi ils étaient capables.

— Pourquoi ne décroches-tu pas ton téléphone ?

— Le réseau de mon portable n'est pas très bon au milieu des bois. Et avec le décalage horaire, Erwan m'appelle souvent très tard.

Au Conseil régional, Juliette et Nicolas se laissèrent guider par un appariteur dans le dédale feutré des salons d'apparat et des couloirs moquettés. L'immeuble imposant se dressait au cœur d'un quartier moderne, un de ces ensembles sur dalle où le vent s'engouffrait en hiver par les coursives et les allées vides de piétons. Ils étaient attendus par le directeur adjoint des services économiques qui les fit patienter vingt minutes avant de les recevoir.

— Jérôme Valès. Entrez, je vous en prie. Asseyez-vous.

Brèves poignées de main. Ils avaient à faire à un énarque grand teint, en uniforme de technocrate, costume rayé bleu marine, chemise oxford, et des mocassins noirs qui battaient la mesure quand l'interlocuteur prenait trop de temps à formuler ses doléances. Sourire courtois, mais dans les yeux resserrés et sombres, l'assurance du pouvoir. D'emblée, il affecta d'ignorer Juliette, ne s'adressant qu'à Nicolas :

— Vous m'avez devancé, monsieur le maire, en sollicitant ce rendez-vous.

Il fit glisser le dossier posé dans l'angle de son bureau et l'ouvrit.

— Nous avions déjà pris contact avec votre associé qui venait d'acquérir un terrain situé sur votre commune. Entre les grottes des Aubiers et l'estuaire, pour être précis.

— Le terrain de l'ancienne cave viticole, oui.

— Le Conseil régional avait fait une proposition de rachat à M. Courson, vous êtes au courant ?

Nicolas acquiesça, et Jérôme Valès déroula alors son argumentaire :

— Voyez-vous, la Région entend conduire un grand projet, un projet structurant centré sur l'œnotourisme afin d'aider au développement viticole des deux rives. Vous n'êtes pas sans savoir que la filière connaît de graves problèmes de commercialisation. Tout doit être mis en œuvre pour optimiser le potentiel de rentabilité de notre terroir, en particulier à l'export.

Le ton était condescendant, le jargon bureaucratique, et la voix cassante. Juliette avait peine à contenir un sourire narquois. Elle avait déjà pratiqué des importants de son espèce quand il lui fallait quémander des subventions pour la commune.

— Toutes les collectivités territoriales, CCI, CG, DER, et les syndicats viticoles seront partie prenante. Ce programme d'œnotourisme verra les circuits de visite partir du Blayais et rejoindre le Médoc via le bac de l'estuaire. Ces circuits pourront s'étendre vers les Graves et le

Sauternais. La Région souhaite promouvoir les appellations du département, sans faire de jaloux. Exploitants et collectivités piloteront le projet au bénéfice de tous. En somme, du gagnant-gagnant.

— En quoi ce terrain vous est-il indispensable ? intervint Nicolas.

L'énarque croisa les mains et se pencha légèrement en avant. Il devait se montrer pédagogue.

— Du fait de sa localisation, proche de l'embarcadère. Ce site devrait accueillir les équipements moteurs du projet, centre d'affaires, école du vin, lieux d'exposition et de stages de dégustation. Nous allons tripler la capacité hôtelière de la rive droite en y implantant des établissements haut de gamme, des boutiques, un pôle de conférences, un golf. Et il se trouve que la commune de Saint-Louis offre toutes les infrastructures souhaitables, une gare ferroviaire et une bretelle d'autoroute qui place l'aéroport de Bordeaux-Mérignac à trente minutes.

Juliette et Nicolas se regardèrent, pris de court par la tournure de l'entretien. Ce fut Juliette qui monta au créneau. Connaissant mieux le dossier que Nicolas, elle parla sans détour du but de leur visite. Les thermes qu'elle présenta comme un vecteur de développement économique non moins pertinent, et qui avait l'avantage de diversifier les activités locales. Son exposé fut rapide, concis. Lorsqu'elle se tut, un silence s'installa dans le bureau.

Visiblement contrarié, Jérôme Valès se racla la gorge.

— Je ne comprends pas, madame, vous qui êtes propriétaire d'un grand domaine, comment pouvez-vous cautionner de telles divagations ? Promouvoir de l'eau dans une région vouée par tradition au vin ?

Juliette nota qu'il l'avait ignorée tout en sachant très bien qui elle était.

— Vous avez vous-même fourni les éléments de réponse en évoquant les problèmes de la viticulture. Bien que je ne sois pas d'accord sur les raisons de cette crise.

— Tiens donc !

En un éclair, elle mesura son mépris.

— Je suis née dans le milieu viticole, j'y ai vécu cinquante ans, je pense sans prétention le connaître mieux que vous. Les difficultés ne sont pas liées à l'incompétence des vignerons en matière de marketing, mais à deux facteurs conjugués : une surproduction mondiale que nous ne maîtriserons jamais dans les pays émergents, et une baisse ininterrompue de la consommation. Je soutiens que la diversité est nécessaire dans notre région. L'eau est un projet d'avenir.

Valès les considéra l'un et l'autre avec dureté.

— J'espère que vous êtes conscients qu'un tel projet est voué à l'échec sans l'appui de la collectivité, sans subventions. Je vous propose de réfléchir encore.

Il se leva, les précéda jusqu'à la porte.

— Pensez à tous les avantages financiers pour votre commune. Nous nous engagerons à soutenir tous vos projets dans l'avenir. Je pense que nous devons avancer ensemble. S'opposer à la volonté des instances régionales n'amènera rien de bon.

Le sang de Juliette se mit à bouillir.

— Ce n'est pas un chantage tout de même ?

Il la gratifia d'un sourire vipérin.

— Faites-moi la grâce, madame, d'y voir un conseil guidé par le seul souci de l'intérêt général. À très bientôt, j'espère.

Dans le trafic redevenu fluide malgré la pluie diluvienne, Juliette et Nicolas décortiquaient leur entretien avec Jérôme Valès. Nicolas émit à nouveau l'hypothèse selon laquelle il valait peut-être mieux vendre ce terrain, mais Juliette s'insurgea :

— Ah non, on ne va pas caler au premier obstacle ! Parce qu'il y en aura d'autres.

— Mais le banquier ne suivra pas sans être assuré d'un

partenariat avec la Région, et tu as entendu ces menaces à peine voilées, tout à l'heure.

— Si je ne m'étais pas retenue, je l'aurais giflé, ce crétin.

Il tourna les yeux vers elle et pour la première fois elle lui apparut autrement que l'amie d'enfance avec laquelle il avait joué et s'était querellé. Au bureau, il avait remarqué ce ton d'autorité lorsqu'elle s'adressait aux assistants : « Trouvez-moi ce contrat... Cherchez sur Internet les sites des stations thermales... Veillez à les transférer sur ma boîte en fin d'après-midi au plus tard... », avant de marquer un temps et d'ajouter : « Merci. »

— Est-ce que je t'ai dit à quel point j'étais heureux de travailler avec toi ?

— Au moins cent fois !

— Alors, je te le répète pour la cent unième fois. Tu as l'art de laisser entendre que rien n'est impossible. Pardonne-moi ce cliché mais avec toi, je me sens la force d'abattre des montagnes ! Tiens, si tu m'accompagnes, je pars à la conquête de l'Everest.

— Prends garde, dans deux minutes tu vas me faire la cour...

— J'ai beaucoup de mal à m'en empêcher... Je t'invite à déjeuner ?

— Avec joie, quelque chose de chaud, et de bien consistant, avec un apéritif un peu fort.

— Je connais un restaurant qui propose le meilleur bœuf en daube de tout le Sud-Ouest, qu'en dis-tu ? Et pour commencer, un whisky ?

— Pas mal, approuva-t-elle en rajustant sa ceinture de sécurité.

L'averse avait cessé quand ils abordèrent le pont d'Aquitaine. C'est alors que Juliette aperçut en contrebas les entrepôts de presse.

— J'ai la solution, Nicolas, les médias ! Ce sont nos meilleurs alliés.

## 8

Les jours suivants, plusieurs messages émanant du Conseil régional parvinrent à la mairie de Saint-Louis et aux établissements Courson-Frémont. Jérôme Valès n'avait pas l'intention de lâcher prise. Il faisait passer des appels par ses services à tout propos. Juliette avait répondu la première fois, puisqu'elle avait la charge du dossier des thermes, mais ses correspondants ne souhaitaient avoir affaire qu'à Nicolas. Pour eux, le seul interlocuteur était l'élu en charge de la commune. Dès lors, Nicolas et Juliette mirent au point la parade. Quand des fonctionnaires de la Région demandaient à parler au maire, la standardiste leur signifiait qu'il était en réunion ou absent. Au bout d'une semaine, le harcèlement cessa.

Nicolas avait signé le contrat avec la Sogepa, de quoi renflouer provisoirement la trésorerie de l'entreprise. Rasséréné et gagné par l'ardeur de Juliette, il lui laissa les coudées franches pour monter le projet thermal.

Après sa première rencontre avec le docteur Paulin, Juliette prit l'habitude de le voir régulièrement. Au fil du temps, ils affinèrent leurs idées, et en arrivèrent à la conclusion qu'à défaut d'établissement thermal, si l'autorisation leur était refusée, ils avaient les atouts pour ouvrir un centre de thalassothérapie. Christophe Paulin contacta alors plusieurs de ses confrères et leur exposa ces projets qu'il qualifiait lui-même de « dingues mais géniaux ». Jamais à court d'arguments, il se montra si convaincant que le corps médical, après l'avoir écouté avec intérêt, partagea son enthousiasme.

Dans son bureau, au quotidien régional *L'Aquitaine*, Blandine Clément venait de boucler sa copie. Cinq feuillets à relire et corriger avant l'envoi au chef d'édition. Le sujet : bilan annuel des exportations des vins de Bordeaux et perspectives. Comme d'habitude, il lui manquait le titre. Et comme d'habitude, elle devrait batailler avec les maquettistes pour qu'ils ne coupent pas le texte d'introduction, en tête de l'article. Chargée de la chronique économique et sociale, elle se documentait aux meilleures sources, sans se prendre pour une journaliste d'investigation alléchée par les scandales. Avant d'entrer au journal, elle avait travaillé dans une agence de presse, en poste à Londres et à Berlin, puis dans un grand quotidien du soir. Lors d'un congé sabbatique pris pour rédiger un ouvrage, elle avait découvert que la vie en province lui convenait davantage que le stress parisien. Elle ne courait plus, n'avait plus à expédier ses textes en catastrophe et rêvait, à ses heures perdues, de se reconvertir dans la critique gastronomique. Elle en était à peaufiner la conclusion de son papier quand un coup de fil de l'hôtesse d'accueil lui apprit l'arrivée de son rendez-vous.

— Merci, Corinne. Tu peux la faire monter.

Juliette Leroux lui avait demandé un entretien, et cette visite l'intriguait. Quand Juliette entra, Blandine l'accueillit avec sa chaleur coutumière, lui proposant un siège et, dans la foulée, un jus de fruits, café, eau minérale… Juliette s'en tint à un gobelet d'eau. Son interlocutrice avait la quarantaine, un regard franc, des cheveux blond platine coupés court. Un peu rondelette, habillée sobre et chic. Le bureau était fonctionnel, avec l'ordinateur, deux téléphones à portée de main, une bouteille d'eau. Et le portrait de deux enfants, une fille et un garçon, aussi blonds que leur mère. Autour de la pièce régnait un fouillis de dossiers qui semblaient néanmoins répondre à un agencement précis dans leur désordre apparent.

— Je vous avoue que je suis assez émue de vous

rencontrer, Juliette – on s'appelle par nos prénoms ? –, je connaissais bien votre sœur, Fabienne, et j'avais beaucoup d'admiration pour elle. C'était une journaliste hors pair.

— Cela lui a coûté la vie.

Blandine hocha la tête d'un air navré.

— Une affaire horrible. J'ai couvert le procès de son assassin à l'époque, il a montré une telle arrogance pendant les auditions que le jury l'a pris tout de suite en aversion. Et ça lui a valu vingt ans, confirmés en appel.

Juliette vida le gobelet et garda le silence un long moment. Ces événements avaient causé tant de malheur dans sa famille. Et puis, il y avait autre chose qu'elle avait enfoui en elle et dont le souvenir l'accablait. Blandine perçut sa tristesse.

— Et si nous évoquions l'objet de notre rencontre ?

Juliette sortit son dossier et se mit à parler des thermes. L'attention de Blandine se focalisa aussitôt sur le projet et Juliette, encouragée, lui donna tous les détails. La source, la maquette, et les activités annexes.

— Nous avons découvert qu'à l'époque gallo-romaine, il existait un jardin de plantes médicinales. Nous allons le recréer.

— Mais êtes-vous sûre des vertus curatives de cette eau ?

Juliette montra les résultats des analyses et leurs applications hydrothérapeutiques : l'eau en cure orale, en massage, cataplasmes de boue…

— Très intéressant. Puis-je cependant me faire l'avocat du diable ? Le thermalisme n'a plus la cote auprès des pouvoirs publics. Il coûte cher, et on dénonce régulièrement les abus. Vous ne craignez pas que l'on vous refuse le droit d'ouvrir un établissement thermal de plus ?

Juliette expliqua qu'ils avaient d'ores et déjà envisagé une alternative, un centre de thalasso.

— Mais ce serait un pis-aller. Croyez-moi, ce projet de thermes est viable. Nous avons l'intention d'aller au-delà de la seule cure d'amaigrissement. Avec les plantes médicinales en complément de traitement, pourquoi ne pas envisager des cours de nutrition afin de changer les habitudes alimentaires ?

Blandine posa les mains sur ses hanches pour signifier, avec un sourire amusé, qu'elle les trouvait un peu trop rondes à son goût, et ajouta :

— Quand s'inscrit-on ? Je suis partante !

Juliette rit de bon cœur. L'instant d'après, ayant recouvré son sérieux, la journaliste demanda :

— Je ne doute pas de votre détermination à faire aboutir ce projet, il peut en effet dynamiser l'économie de la région, mais… Qu'attendez-vous de moi ?

Juliette avait décidé de lui faire confiance. Elle rapporta le détail de leur rencontre avec Jérôme Valès, au Conseil régional. Blandine avait déjà eu affaire au personnage dans ses enquêtes et ne l'estimait guère.

— Si j'ai bien compris, vous êtes propriétaire du terrain à titre privé ?

— Pas moi, je représente ma fille, qui partage cette acquisition avec M. Frémont.

— Alors, il faut foncer, Juliette ! Je vais proposer ce sujet en conférence de rédaction dès demain matin, et on sort le papier avant la fin de la semaine. Comptez sur moi.

Le temps se mesurait en journées un peu plus longues, un peu plus douces, et pourtant l'hiver s'accrochait. C'était une de ces matinées de mars grises, brumeuses, de celles où le ciel est si bas qu'il semble caresser les vignes. Cette terre de Gironde avait engendré un miracle. Les dépôts millénaires d'alluvions, leur sédimentation par couches successives, avaient créé ce terroir qui offrait une saveur exceptionnelle aux vins, un goût d'épices douces avec, au nez, un parfum de fruits noirs et de réglisse. Isabelle essayait d'en expliquer l'alchimie à un groupe d'importateurs chinois. Quand elle hésitait sur un mot en anglais, Thomas volait à son secours. Il en savait presque autant qu'elle sur le fonctionnement de la propriété.

D'ailleurs, il prit le relais pour parler de « ses cuvées ». Isabelle l'écoutait, l'approuvait, tout à son bonheur d'être dans ce monde qu'elle avait fait sien.

Les Chinois repartirent dans leurs limousines. Elle regarda s'éloigner le convoi. Une seule ombre entachait sa quiétude : quels avaient été les motifs réels du départ de sa mère ? Cette question la taraudait. Durant des années, de longues années passées à affirmer son indépendance, elle n'avait cessé de repousser l'affection tentaculaire dont l'entourait sa mère. Poussées de fièvre, sautes d'humeur, chagrins d'amour… Elle ne lui avait rien épargné, adolescente.

Et pourtant, elle devait reconnaître que sa mère lui manquait. La première étape était d'apaiser leur relation, de lui parler. Elle entra dans la maison, se rendit dans le grand salon et décrochait le téléphone quand son regard tomba sur le journal que Tonia avait déposé sur la table basse. Un long papier occupait le bas de la première page. Son titre : LE MIRACLE DE LA SOURCE À SAINT-LOUIS EN BLAYAIS. Isabelle parcourut des yeux le chapeau qui résumait l'article : « Après la découverte d'une source qui alimentait des thermes romains sur le terrain de la coopérative viticole désaffectée, Juliette Leroux, l'ancien maire de Saint-Louis, nous parle d'un projet fabuleux pour l'avenir de la région : un centre de thermalisme. »

Dix minutes plus tard, Isabelle faisait irruption dans le bureau de sa mère.

— Tu peux m'expliquer cette plaisanterie ? demanda-t-elle en jetant le journal devant elle.

— Bonjour, ma chérie. Eh non, ce n'est pas une farce, c'est un projet tout ce qu'il y a de sérieux.

— Tu as mesuré les conséquences ? Ça va à l'encontre de nos stratégies de développement viticole.

— Je ne vois pas pourquoi. À mon avis, c'est complémentaire.

— Ah bon ? Tu as l'intention de mettre de l'eau dans ton vin ?

Juliette ignora le ton narquois.

— Je veux dire complémentaire dans la diversité. À terme, la vigne et le vin ne feront pas vivre tout le monde, alors explorons d'autres voies.

— Et tu as trouvé ça toute seule ?

Juliette se renversa dans son fauteuil et joignit les mains. Elle se surprenait à sourire tout en se disant que ce n'était sûrement pas l'attitude à adopter.

— J'ai quelques années de plus que toi, ça aide dans le discernement.

— Tu appelles ça du discernement ? Moi, j'appelle ça une trahison ! Nous sommes plusieurs jeunes vignerons à tout miser sur ce pôle d'œnotourisme.

— La Gironde est vaste ! Il y a d'autres endroits pour l'installer, ce pôle. Tandis que la source, c'est ici qu'elle coule !

— Tu te rends compte que tu vas te mettre les collectivités à dos ?

— Je crois que c'est déjà fait.

— Mais tu es folle maman, complètement folle ! Je ne te laisserai pas faire.

— Je ne vois pas comment tu peux m'en empêcher, tu m'as assez dit que l'héritage de ton père ne t'intéressait pas.

— Je peux changer d'avis !

— Moi aussi, ma chérie, par exemple en ce qui concerne la direction des Alizés.

Isabelle fixa sa mère comme si elle ne l'avait jamais vue auparavant.

— Finalement, tu aurais mieux fait de rester où tu étais ! cria-t-elle en sortant.

La nouvelle fit le tour du canton en quelques heures. À Saint-Louis, on ne parlait plus que de la source et des thermes. L'effervescence des premiers instants avait laissé place à des sentiments contradictoires. En ville, l'atmosphère devint pesante. Des centaines de télécopies, de mails arrivaient à la mairie, à la société Courson-Frémont et même aux Alizés. À l'hôtel de ville, les standardistes étaient débordés d'appels. D'emblée, deux clans se formèrent, les partisans d'un projet novateur, qui plus est respectueux de l'environnement, et les opposants, pour lesquels l'avenir ne pouvait passer que par la vigne. Les médias régionaux avaient repris l'information et voulaient en savoir davantage. Sur les conseils de Blandine Clément, Juliette et Nicolas organisèrent une conférence de presse.

Avec son aide, ils préparèrent méthodiquement les réponses aux questions qu'on ne manquerait pas de leur poser. Ils s'attendaient à la venue de quelques correspondants locaux et furent surpris devant la foule des journalistes qui avaient envahi la salle de réception de la mairie, armés d'appareils photo, de micros et de caméras. Tous les membres du conseil municipal étaient présents, et Nicolas déclara que la commune suivrait avec attention la viabilité de ce dossier.

— La diversification de nos activités économiques est un enjeu vital, la région est trop dépendante du vin en ce moment.

Robert Caroit, le chef de file de l'opposition municipale, s'éleva avec violence contre ce projet thermal. Juliette lui fit remarquer que s'opposer était sa raison d'être, ce qui provoqua des sourires dans l'assistance. Elle nota aussi l'aversion farouche de Mireille Fournier, rédactrice en chef de *L'Estuaire*. Nicolas lui confirma plus tard que cette feuille de chou locale servait de bulletin de propagande à Caroit.

Plus mitigées furent les réactions des vignerons présents à la conférence. L'engagement de Juliette, propriétaire des Alizés, maire de Saint-Louis pendant huit ans, les laissait perplexes. Les plus sceptiques lui reprochèrent de laisser tomber la profession. Elle invoqua le manque de débouchés pour la production viticole, l'avenir des générations futures et nota l'approbation muette de quelques collègues.

N'importe, les dés étaient jetés.

Juliette rentra aux Cèdres épuisée et convaincue que la partie serait rude. Elle ouvrit sa boîte aux lettres. Sous un fouillis de revues et de dépliants publicitaires, la lettre lui apparut. La même enveloppe kraft, son nom en lettres capitales et, à l'intérieur, ce message : *Tire-toi pouffiasse ou on te fait la peau.*

Folle de rage, sans prendre le temps de réfléchir, elle courut jusqu'au téléphone.

— Nicolas, ta liste est complète pour les municipales ?

— Oh non, tant s'en faut...

— Alors, je m'inscris avec toi !

C'est en raccrochant qu'elle prit conscience que, sans y penser, elle venait de décider de ne pas retourner au Canada.

Au supermarché, elle fuyait les regards, elle savait qu'elle n'était plus fréquentable, on changeait d'allée pour éviter de la saluer. Les mots qu'ils ne prononçaient pas, elle les devinait sans peine : un déchet, une ivrogne, une mère indigne. Françoise Frémont ravalait ses larmes et tentait de se contenir en passant son chariot à la caisse, avant de courir vers la sortie. Dans la maison, elle avait cherché partout, pas le moindre fond de bouteille, rien. Et la cave était fermée à clé. Nicolas voulait la sevrer de force ! Encore une idée de sa mère. Cette vieille salope qui lui avait jeté au visage :

« Rien de plus facile que de jouer les victimes, il suffit de pleurer sur son sort. Les autres n'ont même pas à vous croire. »

S'il n'y avait pas eu les enfants, son mari l'aurait quittée depuis longtemps, mais ils étaient là, c'était son garde-fou. Sa raison de guérir, comme le lui répétaient ses propres parents, sa sœur, tous les donneurs de bons conseils :

« Secoue-toi, ma petite, pense à ton ménage, ta famille. »

Ils attendaient un miracle. Elle aussi.

Elle posa le carton sur le siège avant de sa voiture, elle ne voyait plus que ça. Ces bouteilles à portée de main. Le vin ne suffisait plus à produire l'étourdissement attendu, elle était passée au gin et à la vodka. Avaler une gorgée, juste une. Elle n'avait plus qu'une hâte, rentrer chez elle.

À la sortie du bourg, une soudaine impulsion lui fit prendre une route secondaire, puis un chemin cahoteux au milieu des vignes. Et là, derrière les vitres fumées, elle but à même le goulot. La première lampée était divine, toujours, et fatale. Elle se mit à boire pour étancher sa peur, son dégoût, sa rage d'écluser l'indicible, puis vinrent les hoquets, les sanglots, soulagement et honte mêlés. Elle ne pouvait plus s'arrêter et finit par s'écrouler sur le volant.

À la mairie, Nicolas présidait une réunion sur l'urbanisme, entouré d'élus et de techniciens, lorsqu'un vigneron fit irruption, soutenant Françoise.

— Je l'ai trouvée dans sa voiture, au bout de mes vignes, je crois bien qu'elle est ivre.

En titubant, Françoise se précipita dans les toilettes.

Nicolas présenta ses excuses au viticulteur et le remercia d'avoir raccompagné son épouse. L'homme n'était pas de son parti. Visiblement, l'affaire le rendait goguenard.

— Y a pas de mal, monsieur le maire, ma cave était fermée.

Nicolas ignora l'insolence du propos et, se tournant vers son premier adjoint, lui demanda de le remplacer pour la fin de la réunion.

— Je t'accompagne chez le médecin, dit-il lorsque Françoise le rejoignit.

Comme elle regimbait, il la saisit par le bras pour l'entraîner.

— Les enfants ! As-tu récupéré les enfants à l'école ?

Il l'agrippa par les épaules et la secoua violemment.

— Où sont les enfants ? Françoise, tu me réponds !

— Ta mère…

— Tu as oublié ce que je t'ai dit en partant ce matin ? Ma mère n'est pas là, elle a conduit une amie au CHU de Bordeaux.

Affolé, il appela Juliette au bureau.

Juliette retrouva les jumeaux dans le bureau de la directrice de l'école, et Marion à l'arrêt de l'autocar. À présent, Charles et Lucas faisaient leurs devoirs dans le salon, et Juliette préparait le dîner en compagnie de sa filleule qui épluchait les pommes de terre.

— Merci de nous avoir ramenés chez toi.

— Ce n'est rien, ma puce, papa nous appellera quand il reviendra du cabinet médical et je vous raccompagnerai. En attendant, on va dîner. Il reste un gros morceau du gâteau au chocolat que Tonia m'a apporté hier.

Tout en dressant la table, Juliette observait Marion. C'était une ravissante jeune fille, élancée comme sa mère, mais avec le sourire et le beau regard sombre et brillant de Nicolas. Elle remarqua avec tristesse le petit pli entre les sourcils, la souffrance déjà.

— Tu crois que papa en aura pour longtemps ?

— Ça dépendra du monde dans la salle d'attente, mais comme ta mère doit être soignée d'urgence, le docteur Paulin le recevra peut-être en priorité.

— Je sais que maman n'est pas très bien en ce moment, et forcément papa s'inquiète… enfin il s'inquiète quand il est là, et il a tellement de travail.

— Je suis sûre qu'il fait tout ce qu'il peut, répondit Juliette en s'efforçant d'être rassurante, vous avez la chance d'avoir votre grand-mère, et je suis là aussi, tu sais ! Ne t'inquiète pas trop, maman est malade, mais tout va s'arranger.

— Je ne suis plus une gamine, marraine, je sais ce qu'elle a, maman, elle n'est pas malade, elle boit.

— C'est une forme de maladie, et il faut qu'elle se fasse soigner.

— Elle ne veut pas. Je les entends discuter avec papa.

Il lui dit qu'elle devrait se faire désintoxiquer, mais elle refuse. Pourquoi il ne l'oblige pas ?

— Ce n'est pas aussi simple Marion. Aucune loi, aucune personne ne peut contraindre quelqu'un à être hospitalisé contre sa volonté.

— Alors qu'est-ce qu'on peut faire ? J'en ai marre. L'autre jour, elle est arrivée ivre à la réunion des parents d'élèves, j'avais trop honte !

Juliette la prit dans ses bras et l'embrassa.

— Je suis désolée. Qu'est-ce que je peux faire pour t'aider ?

— Tant qu'on a mamie Gisèle pour s'occuper de nous, ça va.

— Promets-moi de m'appeler n'importe quand si tu en as besoin, ou si tu ne peux pas joindre ta grand-mère, d'accord ?

Marion fit oui de la tête, mais ce n'était pas elle le souci.

— Est-ce que tu pourrais parler à papa ? Il faut qu'il se décide à faire soigner maman, même si c'est difficile.

— Je vais essayer, ma chérie, promis.

Une fois seule, Juliette s'installa devant l'ordinateur. Elle rédigea un long message pour Erwan, elle lui parlait du centre de thermalisme, ce projet fantastique qu'elle avait fait sien. En revanche, elle ne confiait rien de son engagement sur la liste de Nicolas. Il est des choses qu'il faut dire de vive voix. Elle envoya son mail et attendit en espérant que grâce au décalage horaire, il ouvrirait sa boîte et l'appellerait.

Elle prit le dossier des thermes, patienta une heure encore, et bondit vers le téléphone quand il se mit à sonner. Pour entendre un souffle rauque qui dura de longues minutes. Lorsque son interlocuteur raccrocha, elle laissa l'appareil posé à côté du socle et monta se coucher.

# 9

Juliette s'était accordé un après-midi aux Cèdres. Elle venait d'engager un retraité du voisinage pour entretenir le jardin. Ils avaient sélectionné les plants pour les massifs, et elle avait choisi des cosmos pour égayer la palissade qui séparait les jardins de la piscine. Elle prenait goût à cette maison que son ex-mari avait si joliment restaurée, au point d'éprouver parfois la sensation de sa présence. Elle avait entrepris d'aménager et de décorer l'intérieur à sa convenance, l'organisant autour de son confort. Transformée en bureau-bibliothèque, la mezzanine s'élevait au-dessus du salon qu'elle avait fait tapisser de tissu ivoire et bleu pâle et garni de fauteuils capitonnés et de sofas. Au centre de la pièce se trouvait un splendide tapis persan aux tons framboisés.

Le soir venu, elle ajouta une bûche dans la cheminée et décida de réchauffer le potage de légumes que Tonia lui avait apporté. Malgré ses protestations, Tonia venait deux matinées par semaine, elle nettoyait la maison, lui confectionnait des petits plats, s'assurait qu'elle allait bien. Les premiers temps, elle avait tout tenté pour ramener Juliette à la raison, ne cessant de lui répéter que sa place était aux Alizés, puis elle y avait renoncé.

Juliette s'apprêtait à s'installer dans la mezzanine avec ses dossiers lorsque retentit le carillon de la porte d'entrée. Nicolas se tenait sur le seuil.

— Je peux entrer un instant ? Les enfants sont chez ma mère pour deux jours et je t'avoue que je ne sais pas très bien où me réfugier.

Elle remarqua qu'il portait des traces de griffures sur la pommette.

— Je voulais te remercier pour les enfants, hier soir. Marion m'a dit qu'elle avait apprécié ce moment passé avec toi.

— Tant mieux. Tu veux boire quelque chose ?

— La même chose que toi.

— Alors, du vin. Je m'apprêtais à dîner.

— Je te dérange ?

Elle sourit et posa une main sur son avant-bras. Non, il avait bien fait de venir. Nicolas sortit un papier de sa poche. Une simple feuille de papier avec une photo de Françoise arrivant à la mairie ivre morte, et cette phrase en gros caractères : ON COMPREND POURQUOI NOTRE MAIRE S'ENGAGE DANS LA PROMOTION DE L'EAU !

— Ce tract a été distribué à tous les élus et placardé sur les panneaux d'affichage communaux.

— C'est dégueulasse. Tu penses que c'est un coup de Caroit ?

— Je n'en sais rien.

Il n'accuserait pas sans preuves. Juliette s'inquiéta de savoir s'il avait laissé sa femme seule à la maison. Il lui apprit qu'elle dînait avec ses parents, descendus de La Rochelle pour le week-end.

— J'avoue que je n'avais pas très envie de les rejoindre.

— Si tu veux grignoter un petit quelque chose avec moi, j'ai du potage tout prêt, et je vais préparer des sandwichs.

Il ne protesta pas et la suivit dans la cuisine. En passant près de lui, elle effleura du doigt la pommette blessée, des traces d'ongles apparemment.

— Ça prend des dimensions inquiétantes, Nicolas.

— Françoise ne se contrôle plus sous l'emprise de l'alcool. Dès que je lui demande de se faire aider et de suivre un traitement, elle explose, elle n'accepte même pas l'idée d'être malade.

— Tu ne penses pas qu'il faudrait décider à sa place ? Marion souffre de la situation.

— Elle t'en a parlé ?

— Oui, elle ne sait pas comment aborder le sujet avec toi parce qu'il s'agit de sa mère ! Mais elle attend que tu fasses quelque chose.

Il était conscient que cela ne pouvait plus durer. Peut-être même était-il trop tard. Sa femme sombrait de jour en jour. De là à la faire interner d'office…

— Y a-t-il une autre manière de vous en sortir ?

— Je ne pourrai jamais la brusquer, c'est une forme de violence que je n'imagine même pas. Dieu sait pourtant que j'en ai assez de ses foucades, de ses résolutions qui ne tiennent jamais.

Ils prirent place devant la cheminée, avec un bol de potage fumant.

— Il n'est pas question d'être violent, Nicolas, mais de préserver les enfants, c'est insupportable pour eux. Tu te rends compte qu'elle est arrivée ivre à la réunion de parents d'élèves de Marion ? Je veux bien croire que tu l'aimes…

— C'est plus compliqué que ça.

Cet homme à la carrure athlétique s'était recroquevillé sur lui-même, les épaules rentrées, comme s'il avait ordonné à tous les muscles de son corps de fléchir. Il lui parut soudain résigné. Il la regarda longuement, ferma les yeux, et prit une profonde inspiration avant de parler.

— Mon père était alcoolique, tu ne le savais pas, ni toi ni personne. Or il n'a cessé, pendant des années, de nous frapper, ma mère et moi. Chaque jour en rentrant de l'école, j'avais peur. Parfois, il nous giflait à tour de bras, jusqu'à ce qu'il s'écroule de fatigue. Puis il est passé aux coups de poing. Je suis resté fils unique parce qu'il a provoqué l'avortement de ma mère à force de lui taper dessus un soir de beuverie.

— Mais pourquoi ta mère n'a pas porté plainte ?

Il leva les yeux au ciel.

— Il y a quarante ans ? Même aujourd'hui les femmes hésitent, alors, imagine en ce temps-là. N'empêche, il était si violent qu'il m'est arrivé d'appeler les voisins au secours. Mais on le craignait, on redoutait les représailles. Ils appelaient ta mère plutôt que les gendarmes. Dès qu'elle arrivait, il se calmait. Elle était Mme le maire et, elle, on ne lui en racontait pas.

Juliette hocha la tête. En effet, sa mère savait se faire obéir.

— Au fond de moi, j'étais fier que tu me considères comme ton ami, de me sentir ton égal. Si tu savais comme je t'enviais. J'aurais tout donné pour être éduqué par des parents comme les tiens.

Juliette l'écoutait en silence, confirmée dans la certitude que les blessures de l'enfance ne se referment jamais.

— Ainsi, tu m'enviais…

Elle revoyait des scènes de sa propre adolescence que le récit de Nicolas avait ravivées. Elle se leva, empila des bûches dans la cheminée et ranima les flammes à l'aide du soufflet. Quand elle revint s'asseoir près de Nicolas, ce dernier vit que son visage avait changé, il y avait chez elle une compréhension tragique. Soudain, le regard se troubla, et Juliette éclata en sanglots. Il l'entoura de son bras. Elle tremblait. Il aurait fait n'importe quoi pour que cessent ses larmes. Sans en deviner la raison, il savait qu'il était responsable de ce désarroi. Il l'avait toujours connue si forte, avec un sourire aimant et tolérant.

— Qu'ai-je dit pour te mettre dans cet état ?

— L'idée que tu te faisais de ma famille, une famille parfaite. Si tu savais…

En cette soirée de fin d'hiver, au coin du feu, devant cet ami malheureux, tout lui revenait d'un coup, la chavirait au plus secret d'elle-même. Elle ne pouvait se contenir tant le flot des souvenirs l'avait submergée, charriant les débris d'une vie qu'elle aurait aimé rassembler. Elle s'essuya les yeux, reprit son souffle. Nicolas avait gardé sa main sur son épaule, elle s'en saisit un court instant, comme pour se donner du courage.

— On admirait l'autorité qu'avait ma mère sur les choses et les gens, c'est vrai, elle n'en manquait pas, c'était un tyran. Elle a trompé mon père, et ma sœur Fabienne était une enfant illégitime. Mon père l'a martyrisée au point qu'elle s'est enfuie et qu'elle a gâché sa vie. Ma mère n'a rien vu de ce qui se passait sous son toit, elle ne vivait que pour ses vignes et sa mairie. Elle m'a dressée, elle m'a façonnée dans un seul but, lui succéder.

Sa voix se brisa. La plaie s'était rouverte.

— À quinze ans, j'ai eu une liaison avec l'un de ses amis, un homme de vingt ans plus âgé que moi. Il me fascinait, j'étais amoureuse de lui comme on peut l'être à cet âge, je croyais que c'était réciproque. Fallait-il que je sois stupide, une véritable cruche.

Nicolas resserra son étreinte.

— Il m'a fait jurer de ne rien dire, poursuivit-elle, j'ai promis et il a disparu. Il m'avait salie, humiliée. Au bout de quelques semaines, j'ai découvert que j'étais enceinte. J'ai dû l'avouer à ma mère. Elle m'a harcelée, m'a frappée pour obtenir le nom du père, mais elle n'a rien fait contre lui à cause du scandale. Pour elle, j'étais la seule coupable. Elle m'a conduite en Suisse, elle a signé les papiers et elle m'a abandonnée aux mains des médecins. J'étais terrorisée, j'ai souhaité mourir de toutes mes forces, j'ai vraiment voulu en finir. Je pense que c'est Tonia qui m'a sauvée, sans son soutien et son affection, je ne sais pas ce que je serais devenue.

Elle évitait le regard de Nicolas, décidée à tout raconter.

— Quand nous sommes rentrées aux Alizés, la vie a repris son cours, il fallait avant tout sauver les apparences. Ma mère est devenue de plus en plus exigeante, de plus en plus dure à mon égard, elle m'a infligé brimade sur brimade, jouant de la culpabilité qui me rongeait pour me soumettre à sa volonté. J'ai mis longtemps à comprendre qu'elle avait utilisé cette sordide aventure pour m'enchaîner aux Alizés et me préparer à assumer la vie des autres. Et du fond de mon abîme, j'ai subi le destin qu'elle m'avait tracé.

Épuisée, elle s'abandonna au bras de Nicolas, se

pelotonnant contre sa poitrine. Sa voix n'était plus qu'un murmure.

— Le plus triste, Nicolas, c'est que je crois n'avoir jamais eu la capacité d'assumer ce rôle. J'ai occupé durant trente-cinq ans une place que je n'avais pas choisie, et dès l'instant où j'ai pu m'octroyer ce choix, j'ai tout laissé tomber.

— Je suis navré d'avoir réveillé ces souvenirs, Juliette.

— Tu sais, je n'ai jamais oublié ces mots de Chesterton : « Les contes de fées ne disent pas aux enfants que les dragons existent, ils le savent déjà ; les contes de fées disent aux enfants qu'on peut tuer ces dragons. » Personne n'a tué nos dragons, Nicolas. Dans nos contes de fées, c'étaient eux qui gagnaient.

Ils restèrent silencieux à contempler le feu, les mots qu'ils ne prononçaient pas s'échappant avec les étincelles. Elle leva les yeux vers lui, il accueillit son regard sans ciller, avec un sourire à la fois grave et léger. Et il y eut ce moment de grâce où le cœur se met à battre plus vite, plus fort. Ils comprirent que quelque chose allait se produire, que quelque chose les attendait dans le creux de cette nuit où ils avaient tout confondu, la douleur sourde et la tendre effusion. Serrés l'un contre l'autre, il murmurait :

— Je suis désolé… Pardon, je suis désolé…

Elle oscillait à ses paroles, tout près de basculer, bercée par ce roulis, chamboulée par la houle d'une émotion nouvelle, transie soudain, traversée par des pensées qui l'effrayèrent, puis elle sentit la chaleur de ses paumes caressant son visage, ses mains puissantes et douces. Elle retint son souffle, le sien lui parut plus court, il approcha ses lèvres, les prendre allait les jeter dans l'inconnu, elle le savait, le redoutait et l'appelait tour à tour, s'ouvrir à lui, s'abandonner… Ce premier baiser scellait les tourments de l'enfance. Elle le reçut au plus profond d'elle-même. L'instant d'après, ils n'étaient plus que désir, et son ardeur la parcourait, allumant le feu et la danse, entre parade et nudité, un soleil bondissant.

Tout ce temps pour grandir, pour enfin se tenir debout, désirante, lucide, avertie du miracle de la vie. Maintenant, ils respiraient ensemble, apaisés, rassasiés. Elle ne voulait pas le quitter, elle se sentait si bien près de lui, captant avec l'intensité qu'offre le plaisir comblé sa respiration, son odeur et le grain de sa peau. Ils restèrent jusqu'à l'aube à parler, amis et amants, amoureux mêlés, des heures à s'apprendre, s'éprendre à nouveau, savourant la plénitude de leurs corps enlacés.

Au matin, Juliette se réveilla en sursaut, courbatue, recroquevillée sur le canapé. Ses paupières étaient lourdes, sa bouche sèche. Son regard se posa sur la table basse, les restes du dîner, le vin dans les verres. Nicolas. Elle ferma les yeux puis se leva d'un bond. Il lui avait laissé un petit bout de papier sur le coin de la table : *Je voudrais trouver des mots pour te dire ce que je ressens... Je te laisse décider ce que deviendra cette nuit. Si tu veux, nous n'en parlerons plus jamais. Sache que pour ma part, je ne regrette rien.*

Elle monta dans la salle de bains et se doucha. Qu'avait-elle fait ? Elle devrait l'assumer, mais elle ne savait quelle décision prendre tant cette nuit lui semblait irréelle. Un vertige la saisit. Elle se laissa glisser contre la baignoire, la tête entre ses mains. Erwan. Elle n'osait même plus prononcer son nom, y penser la bouleversait. Lui dirait-elle la vérité ? Elle l'avait tant attendu, elle avait tant pleuré, mais ce n'était pas une excuse.

Une serviette de bain nouée autour du buste, elle descendit se préparer un café. Elle s'apprêtait à ranger le salon quand la porte de la cuisine s'ouvrit.

— Juliette, tu es encore là ?

— Tonia...

— Je te croyais partie depuis longtemps, je ne te vois pas souvent le matin.

Tonia sortit de son cabas une terrine et une boîte en plastique.

— Je t'ai apporté des crêpes.

Puis, regardant autour d'elle :

— Quelle pagaille ! Je ne savais que tu recevais hier soir, je vais chercher le café.

Juliette fut soudain saisie par le froid, elle avait peur, elle imaginait son arrivée au bureau, croiser le regard de Nicolas. Qui parlerait le premier ? Tonia déposa devant elle un plateau avec un napperon de dentelle et deux tasses d'où s'échappait l'arôme d'un café brûlant. Juliette avait les mâchoires crispées, les yeux au bord des larmes.

— Qu'est-ce qui se passe, ma grande ? Ça n'a pas l'air d'aller.

Tonia vint s'asseoir près d'elle et la prit dans ses bras, elle la berçait comme autrefois, au temps des genoux écorchés et des biscottes beurrées. Juliette laissa les larmes ruisseler sur ses joues. Lâcher prise, ne plus se reprocher de faire semblant, ne plus avoir à se mentir en voulant se montrer la plus forte.

— J'ai couché avec Nicolas.

Tonia mit longtemps à la consoler après avoir écouté son récit. Elle lui massa les épaules du bout des doigts jusqu'à ce que la lassitude disparaisse. Et le chagrin.

Pour Tonia, c'était une histoire qui n'appartenait qu'à eux.

— Et tu ne vas laisser personne s'en mêler, tu entends ? Tu t'es libérée d'un fardeau en quittant Les Alizés il y a trois ans, tu ne vas pas recommencer ? Ce qui s'est passé hier devait arriver, c'est tout.

— Comment tu sais ça ?

— À mon âge, on sait qu'il n'y a pas de hasard…

# 10

Erwan ne trouvait pas le sommeil. Dans la solitude de sa chambre, il lisait, s'assoupissait un instant, puis reprenait conscience en sursautant, la bouche ouverte, comme s'il étouffait. Il finit par ouvrir la fenêtre, respirer l'air froid de la nuit, chargée d'odeurs de forêt. Il repensait au travail qui avait été le sien en Gironde, à ses collègues de la centrale électrique, et c'était sans doute ce qui lui manquait le plus, en dehors de la présence de Juliette. Il alluma la télévision, chercha une chaîne française en se disant qu'elle regardait peut-être, elle aussi, le même programme. Depuis quelque temps, Juliette se dérobait, distillant des messages qui la montraient enthousiaste, accaparée par ce projet de thermalisme, et voilà qu'elle lui apprenait son inscription sur la liste électorale de Nicolas Frémont. Elle n'avait pas eu à le lui dire, il avait compris qu'elle ne reviendrait pas.

La maladie de Karen empirait de jour en jour. Les muscles des bras commençaient à se raidir, elle avait des difficultés à déglutir. Et leurs rapports suivaient la même pente, de plus en plus délétères. Elle le traitait comme un esclave, nourrissant sa rancœur. Lui se laissait aller à imaginer une dispute plus violente encore que les autres, une scène si brutale qu'elle lui donnerait le courage de rompre, mais il savait qu'il n'aurait jamais la force de provoquer l'irrévocable.

En entrant dans sa chambre ce matin-là, il laissa échapper un soupir d'agacement, de fatigue aussi. Ces fioles, ces boîtes de médicaments, ce corps stagnant dans ses fluides. Il n'éprouvait plus rien, c'en était fini de la compassion. Ne subsistait que la sécheresse du devoir accompli sous la contrainte, avec dégoût. Il lui adressa quelques mots du bout des lèvres :

— Ça va ? Tu as soif ?

En tirant les rideaux, il vit qu'elle dormait encore. Il regarda sa peau flétrie, son teint cireux, ses cheveux emmêlés, d'un blanc sale. Combien de fois avait-il souhaité qu'elle ne se réveille pas ? Cette femme était toujours la sienne, et elle le brisait. Parfois, il avait pitié, quand il ne la haïssait pas. Était-il un salaud ?

Il se retira sur la pointe des pieds, mais Karen avait entrouvert les yeux et l'épiait. Tout lui était devenu odieux, jusqu'à sa propre rancœur envers lui, mais elle n'y pouvait rien. Il la lavait, la soignait, essuyait sa bave, et elle ne savait plus que le blesser, le rabaisser pour se venger de dépendre à tout moment de lui.

Dans son combat, chaque jour gagné était la plus amère des victoires tant la douleur était présente. Elle survivait dans une cage de souffrance où rien d'autre n'avait de sens que la volonté de tenir encore.

C'était un matin de mai frais et léger, une brume bleutée s'effilochait au-dessus des vignes, dissipée par un vent soyeux, imperceptible, et par les premiers rayons du soleil. C'était le temps de l'éveil. Les inflorescences de la vigne s'épanouissaient. Le vert tendre des jeunes pousses se gorgeait de sève avant la floraison.

Saint-Louis ne connaissait pas cet état de grâce. Mis en cause dans les articles de Blandine Clément parus dans *L'Aquitaine*, Jérôme Valès, le directeur adjoint des affaires économiques du Conseil régional, avait exigé un droit de réponse. Il dénonçait le parti pris de la journaliste et jugeait « irresponsable » l'engagement du maire de Saint-Louis en faveur du projet thermal. Valès s'interrogeait aussi sur la position de certains viticulteurs, sans citer Juliette Leroux, mais tout le monde, sur place, la reconnaîtrait, qui menaçaient de ruiner l'économie locale. Il les qualifiait de « pilleurs du patrimoine » et suggérait qu'ils n'avaient d'autre motif que leurs intérêts personnels quand la Région avait pour seule ambition la défense de l'emploi et le soutien aux exploitants. C'était une déclaration de guerre. Il y aurait désormais deux camps en présence, les « pour » et les « contre ». Nicolas ne reçut plus aucun appel des services économiques du Conseil régional. Les ponts étaient coupés, et les grandes et petites manœuvres visant à déstabiliser l'adversaire pouvaient commencer.

Aussitôt, Mireille Fournier, rédactrice en chef de l'hebdomadaire local *L'Estuaire*, reprit à son compte les arguments de l'opposition municipale. Chaque semaine, cet organe de presse publiait des papiers et des courriers des lecteurs, tous plus virulents les uns que les autres, qui accusaient le maire et son équipe de brader l'économie du pays. En réponse, Blandine Clément ouvrit les colonnes de *L'Aquitaine* aux thèses défendues par Juliette aussi souvent que possible. Mais le quotidien régional devait ménager tous les partis en présence. Blandine et Juliette s'employèrent à nourrir le dossier, affûtant leurs armes. Cette complicité ne fit que croître avec le temps, elles devinrent amies.

Loin de décourager Juliette, ou de l'effrayer, l'adversité la stimulait. Elle visita des centres de thermalisme à Dax, dans les Landes, au Mont-Dore et à La Bourboule en Auvergne. Elle nota, questionna et revint convaincue de la nécessité de mener ce projet à son terme. Elle prit rendez-vous avec un géologue qui étudia le sous-sol, établit les relevés et conclut que la source qui jaillissait près du théâtre gallo-romain ne représentait qu'une infime partie du potentiel aquifère de la zone. Les eaux contenues dans le sous-sol granitique des grottes des Aubiers coulaient à travers des terrains graveleux et sableux, plus perméables, pour arriver à l'endroit des thermes gallo-romains sur des terrains de sable fin et de galets. En conclusion, le géologue déclarait que l'essentiel des réserves d'eau était situé sous le bâtiment de l'ancienne cave coopérative. L'étape suivante consistait à solliciter l'avis d'une société de forage.

Juliette et Nicolas engagèrent un jeune architecte, Grégory Sanchez, qui travailla d'après le projet initial et les ébauches de Gérard Courson. Les casino, terrain de golf, école de diététique, établissement hôtelier prenaient forme, en harmonie avec la nature environnante, résolument novateurs par leur équipement et leur faible empreinte écologique. Juliette y apportait sa touche, en phase avec le talent créateur de Grégory Sanchez. La maquette prit sa place dans le hall des établissements Courson-Frémont, elle était imposante et superbe. Nicolas Frémont offrit un apéritif aux employés en expliquant qu'avec ce projet, le carnet de commandes de la société serait rempli pour des années. Il ajouta qu'il comptait attirer à Saint-Louis les entreprises qui prendraient part au chantier, toute la commune en bénéficierait. Une équipe de terrassiers œuvrait déjà sur le terrain. Restait à trouver et consolider les financements.

— J'ai rendez-vous demain après-midi avec le banquier, dit Juliette, il va demander des garanties. J'ai pensé à quelque chose qui se pratique beaucoup outre-Atlantique : trouver des entreprises qui partagent la caution, ça divise le montant du risque pour chacune et ça multiplie le nombre de personnes impliquées dans le projet.

Elle regardait la maquette et Nicolas lui tendit un verre de vin blanc frais. Il était neuf heures du soir, tous les invités étaient partis.

Après leur première nuit, ils étaient restés sur la défensive, s'observant à la dérobée, intimidés et gênés. Puis, un matin, en posant une tasse de café sur le coin du bureau de Nicolas, Juliette avait pris les devants :

« Si tu crois que je vais m'effondrer en larmes et regretter ce qui s'est passé, tu te trompes. »

Le visage de Nicolas s'éclaira soudain.
« J'attendais ces mots. »

Leur vie était rythmée par leurs horaires de travail mais désormais, dès qu'ils le pouvaient, ils se rejoignaient pour des étreintes pleines de tendresse, d'attention respectueuse, même si elles s'achevaient dans un cri de plaisir bouleversant. Ils redécouvraient des émotions enfouies qu'ils avaient cru perdre à jamais. Des rires d'enfants, des plaisanteries d'adolescents, des impatiences de collégiens… Ils avaient décidé de vivre leur liaison en ne prenant aucun risque, ils étaient très prudents. Même s'ils étaient conscients qu'il leur faudrait tôt ou tard renoncer à cet éphémère bonheur, ensemble ils se sentaient heureux et plus forts.

Juliette avait trouvé en Tonia une confidente attentive à désamorcer ses sentiments de culpabilité, surtout quand elle s'occupait des enfants de Nicolas. Depuis qu'elle les avait accueillis un soir, Marion l'appelait régulièrement. Elle s'invitait aux Cèdres avec ses frères, et Nicolas ne faisait rien pour empêcher ces visites. À grand renfort de séances de cinéma suivies de repas au McDo, de crêpes et de gâteaux cuisinés avec Tonia, Juliette essayait d'apporter un peu de légèreté dans la vie des jumeaux et de leur aînée. Mais l'affection qu'ils lui témoignaient l'embarrassait parfois. S'ils apprenaient la relation qu'elle entretenait avec leur père, ils la détesteraient.

— Et alors ? s'insurgeait Tonia, ce n'est pas toi qui tiens le goulot de la bouteille au-dessus du gosier de leur mère ! Je pense que c'est une chance que tu sois là quand leur grand-mère n'est pas disponible.

Juliette voulait bien la croire, mais elle se rendait compte que ses sentiments envers Nicolas ne cessaient d'évoluer. Elle avait découvert en lui une passion désarmante qu'il devait lui même redouter et qu'il s'efforçait de taire sous une apparence tranquille, derrière un regard empreint d'une ingénuité presque enfantine.

En réalité, Nicolas était en train de tomber fou

amoureux et s'étonnait que cela ne soit pas arrivé plus tôt. Ou qu'il n'en ait pas pris conscience. Il se surveillait à chaque instant tellement il avait peur de se trahir devant un tiers. Le ton sur lequel un homme prononce le nom d'une femme peut sonner comme un aveu.

Ils finissaient de ranger les verres et de remettre en ordre le hall d'entrée de l'entreprise.

— Les enfants t'attendent ? demanda Juliette.

— Non, ma mère les a emmenés à un spectacle de cirque, j'ai le temps. Je te suis jusqu'aux Cèdres ?

Elle acquiesça et ils s'embrassèrent. De longs baisers sans fin, dont elle sortait le visage meurtri par la barbe de Nicolas qui repoussait toujours trop vite. À l'orée des beaux jours, les soirées prenaient une tonalité exquise, Juliette sentait monter en elle un désir exigeant, l'envie qu'elle avait de Nicolas, de ses mains, de sa bouche, de son souffle. Et lui brûlait d'impatience de vivre cet instant où elle s'avançait vers lui, avec cette sincérité qui la rendait irrésistible. Elle avait le don de s'abandonner avec un mélange de fragilité et d'ardeur, de sensualité et de pudeur, s'offrant et se dérobant tour à tour, lui ne sachant jamais ce qui prévaudrait. Mais la nature généreuse de Juliette l'emportait toujours. Ils prenaient tout leur temps, car ils savaient que ce temps leur serait compté, et qu'ils n'auraient jamais le droit de vivre leur bonheur au grand jour. Mais pour Juliette, l'incertitude du lendemain les rendait encore plus désireux de jouir du présent.

Ils avaient conclu un pacte : vivre avec simplicité et gratitude ce qui leur était offert.

## 11

Juliette prit contact avec des entrepreneurs susceptibles de s'investir dans le projet des thermes. Six d'entre eux lui répondirent favorablement dont trois propriétaires de domaines viticoles qui connaissaient bien Gérard Courson et l'avaient apprécié en tant qu'ami et financier. La rencontre avec le banquier eut lieu à la mi-mai. Juliette avait soigné le dossier en l'étoffant de chiffres prévisionnels. Nicolas l'accompagna.

— J'aime ta façon de fonctionner, lui dit-il un peu plus tard en l'invitant à déjeuner, tu es directe, efficace, tes années d'activité à l'anglo-saxonne t'ont transformée.

Il n'ajouta pas qu'en travaillant à ses côtés, il avait retrouvé la complicité et l'énergie qui l'avaient animé durant toutes les années où il avait œuvré avec Gérard.

Quelques jours plus tard débutait la campagne électorale pour les municipales. Tout le monde à Saint-Louis attendait la première réunion publique au cours de laquelle le maire présenterait ses colistiers. Son opposant, Robert Caroit, avait constitué sa propre liste et n'allait pas manquer cette confrontation.

Cette réunion publique constituait une véritable épreuve pour Françoise Frémont. Elle n'avait rien bu depuis la veille au soir et avait juré à Nicolas de tenir bon. Mais plus approchait l'heure où ses parents viendraient la chercher, plus elle se laissait gagner par la panique. Dans ses périodes de sobriété, elle ne cessait de revivre la soirée où le viticulteur l'avait découverte ivre, au bout de ses vignes. La honte l'envahissait alors en pensant au tract qui la montrait le visage bouffi. Elle se revoyait titubant, à demi consciente, dans le hall de la mairie, puis devant le médecin qui la sermonnait. Depuis, les calmants la rendaient somnolente, et plus déprimée encore.

Le lendemain de cette soirée maudite, Nicolas l'avait trouvée étendue en travers du lit, nue, les mains tremblantes, le corps agité de spasmes comme chaque fois qu'elle avait vomi, avec cette odeur surie de lait rance. Il avait détourné les yeux, mais elle avait eu le temps de percevoir sa grimace de dégoût aussitôt maîtrisée. Au fil des jours, elle avait assisté à la mainmise de sa belle-mère sur ses enfants, lu les reproches dans le regard de Marion, Marion qui n'avait plus que le nom de Juliette à la bouche et préparait des gâteaux d'après les recettes de Tonia. Il y avait aussi la soudaine indifférence de Nicolas. Il dormait dans la chambre d'amis. Françoise avait mis un certain temps à réaliser qu'elle l'avait perdu à la minute même où elle était entrée dans le hall de la mairie soutenue par le viticulteur. Seize années de vie commune avaient-elles à ce point érodé le bonheur qu'ils avaient ressenti à l'instant de leur mariage ? Elle s'entendait encore murmurer : « Oui. » Elle ressassait ces souvenirs, les laissait surgir devant elle dans un tourbillon infernal. Pourquoi devait-elle porter seule la responsabilité de cet échec ?

Elle provoquait Nicolas, elle l'agressait, le poussait dans ses derniers retranchements. Qu'il réplique et la frappe, qu'elle puisse le montrer du doigt, lui aussi. De rage, elle brisa un vase, les fleurs et l'eau se répandirent sur le parquet. Elle trébucha en se dirigeant vers la cuisine, se mit à jurer, à pleurer. Elle ouvrit le réfrigérateur, saisit une brique de jus de fruits, la posa au bord de l'évier, renonça à l'ouvrir. Elle n'en pouvait plus. L'esprit flottant, elle gagna sa chambre, fouilla dans un tiroir de commode, au milieu du stock de serviettes périodiques, là où elle savait que Nicolas ne chercherait jamais les bouteilles, et redescendit se verser un premier verre.

La réunion se tenait dans la salle polyvalente. Des piles de tracts et d'affiches attendaient les militants, avec des zones de distribution attribuées à chacun. C'était Juliette qui avait conçu l'affiche officielle de la campagne de Nicolas. Celui-ci, entouré d'une ribambelle d'enfants, marchait d'un pas décidé au pied de la citadelle, sous un frais soleil printanier.

La salle était décorée de drapeaux français et européens, sur fond de vues aériennes de Saint-Louis. Le long de l'estrade étaient alignées de magnifiques corbeilles de fleurs aux trois couleurs de la République. L'ambiance était bruyante, les habitants avaient pris place au milieu des journalistes venus en nombre. Le maire et ses colistiers n'étaient pas encore arrivés. Pour l'instant, Robert Caroit se répandait en amabilités, circulant d'un groupe à l'autre, serrant des mains, s'entretenant avec des correspondants locaux. Il avait sa clientèle et ne ménageait pas ses efforts pour se hisser à la hauteur de l'événement. Mais tout en lui était quelconque. Clerc de notaire dans une petite étude de campagne, de taille et de corpulence moyennes, le cheveu rare, il serait passé inaperçu de tous s'il n'avait été démangé par la politique, celle-ci l'avait tiré de l'anonymat et il y mettait une rage revendicatrice qui pouvait passer pour de la conviction. Il avait rêvé à bien des investitures sans en obtenir aucune. Il devait se contenter de son mandat de conseiller municipal d'opposition et finissait par en concevoir une aigreur de plus en plus manifeste. Il savait que cette élection, avec en toile de fond le conflit entre thermalisme et œnotourisme, constituait sa dernière chance d'occuper le fauteuil de maire.

Lorsque Nicolas entra, entouré de Juliette et Thomas et suivi de toute leur équipe, il se fit un instant de silence, aussitôt comblé par *Les Quatre Saisons* de Vivaldi que diffusaient les haut-parleurs. Il leur fallut un certain temps pour traverser la salle, les habitants entouraient Juliette, la questionnaient sur son retour, son rang dans la future administration. Ils prirent enfin place sur l'estrade, et Nicolas ouvrit la réunion en présentant ses vingt-huit colistiers, issus de toutes les couches de la population, de l'aide-soignante au professeur d'université, en passant par des chefs d'entreprise, des vignerons et le dentiste du bourg, par ailleurs sportif accompli et animateur du club de foot local. Le maire sortant tira un court bilan de sa mandature, et évoqua les priorités de son programme. Concernant le développement économique de la ville, il passa la parole à Juliette qui présenta le projet du centre de thermalisme. Ils étaient convenus ensemble de cette stratégie, personne n'étant mieux autorisé qu'elle pour en parler. Elle utilisa la méthode simple à laquelle elle avait souvent eu recours au cours de ses interventions publiques passées, ramener les données du problème à une interrogation : le vin seul assurera-t-il l'avenir de nos enfants ? Elle fournit les réponses dans un exposé limpide et précis, étayé de chiffres et de statistiques. À peine eut-elle fini que Robert Caroit apostropha Nicolas :

— Monsieur le maire, vous trahissez votre mandat ! En tournant le dos à la viticulture et à son développement touristique, vous sacrifiez la richesse de notre terroir.

Et, s'adressant à Juliette :

— Vous devriez avoir honte de ne pas respecter vos attaches en terre viticole.

— Mes attaches en terre viticole sont plus authentiques que les vôtres, et je ne les romprai jamais ! Je connais mieux que vous cette profession, avec ses contraintes techniques et économiques. Il n'est pas question d'enterrer le projet d'œnotourisme, mais il peut être transplanté n'importe où en Gironde, or ce n'est pas le cas de notre source.

— Nos emplois sont déjà menacés par la chute des ventes de nos vins à l'étranger, et vous les condamnez ! Ce projet de thermalisme est criminel et il ne verra pas le jour, je vous le garantis !

Les mots étaient martelés sur un ton net et définitif, salués par les applaudissements de son camp.

— Vous prêchez l'apocalypse, monsieur Caroit, comme d'habitude. Et vos objections, nous les attendions...

— Alors, attendez-vous à bien plus que de simples objections. Prenons date, monsieur le maire, nous allons lancer une pétition, organiser une manifestation. Vous constaterez que nous sommes capables de mobiliser ! D'ailleurs, j'annonce que nous allons fonder une association que je présiderai, pour la sauvegarde du patrimoine viticole de notre région et contre votre projet suicidaire.

— Je comprends votre impatience et votre plaisir, cher monsieur Caroit, à vous entendre enfin donner du « monsieur le président »...

La remarque de Juliette déclencha un gigantesque éclat de rire, jusque dans le camp de Caroit. Pendant l'apéritif dînatoire qui suivit la réunion, la fracture se dessina franchement entre ceux qui resteraient fidèles à l'équipe en place et ceux qui la combattraient.

Il était plus de minuit lorsque Juliette raccompagna Nicolas à la mairie où il avait laissé sa voiture. L'un et l'autre avaient remarqué l'absence de Françoise et de ses parents durant la réunion. Juliette s'assit au volant, il s'installa près d'elle et l'entoura de ses bras. Ils échangèrent un sourire complice, la nuit était douce, et ils restèrent un long moment à contempler ce silence qui prend forme quand le vent vient y bruisser. La lune était pleine, Nicolas en fit la remarque, ne sachant s'il fallait y voir un signe bénéfique ou funeste. Juliette lui fit savoir par un tendre baiser que la lune ne leur voulait que du bien et qu'ils avaient de la chance d'être ensemble.

La manifestation des opposants au thermalisme organisée par Robert Caroit se déroula une semaine plus tard. Le cortège se rassembla place Montesquieu par un après-midi ensoleillé. Une centaine de personnes se mirent en marche, avec en tête Caroit et des représentants des syndicats viticoles, d'entreprises de tonnellerie et d'embouteillage. Le défilé s'avança en un front qui tenait toute la largeur de l'avenue Gambetta, l'artère principale de la cité. Au son d'un tambour, la foule scandait les slogans inscrits sur les banderoles : « Place à l'œnotourisme », « Pas d'eau dans notre vin », « Halte à la folie des grandeurs du maire ».

Les manifestants stationnèrent un moment devant les établissements Courson-Frémont, les coups de sifflet se firent plus stridents, les injures fusèrent. L'excitation atteignit un tel niveau d'intensité que le moindre incident aurait pu dégénérer, mais il n'y eut personne pour répondre aux provocations. Nicolas était à la mairie, et Juliette aux thermes avec l'architecte, Grégory Sanchez.

Le cortège des manifestants s'étira encore deux heures dans les rues de la ville avant de se rassembler devant la mairie. Nicolas reçut les représentants viticoles qui revendiquaient la priorité au pôle œnotourisme : « La terre de Gironde, et plus particulièrement la nôtre, est terre viticole ! » Avec courtoisie, il prit acte des requêtes.

Après le départ de Juliette, il avait assuré la gestion de la commune sans coup d'éclat, attentif à exercer son mandat avec rigueur et équité. Il aimait réellement cette ville campée à l'ombre du génie de Vauban, ouverte sur le plus vaste estuaire d'Europe. Un port fluvial au milieu des vignes. Des vignes dont il n'avait jamais ignoré la valeur économique et la charge symbolique.

Caroit lui faisait face, le sommant de prendre position. En l'écoutant palabrer, Nicolas pensa à ce que Juliette lui avait dit un peu plus tôt au téléphone : « Caroit a mobilisé cent personnes au maximum. Dans les médias, sa grande cause va apparaître comme une querelle de clocher. »

Un sourire passa subrepticement sur son visage, mais vu les circonstances, ses interlocuteurs l'interprétèrent comme de l'ironie.

Pendant ce temps, Juliette et Grégory Sanchez accueillaient les géomètres sur le terrain des thermes romains. Âgé de vingt-huit ans, Grégory était un grand échalas aux longs cheveux blonds et bouclés. Il affichait un sourire candide que corrigeait l'acuité d'un regard perspicace. Grégory ne sortait jamais sans la sacoche qu'il portait en bandoulière et qui contenait un surprenant bric-à-brac. D'emblée, il avait éprouvé pour Juliette un respect presque filial et une sincère admiration. Et celle-ci apprenait à voir en lui un remarquable architecte.

D'après le cadastre, les géomètres effectuèrent le bornage exact du terrain qui s'avéra plus étendu encore qu'ils ne le pensaient. Le déblayage des bâtiments se poursuivait, ainsi que le débroussaillage autour des ruines gallo-romaines. Grégory répertoriait sur ses plans la moindre parcelle et sa destination future. Soudain, il s'arrêta et étala ses maquettes à même le sol.

— Regardez Juliette, sur mes documents initiaux, je n'avais pas ce pré.

Du bornage cadastral se dégageait une immense fougeraie. Les géomètres confirmèrent qu'elle faisait bien partie de la propriété.

— Je trouvais que notre jardin de plantes médicinales était un peu à l'étroit, on va pouvoir l'agrandir.

Jouxtant ce terrain, s'élevait un vaste bâtiment désaffecté, mais en bon état, orné d'un magnifique fronton. Juliette imagina qu'avec cet espace supplémentaire, ils pourraient aller au-delà d'un simple jardin des plantes.

— Pourquoi pas une académie de botanique ?

À peine formulée, l'idée la séduisit, mais Grégory n'eut pas le temps de préciser ses vues, le téléphone de Juliette sonna, affichant le prénom de sa fille.

— Maman, où es-tu ?

— Sur le terrain des thermes. Que se passe-t-il ?

— Viens vite ! Le mur d'enceinte des Alizés est couvert de tags, c'est dégoûtant.

— J'arrive. Préviens les gendarmes.

Juliette arriva aux Alizés en même temps que la fourgonnette de gendarmerie et découvrit les graffitis sur le mur d'accès à la propriété : « Mort aux traîtres ».

C'était une femme qui commandait la brigade de Saint-Louis, l'adjudant-chef Sylvie Fairol. Ses cheveux coupés en brosse et ses manières brusques montraient à quel point elle avait dû forcer son tempérament pour s'imposer dans ce milieu. Elle prit de nombreux clichés, les dépositions de Juliette et Isabelle, puis elle les quitta en leur recommandant d'attendre quelques jours avant d'ôter les graffitis, au cas où un complément d'enquête serait nécessaire.

Après son départ, Juliette et Isabelle gagnèrent le salon, où Tonia leur avait préparé du thé. Isabelle préféra se servir un grand verre de jus d'orange.

— Tu parles d'une publicité ! Être obligé de garder ces saloperies sur le mur d'entrée pendant je ne sais combien de temps ! Maman, tu ne penses pas qu'il est temps d'arrêter tout cela ?

— Je ne vois pas pourquoi.

— Avoue que ça prend des proportions qui te dépassent…

— Pas du tout. Et je n'ai pas l'intention de capituler devant une poignée de débiles en mal de création artistique.

Tonia leur offrit une assiette de sablés qu'elle avait confectionnés le matin même, et lorsque son regard rencontra celui de Juliette, elle lui lança une œillade qui la réconforta. Pas question de louvoyer, il était temps d'informer sa fille de ses dernières décisions.

— D'ailleurs, Isa, je voulais te dire que nous avons fait appel à des garants privés pour le prêt que la banque nous accorde. J'ai engagé une caution sur Les Alizés.

— Quoi ?

— Pour une partie du prêt seulement, ne t'affole pas, c'est l'avantage d'être plusieurs garants. Au total, nous sommes huit entrepreneurs dont trois autres vignerons. Tu vois, tous les viticulteurs ne sont pas contre nous.

— Mais c'est une pure folie, je t'interdis de faire ça !

— Et de quel droit pourrais-tu me l'interdire ? Jusqu'à plus ample informé, je suis toujours propriétaire des Alizés.

— Mais c'est moi qui fais vivre la propriété depuis trois ans.

— Et moi, je l'ai fait vivre pendant trente ans !

Tonia resservit le thé, le jus d'orange.

— Du calme, les filles, vous passez votre temps à vous chamailler.

Isabelle repoussa l'assiette de sablés.

— Je ne te comprends plus, maman, tu m'as toujours dit que tu avais suivi les règles de grand-mère, ne jamais emprunter pour ne pas se placer en position de faiblesse. Je t'ai vue pleurer lorsqu'on a failli perdre Les Alizés en réglant la succession. Tout ça ne veut plus rien dire pour toi maintenant ?

— Tu dramatises, Isabelle, ce n'est qu'une partie de la caution, et j'ai bien évalué les risques.

— Et depuis quand tu t'y connais en risques financiers ?

— Depuis que j'ai travaillé pour un banquier à Montréal.

Isabelle ne trouva plus rien à dire, elle regardait sa mère comme on regarde une inconnue qui vous demande l'heure dans la rue.

— N'empêche, dit-elle enfin, c'est une trahison.

— Je sais, ce mot m'est devenu familier. Finalement, tu es d'accord avec les auteurs des graffitis.

— Moi, je te le dis en face ! Et je te préviens que je ne te le pardonnerai jamais !

Juliette acheva sa tasse de thé et se leva en prenant son sac.

— Comme tu veux, ma chérie, mais sache que pour ma part, je ne suis pas en guerre contre toi.

Tonia la raccompagna jusqu'à sa voiture et lui prit la main.

— Ne t'inquiète pas, elle va se calmer, elle a le tempérament de sa grand-mère. Je vais me permettre de lui dire en deux ou trois mots le fond de ma pensée. Qu'elle te doit un minimum de respect, par exemple.

— Ne te fâche pas avec elle pour ces broutilles.

— À demain, ma grande, j'ai fait des terrines de foies de volaille, je t'en apporterai.

À la mairie, Juliette retrouva Nicolas qui procédait à un état des lieux après le passage des manifestants. Trois vitres brisées, les fleurs des massifs saccagées et les pneus de sa voiture crevés. Il était consterné.

— Et dire qu'ils veulent sauvegarder le patrimoine !

Sur ces entrefaites, Blandine Clément les rejoignit.

— Je suis en retard, Caroit m'a quasiment prise en otage pour m'interviewer. Il est remonté comme un coucou suisse mais j'ai pris le temps de tirer quelques clichés des tags sur les murs de ta propriété.

— Ma fille l'a très mal pris, enfin, c'est un détail…

— Qui fait partie d'un tout, et ce tout prend une envergure qui m'inquiète, Juliette.

— Et encore, tu ne sais pas tout…

Juliette pensa que le moment était venu de parler des appels en pleine nuit et des missives anonymes de plus en plus fréquentes. Elle sortit la dernière de sa poche de veste : *Tu vas récolter ce que tu sèmes, salope.*

— Tu en as parlé aux gendarmes ? Les appels anonymes ne sont pas rares en période électorale, mais la teneur de ce message me semble… personnelle !

— Je crois savoir d'où ça vient. Des affaires de famille. Je ne veux pas porter ça sur la place publique. Tu me promets de ne rien publier à ce sujet ?

— Entendu, mais veux-tu me confier cette lettre ? J'ai une amie graphologue, autant lui demander son avis.

En attendant, que comptez-vous faire pour répondre aux attaques ?

— Tenir le cap, répondit Nicolas. Je n'ai pas peur de Caroit, qu'il gesticule, ce n'est qu'un fanfaron.

Blandine semblait plus préoccupée.

— Je ne vois qu'une riposte possible, créer un comité de soutien pour le thermalisme en réponse à leur association, et y faire entrer tous les professionnels qui vous approuvent.

Nicolas prit aussitôt quelques notes.

— Qui mettre à la tête de ce comité ? Je pense qu'il vaut mieux que Juliette et moi restions en retrait.

— Il faudrait quelqu'un qui soit impliqué dans le vignoble tout en étant favorable aux thermes, une personne jeune, dynamique…

— Et où trouver cette perle rare ?

Jusqu'alors, Juliette les avait écoutés sans interrompre leur échange.

— Je pense avoir le candidat idéal, ma fille ne me le pardonnera jamais, mais je vais demander à Thomas. Il correspond tout à fait au profil.

Blandine se leva pour prendre congé.

— J'aurais bien fait partie du bureau de l'assoce, mais déontologiquement, on pourrait me le reprocher. Je préfère batailler à la place qui est la mienne.

Elle s'approcha de Juliette pour l'embrasser et lui glissa à mi-voix :

— Fais attention, Juliette, je suis moins sereine que toi au sujet de ce harcèlement…

Il était tard. Le jour tombait sur l'estuaire, Juliette et Nicolas se retrouvaient enfin seuls, ils s'embrassèrent, et il n'y eut plus rien autour d'eux. Emmêlés jusqu'à perdre le souffle. Dès qu'ils se retrouvaient, ils n'avaient plus qu'une hâte, se rapprocher, se toucher. Au milieu des autres, leurs yeux se cherchaient. Ils n'en étaient plus à s'étonner, ils étaient en train de tomber amoureux, irrésistiblement, entraînés par la force et par l'évidence de leurs sentiments.

— Je te raccompagne, Nico ? Je crois que ta voiture n'est guère en état de rouler.

— On fait étape chez toi ? J'ai tout mon temps, ce soir.

Ils gardèrent une certaine distance en marchant jusqu'à la voiture de Juliette. Sur les coteaux entourant la ville, le soleil couchant lançait des reflets pourpres, et l'océan de feuillage se balançait sous la brise. Le dernier bac se détacha de l'embarcadère, les eaux s'écartèrent devant lui et revinrent mourir sur les rochers frangés d'écume.

Avant de prendre la route, ils s'étreignirent, enveloppés dans le silence du soir, et échangèrent un baiser du bout des lèvres.

Ni l'un ni l'autre ne vit l'éclair du flash dans les buissons.

# 12

Une chaleur caniculaire avait surgi en cette fin de mai et dans les vallons flottait une brume duveteuse. Thomas se dirigeait vers la mairie pour l'une des dernières réunions d'équipe avant la date du scrutin. Il roulait au pas, contemplant l'étendue des vignes avec çà et là des rosiers plantés au bout des rangs, témoins du pacte ancien où la fleur, comme un présage, portait les signes des maladies quelques jours avant les ceps. Depuis qu'il était arrivé en France quelque quatre ans plus tôt, la vigne avait modelé sa vie quotidienne. La vigne et la femme qu'il aimait.

Il s'était levé à quatre heures du matin pour travailler dans le chai avant de mettre à jour le tableau de préparation des commandes et de répondre par mails à des clients américains. Lorsque Jean Soriac, le maître de chai, était arrivé, ils avaient fait le point sur l'activité en cours. En buvant un café, Thomas avait rédigé un petit compte rendu qu'il avait laissé sur le bureau d'Isabelle. Tout était en ordre. Il avait fait ce qu'il fallait pour ne pas la contrarier, alors qu'il la sentait de plus en plus irritée par son implication dans la campagne électorale. Mais il était trop tard pour reculer.

Avant de bifurquer pour entrer dans Saint-Louis, il embrassa une dernière fois des yeux le paysage immuable et serein qui se fondait avec la ligne d'horizon par touches légères. Mais chaque jour il constatait que le monde qui l'avait adopté devenait trouble, il n'aimait pas la tournure que prenaient les événements. Au grand dam d'Isabelle, il avait pris la présidence de l'association de défense des thermes, celle-ci porterait le nom d'Aquaval. Avec Grégory Sanchez, Thomas avait créé le site Internet qui montrait l'avancement des travaux, expliquait le projet dans ses moindres détails, plans et maquettes numérisées à l'appui. Il aimait travailler avec le jeune architecte, ils partageaient la même passion pour cette idée un peu folle, et la même affection pour Juliette.

Thomas pénétra dans le hall de la mairie, toujours très animé ; une partie de la vie communale s'y tissait chaque jour. La secrétaire lui annonça que le maire n'était pas encore arrivé, mais Juliette Leroux était déjà dans la salle du conseil.

C'était une grande pièce aux murs tendus de velours crème, la moquette dans le même ton. Un buste de Marianne ornait la vaste cheminée sous un cadre où étaient inscrits les noms de tous les maires qui s'étaient succédé à la tête de la ville.

Juliette avait pris place au bout de l'immense table ovale.

— Déjà ? Tu es en avance, Thomas.

— Je me suis levé tôt. J'ai fait des assemblages de merlot et de cabernet, tu voudras les déguster ? Je t'ai apporté quelques échantillons.

— Avec plaisir ! Je te promets de faire ma critique.

Elle mit de côté les quatre flasques et revint s'asseoir près de lui.

— J'ai aussi un message de la part d'Isabelle.

Il sortit une enveloppe de sa sacoche.

— Elle voudrait apporter des modifications à l'étiquette de la cuvée *Carpe Diem*, j'ai les épreuves de l'imprimeur, regarde. On a simplement stylisé les contours du château, et supprimé le doré des majuscules pour alléger l'ensemble. Qu'en penses-tu ?

Elle lui rendit les esquisses après y avoir jeté un rapide coup d'œil.

— Dis à Isa qu'elle a carte blanche, d'ailleurs, elle le sait.

Depuis qu'elle avait appris que Juliette avait engagé une caution sur Les Alizés, Isabelle n'adressait plus la parole à sa mère. Elle refusait même de la rencontrer. Récemment, Thomas et Jean Soriac avaient organisé une dégustation à la propriété pour les cavistes et les restaurateurs du Sud-Ouest. Juliette avait accepté l'invitation de Thomas et Isabelle ne s'y était pas opposée, mais au dernier moment, elle avait prétexté une réunion syndicale pour éviter la soirée. Juliette comprit et n'insista pas, elle n'était pas retournée aux Alizés depuis. Désormais, elles correspondaient par le truchement de Thomas.

— Hormis le fait qu'elle ne veuille plus me parler, elle va bien ?

— Je la trouve un peu fatiguée, surmenée peut-être. Elle prend les choses trop à cœur, et elle a toujours autant de mal à déléguer.

Juliette sourit. Elle s'en voulait un peu de faire jouer à Thomas un rôle aussi embarrassant.

— J'imagine que ta position de messager n'est pas commode.

— Je m'adapte. Mais ça m'ennuie, j'espère que vous allez vous réconcilier toutes les deux. J'adore Isabelle, mais elle a du caractère, et je sais à quel point elle peut être têtue, elle…

Il la regarda franchement, les yeux dans les yeux, et laissa sa phrase en suspens. Elle ignora son invitation à faire le premier pas.

Juliette pensa que le temps où elle se montrait plus conciliante était révolu.

— Nicolas n'est pas encore arrivé, dit-elle, et je me demandais comment j'allais lui présenter ça !

Elle lui tendit la dernière édition de *L'Estuaire*. En première page, un article sur trois colonnes accusait le maire de Saint-Louis d'avoir acheté une villa sur l'île de Ré avec l'argent de pots-de-vin.

— Le climat de cette campagne est devenu insupportable. On sort les fonds de poubelle.

— Nicolas a réellement une villa là-bas ? demanda Thomas.

— Elle appartient à ses beaux-parents, mais une fois que la rumeur est lancée… Tous les démentis n'y changeront rien.

Nicolas arriva sur ces entrefaites.

— Bonjour, j'ai demandé à Claire de nous apporter du café. Les autres ne sont pas là ?

— Pas encore, répondit Juliette en lui laissant la place en bout de table.

Elle lui montra la une de l'hebdo local tandis qu'il s'installait.

— Tu as vu le torchon du jour ?

Il parcourut les premières lignes et éclata de rire.

— N'importe quoi ! Ils sont vraiment à court d'arguments. Mes beaux-parents ont acheté cette maison sur l'île de Ré il y a trente-huit ans, moi j'en avais treize.

— On ne répond pas ?

— Qu'ils s'empêtrent dans leurs bêtises, ils ne sont pas crédibles. En revanche, moi, j'ai de bonnes nouvelles. Quatre entreprises vont venir s'installer à Saint-Louis, attirées par l'activité qui découlera des thermes.

— Bravo, Nico ! s'écria Juliette. Ça veut dire des emplois et des revenus pour la commune.

— Ce n'est pas tout, nous avons l'accord de la Commission des jeux pour l'implantation du casino. En règle générale, on autorise la ville d'implantation du casino à prélever de 4 à 15 % sur les gains, et il semble qu'on nous concéderait 8 %.

— Ça va faire un sacré paquet ! (Thomas était admiratif.) Et comment utilisera-t-on cet argent ?

— J'ai eu de la chance en tant que maire, dit Nicolas en regardant Juliette, mon prédécesseur a géré cette commune avec prudence. Les comptes étaient sains quand j'ai repris le flambeau.

Thomas surprit leur sourire complice.

— Mais il y a toujours beaucoup à faire, reprit Nicolas, nous présenterons des projets : l'agrandissement de la crèche, une médiathèque, la rénovation de la maison de retraite…

Claire, la secrétaire, entra et déposa le café sur le coin de la table. Après son départ, Juliette emplit les tasses.

— Moi aussi, j'ai avancé.

Depuis qu'une campagne de dénigrement avait été lancée contre Nicolas, elle avait passé beaucoup de temps sur le terrain afin de rencontrer les habitants, discuter avec eux, les convaincre.

— L'association des commerçants a rallié notre comité et j'ai réussi à obtenir le soutien du représentant du syndicat des hôteliers. Jusqu'ici ils étaient restés neutres, voyant leur intérêt dans l'œnotourisme comme dans notre projet. En fin de compte, ils sont avec nous.

— Voilà notre meilleure réponse, Juliette. Inutile d'entrer dans le jeu de Caroit. Maintenant, il s'agit de communiquer sur ces résultats. Tu vois cela avec Blandine ?

Par téléphone, la secrétaire prévint Nicolas de l'arrivée de leurs colistiers. Peu après, au milieu du brouhaha, le téléphone de Thomas retentit. Il décrocha, échangea quelques mots et Juliette le vit pâlir.

— Isabelle me dit que nos vignes ont été saccagées sur la parcelle de Moulinblanc.

Plantées par Lise Leroux, la mère de Juliette, dans les années cinquante, les vignes de Moulinblanc, exposées plein sud, fournissaient la plus belle récolte du vignoble familial. Les grappes, cueillies à la main, vinifiées et élevées à part dans des barriques de chêne neuf, étaient réservées à l'élaboration de la cuvée d'exception *Carpe Diem*, le joyau de la gamme des vins des Alizés. Une dizaine de ceps avaient été sciés à la tronçonneuse sur chacun des rangs que comportait la parcelle.

Lorsque Juliette et Thomas arrivèrent sur place, Isabelle s'entretenait avec l'adjudant-chef Sylvie Fairol. Celle-ci salua Juliette mais la jeune femme ignora la présence de sa mère.

— Je vous attends à la brigade cet après-midi pour votre déposition, faites-moi confiance, nous retrouverons les coupables.

Après le départ des gendarmes, Juliette vérifia l'étendue des dommages en compagnie de Thomas, et aussitôt Isabelle laissa libre cours à sa colère :

— Tu as vu ce travail ! Au bas mot, je suis sûre que ça représente le huitième de la parcelle alors que nous n'avons jamais assez de vin pour cette cuvée…

— Je suis navrée, murmura Juliette.

— Tu peux l'être ! Parce que ce désastre est ta faute.

Thomas fit un geste pour l'arrêter.

— Non, je ne me tairai pas, et d'abord qu'est-ce que tu fais là ? Pourquoi es-tu venue ?

— Je voulais te voir, voir les dégâts.

— Et tu en as vu assez pour être satisfaite ?

— Isabelle, tu es odieuse, ça me crève le cœur ce saccage, j'ai passé ma vie à m'occuper de ces vignes.

— Et aujourd'hui, tu t'en fous.

— Je comprends ce que tu éprouves, mais avoue que c'est trop facile de me renvoyer toute la responsabilité. Entre s'opposer à un projet et se comporter comme des vandales, il y a plus qu'une marge, ce sont des malades qui ont fait ça. Ce n'est pas parce que l'on est en désaccord qu'il faut se conduire comme des sauvages.

— Oh, toi et tes projets pharaoniques ! C'est à croire que tu es revenue pour semer la pagaille.

Insensible aux tentatives de Thomas pour la calmer, Isabelle s'était campée devant sa mère. Elle l'avait longtemps considérée comme une tendre martyre qui s'était sacrifiée pour les siens. Aujourd'hui, elle lui apparaissait comme une bourgeoise machiavélique et égoïste.

— Je ne veux plus te voir, maman !

Elle marcha jusqu'à sa voiture, Thomas s'adressa à Juliette :

— Je vais lui parler.

— Surtout pas, Thomas, tu es déjà assez engagé dans

les thermes, la mairie, n'aggrave pas les choses. J'espère de tout mon cœur qu'elle reviendra sur sa colère.

Sa voix tremblait et Thomas vit les larmes au coin de ses yeux.

— J'en suis certain, Juliette, il faut lui laisser le temps.

Il laissa partir Isabelle, recueillant dans un soupir les effluves de son parfum épicé. Il la connaissait bien et n'était pas assuré qu'elle changerait d'avis, son rejet n'était pas une tocade, elle ne reviendrait pas à de meilleurs sentiments de sitôt. Des heures difficiles se préparaient, et bien des éléments le dérangeaient. Son oncle Erwan était loin, et au fil de leurs conversations téléphoniques, il comprenait qu'il n'envisageait pas de revenir dans la région. Il avait aussi remarqué les gestes de tendresse, de connivence entre Juliette et Nicolas, même s'il demeurait persuadé de se faire des idées. Ces deux-là, après tout, étaient des amis d'enfance.

Dans le dossier préliminaire de Gérard, Juliette avait trouvé les coordonnées d'une société de forage. Elle sollicita leur expertise. Deux ingénieurs se déplacèrent, prirent connaissance des relevés établis par le géologue, découvrirent la source extérieure et examinèrent le sous-sol de l'ancienne cave coopérative. Ils lui remirent un rapport préconisant d'effectuer un forage de reconnaissance et des prélèvements afin d'étudier le coefficient de perméabilité, l'épaisseur des couches productives et définir un potentiel approximatif des sources souterraines.

Juliette convoqua une réunion de leur association Aquaval et exposa l'offre de la société de forage. Elle ne parla pas du devis, la somme était conséquente, et elle avait décidé de la prendre à sa charge. Toutefois, elle s'inquiétait de la dépense, car si elle n'avait presque pas touché aux salaires qu'elle avait perçus au Canada, son épargne s'amenuisait.

Quelques jours plus tard, elle se félicita d'avoir

accompli cette démarche. Il s'avérait que, grâce aux sédiments alluvionnaires amenés par les courants fluviaux, au sable et graviers fins, le potentiel d'emmagasinement aquifère était prodigieux. Les premiers chiffres évaluaient le débit journalier à plus de huit cents mètres cubes. L'association demanda aussitôt une déclaration d'utilité publique auprès des services de la DDASS.

Lors d'une soirée chez elle, Juliette reçut le comité de soutien et tous les amis qui n'avaient pas ménagé leur peine. Avec l'aide de Tonia, elle disposa des tables sous les cèdres, confectionna des tartes salées, des salades et des gâteaux, et commanda chez le traiteur un large assortiment d'amuse-bouche et de petits-fours. Thomas apporta du vin des Alizés et Juliette, qui restait fière des richesses gastronomiques de sa région, remplaça le champagne par du crémant de Bordeaux.

La soirée, détendue et joyeuse, se prolongea jusqu'à une heure du matin. Toutefois, l'absence d'Isabelle et de Françoise Frémont fut remarquée par de nombreux invités.

De nouvelles entreprises à Saint-Louis, le fabuleux potentiel des sources, l'afflux de soutiens de plus en plus nombreux, c'étaient autant de points marqués par le camp des partisans du thermalisme, et autant de motifs de rancœur chez leurs adversaires. La fièvre électorale montait de jour en jour. Des affiches collées aux vitres des devantures, des banderoles aux fenêtres, des fanions aux antennes des voitures… La ville était entrée en ébullition et personne n'aurait su prédire ce qu'il en sortirait.

Trois jours après le rapport de la société de forage, publié dans *L'Aquitaine*, les employés des services administratifs et techniques de la ville se trouvèrent dans l'impossibilité d'accéder à leur lieu de travail. Les grilles de la mairie étaient bloquées par des tonnes de rafles de raisin desséchées, et de la lie de vin avait été déversée pendant la nuit, formant une montagne de boue violacée et visqueuse d'où s'échappait une odeur pestilentielle. Les badauds accoururent en foule pour contempler cette drôle d'installation.

Nicolas avait des rendez-vous professionnels à Paris pour deux jours. Le responsable des services techniques lui apprit l'incident par téléphone, il appela aussitôt son premier adjoint et Juliette à la rescousse. L'adjoint contacta les services de la voirie, mais ceux-ci se montraient impuissants à résoudre rapidement le problème. Faute de personnel et de matériel disponibles, les détritus resteraient devant les grilles une bonne partie de la journée.

— Il n'en est pas question ! s'écria Juliette. On va encore accuser le maire d'incompétence et de négligence.

En accord avec les adjoints, elle décida de faire intervenir les tractopelles et les camions de l'entreprise Courson-Frémont. Une demi-heure plus tard, les engins déversèrent les lies et les rafles dans des bennes qui les emportèrent à la déchetterie. Les employés communaux prirent le relais pour achever le nettoyage. Pendant ce temps, la presse et la télévision régionales avaient rejoint les lieux de l'incident, et le premier adjoint, mal à l'aise en public, laissa volontiers Juliette répondre aux questions. Elle ne se fit pas prier.

— Toutes les semaines on peut lire des appels au durcissement des actions, alors bien sûr, certains finissent par obéir !

— Madame Leroux, vous avez été maire de Saint-Louis pendant de nombreuses années, que pensez-vous de la situation actuelle ?

— Je veux bien que l'on conteste et s'oppose, on est en démocratie, mais j'ignorais que la délation et la dégradation des biens publics et privés avaient leur place dans un débat municipal.

— Vous faites référence au saccage de vos vignes ?

— Je fais référence à tout acte de malveillance ! Ce

sont des procédés de voyous, indignes de notre région et de notre ville.

— Vous croyez que le centre de thermalisme verra le jour ?

— J'en suis convaincue !

— Et que pensez-vous de la rumeur selon laquelle le maire aurait acheté une villa dans l'île de Ré grâce à un financement douteux ?

— Vous voulez parler de l'article paru dans *L'Estuaire* ? L'auteur, Mme Fournier pour ne pas la citer, ferait mieux de vérifier ses sources, comme le fait tout bon journaliste qui se respecte et respecte sa profession. Cette villa a été acquise par les parents de Mme Frémont il y a trente-huit ans. Notre maire avait treize ans à l'époque, c'est un peu jeune pour tirer profit d'un argent mal acquis. Mais bien sûr, il suffit de lancer un bruit, et aussitôt la rumeur se répand, il n'y a pas de fumée sans feu, n'est-ce pas ? J'invite solennellement tous les habitants de Saint-Louis qui sont, comme moi, scandalisés par ces manœuvres crapuleuses à manifester leur soutien à Nicolas Frémont grâce à leur bulletin de vote.

# 13

La date des élections approchait. Après avoir réagi avec poigne aux exactions commises devant l'hôtel de ville, Juliette accueillit sans fausse modestie les félicitations des administrés. Comme au temps où elle était maire, ils l'appelaient pour lui demander un entretien, un conseil. Avec courtoisie, elle renvoyait les requêtes vers les autres élus. Ce n'était plus sa priorité aujourd'hui.

Le théâtre gallo-romain était entièrement déblayé et la forêt destinée au parcours de santé, débroussaillée. Ils attendaient le prêt pour commencer les travaux de gros œuvre, qui prendraient au moins deux ans.

Ce matin-là, Juliette devait retrouver Grégory Sanchez près des anciens thermes. Ils avaient donné rendez-vous à des responsables d'associations archéologiques afin de recruter des étudiants pour les fouilles préventives qui débuteraient en été. Elle était en retard. En sortant, elle découvrit un colis sur la première marche du perron. Surprise, elle regarda autour d'elle et aperçut une berline blanche, aux vitres fumées, qui stationnait au bout de la route. Elle était sûre de l'avoir déjà repérée à plusieurs reprises près des établissements Courson-Frémont et sur le parking du supermarché. Elle se précipita dans l'allée mais le véhicule s'éloigna avant qu'elle puisse relever le numéro d'immatriculation.

Le colis était léger, de la taille d'une boîte à chaussures, enveloppé de papier kraft. Elle l'ouvrit. Sur un lit de fleurs séchées reposait un petit cercueil de bois clair avec une croix blanche grossièrement dessinée. Pétrifiée, elle se mit à trembler et s'assit sur la plus haute marche en essayant de maîtriser sa panique. Après avoir repris son souffle, elle demeura prostrée un long moment, jusqu'à l'arrivée de Tonia. Celle-ci l'obligea à rentrer et à s'installer sur le canapé du salon pour s'y détendre.

— Je vais te chercher de l'eau, respire !

Juliette but quelques gorgées, sa main comprimant sa poitrine.

— Il faut que tu portes plainte, ce sont des monstres.

— De qui parles-tu ?

— De ton père et de ton frère. Tu sais bien d'où ça vient. Je suis désolée, ma grande, mais la situation ne risque pas de s'arranger. Regarde-moi ça.

Elle sortit de son sac un exemplaire de la dernière édition de *L'Estuaire*, parue le matin même. En première page s'étalaient un article et une photographie de Juliette.

INTERVIEW EXCLUSIVE DE FRANÇOIS LEROUX :
« MA FILLE EST LA HONTE DE NOTRE FAMILLE. »

*François Leroux, professeur de littérature à la retraite, père de Juliette Leroux, raconte les derniers mois de sa cohabitation avec sa fille qui avait la gestion des domaines familiaux. « En 2005, mon fils Stéphane a souhaité voler de ses propres ailes, il en avait assez de travailler chaque jour sous la férule de sa sœur. Il a demandé que soit liquidée la succession de mon épouse et je l'ai soutenu dans sa démarche. Juliette a réagi d'une façon abominable, elle voulait à tout prix préserver Les Alizés, pour sa propre fille, j'imagine… Elle ne me pardonnait pas de soutenir son frère, et un jour, au cours d'une dispute, elle m'a frappé ! »*

Suivaient une peinture idyllique des liens entre le père et le fils, l'apologie de Stéphane et de sa petite famille.

— Mais c'est ignoble ! s'écria Juliette en reposant le journal. Ça ne s'est pas passé comme ça du tout !

Elle n'entendit pas la réponse de Tonia. Ces calomnies la bouleversaient. Elle ne s'attendait pas à ce que son père et son frère puissent encore lui inspirer tant de rage et la déchirer au plus profond d'elle-même. Elle s'effondra sur le canapé en sanglotant, les bras noués sur son ventre. Toute cette détresse si péniblement surmontée, tant d'efforts accomplis pour être une autre, et une quinzaine de lignes dans un journal minable avaient tout effacé d'un trait. Elle n'avait donc pas changé ?

Sourde aux paroles de réconfort que lui dispensait Tonia, elle pleura toutes les larmes de son corps. Elle était toujours Juliette, l'enfant solitaire en butte aux railleries des élèves de sa classe, la captive soumise et silencieuse vampirisée par sa mère, l'adolescente blessée, la femme trompée. Celle que l'on abusait en riant, coupable, fautive... Elle reprit ses esprits en sentant un linge mouillé sur son visage.

— J'ai appelé Nicolas, murmura Tonia, je ne savais pas quoi faire.

Ses sanglots redoublèrent.

— Tu n'aurais pas dû. Je me sens tellement responsable. Tout est ma faute.

— Tu ne vas pas recommencer avec ces idées stupides !

— Je n'ai pas cessé de tout gâcher depuis mon retour. Ma fille ne veut plus me voir, je suis peut-être en train de compromettre l'avenir du vin de la région, je détruis le couple de Nicolas, et j'ai trompé Erwan.

Le bruit de la porte d'entrée claqua et Nicolas fut près d'elle.

— Qu'est-il arrivé ?

Tonia lui montra le journal et le cercueil.

— Les salauds ! Ils n'ont plus d'arguments contre moi, ils s'en prennent à toi. C'est odieux, il faut porter plainte.

— Non, Nicolas, je ne veux pas traîner ma famille en justice.

— Mais les lettres, les appels anonymes, ce cercueil...

— Ça vient d'eux, j'en suis quasiment certaine.

Il s'était assis près d'elle et la prit dans ses bras. Tonia se retira sur la pointe des pieds.

— Ma chérie, dis-moi ce que je peux faire.

— Rien. Tonia n'aurait pas dû te déranger.

— Bien sûr que si !

Il la serra plus fort en couvrant son front, ses cheveux de baisers, mais elle se détacha de lui. Elle respira, soupira. Il lui fallait trouver la force d'exprimer ce qui, depuis un moment, lui paraissait une évidence. Elle ne devait pas être là. Et lui non plus. Elle avait pris sa décision, le plus dur serait de lui dire. Elle le regarda, ce visage si familier qu'elle avait contemplé sans se lasser, caressé, embrassé, qu'elle avait appris à aimer autrement qu'à travers le miroir de l'enfance. Elle se mordit les lèvres.

— Nicolas, je vais repartir au Canada, il vaut mieux que je m'en aille.

— Mais pourquoi ?

— Je ne fais que créer la discorde, je perturbe ta vie alors que tu ferais mieux de t'occuper de Françoise. C'est Isabelle qui a raison, il est temps d'arrêter.

Ce n'était pas à lui, traumatisé par son enfance, qu'elle pouvait expliquer qu'elle se sentait toujours prisonnière du passé.

Ils étaient enlacés, front contre front, elle pleurait et il souffrait de ne rien trouver à lui dire, atterré par la perspective de son départ. Il allait se retrouver plus pitoyable, plus désemparé que jamais, après tant de bonheur et de moments radieux.

— Qu'est-ce que je vais faire sans toi ?

— Tu pourras vendre le terrain et engager ta commune dans le projet du Conseil régional…

— Je n'y ai jamais cru !

— Tu étais dans le vrai depuis le début, j'aurais dû t'écouter au lieu de vouloir jouer les trouble-fêtes pour me prouver je ne sais quoi.

Nicolas explosa :

— Arrête de te dévaloriser, tu t'es battue depuis cinq mois sans relâche. Je n'ai pas envie que ça s'arrête, je veux voir aboutir ce centre de thermalisme.

Il resserra son étreinte, la couvrit de baisers, mais il

sentait la peur l'envahir. Il ne voulait pas la perdre tout en sachant qu'il ne pourrait pas la retenir.

— Tu n'as rien gâché, Juliette, elle n'était déjà pas brillante, ma vie. J'ai besoin de toi, je ne me suis jamais senti aussi fort que depuis ton retour. Je t'aime.

— Je t'aime aussi Nicolas, mais je me sens perdue.

« Perdue entre deux hommes, entre deux pays », pensa-t-elle.

— Tu es surtout épuisée, te rends-tu compte du rythme que tu t'imposes depuis le début de l'année ? Tu as besoin de faire une pause. Et si tu restais chez toi aujourd'hui ? Détends-toi, respire... Lis ! Tu m'as dit l'autre jour que tu n'avais plus le temps de lire. Est-ce que Tonia sera toute la journée chez toi ?

— Non, seulement ce matin.

— Veux-tu que j'annule mes rendez-vous ? On pourrait aller déjeuner, se promener...

— Non, Nicolas, je crois au contraire que j'ai besoin d'être seule pour tenter d'y voir clair en moi. Tout est si confus.

— Alors, repose-toi, je reviendrai en soirée. Nous reparlerons de tout ça. Mais je t'en supplie, ne prends aucune décision définitive. J'espère que tu changeras d'avis, que tu ne nous abandonneras pas, les thermes et moi.

Il la vit esquisser un demi-sourire avec un soulagement indicible.

Nicolas parti, Juliette se leva et retrouva Tonia qui avait entrepris de nettoyer la cuisine. Elle lui proposa son aide.

— Ça me remettra les idées en place.

À lustrer les cuivres et dépoussiérer les étagères en compagnie de la gouvernante de son enfance, elle eut l'impression de retrouver la paix d'autrefois, quand elle se sentait consolée, aimée, s'imaginant que ça ne s'arrêterait jamais. Lorsque à midi Tonia la quitta, elle s'installa à la table haute de la cuisine devant une assiette garnie de salade niçoise et un pichet d'eau glacée. Son téléphone portable retentit et le numéro de Blandine

Clément s'afficha. Elle était très inquiète après avoir lu l'article dans *L'Estuaire*.

— Tu crois que nous devrions user d'un droit de réponse ? Bien sûr, c'est ton père, mais tout de même.

— Merci, Blandine, mais je préfère ignorer ces calomnies.

— Enfin, il t'accuse de l'avoir frappé.

— Certes, ça ne me donne pas le meilleur rôle, mais il ne ment pas tout à fait. Au moment de régler la succession de ma mère, c'est vrai que nous en sommes venus aux mains, mais c'est lui qui m'a giflée, et j'ai répliqué. Difficile de tendre l'autre joue à cinquante ans.

Juliette ne dévoilait là qu'une partie de la vérité. Mais elle n'avait pas envie de la dévoiler tout entière. L'histoire était si compliquée. Elle parla du cercueil emballé dans le carton à chaussures.

— Es-tu absolument sûre que ça vienne de ton père et de ton frère ? J'ai un doute… J'ai demandé à mon amie graphologue d'examiner la dernière lettre anonyme que tu avais reçue, elle est formelle : c'est une femme qui l'a écrite.

— Ça ne prouve rien, Blandine, ils peuvent faire écrire ces messages par quelqu'un de leur entourage.

— Il n'empêche, je persiste à penser que tu devrais porter plainte.

— Je verrai…

— Prends soin de toi.

Après le déjeuner, Juliette prit une douche, se coiffa, et se maquilla avec soin. Elle devait reconnaître qu'elle appréciait cette journée de repos. Malgré son trouble, elle se sentait mieux. Elle gagna la mezzanine avec l'idée de suivre les conseils de Nicolas : prendre un livre, se détendre. Le dossier des thermes était resté sur la table basse. Elle l'ouvrit, et les heures s'égrenèrent sans qu'elle y prête attention. Un début de migraine l'interrompit dans son travail, elle descendit se préparer une tasse de thé. Elle le but très fort, en regardant à travers la baie. Un vent léger berçait la cime des cèdres et de petits nuages moutonnaient à l'infini dans un ciel d'une pureté éclatante. Jamais elle ne renoncerait à la création des thermes.

Elle regarda l'heure, il était onze heures du matin à Montréal. Erwan répondit à la première sonnerie, il lui parut abattu, malheureux.

— Karen va de plus en plus mal, c'est insupportable, mais elle se bat avec une telle opiniâtreté...

— Que dit le médecin ?

— Tu connais les médecins, ils hésitent toujours à se prononcer, mais il pense que ça peut durer des mois. Tu me manques, Juliette. Je suis navré, mais je ne peux pas m'absenter, Karen m'accapare jour et nuit.

— Je sais, Erwan, ce n'est pas ta faute.

— J'avais envisagé notre vie de façon différente. Si tu savais comme je m'en veux, Juliette, je me dis tous les jours que je n'aurais jamais dû revenir à Montréal. C'est si dur de ne plus te voir. De ton côté, est-ce que tu ne pourrais pas revenir, au moins quelque temps ?

Un grand vide s'ouvrit en elle. À l'autre bout du fil, Erwan perçut son soupir. Le silence dura quelques secondes, qu'elle évalua en minutes, un silence qui tenait lieu d'aveu. Elle se revoyait quelques heures plus tôt, résolue à partir à nouveau. Étranges arabesques du destin qui laisse parfois entendre que tout peut arriver.

— Je ne sais plus où j'en suis, Erwan, mais depuis mon retour en Gironde, je sais que chez moi, c'est ici. Ma fille, mes amis, toute ma vie est là. Comme sans doute la tienne au Canada. Moi aussi, j'aurais voulu que tu reviennes vite et que nous construisions notre avenir. Bien sûr, je pourrais faire des voyages éclair, mais il y aura toujours un océan entre nous. Je suis désolée, je sais que je vais te faire de la peine, mais je ne reviendrai pas.

Longtemps après qu'ils eurent raccroché, elle resta assise à fixer le téléphone, elle n'avait pas trouvé les mots pour lui dire qu'il y avait un autre homme, un amour à part qui se perdait dans les méandres des affections d'enfant, un amour condamné à brève échéance. Elle n'avait pas voulu le blesser davantage. C'était l'excuse qu'elle se trouvait, mais au fond d'elle-même, elle savait qu'elle avait manqué de courage.

Au moment où Nicolas s'apprêtait à quitter le bureau pour rejoindre Juliette, sa secrétaire lui transmit un appel de sa mère qui lui demandait du linge de rechange pour les jumeaux. La semaine précédente, il avait décidé de lui confier les enfants jusqu'aux élections municipales.

En arrivant chez lui, il trouva Françoise affairée dans la cuisine, elle portait une jolie robe imprimée à bretelles, ses cheveux étaient lavés et noués sur la nuque. Depuis des semaines, chaque soir, il la trouvait endormie sous l'effet des calmants ou de l'alcool.

— J'ai préparé un lapin aux champignons, tu pourrais aller chercher les enfants chez ta mère, et on dînera ensemble.

— Je ne suis pas libre ce soir, je ne fais que passer, ma mère a besoin de vêtements propres pour Charles et Lucas.

— Tu peux au moins ramener les enfants, ils passeront la soirée avec moi.

— Je préfère qu'ils restent chez ma mère jusqu'à la fin de la campagne, j'ai moins de temps pour m'occuper d'eux.

La main de Françoise se crispa sur le couteau qu'elle utilisait pour éplucher les carottes.

— Tu penses que ta mère s'en occupe mieux que moi ?

— En ce moment, oui, ils sont plus en sécurité chez elle. En moins d'une semaine tu as laissé déborder la baignoire et brûlé deux casseroles. Si Marion n'avait pas été là, tu déclenchais un incendie.

— Tu ne peux pas me faire confiance, te montrer un peu plus patient ?

— Ça fait deux ans que je suis patient, Françoise, et

les enfants aussi. Deux ans que je te supplie de te faire soigner.

— Tu sais bien que ce n'est pas le problème, tout est venu de mes échecs. Je n'ai pas su remonter la pente, je n'ai fait que déprimer.

Nicolas laissa éclater sa colère :

— Et le médecin t'a conseillé combien de fois de consulter un thérapeute, de soigner ta dépression ? Tu as toujours refusé. Tu n'écoutes personne, tu préfères boire.

Elle posa le couteau, les carottes, et s'agrippa à la chemise de Nicolas.

— Tu ne t'occupes pas de moi ! J'ai besoin que tu sois là.

Il s'éloigna en essayant d'être le moins brusque possible.

— Écoute, je travaille pour le confort de toute la famille, je te remplace auprès des enfants. Je fais de mon mieux.

— En dormant dans la chambre d'amis ?

— J'ai des journées harassantes en ce moment avec la campagne électorale, j'ai besoin de repos.

— De là à ne même plus coucher ensemble. S'envoyer en l'air à la va-vite une fois par trimestre, ça te suffit ? Dis plutôt que je te dégoûte.

— Tu deviens vulgaire ! Et injuste. Tu as une vie de rêve, comparée à des millions d'autres femmes. Pardonne-moi de ne pas être à la hauteur, mais les enfants sont ma priorité, ils souffrent de cette situation et tu t'en fiches ! Ce sont des gamins, ils seront marqués à vie par ta conduite, tu le comprends, ça ? J'essaie de les protéger.

— Avec l'aide de ta mère ! Pourquoi ne le dis-tu pas ?

— Heureusement qu'elle est là, en effet, ce ne sont pas tes parents…

— Laisse mes parents en dehors de ça.

— Ils y restent bien tout seuls. Ils prennent les enfants avec eux deux semaines par an, et encore, les bonnes années.

À nouveau, elle se rapprocha de lui, sa voix se fit suppliante :

— Tu ne veux pas rester ?

— Je ne peux pas.

Il n'avait pas regagné sa voiture qu'elle avait déjà sorti un verre et une bouteille.

Nicolas apporta les vêtements chez sa mère, passa un long moment avec les enfants et, à l'heure du dîner, il prit la direction des Cèdres. Il aurait dû s'inquiéter de l'état de Françoise, mais il n'en fit rien, et il n'éprouvait plus de remords. Seulement de l'impatience, de l'appréhension. La scène avec sa femme n'avait fait que nourrir le besoin qu'il avait de la présence de Juliette. Il avait peur de sa décision. Les mains crispées sur le volant, il se répétait qu'il ne voulait pas la perdre.

Ce fut elle qui parla la première :

— J'ai appelé Erwan pour lui dire que je ne reviendrai pas à Montréal.

Nicolas la prit dans ses bras, la souleva de terre en poussant un cri de joie. Elle rit.

— Tu n'as pas changé ta façon de crier depuis le temps où tu te prenais pour un chef indien.

Il la faisait virevolter et elle riait de plus belle.

— Tout nous ramène toujours à notre enfance, Nicolas, tu as remarqué ? Quand on y pense, c'est effrayant.

— Pourquoi effrayant ? Nous sommes deux gamins amoureux et c'est merveilleux, non ? Ne crains rien, nous allons remporter les élections, et nous construirons le centre thermal !

Juliette frémit, toutes les pensées inavouables que sa raison ne pouvait accepter s'envolèrent. Il n'y avait qu'elle et lui, le silence de la chambre. Les vêtements qui tombaient. Au-dehors, la quiétude de l'après-midi s'en était allée, le vent s'était levé, annonçant l'orage. Nicolas la serrait contre lui, il posa une jambe sur les siennes, elle aimait sentir son poids sur elle. À chaque geste qu'il faisait, elle respirait plus fort, jusqu'à suffoquer, jusqu'au plaisir accompli, et que retombent leurs forces. Ils restèrent enlacés, la tête au creux des oreillers. Juliette se disait que c'était presque indécent de désirer si violemment cette jouissance.

Plus tard, il s'assoupit en prenant une posture d'enfant, sa tête appesantie sur la poitrine de Juliette. Elle écoutait sa respiration régulière et goûtait l'enfermement de ses bras autour d'elle.

À deux heures du matin, Juliette fut réveillée en sursaut par la sonnerie du téléphone. Elle faillit ne pas décrocher de crainte d'un nouvel appel anonyme. Mais c'était le premier adjoint de Saint-Louis.

— Désolé de vous déranger à pareille heure, mais je ne peux pas joindre Nicolas, notre équipe de colleurs d'affiches a été agressée.

Par précaution, Juliette et Nicolas arrivèrent chacun de leur côté et à dix minutes d'intervalle sur les lieux de l'agression. La gendarmerie était sur place. L'adjudant-chef Fairol expliqua qu'au vu des premiers éléments, les deux jeunes gens avaient été attaqués par trois hommes cagoulés, armés de matraques. L'un d'eux, fortement commotionné au visage, avait été transporté à l'hôpital par les pompiers.

Nicolas resta avec les gendarmes pour répondre à leurs questions et rassurer les bénévoles. Il parla avec des habitants du voisinage, alertés par les sirènes des véhicules de secours. Juliette se rendit à l'hôpital pour prendre des nouvelles du garçon et réconforter ses parents.

# 14

À la suite de l'agression dont avaient été victimes les colleurs d'affiches, les forces de l'ordre enquêtèrent dans les milieux politiques locaux. Robert Caroit fut interrogé sur son emploi du temps et celui de ses proches. Il cria au coup monté, invoqua un complot destiné à le discréditer. Ses accusations irritèrent Nicolas qui l'apostropha en public :

— M'accusez-vous d'avoir moi-même organisé l'agression de deux gosses pour me faire élire ? C'est indécent, monsieur Caroit ! Contrairement à vous, j'ai des enfants.

À cause de cette ambiance détestable, les élections municipales de Saint-Louis prirent une ampleur nationale. Les grandes chaînes de télévision dépêchèrent des envoyés spéciaux pour suivre le scrutin.

— Puisque c'est la guerre, déclara Nicolas à ses colistiers, alors préparons notre campagne et passons à l'attaque !

Ainsi, entre les interviews du maire à l'hôtel de ville et les visites de la presse sur le terrain du futur centre de thermalisme, les habitants de Saint-Louis durent s'accommoder des caméras et des micros venus faire intrusion dans leur vie quotidienne.

Au cours des dernières réunions publiques, Nicolas et Juliette constatèrent que de plus en plus d'administrés se montraient sensibles à leurs arguments et à la promesse de nouveaux emplois. Mais une majorité silencieuse, parmi les vignerons, balançait encore.

La semaine précédant les élections, la demande d'utilité publique fut acceptée par la DDASS. La qualité des eaux répondait aux critères drastiques imposés par les pouvoirs publics, et l'implantation d'un centre thermal à Saint-Louis était devenue un rêve réalisable.

Ce dimanche matin, la ville connaissait l'effervescence d'un scrutin municipal hors normes. Dans la salle de vote, les colistiers de Nicolas se montraient d'humeur joviale tandis que leurs adversaires les ignoraient ostensiblement. Chaque groupe suivait les consignes. Comme l'enquête de gendarmerie piétinait, Robert Caroit continuait à se poser en victime d'une cabale politicienne. Vers onze heures, il y eut une soudaine affluence, non qu'il restât beaucoup de paroissiens pour voter à la sortie de la messe, mais le repos dominical imposait ses horaires. En fin de matinée, le ménage était fait, la voiture lustrée, et le repas mitonnait. Il était temps d'accomplir son devoir civique. Dans l'après-midi, les élus vinrent faire un tour et accueillir les votants. Les heures s'égrenèrent au son de la manette de l'urne et de la formule républicaine : « A voté. »

Dès dix-sept heures trente, une partie de la population se regroupa dans la salle municipale pour assister au dépouillement. L'atmosphère se tendit pendant que les assesseurs ouvraient les enveloppes bleues et annonçaient les résultats. Fait sans précédent, très peu de noms étaient biffés ou rajoutés sur les listes, ce qui signifiait que les électeurs avaient voulu trancher nettement en faveur de l'une ou l'autre liste.

Robert Caroit demanda un nouveau comptage et, après une ultime vérification, Nicolas Frémont se leva.

— Mesdames et messieurs, voici les résultats, je peux d'ores et déjà vous annoncer qu'il n'y aura pas de second tour. Inscrits : 5 099, votants : 4 850, suffrages exprimés : 4 605. La liste Frémont obtient 3 502 suffrages. La liste Caroit, 1 103.

Il y eut un instant de silence solennel, avant une salve d'applaudissements. Les intéressés avaient déjà fait le compte des sièges attribués. Avec vingt-trois élus, non seulement Nicolas était désigné dès le premier tour, mais son équipe gagnait deux sièges. Robert Caroit n'avait plus que six élus sur sa liste au lieu de huit. La défaite était sans appel, mais le perdant s'avança vers Nicolas, le menton haut et l'index dressé.

— Ce n'est pas fini, croyez-moi ! Au moindre faux pas, nous serons là. Considérez-vous sous haute surveillance, monsieur le Maire.

— Ne vous en déplaise, monsieur Caroit, la preuve est faite ce soir que la calomnie et la délation ne paient pas.

Après son départ sous les huées, Nicolas, brusquement entouré, congratulé, convia ses administrés à un vin d'honneur. Lorsqu'ils se retrouvèrent face à face, Juliette l'embrassa en lui murmurant :

— Bravo, Nico, tu as fait mieux que mon score d'il y a six ans.

— C'est parce que tu étais à mes côtés.

À cet instant, elle croisa le regard d'Isabelle qui avait assisté au dépouillement. Celle-ci avait félicité Nicolas, et surtout Thomas, désormais conseiller municipal, mais en ignorant sa mère. Juliette n'insista pas. Quant à Françoise Frémont, elle avait fait une apparition en matinée pour voter, entourée de sa belle-mère et de sa fille aînée.

Les discussions se poursuivaient autour du buffet campagnard. Au gré des toasts, des groupes se formaient. Plus tard dans la soirée, Juliette se retrouva seule avec Thomas.

— Nous ne nous sommes pas encore félicités, dit-elle en l'embrassant.

Il la regarda avec une intensité qui la surprit avant de poser un baiser retentissant sur ses joues et, d'une façon abrupte, il lui lança :

— Est-ce qu'il y a quelque chose entre Nicolas et toi ?

Elle se sentit pâlir, lutta pour ne pas mentir, Thomas ne le méritait pas.

Elle hocha la tête en signe d'acquiescement.

— Tu as rompu avec mon oncle ?

— C'est difficile, ma vie est ici, Thomas, et lui, il est bloqué au Canada. Mais il sait que je ne reviendrai pas. Je t'accorde que la situation n'est pas claire, au fond nous ne sommes pas fiers de nous, Nicolas et moi. S'il te plaît, ne nous juge pas.

— Je n'en ai pas l'intention, Juliette, ça ne me regarde pas. Mais soyez vigilants ! Si je m'en suis aperçu, d'autres s'en apercevront aussi, et certains ne manqueront pas de le faire savoir…

— J'espère que ce ne sera pas le cas.

À la volée, il saisit une coupe de champagne sur un plateau et la lui tendit.

— Tu devrais dire la vérité à Erwan… Vous donniez l'impression de tellement vous aimer !

— C'était le cas, Thomas, mais…

— Je sais, coupa le jeune homme, les amours à longue distance, ce n'est pas facile. Tu n'as pas à te justifier, mais tu devrais parler à Isabelle. Les choses ne sont déjà pas faciles entre vous, si elle apprend cette nouvelle par quelqu'un d'autre que toi…

Un couple s'approcha de Juliette, et Thomas s'éloigna, lui aussi accaparé par des supporters. La soirée se prolongea tard dans la nuit, mais pour Juliette elle s'était achevée à cet instant. Elle passa son temps à maîtriser son émotion quand ses yeux croisaient ceux de Nicolas et à guetter le regard des autres.

La victoire de Nicolas et de son équipe était celle du thermalisme. À peine une semaine plus tard, la déclaration d'utilité publique fut publiée au *Journal officiel*. Désormais, le projet entrait dans sa phase de concrétisation, tout était prêt pour lancer les travaux. Les plans de réhabilitation des bâtiments étaient homologués, la société de forage avait établi ses devis. Juliette et Grégory Sanchez préparaient déjà la pose de la première pierre, qui aurait lieu dès l'obtention du prêt.

Juliette s'impatientait, elle appela le banquier et fut surprise, puis inquiète de ne pouvoir lui parler en direct. Elle demanda un rendez-vous à son assistante qui l'éconduisit avec un minimum de courtoisie. Et la nouvelle tomba, anéantissant toute l'allégresse des semaines passées. Le prêt était refusé, sans explication, sans recours possible.

Aux Cèdres, Juliette réunit Nicolas, Thomas et Grégory. Tous étaient consternés.

— Doit-on laisser tomber ? demanda Thomas.

— Non, jamais je ne m'avouerai vaincue, répliqua Juliette en servant des rafraîchissements.

— Je ne vois pas ce qu'on peut faire sans ce prêt.

Grégory qui considérait les thermes comme l'aubaine de sa jeune carrière suggéra de contacter d'autres banques.

— On va perdre un temps fou, dit Thomas, qu'en penses-tu, Nicolas ?

— C'est certain, sans compter que si cette banque a subi des pressions, elles en subiront toutes.

Ils continuèrent à échanger des idées, des hypothèses, avant de prendre conscience du silence de Juliette, qui n'avait plus rien dit depuis sa détermination à ne pas abdiquer.

— Il faut faire appel à des investisseurs privés, déclara-t-elle enfin, et si possible étrangers, parce qu'ils ne seront pas impliqués dans les bisbilles locales. Grégory, nous allons constituer un dossier en béton, et je vais le soumettre à Gary Stafford, le financier pour qui je travaillais à Montréal.

Interloqué, Nicolas la regarda, et aussitôt elle réalisa qu'elle allait s'envoler pour le Canada. L'appréhension qu'elle éprouva alors n'avait rien à voir avec les menaces qui pesaient sur les thermes.

Juliette arriva à l'aéroport Trudeau, à Montréal, un mercredi en début d'après-midi. Elle loua une voiture et prit la direction du centre-ville. Il y avait beaucoup d'animation dans les rues. Dans ce pays où la belle saison durait quelques semaines, les Montréalais vivaient dehors, dans les parcs publics, les cafés, au rythme des festivals et des spectacles de rue qui se succédaient sans interruption dès la mi-juin. En longeant le boulevard Saint-Laurent, elle jeta un coup d'œil vers l'avenue des Pins, où habitait Erwan, et résista à l'envie de passer devant sa maison. Elle gagna enfin la rue Sainte-Catherine et le parking souterrain de son immeuble. Avant de monter dans son appartement, elle informa le concierge qu'elle résiliait le bail pour la fin du mois suivant. Elle ouvrit les fenêtres pour dissiper les odeurs de renfermé. Il lui restait du temps avant le dîner avec Gary Stafford. Elle ressortit, prit le métro et accéda à la ville souterraine et au centre commercial Eaton, où elle flâna plus d'une heure. Elle fit quelques achats en se répétant qu'elle n'en aurait peut-être plus l'occasion avant un certain temps, puis elle choisit trois grandes valises et rentra se préparer pour la soirée.

Ils s'étaient donné rendez-vous au restaurant La Montée, et lorsque Juliette arriva, Gary l'attendait au bar. Leur table était réservée dans un coin discret, ils s'installèrent et se laissèrent aller au plaisir de se revoir. Gary parut déçu en comprenant qu'elle ne reviendrait pas à Montréal. De taille corpulente, les cheveux grisonnants, il portait la barbe et affichait un sourire bienveillant.

— Mais la France te réussit, à ce que je vois.

L'apéritif n'était pas encore servi qu'elle sortait le dossier Aquaval. On leur proposa du homard aux asperges vertes, mais Juliette ne prêta guère attention au contenu de son assiette. De temps à autre, Gary lui rappelait gentiment qu'ils avaient aussi à déguster un repas. Elle avalait une bouchée, posait sa fourchette et reprenait ses explications. Elle parlait, elle argumentait, sans rien cacher des oppositions locales, des pressions subies. À bout de souffle, elle s'arrêta enfin et dévora son homard. Gary, qui en avait terminé depuis un certain temps, feuilleta attentivement les pages du dossier. En l'observant, Juliette se félicita de toutes les heures passées avec Grégory à lire, relire et corriger la moindre virgule, jusqu'à une quasi-perfection dans la clarté des explications et des chiffres. Gary posa une question, puis une autre, il revint en arrière et poursuivit l'examen du dossier point par point en formulant toutes les interrogations qui lui venaient. Soigneusement préparée à cet entretien, Juliette avait toutes les réponses. Quand arriva le club-sandwich au chocolat, dessert typique, elle aurait presque parié qu'elle avait gagné.

— C'est un projet ambitieux, Juliette, je suis impressionné par ta créativité.

— Je ne suis pas seule, c'est un travail d'équipe, et nous avons un jeune architecte de talent.

— Vous n'avez aucun financement ?

— Non, à part l'achat du terrain, ce qui n'est déjà pas mal, mais le projet est viable, Gary ! Toutes nos études le prouvent.

Il sourit en la voyant s'enflammer de nouveau.

— Sais-tu à quoi je pense ? demanda-t-il en commandant les cafés. L'activité thalassothérapie peut être ajoutée au thermalisme ?

— Bien sûr ! Nous ne manquons pas d'espace pour diversifier les prestations.

— Alors, pourquoi ne pas donner une dimension internationale à ton projet ? Nous pourrions organiser des séjours thalasso pour des hommes et des femmes d'affaires canadiens qui veulent se ressourcer. Avec tes idées géniales de diététique, de cours de botanique, nous pouvons mettre en place des programmes de détente fabuleux. Tu y réfléchis ?

Elle n'y manquerait pas.

Il s'était levé.

— Je pense avoir les contacts financiers appropriés, il me faudra une quinzaine de jours. Je te tiendrai au courant. Il se peut même que je me déplace à Bordeaux en temps voulu.

En rentrant dans son appartement, Juliette compléta le dossier de résiliation de son bail, puis elle emplit les trois valises avec tous ses effets personnels, vêtements, livres, albums photo, et les bibelots chinés dans les vieux quartiers de Montréal. Elle rassembla au milieu du salon tout ce qu'elle ne voulait pas emporter, avec un message pour le gardien lui signifiant qu'il pouvait en disposer.

Il faisait encore nuit lorsqu'elle partit pour l'aéroport. Cette fois, elle ne put résister à l'idée d'emprunter l'avenue des Pins et s'arrêta devant la maison d'Erwan. Elle crut voir sa silhouette se détacher derrière les fenêtres éclairées du premier étage. Elle demeura un moment le visage levé vers cette lumière et sentit des larmes glisser jusque dans son cou. Elle les essuya rapidement, et cria : « Merde ! » en tapant du poing sur le volant. Elle se remémorait tous ces moments de joie quand Erwan la rejoignait rue Sainte-Catherine et sa détresse quand elle le voyait se rhabiller en toute hâte, après un appel téléphonique. C'était fini. À présent, il lui restait à effacer ces trois années. Mais quelle autre vie l'attendait ?

L'aube pointait sur Montréal, le soleil embrasait les arbres du parc du Mont-Royal. Cette ville superbe qu'elle n'oublierait jamais continuerait d'exister sans elle. Elle respira profondément à plusieurs reprises, comme si devait émaner du plus profond de son corps le souffle du sacrifice consenti.

À l'aéroport Trudeau, elle trouva un chariot, y chargea ses valises et restitua le véhicule de location. En entrant dans le hall, elle se regarda dans une vitrine. Juliette, cinquante-trois ans, coiffure sage, tailleur strict, une femme égarée qui n'aurait plus à attendre un homme rivé au chevet d'une malade. Elle passa un long moment au comptoir d'enregistrement à cause du supplément de bagages. Comme elle se dirigeait enfin vers le couloir d'embarquement, elle entendit son prénom et se retourna pour se retrouver en face de John Russel, un ami d'Erwan.

— Quelle surprise de vous trouver là de si bonne heure, Juliette !

Ils se serrèrent la main, et il remarqua l'amoncellement de valises.

— Vous vous installez à Montréal ?

— Non, je repars.

— Définitivement ?

— Oui.

Elle devina qu'il était sur le point de lui poser des questions. Elle prétexta le décollage imminent de son avion. Russel lui souhaita bonne chance et s'éloigna. Elle n'avait pas osé le prier de taire leur rencontre devant Erwan.

La première partie du vol de retour fut agitée, l'avion traversa plusieurs zones de turbulences. Le commandant de bord, les hôtesses s'ingéniaient à rassurer les passagers, mais chaque trou d'air provoquait les mêmes exclamations angoissées. La jeune fille assise à droite de Juliette s'agrippait à son bras à chaque soubresaut. Lorsque vint l'accalmie, elle s'assoupit enfin, et Juliette sortit son livre. L'hôtesse s'approcha d'elle et lui proposa un café ou un jus de fruits.

— Vous n'avez pas eu trop peur ?

Elle n'avait même pas pris conscience d'un réel danger, c'était en elle que se manifestaient les plus violentes turbulences, la peur de l'avenir mêlée à la nostalgie du passé. Malgré sa volonté de changement, elle se sentait toujours aussi seule, et elle était lasse des chimères qui jalonnaient sa vie. Elle ne se posait plus la question de savoir si on pouvait aimer deux hommes en même temps. Elle avait choisi.

Elle connaissait Nicolas depuis quarante-cinq ans, elle

n'avait même pas l'excuse d'un coup de foudre qui saccage une vie entière au premier battement de cœur. Ils s'étaient retrouvés, chavirés par la résurgence des souvenirs, l'aveu de leurs souffrances d'enfant, mais son désir pour lui n'avait plus rien d'une passade. Elle savait qu'elle devait mettre fin à cette histoire avant qu'elle ne cause de nouvelles blessures, pas moins irrémédiables chez leurs enfants. Mais pour la première fois, Juliette luttait contre sa raison, ce fatalisme qui l'avait si souvent laissée sans recours. Elle vivait une passion, le bonheur lui était offert. Mais ce mot avait-il seulement une réalité pour elle ?

Elle frissonna, encore quatre heures de vol. La fatigue lui piquait les yeux. Elle revit en condensé la surprenante tournure de ce voyage éclair : venue pour intéresser des investisseurs au thermalisme, elle repartait avec un vaste projet d'aquatourisme. Elle ferma les yeux, le livre posé sur ses genoux, et finit par s'assoupir.

Elle s'éveilla peu avant l'atterrissage à Bordeaux. En traversant le hall, elle prit un exemplaire de *L'Aquitaine* au kiosque et le feuilleta en attendant un taxi. Avant d'oublier ce qu'elle faisait là en découvrant la nouvelle dans les pages régionales.

*Philippe Marot est mort en détention. L'agent immobilier avait été condamné à vingt ans de réclusion criminelle pour avoir causé la mort de Geoffrey Morris et Fabienne Leroux au cours de l'affaire de ventes illégales de propriétés viticoles en 2005. Il est décédé hier des suites d'une longue maladie.*

## 15

C'était un matin d'été somptueux. Main dans la main, Isabelle et Thomas parcouraient les rangs de vignes de Moulinblanc. Isabelle ne pouvait s'habituer au spectacle des troncs sciés à ras de terre. L'enquête n'avait toujours rien donné. Au cours des réunions syndicales, beaucoup de viticulteurs, scandalisés, leur avaient manifesté leur soutien, mais d'autres pensaient que les « gens des Alizés » n'avaient que ce qu'ils méritaient. Thomas enserra la taille d'Isabelle.

— Nous les replanterons, murmura-t-il.

En marchant, ils surveillaient la nouaison. Chaque grappe de raisin prenait forme, les grains se développaient avec des reflets rosés.

— Il faudra recommencer les traitements, Thomas.

Il était primordial de lutter contre les maladies et les parasites avant la taille d'été qui concentrerait toute l'énergie de la vigne dans les plus beaux fruits.

Arrivés en haut du coteau, ils s'arrêtèrent pour admirer l'océan de feuillage bourgeonnant sur les croupes avoisinantes. La nature avait modelé le paysage en une délicate configuration de terrasses, de décrochements sur lesquels la lumière du soleil levant déployait une palette chatoyante de jaunes, d'ocres, avec un camaïeu de verts. Isabelle contemplait cette harmonie où terre et ciel se confondaient à l'horizon. Il lui arrivait encore de penser à la mort de son fiancé par une magnifique journée de juillet, pareille à celle-ci. Une pensée fugace, scellée dans l'éternité des souvenirs, et le chagrin lui revenait comme les inévitables ressacs de l'océan. Mais très vite, elle cherchait Thomas des yeux, il lui offrait la certitude d'un bonheur simple et authentique. Comme en ce matin magnifique où l'avenir lui semblait riche de promesses. Thomas et ses vignes, tout ce qu'elle désirait était là, rien d'autre n'avait d'importance. Ils s'embrassèrent et reprirent le chemin des Alizés.

Isabelle avait décidé de ne plus revoir sa mère. Pour rien au monde elle ne souhaitait revivre les scènes des derniers mois. Aussi fut-elle contrariée en la découvrant installée dans le petit salon, en conversation avec Tonia. Cette dernière se retira aussitôt.

— Je dois te parler, Isabelle.

— Je ne suis pas sûre que nous ayons encore quelque chose à nous dire.

— Accorde-moi dix minutes, tu jugeras après, dit-elle avant de marquer une pause. Ne fais pas comme quand tu étais gamine. Tu te souviens ? Tu jurais que tu détestais les épinards sans les avoir goûtés.

Un infime sourire éclaira le visage de la jeune fille. Thomas, qui l'avait suivie, embrassa Juliette en riant et quitta le salon.

— Je vais voir si Tonia a fait du café.

Juliette essaya de trouver une position confortable dans le creux du canapé, les fenêtres du salon donnant sur le parc étaient ouvertes et un léger courant d'air froissait les voilages.

— Tu t'es posé beaucoup de questions pendant mon absence, et sans doute plus encore depuis mon retour. Aujourd'hui, je peux répondre à certaines d'entre elles.

Par quoi commencer ? Certaines choses étaient si difficiles à exprimer, d'autres si intimes.

— D'abord, je voudrais te dire que j'ai une liaison avec Nicolas. Mais ce n'est pas le plus important, nous sommes adultes, ça ne regarde que nous.

Elle lut de la stupeur et de la désapprobation dans le regard choqué de sa fille. Ça commençait mal.

— Thomas pense qu'il est préférable que je t'en parle,

tenta-t-elle d'expliquer, le pire serait que tu l'apprennes par quelqu'un d'autre.

— Parce que Thomas est au courant ?

— Il s'en est aperçu tout seul.

Tonia entra à pas feutrés et posa devant elles un plateau avec du jus d'orange et du café. Isabelle dévisageait sa mère tandis qu'elle remplissait les tasses. Leurs regards se croisèrent et Juliette sourit en tendant une tasse à sa fille.

— Il faut aussi que je te parle de ces articles dans la presse locale où l'on dit que j'ai frappé ton grand-père.

— Je n'en ai pas cru un mot.

La voix d'Isabelle s'était radoucie, et Juliette déchiffra les sentiments sur le visage de sa fille : de la confiance, et même de l'affection.

— Et pourtant c'est vrai, ma chérie. Je ne t'ai jamais caché qu'il n'était pas le père biologique de tante Fabienne. Une fois l'enquête close, il y a trois ans, le commissaire m'avait remis le journal intime de Fabienne, elle y expliquait le calvaire que notre père lui avait fait endurer, insultes, brimades, coups même, jusqu'à ce qu'elle quitte Les Alizés, le lendemain de ses dix-huit ans. Sous l'effet de la colère en découvrant cela, je suis allée voir ton grand-père, notre dispute a dégénéré, mais je te jure que c'est lui qui m'a giflée d'abord. Et j'ai répliqué.

— Tu as bien fait, il n'avait pas le droit, mais ça n'a pas été la seule raison de ton départ au Canada quand même ?

— J'y viens.

Elle revoyait le titre du journal paru le jour même et soupira longuement avant de boire quelques gorgées de jus d'orange.

— Philippe Marot est mort en prison, reprit-elle, et cela me libère du poids d'un secret. Et d'une grave faute que j'ai commise, il est utile que tu le saches.

Elle se tut un instant, immobile, se retenant presque de

respirer, jusqu'à trouver la force de libérer des sentiments qu'elle avait trop longtemps contenus.

— Marot a été condamné pour avoir causé la mort du fils d'Erwan, et il a reconnu les faits. Mais sur un simple faisceau de présomptions, on lui a aussi imputé le décès de ta tante Fabienne. Or il n'était pas coupable de ce meurtre. En réalité, c'est le docteur Jean-Pierre Deltec qui l'a tuée.

— Mon parrain ?

— Mon ami d'enfance, murmura-t-elle, tout comme Nicolas.

— Mais pourquoi a-t-il fait cela, maman ?

— Ils avaient eu une aventure, et il était tombé amoureux d'elle, il avait sans doute imaginé que c'était réciproque. Mais par la faute de ton grand-père, Fabienne se vengeait sur les hommes des souffrances et des injustices qu'elle avait subies enfant. Elle l'a quitté et il ne l'a pas supporté. Après l'arrestation de Philippe Marot, il est venu me voir à la mairie et il m'a tout raconté en m'apprenant aussi qu'il lui restait à peine quelques mois à vivre, il souffrait d'une forme aggravée de leucémie. Et c'est à moi qu'il a laissé ce terrible choix : le dénoncer ou le laisser mourir avec le poids de ses remords.

Depuis qu'elle avait décidé de parler à sa fille, Juliette redoutait de s'écrouler, mais elle se sentait calme, comme si ses efforts pour devenir une autre femme avaient fini par remettre le passé à sa place ; douloureux, difficile à évoquer, mais étranger à sa vie présente.

— Ce dilemme a été un supplice, ma chérie. J'avais la possibilité d'alléger la peine de Marot en dénonçant ton parrain, mais je ne pouvais pas lui faire ça. Et pourtant, c'était lui le meurtrier de ta tante.

Elle se pencha, prit les mains d'Isabelle dans les siennes.

— Je te jure que prendre cette décision a été une torture. Mais j'ai choisi de me taire. J'ai laissé Jean-Pierre face à son destin, à ce qu'il disait être « une autre forme de justice ».

— Il est parti quelques jours après toi.

— Pour l'Afrique, je sais. Il avait toujours rêvé de missions humanitaires.

— Tu crois qu'il est décédé maintenant ?

Juliette n'avait jamais imaginé le décès de Jean-Pierre, et pourtant… comment aurait-il pu survivre ?

— Je pense, oui.

— Maman, pourquoi ne m'as-tu rien dit à l'époque ? J'aurais pu comprendre, et je ne t'en aurais pas voulu si fort d'être partie. J'ai cru que tu ne t'intéressais plus à moi, à notre propriété… Pour quelle raison as-tu fui, au lieu de tout me raconter ?

— Tu commençais juste à reprendre goût à la vie après la mort de Mark, je n'ai pas voulu t'accabler du poids d'un autre chagrin. Mais le monde qui m'entourait m'était devenu insupportable, le passé m'étouffait, l'avenir me terrorisait.

— Pourquoi, maman ? Personne ne savait.

— Moi si ! Est-ce que tu réalises ce que j'ai fait ? J'ai laissé accuser quelqu'un d'un crime qu'il n'avait pas commis, le droit appelle cela dissimulation de preuves, entrave au fonctionnement de la justice. Et moi j'appelle ça une lâcheté et une faute. Je n'ai pas voulu être présente pendant le procès de Marot, je sais que je n'aurais pas tenu le coup. J'aurais fini par dire la vérité. La seule issue qui m'est apparue alors, c'était la fuite. J'en avais assez d'être le réceptacle des secrets, des drames des autres. Et j'ai essayé durant trois ans d'ignorer le passé dans l'espoir qu'il finisse par disparaître.

Isabelle observait sa mère, elle lui semblait toujours différente, comme affublée d'un masque dissimulant les fêlures, les écorchures dont elle souffrait depuis si longtemps. Elle comprit qu'elle avait simplement retouché les apparences et qu'au fond d'elle-même, elle était toujours aussi vulnérable.

— Si tu savais comme je me suis sentie seule, maman. Tu étais partie, mon parrain aussi.

— Je te demande pardon, Isa. Mais en partant, je pensais qu'Erwan se rendrait libre, et que nous reviendrions ensemble. Rien ne s'est passé comme prévu. Et puis, j'ai cru te rendre heureuse en te laissant Les Alizés. Me suis-je trompée à ce point ?

— Non, avoua Isabelle dans un souffle.

Sa mère avait pris son visage entre ses mains tremblantes et la regardait avec cet air de dévotion qu'elle lui connaissait depuis l'enfance.

— Si tu savais comme je me sens fautive et comme je suis malheureuse à cause de nos disputes. J'aimerais que nous fassions la paix. Crois-tu que ce soit possible ?

— Je le voudrais tellement moi aussi, maman.

Plus tard, elles reparlèrent des sentiments de Juliette et de Nicolas, et Isabelle trouva cela « chou ».

— C'est vrai qu'il est beau, Nico, je ne te l'ai jamais dit, maman, mais j'étais amoureuse de lui quand j'avais neuf ans !

Le salon retentit de leurs éclats de rire, au grand bonheur de Tonia qui n'en finissait pas d'aller de l'une à l'autre, les cajolant tour à tour en énumérant les petits plats qu'elle leur mijoterait.

— Tu ne repartiras pas ? demanda Isabelle.

Juliette eut un mouvement de tête et serra sa fille dans ses bras, un vrai câlin d'amour.

Le lendemain, des tracts furent distribués dans les boîtes aux lettres de Saint-Louis. Une photographie du maire et de Juliette Leroux, tendrement enlacés, et les horaires de leurs rencontres : le jour et l'heure de l'arrivée de Nicolas aux Cèdres, de son départ, souvent au milieu de la nuit, parfois à l'aube.

À dix heures, ils se retrouvèrent dans le bureau de Nicolas à la mairie. Le téléphone sonnait sans interruption, la secrétaire filtrait les appels en répondant que le maire ferait une déclaration officielle en soirée, aucun commentaire jusque-là.

— Que fait-on ? demanda Juliette.

— Difficile de nier... Notre emploi du temps est détaillé avec une telle précision.

Elle se souvint avoir eu le sentiment d'être épiée ces derniers temps. Cette berline blanche qui l'attendait au bout de l'allée, qu'elle avait cru revoir encore, tout récemment, devant la boulangerie où elle avait couru s'acheter un sandwich. En sortant, elle avait trouvé un papier plié en deux, glissé sous ses essuie-glaces : *Fous le camp avant qu'on te le fasse regretter, pouffiasse.*

Elle avait levé les yeux et aperçu la voiture qui tournait au carrefour.

— On nous a traqués sans relâche.

— Mais qui ? Caroit ?

— Sinon lui, son entourage. Rappelle-toi sa mise en garde le soir des élections, il a promis de te surveiller ! Comme il n'a pas été mis en cause dans l'agression des colleurs d'affiches, il se croit tout permis. Ah, il la veut, la place !

Ils convinrent de porter plainte pour atteinte à leur vie privée.

— De toute façon, il n'y aura pas de conséquences pour toi, Juliette, mais pour ma part, avec une épouse alcoolique et déprimée, on va me lapider.

— Ta vie ne concerne que toi, mais tu dois avoir une conversation avec Françoise et les enfants au plus vite.

C'était sa priorité. Quant à Juliette, elle repensait à Marion, à toutes les fois où elle s'était confiée à elle quand elle venait se réfugier aux Cèdres. Elle allait se sentir trahie.

— Ce serait plus raisonnable de ne plus nous voir, Nicolas.

— Oh non, pas ça !

Il posa sur elle un regard désespéré.

— Non, répéta-t-il.

Leurs mains se rejoignirent par-dessus le bureau.

— Je ne vois pas d'autre solution.

Bouleversée par la tristesse qu'elle lisait sur son visage, elle savait qu'il lui faudrait faire preuve de courage. Elle aussi se sentait incapable de renoncer à lui.

— Je t'aime, Juliette, je ne sais pas comment j'ai pu vivre plus de quarante ans près de toi sans l'avoir compris.

— Je me suis souvent fait cette remarque. Peut-être que nous avons confondu nos sentiments d'adolescents avec notre besoin d'amour, aujourd'hui. C'était sans doute une erreur.

— Des erreurs, nous n'avons cessé d'en commettre avant de nous retrouver. Il n'y avait pas grand-chose avant toi dans ma vie, excepté mes enfants, il n'y aura plus rien après, je le sais. Je tiens à notre relation, je refuse de ne plus te voir.

Elle eut un temps d'hésitation, une pause fragile, entre espoir et affolement, comme si le cours de leurs destins pouvait encore s'inverser.

— Il le faut, Nico, répéta-t-elle, au moins pour un certain temps.

Les larmes aux yeux, le cœur serré, elle s'était promis de tenir bon. Il n'y avait pas d'autre issue.

Nicolas essaya de joindre sa femme au téléphone, il laissa plusieurs messages et fit une dernière tentative avant de se rendre chez sa mère. Il s'attendait à ce que la confrontation avec elle et avec les enfants soit pénible. Elle le fut. Sa mère ne lui fit aucun reproche, elle en était bien incapable. Les jumeaux s'inquiétèrent de savoir si leurs parents allaient divorcer. Dans un premier temps, Marion demeura muette. Elle n'arrivait pas à comprendre comment Juliette pouvait coucher avec son père. Elle planta son regard dans le sien, et finit par demander si c'était à cause de « cette histoire dégueulasse que sa mère buvait ».

Nicolas, sous le choc, ne sut quoi lui répondre.

— Ma chérie, ta mère boit parce qu'elle est malade,

déclara sa grand-mère, et sa maladie s'aggrave parce qu'elle refuse de se soigner. Je ne pense pas que ces événements y soient pour quelque chose, elle buvait déjà quand Juliette vivait au Canada.

Ces mots eurent le don d'apaiser un peu Marion. Elle s'enferma à nouveau dans le silence puis, après avoir disparu un instant dans la cuisine, revint en annonçant qu'elle avait préparé une tarte à la tomate et au fromage de chèvre.

— C'est la recette de Juliette, dit-elle.

Son père eut un pauvre sourire. Elle se pencha vers lui et lui souffla à l'oreille :

— Si ce n'est pas vraiment de sa faute, tant mieux, je l'aime bien.

— Je sais, ma puce, et je ne veux pas que ça change, moi aussi, je l'aime beaucoup.

Ce n'était pas facile de décrire à ses enfants cette immense tendresse qui l'attachait à Juliette depuis toujours et qui s'était, malgré eux, muée en des sentiments plus profonds. Il s'y employa en termes simples, en cherchant l'approbation dans les yeux de sa mère. Elle se rapprocha de lui et posa sa main sur son épaule avec douceur.

Les enfants la rejoignirent et ils formèrent un groupe serré, pétri de tendresse.

— On t'aime, papa, murmura Marion, tu es notre papounet chéri.

Elle marqua un temps.

— Tu vas parler à maman ? Peut-être que ça lui donnera envie de se soigner.

— Oui, peut-être, et je lui parlerai, je te promets.

La première réaction de Nicolas en quittant la maison de sa mère fut de rentrer chez lui et d'affronter Françoise. Toutefois, il réalisa qu'il n'avait aucune envie de la voir, ni de se justifier, pas plus que de s'exposer aux questions qu'on lui poserait à la mairie, aux regards des employés de l'entreprise. Il avait besoin d'être seul, de réfléchir, d'évaluer la situation et les conséquences. Il pressentait que personne n'en sortirait indemne. Il s'arrêta avant le bourg de Saint-Louis, et prit le chemin des thermes. Toutes les voies d'accès avaient été dégagées, les abords des bâtiments nettoyés et une immense pancarte marquait l'entrée : AQUAVAL CENTRE DE THERMALISME. Ce petit prodige était l'œuvre de Juliette. Sa Juliette. Il descendit de voiture et marcha vers le théâtre gallo-romain à pas lents, comme on remonte le temps. Soudain, sa vie lui parut dénuée de sens, il avait l'impression d'avoir tout raté. Seul son travail le comblait tout en l'enfermant dans une espèce de culpabilité pesante, pleine de regrets, de non-dits, qu'il dissimulait derrière son éternel sourire d'adolescent. On l'avait privé de son enfance. Il n'avait jamais pu se délivrer des images de violence. La terreur de sa mère, le langage brutal, les agressions de son père, les coups… Un soir, sa tête avait heurté le mur de la cuisine, le laissant à demi inconscient. Mais il y avait le Cercle des invincibles, et Juliette, leurs courses, leurs cris, leurs jeux, tout ce qui leur avait permis d'échapper aux tourments imposés par les adultes. Juliette qu'il admirait, qu'il imaginait heureuse dans son cocon bourgeois, ordonné, paisible. Jusqu'à cet instant où elle lui avait ouvert son cœur, avoué ses propres souffrances. Deux orphelins de leur enfance, voilà ce qu'ils étaient. Dieu qu'il l'aimait.

Devant lui, le coteau, la source, le promontoire grimpant à l'assaut du ciel. Il escalada le théâtre de verdure et s'assit à même le sol. Son regard embrassait les lieux, dessinant leur aspect futur. À ses pieds coulait la source sur les pierres irisées par le soleil.

Il ne pensait qu'à Juliette, l'idée du renoncement le révoltait. Il l'aimait. Il l'aimait en dépit de tout, et malgré cette femme qui était la sienne et qui ne l'émouvait même plus. « Les hommes sont tous des salauds », lui avait-elle lancé un jour. Était-il un salaud parce qu'il s'était épris d'une autre ? Pourquoi ne pouvait-il pas faire comme n'importe quel homme, divorcer, partager la garde des enfants, refaire sa vie avec Juliette. Et elle, s'ils le pouvaient, accepterait-elle de vivre avec lui ? Il ne s'était jamais posé la question de savoir si elle éprouvait toujours des sentiments pour Erwan, elle lui avait dit qu'elle ne repartirait pas au Québec, pour autant, attendait-elle son retour en France ? Mais à quoi bon se torturer l'esprit avec toutes ces interrogations ? Il ne pourrait jamais abandonner sa femme, au contraire. Son sens du devoir lui intimait de la soutenir, de tout faire pour sauver sa famille.

Il se laissa gagner par la beauté du site, le froissement des fougères sous la brise, un cri d'oiseau, ce ciel blanc où venaient se dissoudre les nuages, où se perdait sa tristesse. Il regagna sa voiture et, épuisé, il finit par s'endormir, la tête penchée de côté.

Il était plus de dix-neuf heures lorsqu'il rejoignit son domicile. La voiture de Françoise n'était pas là. Il entra et demeura interdit. Bibelots cassés, chaises renversées, miroirs brisés, il fit le tour de la maison. Françoise avait disparu.

# 16

Les gendarmes fouillèrent la maison de Nicolas de fond en comble, achevant de la mettre sens dessus dessous. Ils trouvèrent le sac à main de Françoise, ses papiers, ses cartes bancaires, autant d'éléments qui suscitaient des interrogations sur les conditions de son départ. En outre, les aiguilles de la pendule du salon brisée par terre marquaient dix-sept heures, heure supposée de sa disparition.

Aux questions des gendarmes, Nicolas déclara qu'il était seul à cette heure-là et, pour la première fois, il décela le doute et la suspicion sur le visage de l'adjudant Fairol. D'autant que les voisins affirmèrent avoir entendu une violente dispute la veille au soir entre le maire et sa femme, ce que Nicolas ne chercha pas à nier.

À la mairie, la pression était devenue telle qu'il décida d'organiser de toute urgence une réunion d'élus. Depuis le couloir, Nicolas entendit un bruit sourd de conversations animées. Lorsqu'il entra dans la salle du conseil, le silence se fit aussitôt, comme un souffle suspendu au-dessus des menaces qu'il savait imminentes. Des yeux, il fit le tour de la table. Pas d'excusés ni de retardataires, tous les regards étaient braqués sur lui. La climatisation tournait à fond, des carafes d'eau, des verres étaient disposés devant les conseillers, qui paraissaient soucieux. Il leur faudrait choisir un camp et ils le savaient. Nicolas se rendit compte qu'il transpirait, cette matinée de fin juillet était suffocante. Sur les visages tendus, il devinait les questions. Certains s'étaient déjà formé leur opinion et le condamnaient. Il aurait voulu se montrer impavide, imperméable aux reproches, mais il se découvrait vulnérable, le souffle court et la gorge sèche. Il avait toujours été considéré comme un élu efficace, on le jugeait honnête, compétent et loyal. À présent, il suscitait le doute. Sa probité rimait avec immoralité, sa compétence avec indécence.

Juliette était là, elle aussi, assise à l'autre bout de la table. Leurs regards se croisèrent et, très vite, elle se retourna vers Thomas, installé à sa droite. Nicolas n'était pas encore assis que, déjà, Robert Caroit le sommait de s'expliquer sur la disparition de sa femme et cette scandaleuse liaison que lui prêtait la rumeur.

— Que ce soit Mme Leroux ou moi-même, notre vie privée ne regarde personne.

— C'est faux, monsieur le Maire, vous avez une responsabilité morale envers vos administrés, comme tout homme public ! Comment faire confiance à un homme qui bafoue une femme malade ? Nous réclamons votre démission.

— La mienne aussi ? demanda Juliette. Tant qu'à faire…

Thomas leva la main comme un écolier sollicitant la permission de parler, et Juliette sourit.

— Puisqu'il est question de moralité, dit-il en toisant Caroit, que faut-il penser des personnes qui ont fait suivre notre maire pendant ses déplacements privés et qui ont fait imprimer et distribuer ces tracts ?

Caroit se leva, hors de lui, et manqua le traiter de métèque mais se retint, éructant :

— Oh, vous ! Mêlez-vous de vos affaires, je ne suis pas sûr que vous ayez autorité pour prendre la parole, votre demande de naturalisation n'est même pas officielle.

Juliette ne put s'empêcher d'éclater de rire.

— Quel bel exemple de tolérance nous avons là. (Et avec un geste large du bras, elle prit tout le conseil municipal à témoin.) Nous attendons que vous présentiez vos excuses à Thomas Winsley.

Caroit sentit que la situation lui échappait. Devant son

silence, Juliette en profita pour préciser qu'une plainte était déposée pour atteinte à la vie privée.

— Et j'espère bien qu'on remontera jusqu'aux parangons de moralité qui sont les instigateurs de cette infâme campagne de dénigrement.

À l'exception des six conseillers d'opposition, tous se rallièrent à Nicolas en déplorant ces procédés de voyou. Il les en remercia.

— Bien que je n'aie pas à me justifier, je tiens à préciser que je ne suis pour rien dans la disparition de ma femme. Malgré cela, je vais donner en partie satisfaction à M. Caroit. Durant l'enquête, je souhaite me mettre en retrait des affaires de la commune. Laurent, notre premier adjoint, me remplacera avec l'aide de Juliette Leroux, si elle est d'accord.

Au moment de se séparer, Thomas sortit de sa mallette la dernière édition de *L'Estuaire* et la tendit à Juliette. Son père avait une fois encore tribune ouverte et, dans un entrefilet, il déclarait que rien ne l'étonnait venant de sa fille, que sa présence même était la marque du scandale et du déshonneur. Désormais, il la reniait.

Il était onze heures ce matin-là lorsque deux gendarmes se présentèrent à l'entreprise Courson-Frémont. Sans explication, ils demandèrent à Nicolas de les suivre jusqu'à la brigade. Juliette proposa de l'accompagner, mais il refusa.

Malgré les enquêtes de voisinage, dans les gares et aéroports, auprès des banques, Françoise demeurait introuvable. L'adjudant-chef Fairol savait que la plupart des personnes disparues donnent signe de vie au cours des trois premiers jours. Passé ce délai, il fallait envisager d'autres hypothèses qu'une simple fugue. On avait interrogé son médecin traitant qui consentit à révéler les tendances suicidaires de sa patiente, « comme chez la plupart des alcooliques à un stade avancé ».

La veille au soir, les parents de Françoise Frémont avaient déposé une plainte à l'encontre de leur gendre qu'ils jugeaient responsable de sa disparition. En outre, plusieurs témoins avaient déclaré que le soir où un vigneron avait ramené Françoise ivre à la mairie, son mari l'avait secouée sans ménagement. Toute la ville étant au courant des incartades conjugales du maire, l'adjudant Fairol ne voulait négliger aucune piste, dont celle de l'homicide. Elle n'imaginait pas le maire se débarrasser froidement d'une épouse encombrante, mais au cours d'une dispute conjugale, un geste en entraînant un autre, tout pouvait arriver.

Après avoir longé les couloirs, Nicolas fut introduit dans une pièce sombre. Il comprit d'emblée qu'il aurait droit à un interrogatoire serré. La donne avait changé et l'adjudant le lui signifia en s'adressant à lui d'un ton froid. Nicolas, les traits figés, de la lassitude dans les yeux, prit place en face des enquêteurs. Il leur demanda s'ils avaient du nouveau.

On l'informa de la plainte déposée par ses beaux-parents.

— Nous allons reprendre toutes vos déclarations depuis le début, dit l'adjudant.

Le sujet de leur dispute de la veille, son emploi du temps au moment de la disparition de sa femme. Il répéta pour la énième fois qu'il s'était isolé en cette fin d'après-midi pour réfléchir à la situation.

— Votre couple connaissait des difficultés ?

— Oui, comme beaucoup de couples.

— Ça vous gêne d'en parler ?

— Non.

L'adjudant l'observait, les mains à plat sur le bord de la table. Ce justiciable-là inspirait la sympathie et un certain respect. Mais c'était aussi l'homme auquel la rumeur publique prêtait une liaison avec une notable de la commune, l'homme marié dont l'épouse venait de disparaître, celui qui s'était fait plus que des adversaires en politique : des ennemis. Et un suspect tant que son innocence ne serait pas prouvée. On lui signifia sa garde à vue pour vingt-quatre heures.

Ce ne fut qu'en fin de journée qu'il fut autorisé à appeler sa mère.

— Embrasse les enfants, maman, ne vous inquiétez pas, je rentrerai demain.

Mais il commençait à en douter.

La journée parut interminable à Juliette, l'inaction ne lui réussissait pas et elle était bien en peine de savoir comment aider Nicolas. Il n'était pas revenu de sa convocation à la gendarmerie. Elle appela la brigade sans obtenir d'informations, et elle n'osait pas s'adresser à la mère de Nicolas.

Isabelle et Thomas passèrent la soirée avec elle aux Cèdres. La jeune femme décida de préparer un repas pour « leur remonter le moral ». Foie gras, entrecôtes grillées, de belles tomates du jardin assaisonnées à l'huile d'olive et parsemées de basilic. En s'occupant du barbecue, Thomas les regardait, de nouveau complices et câlines. Malgré la situation, elles riaient en dressant la table. Ils dînèrent dehors, et Isabelle orienta la conversation sur les thermes. Rien n'aurait pu autant distraire Juliette. Comme sa fille s'était désintéressée jusqu'alors du projet, tout était nouveau pour elle. Et Juliette ne se fit pas prier pour tout lui expliquer. Isabelle reconnut que l'idée était formidable, l'académie de botanique l'enchanta. Il était plus de minuit lorsqu'ils se séparèrent, et si Juliette n'avait pas vu le temps passer, son inquiétude concernant Nicolas ne la quittait pas.

Elle s'étonna d'avoir aussi bien dormi. Au lever du jour, la température avoisinait déjà les vingt-deux degrés. Elle prenait son petit déjeuner lorsque son portable sonna. Le premier adjoint lui apprit que Nicolas n'était pas ressorti de la brigade. En garde à vue. Mesurant l'impact que cette nouvelle pouvait avoir sur les employés de l'entreprise, Juliette s'habilla en hâte, se maquilla légèrement et noua ses cheveux.

En fermant la porte de la maison, elle vit une petite voiture bleue remonter l'allée. Marion et sa grand-mère en sortirent, et la gamine courut au-devant d'elle. Juliette approuva une bouffée d'appréhension. Cette enfant qu'elle adorait avait toutes les raisons du monde de la haïr. Mais contre toute attente, Marion se jeta dans ses bras :

— Marraine, papa est en prison.

Lucette, la mère de Nicolas, resta un peu en retrait, tandis que Juliette expliquait à sa filleule la différence entre garde à vue et prison.

— Ils prennent juste le temps de l'interroger, ma chérie.

— Mais il n'y est pour rien ! Il a tout essayé pour que maman se fasse soigner.

Juliette leur proposa d'entrer et, comme elle s'effaçait devant elle, la mère de Nicolas l'en remercia d'un sourire aimable. Elle expliqua le coup de téléphone de son fils la veille au soir, la plainte déposée par ses beaux-parents, et son incapacité à fournir un alibi pour l'heure de la disparition de Françoise.

— Marraine, tu aimes beaucoup papa, n'est-ce pas ?

Juliette frémit et ses yeux s'embuèrent de larmes.

— Oui.

— Il m'a dit que vous vous aimiez depuis que vous étiez enfants.

Ainsi, c'était comme ça qu'il avait présenté leur liaison à sa fille et aux jumeaux, à sa mère aussi sans doute. Un amour d'enfance. Son regard s'attarda sur Marion, sur Lucette Frémont, et elle ne chercha même plus à contenir son émotion.

— C'est vrai, Marion, ça fait longtemps que nous nous aimons avec ton papa.

— Pourquoi vous ne vous êtes pas mariés quand vous étiez jeunes ?

— La vie n'est pas toujours aussi simple, on doit parfois emprunter des détours, pour revenir à son point de départ.

Elle tendit les bras et de nouveau, Marion se blottit contre elle.

— Que peut-on faire ? demanda Lucette Frémont. Il ne peut pas rester en prison. Je suis terrorisée à l'idée que les parents de Françoise viennent me prendre les enfants.

— Ça, non, jamais ! s'écria Marion. Je refuse d'aller chez eux et je ne veux pas que Charles et Lucas y aillent non plus… ils ne nous aiment pas, ça se voit. Il faut faire quelque chose marraine.

En une fraction de seconde, Juliette envisagea ce qu'elle pouvait faire. C'était énorme… Une énorme folie.

Plus tard, elle réunit les chefs de service de l'entreprise, les rassura, demanda leur soutien en leur affirmant que tout se passerait bien. Après tout, elle était là. Et elle représentait sa fille, majoritaire dans le capital de la société.

En début d'après-midi, Blandine Clément l'appela.

— Pas mal, ta famille, dis donc !

Juliette avait complètement oublié les dernières déclarations de son père dans l'hebdo local. Elle raconta les derniers événements à son amie.

— Il n'a pas tué sa femme, quand même ?

— Bien sûr que non, Nicolas est incapable de la moindre violence !

— Alors, arrête de t'en faire, les vrais coupables sont ceux qui ont rendu publique votre liaison.

— D'accord, Blandine, mais la liaison ? J'y suis un peu pour quelque chose.

— Sauf que tu n'es pas la première femme de la création à coucher avec un homme marié.

— Ça ne me console pas vraiment, mais tu as raison, les fautifs sont ceux qui veulent à tout prix nous empêcher de créer ce centre de thermalisme. Dès le début, on gênait et on s'est mis à dos une partie des institutions régionales. Sur le plan local, je peux te dire que c'est une vraie guerre de territoire. Je pense que Caroit n'est pas étranger à cette campagne de diffamation. Ça fait quinze ans qu'il rêve de la mairie.

— Que donne l'enquête de gendarmerie ?

— Apparemment rien, et ça me surprend. Si Caroit est à l'origine de tout cela, il a des appuis très solides. Il se conduit comme s'il était sûr de son impunité !

Blandine ne répondit pas. C'était trop tôt. Mais elle suivait ses idées, elle avançait dans ses recherches, et elle avait la certitude que dans cet imbroglio, deux pistes se dessinaient, bien distinctes. Dont une visait Juliette, et elle seule.

L'endroit était calme, mais Nicolas savait qu'une chambre de sûreté n'était pas la prison. Jusqu'ici, il avait bénéficié d'un traitement de faveur. La pièce, avec ses sanitaires, était convenable, bien que mal éclairée par une minuscule lucarne à barreaux. On lui avait apporté une couverture propre, un plateau-repas substantiel avec un verre de vin. En reprenant le plateau, le planton lui avait remis un bloc-notes et un crayon.

Il savait qu'il ne trouverait pas le sommeil. Où était Françoise ? Il essayait de recenser tous les endroits où elle aurait pu aller. Où va-t-on sans ses papiers, sans argent… Chez une amie ? Il y avait bien longtemps qu'elle n'avait plus d'amies. Après ses deux échecs professionnels, elle s'était coupée de tout lien social. Aigrie, ne trouvant que des critiques à formuler, elle donnait l'impression de haïr le monde entier. C'est ainsi qu'elle avait commencé à se laisser aller, et le premier enivrement avait suivi. La première fois, il en avait plaisanté, un coup de cafard, ça peut arriver. Mais il y avait eu une deuxième fois, puis une troisième…

Dès qu'il avait constaté le chaos dans la maison et sa disparition, il avait pensé à une crise de démence, suivie d'une fugue. Et cette idée lancinante l'obsédait. Comment en étaient-ils arrivés là ?

Il prit une feuille de papier, tira un trait vertical. D'un côté, il inscrivit le prénom de ses enfants. Il devait tout faire pour les protéger, il pensa à les changer d'école à la prochaine rentrée. Sa mère, malgré ses soixante-douze ans, était encore assez active pour le seconder, il n'aurait aucun mal à organiser leur quotidien. Il s'arrêta, reposa le crayon et s'aperçut avec horreur qu'il agençait sa vie, celle de ses enfants, comme si Françoise ne devait jamais revenir. Il serra les poings. Comment imaginer ce qu'elle avait fait, ce qu'elle était capable de faire ? Et si elle avait décidé de mettre fin à ses jours, ses enfants l'en jugeraient fatalement responsable, et tout le monde penserait de même.

Car il y avait Juliette.

C'est son prénom qu'il inscrivit dans l'autre colonne. C'était elle la femme dont il avait envie, dont il avait besoin. Jamais il ne s'était senti aussi proche d'elle qu'en ce moment où elle avait décidé de dissocier leurs destins. Un instant, le cœur de Nicolas cessa de battre, il pensa à ces milliers de chansons d'amour un peu niaises qui disent qu'un homme aime une femme. Il aimait Juliette d'une passion démesurée. Un lien irremplaçable, fait d'amour, de tendresse, d'amitié… Toutes les incertitudes l'accablaient d'un coup, son âge, le temps qui passait, la peur d'avoir négligé l'essentiel, et ce désir fou de choisir sa vie, d'accéder à cette liberté à laquelle il avait cru ne pas avoir droit.

Juliette passa par toutes les étapes de l'angoisse : des hésitations jusqu'aux remords, jusqu'à regretter de ne pas être repartie au Canada quand il en était encore temps. Et la décision qu'elle avait prise face à Marion ne faisait qu'aggraver le tumulte de ses sentiments. D'ailleurs, lorsqu'elle arrêta sa voiture devant la gendarmerie, elle hésitait encore. Mais elle ne pouvait chasser de son esprit le regard désespéré de Nicolas quand il lui avait dit : « Je serais incapable de porter la main sur elle, ni sur quiconque. » Au vu de son enfance martyre, elle savait qu'il disait la vérité. Comment aurait-elle pu ne pas avoir confiance en lui ? Elle demanda à rencontrer l'adjudant Fairol et déclara que Nicolas était avec elle à l'heure de la disparition de son épouse.

— Étant donné la campagne de diffamation que nous subissons, il a choisi de ne rien vous dire.

Dans l'après-midi, l'adjudant fit venir Nicolas et lui signifia la fin de sa garde à vue. Outre le témoignage opportun de Juliette Leroux, les dernières informations recueillies sur l'état mental de Françoise Frémont plaidaient pour une fugue sous l'emprise de pulsions irrationnelles. On avait déjà ordonné de faire draguer le lac de Saint-Louis.

Nicolas appela sa mère qui vint le chercher. Il apprit alors qu'elle avait rendu visite à Juliette, et il mesura les risques qu'elle avait pris pour lui avec cette fausse déclaration.

Il passa toute la soirée avec ses enfants, joua avec eux dans la piscine, ils dînèrent ensemble puis il accompagna les jumeaux dans leur chambre et attendit qu'ils s'endorment. Il écoutait leur souffle régulier dans l'obscurité et envia cette capacité qu'ont les enfants de s'abandonner au sommeil. Avant de redescendre au salon avec Marion et sa mère, il envoya un message sur le portable de Juliette.

*Merci, Juliette.*

Elle répondit aussitôt.

*J'ai confiance en toi. À demain, au bureau.*

L'échange était laconique. Les textos laissaient des traces et il leur fallait redoubler de prudence.

Le lendemain, Gary Stafford appela Juliette depuis Montréal, il avait trouvé des investisseurs intéressés par le centre de thermalisme. Ils prendraient le premier vol pour Bordeaux en début de semaine.

# 17

Dès qu'il avait appris par son ami le voyage de Juliette à Montréal, Erwan s'était précipité rue Sainte-Catherine. Ensuite, il n'eut pas le courage de rentrer chez lui. Il s'arrêta à proximité du parc du Mont-Royal et marcha le long des allées bordées de frênes blancs, indifférent à l'animation qui y régnait. Il composa le numéro du portable de Juliette et laissa un message : « Je sais que tu es venue à Montréal, pourquoi ne m'as-tu rien dit ? Je n'arrive pas à croire que tu te sois trouvée si près de moi sans me faire signe. Le concierge de ton immeuble m'a appris que tu avais résilié ton bail de location… Je ne comprends pas ce qui nous arrive. J'étais tellement convaincu que notre amour résisterait à toutes les épreuves. Juliette, je t'en prie, appelle-moi. »

Mais l'appel ne vint pas. Malgré la confiance qu'il avait en elle, il pressentit que ce qu'il avait tant redouté était advenu, elle s'était lassée de l'attendre.

Il rentra chez lui, vérifia que sa femme n'avait besoin de rien et se retira dans son bureau. La seule vue du portrait de Juliette lui faisait mal. Il retourna le cadre. Les regrets l'obsédaient. Pourquoi n'était-il pas resté en France ? Pourquoi ? Il n'avait pas vu le piège qui allait se refermer sur lui et le tenir prisonnier de cette maison. Pourtant, il savait Karen manipulatrice, elle avait réussi à raviver son sentiment de culpabilité lié au décès de leur fils, elle en était à lui reprocher d'être là tout en l'ayant pris en otage de sa déchéance.

Maintenant, elle pouvait à peine s'exprimer par la parole, elle n'avait plus la force de tenir ses paupières ouvertes, son visage était creux, livide, elle respirait avec difficulté. Bientôt, il faudrait envisager une trachéotomie, puis l'assistance respiratoire. La semaine précédente, le médecin avait proposé de la faire hospitaliser en soins palliatifs. Erwan avait refusé. Il l'assisterait jusqu'au bout. Chaque jour, il la voyait se débattre mais le corps qu'il tenait dans ses bras en la soignant n'était qu'un fardeau qu'il supportait sans amour, il devait subir l'odeur, la vision du spectre qu'elle était devenue, ses râles. Il avait de plus en plus de difficulté à assumer les crises, le rituel sordide des couches, de l'urine, du vomi. Alors que tout ce qu'il désirait était à des milliers de kilomètres de cette horreur : sa vie avec Juliette. Mais la porte s'était fermée. Il avait trop attendu d'elle, de ses sentiments, trop tergiversé. Il se promit que si le médecin renouvelait sa proposition d'hospitaliser Karen, il accepterait. Après tout, il l'accompagnait depuis plus de trois ans, et il avait fait tout ce qu'il était humainement possible de faire. Même en mémoire de Geoffrey.

Il s'installa devant son ordinateur et écrivit un long mail à Juliette. Ses pensées se bousculaient, les mots venaient trop vite, il se trompait, rectifiait... « Je t'aime... Par pitié, ne m'abandonne pas, ne m'oublie pas... Je sais, mon amour, tout ce que j'ai exigé de toi pendant ces années... Encore quelques semaines, ma Juliette, juste quelques semaines, et je te rejoindrai... Je te fais la promesse de consacrer chaque heure de chaque jour à t'aimer... Je t'en fais le serment... »

Écrasée entre des coussins qui lui donnaient l'impression de se noyer, Karen tremblait. Combien de temps tiendrait-elle encore, deux, trois mois ? Les nuits lui étaient insupportables. L'obscurité la plongeait dans les affres de l'attente, parfois elle se réveillait en transe avec une douleur dans la poitrine, comme un coup de poignard, et elle pensait : « Le moment est venu, je vais mourir. » Elle s'accrochait au peu de souffle qui lui restait encore. Erwan la nourrissait de purée de légumes et de laitages, comme un bébé. Pourquoi ne l'affamait-il pas pour la voir crever plus tôt ?

Elle ne rencontrait plus chez lui que du dégoût et de la haine. Des gémissements jaillirent de sa gorge. Elle parvint à appuyer sur la sonnette. Il ne lui restait que ce pouvoir sur Erwan, le déranger, l'affoler. Elle savait qu'il attendait sa mort pour repartir, pour rejoindre l'autre. La fin de son propre enfer deviendrait le paradis d'Erwan.

Le parfum des roses du jardin montait jusqu'à elle par la fenêtre entrouverte. C'était l'été. L'été à Montréal. Dieu qu'elle avait aimé cette saison ! Son dernier été. L'image de sa mort grandissait en elle, s'étalait comme des cercles dans l'eau. Elle allait mourir... elle pensa aux dernières démarches qu'elle avait entreprises et l'ombre d'un sourire se dessina sur son visage ravagé par la maladie. Erwan rejoindrait sans doute sa putain, mais elle ne lui faciliterait pas la tâche.

— Les enfants étaient heureux de te voir ? demanda Juliette dès qu'ils furent seuls.

Le lendemain du jour où Nicolas était sorti de sa garde à vue, ils avaient fait ensemble le tour de l'entreprise Courson-Frémont, et échangé quelques mots avec les employés.

— Et moi donc ! Mais je ne sais pas quoi te dire ; ce que tu as fait est une folie.

Il la regardait. Du plus loin que remontaient ses souvenirs, il l'avait toujours trouvée jolie. La maturité l'avait rendue fascinante et attendrissante.

— Certes, c'est illégal, Nicolas, mais pas plus immoral que tout ce que nous essuyons en ce moment. Les thermes, la campagne électorale, notre liaison... Sans parler de la plainte de tes beaux-parents. Pas étonnant que les gendarmes aient trouvé en toi le suspect idéal.

— J'ai fait la bêtise de ne pas rentrer chez moi, de rester seul à gamberger, mais je te jure que je n'ai rien à voir avec la disparition de Françoise.

Juliette le croyait et il le savait. Elle leur servit un café et tenta de détourner la conversation.

— Je crois qu'on risque d'avoir un orage, pourvu qu'il ne grêle pas.

Au-dessus de l'estuaire, les nuages s'amoncelaient dans un ciel couleur de cendre. Nicolas s'obstinait.

— Nous devons parler, Juliette.

— Je n'ai pas le temps, j'ai un rendez-vous avec l'ingénieur de la société de forage, nous devons préparer l'arrivée de Gary.

— Je viendrai te voir ce soir.

— Il n'en est pas question. Nous avons pris une sage décision et…

— TU as pris une décision !

— Pour toi ! Parce que c'est mieux ainsi.

— Alors c'est inutile, je refuse d'être séparé de toi, et j'assumerai ce choix.

— Je ne t'ouvrirai pas.

— J'enfoncerai la porte !

— Ah bon ? Je croyais que tu n'étais pas violent…

Le soir même, Nicolas tint sa promesse, mais il se contenta de toquer à la porte. Juliette lui ouvrit. Ils restèrent sur le seuil, immobiles, se dévorant des yeux. Peut-être, quelque part, quelqu'un était-il en train de les photographier. Au fond, ils s'en moquaient. Il entra et elle referma la porte. Elle voulut parler mais il posa un doigt sur ses lèvres, puis il écarta les mèches de son visage et l'embrassa. Tendrement d'abord, puis avec passion, en ôtant ses vêtements. Il surprit son regard affolé, le reflet des vibrations qui montaient en elle, il savait comment susciter son désir.

Elle allait au-devant de ses caresses, ses ongles crispés dans ses épaules. Ce moment-là, jamais ils ne l'oublieraient.

— Tu m'as manqué, murmura-t-elle.

— C'est ce que j'ai cru comprendre…

— N'en rajoute pas trop quand même !

Et elle lui pinça les joues sans ménagement.

— Chipie !

— Voyou !

Elle se glissa contre lui, la tête dans la courbe familière entre le cou et l'épaule, il referma son bras autour d'elle et elle se fit plus petite, plus douce dans cette prison. Il percevait les pulsations de son cœur qui retrouvait son rythme. Comment une femme pouvait-elle recéler tant de tendresse et de passion ? Il se sentait libéré de la tension de ses conflits intérieurs, il n'avait plus peur, les frustrations, l'attente, les questions angoissantes des dernières heures, tout cela faisait place à un grand calme.

— Dis-moi que cela ne s'arrêtera jamais…

La fraîcheur de la nuit avait pénétré la chambre. Il avait plu en fin d'après-midi, une de ces pluies d'orage denses et chaudes, si fréquentes en été. L'air était gorgé d'eau, des senteurs de menthe montaient du jardin, mêlées à l'odeur des cèdres fraîchement lavés. Juliette se demanda ce que pouvait bien évoquer ce parfum, les jours futurs, leur bonheur ? Ou tout simplement cette nuit ?

— Nico, malgré mon faux témoignage, c'est toi qui prends le plus de risques en ce moment. Te rends-tu compte que Caroit n'attend que ça, que tu fasses un faux pas ? Il n'a d'autre obsession que de te nuire.

Il se redressa sur un coude, il la regardait et s'étonnait de la sentir près de lui, à lui, que cela leur arrive à eux, que ce soit possible.

— Tôt ou tard, on retrouvera Françoise. Personne ne disparaît complètement, c'est incompatible avec les lois de la physique. Et tout le monde comprendra que je n'ai rien à me reprocher, sinon de n'avoir pas agi avec plus de détermination pour la faire soigner.

— En attendant, les rumeurs auront causé des ravages.

— Tu crois que cela peut avoir une incidence néfaste sur l'entreprise ?

— Non, je ne pense pas. Ni sur le centre de thermalisme, mais sur ta position à la mairie, certainement.

— Juliette, puis-je être franc ?

— J'aimerais mieux.

— La mairie, je m'en fous. J'ai accepté le rôle de maire parce que j'étais le premier sur la liste après ton départ et celui de Jean-Pierre, mais je n'ai jamais eu le virus de la politique.

Elle comprit ce que Nicolas éprouvait, et surtout à quel point ils étaient semblables. Elle non plus n'avait jamais éprouvé d'enthousiasme pour cette charge que sa mère lui avait quasiment léguée.

Impatients mais sereins, ils passèrent de longues heures enlacés, à se parler, à s'étreindre, à s'aimer. Et la nuit, insidieusement, resserra les liens qui les unissaient déjà si fort.

Juliette accueillit Gary Stafford et ses deux investisseurs, un homme et une femme, à l'aéroport de Bordeaux-Mérignac. Il était convenu qu'ils logeraient aux Alizés. Après avoir récupéré des effets du décalage horaire, ils commencèrent par visiter l'entreprise Courson-Frémont avec Nicolas, puis Juliette les conduisit aux thermes gallo-romains où Grégory Sanchez et l'ingénieur de la société de forage les attendaient. Chaussés de bottes, ils visitèrent le sous-sol de la bâtisse principale. Les fouilles avaient dégagé les vestiges d'une gigantesque fresque représentant les thermes à l'époque gallo-romaine. Les bassins, les fontaines, l'aqueduc et le temple avoisinaient des jardins bordés de péristyles, de tonnelles fleuries. L'ingénieur montra l'emplacement des deux sources les plus importantes, expliqua le déroulement des futurs travaux de forage et comment il pouvait d'ores et déjà chiffrer leur débit journalier.

— L'eau arrivera dans une fontaine au centre du bâtiment principal, juste sous le puits de lumière.

Plans à l'appui, Gary Stafford découvrit ce que serait l'aménagement du centre thermal de Saint-Louis.

À l'extérieur, Grégory avait dressé une table sous les marronniers et y avait disposé ses maquettes. Il présenta l'ensemble du complexe thermal dans ses moindres détails et remit un dossier récapitulatif avec chiffres, photos, et croquis à chaque visiteur.

Juliette était restée en retrait, laissant Grégory et l'ingénieur aborder l'aspect purement technique du projet.

— À présent, dit-elle, nous allons poursuivre la visite par une promenade.

Elle montra les bâtiments annexes qui abriteraient les soins de thalassothérapie, le casino, les salles de conférences et d'études où se dérouleraient les cours de nutrition et de cuisine diététique. Ils suivirent le futur parcours de santé, longèrent la fougeraie.

Ils arrivèrent face aux vestiges du théâtre gallo-romain près duquel jaillissait la première source chaude sur son coteau de granit.

— C'est encore plus fabuleux que tout ce que je pouvais imaginer ! s'écria Gary.

Il consulta ses amis du regard, ils étaient tout aussi surpris et conquis par le charme des lieux. La jeune femme demanda si elle pouvait prendre des photos.

— Bien sûr, répondit Juliette. Après, si vous voulez bien me suivre, je vous montrerai autre chose.

Plus loin, l'embarcadère se dessinait, ouvert sur l'estuaire où les mouettes tourbillonnaient au-dessus des vagues, frôlant les rochers avant de piquer au ras des eaux. Ils contournèrent le théâtre de verdure pour découvrir un immense terre-plein avec en son centre un édifice orné d'un fronton à colonnes.

— Voici notre futur jardin de plantes médicinales et aromatiques, et là notre académie de botanique.

Ils revinrent sur leurs pas, et Juliette leur désigna un magnifique terrain vallonné.

— Et voici notre futur golf !

— Vous avez pensé à tout, bravo !

Avant de quitter le chantier, les visiteurs escaladèrent les rochers et laissèrent la source d'eau chaude ruisseler sur leurs bras et leurs mains.

— Et en ce qui concerne le pouvoir bienfaisant de ces eaux ? demanda la jeune femme, tandis qu'ils revenaient vers les voitures.

— Elles ont été analysées en laboratoire, leurs vertus curatives certifiées, vous trouverez les documents officiels dans le dossier que vous a remis Grégory. Au dîner de ce soir, nous avons convié deux médecins auxquels vous pourrez poser toutes vos questions.

Depuis leur réconciliation, Isabelle avait pris fait et cause pour les thermes, au grand bonheur de Juliette. Elle avait compris que l'avenir du projet se jouait avec la venue des investisseurs. Aussi la jeune femme avait insisté auprès de sa mère pour organiser elle-même le dîner aux Alizés.

« Tu auras bien assez à faire avec l'accueil, les visites, les discussions, c'est tellement important. Laisse-moi m'occuper du reste. »

Dès leur retour, les visiteurs s'étaient retirés dans leurs chambres pour se reposer et se rafraîchir. Juliette en profita pour enfiler une robe, des chaussures plus légères, et elle retoucha son maquillage et sa coiffure. En redescendant, elle fut accueillie par un joyeux :

— Je crois que tout est prêt, maman, tu veux vérifier avec moi ?

Juliette en éprouva une grande fierté. Non seulement Isabelle était ravissante dans son pantalon blanc cassé et son chemisier bleu marine, mais elle avait pensé à tout. L'apéritif était prévu sur la terrasse, champagne millésimé, toasts avec la délicieuse terrine de Tonia, quelques cubes de fromages divers. Ensuite, elle avait commandé un magnifique plateau de fruits de mer.

— Nous servirons notre bordeaux blanc sec, puis nous aurons des magrets de canard aux figues, avec des aubergines et des tomates grillées. Qu'en penses-tu ?

— C'est parfait, mon ange ! Vraiment parfait. Tu as commandé des glaces ?

— J'y ai pensé, mais je crois que rien ne vaut le gâteau au chocolat de Tonia, et elle a proposé de l'accompagner d'une crème anglaise.

Lorsque Gary Stafford et ses amis descendirent, Thomas servit le champagne. Cinq autres personnes les avaient rejoints pour le dîner. Nicolas, Grégory Sanchez, Blandine Clément, qui assura aux investisseurs que les médias soutenaient le projet, et deux praticiens, Christophe Paulin, médecin à Saint-Louis et un spécialiste des pathologies causées par les problèmes de poids.

Tout au long du dîner, la conversation resta centrée sur les thermes. À maintes reprises, Gary Stafford exprima son intérêt, à chaque fois approuvé par les hochements de tête de ses collègues. Ils regardèrent les clichés pris au début et s'étonnèrent de l'avancement des travaux, sans aucun moyen financier.

— C'est l'œuvre de Juliette, fit remarquer Nicolas, rien ne la décourage quand elle est passionnée ! Elle a été la première à y croire, et c'est la plus enthousiaste d'entre nous.

La soirée se poursuivit tard, et en se retirant, Gary demanda à Juliette si le lendemain matin, ils pourraient disposer d'un endroit pour travailler et discuter à l'aise. Elle leur proposa son ancien bureau, qu'Isabelle avait laissé en l'état après son départ. Il était équipé d'Internet, et d'un appareil de télécopie.

Le lendemain, ils s'enfermèrent trois heures durant

dans cette pièce, avant de repartir pour l'aéroport, et livrèrent à Juliette le fruit de leurs réflexions : de quoi tracer les grandes lignes d'un protocole d'accord qui serait finalisé par l'intermédiaire de leurs conseillers juridiques respectifs. Ils apporteraient les fonds nécessaires aux travaux. Mieux, un acompte substantiel serait versé sous deux semaines.

Aussitôt après la visite de Gary Stafford, Juliette réunit quelques journalistes et annonça l'accord avec les banquiers canadiens. Avec un soupçon d'ironie, elle insista sur le terme « aquatourisme » qui, chacun le comprit, se substituerait à l'œnotourisme. Sur une double page, *L'Aquitaine* publia la nouvelle, avec des photos de Gary et des thermes.

Juliette s'attendait à un flot de réactions, y compris négatives, mais l'événement ne reçut aucun écho. Les habitants eux-mêmes, jusqu'aux plus farouches adversaires du projet, gardèrent le silence. Comme s'il ne s'était rien produit.

Cet après-midi-là, Juliette rendit visite à sa fille. Elle remarqua chez elle des signes de fatigue, des cernes qu'accentuaient ses traits tirés, et la jeune femme lui avoua qu'elle souffrait d'insomnies.

— Tu n'as pas de problèmes de santé ?

— Non, je t'assure, maman, ne t'inquiète pas.

— Tu as des soucis pour le vignoble, quelque chose ne va pas ?

— Au contraire, les démarches que j'ai engagées en Asie portent leurs fruits, l'année a été excellente.

Pour rien au monde Isabelle n'aurait voulu que renaissent leurs différends. Mais sa mère insistait :

— C'est juste que… Tu me promets que tu ne te fâcheras pas ?

— Mais non, ma chérie, ça m'ennuie juste de te voir dans cet état.

— Thomas s'est beaucoup absenté ces derniers temps, et j'ai un retard fou dans plein de choses, la comptabilité entre autres.

— Je sais que Thomas s'est dépensé pour les élections et les thermes, laisse-moi t'aider à mon tour.

Elles travaillèrent tout l'après-midi en parfaite harmonie. Tonia les retrouva pour une pause avec du thé et des biscuits maison. En soirée, elles rejoignirent Thomas dans le chai, et il proposa à Juliette une dégustation de plusieurs cuvées. Il sollicita des conseils pour les futurs assemblages. Les heures s'écoulèrent sereinement, Juliette éprouva non pas du plaisir, mais un certain bien-être à retrouver l'ambiance, les rites qui avaient été son quotidien pendant si longtemps. Au cours du dîner, ils parlèrent des thermes, et Juliette confia sa surprise devant le silence qui avait suivi la visite de Gary Stafford.

— Et ce grand calme t'inquiète, maman ? demanda Isabelle.

— J'ai bien peur que ce soit celui qui précède la tempête.

Quand elle émergea ce matin-là, Juliette constata qu'elle avait dormi neuf heures d'affilée, alors que cinq ou six heures lui avaient toujours suffi. Elle décida de rester chez elle pour travailler. Après s'être douchée et habillée, elle s'installa dans son bureau avec sa tasse de café. Contrairement à son habitude, elle le but très chaud, à petites gorgées, en se plongeant dans le dossier technique que lui avait remis l'ingénieur en charge du premier forage thermal. À intervalles réguliers, elle entendait le bruit de l'aspirateur. Tonia s'affairait au grand ménage, et Juliette s'était promis de l'aider dans l'après-midi.

« Je m'absenterai juste une heure, pour aller chez l'ophtalmo », avait-elle prévenu en arrivant.

À onze heures et demie, Tonia passa la tête par la porte entrouverte.

— J'ai un souci, Juliette, ma voiture ne démarre pas, ça m'ennuie de ne pas aller voir mon médecin, c'est la croix et la bannière pour avoir un rendez-vous, je viens d'attendre trois mois !

— Prends ma voiture, Tonia.

— La décapotable ? Tu me vois en train de conduire ce bolide ?

— Tu n'es pas obligée de t'en servir comme d'un bolide !

Par la fenêtre de son bureau, Juliette vit Tonia s'éloigner au volant de sa voiture, et elle s'amusa de ses ratés.

Une heure plus tard, c'est un véhicule de gendarmerie qu'elle vit remonter l'allée. Elle ouvrit la porte sans attendre le coup de sonnette et, au regard de l'adjudant Sylvie Fairol, elle devina que quelque chose d'effroyable s'était produit.

L'adjudant lui demanda à qui elle avait prêté sa voiture.

— Cette dame a eu un accident aux abords de la colline de Prignac, il semble qu'elle n'ait pas pu amorcer le virage, elle n'a même pas freiné et la voiture est tombée dans le ravin.

— Où est Tonia ? À l'hôpital ? Comment va-t-elle ?

— Je suis désolée, madame, les pompiers n'ont rien pu faire, elle est décédée.

# 18

Depuis le 15 août, la fille de Tonia était en Grèce avec sa famille, et les services de recherches de la gendarmerie tentaient de la joindre. En son absence, l'adjudant Fairol demanda à Juliette de bien vouloir reconnaître le corps. Isabelle et Thomas l'accompagnèrent au centre médico-légal, mais elle tint à entrer seule. Tout son être refusait d'admettre la réalité, tandis qu'elle suivait le médecin légiste à travers les couloirs. Pas elle, pas Tonia... Dans la morgue régnait un froid saisissant malgré la température extérieure. Des tiroirs métalliques s'alignaient sur tout un pan de mur ; le médecin tira l'un d'eux. Juliette regarda le corps inerte enveloppé jusqu'au cou d'un drap blanc, et le visage de Tonia apparut, couvert d'hématomes, le sommet du crâne dissimulé sous des bandages.

— Est-ce bien Antonia Moralès ? demanda le médecin.

— Oui.

Elle aurait voulu hurler : « Non ! » Cette masse informe, ça ne pouvait pas être Tonia. Où étaient sa chaleur, ses sourires qui creusaient ses joues de rides ? Plus de frémissement, plus de vie. Elle ne reconnaissait pas celle qui l'avait tant chérie, qu'elle avait aimée plus que sa mère. Toutes ses pensées se heurtaient à une seule et cruelle évidence. Tonia était morte.

Le drap fut remonté sur le visage. Juliette sentit un poids briser ses épaules tandis qu'elle rejoignait Isabelle et Thomas qui l'attendaient dehors. Isabelle lui prit la main.

— Nous allons te conduire chez toi, maman, tu vas préparer une valise et tu viens aux Alizés. Pas question que tu restes seule.

Juliette ne protesta pas.

En arrivant aux Cèdres, elle s'y prit à deux fois, tant elle tremblait, pour introduire la clé dans la serrure et ouvrir la porte. Dans l'entrée, un vertige la fit chanceler. La veste de Tonia était posée sur la banquette, et sur la desserte le bouquet de fleurs qu'elle avait apporté le matin même des Alizés. L'aspirateur et les produits de nettoyage étaient restés au milieu du salon, dans l'attente de son retour. Partout flottait son parfum, des fragrances de violette et de lilas. C'était injuste, révoltant. Elle éclata en sanglots.

D'un clin d'œil, Isabelle demanda à Thomas de ranger l'aspirateur et elle entraîna sa mère dans la cuisine. Ce fut pire encore, la présence de Tonia s'imposait partout, son cabas débordant de légumes frais qu'elle avait cueillis dans le potager, les tasses vides du café qu'elles avaient partagé étaient encore sur un coin de l'évier, et, jetées à la hâte sur la table, les clés de la voiture qui n'avait pas démarré.

— C'est ma faute, Isa, tout cela est ma faute, je ne me le pardonnerai jamais.

— Mais non, maman, tu n'y es pour rien.

— Bien sûr que si ! Elle appréhendait de prendre ma voiture, on en a même plaisanté. J'aurais dû la conduire à son rendez-vous. Pourquoi n'y ai-je pas pensé ?

Isabelle lui tendit un verre d'eau et lui proposa un café qu'elle refusa.

— Ne restons pas là, maman, viens, je vais t'aider à préparer quelques vêtements et ton vanity-case. As-tu appelé Nicolas ?

— Pas encore, je vais le faire.

Juliette cherchait son téléphone mobile lorsque la sonnette de la porte d'entrée l'interrompit. C'était la deuxième fois en quelques heures qu'elle se retrouvait face à l'adjudant Sylvie Fairol. Elle la guida jusqu'au salon, lui proposa de s'asseoir et, durant le court moment de silence qui suivit, Juliette se raidit.

— Madame Leroux, ce que j'ai à vous dire est assez délicat, et inquiétant aussi. D'après les premières expertises techniques, il semblerait que les freins de votre véhicule aient été sabotés. Vous m'avez bien dit que personne ne savait que Mme Moralès l'utiliserait aujourd'hui ?

— C'est une coïncidence. Elle avait un problème mécanique avec sa voiture. Je lui ai proposé de prendre la mienne.

— C'est bien ce que je pensais. Il faut donc en conclure que c'est vous qui étiez visée.

Isabelle poussa un cri, et Juliette sentit un froid la glacer jusqu'aux os. Jusqu'ici, elle se jugeait responsable de la mort de Tonia. La vérité s'avérait plus cruelle encore. Tonia était morte à sa place.

— Qui peut vous en vouloir à ce point ? demanda l'adjudant.

Isabelle apporta de l'eau fraîche dans une carafe et des verres. Elle vint s'asseoir sur le bras du canapé et serra sa mère contre elle.

— Maman, il faut expliquer à l'adjudant toutes les menaces que tu as reçues.

Atterrée, Juliette ne pouvait pas imaginer que son père et son frère aient décidé de la supprimer. Pas même Caroit, aussi tordu soit-il. Elle montra les dernières lettres anonymes, le cercueil dans la boîte à chaussures, raconta son impression d'être épiée par quelqu'un dans une voiture dont elle fit une description détaillée, et ces appels en pleine nuit, suivis d'un bruit de respiration rauque. Elle relata les différends familiaux, les manœuvres des opposants au thermalisme, depuis leurs premières démarches avec Nicolas au Conseil régional.

— Et ce M. Valès, le responsable du service économique, demanda l'adjudant, il vous a clairement menacée ?

— Pas clairement, je ne dirais pas ça, mais ces conseils sonnaient comme des avertissements.

Dès le début, Juliette et Nicolas avaient eu la certitude que leur projet de centre thermal contrecarrait d'autres entreprises, notamment le complexe d'œnotourisme prévu par les collectivités locales. Et que la lutte serait féroce.

Elle expliqua comment ils avaient été confrontés au refus des prêts bancaires.

Tout en prenant des notes, l'adjudant Fairol reprocha à Juliette de ne pas lui avoir confié ces éléments plus tôt.

— Vous voulez dire que nous aurions pu éviter ce qui s'est passé ce matin ?

— Peut-être pas. Nous allons entamer une série d'auditions. Il faut connaître le fin mot de tout cela, car, apparemment, celui ou celle qui vous en veut ne s'arrêtera pas après avoir constaté son échec. Bien au contraire.

Du haut de son promontoire, l'église de Saint-Louis dominait la ville. C'était un édifice classé, avec un porche roman entouré d'un cimetière planté de cyprès qui dispensaient de maigres ombrages.

Les funérailles de Tonia s'achevaient par les condoléances à la famille rassemblée autour du cercueil où s'amoncelaient les gerbes de lys et de roses. Danièle, la fille de Tonia, demanda à Juliette et à Isabelle de venir près d'elle, et celles-ci se retrouvèrent au milieu d'autres personnes qui leur étaient inconnues.

— Elle vous aimait autant que nous, dit Danièle entre deux sanglots.

Thomas rejoignit Nicolas, qui se tenait à l'écart de la foule. Juliette voyait défiler des visages, répondait par des mots dénués de sens aux formules de compassion rituelles. Danièle lui avait pris la main. Leur chagrin devait être si proche. Parfois, son regard s'attardait sur d'autres tombes fleuries, ou des stèles abandonnées recouvertes de mousse, et elle songeait à tout ce qui avait fait de Tonia un être si précieux dans sa vie. Danièle était secouée de sanglots, elle serra sa main plus étroitement. Elle-même n'arrivait pas à pleurer, et pourtant c'était sa mère adoptive qu'elle enterrait, c'étaient les souvenirs des caresses, des rires, des mots durs parfois, émaillés de plaisanteries, et de ce perpétuel mouvement qui l'animait. Le mot « absence » cognait dans son cœur, elle s'attardait sur les syllabes, sur la lettre A comme amour, comme adieu.

À la fin de la cérémonie, la foule se dispersa rapidement. Pas un souffle d'air ne s'échappait de l'estuaire. En cette fin de mois d'août, la chaleur était accablante. Lorsqu'ils rejoignirent leur voiture, Isabelle fit un faux pas et s'écroula dans les bras de Thomas. Elle surmonta vite ce malaise et avoua en souriant :

— Je n'ai pas pris le temps de déjeuner ce matin…

— Peut-être, mais ça fait quand même la deuxième fois en quelques jours que tu te sens mal.

— La deuxième fois ? reprit Juliette. Et tu n'as pas vu le médecin ?

— Ce n'est rien, maman, je te l'ai déjà dit, je suis un peu fatiguée en ce moment, pas la peine de t'inquiéter.

— Eh bien moi, je m'inquiète, répondit Thomas, on va voir le docteur Paulin tout de suite ! Je t'y conduis.

Juliette l'approuva et décida de regagner l'entreprise Courson-Frémont avec Nicolas et Grégory Sanchez.

— Dès que vous sortez du cabinet médical, vous m'appelez !

Thomas n'avait pas parcouru deux kilomètres qu'Isabelle posa brusquement une main sur son bras.

— Arrête-toi, vite !

Elle se précipita à l'extérieur jusqu'au pied d'un talus et s'accroupit pour vomir. Thomas la rejoignit et lui tendit un mouchoir en papier. Il appuya sa main contre son visage livide et lui caressa les cheveux.

— Mais qu'est-ce qu'il t'arrive, mon cœur ? Tu dis que tu n'as pas déjeuné et tu vomis, c'est contradictoire tout de même.

— Je vais bien, Thomas, ce n'est pas si grave.

— Ah non ? dit-il en sortant son téléphone, je préviens

le docteur que nous arrivons tout de suite, je veux qu'il te reçoive en urgence.

Elle interrompit son geste en prenant sa main qu'elle porta à ses lèvres.

— Je t'assure que ce n'est rien, j'ai besoin de me poser une minute, viens.

Elle s'assit sur le bord du talus et l'attira près d'elle, puis elle se blottit contre son épaule. La fatigue, le dégoût pour certains aliments, les seins douloureux, le réveil en sueur accompagné de nausées… Son impatience à consulter le calendrier en catimini, en proie à des sentiments confus. Enceinte. Une petite chose à laquelle elle était bien incapable d'imaginer une forme puisait déjà sa vie au tréfonds de son corps. Parfois elle éprouvait de la joie, une puissante envie de refaire le monde, et à d'autres moments de brusques crises de larmes qu'elle avait du mal à réfréner.

— Je ne suis pas malade, Thomas, je vais avoir un bébé.

Elle eut peur qu'il lui demande des explications et qu'elle soit contrainte de raconter combien la récente brouille avec sa mère l'avait perturbée au point qu'elle en avait parfois oublié de prendre sa pilule.

Pourtant, lorsqu'elle regarda Thomas, il lui adressa le plus merveilleux des sourires et pencha vers elle un visage ébloui.

— Un bébé ? Tu vas avoir un bébé ?

— Oui.

— Et tu as l'intention de le garder ? De le mettre au monde ?

— Évidemment ! Que veux-tu que je fasse d'autre ? Thomas, tu ne crois quand même pas que j'aie pu envisager un seul instant de me débarrasser de cet enfant, de notre enfant ? Tu réalises ce que tu dis ? Je t'aime trop pour cela.

Elle se jeta dans ses bras, et ils restèrent un long moment enlacés, sans rien dire. Isabelle suivait des yeux les sillages roses qui fissuraient le bleu du ciel. Elle admirait le paysage qui les entourait, avec le parfum envoûtant des raisins gorgés de sève, des pins, des herbes sauvages, des arômes piquants qui l'enivraient. Septembre approchait, la maturation progressait, la couleur des grappes évoluait vers des teintes grenat. Au cœur des grains, l'acidité diminuait tandis que le sucre gonflait la pulpe. Cette année, les vendanges seraient précoces.

— Est-ce que je t'ai dit à quel point j'étais fou de toi ? murmura-t-il dans son cou.

Thomas. Il l'avait secourue, ouverte au bonheur en compagnon attentif, aimant. Elle lui devait son épanouissement de femme, elle lui devrait l'enchantement de la maternité. Fille ou garçon, elle tirait déjà des plans sur la comète. Quant à Thomas, il pensait à l'infime part de sang noir que porterait cet enfant.

— Es-tu sûre d'accepter ce bébé ?

— Bien sûr que oui, puisque c'est ton enfant.

— Tu as une si haute opinion de moi ?

— Heureusement, puisque je t'épouse !

Il en resta bouleversé, incrédule.

— Tu acceptes de passer toute ta vie avec moi ?

— Oh oui, Thomas, je t'aime tant !

Une émotion soudaine l'envahit, plus rien n'existait que l'instant présent, qu'elle vivait comme un cadeau inespéré, à partir duquel ils construiraient leur vie d'amants, d'époux, de parents. Une vie, tout simplement.

D'un commun accord, ils décidèrent d'attendre quelques jours pour annoncer la nouvelle à Juliette.

# 19

Trois jours après les funérailles de Tonia, Juliette regagna Les Cèdres. Rassurée sur la santé d'Isabelle qui lui avait parlé d'un peu d'anémie, elle put enfin s'abandonner au chagrin infligé par l'absence de sa nounou, sa confidente, son amie. À plusieurs reprises, elle s'était rendue sur sa tombe, cédant à un besoin irrépressible, presque viscéral. Ce matin-là encore, elle n'y résista pas. Le cimetière disparaissait dans la brume que le fleuve poussait vers les terres. L'ambiance feutrée du petit matin conférait aux dalles de pierre des formes adoucies. Le long des allées, de petites flaques d'eau reflétaient les nuages qui moutonnaient dans le ciel. Juliette se dirigea vers le monticule de terre. Immobile, elle laissait ses souvenirs dériver. Elle revivait ces minuscules bonheurs quotidiens qui n'existaient plus. Un flot d'images jaillissait de sa mémoire, accablant. Le plus terrible était d'accepter l'irréparable. Les liens qui les unissaient s'effaceraient un peu plus chaque jour, et elle était obsédée par l'idée que c'était sa faute.

Les jours suivants, elle s'étourdit de travail dans l'attente des premiers fonds canadiens, consacrant tout son temps au centre de thermalisme avec les ingénieurs qui mettaient en place le premier forage. Les techniciens essayaient les treuils, installaient les mâts et les câbles, tandis que se multipliaient les tests de résistance des pompes et des tubages. Elle passait de longues heures avec Grégory Sanchez, peaufinant les plans, vérifiant les devis, les délais. Chaque jour, il apportait une idée nouvelle, et Juliette constatait combien ce jeune homme était surprenant. Il se comportait comme un écolier, pourtant, ce garçon dégingandé était l'un des esprits les plus brillants qu'elle connaissait. De son côté, elle répondait aux interviews des journalistes et aux questions des cabinets médicaux, de plus en plus intéressés par le futur centre.

Nicolas, provisoirement libéré de sa mission d'élu, travaillait d'arrache-pied à la gestion de la société Courson. Grâce à l'attrait économique représenté par les thermes, les demandes d'études affluaient. Il n'avait jamais connu de si belles perspectives et dut procéder à l'embauche de quatre personnes supplémentaires. La trésorerie de l'entreprise était enfin sortie du rouge. Depuis que Juliette était rentrée aux Cèdres, ils s'étaient revus deux ou trois fois. Après dîner, elle s'endormait dans ses bras, harassée par ses journées. Il avait vite compris que c'était là sa thérapie. Tout en la réconfortant, il respectait son désir d'être seule la plupart du temps. Il n'avait toujours aucune nouvelle de Françoise, les recherches des gendarmes ne donnaient aucun résultat, et il ne savait plus ce qu'il pouvait entreprendre pour la retrouver. Des conversations houleuses l'avaient opposé à ses beaux-parents qui le rendaient responsable de tous les maux qu'endurait leur fille. Nicolas était père aussi, il comprenait leur inquiétude et ne pouvait vraiment leur en vouloir.

Toutefois, ce matin-là, à peine arrivé au bureau, la secrétaire lui communiqua un appel prioritaire.

— La gendarmerie, dit-elle à voix basse.

Ce ne fut pas sans une certaine appréhension qu'il entendit la voix abrupte de l'adjudant Fairol.

— Monsieur Frémont ? Notre section de recherches de Bordeaux vient de m'apprendre qu'on a retrouvé votre femme.

— Où est-elle ?

— Au CHU de Bordeaux-Pellegrin.

— Et comment va-t-elle ?

— J'ai peu d'informations. Elle a été admise au service des soins intensifs.

— Je peux la voir ?

— Je ne sais pas, mais l'équipe médicale vous attend.

— Où était-elle durant tout ce temps ?

— C'est assez embrouillé. Il semblerait que sa voiture ait été « empruntée » par deux jeunes gens qui l'avaient repérée sur les quais. En suivant cette piste, nos confrères ont fini par retrouver votre femme errant dans les rues, dépouillée de tout, au milieu des SDF et des prostituées.

En arrivant au CHU, Nicolas ne fut pas autorisé à approcher Françoise. Il l'aperçut à travers une porte vitrée, harnachée sur son lit, hérissée de tuyaux, d'aiguilles, et il put voir les griffures sur son visage et sur ses mains, ses cheveux cisaillés à la diable et teints en rouge. Il fut aussitôt reçu par l'interne qui avait accueilli sa femme et qui le questionna sur son état, l'évolution de son alcoolisme.

— Ça fait plus de deux ans qu'elle boit, elle a toujours repoussé l'idée d'une cure de désintoxication. C'est ma faute, j'aurais dû l'y contraindre.

— Ne culpabilisez pas, monsieur Frémont, ça n'aurait sans doute servi à rien. Elle a dépassé le stade de la cure de désintoxication, c'est un internement dans un hôpital psychiatrique que nous devons envisager.

Nicolas le regarda, abasourdi :

— Pour un problème d'alcool ?

— Sa pathologie est plus ancienne et d'une autre nature. Votre femme a très certainement présenté des symptômes de schizophrénie dès son adolescence, cela n'a jamais été détecté, donc jamais soigné. Ce qui a provoqué toutes les autres maladies, dépression chronique, alcoolisme, et maintenant addiction à la drogue.

— Est-elle consciente ?

— Elle souffre de troubles neurologiques graves,

outre les crises convulsives, elle est atteinte d'amnésie antérograde.

— Ce qui veut dire ?

— Qu'elle n'est pas en état de se rappeler ce qu'elle a fait au cours des derniers jours, elle est incapable de fixer ses souvenirs les plus récents. Elle présente aussi des troubles de la parole, de la vision, et de l'équilibre.

— Est-ce qu'elle va guérir ?

— On peut espérer la stabiliser, mais je ne vous cacherai pas que le traitement sera long et éprouvant.

— Que puis-je faire dans l'immédiat ?

— Étant donné son état, c'est à vous qu'il incombe de décider de son internement.

Nicolas essaya d'imaginer ce que Françoise avait fait et ce qu'on lui avait fait pendant ces dernières semaines dans les quartiers les plus mal famés de Bordeaux. Tout ce qu'elle ne lui raconterait jamais, parce qu'elle l'avait sans doute oublié. Et c'était mieux ainsi. Il donna son accord pour son internement et passa deux longues heures à s'acquitter des démarches. Puis il suivit l'ambulance qui la conduisit dans un centre spécialisé près de Dax, dans les Landes.

En fin d'après-midi, Nicolas rentra chez lui. Il n'avait pas appelé Juliette qu'il savait occupée aux thermes à l'approche des premiers travaux. Il avait le temps de lui parler, elle ne lui en voudrait pas de donner la priorité aux enfants. Il s'était contenté de signaler son absence au bureau. En roulant, il cogitait à toutes les manières d'aborder la conversation avec les jumeaux et Marion.

Lorsqu'il arriva, Charles et Lucas préparaient leurs sacs ; ils étaient invités à dîner chez un ami qui fêtait son anniversaire, et il était convenu qu'ils resteraient sur place pour la nuit. Sur la terrasse, Marion épluchait des poires pour préparer de la confiture, en compagnie de sa grand-mère. La chaleur était pesante malgré une légère brise venue de l'océan. Nicolas rassembla son petit monde au bord de la piscine, à l'ombre du marronnier, et il leur apprit qu'on avait retrouvé Françoise.

Les enfants poussèrent un grand cri de joie et il fut difficile à Nicolas de tempérer ce débordement en expliquant qu'elle était malade et qu'ils ne pourraient pas la voir avant un certain temps. Il réfléchit, évalua le poids des mots pour décrire l'établissement psychiatrique.

— Elle ne va pas mourir ? demanda Charles, brusquement inquiet.

— Bien sûr que non.

— Tu le jures ? insista Lucas.

Les jumeaux étaient anxieux, mais il parvint à les rassurer.

— Je vous promets, les garçons, elle a seulement besoin d'un très long repos. Dès que le médecin donnera son accord, nous irons tous la voir.

Marion l'observait en silence, et Nicolas comprit qu'avec elle, les choses ne seraient pas aussi simples. Il ne pourrait pas éluder la vérité.

— En attendant, mamie Gisèle va s'installer ici, si elle veut bien.

Il échangea un regard avec sa mère qui l'approuva. Elle était si heureuse de le seconder, de choyer ses petits-enfants avec un sentiment de rédemption, elle qui avait tant souffert de l'enfance martyre de Nicolas. Elle serra ses deux petits-fils dans ses bras et les embrassa en leur ébouriffant les cheveux qu'ils avaient tous les deux denses et bouclés, comme leur père.

— C'est chouette que tu sois là, mamie.

— Allez ouste ! Enfilez vos chaussures et je vous conduis chez Anthony.

Après leur départ, Nicolas rejoignit Marion sur la terrasse. Il s'installa près d'elle, prit un couteau pour l'aider à éplucher les poires.

— Papa, quand tu dis que ce sera long la guérison de maman, ça veut dire combien de temps ?

— Le médecin a parlé de plusieurs mois, et après l'établissement spécialisé, elle fera un long séjour dans une maison de repos.

— Et elle sortira guérie ?

— Je ne sais pas, je ne suis pas médecin, tu sais.

— Où est-ce qu'elle a vécu pendant son absence ?

Il dissimula du mieux qu'il put le sordide de la réalité, tout en se demandant si Marion n'en avait pas déjà deviné l'essentiel.

— Papa, dis-moi la vérité, elle est folle ?

— Non, ma chérie, folle ça ne veut rien dire, elle a besoin de soins et d'isolement, au moins durant un temps.

— Je sais bien ce qui s'est passé, je sais que tu as fait tout ce que tu pouvais pour nous, et pour elle, mais elle t'a rendu malheureux, n'est-ce pas ?

— Ce n'est pas aussi simple. Nous ne devons pas oublier qu'elle a su nous aimer pendant des années...

Et lui aussi l'avait passionnément aimée, mais elle avait fait de leur amour une guerre qu'il avait perdue au fil de conflits stériles et de batailles exténuantes.

— Ce n'était pas vraiment sa faute, elle était malade depuis très longtemps, et elle ne s'est jamais fait soigner. Mais nous étions heureux quand nous nous sommes mariés.

— Pourtant, c'est Juliette que tu aimais.

Nicolas se figea, le couteau et la poire restèrent un instant suspendus devant lui. Il croisa enfin le regard de sa fille qui le sondait.

— Nous avons pris des chemins divergents, elle et moi.

— Et quand maman sera sortie, qu'est-ce que tu feras ? Tu divorceras ?

— Je ne sais pas, Marion, la question ne se pose pas pour l'instant.

— Mais si la décision ne dépendait que de toi ? insista-t-elle.

Le tremblement de sa main autour de la poire dont le

jus dégoulinait le long de ses doigts et le son de sa voix l'avaient déjà trahi.

— Je suis incapable de répondre à ta question ma puce, j'aime beaucoup Juliette, mais maman et moi, nous sommes mariés. Une chose est sûre, je te jure que vous resterez ma priorité, je ferai tout pour que vous n'en souffriez jamais.

— Et on irait vivre où, avec Charles et Lucas, si tu divorçais ?

Il se rendit compte combien les incertitudes de leur quotidien devaient la tourmenter, et à quel point elle avait dû les ressasser.

— C'est difficile de prédire ce qui se passera dans les mois ou les années à venir, mais si nous devions nous séparer, maman et moi, la garde partagée est chose banale aujourd'hui.

— Je sais, j'en ai déjà entendu tous les avantages ! Une semaine chez l'un, une semaine chez l'autre, doubles cadeaux, doubles vacances… Mamie Gisèle m'a expliqué.

— Qu'est-ce qu'elle t'a expliqué ?

Marion planta son regard dans celui de son père.

— Mamie Gisèle est sûre que tu divorceras pour vivre avec Juliette, et moi aussi j'en suis sûre.

Nicolas demeura bouche bée.

— Je n'ai jamais envisagé cette éventualité avec elle.

— Tu as peur qu'elle ne veuille pas de nous ?

Brutalement, il se posa la question pour la première fois. Avant même de savoir si Juliette accueillerait ses enfants, voudrait-elle de lui ?

Certes, ils avaient un long passé commun d'enfants, d'adolescents. Il y avait aussi les récents événements, la découverte de leur amour, tendre et charnel à la fois, mais aussi fulgurant, déconcertant. Il n'en pouvait plus d'associer des qualificatifs à ses sentiments.

Tout cela suffirait-il à leur dessiner un avenir ?

# 20

Recroquevillée dans son fauteuil préféré, Isabelle attendait que passe la nausée. Elle avait entrouvert les portes-fenêtres du salon et l'air frais du petit matin agitait les rideaux. Elle venait de prendre deux cuillerées de sirop et s'était préparé une tasse de thé en résistant à l'envie de beurrer des toasts. Elle mourait de faim mais elle avait tellement peur d'être malade. « C'est l'affaire de quelques semaines », lui avait déclaré le docteur Paulin, en se voulant rassurant. Elle avait pourtant l'impression que cela ne s'arrêterait jamais.

Elle n'avait toujours pas annoncé à sa mère qu'elle attendait un enfant. Elle la voyait si triste depuis la mort de Tonia, et même si elle ne se confiait pas, Isabelle devinait que son amour pour Nicolas n'était pas simple, surtout depuis l'internement de sa femme. Elle savait sa mère capable d'affronter bien des difficultés, elle l'avait vue lutter jusqu'aux limites du supportable lorsqu'elles avaient failli perdre Les Alizés quelques années auparavant. Envers et contre tout, et surtout contre tous, elle avait tenu bon. Néanmoins, il arrivait à Isabelle de s'inquiéter pour elle.

Un bras replié sur son estomac, elle essayait de maîtriser son malaise, tout en feuilletant son album de bébé qu'elle avait retrouvé au milieu de documents archivés. Des photos d'elle à la clinique dans les bras de sa mère, de son père ou dans son berceau transparent. Partout, l'écriture de sa mère. Celle-ci avait répertorié le nom des visiteurs, la liste des cadeaux, rempli les petits carrés fleuris de son arbre généalogique. Et sur les pages suivantes, elle avait immortalisé des instants de sa vie dont elle ne savait rien : son baptême avec ses parrain et marraine : sa tante Fabienne et le docteur Jean-Pierre Deltec, tous les deux disparus aujourd'hui.

Isabelle continua de tourner les pages, les dates de son premier repas autonome, ses premiers pas, ses maladies infantiles, des photographies de son premier Noël, ses anniversaires et sa découverte apeurée des vagues de l'océan à la pointe du Cap-Ferret. Puis la rentrée des classes à trois ans. Sur une page, Juliette avait même collé son premier bon point ! Parmi tous ces mots-bonheur, ces images-tendresse, la jeune femme mesurait une fois encore l'amour de sa mère. Dès son premier souffle, son cri originel, elle était devenue le pôle d'attraction de toute sa vie, comme si elle avait voulu, à travers cet attachement inlassable, lui signifier à chaque instant combien elle avait eu raison de venir au monde, de venir jusqu'à elle. Isabelle reprit l'arbre généalogique, et à côté du nom de son père, elle nota « décédé ». Elle prit conscience avec une infinie tristesse qu'il ne connaîtrait jamais son petit-fils ou sa petite-fille. De ses quatre grands-parents, il ne resterait que Juliette. Thomas avait perdu ses parents alors qu'il était adolescent. C'était son oncle Erwan qui avait fini de l'élever. Elle but quelques gorgées de thé, reposa la tasse et se surprit à sourire. Elle anticipait déjà l'attachement de sa mère pour son bébé, elle était capable d'un amour si excessif qu'elle saurait remplir le rôle des quatre grands-parents à elle seule.

Au fil de nombreux retours sur elle-même, Isabelle se reprochait quelquefois d'avoir été une fillette capricieuse, égoïste, parfois. L'amour maternel pouvait se révéler si complexe. De l'abandon d'enfant à l'amour-prison, le gradient était large. Où placerait-elle les sentiments de sa mère ? Elle avait si souvent jugé oppressante sa présence attentive, vigilante. Elle se rappelait son premier jour au lycée. Elle était la seule élève de son cours que sa mère attendait à la sortie, et elle avait laissé éclater sa colère.

Pourtant… Ce petit être qui prenait vie en elle, elle savait déjà que ce serait ainsi qu'elle l'aimerait. À la folie…

Elle prit sa tasse, la renversa et se précipita dans la cuisine à la recherche d'une éponge. Elle s'immobilisa, prête à appeler Tonia pour lui demander où elle rangeait les éponges neuves. Elle imaginait la joie qu'elle aurait éprouvée avec la venue du bébé, et elle fondit en larmes. À elle aussi, Tonia manquait cruellement. Et de cette absence naissait son impression d'abandon, de solitude face aux incertitudes de la grossesse, que seule une femme pouvait comprendre. Elle s'aperçut alors combien sa mère lui était devenue proche. Elle avait besoin d'elle. Il était temps de lui parler du bébé et du mariage.

Elle composa le numéro des établissements Courson-Frémont mais la standardiste lui apprit que Grégory Sanchez venait juste d'appeler Juliette et qu'elle était partie précipitamment sur le chantier.

Juliette remarqua d'abord la voiture de Grégory arrêtée près de l'entrée principale des thermes. Elle l'appela, fit le tour du bâtiment et finit par le découvrir étendu de tout son long au milieu de bidons métalliques. Par chance, il était seulement évanoui et lorsqu'elle lui souleva la tête en lui tapotant les joues, il ouvrit les yeux. Reprenant ses esprits, il lui expliqua qu'il s'était affolé en apercevant une silhouette encapuchonnée portant des bidons.

Elle l'aida à se relever, ses boucles blondes collaient au filet de sang poisseux qui glissait sur son visage. Il chancela et s'accrocha aux bras de Juliette.

— Ça va aller, Grégory ?

Elle le soutenait, et il lui adressa un sourire contrit en s'appuyant sur elle.

— Je me suis conduit comme un imbécile, j'aurais dû vous prévenir et appeler les gendarmes au lieu de jouer au héros ! Je me suis pris un de ces coups sur le crâne…

— En effet, vous avez une sacrée bosse. J'appelle l'adjudant Fairol, et je vous conduis à l'hôpital.

— Ce n'est pas la peine, une petite visite au cabinet médical suffira. Il vaut mieux que je parle d'abord aux gendarmes.

— Vous avez reconnu la personne qui vous a agressé ?

— Oh oui, c'est le petit jardinier de la mairie, Guy Martin.

— Vous en êtes certain ?

Juliette ne doutait pas de lui mais elle était dubitative. Guy Martin, que tout le monde surnommait « Guitou », était un jeune homme solitaire, un peu retardé mentalement et qui souffrait d'un sérieux problème d'élocution. Il vivait seul avec sa mère, et Nicolas l'avait engagé dans l'équipe technique de Saint-Louis pour entretenir les jardins autour de la mairie.

— Et ces bidons, savez-vous ce qu'ils contenaient ?

— Sans l'ombre d'un doute ! J'ai reconnu le logo d'une marque renommée de pesticides particulièrement dangereux.

En aidant Grégory à marcher, Juliette fit le tour des bâtiments et découvrit les bidons suspects, heureusement intacts. Quelle que soit la destination du produit, il n'avait pas été utilisé. Juliette et Grégory en déduisirent qu'effrayé d'avoir été surpris, le gamin avait dû prendre ses jambes à son cou, sans demander son reste.

Dès qu'elle arriva sur place, l'adjudant Sylvie Fairol délégua des experts pour saisir les bidons et relever les empreintes autour du bâtiment. Moins d'une heure plus tard, Guy Martin était conduit à la gendarmerie. Juliette et Nicolas s'y retrouvèrent, car l'adjudant les autorisait à assister à l'interrogatoire depuis une pièce adjacente, séparée par un miroir sans tain. Le jeune homme était boudiné dans une chemise en toile trop petite, et il portait un treillis acheté dans les surplus de l'armée. En attendant l'adjudant, il se rongeait les ongles.

— Mes médicaments, s'écria-t-il dès qu'elle entra dans

la salle d'interrogatoire, quand j'ai mal à la tête, je dois prendre mes médicaments.

— Nous avons appelé un médecin. Je dois vous poser quelques questions en l'attendant, vous voulez bien ?

Il acquiesça d'un signe de tête, et croisa les bras en s'appuyant sur la table.

— Est-ce vous qui avez saboté les freins de la voiture de Mme Leroux ?

— Non, c'est pas moi.

— Alors, c'est vous qui la surveillez, et qui l'appelez en pleine nuit ?

— Non, moi j'ai juste pris des photos d'elle et du maire. C'est M. Caroit qui me l'a demandé. Il m'a dit que c'était pour faire une blague. Je ferais pas de mal à Mme Leroux, elle est gentille avec moi. Elle me dit toujours bonjour, elle me demande le nom des fleurs que je mets dans les massifs, et des fois elle me donne un petit billet.

— Et les pesticides ? l'interrompit l'adjudant Fairol.

— M. Caroit et ses amis arrêtaient pas de me dire comme ça que quand la ville serait devenue célèbre avec les thermes, je serais renvoyé parce que le maire voudrait pas d'un débile comme moi dans les jardins de la mairie.

Derrière la vitre, Nicolas prit la main de Juliette, elle tremblait.

— Quelle pourriture, ce type. Ne t'inquiète pas, ma chérie, c'est fini, murmura-t-il en lui enserrant la taille.

— Tu crois ? J'imagine mal ce pauvre gamin trafiquer les freins de ma voiture.

— Caroit aura soudoyé quelqu'un d'autre.

Dans la salle d'interrogatoire, l'adjudant tendit un gobelet au jeune homme.

— Un café, ça vous tente ? Revenons aux pesticides. Qui a eu cette idée, vous ?

— Oui, enfin non, pas vraiment. M. Caroit et ses amis m'ont invité au restaurant la semaine dernière. Qu'est-ce qu'il y avait comme bons vins… Et M. Caroit a dit comme ça que si un petit malin versait quelques bidons de pesticides dans cette maudite source, ça ferait les affaires de tout le monde, et la paix reviendrait dans la ville.

— Et vous en avez déduit que c'était à vous de vous en charger ?

— Ben… Oui, M. Caroit m'a souvent dit que même si tout le monde me prenait pour un fou, lui il pensait que j'étais un petit malin. Il me l'a dit quand j'ai pris toutes les photos.

— Où avez-vous trouvé les pesticides ?

— Dans le hangar à Claude Rousseau. C'est M. Caroit qui a dit que c'était pas dur de trouver des pesticides dans les hangars des viticulteurs, surtout celui de M. Rousseau qui n'est jamais fermé à clé.

Le téléphone portable de l'adjudant vibra sur le coin de la table.

— Le médecin vient d'arriver, dit-elle en raccrochant, ce sera tout pour l'instant. Je vous signifie votre garde à vue à partir de ce jour, dix heures trente. Vous comprenez ce que je vous dis ?

Il hocha la tête et recommença à se ronger les ongles.

— Nous continuerons cet interrogatoire un peu plus tard en présence de votre avocat.

L'adjudant rejoignit Juliette et Nicolas et tous trois se dirigèrent vers le distributeur de boissons.

— Qu'en pensez-vous ? demanda Juliette.

— Édifiant, mais pas concluant. Je ne crois pas que ce gamin soit assez compétent en mécanique pour saboter une voiture, surtout avec la technologie moderne.

— Caroit avait certainement quelqu'un d'autre sous le coude, répéta Nicolas.

— C'est possible. En tout cas, qu'il ait manipulé ce gosse ne fait aucun doute.

— C'est bien dans ses façons d'agir, ajouta Juliette.

— Et apparemment, ça a fonctionné. Nous allons le ramener dans nos locaux pour l'interroger séance tenante. D'autre part – elle s'adressa à Juliette –, je voulais vous dire que nous avons enquêté auprès de votre père et de votre frère. Ils ont formellement nié être impliqués en quoi que ce soit dans les lettres et les appels anonymes que vous avez reçus. Et tous les deux ont un alibi irréfutable pour la matinée où Antonia Moralès est décédée.

# 21

C'était la première fois depuis la mort de Geoffrey qu'il pleurait ainsi. Erwan n'en pouvait plus d'avoir mal, et pour que cette douleur se cristallise, il frappait violemment du poing l'angle de son bureau, puis il laissa tomber sa tête sur le bras de son fauteuil en sanglotant.

Sans nouvelles de Juliette depuis des semaines, il l'imaginait consacrant tout son temps à ce projet de thermalisme et il savait combien elle pouvait se laisser accaparer par ses passions. Il anticipait déjà tout ce qu'il pourrait entreprendre pour l'aider à son retour en France. Impatient à l'idée de partager ses émotions, de se rapprocher d'elle par-delà l'océan, il avait cherché le site Internet du quotidien *L'Aquitaine*, remonté sur plusieurs semaines, et découvert tout ce que Juliette ne lui avait pas dit. La dénomination du projet, « Aquaval », les vestiges romains, les travaux, les investisseurs canadiens… Il se la représentait orchestrant toute cette activité. En naviguant d'un site à l'autre, Aquaval le renvoya vers d'autres réseaux d'information qu'il parcourut avec curiosité.

Soudain, il tomba sur une revue de presse se faisant l'écho des articles parus dans *L'Estuaire*. Étalée sur trois colonnes, largement commentée, lui apparut la liaison de Juliette et Nicolas Frémont. En une fraction de seconde, le silence de Juliette s'expliqua. Un autre amour avait grandi en elle. Comment était-ce possible ? Il avait cru leurs sentiments éternels alors qu'ils s'effaçaient déjà.

Tant de fois il s'était vu bouclant ses valises, courant presque dans le couloir d'embarquement de l'avion. Il s'asseyait près du hublot et contemplait Montréal disparaissant au milieu des nuages. Cramponné à ces images, il avait surmonté toutes les épreuves. À présent, cela n'avait plus de sens, il ne repartirait jamais.

Peu importait que la maladie de Karen arrive en phase terminale. Hier encore, il avait donné son accord au médecin pour l'hospitaliser dès le lendemain, l'assistance respiratoire étant devenue inévitable. Encore quelques heures enchaîné à son chevet. Que ferait-il après ? Il ne retournerait pas en France, et il n'éprouvait aucun désir de rester à Montréal. Reprendre son ancien poste ? Errer seul dans cette immense demeure ? Dans ces lieux hantés par les souvenirs, les regrets, il reviendrait sans cesse en arrière. Il ne pouvait plus rien espérer de personne. Quoi qu'il tente, il était condamné à souffrir, et il voyait des pans entiers de sa vie partir en morceaux.

Un coup de vent passa dans le jardin et la rumeur assourdie de la ville monta jusqu'à lui.

Pour la première fois depuis qu'il était tombé amoureux d'elle, Erwan éprouvait un vif ressentiment à l'égard de Juliette, de son silence qu'il associait à une forme de lâcheté.

Néanmoins, dans un élan de lucidité, il dut admettre qu'il avait plus que sa part dans ce dénouement. Comment lui en vouloir ? Au fond, le destin avait tranché. Il eut en cet instant la perception de ce que la vie avait d'éphémère, d'injuste aussi, au point de se dire qu'il donnerait tout pour échanger sa place avec celle de Karen. Il résista à la tentation de téléphoner à Juliette, et pensa à joindre Thomas.

Par une curieuse coïncidence, ce fut le jeune homme qui l'appela un peu plus tard. Il demanda des nouvelles de sa tante puis il lui apprit la grossesse d'Isabelle et leur prochain mariage.

— Est-ce que tu viendras pour la cérémonie ? J'aimerais que tu sois mon témoin.

La noce aurait lieu fin octobre. Erwan se sentit perdre courage devant cet avenir réduit à quelques semaines.

— Je ne crois pas, Thomas. Quand ta tante ne sera

plus là, il se peut que je parte en voyage. J'aimerais entreprendre un tour du monde.

— Comment ?

— Je n'ai aucune idée du moyen de transport. J'ai seulement besoin de liberté.

Il savait qu'il hériterait des biens de Karen. Il procéderait à leur liquidation sans attendre, et après... Après, il se voyait simplement partir, marcher droit devant lui. La solitude, l'espace... Respirer, oublier. Peu importe où cela le mènerait. Un instant, Thomas crut que Juliette lui avait parlé, et il y eut un long silence.

— Prends bien soin de toi, Thomas, et de ta future famille, c'est important, tu sais.

— Toi aussi, mon oncle, prends soin de toi, et merci de tout ce que tu as fait après la mort de mes parents. Je n'oublierai jamais. Si je peux faire quelque chose...

— Je compte sur toi pour entretenir la tombe de Geoffrey.

— Je le fais depuis que tu es rentré à Montréal, je continuerai.

— Merci, Tom, bonne chance.

Thomas ne parla pas de Juliette, et par une sorte de convention tacite, Erwan non plus, pour éviter des larmes qu'il savait ne pouvoir contenir et qui le terrorisaient.

Émus, ils se dirent adieu à voix basse. Puis Erwan posa les coudes sur son bureau, et le visage dans ses mains. Il sentait que l'ultime lien qui le retenait encore à Juliette venait de se rompre.

En entrant dans la chambre, il trouva Karen éveillée, mais calme et presque détendue. Il lui proposa quelques gorgées d'eau qu'elle but lentement et il essuya le coin de ses lèvres avec un mouchoir en papier.

— Quand l'ambulance vient-elle me chercher ?

— Demain matin.

— Tu m'accompagneras ?

— Bien sûr.

Elle perdit sa respiration et s'étrangla avec sa salive avant de murmurer :

— Est-ce que tu resteras un peu avec moi ?

— Oui, ne t'inquiète pas.

Il avait pitié d'elle et il lui mentait, elle le savait. Quand elle ne serait plus capable de respirer, on la plongerait dans un coma artificiel. Alors demeureraient un dernier geste, un dernier regard... Elle ne le verrait même pas partir, elle ne se verrait même pas mourir.

— Je sais tout ce que je te dois, Erwan, pourtant je voudrais que tu m'accordes une dernière faveur.

Elle lui mendia un ultime dîner en tête à tête, avec du vin, du champagne, des bougies. Comment pouvait-il refuser ? Il lui demanda seulement ce qu'elle désirait manger.

Elle pouvait à peine bouger les avant-bras, cependant, après qu'Erwan eut quitté la chambre, elle recompta les comprimés de somnifère dissimulés dans un mouchoir. Depuis deux semaines, elle ne les prenait plus, au prix de nuits entières de supplice.

Erwan n'avait rien dit, mais elle avait compris. Elle savait lire sur son visage depuis si longtemps ! Quelque chose avait mal tourné avec sa catin. Elle avait deviné que c'était fini entre eux, qu'Erwan ne repartirait sans doute jamais en France.

C'était fini. Karen était surprise de la facilité avec laquelle tout s'était déroulé. Son plan avait bien fonctionné. Erwan et elle resteraient ce qu'ils avaient été depuis toujours, un couple maudit. Au prix d'abominables efforts, elle avait réussi à l'éloigner au milieu du repas, et elle avait glissé les somnifères dans son verre, donnant au vin un fond d'amertume. Erwan l'avait quittée peu avant onze heures en s'assurant qu'elle n'avait besoin de rien, il s'était penché, l'avait embrassée sur le front. Elle avait entrevu, et c'était nouveau, de la tristesse dans son regard. Elle crut un instant qu'il lui souriait, mais cette ombre de sourire se perdit ailleurs.

À présent, il devait dormir. Elle sentait ses paupières devenir lourdes, de plus en plus lourdes, plombées. Elle n'avait pas peur de mourir. Depuis des années, en proie à sa déchéance, elle savait que c'était pour vivre qu'il fallait du courage. La souffrance l'étreignit, elle s'accrocha à l'oreiller, suppliant la douleur de lui laisser un instant de répit, juste un instant pour regarder le portrait de son fils sur la cheminée. Les minutes s'écoulèrent, sans bruit, effrayantes. Une déchirure lui broya les entrailles, elle gardait les yeux rivés sur le visage de Geoffrey. L'air lui manquait, elle se souleva brusquement, elle suffoqua et sa tête retomba sur l'oreiller.

Robert Caroit fut appréhendé à son domicile et conduit devant l'adjudant Sylvie Fairol. Celle-ci lui présenta les faits qui lui étaient reprochés après la déposition de Guy Martin. Elle lui signifia sa garde à vue et mit aussitôt fin à l'entretien. Une manœuvre qui lui était coutumière et qui avait un double objectif : déstabiliser le prévenu et se ménager un délai dans l'attente des résultats de la perquisition qu'elle avait ordonnée à son bureau et à son domicile.

Le lendemain matin, ce fut un homme ébranlé et inquiet qui prit place en face d'elle dans la pièce réservée aux interrogatoires. Il ne fallut pas longtemps pour lui faire avouer qu'il avait bien ordonné à Guy Martin de surveiller le maire et Juliette Leroux et de les photographier dès qu'il les surprendrait ensemble.

— Mais ni mes amis ni moi nous ne lui avons demandé d'empoisonner la source.

— Lui en avez-vous parlé, même de façon indirecte, oui ou non ?

— Nous en avons parlé en riant, sur le ton de la plaisanterie.

— Vraiment ?

— Je vous assure, et il aura sans doute mal interprété nos propos, il avait bu ce soir-là.

— Parce que vous l'aviez fait boire. C'est aussi sur le ton de la plaisanterie que vous lui avez « suggéré » de saboter la voiture de Mme Leroux ?

— Jamais de la vie ! Pour qui me prenez-vous ? Je n'ai guère de considération pour Mme Leroux, elle représente même tout ce que je déteste le plus au monde ! L'assurance, l'arrogance liées à la fortune qu'elle n'a pas eu la peine de gagner elle-même. Mais jamais je n'aurais envisagé un tel acte.

— Mais vous savez peut-être qui en est à l'origine ?

Il eut un mouvement de tête en signe de dénégation. Malgré ce qu'il affirmait, l'adjudant Fairol prenait au sérieux les déclarations du jeune Martin. Il avait bel et bien été manipulé par Caroit et sa bande, cela ne faisait aucun doute. Elle l'observa un instant. Mal rasé, il dégageait une forte odeur de transpiration. De temps à autre, il se frottait le bas du visage de la main, comme s'il voulait détendre ses mâchoires. Il lui donna l'impression d'être plus voûté depuis la veille, de s'être replié sur lui-même. Elle ouvrit le dossier posé devant elle.

— Dans votre bureau, mes collègues ont découvert les statuts d'une société d'exploitation de croisières fluviales. Or je vois que votre épouse est actionnaire de cette société ainsi que Jérôme Valès, directeur adjoint des services économiques au Conseil régional d'Aquitaine. J'en déduis donc que vous vous connaissez bien ?

— Oui.

— Mme Leroux a rapporté des menaces que M. Valès aurait proférées à demi-mot lorsqu'elle lui a présenté le projet de création d'un centre de thermalisme. En fait, ce projet concurrençait les vôtres ?

— Pas seulement les nôtres, ceux de toute une région. Cette idée absurde de thermes était rejetée par une partie des habitants de Saint-Louis.

— Et soutenue par une majorité d'entre eux, si je ne me trompe. Vous en êtes donc arrivés à fomenter un complot ?

— Je récuse ce terme. Nous souhaitions seulement retarder les travaux de forage, afin qu'Aquaval perde toute crédibilité auprès des investisseurs canadiens. On connaît leur rigueur en matière de respect des délais, d'engagement. Rien de plus.

— Et l'agression des gamins qui collaient les affiches pendant la campagne municipale, c'était une « action de diversion » ?

Depuis un moment, Robert Caroit ne comprenait pas ce qui lui arrivait, cette transition soudaine, insensée, de la considération de ses congénères à la vindicte publique. Il tentait désespérément d'échapper au vide dans lequel il se sentait glisser et pour cela il se serait agrippé à la première corde offerte. Alors il parla, s'engluant dans des explications trop détaillées, comme s'il mettait toute sa conviction à mentir.

— C'était l'idée de Valès. Il avait envoyé des jeunes de la banlieue bordelaise. Mais les événements ont échappé à son contrôle, il avait prévu d'effrayer les militants, pas de les faire tabasser.

— Dans quel but ?

— Nous voulions ternir l'image du maire auprès des habitants de Saint-Louis et discréditer sa campagne électorale. Après tout, lui et Mme Leroux étaient assez fous pour entrer en guerre contre le monde politique et le monde viticole réunis. Pourquoi ne pas en profiter ? Ils avaient toujours fait preuve d'une telle suffisance tous les deux ! Finalement, ils se sont bien trouvés.

L'adjudant Fairol l'écoutait et ce prévenu lui apparut soudain indifférent au sort de ses complices, détaché de tout. Elle savait d'expérience que les gens qui ont ce comportement n'ont plus rien à perdre, ou ont déjà tout perdu. Dans les deux cas, ils sont fragiles, et elle décida d'en profiter.

— Vous pouvez prévenir votre avocat, ensuite vous serez déféré au parquet avec tous les chefs d'accusation dont vous aurez à répondre.

— Je veux que vous notiez, dit-il, que je me suis opposé à cette agression contre les militants. Mais c'est Valès qui décidait.

— En somme, si je vous suis bien, vous avez été manipulé vous aussi ?

— On peut le dire, et croyez-moi, je n'avais guère le choix.

Il expliqua que sa femme était la demi-sœur de Jérôme Valès, dont la famille possédait des terrains sur les berges de l'estuaire et un vignoble côté Médoc, en face du Blayais. Pour toutes ces raisons, le projet d'œnotourisme était primordial pour leurs intérêts.

— Une fois le complexe d'œnotourisme lancé et financé par les collectivités locales, il ne nous restait plus qu'à mettre en place nos propres circuits de visites viticoles, via le fleuve. La Garonne offre une multitude d'escales possibles dans différentes appellations, du Médoc au Sauternais.

— Et vous ? Outre l'enrichissement par le biais de votre épouse, qu'auriez-vous gagné dans toutes ces magouilles ?

— La mairie ! Je pouvais espérer récupérer le siège à court terme.

Après son départ, l'adjudant Fairol appela ses collègues du Centre régional de gendarmerie à Bordeaux afin qu'ils interpellent Jérôme Valès.

Malgré les déclarations de Robert Caroit, des zones d'ombre subsistaient, le sabotage de la voiture de Juliette Leroux, notamment. Elle décida de la convoquer pour l'informer de l'implication de Caroit et de Valès, en se demandant si ce dernier n'était pas responsable du sabotage. Après tout, selon les dires de Caroit, ce fonctionnaire qui tirait les ficelles dans l'ombre apparaissait déterminé et sans scrupules. Autrement dit, capable de commanditer un meurtre.

# 22

Erwan patientait depuis une bonne demi-heure dans la salle d'attente du notaire. La tête appuyée sur le dossier du fauteuil, il ferma les yeux et se laissa aller à se détendre. Karen s'était suicidée en avalant des somnifères… Elle avait juré qu'elle n'irait jamais à l'hôpital. Il aurait dû deviner que ce dîner cachait quelque chose. Ce qu'il ne comprenait pas, c'est pourquoi elle ne s'en était pas prise à lui. Elle avait accumulé tant de rancune, tant de haine à son égard. Les funérailles s'étaient déroulées dans la plus stricte intimité et jamais une expression ne fut mieux adaptée. Il avait marché derrière le convoi funéraire et les deux neveux de Karen, venus de Toronto, s'étaient résolument tenus à vingt pas de lui. Pourquoi cette distance teintée de mépris ? C'est Karen qui avait coupé les ponts avec toute sa famille après le décès de Geoffrey. Après les funérailles, ils s'étaient séparés sur une brève poignée de main, mais sans un mot.

En attendant le notaire, Erwan pensa à sa conversation avec Thomas. Il était plus que jamais disposé à liquider la succession de Karen, et ensuite ? Partirait-il à l'aventure ? Oui sans doute ? Pourtant…

La porte du bureau s'ouvrit et le notaire s'avança vers Erwan la main tendue.

Depuis la fenêtre de sa chambre, Erwan vit le taxi s'arrêter devant la porte. Il prit sa valise et descendit en jetant un ultime coup d'œil dans la maison où il n'était plus chez lui, désormais. Ainsi en avait décidé Karen. Le dernier coup qu'elle pouvait lui porter ! Elle avait légué tous ses biens à ses neveux. Il avait loué un garde-meubles, entreposé les quelques biens lui appartenant, essentiellement des livres, des bibelots.

Il prit place à l'arrière du taxi. « À l'aéroport, s'il vous plaît. » Le taxi quitta la ville et Erwan oublia de regarder autour de lui. Il avait les yeux rivés sur son billet d'avion. Montréal-Paris-Bordeaux… L'aventure, le tour du monde, ce serait plus tard peut-être. Avant, il devait revoir Juliette, croiser son regard, l'entendre dire que tout était fini entre eux. Car tout en lui refusait toujours d'y croire. Une histoire d'amour comme la leur ne pouvait pas s'achever ainsi.

Avant d'assister à la cérémonie officielle scellant la première pierre du centre Aquaval, Juliette fit un détour par Les Alizés. Elle avait trouvé le temps de passer chez le coiffeur et elle se sentait bien sans son ensemble rouge et blanc. Elle se surprit à sourire en songeant à toutes ces années où elle s'était vêtue de gris. La vitre entrouverte, elle respirait l'air frais. Cette belle matinée de la fin septembre présageait de superbes vendanges.

Les travaux du centre de thermalisme commenceraient la semaine suivante, et déjà le site grouillait d'animation. Le téléphone et l'électricité étaient raccordés. Les techniciens ajustaient les colonnes télescopiques et Juliette avait vu jaillir le tout premier jet d'eau. Ce fut un moment inoubliable qui la récompensa bien au-delà de ses efforts et de ses angoisses. Dans le bâtiment principal, des pièces avaient été aménagées en bureaux provisoires en attendant les travaux de réfection : Aquaval vivait. Juliette était présente chaque jour : le contrôle, les finances, les relations avec les investisseurs et la presse. Toutefois, elle savait que désormais elle devrait s'en remettre à Grégory Sanchez, à Nicolas en tant que maître d'œuvre, et aux chefs de chantier pour l'avancement des travaux. Au fond, elle s'en réjouissait car cela lui permettrait désormais de dégager du temps pour aider Isabelle.

Isabelle qui attendait un bébé. Depuis qu'ils étaient

venus avec Thomas lui annoncer la merveilleuse nouvelle de sa grossesse et leur intention de se marier après les vendanges, Juliette ne pouvait se détacher de cette idée : dans quelques mois, elle serait grand-mère. Sa fille qu'elle revoyait tantôt adolescente, tantôt petite fille avec ses couettes, ou bébé avec son pouce serré entre ses lèvres... Sa fille allait transmettre la vie. Elle guettait la moindre marque de fatigue sur son visage, elle l'appelait trois fois par jour pour prendre de ses nouvelles, et elle composait déjà la liste des invités, et divers menus pour le mariage.

En arrivant aux Alizés, elle trouva la jeune femme prête à partir au chai. Elle était vêtue d'un tailleur-pantalon vert bouteille qui lui allait à ravir.

— Nous recevons des importateurs des pays de l'Est, expliqua-t-elle, nous avons de gros marchés en perspective à Moscou et à Varsovie.

Elles s'embrassèrent et Juliette tendit à sa fille un grand paquet enveloppé de papier kraft. Celle-ci le défit en hâte et découvrit le tableau *Carpe Diem* que Juliette gardait dans son bureau. Elles se penchèrent ensemble pour l'admirer, jusqu'à se toucher, et Juliette glissa son bras autour des épaules de sa fille. Elles contemplèrent les jeux d'ombre et de lumière, les courbes des corps, l'embrasement des couleurs.

— Tu pourras l'accrocher dans la salle de dégustation, il porte le nom de notre cuvée spéciale, celle que nous avons créée toutes les deux.

— C'est superbe, maman, mais tu veux vraiment t'en séparer ?

— Je l'ai acheté en décembre dernier, je pensais l'offrir à Erwan...

— Tu n'as pas de regrets ?

Comme fascinée, Isabelle ne pouvait détacher son regard de la toile. Évanescence des formes, chatoiement des couleurs sous les reflets du soleil.

— « *Carpe Diem* », ça veut dire quoi ?

— C'est tiré d'Horace, je crois, et ça signifie à peu près : « Cueille le jour sans te soucier du lendemain. » Un précepte auquel je suis devenue sensible au fil des années, j'en ai presque fait ma devise. Tu as l'air épuisée, Isa, ça va aller ?

— Je dors mal. Tu vas me prendre pour une idiote, maman, mais je crois que l'idée d'être mère me fait peur.

— C'est un univers inconnu et déroutant, la maternité. Et tu es bien trop intelligente pour être inconsciente, c'est normal que tu ressentes de l'appréhension. Mais, crois-moi, le moment venu, tu n'auras plus le temps de te poser des questions. Et puis, je suis là. Les vendanges commencent bientôt ?

La machine à vendanger était prête, l'équipe des ouvriers, déléguée aux parcelles de vieilles vignes cueillies à la main, attendait. Dans le cuvier, tout le matériel avait été passé en revue, la table de tri, l'égrappoir, les presses... Et même les circuits électriques.

— Les circuits électriques ? répéta Juliette.

— Oui, c'est Thomas qui en a eu l'idée. La demande en courant électrique est si forte en cette période que pour pallier les inévitables coupures nous avons investi dans un groupe électrogène.

Chaque jour, Isabelle surveillait la maturité des raisins dont la peau s'affinait au point de devenir translucide. Jean Soriac, le maître de chai, prélevait de la pulpe des grains, afin de mesurer le taux de sucre. L'un et l'autre savaient que la date des vendanges était cruciale. À mesure que mûrissait le raisin, son acidité diminuait, tandis que la teneur en sucre augmentait. Trouver le parfait équilibre était tâche délicate. Les vins rouges exigeaient moins d'acidité et davantage de couleur, de concentration, et les tanins des fruits récoltés tardivement étaient toujours exceptionnels. Jean Soriac lui avait conseillé d'attendre encore un peu.

« La météo annonce plusieurs jours de très beau temps,

si nous pouvons gagner quelques dixièmes de degré, ça n'en sera que mieux. »

— Nous patienterons encore un peu, dit Isabelle.

Comment expliquer à sa mère que pour la première fois, elle redoutait les défis, la justesse de ses décisions, pour la première fois, les doutes l'assaillaient. Tout en elle réclamait sa mère, l'appelait au secours.

— Justement, je voudrais te demander quelque chose... – elle hésitait –, c'est un peu délicat... Veux-tu revenir vivre aux Alizés ?

Juliette ne put cacher sa surprise.

— Mais Les Cèdres sont à trois kilomètres, ma chérie.

— Je sais, mais je crains de ne pas m'en sortir toute seule. Par exemple, il faut que j'engage quelqu'un pour remplacer Tonia – sa voix trembla un peu –, une nounou ce n'est pas rien, et je sais que je peux être maladroite dans mes exigences. Je risque de passer à côté de l'essentiel.

Juliette rit en découvrant ces incertitudes qui ressemblaient si peu à sa fille.

— Je n'ai pas besoin d'habiter ici pour t'apporter mon aide. En ce moment, ma vie privée est un peu compliquée : Nico, ses enfants, sa mère viennent souvent chez moi.

— Ce n'est pas comme s'ils étaient des étrangers pour moi, j'ai toujours connu Nicolas. Et il y a bien assez de place aux Alizés pour respecter notre intimité. J'ai besoin de toi, ajouta-t-elle en murmurant, tu y réfléchiras ?

— Oui, tu me donnes combien de temps ?

— Trois minutes ? Je plaisante. Prends ton temps. Il faut que je me sauve, Thomas va m'attendre. Si je peux, je te rejoins aux thermes pour le cocktail.

Nicolas accompagna ses enfants au centre de soins psychiatriques. Françoise était en traitement intensif et ils durent se contenter de la regarder de loin, à travers une porte vitrée. Les parents de Françoise étaient présents. Ils embrassèrent rapidement leurs petits-enfants et, consterné, Nicolas comprit qu'ils ne souhaitaient pas les voir, ni s'occuper d'eux. En revanche, lorsqu'il se dirigea vers la sortie, en compagnie des enfants, son beau-père lui emboîta le pas.

— J'ai à vous parler !

Nicolas n'avait jamais apprécié Robert Marchand, mais il ne l'intimidait pas. Il installa les enfants à l'arrière de la voiture et les deux hommes s'éloignèrent de quelques pas.

— Je vous écoute.

— Je suppose que vous êtes satisfait ? Vous voilà débarrassé de Françoise ? hurla Marchand.

— Je vous interdis de me parler sur ce ton !

— J'emploierai le ton qui me plaira, et je vous préviens... si vous avez l'intention de divorcer, ça ne se passera pas comme ça. Je vous rappelle que les époux sont soumis à un devoir de soins et de soutien, et en règle générale les juges considèrent comme une faute lorsque le conjoint d'un malade ne respecte pas ses obligations de secours et d'assistance.

Nicolas ne put réprimer un petit sourire narquois.

— Vos menaces ne me font pas peur, je peux prouver que j'ai toujours été là pour ma femme, ça fait des années que je la soutiens, et...

— Vous oubliez juste un petit détail, coupa Marchand un ton plus haut, pour divorcer par consentement mutuel, il faut l'accord du conjoint. Et le fait que Françoise présente de profonds troubles psychiatriques, son consentement *libre et éclairé* comme le précise la loi, vous ne l'obtiendrez jamais ! Ma fille aura les meilleurs avocats, et sans l'option du consentement mutuel la procédure de divorce durera une éternité ! Et croyez-moi, avec votre liaison scandaleuse étalée dans les journaux, nous ne vous ferons pas de cadeaux !

— Ma liaison date de quelques semaines à peine, et

vous ne trouverez pas l'ombre d'un faux pas à m'imputer avant cela. En revanche, il sera facile d'établir que cela fait des années que Françoise met la sécurité de nos enfants en danger à cause de son alcoolisme. Et c'est vous qui en êtes responsable. Les médecins sont unanimes à reconnaître qu'elle aurait dû être soignée dès son adolescence.

Aussitôt, Nicolas s'en voulut d'entrer dans le jeu de son beau-père. Il lui tourna délibérément le dos et regagna sa voiture au pas de course.

En arrivant au centre de thermalisme, Juliette remarqua la présence des maires des communes avoisinantes et d'élus régionaux. Après la mise en accusation de Robert Caroit et de Jérôme Valès, ils avaient quasiment tous rallié la cause du thermalisme, et ils avaient accepté de bon cœur l'invitation. Nicolas avait eu vent d'un projet d'œnotourisme dans la région de Langon, sur les terres des Graves et du Sauternais. Devant les caméras des chaînes de télévision nationales, Nicolas, Gary Stafford et le président du Conseil régional posèrent solennellement la première pierre du centre Aquaval. Le discours de Nicolas fut sobre, et très applaudi.

Pendant le cocktail qui suivit, Blandine Clément chercha Juliette dans la foule. Elle avait vainement tenté de la joindre par téléphone, et elle était très inquiète. Depuis des semaines, elle menait ses propres investigations, confortée dans son enquête par la certitude que c'était une femme qui en voulait à Juliette au point d'attenter à sa vie, et que cela n'avait rien à voir avec le thermalisme ou la politique. En surveillant discrètement son amie, elle avait fini par surprendre cette voiture qui la filait. Cela n'avait pas été facile de remonter jusqu'à la conductrice, mais elle voulait demander à Juliette si le nom de Caillaud signifiait quelque chose pour elle.

Elles se retrouvèrent un instant devant le buffet pour trinquer, une coupe de champagne à la main.

— Il faut que je te parle, dit Blandine d'un ton grave, c'est sérieux et urgent. Je viens de découvrir quelque chose qui me tracasse.

Elles décidèrent de partir ensemble à la fin du cocktail, mais, entre-temps, Nicolas demanda à Juliette de raccompagner Marion.

— Le promoteur qui veut ouvrir le premier hôtel de luxe à Saint-Louis souhaite avancer notre rendez-vous d'une heure.

— C'est le début du triomphe. On se voit ce soir ?

— On se voit ce soir.

Au cours du trajet, Marion pressa Juliette de questions sur les travaux qui allaient débuter, puis elle s'arrêta brusquement.

— Pourquoi Isabelle n'est pas venue ? Vous n'êtes pas encore fâchées ?

— Non, mais elle est un peu souffrante, elle attend un bébé.

— C'est vrai ? C'est génial ! Est-ce qu'elle va se marier avec Thomas ?

— Oui, dans quelques semaines. Tu voudras être demoiselle d'honneur ?

— Génial ! répéta-t-elle.

Elle se tut et Juliette respecta son silence.

— Elle sera comment, ma robe ?

Juliette sursauta.

— Pardon ?

— Ma robe de demoiselle d'honneur.

— Oh, je ne sais pas encore, Marion, mais je te propose d'aller la choisir ensemble à Bordeaux la semaine prochaine. Qu'en penses-tu ?

— C'est une bonne idée. Et toi, tu te marieras avec papa un jour ?

— Nous n'en sommes pas là, ma puce.

Juliette savait que la dernière discussion entre Nicolas

et ses beaux-parents avait été particulièrement houleuse. Le père de Françoise avait juré qu'il ferait tout pour empoisonner la vie de son gendre. Et la veille, Thomas avait appris à Juliette que la femme d'Erwan était décédée. Qu'allait-il faire à présent ? Elle n'avait plus aucune nouvelle de lui depuis des semaines.

Marion gardait le silence, elle contemplait le paysage qui défilait sous ses yeux. Ses pensées suivaient un cheminement précis, tandis que son regard se perdait au loin.

— Malgré tout, j'aime beaucoup maman, tu sais, dit-elle enfin.

— Heureusement ! C'est le contraire qui serait triste. Marion ? Si tu as quelque chose à me dire, tu peux parler.

— Je me demande ce qui va se passer pour nous pendant la maladie de maman, comment on vivra, avec qui... Papa nous a dit que ça pouvait durer très longtemps.

— Je suis sûre que ton papa fera tout son possible pour que tout se passe bien, et que vous soyez heureux.

— Pour ce qui est de papa, j'en suis sûre. Et toi aussi, je sais.

— J'espère bien ! Mais tu dois savoir que quoi qu'il arrive, je ne prendrai jamais la place de ta mère, elle est unique et irremplaçable, même si je serai toujours là pour vous. Parce que je vous aime beaucoup.

Elles arrivaient chez Juliette qui arrêta la voiture devant la maison. Puis elle accompagna sa filleule près de l'arbre où elle avait laissé son vélo et lui posa un baiser sur la joue.

— Tu es certaine que tu ne veux pas entrer manger une glace ?

— Non, je n'ai pas le temps. Je vais aider mamie à faire le ménage.

— D'accord, dis-lui qu'Isabelle nous attend vers dix-neuf heures.

D'un commun accord, Nicolas et Juliette avaient décidé

qu'elle ne viendrait pas chez lui, elle refusait de s'immiscer dans leur cocon familial. Mais deux ou trois fois par semaine, ils dînaient tous aux Cèdres ou aux Alizés. Était-ce la bonne décision ?

Marion enfourcha sa bicyclette et remonta l'allée. Elle croisa une voiture qui roulait trop vite et faillit la percuter. Intriguée, elle posa pied à terre pour observer le véhicule qui se gara devant la maison de Juliette, et elle vit la femme descendre armée d'un fusil.

Juliette était tellement perdue dans ses réflexions qu'elle ne vit pas la femme s'approcher d'elle. Elle tressaillit en sentant un coup violent dans la hanche et devina le canon d'une arme.

— Avance ! cria-t-elle en la poussant violemment.

Elle obligea Juliette à grimper les marches du perron et elles entrèrent dans le séjour.

— Qui êtes-vous ? demanda Juliette. Qu'est-ce que vous voulez ?

— La ferme ! Assieds-toi.

Juliette prit place sur le canapé et la femme s'assit à côté d'elle, le canon de son arme pointé sur elle. Effrayée, Juliette cherchait désespérément dans sa mémoire où elles avaient pu se rencontrer, pourquoi elle semblait lui en vouloir au point de la menacer ainsi. Elle était de forte corpulence, brune, les cheveux courts. Pourtant, le regard noir et dur qu'elle dardait sur Juliette lui rappelait quelqu'un, et l'intonation de la voix…

— Qui êtes-vous ? répéta Juliette.

— Alors, tu ne me reconnais pas ? Bien sûr, j'imagine que tu t'es empressée de m'oublier. Pourtant, à la façon dont tu m'as regardée il y a quelques mois à Bordeaux, quand tu m'as bousculée sur le trottoir, j'aurais juré que tu avais un doute.

Devant le mutisme de Juliette qui s'efforçait de remonter dans ses souvenirs, elle s'écria :

— Laurence Marot ! Tu te souviens, quand même ? La femme de Philippe Marot que tu as envoyé croupir en prison. C'est drôle, tu ne trouves plus rien à dire ? Tu as oublié toutes tes simagrées bon chic bon genre. « Comme cela me fait plaisir de te revoir, tu n'as pas changé ! » Il est vrai que dans mon cas, avec trente-cinq kilos de plus...

Juliette fixait les fenêtres qui donnaient sur le jardin. Comment aurait-elle reconnu la superbe femme blonde, aux traits fins, à la démarche féline, celle que son mari avait un jour traitée de « poupée Barbie ménopausée » ? Elle essaya de ne pas se crisper, de dissimuler la peur qui grandissait en elle.

— Je ne comprends pas ce que tu me veux, Laurence. Et encore moins pourquoi tu as besoin d'une arme pour le demander.

— J'ai tout perdu à cause de toi, sale garce. Tous nos biens ont été saisis après la condamnation de Philippe.

— Tu ne peux pas me rendre...

— Tais-toi ! Si, c'est ta faute. Tout est ta faute. Mes enfants sont partis en Australie pour éviter le scandale, ils n'ont même pas attendu la fin du procès, et depuis ils refusent de me voir. Moi-même, j'ai dû reprendre mon nom de jeune fille.

— Je suis désolée.

— Vraiment ?

Le canon de l'arme s'enfonça profondément dans le flanc de Juliette, elle se mit à trembler.

— Tu veux me faire croire que tu es désolée de me voir dans cet état, moi, l'ex-mannequin reconnu, adulé... Aujourd'hui, je vis de l'aide sociale, dans un meublé minable.

Marion ne pensa pas une seule seconde aux risques, elle fit demi-tour, laissa son vélo à distance et s'approcha de la maison à pas de loup. Elle jeta un coup d'œil furtif par la fenêtre du salon et vit la femme menacer Juliette, la frapper avec la crosse de son arme. Elle eut une pensée furtive, mais reconnaissante pour son père qui lui avait appris à contacter les services d'urgence dès son plus jeune âge, et elle composa le numéro de la gendarmerie. Puis elle essaya de créer une diversion en appelant Juliette sur son téléphone mobile.

— Laisse tomber, n'y pense même pas ! hurla Laurence Marot en voyant Juliette tendre la main vers son portable.

À cet instant précis, ce fut le téléphone fixe qui résonna, et le répondeur se mit en route.

— Juliette ? C'est Blandine. Tu es partie sans me parler tout à l'heure, je te jure que c'est important. J'ai trouvé qui est la femme qui te suit, je voulais te demander si le nom de Caillaud te disait quelque chose, mais je viens de découvrir que c'est le nom de jeune fille de la veuve de Philippe Marot. S'il te plaît, rappelle-moi de toute urgence, quoi qu'il en soit, je préviens l'adjudant Fairol.

— Trop tard, ricana Laurence Marot.

Juliette ne savait pas ce que Laurence avait en tête, mais si elle avait l'intention de la tuer, il n'existait pas de meilleur endroit que cette maison isolée au cœur de la forêt. Et soudain, elle eut peur. Isabelle, Thomas, Nicolas… personne n'avait la moindre raison de s'inquiéter pour elle avant l'heure des retrouvailles aux Alizés. Elle regarda encore en direction du jardin et Laurence devina ses pensées. Avec le canon du fusil, elle lui asséna un coup violent dans les côtes.

— Ne pense même pas à t'échapper. Tu n'as aucune chance. Si tu n'étais pas partie au Canada, je t'aurais tuée depuis longtemps, salope. Si tu savais comme je regrette de t'avoir ratée l'autre jour.

Un instant, Juliette cessa de réfléchir à une issue possible et poussa un cri :

— C'est toi qui as trafiqué ma voiture ?

Le coup fut plus violent encore dans son rein, elle gémit.

— Parmi tous mes stages de reconversion, j'en ai fait un dans un garage, très utile. Dommage qu'une innocente ait payé à ta place, mais je ne vais pas te manquer, cette fois.

Juliette revoyait le corps inerte de Tonia, son visage à moitié dissimulé sous les bandages ensanglantés.

— C'est toi, la salope ! s'écria-t-elle.

Elle sentit à peine les coups, et malgré le danger, elle tenta de se rebiffer. Elles se jetaient des injures, Juliette se débattait en se disant que tant qu'elle serait en état de lutter elle conservait une chance de s'en sortir. Mais que pouvait-elle espérer ? Autour d'elles régnait partout une tranquillité effrayante. Elle imaginait un miracle, quelqu'un déboulant brusquement chez elle. Un simple et beau miracle. Peut-être devait-elle gagner du temps ?

— C'est une solution facile de t'en prendre à moi. Je n'ai tout de même pas poussé ton mari à corrompre son entourage, à escroquer de pauvres gens déjà au bord de la faillite, à tuer, même !

— La mort de Geoffrey Morris était un accident, quant à ta sœur, on n'a jamais rien pu prouver et jusqu'à son dernier souffle, alors qu'il était en train d'agoniser en prison, il m'a juré qu'il n'y était pour rien.

Juliette se retint d'avouer qu'elle savait que c'était son ami d'enfance, le docteur Jean-Pierre Deltec, qui avait tué Fabienne dans un accès de jalousie démesurée. Ainsi, elle allait payer pour s'être tue à l'époque.

— Et la mort de sa maîtresse, cria-t-elle, il n'y était pour rien ? Il a regardé Élise Renan se noyer sans rien faire pour l'aider, parce qu'elle en savait trop sur ses magouilles. Et tous ces vignerons qu'il a poussés au suicide ?

Laurence agrippa le bras de Juliette, ses ongles pénétrèrent sa peau, la lacérèrent, et elle la frappa plusieurs fois au visage.

— Qu'est-ce que tu t'imagines ? Que tu vaux mieux que lui ? Tu as cogné sur ton père, tu t'es tirée au Canada avec ton mec, quand ton ami le toubib était en train de crever de son cancer. Et aujourd'hui, tu détournes un homme de sa famille malgré sa femme alcoolique, tu détruis tout, espèce d'ordure, même l'économie de la région. Tu vas payer ! Viens, on va aller faire un tour dans tes fameux thermes ! Et puisque tu aimes l'eau, tu vas être servie.

Juliette se leva et Laurence la projeta en avant. Dans la violence de son geste, elle bouscula un vase. Les bris de verre se répandirent sur le tapis. Ce fut comme un catalyseur. Ivre de rage et en gardant l'arme pointée en direction de Juliette, Laurence Marot brisa tout ce qu'elle avait à portée de main. En quelques minutes, le séjour ne fut plus qu'un immense chaos.

Puis elle revint vers Juliette et lui intima l'ordre de sortir. Juliette savait que si elle suivait cette folle jusqu'aux thermes, elle allait mourir. Elle se sentait atteindre les limites de la terreur et pourtant, tout en elle refusait de se résigner. C'était trop bête de mourir maintenant, alors que la vie se dessinait plus magnifique, plus exaltante que jamais. Elle pensa à Isabelle. Jamais plus elle n'enfoncerait les mains dans ses cheveux soyeux en contemplant les yeux d'ambre qui illuminaient son visage. Jamais elle ne connaîtrait le bébé qu'elle portait.

Abandonner la partie serait la pire de ses défaites. Elle imagina tout ce qu'elle n'avait pas dit à sa fille, tout ce qu'elle ne lui dirait pas. Aux vendanges qui allaient débuter, et à toutes les récoltes qui attendaient Isabelle. Soudain, elle se rappela la ballade des vendanges qu'elle chantait, enfant, avec Jean-Pierre et Nicolas. Au seuil de ce qu'elle vivait comme les ultimes instants de sa vie, elle en saisit le sens. Derrière des mots simples, elle disait que tout était accompli et que tout renaîtrait par la seule passion des hommes. Alors, elle sut qu'elle serait revenue aux Alizés malgré toutes ses tentatives pour s'en échapper, elle avait tant vénéré cette terre. Et rien n'était plus important que d'avoir retrouvé Isabelle, que ce bonheur poignant de l'avoir tant aimée, tant chérie, d'être en paix avec elle.

Elle pensa à Nicolas et comprit qu'elle l'aimait depuis si longtemps. Mais quels étaient ses sentiments réels ? Et ses pensées la ramenèrent à Erwan. Elle revoyait ses yeux, son visage, ses larges épaules. Un homme-offrande, capable d'aimer avec tendresse, avec une générosité sans limite, un don de soi sans retenue qui toujours la surprenait. Ils s'étaient trouvés, retrouvés, éblouis par la profondeur de leur attirance, la certitude de vivre des étreintes qui sommeillaient en eux depuis toujours. Elle entrevit ce qu'aurait pu être leur existence et s'aperçut que rien n'aurait pu la combler davantage que le retrouver, finir sa vie près de lui, si le destin n'en avait décidé autrement.

Ce n'était pas possible, elle refusait de mourir ainsi, aussi stupidement, sous les coups d'une folle furieuse. Elle tenta une ultime mesure de défense, joua des poings, des pieds, mais une douleur fulgurante la secoua. Elle s'évanouit.

La première chose qu'elle perçut fut un brouhaha de voix autour d'elle. Elle était allongée, quelque chose lui obstruait la bouche, qu'on lui ôtait par intermittence. Une voix d'homme lui parvenait comme à travers un voile de coton.

— Madame, madame ! Respirez… Ça va aller… Dites-nous votre nom.

Elle commença à retrouver des sensations, un rayon de soleil sur son visage, et pourtant elle avait froid, à côté d'elle quelqu'un pleurait. Un sentiment de bonheur l'envahit, elle était vivante. Ses paupières frémirent, s'entrouvrirent sur Isabelle, elle se raidit, retint son souffle une fraction de seconde. Isabelle, dont les larmes s'irisaient dans la lumière.

— Ne me laisse pas, maman, je te défends de m'abandonner.

Elle fit un effort héroïque pour murmurer :

— Ça va ma chérie, ne t'inquiète pas, je vais bien.

Puis elle aperçut Nicolas un peu en retrait et se rendit compte que c'était lui qui broyait sa main. Ses yeux étaient brouillés de larmes. Un bonheur énorme l'enveloppa.

— Est-ce que tu vas bien, Juliette ?

Elle se dit que si on lui accordait un siècle elle pourrait peut-être s'arrêter de trembler.

— Comment m'avez-vous retrouvée ? murmura-t-elle.

Elle entendit quelques bribes de phrases : « Marion a vu la femme qui te menaçait… Gendarmes… »

Elle sentit que l'on soulevait la civière sur laquelle elle était étendue. Bouleversée d'avoir le privilège de vivre encore, elle se laissa glisser dans l'inconscience avec une dernière pensée pour sa fille.

# Épilogue

À sa sortie de l'hôpital, Juliette s'installa aux Alizés, sous la pression d'Isabelle qui tenait à veiller sur elle. Elle ne protesta pas. Laurence Marot avait été arrêtée alors qu'elle tentait de traîner le corps de Juliette sur la terrasse. Elle avait avoué être à l'origine du harcèlement de Juliette dès son retour du Canada. L'adjudant Fairol lui avait relaté les faits en concluant :

« Vous allez pouvoir récupérer maintenant, il n'y aura plus cette menace autour de vous, tout va rentrer dans l'ordre. »

Mais rien ne serait plus comme avant. Tonia ne reviendrait pas, et Juliette porterait toujours le poids d'un remords en l'évoquant.

Ce matin-là ressemblait à l'été indien, avec un beau soleil qui embrasait le parc. Juliette et Isabelle prenaient leur petit déjeuner dans le jardin d'hiver. Elles parlaient des vendanges, qui avaient débuté dans des conditions climatiques exceptionnelles.

Thomas les rejoignit, il beurra une tartine qu'il tendit à Isabelle en lui glissant un baiser dans le cou, et avec beaucoup de douceur il posa la main sur son ventre. Juliette les observait en souriant, elle pensait aux épreuves surmontées, à son retour en France dix mois plus tôt, à tout ce qui avait modifié le cours de leurs vies en si peu de temps. Elle but son thé et en reposant la tasse, elle s'adressa à Thomas.

— Merci d'être là, et de rendre ma fille si heureuse.

— Tu comptes beaucoup toi aussi dans le bonheur d'Isabelle.

Un silence s'installa, à peine troublé par le tintement des tasses dans les soucoupes et le bourdonnement d'un insecte autour des orchidées. Juliette pensa aussi à ce qu'elle devrait faire sans tarder.

— Il faut que je parle à Erwan, j'ai tenté de l'appeler à plusieurs reprises mais personne ne décroche.

Thomas hésita un instant avant de répondre.

— Il est peut-être parti, Juliette. La dernière fois que je lui ai parlé, il avait l'intention de voyager après le décès de ma tante.

— Tu crois qu'il sait pour Nicolas et moi ?

— J'ai eu l'impression qu'il avait compris, oui.

Juliette ne dit plus rien, son esprit happé par les souvenirs, tout ce qui l'avait rapprochée d'Erwan quatre ans plus tôt, combien ils s'étaient aimés, et ce temps passé à Montréal, leurs trop brèves rencontres. Aujourd'hui, ils auraient pu revenir ensemble en France. Et sans doute auraient-ils été heureux.

Que devait-elle faire ? La raison voulait qu'elle le laisse décider, mais son cœur lui intimait l'ordre d'aller vers lui, de lui parler, de lui expliquer. Mais que lui expliquer exactement ? Qu'elle pensait trop souvent à lui tandis qu'elle assumait publiquement ses liens avec Nicolas ? Nicolas qui s'était montré honnête envers elle en avouant qu'il était incapable de lui offrir une vie de couple, incapable de prévoir ce qui se passerait lorsque Françoise sortirait des nimbes où la dépression la tenait prisonnière. Quand elle serait guérie, si jamais elle guérissait, que ferait-elle ? Quelle serait la position des enfants vis-à-vis d'elle, vis-à-vis de lui, de Juliette ?

Isabelle avait servi une autre tasse de thé à sa mère, et elle lui dit que Nicolas et ses enfants venaient d'arriver.

Aussitôt, les jumeaux entourèrent Juliette, et Marion s'interposa.

— Laissez-la tranquille, elle doit se reposer.

Nicolas et Juliette échangèrent un regard amusé. Dès qu'elle s'était sentie mieux, Juliette avait appelé sa filleule de l'hôpital pour la remercier :

« Heureusement que tu as réagi quand tu m'as vue avec cette femme armée, tu m'as sauvé la vie, ma puce. »

Depuis, Marion avait adopté un comportement très protecteur à l'égard de sa marraine, comme si désormais elle lui appartenait un peu. Isabelle décida de laisser sa mère et Nicolas seuls, et elle entraîna tout le monde pour une cueillette des dernières prunes mûres.

— Tu vas bien ? demanda Nicolas.

Il s'assit près d'elle, et elle s'appuya contre son épaule.

— Oui, j'ai complètement récupéré. Je sens que j'ai besoin de bouger, tu es d'accord pour une promenade ?

Ils quittèrent Les Alizés en prenant la direction de la citadelle de Vauban et longèrent le coteau de Moulinblanc. Les vendanges manuelles des vieilles vignes avaient débuté le matin. Les vendangeurs avaient revêtu des vêtements légers et exposaient leurs bras nus aux derniers assauts du soleil d'été. Armés de sécateurs, ils coupaient les grappes en éliminant les feuilles et les grains abîmés puis ils remplissaient leurs paniers. Les porteurs de hottes passaient dans les rangs pour enlever la cueillette qu'ils portaient ensuite dans la benne du tracteur au bout du rang. On entendait des rires, parfois des chants, et l'air était pesant de l'odeur lourde, enivrante des fruits mûrs.

Ils abandonnèrent le chemin et coupèrent à travers champs pour gagner la citadelle. Juliette aurait pu ne jamais revoir ce paysage. Un frisson la saisit. Il lui faudrait longtemps pour effacer les moments d'épouvante qu'elle avait vécus au cours de son ultime corps à corps avec Laurence Marot. Elle s'imposa une longue respiration et ferma un instant les yeux. En les ouvrant, elle admira de nouveau les vignes au feuillage ocre, les pampres ondoyant dans la clarté automnale. Un vent léger s'était levé, portant des senteurs d'iode, Juliette releva une mèche de cheveux qu'elle glissa derrière son oreille. Elle marchait doucement, et Nicolas avait mis ses pas dans les siens.

— Nicolas, je vais revenir vivre aux Alizés.

— Je sais.

— Comment peux-tu le savoir ? Je n'ai parlé à personne de ma décision.

— Isabelle m'a dit qu'elle te l'avait demandé, et je savais que tu accepterais.

Ils firent halte et s'embrassèrent longuement avant de reprendre leur promenade, main dans la main. Juliette aimait la sensation que lui offraient ses doigts noués aux siens. Pourraient-ils jamais bâtir ensemble une vie de couple ? Pour l'heure, ils ne pouvaient que rêver leur avenir.

Mais il leur restait le présent, disponible, grisant, et elle devinait chez lui, comme chez elle, ce fervent désir de vivre l'instant comme un don de la Providence.

Elle resterait aux Alizés. Elle était impatiente de retourner aux vignes de son enfance, de retrouver les sillons de terre brune qui garderaient toujours la mélancolie de ses souvenirs. Il lui faudrait aussi seconder Nicolas à l'entreprise et ne jamais perdre de vue le centre de thermalisme pour lequel elle s'était tant battue. Une immense vague d'enthousiasme l'enveloppa, elle ne s'était jamais sentie aussi heureuse, aussi forte. Quoi que lui réserve l'avenir, elle ferait face. Mais pour l'instant, elle devait organiser le mariage d'Isabelle, être auprès d'elle tout au long de sa grossesse… N'était-ce pas là ce que la vie pouvait lui offrir de plus merveilleux ?

Elle crut entendre un long murmure au-dessus des vignes, comme un souffle venu de l'océan. Et ce souffle la traversa comme la plus belle des promesses.

# *Le Carnet noir*

*Nouvelle inédite*

Ce matin du 13 octobre, Michel Guyon décida qu'il était temps de régler ses comptes avec les imbéciles qui avaient jalonné son existence. Il se trouvait donc devant un vaste projet. Toute une vie de comptes à régler. À soixante-cinq ans passés, était-ce encore possible ? Il avait pourtant ouvert le magasin à six heures comme tous les autres jours. Il avait réceptionné les journaux, les avait mis en place et il avait branché le percolateur.

Deux ans plus tôt, Michel Guyon avait fait valoir ses droits à la retraite après avoir parcouru les routes de France pour le compte d'une maison d'édition. Après une telle carrière, comment aurait-il pu sombrer dans l'oisiveté ? Il avait donc décidé d'aider son épouse qui tenait un tabac-presse. Il lui en avait fallu du temps pour réussir à la convaincre de créer un espace librairie ! Puis elle avait décrété que désormais, ils feraient café aussi. C'était bien une idée de sa femme, ça ! Aménager un coin convivial – elle adorait ce mot qu'elle employait à tort et à travers, et plus souvent de travers. Durant de longues semaines, Sylvie avait choisi des meubles en rotin, des coussins, installé sa déco. Il était contraint de s'occuper seul du magasin, mais elle lui avait fichu une paix royale. Maintenant, ils proposaient du café, du thé, du chocolat, des boissons fraîches et des glaces l'été. Et chaque matin, le boulanger du coin déposait des viennoiseries qu'ils revendaient à leurs clients avec une petite marge.

Le premier à faire tinter la sonnette de la porte fut le père Dubois. Comme tous les matins, il arriva à sept heures vingt-cinq minutes, et il trépigna sur le trottoir en regardant sa montre de gousset toutes les trente secondes. Michel Guyon était sûr du temps écoulé, il l'avait chronométré. Et à sept heures trente tapantes, le vieux cognait sur la porte vitrée du magasin. Il entrait, prenait son journal quotidien en jetant une pièce sur la caisse. Et il buvait un café qu'il ne payait jamais. D'après lui, la convivialité devait s'assortir de gratuité. Sinon ce n'était plus de la convivialité, c'était du commerce. Il versait trois sachets de sucre dans la tasse, et en glissait deux autres dans sa poche. Sylvie avait dit : « Laisse-le faire, ce n'est pas grave, à son âge ! » Un jour, Michel avait calculé à combien s'élevait la note. Quatre-vingts centimes le café, pendant deux ans… D'autant que Michel soupçonnait le père Dubois de partir quelquefois sans payer son journal non plus, si par hasard il était occupé ailleurs. Ce matin encore, le vieux avala son café en commentant un match de l'équipe de France de football.

— Vous avez vu comme les Espagnols les ont laminés ? Ils sont bons à rien, ces jeunes cons…

Il partit en grommelant, et n'entendit pas Michel murmurer « Et les vieux cons, ils sont bons à quoi ? » tandis que dans sa tête retentissait une sonnerie de tiroir-caisse en ajoutant quatre-vingts centimes à la note. Pourtant ce n'est pas ce qui déclencha son irrépressible envie de règlement de comptes.

Michel Guyon aimait les livres. Il les avait toujours aimés. Représenter une maison d'édition avait satisfait tous ses espoirs et comblé sa fringale de lecture ! Il avait beaucoup voyagé, et en avion, en train, il lisait. Aujourd'hui, devenu pratiquement insomniaque, il lisait de plus en plus.

La veille, il avait reçu deux cartons de nouveautés de son distributeur régional, et il disposa les ouvrages sur le présentoir. De bons polars, quelques romans féminins, un ou deux prix littéraires, pas plus. La boutique étant située dans un petit village au cœur du Bordelais dans l'appellation Pomerol, Michel s'était spécialisé dans les beaux livres consacrés au vin et à la vigne. Et comme il était aussi amateur de grands vins, il s'était constitué une clientèle de vignerons qui l'invitaient à leurs journées portes ouvertes ou pour des séances de dégustation au cours desquelles il présentait ses ouvrages.

Il ouvrit fébrilement le second carton… *Renaissance dionysiaque, Imaginaire du vin et de la vigne… Grand Atlas des vignobles de France… Bordeaux, l'art et le vin*, la commande spécifique d'une cliente pour l'anniversaire de son mari… *La Vigne et le Vin dans la littérature, Poésie du vin…* Il l'attendait, celui-là ! Car il caressait l'idée d'organiser une soirée poésie dans le château d'un ami pour inaugurer la prochaine édition de Bordeaux fête le vin. Il avait déjà rédigé des commentaires personnels, découpé des critiques dans les journaux, mais seulement lorsqu'elles étaient positives. Il estimait qu'en matière de vin, de mets ou de littérature, nul n'avait le droit d'anéantir une œuvre sur une appréciation somme toute subjective.

L'arrivée de clients l'interrompit et il posa la pile de livres qu'il avait en main sur le coin du comptoir devant la caisse. Il chercha des magazines, enveloppa de papier cadeau un exemplaire d'un auteur à la mode et tandis qu'il servait des cafés, il vit Mme Celier se garer sur le parking devant le magasin. Une pimbêche de première ! Elle se pencha à l'arrière de son véhicule où ses deux enfants étaient harnachés dans des sièges spéciaux. Soudain, elle lâcha son sac à main par terre. Il pleuvait depuis deux jours sans discontinuer, les feuilles des arbres, les allées et venues des piétons entretenaient la gadoue sur les trottoirs.

En entrant dans la librairie, Angela Celier se dirigea tout droit vers la caisse et posa son sac sur la pile de beaux livres. Lorsque Michel vit la boue couler sur le deuxième tome de *Vignes et vins, Paysages et civilisations millénaires*, il perçut la rupture qui s'opéra en lui. Il ne comprit jamais quoi, ni pourquoi, mais il sut qu'après soixante-cinq ans quelque chose venait de changer dans sa vie. La pimbêche lui réclama trois paquets de ces cigarettes extra-longues à bout doré qu'il devait toujours aller chercher dans la réserve. Celier la Bourrique, comme il la surnommait en son for intérieur, croisa Sylvie sur le pas de la porte.

— Garde la librairie un moment, dit-il à sa femme, je dois aller à la poste.

Il n'attendit pas les protestations de Sylvie, sauta dans sa voiture et suivit Angela Celier à travers la ville, jusque sur le parking de l'hypermarché. Assis derrière son volant, il surveilla ses gestes. Le chariot, un enfant assis dans le siège prévu à cet effet, l'autre gamin trottinant à côté d'elle. Lorsqu'ils disparurent dans le hall du grand magasin, Michel fouilla dans la boîte à gants de sa voiture et trouva ce qu'il cherchait. Un bon vieux cutter de chantier, robuste et bien effilé. Avec précaution, il s'approcha du monospace et creva trois pneus. Deux ce n'était pas assez, quatre peut-être un peu trop. Il jugea que trois, juste le nombre de paquets de cigarettes qu'elle achetait tous les deux jours, c'était parfait. Il aurait bien voulu rester sur place pour juger de l'effet de son geste, mais ce serait trop long. L'imaginer était déjà jubilatoire.

En arrivant à la boutique, il sortit de son portefeuille deux carnets de timbres-poste qu'il avait achetés l'avant-veille, les posa ostensiblement sur le coin de la caisse pour justifier son absence et retourna à ses occupations.

Deux jours plus tard, il jubilait encore. Et il atteignit le nirvana lorsqu'il entendit Celier la Bourrique raconter sa mésaventure à Sylvie. Tandis qu'il récupérait ses cigarettes pour snobinarde de province, il ne perdit pas une miette de leur échange :

— J'ai dû faire venir une dépanneuse pour remorquer ma voiture jusqu'au garage, vous pensez, trois pneus d'un coup !

— Quelle honte ! compatit Sylvie.

— Je vous jure que j'ai fait un scandale auprès du directeur du magasin…

Cela, Michel voulait bien le croire, mais c'était bien fait pour le gérant de la grande surface qui vendait des livres comme du poisson ou du saucisson.

— Je suis arrivée trop tard à la garderie, du coup j'ai manqué mon rendez-vous chez l'esthéticienne. Il paraît que ce sont des jeunes du quartier des Myosotis.

— Les voyous ! s'écria Sylvie. Je vous jure… la bonne maison de correction d'autrefois ! Ils feraient mieux d'apprendre à travailler.

— C'est bien là le drame, madame Guyon. Aujourd'hui, tout leur est dû, et ils attendent que ça leur tombe du ciel !

Michel sursauta. C'était exactement ce que son père lui avait dit quarante-sept ans auparavant.

« Faire médecine, et quoi encore ? Il n'est pas question que je me ruine la santé pour payer tes études. Tu n'as qu'à travailler. Tu verras, c'est une bonne expérience, le travail, et comme ça tu apprendras que dans la vie ça ne tombe pas tout cuit du ciel. »

Michel s'était inscrit en première année de médecine. Mais en travaillant la nuit comme barman – à son époque on disait garçon de café –, il avait trop présumé de ses capacités physiques et intellectuelles. Il avait échoué, tenté de redoubler, pour finalement laisser tomber.

Son père. Le premier abruti de son existence.

Les jours suivants, Michel Guyon pensa souvent au plaisir qu'il avait ressenti en se vengeant de la Celier. Il y pensa la nuit aussi, en attendant le sommeil, avant de faire ce qu'il faisait toujours dans ces cas-là, se lever avec précaution, gagner la chambre d'amis avec un livre. Puis, la jouissance qu'il avait éprouvée s'estompa. Il y pensa moins.

Jusqu'à ce matin où le père Dubois tapa sur la vitre du magasin, acheta son journal, et but son café sans payer. Mais il n'était pas seul ce matin-là. Il y avait dans la boutique un autre retraité qui achetait parfois un croissant en même temps que son journal sportif. Les deux retraités s'attablèrent et le père Dubois commanda un deuxième café. Tandis qu'il époussetait les rayonnages de ses livres, Michel l'écouta critiquer la société, les jeunes, les banques, les fonctionnaires. Et il partit sans payer ses deux cafés.

C'est alors qu'une idée germa dans l'esprit de Michel. Il savait qu'il était possible d'acheter toutes sortes de médicaments sur le Net, il suffisait de payer. Il passa commande, fit livrer le colis au magasin. La tournée du facteur coïncidait toujours avec l'absence de Sylvie, le marché, la coiffeuse... Le paquet arriva quarante-huit heures plus tard. Et le lendemain, Michel mit son plan à exécution. Dans les toilettes de la boutique, il laissa délibérément l'eau déborder du lavabo et accrocha une pancarte sur la porte : *Toilettes momentanément indisponibles.* Puis il glissa une bonne dose de laxatif dans le café du père Dubois, convaincu qu'avec trois sachets de sucre, il n'y verrait que du feu. Le médicament promettait des effets sous dix minutes.

Soudain Michel vit le vieux se précipiter vers les toilettes et il l'arrêta en criant :

— Désolé, nous avons un problème de fuite d'eau, j'attends l'artisan ce matin.

Le père Dubois se rua dehors en se tenant le bas du ventre à deux mains ! Michel réprima un éclat de rire, et s'occupa tranquillement de ses clients.

Les abrutis ne manquaient pas dans l'entourage de Michel Guyon. Il décida de les répertorier. Chez son ami papetier, il choisit un carnet de moleskine et commença à réfléchir. Le premier nom qu'il inscrivit dans son carnet fut Adèle Grimaud, la vieille fille toujours tirée à quatre épingles. C'était normal, elle avait tenu une mercerie pendant cinquante ans. Elle venait une fois par semaine, achetait des magazines, des friandises et parfois un livre de poche. Elle payait en monnaie, les plus petites pièces qu'elle pouvait trouver. Au point que Michel se demandait comment elle se les procurait.

Le matin, entre sept et neuf heures, Michel était seul à la boutique, il écoutait les conversations de comptoir, on parlait devant lui comme s'il n'était pas là… et il finissait par collecter une foule d'informations sur ses clients. On disait qu'Adèle Grimaud était une mégère, et il y avait sûrement une part de vérité. Il l'avait vue marcher délibérément sur les pieds des gens, leur jeter son parapluie dans les jambes et faire mine de s'excuser. On disait aussi que ses parents avaient acheté leur mercerie avec l'argent qu'ils avaient amassé de leur trafic avec les troupes allemandes pendant la guerre.

Michel décida qu'Adèle Grimaud méritait bien une bonne leçon. Il passa une nouvelle commande sur le Net, un narcotique cette fois. Puis il se rendit dans une animalerie, et après une visite attentive, de longs conciliabules avec les vendeurs, il acheta un rat blanc de bonne taille. Et il attendit la visite d'Adèle Grimaud. Lorsqu'elle se présenta ce matin de novembre, elle portait une longue robe grise à col banc. « La tenue d'une vieille petite fille modèle », pensa-t-il. Il glissa le rat anesthésié dans un sachet creusé de petits trous qu'il plaça subrepticement dans le sac à provisions d'Adèle tandis qu'elle comptait sa menue monnaie sur le comptoir.

Toute la journée il imagina la vieille ouvrir son cabas et le rat détaler dans l'appartement. Et par anticipation, il riait ! Puis il pensa à tout ce qu'il avait retenu des conversations du matin, et il compléta la liste dans son carnet. À plusieurs reprises, il croisa le regard étonné de sa femme qui installait les premières décorations de Noël.

— Tu parais bien joyeux tout à coup, qu'est-ce qui t'arrive ? demanda-t-elle tandis qu'il refermait son petit carnet.

— Rien de spécial, mais tu ne vas pas me reprocher d'être satisfait de t'aider ?

— Non, bien sûr, mais il t'en aura fallu, du temps !

lança Sylvie en se demandant ce qu'il pouvait bien noter dans ce carnet noir qui le suivait partout depuis quelque temps.

Quelques jours passèrent. Michel Guyon aida son vieil ami Jacques Chalard, propriétaire du château Beau Rivage, à organiser la soirée phare du week-end des portes ouvertes en Pomerol. Toutes les animations étaient liées au vin, une exposition de tableaux, d'artisanat, d'art, et bien sûr la littérature viti-vinicole. Michel présenta une collection de ses plus beaux ouvrages et il inaugura le carrefour des poètes. Ce fut un franc succès.

Tout à sa fébrilité, il oublia Adèle Grimaud. Mais le mercredi suivant, en rangeant le magazine *Couture & Tricot*, qu'il commandait rien que pour elle, il prit conscience que cela faisait presque une semaine qu'il ne l'avait pas vue. Il vérifiait le stock des différentes variétés de capsules de café, lorsque sa femme fit une entrée fracassante dans le magasin.

— Tu connais la nouvelle ? Adèle Grimaud, notre cliente, elle est morte !

Quelques capsules de café roulèrent sous le présentoir des mots fléchés.

— Une crise cardiaque, à ce qu'il paraît, poursuivit Sylvie, on l'a trouvée morte sur le pas de sa porte à côté de son panier à provisions.

Michel ne dit rien, mais il imagina la scène. Adèle posant son cabas, le rat qui s'enfuit, et Adèle qui s'écroule au milieu des légumes et des journaux… Qu'était devenu le rat ?

— Non mais dans quel monde on vit ! reprit Sylvie, offusquée. Cette pauvre femme morte toute seule dans son appartement. Quand on songe que nous sommes capables de communiquer aux quatre coins du monde en quelques secondes et on abandonne complètement les relations intergénérationnelles !

C'était nouveau, ce mot. Sylvie le répéta à tous les clients qui pénétrèrent dans la boutique ce jour-là.

À l'heure du déjeuner, Michel sortit pour sa balade quotidienne, il s'offrit son gâteau préféré, une tarte aux pommes caramélisées, fit un détour par la maison de la presse, examina le rayon des livres de son concurrent et, sur le chemin du retour, il acheta un bouquet de fleurs pour sa femme. Il se surprit à chantonner en regardant les vitrines. C'est alors qu'il s'aperçut que le décès d'Adèle ne lui inspirait rien ! Ni émotion, ni compassion... Strictement rien ! De toute façon, il ne pouvait pas revenir en arrière. Et pour lui ne pas revenir en arrière était une forme de progression.

Sa femme accepta les fleurs, visiblement éberluée... Puis il lui annonça qu'il avait réservé une table pour leur anniversaire de mariage, dans un restaurant de Saint-Émilion. Mais que lui arrivait-il ? se demanda-t-elle. Il était détendu, chaleureux, attentionné... La fréquentation était plutôt calme en cette fin d'après-midi, elle se chargea de la clientèle et Michel se retira dans le petit coin de la boutique aménagé en bureau. Il était heureux et il ne savait pas que c'était du domaine des choses possibles. Sans doute parce qu'il ne l'avait jamais été.

Chaque jour, il consacrait une ou deux heures à son carnet noir. Il avait dessiné deux colonnes. Dans l'une le nom des abrutis, des salauds et de leurs méfaits, dans l'autre ce qu'il envisageait pour les faire payer. Et plus il observait les gens autour de lui, plus la liste s'allongeait. Certains méritaient même le qualificatif de dégénérés, et pour lui c'était plus un diagnostic qu'une injure. La mère qui rudoyait ses enfants dans la rue, il avait entendu les voisins de cette mégère parler de cris, de scènes quotidiennes, de plus en plus violentes... et le gérant du magasin mitoyen qui vendait des jeux, des bibelots de pacotille, toutes ces babioles entassées sur des présentoirs qui encombraient le trottoir. Michel lui avait fait remarquer qu'il empiétait sur son propre espace, en vain. Un jour il avait même surpris ce malotru en train de pousser du pied son étal de journaux pour avancer son bac de jouets en promotion. Il nota tout cela dans son carnet, et il pensa à ces trois morveux qui faisaient pétarader leur mobylette devant la boutique. Ensemble, ils se donnaient l'illusion d'être invincibles et ils terrorisaient les gamines qui longeaient le trottoir pour attraper le bus au coin de la rue. Puis vint le sénateur dont on disait qu'il avait détourné une partie des fonds européens au détriment des travaux de contournement de la ville, il ne pouvait tout de même pas passer à travers les mailles de son filet, celui-là ! Pour chacun d'entre eux, rien de plus simple que de concocter un petit scénario punitif. Rien de plus simple… la remarque devint obsessionnelle.

La salle du restaurant était presque vide. Le maître d'hôtel leur proposa une table près de la cheminée où des flammes léchaient quelques bûches entrecroisées. Sylvie lisait la carte à voix haute. Elle avait passé l'après-midi chez sa coiffeuse et Michel se demanda comment on pouvait payer une fortune pour obtenir un chou-fleur sur la tête. Il commanda une bouteille de champagne, puis il regarda autour de lui et remarqua la ravissante jeune femme installée à l'autre bout de la salle, juste à côté du piano. Un visage à l'ovale parfait encadré de longs cheveux blonds. Se faisait-il des idées ? Il crut déceler une immense tristesse dans ses yeux clairs.

— Tu as choisi ? demanda Sylvie.

— Je te laisse commander, tu t'y connais si bien en mets raffinés.

Elle accepta le compliment, un tantinet surprise… lui qui n'avait cessé de critiquer sa cuisine pendant quarante ans ! Elle appela le maître d'hôtel, se fit détailler la composition de plusieurs plats et la commande dura une éternité. Puis ils trinquèrent à leurs années de mariage.

— Un bail, quand même, fit remarquer Sylvie. T'est-il arrivé de penser que j'aurais pu te quitter ?

Michel ne répondit pas et but une gorgée de champagne. « C'est bien cela, la force des femmes, songea-t-il, réussir à nous faire redouter ce que nous souhaitons le plus au monde ! » Un jeune homme avait rejoint la table de la jolie blonde. Il avait certainement laissé son casque et sa combinaison au vestiaire, mais le reste de sa tenue ne prêtait pas à confusion : c'était un motard.

Sylvie suivit le regard de son mari :

— Ah, celui-là, c'est Julien Bertier, quel sale type ! C'est vrai, tu n'as pas vraiment suivi l'affaire à l'époque, tu n'étais pas souvent là… C'est arrivé il y a quatre ans, presque jour pour jour. Bertier conduisait une voiture de sport sous l'empire d'un cocktail explosif d'alcool et de stupéfiant. Il a renversé une jeune femme enceinte sur un passage piéton… elle est morte sur le coup.

— C'est pour ça qu'il roule à moto aujourd'hui, il est interdit de volant ?

— Tu plaisantes ? C'est le fils du directeur de cabinet d'un ancien ministre, il s'en est tiré avec une amende.

Tandis que le serveur posait le plateau de fruits de mer au centre de la table, Michel décida que Bertier venait de prendre la tête de sa liste…

Les fêtes de Noël passèrent. Et un jour brumeux de janvier, on apprit que Julien Bertier avait trouvé la mort dans un accident de moto. Verglas, brouillard, abus d'alcool, les circonstances de l'accident demeurèrent confuses. Sylvie assista aux funérailles et rapporta à son mari les commentaires qui avaient émaillé la cérémonie.

— Je n'ai pas entendu grand monde pour le plaindre… il y a un bon Dieu, quand même !

C'était bien ce que pensait Michel, et le bon Dieu c'était lui.

Le soir même, Michel s'assit confortablement dans son lit, tandis que Sylvie s'affairait dans la salle de bains. Il ouvrit le carnet noir et ajouta le nom du mari d'une cliente. Ce salopard s'affichait toutes les semaines avec une bimbo différente. Michel était ému par sa jeune épouse au visage défait et au regard craintif. Il avait remarqué sa démarche hésitante, les meurtrissures sur ses poignets. Il ne nota rien dans la colonne des châtiments, il n'avait pas encore choisi. Lorsque sa femme entra dans la chambre, il referma le carnet, le glissa sous son oreiller, éteignit sa lampe de chevet et murmura « Bonne nuit, chérie » avant de se tourner sur le côté.

Sylvie s'installa dans le lit et prit son livre sur la table de nuit. Elle observa son mari et resta dubitative pendant un moment qui finalement s'éternisa. Comme tous les soirs, il avait pris des notes dans son carnet noir avant de le dissimuler sous son oreiller.

Qu'est-ce que Michel pouvait bien inscrire dans ce cahier ? Elle n'avait pu s'empêcher de remarquer combien il avait changé ! Il était affable avec la plupart des clients, et beaucoup plus prévenant, attentif avec elle. Il ne critiquait plus ses tenues, ses coiffures. Pour Noël, il avait réservé des places au théâtre et il lui avait offert un bracelet serti de petites pierres.

Et ce matin, il lui avait proposé d'aller aux sports d'hiver pendant leur semaine de fermeture en février... Toutes ces transformations s'étaient opérées depuis que ce calepin le suivait partout.

Soudain, Sylvie perçut un léger ronflement à côté d'elle. Elle afficha un sourire, et ouvrit son livre. Au fond, quelle importance, ce petit carnet noir...

*Composition et mise en pages*
*Nord Compo à Villeneuve-d'Ascq*

*Cet ouvrage a été imprimé par*
*CPI Bussière à Saint-Amand-Montrond*
*en septembre 2020*

MIXTE
Papier issu de sources responsables
FSC® C108412
FSC
www.fsc.org

*Le papier entrant dans la composition de ce produit provient de forêts certifiées FSC®*
*FSC® se consacre à la promotion d'une gestion forestière responsable.*

Numéro d'éditeur : 2061479
Numéro d'imprimeur : 2053021
Dépôt légal : septembre 2020

*Imprimé en France*